Un saco de huesos

STEPHEN KING

UN SACO DE HUESOS

Traducción de
Mª Eugenia Ciocchini

PLAZA & JANÉS EDITORES, S.A.

Título original: *Bag of Bones*

Primera edición: noviembre, 1998
Segunda edición: enero, 1999

© 1998, Stephen King
   Publicado por acuerdo con el autor representado por Ralph
   Vicinanza
© de la traducción, M.ª Eugenia Ciocchini
© 1998, Plaza & Janés Editores, S. A.
   Travessera de Gràcia, 47-49. 08021 Barcelona

Printed in Spain – Impreso en España

ISBN: 84-01-01194-9
Depósito legal: B. 1.215 - 1999

Fotocomposición: Lozano Faisano, S. L.

Impreso en Printer Industria Gráfica, s. a.
San Vicenç dels Horts (Barcelona)

L 011949

Para Naomi, todavía.

Sí, Bartleby, quédate allí detrás de tu mamparo, pensé; no te perseguiré más, eres inofensivo y silencioso como cualquiera de estas sillas viejas; en resumen, nunca me siento tan solo como cuando sé que estás ahí.

HERMAN MELVILLE
Bartleby, el escribiente

Anoche soñé que regresaba a Manderley... Mientras estaba allí, inmóvil y silenciosa, habría jurado que la casa no era un caparazón vacío, sino que vivía y respiraba como en otros tiempos.

DAPHNE DU MAURIER, *Rebeca*

Marte es el paraíso.

RAY BRADBURY

NOTA DEL AUTOR

En algunos episodios de esta novela se hace referencia a los aspectos legales de la custodia de una niña en el estado de Maine. Para entender el tema pedí ayuda a mi amigo Warren Silver, que es un excelente abogado. Warren me asesoró meticulosamente y en el proceso me habló de un viejo artefacto llamado Stenomask, que de inmediato me apropié para mi historia. Si hay algún error jurídico en la novela, cúlpenme a mí y no a mi asesor legal. Warren también me pidió –con tono bastante plañidero– si no me importaría poner algún abogado «bueno» en la historia. Lo único que puedo decir al respecto es que he hecho todo lo posible.

Gracias a mi hijo Owen por su asesoramiento técnico en Woodstock (Nueva York) y a mi amigo Ridley Pearson por su asesoramiento técnico en Ketchum (Idaho). Agradezco a Pat Dorman su comprensiva y perspicaz lectura del primer borrador. Mi gratitud hacia el monumental trabajo editorial de Chuck Verrill. Gracias a Susan Moldow, Nan Graham, Jack Romanos y Carolyn Reider por sus atenciones y sus consejos. Y gracias a Tabby, que estuvo a mi lado cuando las cosas se complicaron. Te quiero, cariño.

CAPITULO I

Un bochornoso día de agosto de 1994, mi mujer me dijo que iba al Rite Aid de Derry a comprar un recambio para el inhalador de la sinusitis; según creo, en la actualidad estos fármacos se venden sin receta médica. Yo había terminado de escribir por ese día y me ofrecí a ir en su lugar. Dijo que no, gracias, que de todos modos quería comprar pescado en el supermercado de al lado; que así mataría dos pájaros de un tiro, o algo por el estilo. Me sopló un beso y salió. La siguiente vez que la vi fue en la pantalla de un televisor. Así es como se identifica a los muertos aquí, en Derry... No hay que recorrer un pasillo subterráneo con azulejos verdes en las paredes y largos tubos fluorescentes en el techo, nadie saca el cuerpo de una nevera en una bandeja con ruedas; uno sencillamente entra en una oficina con un cartel de PRIVADO, mira la pantalla de un televisor y dice sí o no.

El Rite Aid y el Shopwell están situados a menos de un kilómetro y medio de casa, en un pequeño centro comercial donde también hay un videoclub, una librería de ocasión (donde se venden muy bien mis viejas ediciones en rústica), una tienda de artículos electrónicos y un estudio fotográfico. Está situado en Up-Mile Hill, en el cruce de Witchman y Jackson.

Mi esposa aparcó delante de Blockbuster Video y entró en la farmacia, donde la atendió Joe Wyzer, que en aquel entonces era el farmacéutico, aunque ahora lo han trasladado al Rite Aid de Bangor. Al llegar junto a la caja cogió una de esas chocolatinas rellenas con forma de animales; ésta, concretamente, con forma de ratón. La encontré más tarde en su bolso. Le quité el papel y me la comí –sentado en la cocina con el contenido del bolso rojo esparcido ante mí– y fue como si comulgara. Cuando no quedó nada del ratón, aparte del sabor del chocolate en la lengua y la garganta, me eché a llorar. Permanecí sentado ante el caos de pañuelos de papel, maquillaje y llaves y lloré como un niño, cubriéndome los ojos con las manos.

El inhalador estaba en la bolsa del Rite Aid. Había costado doce dólares y dieciocho centavos. Pero en la bolsa había algo más… un artículo que había costado veintidós con cincuenta. Lo miré durante mucho rato sin entender. Estaba sorprendido, quizá incluso atónito, pero la idea de que Johanna Arlen Noonan hubiera llevado una vida secreta no me cruzó por la cabeza. Todavía no.

Jo pagó y salió otra vez al brillante sol del exterior, cambiándose las gafas normales por las de sol graduadas, y justo cuando salía de la sombra del pequeño toldo de la farmacia (supongo que estoy echándole un poco de imaginación a la historia, adentrándome en el territorio del novelista, pero no mucho; sólo unos centímetros, os doy mi palabra), se oyó el agudo chirrido de unos neumáticos en el pavimento, un ruido que indica que o bien va a producirse un accidente o que los conductores acaban de evitarlo por un pelo.

Esta vez se produjo, y fue la clase de accidente que por lo visto ocurre al menos una vez a la semana en aquel absurdo cruce en equis. Un Toyota salía del aparcamiento del centro comercial y giraba a la izquierda para entrar en Jackson Street. Al volante iba Esther Easterling, de Barret's Orchard. La acompañaba su amiga Irene Deorsey, también de Barret's Orchard, que había ido al videoclub pero no había encontrado ninguna película que le gustara. Demasiada violencia, dijo Irene. Las dos mujeres eran viudas de fumadores.

Es imposible que Esther no viera el volquete anaranjado de Obras Públicas que bajaba la cuesta; aunque lo negó a la policía, al periódico y a mí cuando hablé con ella dos meses después, creo que sencillamente se olvidó de mirar. Como solía decir mi madre (otra viuda de fumador): «Las dos enfermedades más comunes entre los viejos son la artritis y la pérdida de memoria. No puede culpárseles por ninguna de las dos.»

El conductor del camión de Obras Públicas era William Fraker, de Old Cape. Fraker tenía treinta y ocho años el día de la muerte de mi esposa, conducía con la camisa desabrochada y estaba deseando llegar a casa para darse una ducha fresca y beber una cerveza fría, no precisamente en ese orden. Él y otros tres hombres habían pasado ocho horas asfaltando un trozo de la Harris Avenue, cerca del aeropuerto –un trabajo caluroso en un día caluroso–, y Fraker reconoció que sí, que quizá hubiera sobrepasado un poco el límite de velocidad, quizá fuera a sesenta kilómetros por hora en una zona donde estaba prohibido superar los cincuenta y cinco. Estaba ansioso por llegar al garaje, dejar el camión y subir a su F-150 que tenía aire acondicionado. Por otra parte, aunque los frenos del volquete habían pasado la inspección, distaban mucho de estar en perfectas condiciones. Fraker pisó el freno en cuanto vio el Toyota (también hizo sonar la bocina), pero ya era demasiado tarde. Oyó el rechinar de los neumáticos –los del camión y los del coche de Esther, que en el último momento había advertido el peligro– y vio fugazmente la cara de la mujer.

–Ésa fue la peor parte –me dijo mientras bebíamos cerveza en el porche de su casa. Entonces ya era octubre, y aunque el sol todavía calentaba, los dos llevábamos jerséis–. ¿Sabe lo alto que está el asiento de esos camiones? –Asentí–. Bueno, la mujer miraba hacia arriba, estiraba el cuello para verme. Recuerdo que pensé: Mierda, si no consigo frenar se va a romper como una copa de cristal. Pero los viejos son más fuertes de lo que parecen. Mire cómo salieron las cosas al final, esos dos vejestorios vivos y su esposa…

Se detuvo en seco. Las mejillas se le tiñeron de rubor, como un niño que advierte que sus compañeras de clase se ríen de él porque lleva la bragueta abierta. Resultaba cómico, pero si me hubiera sonreído sólo habría conseguido avergonzarlo más.

–Lo lamento, señor Noonan. Soy un bocazas.

–No se preocupe –dije–. De todos modos, ya he superado lo peor. –Era mentira, pero sirvió para que se tranquilizara y continuara hablando.

–En fin –dijo–, chocamos. Oí un estampido y un ruido de hierros retorcidos cuando se hundió la portezuela del asiento del conductor del coche. También oí ruido de cristales rotos. Me di contra el volante con tanta violencia que tuve dificultades para respirar durante casi una semana. También me quedó un morado enorme aquí. –Se señaló el pecho, debajo de las clavículas–. Me golpeé la cabeza contra el parabrisas con la fuerza suficiente para romper el cristal, pero lo único que me hice fue un pequeño chichón. No sangró; ni siquiera me dolió la cabeza. Mi mujer dice que es porque la tengo muy dura. Vi a la mujer que conducía el Toyota, la señora Easterling, tendida sobre el salpicadero en el hueco que hay entre los asientos delanteros. Por fin nos detuvimos en medio de la calle, los dos coches unidos en un amasijo de hierros, y bajé a ver cómo estaban. Le juro que esperaba encontrarlas muertas a las dos.

Ninguna de las dos había muerto, ni siquiera habían perdido el conocimiento, aunque la señora Easterling tenía tres costillas rotas y la cadera dislocada. La señora Deorsey, que viajaba en el asiento trasero, sufrió una contusión al golpearse la cabeza contra la ventanilla. Eso fue todo; fue «atendida y dada de alta poco después en el hospital Home», como suele decir el *Derry News* en estos casos.

Mi esposa, la difunta Johanna Arlen, procedente de Malden, Massachusetts, lo vio todo desde la puerta de la farmacia, con el bolso colgado del hombro y la bolsa con la medicina en una mano. Igual que Bill Fraker, debió de pensar que los ocupantes del Toyota estaban muertos o gravemente heridos. El choque había producido un ruido sordo e impresionante que resonó en el aire sofocante de la tarde como una bocha rodando por una callejuela. Los dos vehículos quedaron enganchados en medio de

Jackson Street, y el sucio volquete anaranjado se alzaba sobre el coche importado azul como un padre enfadado sobre un niño asustado.

Johanna echó a correr por el aparcamiento en dirección a la calle, mientras otras personas hacían lo mismo. Una de ellas, Jill Dunbarry, estaba mirando el escaparate de Radio Shack cuando ocurrió el accidente. Le parecía recordar que había pasado junto a Johanna, o al menos recordaba a una mujer con pantalones amarillos, pero no estaba segura. En ese momento la señora Easterling gritaba que estaba herida, que las dos estaban heridas, y pedía ayuda para ella y su amiga.

Aproximadamente a mitad de camino entre la farmacia y la calle, cerca de un grupo de máquinas expendedoras de periódicos, mi mujer cayó al suelo. El bolso siguió colgado de su hombro, pero la bolsa de la farmacia se le escapó de la mano y el inhalador asomó por la abertura. El otro artículo quedó dentro.

Nadie la vio tendida junto a las máquinas de periódicos, pues todo el mundo estaba pendiente de los vehículos que acababan de chocar, de las mujeres que gritaban y del charco de agua y anticongelante que salía del radiador roto del camión. («¡Es gasolina! –gritó un dependiente de Fast Foto a quienquiera que quisiera oírlo–. ¡Es gasolina! ¡Cuidado! ¡Podría estallar!») Supongo que un par de las personas que corrían al rescate deben de haber saltado sobre su cuerpo tendido, acaso pensando que se había desmayado. No habría sido ilógico algo así en un día en que la temperatura superaba los treinta y cinco grados.

Aproximadamente dos docenas de personas se congregaron alrededor de los coches accidentados; otras cuatro docenas llegaron corriendo desde Stawford Park, donde acababa de terminar un partido de béisbol. Supongo que se habrán oído todos los comentarios habituales en estos casos, algunos más de una vez. Supongo que la gente se habrá arremolinado. Que alguien habrá introducido la mano a través del agujero que antes había sido la ventanilla del conductor para coger la mano temblorosa de Esther. Que la concurrencia se habrá apartado rápidamente para dejar paso a Joe Wyzer, pues en momentos como ése cualquiera que lleve una bata blanca se convierte en la reina de la fiesta. A lo lejos, el pitido de la sirena de una ambulancia se elevó como el aire tembloroso encima de un incinerador.

Y mientras sucedía todo esto mi mujer seguía tendida en el aparcamiento sin que nadie la viera, con el bolso todavía colgado del hombro (dentro, envuelto en papel metalizado, el ratoncito de chocolate relleno) y la bolsa blanca de la farmacia cerca de su brazo extendido. Finalmente la vio Joe Wyzer cuando corría a la farmacia a buscar una compresa fría para la cabeza de Irene Deorsey. La reconoció aunque estaba tendida boca abajo. La reconoció por el cabello rojo, la blusa blanca y los pantalones amarillos. La reconoció porque la había atendido hacía menos de quince minutos.

–¿Señora Noonan? –dijo olvidándose de la mareada pero aparentemente ilesa Irene Deorsey–. ¿Está bien, señora Noonan? –preguntó, sabiendo (intuyo, aunque quizá me equivoque) que no lo estaba.

Le dio la vuelta. Necesitó ambas manos para hacerlo, e incluso entonces tuvo que esforzarse, arrodillarse, empujar y tirar, allí en el aparcamiento con un sol de justicia sobre su cabeza y el calor que irradiaba el asfalto. Parece que los muertos engordan; tanto en su cuerpo como en nuestra mente, aumentan de peso.

Tenía marcas rojas en la cara. Cuando la identifiqué las vi claramente en el monitor de vídeo. Iba a preguntarle qué eran al ayudante del forense, pero ya lo sabía. Finales de julio, cemento caliente: elemental, mi querido Watson. Mi mujer murió con quemaduras solares en la cara.

Wyzer se levantó, vio que había llegado la ambulancia y corrió hacia ella. Se abrió paso entre la multitud y cogió del brazo a uno de los enfermeros que bajaba del vehículo.

–Allí hay una mujer –dijo Wyzer señalando hacia el aparcamiento.

–Aquí tenemos dos mujeres y un hombre –replicó el enfermero. Trató de soltarse, pero Wyzer no cedió.

–Eso no importa –dijo–. Ellos están bien, y la mujer tendida allí, no.

La mujer que estaba tendida allí estaba muerta, y estoy convencido de que Joe Wyzer lo sabía… y también sabía cuáles eran las prioridades. Concedámosle eso. Y fue lo bastante convincente para conseguir que los dos enfermeros se apartaran del amasijo de hierros del camión y el Toyota, a pesar de los gritos de dolor de Esther Easterling y las protestas del coro griego.

Cuando llegaron junto a mi esposa, uno de los enfermeros confirmó lo que Joe Wyzer ya sospechaba.

–Mierda –dijo el otro–. ¿Qué le ha ocurrido?

–El corazón, seguramente –dijo el primero–. Se habrá impresionado por el accidente y le dio un ataque.

Pero no fue su corazón. La autopsia reveló un aneurisma cerebral con el que seguramente había vivido, sin saberlo, durante cinco años. Mientras corría por el aparcamiento hacia el lugar del accidente, ese débil vaso sanguíneo en la corteza cerebral reventó como un neumático, anegando los centros de control en sangre y matándola. El ayudante del forense me dijo que la muerte no debió de ser instantánea, pero sí bastante rápida y que Jo no había sufrido. Sólo una nova grande y negra, todas las sensaciones y los pensamientos desaparecidos incluso antes de que se desplomara en el cemento.

–¿Puedo ayudarle en algo, señor Noonan? –preguntó el asistente del forense apartándome con suavidad de la cara inerte y los ojos cerrados de la imagen de vídeo–. ¿Quiere hacer alguna pregunta? Se la responderé si puedo.

–Sólo una –dije.

Le conté lo que Jo había comprado en la farmacia antes de morir. Luego formulé mi pregunta.

Los días previos al entierro y el entierro mismo son como un sueño en mi memoria. El recuerdo más claro que conservo es que comí la chocolatina de Jo y lloré… sobre todo lloré, creo, porque sabía lo rápido que desaparecería su sabor. Tuve otro ataque de llanto pocos días después de que la enterráramos, y hablaré de él enseguida.

Me alegró la llegada de la familia de Jo, y en particular la de su hermano mayor, Frank. Fue Frank Arlen –cincuenta años, mejillas sonrosadas, corpulento y con una brillante melena more-

—quien lo organizó todo... quien de hecho acabó *regateando* con el director de la compañía de pompas fúnebres.

—No puedo creer que hicieras eso —dije más tarde, cuando ambos estábamos en un reservado del Jack's Pub, bebiendo cerveza.

—Intentaba timarte, Mikey —dijo—. Detesto a esos tipos.

Del bolsillo trasero del pantalón sacó un pañuelo y se lo pasó por las mejillas con aire ausente. No se había desmoronado —ninguno de los Arlen lo hizo, por lo menos cuando yo estaba con ellos—, pero había tenido los ojos anegados en lágrimas durante todo el día, como si sufriera una conjuntivitis severa.

Los Arlen eran seis hermanos, de los que Jo era la más joven y la única mujer. Había sido la niña de los ojos de sus hermanos mayores. Si yo hubiera tenido algo que ver con su muerte, me habrían descuartizado entre los cinco. Pero tal como sucedieron las cosas, formaron un escudo protector alrededor de mí, y fue una suerte. Supongo que me las habría arreglado sin ellos, pero no sé cómo. Recordad que tenía treinta y seis años. Uno no espera tener que enterrar a su esposa cuando tiene treinta y seis años y ella es dos años más joven. La muerte era lo último que se nos habría pasado por la cabeza.

—Si pillan a un tipo robándote la radio del coche, lo llaman ladrón y lo meten preso —dijo Frank. Los Arlen procedían de Massachusetts, cosa que todavía era evidente en el acento de Frank—. Pero si un tipo intenta vender a un viudo desconsolado un ataúd de tres mil dólares por cuarenta y cinco mil, lo consideran un hombre de negocios y hasta le piden que hable en los banquetes del Rotary Club. Maldito estafador, lo he puesto en su sitio, ¿no crees?

—Sí. Así es.

—¿Te encuentras bien, Mikey?

—Estoy bien.

—¿De veras?

—¿Cómo coño voy a saberlo? —repuse con voz lo bastante alta para que la gente sentada en el reservado contiguo se volviera a mirarnos. Y luego—: Estaba embarazada.

Frank se quedó de piedra.

–¿Qué?

–Embarazada. –Traté de mantener la voz baja–. De seis o siete semanas según la... ya sabes, la autopsia. ¿Tú lo sabías? ¿Te contó algo?

–¡No! ¡Claro que no! –Pero había algo extraño en su cara, como si ella le hubiera dicho *algo*–. Desde luego, sabía que lo estabais buscando... Ella dijo que tenías pocos espermatozoides y que podía llevar un tiempo, pero que el médico había dicho que quizá... que tarde o temprano tal vez... –Se miró las manos–. ¿Pueden saber una cosa así? ¿Comprueban esas cosas?

–Pueden saberlo. En cuanto a comprobarlo, no sé si lo hacen por rutina o no, pero yo se lo pedí.

–¿Por qué?

–Porque antes de morir no sólo compró una medicina para la sinusitis. También compró uno de esos tests de embarazo caseros.

–¿Y tú no tenías ni idea?

Negué con la cabeza.

Frank pasó la mano por encima de la mesa y me cogió del hombro.

–Querría estar segura antes de decírtelo, eso es todo. Lo sabes, ¿verdad?

«Un recambio para el inhalador de la sinusitis y pescado», había dicho ella con el aspecto de siempre. Una mujer que sale a hacer un par de recados. Hacía ocho años que queríamos tener un hijo, pero ella tenía el aspecto de siempre.

–Claro –dije dando una palmada a la mano de Frank–. Claro que lo sé, grandullón.

Fueron los Arlen –dirigidos por Frank– los que prepararon el discurso de despedida de Johanna. A mí, por ser el escritor de la familia me asignaron la redacción de la esquela fúnebre. Mi hermano viajó desde Virginia con mi madre y mi tía y se ocupó del libro de visitas del velatorio. Mi madre –casi completamente chocha a la edad de sesenta y seis años, aunque los médicos insistían en que no tenía Alzheimer– vivía en Memphis con su hermana, dos años más joven que ella y apenas un poco menos chocha. Se hicieron cargo de cortar el pastel y las tartas durante el funeral.

De todo lo demás se ocuparon los Arlen, desde las horas de velatorio a los detalles de la ceremonia fúnebre. Frank y Victor, el segundo hermano, pronunciaron pequeños discursos de despedida. El padre de Jo rezó una oración por el alma de su hija. Y al final, Pete Breedlove, el chico que nos cortaba el césped en verano y quitaba las hojas secas del jardín en otoño, nos hizo llorar a todos cantando *Blessed Assurance*, que según Frank había sido el himno favorito de Jo cuando era niña. Nunca supe cómo Frank encontró a Pete y lo convenció de que cantara en el funeral.

Sobrevivimos a todo: el velatorio de la tarde y la noche del martes, la ceremonia fúnebre la mañana del miércoles y finalmente el breve sermón en el cementerio Fairlawn. Recuerdo que pensé que hacía mucho calor, que me sentía perdido por no poder hablar con Jo y que ojalá me hubiera comprado un par de zapatos nuevos. Si Jo hubiera estado allí me habría reñido por los que llevaba.

Más tarde hablé con mi hermano Sid, le dije que teníamos que hacer algo con mi madre y con la tía Francine antes de que las dos desaparecieran más allá de los límites de la realidad. Eran demasiado jóvenes para vivir en una residencia; ¿qué sugería Sid?

Sugirió algo, pero que me aspen si lo recuerdo. Recuerdo que acepté, pero no sé qué. Ese mismo día, Siddy, nuestra madre y nuestra tía subieron al coche de alquiler del primero para regresar a Boston, donde pasarían la noche antes de tomar el Southern Crescent al día siguiente. A mi hermano no le molesta hacer de cicerone a las viejas, pero no está dispuesto a subir a un avión ni aunque yo pague los billetes. Dice que en el cielo no hay un arcén donde detenerse si se avería el motor.

Casi todos los Arlen se marcharon al día siguiente. Otra vez hacía un calor bochornoso, el sol resplandecía en un deslumbrante cielo blanco y caía sobre el mundo como cobre fundido. La familia de Jo estaba frente a nuestra casa –que ahora era sólo mi casa– con tres taxis en fila junto al bordillo, tres grandullones abrazándose entre un montón de bolsos y maletas, despidiéndose con su confuso acento de Massachusetts.

Frank se quedó otro día. Hicimos un gran ramo con flores

cortadas del jardín trasero de la casa –no de ésas con un aroma nauseabundo que yo asocio con la muerte y la música de órgano, sino flores de verdad, de las que le gustaban a Jo– y las pusimos en un par de botes vacíos de café que encontré en la despensa. Fuimos a Fairlawn y las depositamos junto a la nueva tumba. Luego nos sentamos un rato bajo el sol ardiente.

–Fue la mujer más dulce que he conocido –dijo Frank finalmente con una voz extraña, acongojada–. Nosotros la protegíamos cuando era pequeña. Te aseguro que nadie se metía con Jo. Si alguien lo intentaba, tenía que vérselas con nosotros.

–Sí, ella me contó muchas anécdotas.

–¿Buenas?

–Sí, muy buenas.

–Voy a echarla mucho de menos.

–Yo también –dije–. Escucha, Frank… sé que eras su hermano favorito. ¿No te llamó para decirte que se le había retrasado la regla o que tenía náuseas por la mañana? Dímelo, no me cabrearé.

–No lo hizo, te lo juro. ¿Tenía náuseas por la mañana?

–Que yo sepa, no.

Y era verdad. Yo no había notado nada. Claro que estaba escribiendo, y cuando escribo es como si estuviera en trance. Pero ella sabía adónde iba yo en esos trances. Sabía hacerme despertar de ellos. ¿Por qué no lo había hecho? ¿Por qué ocultarme una buena noticia? Tal vez no hubiera querido decírmelo hasta estar segura… pero eso no era propio de Jo.

–¿Era niño o niña? –preguntó Frank.

–Niña.

Habíamos elegido nombres y esperado durante la mayor parte de nuestro matrimonio. Si era niño se llamaría Andrew. Si era niña, Kia. Kia Jane Noonan.

Frank, que se había divorciado hacía seis años y vivía solo, se alojaba en mi casa. Cuando regresábamos dijo:

–Me preocupas, Mikey. No tienes una gran familia en la que apoyarte en un momento como éste, y la poca que tienes está lejos.

–Descuida –respondí.

Él hizo un gesto de asentimiento.

–Eso es lo que decimos nosotros, ¿no?

–¿Nosotros?

–Los hombres. «Descuida.» Y si no es así, nos aseguramos de que nadie se entere. –Me miró con los ojos todavía llorosos y el pañuelo en su mano grande y bronceada por el sol–. Si no te sientes bien, Mikey, y no quieres llamar a tu hermano… he visto cómo lo mirabas… deja que yo sea tu hermano. Hazlo por Jo, si no por ti.

–De acuerdo –dije respetando y apreciando el ofrecimiento, aunque también sabiendo que no haría nada semejante.

Yo no llamo a nadie para pedir ayuda. No es por la forma en que me educaron, o al menos eso creo; es mi manera de ser. Una vez Johanna me dijo que si me estuviera ahogando en el lago Dark Score, donde tenemos una casa de veraneo, moriría en silencio a diez metros de la orilla antes que gritar pidiendo ayuda. No es una cuestión de amor o afecto, pues soy capaz de dar y recibir esas cosas. Siento dolor como cualquiera. Necesito tocar y que me toquen. Pero si alguien me pregunta «¿te encuentras bien?», no puedo responder que no. Soy incapaz de pedir ayuda.

Un par de horas después Frank se marchó hacia el sur del estado. Cuando abrió la portezuela del coche, me conmovió descubrir que el libro grabado que estaba oyendo era uno de los míos. Me abrazó y luego me sorprendió al darme un beso en la boca, un beso fuerte y sonoro.

–Si necesitas hablar, llámame –dijo–. Y si necesitas compañía, ven a verme. –Asentí con la cabeza–. Y cuídate.

Esto último me estremeció. La combinación de calor y dolor me había hecho sentirme como en un sueño durante los últimos días, pero esa frase me llegó hondo.

–¿Que me cuide de qué?

–No lo sé –respondió–. No lo sé, Mikey.

Luego se metió en el coche –él era tan grande y el vehículo tan pequeño, que más bien parecía que lo llevaba puesto– y se alejó. El sol se ponía. Ya sabéis qué aspecto tiene el sol al final de un caluroso día de agosto: anaranjado y en cierto modo aplastado, como si una mano invisible lo empujara desde arriba y en cualquier momento fuera a estallar como un mosquito lleno de sangre y a esparcirse por todo el horizonte. Era exactamente así. En el este, donde ya anochecía, comenzaban a rugir los truenos. Pero aquella noche no llovió; sólo una oscuridad que descendió como una manta gruesa y sofocante. Me senté ante el ordenador y escribí durante una hora aproximadamente. Recuerdo que fue bastante bien. Y ya sabéis, aunque no hubiera sido así, es una buena manera de matar el tiempo.

Mi segundo ataque de llanto llegó tres o cuatro días después del entierro. La sensación de estar soñando continuaba –yo caminaba, hablaba, respondía al teléfono, trabajaba en un libro del que había escrito cerca del ochenta por ciento cuando Jo murió– pero todo el tiempo tenía la sensación de estar desconectado, la de que todo ocurría lejos del verdadero yo, como si estuviera viviéndolo desde el otro lado de una línea telefónica.

Denise Breedlove, la madre de Pete, fue a verme y me preguntó si quería que pasara con un par de amigas la semana siguiente para hacer una limpieza a fondo de la vieja casa eduardiana donde ahora vivía solo, en la que daba vueltas como el último guisante de una lata de tamaño gigante de las que usan en los restaurantes. Me dijo que lo harían por cien dólares en total, y sobre todo pensando en mí, porque yo lo necesitaba. Había que hacer una buena limpieza después de una muerte, dijo, aunque esa muerte no hubiera ocurrido en la misma casa.

Le respondí que me parecía buena idea, pero que les pagaría cien dólares a cada una por seis horas de trabajo. Quería que el trabajo estuviera terminado en seis horas, y aunque no lo estuviera, añadí, tendrían que largarse.

–Eso es demasiado dinero, señor Noonan –dijo ella.

–Puede que sí y puede que no, pero es lo que pienso pagar. ¿Lo harán?

Respondió que sí, que desde luego.

Como quizá fuera de prever, la noche anterior a que llegaran las mujeres, recorrí la casa haciendo una inspección prelimpieza.

Supongo que no quería que las mujeres (a dos de las cuales ni siquiera conocía) encontraran algo capaz de avergonzarlas a ellas o de avergonzarme a mí: por ejemplo, una de las bragas de seda de Johanna detrás de los cojines del sofá («Casi siempre sucumbimos a los encantos del sofá Michael, ¿lo has notado?», me dijo ella una vez), o latas de cerveza debajo del sillón del porche, o incluso la taza del lavabo con la cadena sin tirar. En rigor, no puedo decir que buscara algo en particular; la sensación de vivir un sueño todavía dominaba mi mente. Los pensamientos más claros que tuve durante esos días eran o bien sobre el final de la novela que estaba escribiendo (el asesino psicótico había llevado a mi heroína a la terraza de un rascacielos y se proponía arrojarla al vacío) o sobre el test de embarazo que Jo había comprado el día de su muerte. La medicina para la sinusitis, había dicho. Pescado para cenar, había dicho. Y en sus ojos no había nada que me hubiera hecho mirarla dos veces.

Cuando estaba acabando con la «prelimpieza», miré debajo de la cama y vi un libro abierto del lado de Jo. No llevaba mucho tiempo muerta, pero pocos territorios domésticos son tan polvorientos como el Reino de Abajo de la Cama, y la fina película gris que vi sobre el libro cuando lo recogí me hicieron pensar en la cara y las manos de Johanna dentro del ataúd... Jo en el Mundo Subterráneo. ¿Habría polvo en el interior de un ataúd? Seguro que no, pero...

Arrinconé esa idea en mi mente. Fingió irse, pero a lo largo de todo el día reapareció una y otra vez, como el oso polar de Tolstoi.

Johanna y yo habíamos estudiado literatura inglesa en la Universidad de Maine, y como muchos otros, supongo, nos enamoramos del sonido de Shakespeare y del cinismo de Edwin Arlington Robinson. Sin embargo, el escritor que más nos había unido no era un poeta o ensayista con prestigio académico, sino W. Somerset Maugham, el anciano y vagabundo novelista y dramaturgo con cara de reptil (siempre oscurecida por el humo del cigarrillo en las fotografías) y corazón de romántico. De modo que no me sorprendió descubrir que el libro que estaba bajo la cama era *La luna y seis peniques*. Yo lo había leído antes de cumplir los veinte años, no una sino dos veces, identificándome apasionadamente con el personaje de Charles Strickland. (Naturalmente, lo que yo quería hacer en los Mares del Sur era escribir y no pintar.)

Jo había estado usando un naipe de una baraja vieja como señalador, y cuando abrí el libro recordé algo que me había dicho poco tiempo después de conocerla. Cuando estudiábamos literatura británica del siglo XX, probablemente en 1980, Johanna Arlen era una entusiasta estudiante de segundo curso. Yo estaba en un curso superior, y había escogido esa asignatura sólo porque tenía tiempo libre en el último semestre.

–Dentro de cien años –había dicho– los críticos literarios de mediados del siglo veinte se avergonzarán de haber ensalzado a Lawrence y despreciado a Maugham.

Su comentario fue recibido con risas desdeñosas, aunque bien intencionadas (todos sabían que *Mujeres enamoradas* era uno de los mejores libros jamás escritos), pero yo no reí. Yo me enamoré de ella.

La carta de la baraja estaba entre las páginas 102 y 103: Dirk Stroeve acababa de descubrir que su esposa lo había dejado por Strickland, la versión de Maugham de Paul Gauguin. El narrador procura animar a Stroeve. «Mi querido amigo, no sufra. Ella volverá…»

–Para ti es fácil decirlo –murmuré a la habitación que ahora era sólo mía.

Volví la página y leí lo siguiente: «La injuriosa serenidad de Strickland hizo que Stroeve perdiera el control. Lo embargó una ira ciega, y sin saber lo que hacía se arrojó sobre Strickland. Lo pilló por sorpresa y Strickland se tambaleó, pero era un hombre fuerte, a pesar de su enfermedad, y en un instante, sin saber cómo, Stroeve se encontró en el suelo.

»–Patético hombrecillo –dijo Strickland.»

Pensé que Jo nunca volvería la página ni oiría a Strickland llamar patético hombrecillo a Stroeve. En un momento de epifanía que no he olvidado (¿cómo iba a olvidarlo, si fue uno de los peores momentos de mi vida?) comprendí que no se trataba de un error rectificable, ni de un sueño del que fuera posible despertar. Johanna había muerto.

El dolor me arrebató las fuerzas. Si la cama no hubiera estado allí, me habría desplomado en el suelo. Lloramos con los ojos, es lo único que podemos hacer, pero esa noche sentí como si cada poro, cada orificio y resquicio de mi cuerpo estuviera llorando. Me senté en la cama, en el lado de Johanna, con el polvoriento ejemplar de *La luna y seis peniques* en la mano y sollocé. Creo que se debió a la sorpresa tanto como al dolor; a pesar del cadáver que había visto e identificado en la pantalla de alta resolución, a pesar del funeral y de Pete Breedlove cantando *Bleessed Assurance* con su dulce voz de tenor, a pesar del sermón junto a la tumba, con sus cenizas a las cenizas y polvo al polvo, yo no me lo había creído. La edición en rústica de Penguin hizo por mí lo que el gran ataúd gris no había conseguido: me convenció de que Jo estaba muerta.

«–Patético hombrecillo –dijo Strickland.»

Me tendí en la cama, me cubrí la cara con los brazos y lloré hasta quedarme dormido, como hacen los niños cuando están tristes. Tuve un sueño horroroso. En él me despertaba, veía el libro de *La luna y seis peniques* todavía a mi lado sobre la colcha y decidía ponerlo en el suelo, donde lo había encontrado. Ya sabéis lo confusos que son los sueños… relojes blandos como el de Dalí tendidos sobre las ramas de los árboles como alfombras.

Volví a poner el naipe-señalador entre las páginas 102 y 103 –ahora y para siempre a un movimiento del dedo índice de «Patético hombrecillo, dijo Strickland»– y me volví de lado, con la cabeza colgando sobre el borde de la cama, dispuesto a dejar el libro en el sitio exacto donde lo había encontrado.

Jo estaba tendida allí entre el polvo. Una telaraña colgaba de la tapa del ataúd y le acariciaba la mejilla como una pluma. El cabello rojo estaba opaco, pero sus ojos oscuros se veían lúcidos y maliciosos en su cara blanca. Y cuando habló, supe que la muerte la había hecho enloquecer.

«Dame eso –susurró–, es para protegerme del polvo.»

Me lo quitó de las manos antes de que yo tuviera tiempo de

entregárselo. Nuestros dedos se rozaron fugazmente, y los suyos estaban tan fríos como ramas después de una helada. Abrió el libro por su sitio, dejando caer el naipe, y se puso el Somerset Maugham sobre la cara… una mortaja de palabras. Cuando cruzó las manos sobre el vientre y se quedó quieta, advertí que llevaba el vestido azul que yo le había puesto antes de que la enterraran. Había salido de la tumba para ocultarse bajo la cama.

Desperté con un gritito sordo y una dolorosa sacudida que casi me hizo caer de la cama. No había dormido mucho; las lágrimas seguían húmedas en mis mejillas y tenía esa extraña sensación de tensión en los párpados que se experimenta después de llorar. El sueño había sido tan vívido que me giré de lado y miré bajo la cama, convencido de que la encontraría allí con el libro sobre la cara, convencido de que ella levantaría la mano y me tocaría con sus dedos fríos.

Allí no había nada, por supuesto. Los sueños no son más que sueños. Sin embargo, pasé el resto de la noche en el sofá de mi estudio. Supongo que hice bien porque esa noche no volví a soñar. Sólo me sumí en el vacío de un descanso reparador.

CAPITULO 2

Durante los diez años de mi matrimonio, nunca había sufrido «bloqueo del escritor», ni lo padecí inmediatamente después de la muerte de Johanna. De hecho, estaba tan poco familiarizado con ese problema, que se apoderó de mí antes de que yo me diera cuenta de que ocurría algo extraño. Supongo que se debió a que en el fondo de mi corazón yo creía que esas cosas sólo afectaban a los escritores «eruditos», aquellos cuyas obras se discuten, analizan y a veces critican en el *New York Review of Books*.

Mi carrera como escritor y mi matrimonio habían ocupado prácticamente el mismo espacio de tiempo. Yo había terminado el borrador de mi primera novela, *Dos en uno*, poco después de que Jo y yo nos comprometiéramos oficialmente (le puse un anillo con un ópalo en el anular de la mano izquierda, ciento diez pavos en Day's Jewellers, más de lo que podía permitirme en ese momento... pero Johanna se quedó fascinada con él), y terminé mi última novela, *Descenso desde la cima*, aproximadamente un mes después de que ella muriera. Trataba de un asesino psicópata al que le encantaban las alturas. Se publicó en el otoño de 1995. Publiqué otras después, una paradoja que puedo explicar, aunque no habrá ninguna novela de Michael Noonan en ninguna lista de los libros más vendidos en un futuro cercano. Ahora sé lo que es el bloqueo del escritor, desde luego. Sé más al respecto de lo que me hubiera gustado saber.

Cuando, muerto de inseguridad, le enseñé a Jo el primer borrador de *Dos en uno*, ella lo leyó en una noche, acurrucada en su sillón favorito, vestida sólo con unas bragas y una camiseta con el oso negro de Maine estampado en el pecho, bebiendo un vaso tras otro de té helado. Me fui al garaje (en ese entonces compartíamos una casa alquilada en Bangor con otra pareja pues nuestra situación económica era inestable… y no, Jo y yo todavía no estábamos casados, aunque que yo sepa jamás se quitó el anillo) y me paseaba con nerviosismo, sintiéndome como una caricatura de las viñetas del *New Yorker*, uno de esos tipos que aguarda en la sala de espera de una maternidad. Recuerdo que intenté montar una caseta para pájaros, una de esas maquetas tan-sencillas-que-un-niño-puede-hacerlas y estuve a punto de cortarme de cuajo el dedo índice de la mano izquierda. Cada veinte minutos volvía a la casa y espiaba a Jo. Si ella me vio en algún momento, no lo demostró. Lo interpreté como una buena señal.

Estaba sentado en un banco del porche trasero, fumando y contemplando las estrellas, cuando ella salió, se sentó a mi lado y me rodeó los hombros con un brazo.

–¿Y bien? –pregunté.

–Es bueno –respondió–. ¿Y ahora por qué no entramos en casa y hacemos el amor?

Antes de que tuviera tiempo de responder, sus bragas cayeron sobre mi regazo con el sonido susurrante del nailon.

Más tarde, cuando estábamos en la cama comiendo naranjas (un vicio que con el tiempo abandonamos) le pregunté:

–¿Bueno como para publicarse?

–Yo no sé nada del complejo mundo editorial –respondió–, pero he leído por placer toda mi vida. Por si te interesa, *Curious George* fue mi primer amor…

–No me interesa.

Se inclinó sobre mí y me puso un gajo de naranja en la boca, rozándome el brazo con un cálido y provocativo pecho.

–… y he leído tu novela con mucho placer. Tengo el pálpito de que tu carrera como reportero para el *Derry News* no pasará de la primera etapa. Creo que voy a ser la esposa de un novelista.

Esas palabras me emocionaron, de hecho me pusieron la carne de gallina. No, ella no sabía nada del complejo mundo editorial, pero si Jo creía en mí, yo también creía… y esa fe resultó fundada. Conseguí un agente a través de mi antiguo profesor de escritura creativa (que leyó mi novela y la condenó con tibios halagos, viendo sus posibilidades comerciales y considerándola, según creo, como una especie de herejía) y el agente vendió *Dos en uno* a Random House, la primera editorial que la leyó.

Jo acertó también en lo referente a mi carrera como reportero. Pasé cuatro meses escribiendo sobre exposiciones florales, pruebas de coches y fiestas benéficas con un sueldo de unos cien dólares semanales hasta que llegó mi primer talón de Random House: veintisiete mil dólares, una vez deducida la comisión del agente. No había estado en el periódico el tiempo suficiente para que me concedieran el primer y minúsculo aumento de sueldo, pero de todos modos me dieron una fiesta de despedida. Ahora que lo pienso, fue en Jack's Pub. Por encima de las mesas del salón del fondo había un cartel que rezaba ¡BUENA SUERTE, MIKE. SIGUE ESCRIBIENDO! Más tarde, cuando llegamos a casa, Johanna dijo que si la envidia fuera ácido no habría quedado nada de mí aparte de la hebilla del cinturón y tres dientes.

Cuando nos acostamos y apagamos la luz –después de comer la última naranja y de compartir el último cigarrillo– dije:

–Nadie la confundirá con *Look Homeward Angel*, ¿verdad?

Me refería a mi novela. Jo lo sabía, como sabía cuánto me había deprimido la reacción de mi antiguo profesor de creación literaria ante mi manuscrito.

–No irás a soltarme ese rollo patatero del escritor frustrado, ¿no? –preguntó encaramándose sobre un codo–. Porque si piensas hacerlo, avísame ya, así mañana a primera hora de la mañana me compro uno de esos *kits* caseros de divorcio.

33

Me hizo gracia, pero también me sentí un poco herido.

–¿Has leído la primera reseña de Random House? –Yo sabía que la había leído–. Joder, prácticamente dicen que soy V. C. Andrews con polla.

–Bueno –dijo ella cogiendo con suavidad el objeto en cuestión–, no hay duda de que tienes polla. Y con respecto a lo que dicen de ti... Mira, Mike, cuando estaba en tercer curso de primaria, Patty Banning solía llamarme puta barata, pero yo no lo era.

–La percepción lo es todo.

–Chorradas. –Todavía tenía mi pene en su mano y lo apretó de tal manera que me dolió y me excitó al mismo tiempo. En aquel tiempo a ese loco ratón de pantalones no le importaba lo que le hicieran, siempre que se lo hicieran mucho–. La felicidad lo es todo. ¿Te sientes feliz cuando escribes, Mike?

–Claro.

Ella ya lo sabía.

–¿Y sientes remordimientos de conciencia?

–Cuando escribo, no quiero hacer nada más que eso –respondí mientras me subía encima de ella.

–Vaya –dijo con esa vocecita dulce que siempre me derretía–, hay un pene entre nosotros.

Mientras hacíamos el amor comprendí dos cosas maravillosas: que Jo no me había mentido al decir que le gustaba mi libro (joder, supe que le gustaba por la forma en que estaba sentada en el sillón mientras lo leía, con un mechón de pelo sobre la frente y las piernas desnudas flexionadas bajo su cuerpo), y que no tenía que sentirme avergonzado por lo que había escrito; por lo menos no ante ella. Y otra cosa maravillosa: su percepción, unida a la mía para forjar la auténtica visión binocular que sólo el matrimonio permite, era la única percepción que importaba.

Gracias a Dios que le gustaba Maugham.

Fui V. C. Andrews con polla durante diez años... Catorce, si cuento los años posteriores a la muerte de Johanna. Los cinco primeros con Random, luego mi agente consiguió una magnífica oferta de Putnam y di el salto.

Habréis visto mi nombre en muchas listas de los libros más vendidos, siempre y cuando el periódico que leáis los domingos publique una lista de quince, en lugar de limitarse a los diez mejores. Nunca fui un Clancy, Ludlum o Grisham, pero publiqué un considerable número de novelas en tapa dura (V. C. Andrews nunca lo hizo, según me dijo una vez mi agente Harold Oblowski; la mujer era más bien un fenómeno de ediciones en rústica) y una vez ascendí al número cinco en la lista del *Times*... eso fue con mi segundo libro, *El hombre de la camisa roja*. Paradójicamente, uno de los libros que me impedía subir más alto era *Steel Machine*, de Thad Beaumont (con el seudónimo de George Stark). En aquellos días, los Beaumont tenían una casa de campo en Castle Rock, a menos de setenta kilómetros al sur de la nuestra en el lago Dark Score Lake. Ahora Thad ha muerto. Se suicidó. No sé si tuvo algo que ver con el bloqueo del escritor.

Yo permanecía al borde del círculo mágico de los *mega-bestsellers*, pero nunca me importó. Tenía treinta y un años y ya éramos propietarios de dos casas: la bonita y antigua casa eduardiana de Derry, en el oeste de Maine, y una casa de troncos casi lo bastante grande para llamarla mansión que desde hacía casi un siglo los lugareños llamaban Sara Risa. No debíamos ni un dólar de esas propiedades en un momento de la vida en que muchas parejas se consideran afortunadas si consiguen que el banco les conceda una hipoteca para comprar su primera vivienda. Estábamos sanos, muy unidos y nos éramos fieles el uno al otro. Yo no era Thomas Wolfe (ni siquiera Tom Wolfe o Tobias Wolff) pero me pagaban por hacer lo que más me gustaba, y no hay nada mejor en el mundo; es como tener licencia para robar.

Estaba en la misma situación que la mayoría de los escritores de la década de los cuarenta: ignorado por la crítica: encuadrado en un género (en mi caso el género era mujer sola joven y hermosa conoce a señor fascinante) pero ganaba bien y gozaba de la mezquina aceptación que se concede a las casas de putas en Nevada con la idea de que hay que dar salida a los instintos primitivos y que alguien tiene que hacer esa clase de cosas. Yo hacía esa clase de cosas con entusiasmo (y a veces con la entusiasta ayuda de Jo, si llegaba a una encrucijada en el argumento) y en algún momento cercano a la elección de George Bush, nuestro gestor nos comunicó que éramos millonarios.

No éramos lo bastante ricos para ser propietarios de un avión privado (Grisham) o de un equipo de fútbol (Clancy), pero para los criterios de Derry (Maine), estábamos forrados. Hacíamos el amor miles de veces, veíamos miles de películas, leíamos miles de libros (Jo casi siempre dejaba el suyo debajo de la cama al final del día). Y acaso la mayor bendición fue que nunca supimos que nos quedaba poco tiempo.

En más de una ocasión me he preguntado si lo que conduce al bloqueo del escritor es el abandono del rito. Durante el día descartaba esta idea, considerándola una patraña supersticiosa, pero por la noche me resultaba más difícil verlo de esa manera. Por la noche los pensamientos tienen la desagradable costumbre de escapar de su correa y correr libremente. Y si uno ha pasado la mayor parte de la vida adulta creando ficción, estoy seguro de que esas correas están aun más flojas y de que los perros tienen aun menos ganas de usarlas. ¿Fue Shaw u Oscar Wilde quien dijo que un escritor es un hombre que ha enseñado a su mente a portarse mal?

¿Y es tan descabellado pensar que romper el rito puede haber tenido algo que ver con mi súbito e inesperado (inesperado para mí por lo menos) silencio? Cuando uno se gana el pan de cada día en el reino de la ficción, la línea que separa lo que es de lo que parece ser es muy fina. Algunos pintores se niegan a pintar si no llevan puesto un sombrero determinado, y los jugadores de béisbol que tienen una buena racha no se cambian de calcetines.

El rito comenzó con el segundo libro, que según recuerdo fue el único que me puso en tensión. Supongo que como buen novato me había tragado ese rollo académico de que el primer éxito literario podía deberse sólo a un golpe de suerte. Recuerdo que un profesor de literatura norteamericana dijo en una clase que Harper Lee era el único escritor estadounidense moderno que había encontrado un método infalible para evitar la depresión del segundo libro.

Cuando estaba a punto de terminar *El hombre de la camisa*

roja, me detuve. La casa eduardiana de Benton Street en Derry todavía estaba a dos años de distancia en el futuro, pero ya habíamos comprado Sara Risa, la casa de Dark Score (aún no teníamos tantos muebles como ahora ni habíamos construido el estudio de Jo, pero igual era preciosa) y estábamos allí.

Me aparté de la máquina de escribir –en ese tiempo todavía usaba una IBM Selectric– y fui a la cocina. Estábamos a mediados de septiembre, la mayoría de los veraneantes ya se habían marchado y el canto de los somorgujos sobre el lago era de una belleza indescriptible. El sol se ponía y el lago se había convertido en un quieto y frío plato de fuego. Es uno de los recuerdos más vívidos que tengo, tan claro que a veces creo que podría meterme en él y volver a experimentarlo. A veces me pregunto qué cosas, si acaso alguna, haría de manera diferente. Esa tarde yo había puesto a enfriar una botella de champán y dos copas en el frigorífico. Las saqué, las puse en una bandeja metálica que solíamos usar para llevar vasos de té helado o de Kool-Aid desde la cocina a la terraza, y la llevé al salón.

Johanna estaba hundida en su raído y viejo sillón, leyendo un libro (esa noche no era Maugham sino William Denbrough, uno de sus favoritos entre los contemporáneos).

–Vaya –dijo alzando la vista y poniendo un señalador en el libro–. Champán. ¿Qué celebramos?

Como si no lo supiera.

–He terminado –dije–. *Mon libre est tout fini.*

–Bien –dijo. Sonrió y cogió una de las copas de la bandeja–. Porque eso está muy bien, ¿no?

Ahora me doy cuenta de que la esencia del rito –la parte viva y poderosa, como la única palabra mágica en un montón de cháchara– era esa frase. Casi siempre tomábamos champán y casi siempre ella entraba en mi estudio para lo otro, aunque no siempre.

Una vez, aproximadamente cinco años antes de su muerte, Jo estaba en Irlanda de vacaciones con una amiga cuando terminé un libro. Esa vez bebí el champán solo y escribí la última línea solo (para entonces usaba un Macintosh que hacía un millón de cosas diferentes y que yo usaba sólo para una) y eso no me quitó el sueño. Pero la llamé al hostal donde se alojaban ella y su amiga

Bryn; le dije que había terminado y le oí pronunciar las palabras que necesitaba oír, unas palabras que se deslizaron por la línea telefónica irlandesa, viajaron hasta un transmisor de microondas, se elevaron como una plegaria a un satélite y luego descendieron a mi oído: «Eso está muy bien, ¿no?»

Como ya he dicho, el rito comenzó después del segundo libro. Cuando los dos terminamos el champán y nos servimos otra copa, la llevé a mi estudio, donde había una hoja de papel asomando de mi Selectric color verde bosque. En el lago, un último somorgujo anunció la noche con un chillido, un grito que siempre me recuerda a un objeto oxidado girando lentamente al viento.

–Creí que habías terminado –dijo ella.

–Sólo falta la última línea –respondí–. La novela está dedicada a ti y quiero que escribas el final.

No rió, ni protestó, ni hizo alharacas, simplemente se volvió a mirarme para comprobar si hablaba en serio. Hice un gesto afirmativo y ella se sentó en mi silla. Poco antes había estado nadando y llevaba el cabello recogido y sujeto con una goma blanca. Estaba húmedo y dos tonos de rojo más oscuro de lo normal. Lo toqué. Era como tocar seda húmeda.

–¿Punto y aparte? –preguntó con la seriedad de una mecanógrafa que escribe al dictado para el gran jefe.

–No –respondí–, continúa. –Y luego le dicté la frase que tenía en la cabeza desde que me había levantado a buscar el champán–: «Le quitó la cadena del cuello y luego ambos bajaron por la escalinata en dirección al coche.»

Jo escribió y después me miró con expectación.

–Eso es todo –dije–. Supongo que puedes escribir FIN.

Jo dejó doble espacio, centró el carro y escribió FIN debajo de la última línea; la bola de caracteres Courier (mis favoritos) haciendo girar las letras en una obediente danza.

–¿Qué cadena es esa que le quita de la cabeza? –me preguntó.

–Tendrás que leer la novela para enterarte.

Puesto que ella estaba sentada en la silla de mi escritorio y yo de pie a su lado, Jo estaba en la posición perfecta para poner la cara donde la puso. Cuando habló, sus labios rozaron la parte más sensible de mi cuerpo. Entre los dos sólo había un fino pantalón corto de algodón.

—Tenemos fogmas de obligagle a hablag —dijo.

—Apuesto a que sí —respondí.

El día en que terminé *Descenso desde la cima*, hice un esfuerzo para cumplir con el rito. Me pareció un acto vacío, una fórmula que había perdido la magia, pero ya me lo esperaba. No lo hice por superstición, sino por respeto y amor. Podría decirse que fue un acto conmemorativo o, si queréis, la verdadera ceremonia fúnebre de Johanna, que por fin tenía lugar un mes después de que la enterraran.

Corría el último tercio del mes de septiembre y todavía hacía calor. Fue el final del verano más caluroso que recuerdo. Durante esa última y triste etapa del libro, yo no dejaba de pensar en cuánto echaba de menos a Jo, pero eso no me detuvo. Y hay algo más: a pesar del calor que hacía en Derry, tanto que yo solía trabajar en calzoncillos, ni una vez me cruzó por la cabeza la idea de ir a la casa del lago. Era como si el recuerdo de Sara Risa se hubiera borrado por completo de mi mente. Quizá fuera porque cuando terminé la novela acabé de asimilar la verdad. Esta vez Jo no estaba en Irlanda.

Mi estudio en la cabaña del lago es muy pequeño, pero tiene vistas. El estudio de Derry es largo, está lleno de libros y no tiene ventanas. Esa noche en particular, los ventiladores del techo —había tres— estaban encendidos y agitaban el aire sofocante. Entré vestido con pantalones cortos, camiseta y chanclas de goma, llevando una bandeja con la botella de champán y dos copas frías. En el fondo de aquella habitación parecida a un vagón de tren, con un techo abuhardillado tan bajo que tenía que encorvarme para no golpearme la cabeza cuando me levantaba (también había tenido que soportar las constantes protestas de Jo, que decía que había escogido el peor sitio de la habitación para poner el ordenador), las palabras resplandecían en la pantalla de mi Macintosh.

Pensé que quizá estuviera invitando otra tormenta de dolor —quizá la peor tormenta—, pero de todos modos seguí adelante...

y las emociones siempre nos sorprenden, ¿verdad? Esa noche no hubo llanto; supongo que era incapaz de llorar. En cambio hubo un profundo y desgarrador sentimiento de pérdida... el sillón vacío donde a ella le gustaba sentarse a leer, la mesa vacía donde dejaba el vaso, siempre demasiado cerca del borde.

Serví una copa de champán, dejé que bajara la espuma, y la levanté.

—He terminado, Jo —dije como si ella estuviera sentada allí, bajo los ventiladores—. Eso está muy bien, ¿no?

No hubo respuesta. A la luz de lo que sucedió después creo que merece la pena repetir esto: no hubo respuesta. No tuve la sensación que tendría más tarde de que no estaba solo en la habitación aparentemente vacía.

Bebí el champán, dejé la copa sobre la bandeja y volví a llenarla. La llevé junto al Mac y me senté donde se hubiera sentado Johanna de no ser por la inoportuna intervención de ese Dios tan amado por todos. No hubo sollozos ni llanto, pero los ojos se me anegaron en lágrimas. En la pantalla se leía lo siguiente:

> El día no había estado tan mal, pensó ella. Cruzó el jardín hacia el coche y rió al ver un papel blanco debajo del limpiaparabrisas. Cam Delancey, que se negaba a dejarse desalentar y no estaba dispuesto a admitir una negativa, la invitaba a una de las fiestas que celebraba todos los jueves por la noche. Ella cogió el papel, hizo ademán de rasgarlo, pero en el último momento cambió de idea y se lo puso en el bolsillo del tejano.

—No es punto y aparte —dije—. Continúa en la misma línea.

Luego tecleé la frase que tenía en la cabeza desde que me había levantado para ir a buscar el champán: «Allí fuera había un mundo por descubrir, y la fiesta de Cam Delancey era un punto de partida tan bueno como cualquier otro.»

Me detuve y miré el cursor parpadeante. Las lágrimas todavía escocían en los rabillos de mis ojos, pero repito que no sentí una ráfaga fría alrededor de los tobillos ni unos dedos espectrales en la nuca. Tecleé dos veces la tecla *intro*, centré el cursor y escribí FIN debajo de la última línea. Luego levanté la copa que hubiera sido de Jo hacia la pantalla.

–Por ti, cariño –dije–. Ojalá estuvieras aquí. Te echo muchísimo de menos.

Mi voz tembló un poco en la última palabra, pero no se quebró. Bebí el champán, grabé por última vez el documento e hice dos copias de seguridad. Y aparte de notas, listas de la compra y talones, eso fue lo último que escribí en cuatro años.

CAPITULO 3

El director de mi editorial no lo sabía; mi editora, Debra Winstock, no lo sabía; mi agente, Harold Oblowski, no lo sabía. Frank Arlen tampoco lo sabía, aunque en más de una ocasión había sentido la tentación de contárselo. «Déjame ser tu hermano. Hazlo por Jo, si no por ti», me había dicho el día en que había regresado a su trabajo de impresor y a su vida solitaria en Sandfort, en el sur de Maine. Yo no me proponía hacer nada semejante, y no lo hice —al menos no lo llamé para pedir ayuda, que es seguramente lo que él quería decir— pero de todos modos le telefoneaba cada dos semanas aproximadamente. Conversaciones de hombres, ya sabéis: «Qué tal te va, Tirando, hace un frío de mil demonios, Sí, aquí también, Deberías venir conmigo a Boston si consigo entradas para los Bruins, Quizá el año que viene, ahora estoy bastante ocupado, Sí, ya lo sé, hasta la vista, Mikey, Vale, Frank, mantén el pajarito en su jaula.» Lo dicho; conversaciones de hombres.

Creo que en una o en dos ocasiones me preguntó si estaba trabajando en un libro nuevo y me parece que le respondí...

Y una mierda, eso es mentira, ¿vale? Una mentira tan arraigada que ahora incluso me la digo a mí mismo. Por supuesto que me lo preguntó, y yo siempre le decía que sí, que estaba trabajando en un libro nuevo y que iba bien, muy bien. Más de una vez hubiera querido decirle: «no puedo escribir dos párrafos seguidos sin quedarme física y mentalmente paralizado: mi ritmo cardíaco se duplica, luego se triplica, me cuesta respirar y empiezo a jadear; tengo la sensación de que los ojos me van a saltar de sus órbitas y a quedarse colgando sobre mis mejillas. Me siento como un claustrofóbico en un submarino que se hunde. Así es como me va, gracias por preguntar», pero nunca se lo dije. Yo no pido ayuda. Soy incapaz de pedir ayuda. Creo que ya lo he dicho antes.

Desde mi punto de vista inevitablemente tendencioso, los novelistas de éxito –incluso los que tienen un éxito modesto– son los más afortunados dentro de las artes creativas. Es verdad que la gente compra más discos compactos que libros, que va más al cine y ve *mucho más* la televisión de lo que lee. Pero el período de influencia de los novelistas es más largo, quizá porque los lectores son algo más listos que los aficionados a las artes no escritas, y por lo tanto tienen una memoria un poco más larga. Nadie sabe dónde está ahora David Soul, de *Starsky y Hutch*, ni qué ha sido de Vanilla Ice, ese peculiar grupo de rap blanco, pero en 1994 Herman Wuk, James Michener y Norman Mailer seguían en el candelero, por hablar de la época en que los dinosaurios poblaban la Tierra.

Arthur Hailer estaba escribiendo un libro nuevo (eso se rumoreaba al menos, y resultó cierto), Thomas Harris podía tomarse siete años entre un Lecter y otro y aun así producir éxitos de venta, y pese a que no se había sabido nada de él en casi cuarenta años, J. D. Salinger seguía siendo tema de conversación en las clases de literatura inglesa y en las tertulias literarias de café. Los lectores tienen una lealtad sin parangón dentro de las artes creativas, lo que explica por qué tantos escritores que se han quedado sin gasolina pueden seguir en marcha, impulsados a las listas de libros más vendidos por las palabras mágicas AUTOR DE en la contraportada de sus libros.

Lo que el editor quiere a cambio, sobre todo de un autor que vende medio millón de ejemplares de cada novela en tapa dura y un millón más en rústica, es muy sencillo: un libro al año. Los agentes de Nueva York consideran que eso es lo óptimo. Trescientas ochenta páginas cosidas o pegadas al año, un comienzo, un nudo y un desenlace; un personaje principal que se repite, como Kinsey Milhone o Kay Scarpetta, optativo pero preferible. A los lectores les gustan los personajes que reaparecen; es como volver a reunirse con la familia.

Si escribes menos de un libro al año amenazas la inversión que el editor ha hecho en ti. Impides que tu contable continúe manteniendo a flote tus tarjetas de crédito y pones en peligro la capacidad de tu agente para seguir pagando a su psicoanalista. Además, siempre está el riesgo de que tus lectores se enfríen un poco si tardas demasiado en publicar. Es inevitable. Lo mismo pasa si publicas demasiado; entonces habrá lectores que dirán: ya basta de este tío por un tiempo, todo empieza a sonarme igual. Os digo todo esto para que comprendáis cómo pasé cuatro años usando mi ordenador como el juego de Scrabble más caro del mundo y nadie sospechó nada. ¿Bloqueo del escritor? ¿Qué bloqueo del escritor? Aquí no hay nada por el estilo. Cómo pensar algo así cuando cada otoño, como un reloj, aparece una nueva novela de Michael Noonan, perfecta para la lectura de placer postestival, señores, y a propósito, no olviden que se aproximan las fiestas navideñas y que a sus parientes les encantaría disfrutar del último Noonan, que puede adquirirse en Borders con un treinta por ciento de descuento, vaya ganga.

El secreto es sencillo, y no soy el único novelista popular de Estados Unidos que lo conoce; si los rumores son ciertos, Danielle Steel (por nombrar sólo a una) ha estado usando la fórmula Noonan durante décadas. Veréis, aunque he publicado un libro al año desde *Dos en uno*, en 1984, escribí *dos* novelas en cuatro de esos diez años, publicando una y reservando la otra.

No recuerdo haberle mencionado este hecho a Jo, y puesto que ella nunca me interrogó al respecto, siempre di por sentado que entendía lo que hacía: acumular nueces, como una buena ardilla. Aunque entonces no pensaba en el bloqueo del escritor. Simplemente me divertía.

En febrero de 1995, después de tener y destrozar por lo menos dos buenas ideas (ese fenómeno en particular –¡eureka!– nunca se interrumpió, lo que me sumía en una particular versión del infierno), no podía continuar negando lo obvio: tenía el peor problema que puede tener un escritor, exceptuando el Alzheimer o una apoplejía de proporciones cataclísmicas. Sin embargo, conservaba cuatro manuscritos en la caja de seguridad de Fidelity Union. Estaban en cajas de cartón con las siguientes etiquetas: *Promesa, Amenaza, Darcy* y *Cima.* Poco antes del día de San Valentín, mi agente me llamó, ligeramente nervioso. Yo solía entregarle mi última obra maestra en enero, y ya estábamos casi a mediados de febrero. Tendrían que producir a toda máquina para sacar el Mike Noonan de ese año a tiempo para la orgía consumista navideña. ¿Iba todo bien?

Era mi primera oportunidad para decirle que las cosas estaban a miles de kilómetros de ir bien, pero uno no le decía esas cosas al señor Harold Oblowski, del 225 de Park Avenue. Era un buen agente, a la vez apreciado y detestado en los círculos editoriales (a veces por la misma gente y al mismo tiempo), pero no toleraba bien las malas noticias procedentes de los oscuros y aceitosos engranajes donde se fabricaba el producto. Se habría asustado y cogido el vuelo siguiente a Derry, dispuesto a hacerme un boca a boca creativo, decidido a no marcharse hasta sacarme de mi amnesia temporal. No, yo quería que Harold siguiera donde estaba, en el despacho del piso treinta y ocho con su bonita vista al East Side.

Le dije qué coincidencia, Harold, que llames el mismo día en que termino mi nueva novela, qué emoción, te la enviaré por mensajero urgente y la tendrás mañana por la mañana. Harold me aseguró con solemnidad que no era una coincidencia, que él tenía poderes telepáticos para comunicarse con sus escritores. Luego me dio la enhorabuena y colgó el auricular. Dos horas después, recibí su ramo, tan colorido y sedoso como sus corbatas Jimmy Hollywood.

Después de dejar las flores en el salón, que rara vez pisaba desde la muerte de Jo, fui a Fidelity Union. Yo usé mi llave, el gerente del banco la suya, y enseguida me dirigí a la oficina de mensajería urgente con el manuscrito de *Descenso desde la cima.*

Llevé el libro más reciente porque estaba más cerca de la puerta de la caja de seguridad, eso es todo. Se publicó en noviembre, justo a tiempo para las compras navideñas. Lo dediqué a la memoria de mi difunta y amada esposa, Johanna. Llegó al puesto número once de la lista de libros más vendidos del *Times*, y todo el mundo contento. Incluido yo. Porque las cosas mejorarían, ¿no? Nadie sufría un bloqueo del escritor «terminal», ¿verdad? (Bueno, con la posible excepción de Harper Lee.) Lo único que tenía que hacer era relajarme, como le dijo el arzobispo a la niña del coro. Y gracias a Dios yo había sido una buena ardillita y había ahorrado mis nueces.

Aún conservaba mi optimismo el año siguiente, cuando fui a la oficina de mensajería con *Amenaza mortal*. La había escrito en el otoño de 1991 y era una de las novelas favoritas de Jo. Mi optimismo había decrecido en marzo de 1997, cuando hice el mismo trayecto en medio de una tormenta de nieve para enviar a mi agente *El admirador de Darcy*, aunque cuando la gente me preguntaba qué tal me iba («¿Has escrito algo bueno últimamente?» es la forma existencial en que la mayoría formula la pregunta), todavía respondía bien, estupendamente, he escrito un montón de novelas buenas últimamente, me salen como churros.

Después de que Harold leyera *El admirador de Darcy* y declarara que era mi mejor novela, un éxito de ventas seguro que además era «seria», le hablé con cierta aprensión de la posibilidad de tomarme un año libre. Respondió de inmediato con la pregunta que más detesto: ¿Me encontraba bien? Claro, dije, de puta madre, sólo estaba pensando en tomarme un respiro.

Siguió uno de los silencios patentados por Harold Oblowski, que significaban que te estabas comportando como un gilipollas, pero que como él te quería tanto, buscaba la manera de decírtelo con la mayor delicadeza posible. Es un truco maravilloso, pero yo ya lo había descubierto hacía unos seis años. De hecho, fue Jo quien lo descubrió.

–Sólo finge ser comprensivo –había dicho ella–. En realidad, es como un poli en una de esas películas de cine negro, que cierra el pico para obligarte a que sigas hablando y acabes confesándolo todo.

Esta vez no dije nada, me limité a pasar el teléfono de mi oreja derecha a la izquierda y me eché hacia atrás en la silla de mi escritorio. Cuando lo hice, mi vista se posó en una de las fotografías enmarcadas que había encima del ordenador: Sara Risa, nuestra casa de Dark Score Lake. Hacía siglos que no iba por allí y por un instante me pregunté por qué.

Luego volví a oír la voz de Harold, cauta, reconfortante, la voz de un hombre cuerdo tratanto de sacar a un loco de un delirio que espera sea pasajero:

—No creo que sea buena idea, Mike, sobre todo en este estadio de tu carrera.

—Esto no es una estadio —respondí—. Ascendí a donde estoy ahora en 1991; desde entonces las ventas no han subido ni bajado. Esto es más bien una meseta, Harold.

—Sí —asintió—, y los escritores que han llegado a esa posición estable sólo tienen dos opciones en términos de ventas: seguir como están, o bajar.

«Pues bajaré», hubiera querido decir, pero no lo hice. No quería que Harold supiera lo grave que era el asunto ni cuánto temblaba la tierra bajo mis pies. No quería que supiera que tenía palpitaciones —y lo digo literalmente— cada vez que abría el Word 6 en el ordenador y miraba la pantalla vacía y el cursor palpitante.

—Vale —dije—. De acuerdo. Mensaje recibido.

—¿Estás seguro de que estás bien?

—¿Acaso mi novela te ha dado la impresión de que estoy mal, Harold?

—Diablos, no, es material de primera. Tu mejor novela, ya te lo he dicho. Fascinante y al mismo tiempo asquerosamente seria. Si Saul Bellow escribiera ficción de suspense romántico, lo haría exactamente así. Pero… no tendrás problemas con la siguiente, ¿no? Sé que todavía echas de menos a Jo, joder, todos la echamos…

—No —dije—. Ningún problema.

Siguió otro de esos largos silencios. Lo soporté estoicamente. Por fin Harold dijo:

—Grisham podría permitirse tomarse un año libre. Clancy también. Y Thomas Harris, desde luego, ya que los silencios largos forman parte de su mística. Pero estar donde estás tú es aún más duro que estar en primer lugar, Mike. Hay cinco escritores por cada uno de los puestos inferiores de la lista, y ya sabes quiénes son… Joder, son tus vecinos tres meses al año. Algunos están subiendo, como lo hizo Patricia Cornwell con sus últimas dos novelas; otros están bajando y algunos se mantienen estables, igual que tú. Si Tom Clancy dejara de escribir durante cinco años y luego desempolvara a Jack Ryan, entraría pisando fuerte, no lo discuto. Pero si tú dejas de escribir durante cinco años, es posible que no puedas regresar. Mi consejo es…

–Cosecha tus frutos mientras brilla el sol.

–Me has quitado las palabras de la boca.

Charlamos un poco más y luego nos despedimos. Me incliné aún más atrás en la silla de mi escritorio –no hasta el punto de caerme pero cerca– y miré la fotografía de nuestro refugio del oeste de Maine. Sara Risa, igual que el título de una antigua balada. Jo amaba aquel sitio más que yo, seguro, pero sólo un poquito, entonces ¿por qué no había vuelto allí? Bill Dean, el encargado, quitaba los protectores de las ventanas todas las primaveras y volvía a instalarlos todos los otoños, desatascaba las cañerías en otoño y se aseguraba de que la bomba funcionara en primavera, revisaba el generador y se ocupaba de que todas las etiquetas correspondientes a los servicios de inspección estuvieran al día, instalaba una plataforma flotante a unos cincuenta metros de nuestra pequeña playa privada después del día de los Caídos.

Bill mandó limpiar la chimenea a principios del verano del 96, aunque allí no había habido fuego en más de dos años. Yo le pagaba cada trimestre, como se acostumbra a hacer con los encargados de mantenimiento en esa parte del mundo; Bill Dean, un viejo yanqui de un largo linaje de yanquis, cobraba mis talones y no preguntaba por qué ya no acudía a mi refugio. Sólo había ido allí dos o tres veces después de la muerte de Jo y nunca me había quedado a pasar la noche. Fue una suerte que Bill no me interrogara, porque no habría sabido qué responderle. De hecho ni siquiera había pensado en Sara Risa hasta mi conversación con Harold.

Mientras pensaba en Harold, desvié la vista de la foto y volví a mirar el teléfono. Me imaginé diciéndole: «Pues bajaré, ¿y qué? ¿Se acabará el mundo? Por favor. No es como si tuviera una esposa y una familia que mantener; mi esposa murió en el aparcamiento de un centro comercial, y el hijo que tanto queríamos y tanto buscamos se fue con ella. Tampoco me interesa la fama (si es que puede decirse que los escritores que ocupan los puestos más bajos de la lista de ventas del *Times* son famosos) y no me duermo soñando con las ventas de mis novelas en los clubes de libros. Entonces ¿por qué preocuparme?»

Pero para esa última pregunta tenía respuesta. Porque sería como tirar la toalla. Porque sin mi esposa y sin mi trabajo, yo era un hombre inútil que vivía solo en una casa que ya estaba completamente pagada, sin hacer otra cosa que el crucigrama del periódico mientras comía.

Seguí adelante con mi simulacro de vida. Me olvidé de Sara Risa (o la parte de mí que no quería ir allí enterró la idea) y pasé otro sofocante y miserable verano en Derry. Puse un programa especial en mi portátil con el que podía crear mis propios crucigramas. Acepté un puesto interino en el consejo de dirección de la Asociación de Hombres Cristianos local y formé parte del jurado del Concurso de Arte de Verano de Waterville. Hice una serie de anuncios para televisión, promocionando una casa de acogida para indigentes que estaba al borde de la bancarrota, y trabajé con ellos una temporada. (En una reunión pública de esta asociación, una mujer me gritó que yo era amigo de los degenerados, a lo que respondí: «Gracias. Necesitaba oír eso.» Esto arrancó una salva de aplausos del público que todavía no entiendo.) Comencé una psicoterapia y la dejé después de cinco sesiones, convencido de que los problemas del psicólogo eran mucho más graves que los míos. Apadriné a un niño asiático y jugué a los bolos con un equipo.

A veces intentaba escribir, y cada vez que lo hacía, me quedaba en blanco. En una ocasión, cuando traté de forzar un par de frases (cualquier frase, siempre que saliera recién horneada de mi propia cabeza), vomité en la papelera. Vomité y vomité hasta que creí morir... y tuve que arrastrarme, literalmente, para alejarme del escritorio y el ordenador, caminando a cuatro patas sobre la gruesa alfombra. Cuando llegué al otro extremo de la habitación, me sentía mejor. Hasta me atreví a mirar la pantalla del ordenador por encima del hombro. Pero no podía acercarme a él. Más tarde, ese mismo día, me aproximé con los ojos cerrados y lo apagué.

Durante aquellos últimos días del verano pensé una y otra vez en Dennison Carville, el profesor de creación literaria que me había puesto en contacto con Harold y que había condenado a *Dos en uno* con sus tímidas alabanzas. En una ocasión Carville dijo algo que no he olvidado, atribuyéndoselo a Thomas Hardy, el novelista y poeta victoriano. Puede que Hardy lo dijera, pero nunca encontré la cita, ni en *Barlett's*, ni en la biografía de Hardy que leí entre la publicación de *Descenso desde la cima* y *Amenaza mortal*. Tengo la impresión de que la frase era del propio Carville, pero que se la atribuyó a Hardy para darle más peso. Me avergüenza decir que es un truco que yo mismo uso de vez en cuando.

En cualquier caso, me sorprendí pensando en esta cita muchas veces mientras luchaba contra el pánico que se apoderaba de mi cuerpo y contra mi parálisis cerebral, esa horrorosa sensación de estar «encarcelado». Parecía condensar mi desesperación y la creciente certeza de que nunca volvería a escribir (qué tragedia, V. C. Andrews con polla vencido por el bloqueo del escritor). Era una cita que sugería que cualquier esfuerzo que hiciera para superar mi situación sería inútil, incluso si triunfaba.

Según el aguafiestas de Dennison Carville, el aspirante a novelista debía comprender desde el principio que los objetivos de la ficción estaban siempre fuera de su alcance, que su tarea era un ejercicio inútil. «Comparado con el hombre más vulgar que camina por la faz de la tierra y proyecta allí su sombra –dijo supuestamente Hardy–, el más brillante de los personajes de una novela no es más que un saco de huesos.» Le entendí, porque así era como me sentía en esos interminables y deprimentes días: como un saco de huesos.

«Anoche soñé que regresaba a Manderley.»

Si existe una frase más hermosa y fascinante en la literatura inglesa, yo no la he leído. Y fue una frase en la que tuve ocasión de pensar mucho durante el otoño de 1997 y el invierno de 1998. Yo no soñaba con Manderley, por supuesto, sino con Sara Risa, a la que Jo a veces llamaba nuestro «escondite». Una buena descripción, supongo, para un sitio perdido en los bosques del oeste de Maine que ni siquiera está dentro de un pueblo, sino en un área designada en los mapas de carreteras como TR-90.

El último de estos sueños fue una pesadilla, pero hasta entonces todos habían tenido una especie de sencillez surrealista. Cuando despertaba, sentía la necesidad de encender la luz para reconfirmar mi lugar en la realidad antes de volver a dormirme. ¿Sabéis cómo está el aire antes de una tormenta, cómo todo se queda quieto y los colores parecen cobrar el brillo de las cosas vistas durante un acceso febril? Mis sueños con Sara Risa aquel invierno eran así, y me dejaban con una sensación que no era exactamente un malestar. «He vuelto a soñar con Manderley», pensaba a veces y a menudo me quedaba en la cama con la luz encendida, oyendo el rumor del viento, mirando los rincones más oscuros del dormitorio y pensando que Rebeca de Winter no se había ahogado en una bahía sino en el lago Dark Score. Que se había hundido barboteando y manoteando, con sus extraños ojos negros llenos de agua mientras los somorgujos cantaban, indiferentes, en el crepúsculo. A veces me levantaba y bebía un vaso de agua. Otras veces apagaba la luz en cuanto confirmaba dónde estaba, me giraba de lado y volvía a dormirme.

Durante el día, rara vez pensaba en Sara Risa, y sólo mucho después me di cuenta de que una persona tiene que sufrir un grave desequilibrio para que exista esa dicotomía entre su vida de vigilia y la de los sueños.

Creo que la llamada de Harold Oblowski en octubre de 1997 marcó el principio de las pesadillas. La presunta razón de su llamada era felicitarme por la inminente publicación de *El admirador de Darcy*, que además de ser una novela entretenida, hacía pensar al lector. Sospeché que tenía por lo menos otra intención oculta –Harold siempre la tiene– y no me equivoqué. El día anterior había comido con Debra Winstock, mi editora, y habían hablado de los planes para el otoño de 1998.

–Están muy reñidas –dijo refiriéndose a las listas de novedades del otoño, en concreto a la correspondiente a «ficción»–. Y hay algunas sorpresas. Dean Koontz...

–Yo creía que él siempre publicaba en enero –dije.

–Y así es, pero Debra ha oído que este año podría retrasarse. Quiere añadir una sección nueva, o algo así. Luego está Harold Robbins, *Los depredadores*...

–Vaya maravilla.

–Robbins todavía tiene sus admiradores, Mike. Como tú mismo has señalado en más de una ocasión, los novelistas tienen larga vida.

–Ajá.

Me pasé el auricular al otro oído y me recliné en la silla. Una vez más miré la foto enmarcada de Sara Risa. Esa noche la visitaría en mis sueños, aunque entonces todavía no lo sabía; lo único que sabía es que quería que el puñetero de Harold Oblowski se diera prisa y fuera al grano.

–Pareces impaciente, Michael –dijo Harold–. ¿Te he interrumpido? ¿Estabas escribiendo?

–Acabo de terminar por hoy –respondí–. Pero estaba pensando en comer algo.

–Acabaré pronto –prometió–, pero escúchame porque esto es importante. El otoño que viene publicarán por lo menos cinco escritores más de los que habíamos previsto: Kent Follett, se supone que su mejor novela después de *El ojo de la aguja*; Belva Plain; John Jackes...

–Ninguno de ellos juega en la misma pista que yo –dije, aunque sabía que eso no era lo que le preocupaba a Harold. Lo que le preocupaba a Harold era que en la lista del *Times* sólo había sitio para quince.

–¿Y qué me dices de Jean Auel, que por fin publicará su siguiente epopeya de *Sexo en la caverna*?

Me erguí en mi asiento.

–¿Jean Auel? ¿De veras?

–Bueno, no estoy seguro al ciento por ciento pero hay muchas posibilidades. Y por último, aunque no menos importante, saldrá una nueva novela de Mary Higgins Clark. Yo sé en qué pista juega ella y tú también.

Si hubiera recibido esa clase de noticia seis o siete años antes, cuando creía que tenía mucho más que proteger, habría echado espuma por la boca; Mary Higgins Clark jugaba en la misma pista que yo, tenía exactamente el mismo público, y hasta el momento los editores habían arreglado las fechas de publicación para que ninguno de los dos se pusiera en el camino del otro... cosa que me beneficiaba a mí más que a ella, os lo aseguro. Si salíamos al ruedo juntos, ella me haría papilla. Como tan sabiamente había señalado el difunto Jim Croce, uno no tira de la capa de Superman, no escupe al viento, no le arranca el antifaz al Llanero Solitario y no se mete a competir con Mary Higgins Clark, por lo menos, si uno es Michael Noonan.

–¿Cómo es posible? –pregunté.

Creo que mi tono no fue particularmente ominoso, pero Harold me respondió atropelladamente, con la voz nerviosa de alguien que sospecha que podrían despedirlo o incluso decapitarlo por ser portador de malas noticias.

–No lo sé. Por lo visto este año ha tenido una idea adicional. Según me han dicho, esas cosas pasan.

Nadie lo sabía mejor que yo, que había duplicado mi producción en varias ocasiones, así que me limité a preguntarle a Harold qué quería. Me pareció la forma más rápida y sencilla de obligarlo a terminar la conversación. La respuesta no me sorprendió; lo que él y Debra querían –por no mencionar al resto de mis colegas de Putnam– era un libro para publicar a finales del verano de 1998, para sacar dos meses de ventaja a la señora Clark y al resto de la competencia. En noviembre, los representantes de ventas de Putnam darían un saludable segundo empujón al libro, con la campaña de Navidad en mente.

–Eso dicen –respondí.

Como la mayoría de los novelistas, yo no confiaba en las promesas de los editores (y en este sentido los que tienen éxito no se diferencian de los que no lo tienen, lo que indica que la desconfianza podría basarse en algo más que la habitual paranoia de mis compañeros de oficio).

–Creo que debes fiarte de ellos, Mike. Recuerda que *El admirador de Darcy* fue el último libro de tu antiguo contrato. –Harold parecía entusiasmado con la perspectiva de las negociaciones para un nuevo contrato con Debra Winstock y Phyllis Grann, de Putnam–. Lo importante es que todavía les gustas. Y creo que les gustarías más si recibieran un manuscrito firmado por ti antes del día de Acción de Gracias.

–¿Pretenden que entregue el próximo libro en noviembre? ¿El mes que viene?

Creo que imprimí a mi voz la cantidad justa de incredulidad, como si no hubiera tenido *La promesa de Helen* en una caja de seguridad durante casi once años. Había sido la primera nuez que había guardado, y ahora era la única nuez que me quedaba.

–No, no, tienes por lo menos hasta el 15 de enero –dijo con tono magnánimo. –De repente me pregunté dónde habrían comido Debra y él. Un sitio elegante, me jugaba la cabeza. Tal vez las Cuatro Estaciones. Johanna solía llamarlo Frankie Valli y las Cuatro Estaciones–. Significa que tendrán que acelerar el proceso de producción, acelerarlo mucho, pero están dispuestos a hacerlo. La cuestión es si tú podrás acelerar *tu* producción.

–Creo que sí, pero tendrán que pagar por ello –dije–. Diles que lo tomen como un servicio de tintorería urgente.

–¡Vaya putada, pobrecitos! –Harold habló como si estuviera haciéndose una paja y hubiera llegado al punto en que el Incondicional escupe su contenido.

–¿Cuánto crees…?

–Creo que sería conveniente pedirles un anticipo mayor –respondió–. Naturalmente, regatearán, dirán que lo hacen por ti, *sobre todo* por ti. Pero basándonos en el argumento del esfuerzo adicional, de las muchas noches en vela que tendrás que pasar…

–Del tormento mental de la creación… de los dolores del parto prematuro…

–Exactamente… exactamente… creo que bastará con un diez por ciento extra.

Hablaba con prudencia, como un hombre que pretende ser lo más equitativo posible. Yo me pregunté cuántas mujeres estarían dispuestas a que les indujeran el parto un mes antes de salir de cuentas si a cambio les pagaran doscientos o trescientos de los grandes. Tal vez sea conveniente dejar algunas preguntas sin respuesta.

Y en mi caso, ¿qué más daba? La puta novela ya estaba escrita, ¿no?

–Bueno, procura cerrar el trato –dije.

–Sí, pero no hablamos sólo de un libro, ¿sabes? Creo…

–Harold, lo único que quiero en este momento es comer algo.

–Te noto un poco tenso, Michael. ¿Va todo… ?

–Va todo bien. Habla con ellos sólo de un libro y diles que merezco una recompensa por acelerar la producción. ¿Vale?

–Vale –dijo después de una de sus significativas pausas–. Pero espero que esto no signifique que no has pensado en un contrato posterior para tres o cuatro libros. Cosecha tus frutos cuando brilla el sol, ¿recuerdas? Es el lema de los campeones.

–«Cruza el puente cuando llegues a él», es el lema de los campeones –repliqué, y esa noche soñé que regresaba a Sara Risa.

En ese sueño –en todos los sueños que tuve ese otoño y ese invierno– yo voy andando por el camino que conduce a la casa. Es un camino circular de unos tres kilómetros que cruza el bosque y acaba en la carretera 68. Tiene un número en cada extremo (calle Cuarenta y dos, para ser más preciso) por si uno tiene que advertir de un incendio, pero no tiene nombre. Ni Jo ni yo le pusimos uno. Es estrecho, apenas una rodera con matas de fleo y gramilla colorada en el centro. Cuando uno lo recorre en coche, la hierba que roza los bajos del coche suena como un murmullo de voces graves.

Pero en mis sueños yo no voy en coche. En mis sueños voy a pie. Las ramas de los árboles se entrelazan por encima del camino. El cielo del anochecer es apenas una rendija. Pronto veré las primeras estrellas. El sol ya se ha puesto. Los grillos cantan. Los somorgujos chillan sobre el lago. Pequeñas criaturas –probablemente ardillas– corretean por el bosque. Llego a un sendero de tierra que baja la cuesta a mi derecha. Es nuestro sendero particular, señalado con un cartel de madera que reza SARA RISA. Me detengo junto a él, pero no desciendo. Abajo está la casa con sus paredes de troncos, sus anexos, y una terraza en la parte posterior. Catorce habitaciones en total, un número absurdo. Debería tener un aspecto extraño y feo, pero no es así. Sara Risa tiene algo de matrona respetable, el aire de una señora que se aproxima a los cien años y que todavía se mantiene en pie a pesar de sus caderas artríticas y sus rodillas endebles.

La parte del centro es la más antigua, y data aproximadamente del año 1900. Las demás secciones se añadieron en los treinta, los cuarenta y los sesenta. En un tiempo fue un pabellón de caza, y durante una breve temporada a principios de los setenta la ocupó una pequeña comunidad de hippies. En esa época estaba en alquiler, pues sus propietarios desde finales de los cuarenta hasta 1984 fueron los Hingerman, Darren y Marie, y luego Marie sola cuando Darren murió en 1971. Lo único que le añadimos nosotros después de comprarla fue una antena parabólica en el centro del tejado. Fue idea de Johanna, que en realidad no tuvo oportunidad de disfrutarla.

Detrás de la casa, el lago brilla a la luz mortecina del crepúsculo. Observo que el sendero está cubierto de agujas de pino y ramas caídas. Los arbustos que hay a cada lado han crecido caóticamente y se abrazan como amantes por encima del pequeño espacio que los separa. Si uno entrara con un coche, las ramas arañarían los laterales, produciendo desagradables crujidos. Noto que los troncos de la casa principal se están cubriendo de moho, y que tres grandes girasoles con caras como reflectores han crecido junto al pequeño porche donde acaba el sendero. La casa no parece descuidada, sino *olvidada*.

Se levanta una brisa y advierto que he estado sudando porque tengo la piel fría. Huelo a pino –un olor a la vez acre y fresco– y percibo el tenue pero penetrante aroma del lago. Dark Score es uno de los lagos más limpios y profundos de Maine. Según nos dijo Marie Hingerman, era más grande hasta finales de los treinta, pero entonces la Western Maine Electric, de acuerdo con las fábricas y papeleras de los alrededores de Rumfort, había obtenido autorización del estado para embalsar el río Gessa. Marie también nos enseñó unas encantadoras fotografías de señoras vestidas de blanco y caballeros con chaleco paseando en canoas. Dijo que eran del tiempo de la Primera Guerra Mundial y señaló a una mujer joven con un remo en la mano.

–Es mi madre –dijo–, y el hombre al que amenaza con el remo es mi padre.

Los somorgujos chillan, y su voz parece un heraldo de la muerte. Ahora vislumbro a Venus en la creciente oscuridad del cielo. Estrella, estrellita vespertina, deseo… en mis sueños siempre deseo volver a ver a Johanna.

Una vez pronunciado mi deseo, me propongo bajar por el sendero. Naturalmente. Es mi casa, ¿no? ¿Adónde iba a ir si no a mi casa, ahora que está oscureciendo y que el continuo murmullo del bosque parece cada vez más cercano y amenazador? ¿A qué otro sitio puedo ir? Está oscuro y me dará miedo entrar solo en la casa oscura (¿y si a Sara le molesta que la hayamos dejado tanto tiempo sola?, ¿y si está enfadada?), pero tengo que hacerlo. Si la luz está cortada, encenderé una de las lámparas de gas que guardamos en la cocina.

Pero no puedo bajar. Mis piernas se niegan a moverse, es como si mi cuerpo supiera algo sobre la casa que mi cerebro ignora. Vuelve a levantarse la brisa, se me pone la carne de gallina y me pregunto por qué estoy empapado en sudor. ¿He estado corriendo? Y en tal caso, ¿hacia dónde?, ¿o desde dónde?

Mi pelo también está sudoroso; cae sobre la frente en un mechón incómodo y pesado. Levanto la mano para apartarlo y veo que en el dorso, justo debajo de los nudillos, hay una herida superficial y relativamente reciente. Pienso: si esto es un sueño, los detalles están muy bien logrados. Siempre el mismo pensamiento: si esto es un sueño, los detalles están muy bien logrados. Es la pura verdad. Son detalles de novelista, pero puede que en los sueños todo el mundo sea novelista. Quién sabe.

Ahora Sara Risa es un oscuro caparazón y me doy cuenta de que de todos modos no quiero bajar hasta allí. Soy un hombre que ha enseñado a su mente a portarse mal e imagino que hay demasiadas cosas aguardándome dentro. Un mapache rabioso acurrucado en un rincón de la cocina. Murciélagos en el baño, que si los molesto se arremolinarán alrededor de mi cara contraída, chillando y rozando mis mejillas con sus alas polvorientas. Incluso es posible que allí haya una de las famosas criaturas de más allá del universo de William Denbrough, ocultas bajo el porche y mirando cómo me aproximo con sus ojos brillantes y rodeados de pus.

–No puedo quedarme aquí arriba –digo, pero mis piernas no se mueven y todo parece indicar que continuaré ahí arriba, donde el sendero se encuentra con el camino; que seguiré ahí arriba me guste o no.

Ahora el rumor del bosque no suena como el correteo de pequeños animales (la mayoría debe de haberse escondido en su nido o madriguera para pasar la noche) sino como unos pasos que se acercan. Quiero volverme a mirar, pero ni siquiera soy capaz de hacer eso…

… y ahí es donde solía despertar. Lo primero que hacía era girarme en la cama, confirmar mi regreso a la realidad demostrándome a mí mismo que el cuerpo volvía a obedecerme. A veces –de hecho, la mayoría de las veces– pensaba: Manderley, he vuelto a soñar con Manderley. Había algo misterioso (creo que todo sueño que se repite tiene algo de misterioso, pues nos hace percatarnos de que el inconsciente está cavando obsesivamente para desenterrar un objeto que se niega a salir), pero mentiría si no añadiera que una parte de mí disfrutaba de la profunda paz estival en que el sueño me envolvía siempre, y que esa parte también disfrutaba de la tristeza y el sentimiento agorero que experimentaba cuando despertaba. El sueño tenía un rareza exótica de la que mi vida diurna carecía por completo ahora que el camino que conducía a mi imaginación había quedado tan eficazmente bloqueado.

La única vez que recuerdo haberme sentido verdaderamente asustado (y debo decir que no me fío por completo de estos recuerdos, ya que durante mucho tiempo ni siquiera parecieron existir) fue una noche en que desperté hablando en voz alta en la oscuridad de mi habitación:

–Me persigue alguien; no dejes que me atrape. Hay alguien en el bosque. Por favor, no permitas que me atrape.

Lo que me asustó no fueron las palabras en sí, sino el tono en que las pronuncié. Era la voz de un hombre al borde del pánico y apenas si se parecía a la mía.

Dos días antes de la Navidad de 1997 volví a Fidelity Union, donde una vez más el gerente del banco me escoltó hasta mi caja de seguridad en las catacumbas iluminadas por tubos fluorescentes. Mientras bajábamos por las escaleras, me aseguró (por enésima vez) que a su esposa le *encantaban* mis libros, que los había leído todos, que nunca tenía bastante. Por enésima vez le respondí que ahora tendría que atraparlo a él. El gerente respondió con la risita de costumbre. Yo calificaba a este repetido intercambio de «comunión con el banquero».

Quinland insertó su llave en la ranura A y la giró. Luego, se marchó con la misma discreción de un chulo que ha acompañado a un cliente hasta la cama de una de sus putas. Introduje mi llave en la ranura B, la giré, y abrí el casillero, que ahora se veía enorme. El único manuscrito restante parecía acobardado en el fondo, como un cachorrito abandonado que sabe que sus hermanos han sido conducidos a la cámara de gas. En la parte superior de la caja se leía la palabra «Promesa» escrita con gruesas letras negras. Yo ni siquiera recordaba de qué trataba la maldita novela. Cogí a esa viajera del tiempo procedente de los ochenta y cerré con brusquedad la caja de seguridad. Dentro no quedaba nada más que polvo. «Dame eso –había susurrado Jo en mi sueño, y era la primera vez que lo recordaba en varios años–. Dame eso; es para protegerme del polvo.»

–¡Señor Quinland, he terminado! –grité.

Mi voz me sonó ronca y titubeante, pero Quinland no pareció notar nada extraño… o tal vez no dijera nada por discreción. Al fin y al cabo, yo no debía de ser el único cliente que se deprimía en sus visitas a esa versión financiera de Fairlawn.

–De verdad tengo intención de leer alguno de sus libros –dijo echando una breve e involuntaria mirada a la caja que tenía en las manos (supongo que podría haber llevado un maletín, pero nunca lo hacía)–. De hecho, creo que lo pondré en mi lista de resoluciones para el Año Nuevo.

–Hágalo –dije–. Hágalo, señor Quinland.

–Por favor, llámeme Mark –respondió. También me había dicho eso otras veces.

Yo había escrito dos cartas que introduje en la caja del manuscrito antes de llevarlo al servicio de mensajería. Las había escrito en el ordenador, que mi cuerpo me permitía usar siempre y cuando utilizara el Bloc de Notas. Sólo cuando llamaba a Word 6 se desataba la tormenta. No se me ocurrió empezar una novela con el Bloc de Notas, pues sabía que de hacerlo, también habría tenido que renunciar a ese programa; por no mencionar a la posibilidad de jugar al Scrabble y hacer crucigramas con la máquina. Un par de veces había empezado a escribir a mano, pero había fracasado estrepitosamente. Mi problema no era aquello que una vez había oído describir como «timidez ante la pantalla»; eso ya me lo había demostrado a mí mismo.

Una de las notas era para Harold, la otra para Debra Winstock, y las dos decían prácticamente lo mismo: aquí va mi nueva novela, *La promesa de Helen*, espero que os guste tanto como a mí, si se ve un tanto chapucera es porque he tenido que hacer horas extras para acabarla tan pronto, feliz Navidad, feliz cumpleaños, felices Pascuas y espero que alguien os regale un caballito de madera.

Me pasé por lo menos una hora en una cola de corresponsales navideños de última hora, personas que arrastraban los pies con inquietud y miraban alrededor con ojos llenos de rencor (¡en la época de las fiestas navideñas se respira tanta paz y tranquilidad!, es lo que más me gusta de ellas) con *La promesa de Helen* bajo el brazo izquierdo y un ejemplar de *The Charm School*, de Nelson DeMille, en la mano derecha. Leí casi cincuenta páginas antes de entregar mi última novela inédita a una empleada con cara de agotamiento. Cuando le deseé feliz Navidad, se encogió de hombros y no respondió.

CAPITULO
4

Cuando llegué a casa estaba sonando el teléfono. Era Frank Arlen, para preguntarme si me gustaría pasar la Navidad con él. Mejor dicho, con *ellos*, puesto que se reunirían todos los hermanos con sus respectivas familias.

Abrí la boca para decir que no –lo último que necesitaba era una enloquecida fiesta irlandesa de Navidad, rodeado de gente que bebería whisky y se pondría sentimental recordando a Jo, mientras media docena de mocosos gateaban por el suelo– y me oí decir que sí.

Frank pareció sorprenderse tanto como yo, pero estaba sinceramente encantado.

–¡Estupendo! –exclamó–. ¿Cuándo llegarás?

Yo estaba en el vestíbulo, mojando el suelo con las botas de agua, y desde allí veía el salón al otro lado de la arcada. No había árbol de Navidad; después de la muerte de Jo, nunca me había molestado en comprar uno. La estancia se veía triste y demasiado grande, como una pista de patinaje amueblada al estilo colonial.

–Acabo de volver de hacer un recado –respondí–. ¿Qué te parece si meto algo de ropa en un bolso y me subo otra vez al coche antes de que se enfríe?

–Genial –dijo Frank sin vacilar–. Nos correremos una juerga de solteros antes de que lleguen los Hijos y las Hijas de East Malden. Te serviré una copa en cuanto cuelgue el auricular.

–Entonces será mejor que me dé prisa.

Ésas fueron las mejores fiestas navideñas desde la muerte de Johanna. O las únicas buenas, supongo. Durante cuatro días fui un Arlen honorario. Bebí demasiado y brindé demasiadas veces a la memoria de Jo, convencido de que a ella le habría gustado que lo hiciera. Dos críos me vomitaron encima, un perro se metió debajo de mi cama en plena noche y la cuñada de Nicky Arlen me tiró descaradamente los tejos la noche del 26, cuando me pilló a solas en la cocina haciéndome un bocadillo de pavo. La besé porque estaba claro que ella esperaba que lo hiciera, y una mano audaz (o tal vez debería decir «traviesa») me acarició en el sitio donde nadie más que yo me había acariciado en casi tres años y medio. Fue una sorpresa, aunque no del todo desagradable.

La cosa no pasó a mayores –no había muchas posibilidades de que así fuera teniendo en cuenta que estábamos en una casa llena de miembros de la familia Arlen y que Susy Donhaue todavía no se había separado oficialmente (igual que yo, esas Navidades era una Arlen honoraria)–, pero decidí que había llegado la hora de largarme, a menos que estuviera dispuesto a conducir a toda velocidad por una calle estrecha que con toda seguridad acababa en un muro de ladrillos. Me marché el 27 de diciembre, después de dar un fuerte abrazo a Frank junto a mi coche. Estaba contento de haber ido. Durante cuatro días no había pensado ni una sola vez que sólo quedaba polvo en la caja de seguridad de Fidelity Union, y había dormido cuatro noches seguidas hasta las ocho de la mañana, despertándome de vez en cuando con acidez de estómago o con una jaqueca típica de la resaca, pero ni una sola vez con el pensamiento «Manderley; he vuelto a soñar con Manderley» en la cabeza. Regresé a Derry sintiéndome como nuevo.

El primer día de 1998 amaneció despejado y frío, sereno y precioso. Me levanté, me duché y bebí un café junto a la ventana de mi dormitorio. De repente pensé –con la sencilla y poderosa convicción de las ideas como que «arriba» es encima de tu cabeza y «abajo» bajo tus pies– que por fin sería capaz de escribir. Empezaba un año nuevo, algo había cambiado y si quería podía escribir. El bloqueo había desaparecido.

Entré en el estudio, me senté ante el ordenador y lo encendí. El corazón me latía con normalidad, la nuca no me sudaba y tenía las manos calientes. Descendí con el ratón por la pantalla que aparece cuando uno enciende el Apple, y allí estaba mi viejo amigo Word 6. Hice clic sobre el icono, y en cuanto apareció el logotipo con el dibujo de una pluma y un pergamino, se me cortó la respiración. Fue como si me apretaran el pecho con un cilicio de hierro.

Me aparté del escritorio, haciendo arcadas y tirando del cuello del jersey. Las ruedas de mi silla giratoria se engancharon con una alfombra pequeña (una de las últimas adquisiciones de Jo) y caí de espaldas. Me golpeé la cabeza en el suelo y mi campo de visión se llenó de puntitos rojos. Afortunadamente no perdí el conocimiento, pero creo que el verdadero golpe de suerte de esa mañana de Año Nuevo de 1998 fue que cayera de la forma en que lo hice. Si me hubiera separado del escritorio pero sin apartar la vista del logotipo del programa –y de la pavorosa pantalla en blanco que aparecería a continuación– estoy seguro de que habría muerto asfixiado.

Cuando me levanté, era capaz de respirar otra vez. Tenía la sensación de que mi garganta era del tamaño de una paja de refresco y cada inhalación producía un extraño zumbido agudo, pero respiraba. Corrí al lavabo y vomité en la taza con tanta fuerza que salpiqué el espejo. Entonces se me nubló la vista y me flaquearon las rodillas. Esta vez me golpeé la frente con el borde del inodoro, y aunque la cabeza no sangró (si bien a mediodía apareció coronada con un respetable chichón), la frente sí. Este último golpe también me dejó un hematoma que naturalmente debí justificar con mentiras; le dije a todo el mundo que había chocado con la puerta del lavabo por la noche; tonto de mí, eso me enseñaría a no levantarme a las dos de la madrugada para pasearme por la casa con las luces apagadas.

Cuando recuperé la conciencia por completo (si es que tal

estado existe), estaba acurrucado en el suelo. Me levanté, desinfecté la herida de la frente y me senté en el borde de la bañera con la cabeza inclinada sobre las rodillas hasta que consideré que estaba en condiciones de ponerme en pie. Permanecí sentado allí unos quince minutos, supongo, y en ese lapso de tiempo llegué a la conclusión de que, a menos que se produjera un milagro, mi profesión de escritor estaba acabada. Harold lloraría de dolor y Debra protestaría con incredulidad, pero ¿qué iban a hacer? ¿Enviarme al Cuerpo de Policía Editorial? ¿Amenazarme con la Gestapo del Club del Libro? Incluso si eso hubiera sido posible, ¿de qué serviría? No se puede extraer savia de un ladrillo ni sangre de una piedra. A menos que me recuperara de forma milagrosa, mi vida de escritor había llegado a su fin.

¿Qué harás entonces en los próximos cuarenta años de tu vida, Mike?, me pregunté. En cuarenta años puedes jugar muchas partidas de Scrabble, hacer muchos crucigramas y beber mucho whisky. Pero ¿te bastará con eso? ¿Qué otra cosa harás en tus últimos cuarenta años?

Por el momento no quería pensar en ello. En los últimos cuarenta años de mi vida pasaría lo que tuviera que pasar; yo me sentiría afortunado si conseguía llegar vivo a la noche del primer día de 1998.

Cuando recuperé la compostura, regresé al estudio, me acerqué al ordenador con la vista fija en mis pies, busqué a tientas el botón correspondiente y lo apagué. Si uno apaga el equipo sin cerrar antes el programa puede causar daños en el sistema, pero dadas las circunstancias, ése era un detalle sin importancia.

Esa noche volví a soñar que caminaba por el camino Cuarenta y dos hacia Sara Risa; una vez más pedí un deseo al lucero vespertino mientras los somorgujos cantaban en el lago, y una vez más intuí que en el bosque había alguien que se aproximaba a mí. Era obvio que las fiestas navideñas habían acabado.

Fue un invierno frío e inclemente, con mucha nieve y una epidemia de gripe que mató a varios ancianos de Derry. Se los llevó igual que una ventolera arrastra los árboles viejos después de una helada. Pero a mí ni me rozó. Ese invierno ni siquiera contraje un resfriado leve.

En marzo viajé a Providence y participé en el campeonato de crucigramas Will Weng de Nueva Inglaterra. Quedé cuarto y gané cincuenta pavos. Enmarqué el talón y lo colgué en el salón. En un tiempo, la mayoría de mis certificados de triunfo (como los llamaba Jo; todas las frases ingeniosas son de Jo) iba a parar a las paredes de mi estudio, pero en marzo de 1998 yo prácticamente no entraba allí. Cuando quería jugar al Scrabble contra el ordenador o hacer un crucigrama para campeones, me sentaba a la mesa de la cocina y usaba mi portátil.

Recuerdo que un día me senté allí, abrí el menú principal del ordenador, busqué el icono de los crucigramas y... accidentalmente me topé con mi viejo amigo Word 6.

Esa vez no sentí frustración, impotencia o furia (había experimentado todos esos sentimientos a menudo después de terminar *Descenso desde la cima*), sino tristeza y pura y simple añoranza. De repente, mirar el icono del Word 6 era como mirar las fotografías de Jo que llevaba en la cartera. Cada vez que contemplaba estas últimas, pensaba que estaría dispuesto a vender mi alma inmortal al demonio para recuperar a mi eposa, y aquel día de marzo pensé que estaría dispuesto a vender mi alma al demonio para volver a escribir.

«Inténtalo –dijo una voz–. Es probable que las cosas hayan cambiado.»

Pero nada había cambiado y yo lo sabía. Así que en lugar de abrir el Word 6, lo llevé a la papelera situada en el extremo superior derecho de la pantalla y lo arrojé dentro. Adiós, querido amigo.

Debra Weinstock me llamó varias veces durante ese invierno, casi siempre para darme buenas noticias. A principios de marzo me comunicó que *La promesa de Helen* sería una de las dos obras seleccionadas como «libros del mes» del *Literary Guild* en agosto; la segunda era una novela de abogados de Steve Martini, otro veterano entre los puestos octavo y decimoquinto de la lista de libros más vendidos del *Times*. Y según Debra, mi editor británico estaba encantado con *La promesa de Helen* y convencido de que sería un «paso decisivo en mi carrera de escritor» (mis libros nunca se habían vendido demasiado bien en Gran Bretaña).

—*La promesa de Helen* marca un cambio de dirección en tu obra —observó Debra—. ¿No lo crees?

—Sí que lo creo —confesé y me pregunté cómo reaccionaría si le dijera que el libro que marcaba un cambio de dirección en mi obra había sido escrito doce años antes.

—Tiene... no sé... madurez.

—Gracias.

—¿Mike? Creo que hay algún problema en la línea. Tu voz suena amortiguada.

Naturalmente. Me estaba mordiendo la mano para no soltar una carcajada. Me la quité cuidadosamente de la boca y observé la marca de los dientes.

—¿Me oyes mejor ahora?

—Sí, mucho mejor. ¿Y de qué va tu nueva novela? Dame una pista.

—Ya sabes la respuesta.

Debra rió.

—Tendrás que leer el libro para descubrirlo, lista —dijo ella—. ¿He acertado?

—Sí.

—Bueno, sigue adelante. Tus colegas de Putnam están encantados con tu salto al siguiente nivel.

Me despedí, colgué el auricular, y me reí a carcajadas durante diez minutos. Reí hasta llorar. Pero así soy yo, siempre saltando al siguiente nivel.

Durante ese período también acepté una entrevista telefónica con un periodista del *Newsweek* que estaba escribiendo un artículo sobre «el nuevo gótico norteamericano» (fuera lo que fuese eso, aparte de una frase capaz de incrementar las ventas de la revista) y otra para *Publishers Weekly*, que aparecería poco después de la publicación de *La promesa de Helen*. Me avine a hacerlas porque las dos parecían pan comido; la clase de preguntas que puedes responder por teléfono mientras lees la correspondencia. Y Debra estaba encantada, porque yo solía negarme a hacer publicidad. Detesto esa parte de la profesión, en especial las patéticas mesas redondas en televisión, donde nadie ha leído tu maldito libro y la primera pregunta que te hacen es indefectiblemente: «¿De dónde saca esas ideas tan curiosas?» El proceso publicitario es como ir a un restaurante de *sushi* donde tú eres el *sushi*, y esta vez me alegró pasar el mal trago con la sensación de que había regalado a Debra una buena noticia para contar a sus jefes.

«Sí –diría–, sigue negándose a hacer publicidad, pero al menos he conseguido que aceptara un par de entrevistas.»

Entretanto mis sueños con Sara Risa continuaban; no todas las noches, pero cada dos o tres, y sin que yo pensara en ellos durante el día. Me compré una guitarra acústica y empecé a aprender a tocarla (aunque jamás me invitarían a acompañar a Patty Loveless o a Alan Jackson), hacía crucigramas y buscaba nombres conocidos entre las necrológicas del *Derry News*. En otras palabras, me pasaba el día rascándome.

Todo acabó con una llamada de Harold Oblowski, apenas tres días después de la de Debra. Fuera había tormenta: una nieve perversa que rápidamente se convertía en aguanieve y que resultó ser la última helada importante de la temporada. Al atardecer se cortaría la luz en todo Derry, pero cuando Harold llamó, a eso de las cinco, las cosas todavía no estaban tan mal.

–Acabo de tener una larga charla con tu editora –dijo–; una charla edificante y estimulante. De hecho, acabo de colgar.

–¿Ah, sí?

–Pues sí. En Putnam tienen el pálpito de que tu última novela tendrá un efecto positivo sobre tu posición en el mercado. Y es un pálpito muy fuerte.

–Ya –respondí–; he saltado al siguiente nivel.

–¿Qué?

–Divagaciones, Harold. Continúa.

–En fin… Helen Nearing es un estupendo personaje principal y Skate es tu mejor villano. –No respondí–. Debra ha dejado caer que *La promesa de Helen* podría ser el primer libro de un contrato de tres. Un contrato muy lucrativo. Y sin que yo la presionara. Tres libros es un buen número; hasta ahora, ningún editor había estado dispuesto a comprometerse hasta ese punto. Dejé caer la cifra de nueve millones de dólares, tres por novela, pensando que ella se reiría. Pero un agente tiene que empezar por alguna parte y yo siempre lo hago por lo más alto. Creo que debe de haber algún soldado romano en mi árbol genealógico.

Más bien un vendedor de alfombras etíope, pensé, pero no lo dije. Me sentía como cuando al dentista se le va la mano con la novocaína y además del diente afectado te anestesia los labios, la lengua y la encía. Si trataba de hablar, seguramente me limitaría a escupir un montón de baba. Harold casi ronroneaba. Un contrato de tres libros para el nuevo y maduro Michael Noonan. Nada más y nada menos.

Esta vez no sentí la tentación de reír. Esta vez hubiera querido gritar. Harold continuó, feliz y despreocupado. Él no sabía que la gallina de los libros de oro había muerto. No sabía que el nuevo Michael Noonan tenía insuficiencia respiratoria severa y torrenciales accesos de vómito cada vez que intentaba escribir.

—¿Quieres saber qué me respondió, Michael?

—Suéltalo.

—Dijo: «Es una suma muy alta, pero un punto de partida tan bueno como cualquiera. Pensamos que este libro es un gran paso adelante para él.» Esto es extraordinario. Extraordinario. En fin, no llegué a ningún acuerdo porque quería discutirlo antes contigo, pero creo que podemos contar como mínimo con siete millones y medio. De hecho...

—No.

Hizo una pausa lo bastante larga para que yo me percatara de que estaba sujetando el teléfono con tanta fuerza que me dolía la mano. Tuve que hacer un esfuerzo consciente para relajarla.

—Mike, si me escucharas...

—No quiero escucharte. No quiero hablar de un nuevo contrato.

—Perdona que discrepe contigo, pero no habrá un momento mejor. Piénsalo, por el amor de Dios. Hablamos de mucho dinero. No puedo garantizarte que después de la publicación de *La promesa de Helen* la oferta...

–Ya lo sé –interrumpí–. No quiero garantías, ni ofertas. ¡No quiero hablar de un nuevo contrato!

–No es preciso que grites, Mike. Te he oído.

¿Le había gritado? Sí, supongo que sí.

–¿Estás insatisfecho con Putnam? Creo que Debra se sentiría fatal si se enterara. Y estoy seguro de que Phyllis Grann hará cualquier cosa para resolver cualquier problema que tengas.

¿Te acuestas con Debra, Harold?, pensé y de repente me pareció la idea más lógica del mundo. Harold Oblowski, bajo, rollizo, cincuentón y calvo incipiente se estaba tirando a mi rubia y aristocrática editora. ¿Te acuestas con ella y habláis de mi libro mientras estáis en una cama del Plaza? ¿Calculáis cuántos huevos de oro sacaréis de esta vieja y cansada gallina antes de retorcerle el cuello y hacer caldo con ella? ¿Es eso lo que tramáis?

–Harold, en este momento no puedo ni quiero hablar de ese asunto.

–¿Qué te pasa? ¿Por qué estás tan irritable? Pensé que te pondrías muy contento.

–No me pasa nada, pero es un mal momento para hablar de un contrato a largo plazo. Y ahora tendrás que disculparme, Harold. Tengo algo en el horno.

–¿Podemos discutirlo la semana pró...?

–No –respondí y colgué.

Creo que fue la primera vez en mi vida de adulto que le colgué el teléfono a alguien que no era un agente de televenta.

No tenía nada en el horno, desde luego, y estaba demasiado nervioso para pensar en cocinar. Así que fui al salón, me serví un whisky y me senté delante del televisor. Permanecí allí sentado largo rato, mirando todos los programas sin ver ninguno. Fuera, la tormenta arreciaba. Al día siguiente habría árboles caídos en todo Derry y la ciudad tendría el aspecto de una escultura de hielo.

A las nueve y cuarto se cortó la luz, luego regresó durante unos cuarenta segundos y volvió a cortarse. Lo tomé como una señal para que dejara de pensar en el inútil contrato de Harold y en cómo se habría reído Jo de su oferta de nueve millones de dólares. Me levanté del sofá, apagué la tele para que no se encendiera sola a las dos de la mañana (no debería haberme preocupado, porque la corriente siguió cortada en todo Derry durante casi dos días) y subí a mi habitación. Arrojé la ropa a los pies de la cama, me acosté sin molestarme en lavarme antes los dientes y me dormí en menos de cinco minutos. No sé cuánto tiempo después empezó la pesadilla.

Fue el último sueño de lo que ahora llamo «la serie de Manderley», el sueño culminante. Y supongo que lo que lo hizo más aterrador fue despertar y encontrarme en medio de una oscuridad absoluta.

Empezó como los demás. Voy andando por el camino, oyendo a los grillos y a los somorgujos, mirando las rendijas del cielo que se oscurece. Llego al sendero particular y ahí sí que ha cambiado algo: alguien ha puesto una pegatina en el cartel de Sara Risa. Es publicidad de una emisora de radio: «102.9, LA FRECUENCIA DE ROCK AND ROLL DE PORTLAND.»

Vuelvo a alzar la vista al cielo y veo a Venus. Le pido un deseo, como de costumbre. Le pido volver a ver a Johanna mientras percibo el olor acre y penetrante del lago.

Alguien acecha en el bosque, sacude las hojas, rompe una rama. Parece una criatura grande.

«Será mejor que bajes, Mike –dice una voz en mi cabeza–. Alguien te ha preparado un contrato. Un contrato de tres libros; y ésos son los peores.»

No puedo moverme. No puedo caminar. Sólo puedo permanecer ahí de pie. Tengo bloqueo del caminante.

Tonterías. *Puedo* andar. Esta vez puedo andar. Es un progreso decisivo. En mi sueño pienso: ¡Esto lo cambia todo! ¡Esto lo cambia todo!

Comienzo a bajar por el sendero, internándome más y más en el fresco pero acre olor de los pinos, pasando por encima de algunas de las ramas caídas y retirando otras de mi paso con el pie. Levanto una mano para retirarme el pelo húmedo de la frente y veo el arañazo debajo de los nudillos. Me detengo a examinarlo con curiosidad.

«Ahora no tienes tiempo –dice la voz–. Baja. Tienes que escribir un libro.»

«No puedo escribir –respondo–. Eso se ha terminado. He entrado en los últimos cuarenta años de mi vida.»

«No –dice la voz, con un tono implacable que me asusta–. Tenías bloqueo del caminante, no bloqueo del escritor, y como ves ha desaparecido. Ahora date prisa y baja.»

«Tengo miedo», le digo a la voz.

«¿Miedo de qué?»

«¿Y si la señora Danvers está allí abajo?»

La voz no responde. Sabe que no tengo miedo del ama de llaves de Rebecca de Winter, que no es más que un personaje de un viejo libro, un saco de huesos. Así que reanudo la marcha. Al parecer no tengo alternativa, pero mi miedo crece con cada nuevo paso, y cuando estoy a mitad de camino de la casa de troncos, el pánico me ha calado los huesos como si tuviera fiebre. Algo va mal, algo está trastornado.

Huiré, pienso. Me iré corriendo por donde he venido. Si es necesario, correré y correré hasta llegar a Derry y no volveré nunca.

Pero oigo una respiración agitada y unos pasos amortiguados a mi espalda. La criatura del bosque ahora está en el sendero, pisándome los talones. Si me vuelvo, su sola visión me hará perder el juicio. Estoy seguro de que es un ser gigantesco y hambriento con los ojos rojos.

La casa es mi única esperanza.

Sigo andando. Los arbustos me atenazan las piernas como si fueran manos. A la luz de la luna (la luna nunca había aparecido en mis sueños, pero los anteriores no habían durado tanto), las hojas parecen caras con sonrisas perversas. Veo ojos parpadeantes y bocas risueñas. Abajo están las ventanas negras de la casa y sé que cuando entre en ella no habrá electricidad porque la tormenta la ha cortado, pulsaré el interruptor una y otra vez, una y otra vez, hasta que una mano me coja de la muñeca y tire de mí, como un amante, arrastrándome hacia la oscuridad.

Ya he recorrido las tres cuartas partes del camino. Veo los peldaños hechos con traviesas de ferrocarril que conducen al lago y la plataforma flotante en el agua, un cuadrado negro en un sendero de luz de luna. La ha puesto Bill Dean. También veo algo rectangular en el sitio donde el sendero termina en un porche. Ese objeto no estaba allí antes. ¿Qué será?

Después de dos o tres pasos, lo sé. Es un ataúd, el ataúd por el que regateó Frank Arlen porque según él el tipo de la funeraria quería timarme. Es el ataúd de Jo; está de canto y con la tapa abierta apenas lo suficiente para que vea que dentro no hay nadie.

Quiero gritar. Quiero dar media vuelta y volver corriendo sobre mis pasos… Me arriesgaré a ver a la criatura que me sigue. Pero antes de que pueda hacerlo, se abre la puerta trasera de Sara Risa y una figura pavorosa escapa hacia la creciente oscuridad. Es una figura humana y no lo es. Es un ser pequeño, blanco y contraído, con los brazos levantados. No tiene cara donde debería tenerla y sin embargo chilla con una voz gutural parecida a la de los somorgujos. Me doy cuenta de que es Johanna. Ha conseguido escapar del ataúd, pero no de la mortaja. Se ha enredado con ella.

–¡Qué pavorosamente veloz es! No flota como uno imagina que deben de flotar los fantasmas, sino que corre por la cuesta hacia el sendero. Ha estado aguardando allí durante todos los sueños en los que yo estaba paralizado, y ahora que por fin he conseguido bajar, se propone atraparme. Naturalmente, gritaré cuando me coja con sus brazos de seda, gritaré cuando huela su carne podrida e infestada de gusanos, cuando vea sus ojos oscuros y ausentes a través de la delgada tela. Gritaré mientras la cordura abandona mi mente para siempre. Gritaré… pero allí no hay nadie que me oiga. Sólo me oirán los somorgujos. He regresado a Manderley y esta vez no podré marcharme.

Cuando la criatura blanca y aullante iba a cogerme, desperté en el suelo de la habitación, gritando con una voz ronca, llena de horror y golpeándome la cabeza repetidamente contra algo. ¿Cuánto tiempo pasó hasta que descubrí que ya no estaba dormido, que ya no estaba en Sara Risa? ¿Cuánto tiempo pasó antes de que me diera cuenta de que me había caído de la cama y había cruzado la habitación a gatas, de que estaba a cuatro patas en un rincón, golpeándome la cabeza en el punto donde las paredes se unen, haciéndolo una y otra vez como un loco en un manicomio.

No lo sabía, era imposible saberlo con la electricidad cortada y el reloj de la mesilla de noche parado. Sé que al principio no quise moverme del rincón porque me parecía un sitio más seguro que el resto de la habitación, y sé que continué en las garras del sueño largo rato después de despertar (supongo que porque era incapaz de encender la luz y acabar con su poder). Tenía miedo de que si me apartaba del rincón, la criatura blanca saliera corriendo del baño, aullando con su voz muerta, impaciente por acabar lo que había empezado. Sé que estaba temblando, que tenía frío y que estaba empapado de cintura para abajo porque me había hecho pis.

Permanecí en el rincón, húmedo y agitado, escrutando la oscuridad, preguntándome si las imágenes de una pesadilla tenían suficiente poder para volverte loco. Entonces pensé (y todavía lo pienso) que esa noche de marzo había estado a punto de averiguarlo.

Finalmente me atreví a salir del rincón. Me quité los pantalones mojados del pijama en el centro de la habitación y súbitamente me sentí perdido. Siguieron cinco minutos angustiosos y surrealistas (tal vez sólo fueran dos) en los que anduve a gatas de un lado a otro en la habitación familiar, chocándome con los objetos y gimiendo cada vez que la mano que agitaba ante mí, buscando a tientas, se topaba con algo. Al principio me parecía que todo lo que tocaba era una horrorosa criatura blanca. Nada de lo que rozaba me resultaba familiar. Puesto que los reconfortantes números verdes del reloj de la mesilla estaban apagados y que yo había perdido temporalmente el sentido de la orientación, bien podría haber estado gateando en una mezquita de Addis Abeba.

Por fin di con el hombro contra la cama. Me incorporé, quité la funda de una de las almohadas y me sequé la entrepierna y los muslos con ella. Volví a meterme en la cama, me cubrí con las mantas y permanecí allí temblando, escuchando el constante tamborileo del aguanieve sobre las ventanas.

Aquella noche no dormí y el sueño no se desvaneció como suelen desvanecerse los sueños. Mientras estaba tendido de lado y los temblores se reducían gradualmente pensé en el ataúd, en el sendero, en que paradójicamente tenía cierto sentido: Jo amaba a

Sara Risa, y si tenía que aparecer como fantasma en algún sitio, sería allí. Pero ¿por qué iba a querer hacerme daño? ¿Por qué mi Jo iba a querer lastimarme? No se me ocurría ninguna razón.

Pasó el tiempo y llegó un momento en que reparé en que el aire había adquirido una oscura tonalidad de gris; las siluetas de los muebles acechaban en ella como centinelas en la niebla. Eso estaba mejor. Decidí que encendería el horno de leña de la cocina y prepararía café fuerte. Eso me ayudaría a dejar atrás el sueño.

Me senté en la cama y levanté la mano para retirarme el pelo sudoroso de la frente. Entonces me quedé paralizado con la mano delante de los ojos. Debía de haberme hecho un arañazo mientras andaba a gatas en la oscuridad, desorientado, buscando la cama. Tenía una herida superficial en el dorso de la mano, justo debajo de los nudillos.

CAPITULO 5

Una vez, cuando tenía dieciséis años, un avión cruzó la barrera del sonido directamente encima de mi cabeza. Yo paseaba por el bosque, tal vez pensando en una historia que quería escribir o en lo maravilloso que sería que Doreen Fournier se ablandara por fin un viernes por la noche y me dejara quitarle las bragas mientras estábamos en el coche aparcado en Cushman Road.

En cualquier caso, mi mente estaba a miles de kilómetros de allí, y el rugido del avión me pilló por sorpresa. Me arrojé al suelo cubierto de hojas, con las manos sobre la cabeza y el corazón desbocado, convencido de que iba a morir (y todavía virgen). Ése había sido el único episodio en mis cuarenta años de vida en el que había sentido tanto terror como en los sueños de «la serie de Manderley».

Esperé que cayera la bomba, y cuando pasaron treinta segundos y no cayó ninguna bomba, comprendí que se trataba de un jet de la base naval de Brunswick, cuyo piloto estaba demasiado impaciente para esperar a llegar al Atlántico antes de entrar en Mach 1. Mierda, ¿cómo iba a adivinar que pudieran hacer tanto ruido?

Me levanté despacio, y mientras mi corazón recuperaba el ritmo normal me percaté de que no había sido el único que se había asustado por el súbito tronido en el cielo. Que yo recordara, era la primera vez que en el pequeño bosque situado detrás de nuestra casa de Proud's Neck reinaba un silencio absoluto. Permanecí de pie bajo un haz de luz moteado de polvo, con trocitos de hojas secas adheridos a la camiseta y los tejanos, y agucé el oído con la respiración contenida. Nunca había percibido un silencio igual. Incluso en los días más fríos de enero, el bosque estaba lleno de ruidos.

Finalmente oí el canto de un pinzón. Después de dos o tres segundos de silencio, le respondió un grajo. Dos o tres segundos más y una corneja se sumó al coro. Un pájaro carpintero comenzó a martillar un tronco en busca de gusanos. Una ardilla correteó entre los arbustos a mi izquierda. Un minuto después de que me hubiera puesto en pie, el bosque resucitó y yo seguí mi camino. Sin embargo, nunca olvidé aquel rugido inesperado ni el silencio que le siguió.

Después de la pesadilla, recordé aquel día de junio, y no es extraño que lo hiciera. Las cosas habían cambiado, o podían cambiar… pero antes llega el silencio durante el cual nos aseguramos de que estamos ilesos y de que el peligro –si es que lo hubo– ha cesado.

Durante la mayor parte de la semana siguiente, Derry quedó paralizada. El hielo y los vientos causaron destrozos durante la tormenta y un súbito descenso de diez grados en la temperatura hizo que la nieve se congelara y que tardaran más en retirarla. Además, después de una tormenta de marzo, siempre reina un ambiente severo y ominoso. Tenemos tormentas como ésta todos los años (y si no hay suerte dos o tres más en abril), pero nunca estamos preparados. Cada vez que nos azota, lo tomamos como una afrenta personal. Al final de esa semana, el tiempo comenzó a mejorar. Aproveché la ocasión para salir a tomar un café y comer una pasta en un pequeño restaurante a tres puertas de distancia de la farmacia donde Johanna hizo su última compra. Estaba bebiendo, masticando y haciendo el crucigrama del periódico cuando alguien preguntó:

–¿Puedo compartir su mesa, señor Noonan? El restaurante está lleno.

Alcé la vista y vi a un viejo que conocía pero no acababa de identificar.

–Ralph Roberts –dijo–. Soy voluntario de la Cruz Roja. Igual que mi esposa, Lois.

–Ah, sí, claro. –Yo dono sangre a la Cruz Roja aproximadamente una vez cada seis semanas. Ralph Roberts era uno de los que después nos servían zumo y galletas y nos decían que no nos levantáramos ni hiciéramos ningún movimiento brusco si nos sentíamos mareados–. Siéntese, por favor.

Mientras se sentaba, miró el periódico, abierto por la sección del crucigrama bajo un círculo de luz.

–¿No cree que hacer el crucigrama del *Derry News* es como eliminar al *pitcher* en un partido de béisbol? –preguntó.

Reí y asentí con la cabeza.

–Lo hago por la misma razón por la que algunos escalan el Everest, señor Roberts... porque está ahí. Además, cuando uno hace el crucigrama del *News*, no corre el riesgo de caerse.

–Llámeme Ralph, por favor.

–De acuerdo. Y yo soy Mike.

–Estupendo. –Sonrió mostrándome unos dientes torcidos y amarillentos, pero todos suyos–. Me gusta llegar a la etapa de los nombres de pila. Es como tener la ocasión de quitarse la corbata. Hemos tenido una buena tormenta, ¿no?

–Sí –respondí–, pero ya hace un tiempo más agradable.

El termómetro había dado uno de los ágiles saltos típicos del mes de marzo, pasando de los tres grados bajo cero de la noche anterior a los diez sobre cero por la mañana. Y, mejor aún, el sol volvía a calentarnos la cara. Eso era lo que me había animado a salir de casa.

–Supongo que llegará la primavera. Algunos años se desorienta, pero al final siempre parece encontrar el camino a casa. –Bebió un sorbo de café y dejó la taza sobre la mesa–. No le he visto por la Cruz Roja últimamente.

–Estoy en período de reciclaje –respondí, pero era mentira. Tendría que haber ido a donar otro medio litro de sangre dos semanas antes. La tarjeta con la fecha de la cita estaba en la puerta del frigorífico, pero me había olvidado de mirarla–. Seguramente iré la semana próxima.

–Sólo lo menciono porque sé que usted es del grupo A, y esa sangre siempre resulta útil.

–Resérveme una camilla.

–Cuente con ello. ¿Se encuentra bien? Se lo pregunto porque tiene cara de cansado. Si tiene insomnio, créame que nadie lo entenderá mejor que yo.

En efecto, Roberts tenía unas bolsas bajo los ojos que le daban aspecto de insomne. Pero por otro lado era un hombre de más de setenta años, y nadie llega a esa edad sin demostrarlo. Si vives el tiempo suficiente, la vida se reduce a una colección de surcos en las mejillas y los ojos. Si vives un poco más, acabas teniendo el aspecto de Jake la Motta después de quince asaltos de un combate reñido.

Abrí la boca para decir lo que siempre digo cuando alguien me pregunta si me encuentro bien, y entonces me pregunté por qué siempre sentía la necesidad de interpretar el agotador papel del hombre de Marlboro, que a quién intentaba engañar. ¿Qué temía que pasara si le contaba al tipo que solía darme una galleta en la Cruz Roja después de que la enfermera me quitara la aguja del brazo, que no me sentía estupendamente? ¿Temía que hubiera un terremoto? ¿Fuego e inundaciones? Mierda.

–No –respondí–, no me encuentro muy bien, Ralph.

–¿Es la gripe? Hay una epidemia.

–No. Este año me he salvado de la gripe y duermo bien. –Y era verdad; el sueño de Sara Risa no se había repetido, ni en la versión normal, ni en la ultrafuerte–. Creo que simplemente estoy deprimido.

–Debería tomarse unas vacaciones –sugirió antes de beber otro sorbo de café. Cuando volvió a mirarme, arrugó el entrecejo y dejó la taza sobre la mesa–. ¿Algo va mal?

No, pensé en responder. Sólo que usted es el primer pájaro que rompe el silencio, Ralph. Eso es todo.

–No, todo va bien –respondí y luego, quizá porque quería averiguar qué sabor tenían aquellas palabras en mi boca, las repetí–. Unas vacaciones.

–Exactamente –dijo él con una sonrisa–. La gente lo hace todo el tiempo.

La gente lo hace todo el tiempo. Ralph tenía razón; incluso la gente que no puede permitírselo se va de vacaciones cuando está cansada. Cuando está con la mierda hasta el cuello. Cuando el mundo le parece demasiado exigente y agotador.

No cabía duda de que yo podía pagarme unas vacaciones y tomarme tiempo libre en el trabajo –¿qué trabajo?, ja, ja– y sin embargo necesité que el señor de las galletas de la Cruz Roja me dijera lo que debería haber resultado más que obvio para un tipo como yo, que había pasado por la universidad: que no había tenido vacaciones desde que Jo y yo habíamos viajado a las Bermudas, el invierno anterior a su muerte. La rueda del molino ya no giraba, pero de todos modos yo había seguido con el cuello atado a ella. Sólo el verano siguiente, cuando leí la esquela de Ralph Roberts en el *News* (lo atropelló un coche), comprendí cuánto le debía. Os aseguro que su consejo fue mejor que cualquier vaso de zumo de naranja que me hubieran dado después de donar sangre.

Cuando salí del restaurante, no volví a casa sino que recorrí media ciudad con el periódico bajo el brazo, doblado en la página del crucigrama que había dejado a medias. Caminé hasta que sentí frío a pesar de que la temperatura había subido. No pensaba en nada y al mismo tiempo pensaba en todo. Era una forma peculiar de reflexión, la que siempre practicaba cuando estaba a punto de escribir un libro, y aunque no había pensado de ese modo en varios años, comencé a hacerlo con facilidad y naturalidad como si aquella capacidad nunca me hubiera abandonado.

Es como si un camión se detuviera frente a tu casa y unos tipos comenzaran a bajar bultos al sótano. No se me ocurre una forma mejor de explicarlo. No ves esos objetos porque están cubiertos con mantas, pero tampoco necesitas verlos. Son muebles, todo lo que necesitas para convertir tu casa en un hogar, para que quede exactamente a tu gusto.

Una vez esos tipos regresan al camión y se marchan, tú bajas al sótano y te paseas (como yo me paseaba por Derry esa mañana, subiendo y bajando cuestas con mis viejas botas), tocando una curva aquí, un ángulo allá, por encima de las mantas. ¿Esto es un sofá? ¿Aquello es un aparador? No importa, todo está aquí. Los de la mudanza no olvidaron nada, y aunque tendrás que subir todos los muebles solo (y con toda probabilidad fastidiarte la espalda en el proceso) te da igual. Lo importante es que la mudanza ha terminado.

Esta vez pensé –deseé– que el camión de la mudanza me había llevado todo lo que necesitaba para los últimos cuarenta años de mi vida: los años que tal vez tendría que pasar en una Zona Aliteraria. Los muchachos habían llegado a la puerta del sótano, llamado cortésmente, y al no obtener respuesta después de varios meses, habían entrado con un ariete. ESPERAMOS QUE EL RUIDO NO LE HAYA ASUSTADO, AMIGO. LAMENTAMOS HABER DERRIBADO LA PUERTA.

La puerta me daba igual, lo importante eran los muebles. ¿Faltaba alguno o había algo roto? No lo creía. Pensé que lo único que tenía que hacer era subir los bultos, retirar las mantas y poner cada objeto en su sitio.

De camino a casa, pasé junto a The Shade, el pequeño y encantador cine de reestrenos de Derry, que ha prosperado a pesar de (o quizá gracias a) la revolución del vídeo. Ese mes ponían un ciclo de clásicos de ciencia ficción de los cincuenta, pero abril estaba dedicado a Humphrey Bogart, el actor favorito de Jo. Estuve un rato bajo la marquesina mirando los carteles de las películas programadas para los próximos días. Luego volví a casa, escogí al azar una agencia de viajes en el listín telefónico, y le dije al tipo que atendió el teléfono que quería ir a Cayo Largo. Querrá decir Cayo Hueso, respondió el tipo. No, le dije, quiero decir Cayo Largo, el de la película de Bogart y Bacall. Tres semanas. Entonces reconsideré la idea. Era rico, estaba solo y retirado. ¿Por qué tres semanas? Que sean seis, dije. Búsqueme una casita de campo. Será caro, dijo él. Le respondí que me daba igual. Cuando volviera a Derry ya sería primavera.

Mientras tanto, tenía que desembalar algunos muebles.

Cayo Largo me fascinó el primer mes y me aburrió a muerte las dos últimas semanas. Sin embargo me quedé, porque el aburrimiento es bueno. Las personas con un alto nivel de tolerancia al aburrimiento tienen tiempo de sobra para pensar. Me comí un millón de gambas, bebí un millar de margaritas y leí exactamente veintitrés novelas de John D. MacDonald. Me quemé, me pelé y finalmente me bronceé. Compré una gorra con visera larga y las palabras «cabeza de chorlito» bordadas con hilo verde chillón. Me paseé por la misma playa hasta que todo el mundo llegó a conocerme por mi nombre de pila. Y desembalé muebles. Muchos de ellos no me gustaron, pero no cabía duda de que todos iban bien con la casa.

Pensé en Jo y en nuestra vida juntos. Recordé la ocasión en que yo había dicho que nadie confundiría *Ser dos* con *Look homeward, Angel*, y ella me había respondido «No irás a soltarme ese rollo patatero del artista frustrado, ¿verdad?» y durante mi estancia en Cayo Largo evoqué esas palabras una y otra vez, siempre con la voz de Jo: ese rollo del artista frustrado, ese puñetero rollo pueril del artista frustrado.

Recordé a Jo con el largo delantal rojo que se ponía para ir al bosque, enseñándome el sombrero lleno de setas, riendo y diciendo con tono triunfal: «¡Nadie en el TR cenará mejor que los Noonan esta noche!» La recordé pintándose las uñas de los pies, doblada sobre los muslos como sólo pueden hacerlo las mujeres que están llevando a cabo esa tarea. Pensé en la vez que me había arrojado un libro a la cabeza por reírme de su nuevo corte de pelo. La recordé aprendiendo a tocar una melodía en el banjo y evoqué el aspecto que tenía cuando iba con un jersey fino y sin sujetador. La recordé llorando, riendo y enfadada. Evoqué el momento en que me había dicho que lo del artista frustrado era un rollo.

Y pensé en los sueños, sobre todo en el sueño culminante. Podía hacerlo con facilidad, porque ese último sueño no se había desvanecido como los demás. El último sueño sobre Sara Risa y mi primer sueño erótico (que iba de una chica desnuda tendida en una hamaca y comiendo una ciruela) son los únicos que recuerdo con absoluta claridad año tras año; el resto los he olvidado por completo o han quedado reducidos a fragmentos brumosos.

Los sueños sobre Sara Risa tenían muchos detalles vívidos –los somorgujos, los grillos, el lucero vespertino y el deseo que le había pedido, por nombrar unos pocos–, pero pensé que esos pormenores sólo servían para darle verosimilitud. Por decirlo de alguna manera, eran la puesta en escena, y en consecuencia podía restarles importancia. Lo que me dejaba con tres elementos fundamentales, tres muebles grandes aún por desembalar.

Mientras estaba sentado en la playa, contemplando la puesta de sol por encima de mis pies cubiertos de arena, pensé que no había que ser psicoanalista para ver cómo encajaban esos tres elementos.

En los sueños sobre Sara, los ingredientes fundamentales eran el bosque que se alzaba sobre mí, la casa abajo y el propio Michael Noonan, paralizado en el centro. Oscurece y un peligro acecha en el bosque. Me asusta bajar a la casa, tal vez porque ha estado vacía demasiado tiempo, pero en ningún momento dudo de que debo ir allí; por mucho que me aterre, es el único refugio posible. Pero no puedo hacerlo. No puedo moverme. Tengo el andar del escritor.

En la pesadilla finalmente consigo echar a andar hacia el refugio, pero el refugio no es tal. De hecho, resulta ser más peligroso de lo que nunca había concebido en mis… pues sí, en mis peores pesadillas. Mi difunta esposa sale corriendo de la casa, gritando y todavía envuelta en su mortaja, para atacarme. Incluso cinco semanas después y a cuatro mil quinientos kilómetros de Derry, el recuerdo de aquella veloz criatura con sus holgadas mangas blancas me hizo estremecer y mirar por encima de mi hombro.

Pero ¿era Johanna? No lo sabía con seguridad, ¿verdad? La criatura estaba envuelta en una tela. El ataúd se parecía al suyo, pero era posible que me equivocara.

Andar del escritor, bloqueo del escritor.

«No puedo escribir», le dije a la voz del sueño. La voz dice que puedo. La voz insiste en que el bloqueo del escritor ha desaparecido, y le creo porque el *andar* del escritor ha desaparecido y finalmente bajo por el sendero en dirección al refugio. Sin embargo, tengo miedo. Incluso antes de que la criatura informe haga su aparición, estoy aterrorizado. Digo que tengo miedo de la señora Danvers, pero eso es porque mi mente onírica confunde Sara Risa con Manderley. En realidad tengo miedo de…

—Tengo miedo de escribir —me oigo decir en voz alta—, tengo miedo incluso de intentarlo.

Era la noche previa a mi regreso a Maine, y yo había dejado

atrás el estado de sobriedad y me aproximaba al de una borrachera. Bebí mucho en las últimas noches de mis vacaciones.

—No es el bloqueo lo que me asusta, sino lo que debería hacer para acabar con el bloqueo. Estoy jodido, señores y señoras. Estoy bien jodido.

Jodido o no, se me ocurrió una idea que apuntaba directamente al meollo de la cuestión. Tenía miedo de deshacer el bloqueo, de retomar mi vida y seguir adelante sin Jo. Sin embargo, una parte profunda de mi mente creía que debía hacerlo: eso era lo que representaban los ruidos amenazadores en el bosque. Y una creencia hace mucho. Demasiado, quizá, sobre todo si uno es imaginativo. Cuando una persona imaginativa tiene un conflicto mental, la línea que separa lo que es de lo que parece tiende a difuminarse. Criaturas en el bosque, sí señor. Tenía una de ellas en la mano precisamente en ese momento. Levanté la copa hacia el oeste del cielo, de modo que el sol del ocaso pareció arder en el cristal. Estaba bebiendo mucho, y tal vez ese hecho no tuviera importancia en Cayo Largo —joder, se supone que la gente bebe mucho en vacaciones, es casi una ley—, pero lo cierto es que yo había empezado a beber antes de salir de Derry. La clase de hábito que puede escaparse de las manos en cualquier momento. La que puede traer problemas.

Criaturas en el bosque, y el único lugar presumiblemente seguro custodiado por un aterrador espectro que no era mi esposa, sino quizá el recuerdo de mi esposa. Tenía sentido porque Sara Risa había sido el lugar favorito de Jo. Ese pensamiento me condujo a otro, uno que me hizo incorporarme en el sofá donde había estado reclinado y que me llenó de entusiasmo. Sara Risa era el sitio donde había comenzado el rito: champán, última frase y la imprescindible bendición: «Bien, porque eso está muy bien, ¿no?»

¿Quería que todo marchara bien otra vez? ¿De verdad lo quería? Un mes o un año antes tal vez no hubiera estado seguro, pero ahora lo estaba. La respuesta era sí. Deseaba seguir adelante, dejar atrás a mi difunta esposa, rehabitar mi corazón, seguir adelante. Pero para conseguirlo, tendría que regresar.

Regresar a la casa de troncos. Regresar a Sara Risa.

–Sí –dije y se me puso carne de gallina–. Ya lo tienes.

Entonces ¿por qué no lo hacía?

La pregunta me hizo sentir tan estúpido como la sugerencia de Ralph Roberts de que necesitaba unas vacaciones. Si quería volver a Sara Risa ahora que mis vacaciones habían llegado a su fin, ¿por qué no hacerlo? Puede que tuviera miedo las primeras noches, como una resaca de mi último sueño, pero el solo hecho de estar allí haría que esa pesadilla se desvaneciera antes.

Y tal vez pudiera escribir (permití que esta idea asomara en un pequeño rincón de mi mente consciente).

No era probable, pero tampoco imposible. A menos que sucediera un milagro. ¿No había pensado en eso el día de Año Nuevo, cuando estaba sentado en el borde de la bañera con un paño húmedo sobre la herida de mi frente? Sí. Salvo que ocurra un milagro. A veces un ciego se cae, se golpea la cabeza y recupera la vista. Hasta es posible que un cojo pueda arrojar las muletas al llegar a lo alto de la escalinata de una iglesia.

Me quedaban ocho o nueve meses antes de que Harold y Debra comenzaran a acosarme para que les entregara la nueva novela. Decidí pasar esa temporada en Sara Risa. Me llevaría un tiempo dejar las cosas solucionadas en Derry y Bill Dean tardaría otro tanto en preparar la casa para un residente permanente, pero así y todo podría estar allí el Cuatro de Julio. Decidí que era una buena fecha, no sólo porque se celebraba el cumpleaños de nuestro país, sino también porque marcaba el fin de la estación de los virus en el oeste de Maine.

El día en que empaqué mis cosas (dejé los libros de John D. MacDonald para el siguiente inquilino), afeité la barba de una semana de una cara tan bronceada que ya no parecía la mía y regresé a Maine, ya estaba decidido: regresaría al sitio que mi inconsciente veía como un refugio donde protegerme de la creciente oscuridad; regresaría a pesar de que mi mente también sugería que allí podía correr ciertos riesgos. No iría a Sara con la expectativa de que fuera otro Lourdes… pero me permitiría abrigar esa esperanza, y cuando viera por primera vez el lucero vespertino sobre el lago, le pediría un deseo.

Sólo había una cosa que no cuadraba en mi meticuloso análisis de los sueños con Sara Risa, y puesto que no podía explicarla, procuré no hacerle caso. Sin embargo, no tuve mucha suerte; supongo que todavía me quedaba algo de escritor, y un escritor es un hombre que ha enseñado a su mente a portarse mal.

Era el corte en el dorso de mi mano. Ese arañazo había estado allí en todos mis sueños, habría podido jurarlo, y luego había aparecido de verdad. Era imposible encontrar algo semejante en las obras del doctor Freud; era la clase de fenómeno que uno sólo podía contar en la *hotline* de los Amigos de lo Paranormal.

Fue una coincidencia, una simple coincidencia, pensé mientras el avión comenzaba a descender. Yo estaba sentado en el asiento A-2 (lo bueno de viajar en la parte delantera de la cabina es que si el avión se cae, uno es el primero en llegar al lugar del accidente), contemplando los bosques de pinos mientras nos acercábamos a la pista del aeropuerto internacional de Bangor. La nieve había desaparecido. Es una simple coincidencia, me repetí. ¿Cuántas veces te has hecho un corte en las manos en tu vida? Al fin y al cabo las manos están siempre delante, siempre en movimiento; podría decirse que se buscan los arañazos.

Todo eso debería haberme sonado convincente, pero por alguna razón no era así. Debería, pero… en fin…

Los muchachos del sótano tenían la culpa. Eran ellos los que no acababan de creérselo. Los tipos del sótano no se lo tragaban.

En ese momento el 737 tocó tierra con un rugido y arrinconé esos pensamientos.

Una tarde, poco después de regresar de las vacaciones, registré los armarios hasta que encontré las cajas de zapatos que contenían viejas fotografías de Jo. Las clasifiqué, y luego me concentré en las del lago Dark Score. Había muchísimas, pero puesto que la forofa de la fotografía era Johanna, ella no aparecía en muchas. Sin embargo encontré una que recordé haber tomado en 1990 o 1991. A veces, incluso el fotógrafo con menos talento puede hacer una buena foto –ya sabéis, si setecientos monos pasaran setecientos años tecleando en setecientas máquinas de escribir…– y ésa era buena. En ella Jo estaba en la terraza con el sol rojo y dorado poniéndose a su espalda. Acababa de salir del agua, estaba empapada y llevaba un biquini gris con ribetes rojos. Yo la había sorprendido cuando reía y se retiraba el pelo de la frente y las sienes. El sostén le marcaba los pezones prominentes. Parecía una actriz de una de esas películas ligeramente obscenas sobre monstruos en la playa o sobre un asesino en serie que acecha una residencia estudiantil.

Me asaltó una súbita y poderosa lujuria. Quería llevarla a la habitación tal cual estaba en la fotografía, con mechones de pelo pegados a las mejillas y el traje de baño mojado adherido a su piel. Quería chuparle los pezones por encima del sostén, saborear la tela y sentir cómo se endurecían a través de ella. Quería sorber agua del algodón como si fuera leche, luego arrancarle las bragas del biquini y follarla hasta que ambos explotáramos.

Con las manos ligeramente temblorosas, puse la fotografía con las otras que me gustaban (aunque no había ninguna que me gustara tanto como ésa). Tenía una erección tremenda, una de ésas en que la polla parece piedra cubierta de piel. Cuando estás así no eres capaz de hacer nada hasta que la erección desaparece.

La solución más rápida para este problema, cuando no hay una mujer a mano dispuesta a ayudarte, es la masturbación, pero esa vez la idea ni siquiera me cruzó por la cabeza. En cambio, me paseé con nerviosismo por las habitaciones de la planta alta, abriendo y cerrando las manos y luciendo algo parecido a un embudo bajo la bragueta de mis tejanos.

Puede que la furia constituya una etapa normal en el proceso de duelo –he leído que es así–, pero yo nunca me había enfadado con Johanna después de su muerte hasta que encontré esa fotografía. Pero entonces, ¡guau! Allí estaba, paseándome con una erección que se negaba a bajar, *furioso* con ella. Maldita puta, ¿por qué había tenido que correr uno de los días más calurosos del año? Era una maldita puta desconsiderada por haberme dejado solo, incapaz de trabajar.

Me senté en la escalera y me pregunté qué debía hacer. Decidí que tomaría una copa y luego quizá otra para que le rascara la espalda a la primera. Ya me había levantado para servírmela, cuando llegué a la conclusión de que no era una buena idea.

88

Fui a mi estudio, encendí el ordenador e hice un crucigrama. Esa noche, cuando estaba en la cama, pensé en volver a mirar la fotografía de Jo en traje de baño. Decidí que era casi tan mala idea como beber unas copas cuando me sentía enfadado y deprimido. Pero esta noche tendré el mismo sueño, pensé mientras apagaba la luz. Seguro que tendré el mismo sueño.

Pero no fue así. Los sueños con Sara Risa parecían haber llegado a su fin.

Después de una semana de reflexión, la idea de pasar por lo menos el verano en el lago me parecía más acertada que nunca. Así que un sábado de mayo a primera hora de la tarde, cuando supuse que cualquier encargado de mantenimiento de Maine que se preciara estaría en casa viendo a los Red Sox, llamé a Bill Dean y le dije que llegaría a la casa del lago alrededor del Cuatro de Julio, y que si todo marchaba como esperaba, pasaría el otoño y el invierno allí.

–Estupendo –respondió él–. Es una buena noticia. Aquí hay mucha gente que lo echa de menos, Mike. Algunos quieren presentarle las condolencias por la muerte de su mujer, ¿sabe?

¿Detectaba un ligero dejo de reproche en su voz o sólo me lo estaba imaginando? Sin lugar a dudas, Jo y yo habíamos dejado nuestra impronta en la zona; habíamos hecho una significativa contribución a la pequeña biblioteca local, y Jo había dirigido una fructífera colecta de fondos para poner en marcha una biblioteca ambulante. Además, ella había formado parte de un grupo de manualidades (su especialidad eran las alfombras de estambre) y era miembro de la cooperativa de artesanos del condado de Castle. Visitas a los enfermos… contribuciones a la campaña anual de donación de sangre… atender una caseta de la feria de verano de Castle Rock… ésas eran sólo algunas de sus actividades. No lo hacía de manera ostentosa, al estilo de las damas de caridad, sino con humildad y discreción, con la cabeza gacha (a menudo para ocultar una sonrisa irónica, debería añadir; mi Jo tenía un sentido del humor bierciano). Joder, pensé, tal vez el viejo Bill tuviera razones para sentirse ofendido.

—La gente la echa de menos —dije.

—Desde luego.

—Yo también la echo muchísimo de menos. Creo que por eso he estado tanto tiempo sin ir al lago. Allí pasamos muchos buenos ratos.

—Lo imagino. Pero será una alegría volver a tenerlo aquí. Me ocuparé de todo. La casa está en condiciones, podría mudarse esta misma tarde si quisiera, pero cuando un lugar ha estado cerrado tanto tiempo como Sara, necesita una limpieza.

—Lo sé.

—Le diré a Brenda Meserve que la limpie de arriba abajo. Es la señora de la limpieza de siempre, ¿sabe?

—Brenda está un poco mayor para hacer una limpieza a fondo, ¿no?

La señora en cuestión tenía unos sesenta y cinco años, era más bien gruesa, alegre y vulgar. Su especialidad eran los chistes sobre viajantes que pasaban la noche como los conejos, de agujero en agujero.

—Las mujeres como Brenda Meserve nunca son demasiado mayores para supervisar una buena limpieza —replicó Bill—. Llevará a dos o tres chicas para que pasen la aspiradora y levanten los trastos pesados. Le costará unos trescientos pavos, ¿le parece bien?

—Una ganga.

—Tendré que revisar el pozo y el generador, aunque estoy seguro de que están bien. He visto un avispero junto al estudio de Jo y quiero gasearlo antes de que se seque el bosque. Ah, y habría que reparar el techo de la casa vieja, ya sabe, la sección del medio. Iba a comentárselo el año pasado, pero como usted no usaba la casa, lo dejé pasar. ¿Me da autorización para eso también?

—Sí, con un presupuesto de hasta diez de los grandes. Si pasa de ahí, llámeme. Procure que esté todo terminado antes de que yo llegue, ¿de acuerdo?

—Desde luego. Seguro que querrá intimidad, aunque debería saber que al principio no tendrá mucha. Aquí todos nos quedamos de piedra cuando nos enteramos de la muerte de Jo. Era tan joven. Sorprendidos y tristes. También era un encanto.

–Gracias, Bill. –Los ojos se me llenaron de lágrimas. El dolor del duelo es como un invitado borracho, cuando parece que se ha marchado vuelve a darte un último abrazo–. Gracias por decírmelo.

–Le llevarán muchas tartas de zanahoria, amigo.

Rió con cierta vacilación, como si temiera meter la pata.

–Me gusta mucho la tarta de zanahoria –respondí–, y si se les va la mano, bueno, ¿Kenny Auster tiene todavía aquel galgo irlandés?

–Sí, y es capaz de comer tarta hasta reventar. –Bill soltó una sonora carcajada. Rió hasta que empezó a toser. Yo esperé a que acabara con una sonrisa en los labios–. Lo llama *Arándano*, que me aspen si sé por qué. ¡Es una bestia!

Supuse que se refería al perro y no a su dueño. Kenny Auster medía poco más de un metro cincuenta y era lo menos parecido a una bestia.

De repente me percaté de que echaba de menos a esas personas, a Bill, Brenda, Buddy, Jellison, Kenny Auster y todos los residentes fijos del lago. Hasta echaba de menos a *Arándano*, el galgo irlandés que corría con la cabeza erguida como si tuviera medio cerebro en ella, con largos hilos de baba colgándole de las mandíbulas.

–También tendré que bajar a limpiar el sendero –añadió Bill. Parecía avergonzado–. Este año no han caído tantos árboles, porque la última tormenta fue sólo de nieve, gracias a Dios, pero aún así hay un montón de basura que no he tenido tiempo de recoger. Debería haberlo hecho antes. Que usted no use la casa no es ninguna excusa, pues he estado cobrando sus talones.

Me hacía gracia oír al viejo haciendo acto de contrición; estoy seguro de que Jo se habría reído a carcajadas.

–Me contentaré con que todo esté en condiciones para el Cuatro de Julio, Bill.

–Pues entonces estará más contento que una almeja en tierras inundadas. Se lo prometo. –Bill parecía tan contento como una almeja en tierras inundadas, y me alegré de ello–. ¿Va a escribir un libro en la casa del lago? ¿Como en los viejos tiempos? No digo que los dos últimos no estuvieran bien, mi mujer no podía dejar el último, pero...

–No lo sé –respondí. Y era verdad. Entonces se me ocurrió una idea–. Bill, ¿me haría un favor antes de limpiar el sendero y enviar allí a Brenda Meserve?

–Si puedo, encantado –respondió, así que le dije lo que quería.

Cuatro días después recibí un paquete con este conciso remitente: DEAN /TR-90 (DARK SCORE). Lo abrí y saqué unas veinte fotografías tomadas con una de esas pequeñas cámaras de un solo uso.

Bill había completado el carrete sacando fotografías con distintas vistas de la casa, en la mayoría de las cuales tenía el aspecto descuidado de un lugar que no se usa a menudo… incluso un lugar que tiene un encargado de mantenimiento adquiere ese aspecto después de estar vacía una temporada.

Apenas si miré esas fotos. Las que quería eran las cuatro primeras y las puse sobre la mesa de la cocina, donde la radiante luz del sol caía directamente sobre ellas. Bill las había tomado desde lo alto del sendero, enfocando Sara Risa con la cámara desechable. Vi que había crecido musgo no sólo en los troncos de la casa principal, sino también en las alas norte y sur. Vi las ramas caídas y la alfombra de agujas de pino en el sendero. Puede que Bill sintiera la tentación de limpiar antes de sacar las fotos, pero no lo había hecho. Yo le había dado instrucciones precisas y Bill me había obedecido.

Los arbustos que flanqueaban el sendero habían crecido mucho desde la última vez que Jo y yo habíamos pasado una temporada larga junto al lago; no era exactamente una selva, pero algunas de las ramas más largas se extendían por encima del camino como los brazos de unos amantes que anhelan tocarse. Pero lo que me llamó la atención en todas ellas fue el porche que estaba al pie del sendero. Las demás semejanzas entre las fotografías y mis sueños de Sara Risa podrían ser coincidencia (u obra de la sorprendentemente práctica imaginación de un escritor) pero me resultaba tan imposible explicar la presencia de los girasoles que crecían entre las tablas del porche como el arañazo de mi mano.

Volví una de las fotos. En el dorso, con una letra abigarrada,

Bill había escrito: «Estos visitantes han llegado muy pronto... ¡y se han colado en propiedad privada!»

Volví a darle la vuelta. Tres girasoles entre las tablas del porche. No dos ni cuatro, sino tres girasoles grandes con las caras como reflectores. Exactamente iguales a los de mi sueño.

CAPITULO
6

El 3 de julio de 1998 puse dos maletas y mi ordenador portátil en el portaequipajes de mi Chevrolet, retrocedí por el camino particular de la casa, pero luego me detuve y volví a entrar. Me sentía solo y vacío, como un amante fiel que ha sido abandonado y no entiende por qué. Los muebles no estaban cubiertos con sábanas y yo no había cortado la luz (sabía que el Experimento del Gran Lago podía ser un fracaso estrepitoso), pero de todos modos el 14 de Benton Street parecía desierto. Las habitaciones retumbaban, aunque había demasiados muebles para que lo hicieran, y por todas partes los haces de luz del sol parecían llenos de motas de polvo.

En mi estudio, el ordenador cubierto con una funda parecía un verdugo encapuchado. Me arrodillé junto a él y abrí uno de los cajones del escritorio. Dentro había cuatro paquetes de folios. Cogí uno, enfilé hacia la puerta con él bajo el brazo, pero luego lo pensé mejor y regresé. Había puesto la provocativa foto de Jo en traje de baño en el cajón ancho del centro. La cogí, rasgué el envoltorio de los folios y deslicé la fotografía entre ellos, como si fuera el señalador de un libro. Si por casualidad empezaba a escribir otra vez y conseguía avanzar, me encontraría con Johanna aproximadamente en la página 255.

Salí de la casa, cerré con llave la puerta trasera me metí en el coche y me marché. Nunca he vuelto allí.

Varias veces durante ese mes había sentido la tentación de ir al lago para inspeccionar las obras (que resultaron ser bastante más importantes de lo que Bill Dean había previsto). Lo que me impidió hacerlo fue la sensación, poderosa aunque no expresada conscientemente, de que no debía hacer las cosas de esa manera; de que cuando llegara a Sara, sería para quedarme.

Bill había contratado a Kenny Auster para que reparara el techo y al primo de Kenny, Timmy Larry Bee, para que limpiara la fachada. Bill también envió a un fontanero para que echara un vistazo a las cañerías y, con mi autorización, hizo cambiar algunos caños viejos y la bomba de agua.

Bill protestaba por los gastos cuando hablábamos por teléfono, y yo se lo permitía. Cuando un yanqui de quinta o sexta generación se queja por cuestiones de dinero, lo mejor que uno puede hacer es callar y dejar que se desahogue. Para un yanqui, soltar la pasta es algo casi pecaminoso, como meterse mano en público. Pero a mí los gastos me traían sin cuidado. Llevo una vida frugal, no porque desee acatar un estricto código moral, sino porque mi imaginación, desbordante en otros aspectos, no llega muy lejos cuando pienso en cómo gastar el dinero. Mi idea del despilfarro es pasar tres días en Boston, ver un partido de los Red Sox, darme una vuelta por una tienda de discos y vídeos y hacer una visita a la librería Wordsworth de Cambridge. Una vida así no hace mucha mella en los intereses, y menos aún en el capital; tengo un buen gestor en Waterville, y el día que emprendí viaje hacia TR-90, tenía en mis arcas algo más de cinco millones de dólares. No mucho si se me comparaba con Bill Gates, pero una suma importante para esta zona, así que podía permitirme el lujo de permanecer impasible ante el alto precio de las reparaciones de la casa.

El final de esa primavera y el comienzo del verano siguiente fueron temporadas extrañas para mí. Mi actividad se redujo principalmente a esperar, a charlar con Bill Dean cuando llamaba para plantearme la última ronda de problemas, y a tratar de no pensar. Hice la entrevista para el *Publishers Weekly*, y cuando el periodista me preguntó si había tenido dificultades para retomar el trabajo tras «mi dolorosa pérdida» dije que no con la más absoluta desfachatez. ¿Por qué no? Era la pura verdad. Mis problemas no habían empezado hasta después de que hubiera acabado *Descenso desde la cima*; hasta entonces, todo había continuado como si tal cosa.

A mediados de junio me reuní con Frank Arlen para comer en la cafetería Starlite. Starlite está en Lewinston, que es el punto geográfico intermedio entre su ciudad y la mía. Mientras comíamos el postre (la famosa tarta de fresas de Starlite), Frank me preguntó si salía con alguien. Lo miré sorprendido.

–¿Por qué pones esa cara? –preguntó, y su cara reflejó una de novecientas emociones inexpresadas: ésta en concreto, entre irritada y divertida–. Yo no lo veía como un engaño a Jo. En agosto hará cuatro años que murió.

–No –respondí–. No salgo con nadie.

Me miró en silencio. Le sostuve la mirada durante unos instantes y luego comencé a remover con la cucharilla la nata que cubría mi tarta. La masa estaba caliente y la nata se estaba derritiendo. Recordé una vieja canción que hablaba de alguien que había dejado un pastel bajo la lluvia.

–¿Has salido con alguien, Mike?

–No creo que sea asunto tuyo.

–Eh, vamos. ¿Y en las vacaciones? ¿Saliste…?

Me obligué a apartar la vista de la nata.

–No –dije–. No salí con nadie.

Guardó silencio y supuse que iba a cambiar de tema, cosa que me habría alegrado. Pero volvió al ataque y me preguntó a bocajarro si me había acostado con alguien después de la muerte de Johanna. Sé que habría aceptado una mentira, aunque no acabara de creérsela. Los hombres mienten constantemente cuando hablan de sexo. Sin embargo, le dije la verdad, y con cierto placer perverso.

–No.

–¿Ni una sola vez?

–Ni una.

–¿Y no has ido a una de esas casas de relax? Ya sabes, para que por lo menos te hagan…

–No.

Comenzó a golpear la cucharilla contra el borde del bol del postre, que ni siquiera había probado. Me miraba como si yo fuera una bacteria nueva y extraña. No me gustó, aunque me pareció comprensible.

Había estado cerca de lo que en la actualidad llaman una «relación» en dos ocasiones, ninguna de ellas en Cayo Largo, donde había observado distraídamente a unas dos mil mujeres guapas que se paseaban prácticamente en cueros. La primera había sido con Kelli, una camarera pelirroja de un restaurante donde solía comer a menudo. Después de un tiempo empezamos a hablar, a contarnos chistes, y luego se inició esa clase especial de contacto visual; ya sabéis, esas miradas que se prolongan un poco más de la cuenta. Me fijé en sus piernas y en la forma en que el uniforme se le ceñía a las caderas cuando se volvía, y ella se fijó en que yo me había fijado.

También me interesé vagamente por una mujer de Nu You, el gimnasio donde iba a ponerme en forma. Una mujer alta que casi siempre llevaba un *top* de gimnasia rosa y unos pantalones de ciclista negros. Era guapa. Además, me gustaba lo que leía mientras pedaleaba en la bicicleta estática; no *Madmoiselle* o *Cosmopolitan*, sino libros de John Irving o Ellen Gilchrist. Me cae bien la gente que lee libros, y no sólo porque yo solía escribirlos. Los lectores de libros están tan dispuestos como cualquiera a iniciar una conversación con el tema del tiempo, pero son capaces de pasar de ahí.

La rubia del *top* rosa y los pantalones de ciclista se llamaba Adria Bundy. Empezamos a hablar de libros mientras pedaleábamos lado a lado y llegó un momento en que empecé a ayudarle un par de veces a la semana en la sala de pesas. Cuando le sostienes las pesas a otro se crea cierta intimidad. Supongo que la posición supina del que levanta las pesas tiene algo que ver (sobre todo si se trata de una mujer), pero lo más importante es que el otro depende de ti. Aunque rara vez se llega a esos extremos, la persona que levanta las pesas confía su vida al que la observa y la ayuda. Y en algún momento del invierno de 1996, comenzamos a cambiar esas miradas especiales –las que se prolongan algo más de la cuenta– mientras ella estaba tendida en el banco y yo de pie a su lado.

Kelli tenía unos treinta años y Adria quizá algunos menos. Kelli era divorciada y Adria soltera. En ninguno de los dos casos me habría metido en territorio ajeno y creo que las dos hubieran estado dispuestas a vivir una aventura de una noche conmigo. Sin embargo, lo que hice finalmente fue buscar otro restaurante donde comer, y cuando la Asociación de Hombres Cristianos me envió un bono para que probara gratuitamente su gimnasio, aproveché la oferta y nunca regresé a Nu You. Recuerdo que me crucé con Adria Bundy unos seis meses después del cambio, y aunque la saludé, traté de eludir su mirada ligeramente sorprendida y ofendida.

Desde un punto de vista puramente físico, las deseaba a las dos (de hecho, tuve un sueño en que me acostaba con las dos a la vez, en la misma cama), pero al mismo tiempo no deseaba a ninguna. Supongo que esta actitud se debía principalmente a mi incapacidad para escribir; mi vida ya estaba bastante jodida, gracias, no necesitaba más complicaciones. Pero por otro lado querría ahorrarme el trabajo de averiguar si la mujer que me devolvía las miradas estaba interesada en mí o en mi cuenta bancaria.

–¿Y qué hay de los amigos? –preguntó Frank, que por fin había empezado a comer su tarta de fresa–. Porque tendrás amigos, ¿no?

–Sí –respondí–, muchos amigos.

Era mentira, pero tenía muchos crucigramas que hacer, muchos libros que leer y muchas películas de vídeo que ver por las noches; era capaz de recitar de memoria la advertencia sobre la prohibición de hacer copias ilegales que emitían al principio. Mi relación con seres de carne y hueso se reducía a la que mantenía con mi médico y mi dentista, y prácticamente las únicas cartas que escribí ese mes de junio fueron tarjetas anunciando mi cambio de domicilio a revistas como *Harper* o *National Geographic*.

–Pareces una madre judía, Frank –observé.

–Es que cuando estoy contigo a veces me siento como una madre judía –replicó–. Pero una que cree en las propiedades terapéuticas de las patatas asadas, en lugar de en las del pan ázimo.

99

Hacía tiempo que no tenías tan buen aspecto. Creo que finalmente has engordado un poco.

–Demasiado.

–Tonterías, cuando viniste a casa por Navidad, parecías Ichabod Crane. Además, tienes la cara y los brazos bronceados.

–Últimamente camino mucho.

–Tienes mejor aspecto, pero cada vez que te veo me preocupo por la expresión que veo en tus ojos. Creo que a Jo le alegraría saber que *alguien* se preocupa por ti.

–¿A qué expresión te refieres?

–A esa mirada ausente, como si estuvieras a miles de kilómetros de distancia. ¿Quieres que te sea franco? Es la expresión de alguien que se ha quedado pillado a algo y no consigue soltarse.

Salí de Derry a las tres y media, me detuve en Rumford para cenar y luego seguí mi camino entre las colinas del oeste de Maine mientras se ponía el sol. Había planificado con cuidado el horario de salida y de llegada, aunque no del todo conscientemente, y cuando dejé atrás Motton y entré en el ayuntamiento no reconocido de TR-90, noté que tenía palpitaciones. A pesar del aire acondicionado del coche, tenía la cara y los brazos sudorosos. Nada de lo que emitían en la radio me convencía, toda la música me parecía estentórea, así que la apagué.

Estaba aterrorizado, y tenía buenas razones. Incluso si restaba importancia a la concordancia entre mis sueños y algunos incidentes de la vida real (cosa que conseguí hacer con facilidad, diciéndome que el rasguño de la mano y los girasoles eran o bien simples coincidencias o una chapuza paranormal) tenía razones para tener miedo. Porque los sueños no habían sido normales y porque la decisión de regresar al lago después de tanto tiempo tampoco había sido normal. No me sentía como un hombre moderno del *fin-de-millénaire* decidido a afrontar sus miedos como si se tratara de una cruzada espiritual (yo estoy bien, tú estás bien, hagámonos una paja mental colectiva con una dulce melodía de William Ackerman de fondo); más bien me sentía como un profeta loco que se marcha al desierto, dispuesto a sobrevivir comiendo langostas y bebiendo agua contaminada porque Dios lo ha llamado en un sueño.

Tenía problemas –mi vida era un caos moderadamente-bien-llevado– y la incapacidad de escribir sólo era uno de ellos. No me dedicaba a violar niños ni iba por Times Square protestando por conspiraciones imaginarias con un megáfono, pero de todos modos tenía problemas. Había perdido mi lugar en el mundo y no conseguía encontrarlo otra vez. Y no es sorprendente; al fin y al cabo, la vida no es una novela. Esa calurosa noche de julio estaba a punto de someterme a una voluntaria terapia de *shock*, y creedme si os digo que lo sabía.

Para llegar a Dark Score tenía que hacer el siguiente itinerario: tomar la I-95 desde Derry a Newport; la carretera 2 desde Newport a Bethel (con una parada en Rumford, que solía oler como la antesala del infierno hasta que la industria del papel prácticamente se paralizó durante el segundo mandato de Reagan); la carretera 5 desde Bethel a Waterford. Luego se coge la 68, la antigua County Road, se cruza Castle View y Motton (cuyo centro comercial consiste en un granero reformado donde venden vídeos, cerveza y rifles de segunda mano) y pasar dos carteles que rezan respectivamente TR-90 y EL GUARDIA FORESTAL ES LA MEJOR AYUDA EN UNA EMERGENCIA, LLAME AL 1-800-555-GAME O *72 DESDE UN TELÉFONO MÓVIL. En este último le han añadido una pintada: A LA MIERDA CON LOS GUARDIAS.

A siete kilómetros del segundo cartel hay un camino estrecho a la derecha, señalado sólo por un cuadrado de lata con un descolorido número 42. Encima, como una diéresis, hay un par de agujeros de balas del 22.

Enfilé ese camino a la hora prevista: el reloj del tablero de mandos del Chevrolet marcaba las 19.16.

Y tuve la sensación de que regresaba al hogar.

Según el cuentakilómetros recorrí 0,3 kilómetros, oyendo el rumor de la hierba que crecía en el centro del camino contra los bajos de mi coche y de vez en cuando el sonido de una rama que arañaba el techo y golpeaba como un puño la ventanilla del lado del acompañante.

Finalmente aparqué y apagué el motor. Bajé, fui hasta la parte trasera del coche, me tendí boca abajo y empecé a arrancar la hierba que tocaba el tubo de escape caliente. Había sido un verano seco y era conveniente tomar precauciones. Había llegado a esa hora para reproducir mis sueños, con la esperanza de entenderlos mejor o de que se me ocurriera alguna idea sobre qué hacer a continuación. Pero no había ido allí para provocar un incendio forestal.

Cuando hube terminado, me levanté y miré alrededor. Los grillos cantaban y los árboles se inclinaban sobre el camino, igual que en mis sueños. El cielo era una descolorida franja azul.

Eché a andar por el sendero que estaba a la derecha. Jo y yo teníamos un vecino al final de ese sendero, el viejo Lars Washburn, pero el camino particular de su casa estaba lleno de enebros y bloqueado con una cadena oxidada. En un árbol de la izquierda habían clavado un cartel de PROPIEDAD PRIVADA. PROHIBIDO EL PASO. En otro árbol de la derecha, otro cartel anunciaba: INMOBILIARIA NEXT CENTURY.

Seguí andando, consciente otra vez de mis palpitaciones y de los mosquitos que zumbaban alrededor de mi cara y mis brazos. Había pasado la temporada de más calor, pero yo estaba sudando mucho, y a los mosquitos les gusta el olor a sudor. Sin duda les recuerda el de la sangre.

¿Cuánto miedo tenía mientras me aproximaba a Sara Risa? No lo recuerdo. Supongo que el miedo, igual que el dolor, se desvanece de la mente una vez que ha pasado. Lo que sí recuerdo es que tuve una sensación que ya había experimentado antes allí, sobre todo cuando salía a caminar solo. La sensación de que la realidad era frágil. Todavía creo que es frágil, ¿sabéis?, tan frágil como el hielo de un lago después del deshielo, y también creo que llenamos nuestra vida con ruido, luz y movimiento para no ver esa fragilidad. Pero en sitios como el camino Cuarenta y dos, no hay humo ni espejos. Lo único que queda es el canto de los grillos y la visión de hojas verdes que se oscurecen hasta volverse negras; ramas que parecen caras, el sonido del corazón en el pecho, el palpitar de la sangre detrás de los ojos y la imagen del cielo mientras la sangre azul del día se desliza sobre su mejilla.

Cuando la luz del día se retira deja tras de sí una especie de certeza: la de que bajo la piel hay un secreto, un misterio oscuro y brillante al mismo tiempo. Sientes este misterio en cada respiración, lo ves en cada sombra, esperas toparte con él con cada paso que das. Está ahí; te deslizas sobre él tomando una curva vertiginosa, como un patinador que gira en su camino para regresar a casa.

Me detuve un instante a unos setecientos metros al sur de donde había dejado el coche y a otros setecientos del sendero que conducía a Sara Risa. En ese punto el camino gira abruptamente, y a la derecha hay un prado, una empinada cuesta que desciende hasta el lago. La gente del lugar lo llama Tidwell's Meadow o a veces el Viejo Campamento. Allí fue donde Sara Tidwell y su curiosa tribu construyeron sus cabañas, por lo menos según Marie Hingerman (cuando se lo pregunté a Bill Dean, él me lo confirmó, aunque no pareció interesado en seguir hablando del tema, cosa que en su momento me llamó la atención).

Permanecí allí un momento, contemplando la orilla norte de Dark Score. El agua estaba cristalina y tranquila, todavía color caramelo bajo la luz del crepúsculo, sin una sola ola ni una embarcación a la vista. Supuse que los amantes de las lanchas debían de estar en el bar Sunset de Warrington's, comiendo langosta y bebiendo cócteles. Más tarde, algunos de ellos –achispados con *speed* y martinis– saldrían a navegar a toda velocidad en sus lanchas a la luz de la luna. Me pregunté si seguiría allí para oírlos. Pensé que quizá para entonces estuviera otra vez camino de Derry; aterrorizado por lo que me había encontrado, o desilusionado porque no había encontrado nada en absoluto.

«"Patético hombrecillo", dijo Strickland.»

No supe que iba a hablar hasta que me oí hacerlo y no tengo ni idea de por qué pronuncié esas palabras en particular. Recordé el sueño en que Jo estaba debajo de la cama y me estremecí. Un mosquito zumbó en mi oído. Lo espanté y seguí andando.

Llegué a lo alto del sendero en el momento perfecto y tuve la clarísima sensación de que volvía a mi sueño. Hasta los globos atados al cartel de SARA RISA (uno blanco y otro azul, ambos con la inscripción ¡BIENVENIDO, MIKE! en tinta negra), y flotando sobre el telón de fondo cada vez más oscuro de los árboles, parecieron intensificar la sensación de *déjà vu* que yo había inducido deliberadamente, por que no hay dos sueños iguales, ¿no? Las cosas concebidas por la mente y hechas con las manos nunca son iguales, ni siquiera cuando se empeñan en parecer idénticas, porque nosotros no somos los mismos de un día a otro, ni siquiera de un momento a otro.

Caminé hasta el letrero, percibiendo el misterio del lugar en el ocaso. Así el áspero cartel, como para asegurarme de que era real, y luego pasé la yema del pulgar por las letras, arriesgándome a clavarme una astilla, leyendo con la piel como un ciego ante los caracteres Braille: S, A, R y A; R, I, S y A. Habían retirado las ramas caídas y las agujas de pino del sendero, pero el lago destellaba con un resplandor rosado, como en mis sueños, y la voluminosa casa tenía un aspecto idéntico. Bill había tenido el detalle de dejar la luz del porche trasero encendida y de cortar los girasoles que crecían entre las tablas, pero todo lo demás estaba igual.

Miré hacia arriba, a la rendija de cielo sobre el sendero. Nada… esperé… y nada… seguí esperando… y de repente, ahí estaba, en el centro de mi campo de visión. Primero había sólo azul mortecino (donde el índigo comenzaba a extenderse desde los bordes, como una mancha de tinta), y un segundo después apareció Venus, brillante y quieta. La gente habla de «ver salir las estrellas», y supongo que eso es posible, pero en mi caso fue la única vez que vi aparecer una. Le pedí un deseo, desde luego, pero esta vez estaba en el mundo real y no pedí volver a ver a Jo.

–Ayúdame –dije mirando a la estrella.

Hubiera querido decir algo más, pero no sabía qué. No sabía qué clase de ayuda necesitaba.

«Ya basta –dijo con nerviosismo la voz de mi mente–. Ya es suficiente. Ahora regresa al coche.»

Pero ése no era el plan. El plan era bajar por el sendero como en mi último sueño, la pesadilla. El plan era demostrarme que no había ningún monstruo envuelto en una mortaja acechando entre las sombras de la vieja casa de troncos. El plan se basaba principalmente en la filosofía de la Nueva Era, según la cual debemos afrontar nuestros temores y seguir adelante. Pero cuando miré hacia abajo y vi la pequeña luz del porche (se veía minúscula en la creciente oscuridad) pensé en otra clase de filosofía, una menos optimista y positiva, según la cual lo más conveniente cuando se tiene miedo es mandarlo todo a tomar por culo y salir pitando. Y allí, solo en el bosque mientras la luz se borraba del cielo, esa segunda opción me pareció mucho más inteligente.

Me hizo gracia descubrir que tenía uno de los globos en la mano; ni siquiera me había dado cuenta de haberlo desatado. Flotaba lentamente al final del hilo, pero la oscuridad me impedía leer las palabras escritas en él.

«Quizá todo fuera verdad; tal vez no pudiera moverme. Quizá el andar del escritor hubiera vuelto a apoderarse de mí y tuviera que quedarme allí, como una estatua, hasta que alguien acudiera a rescatarme.»

Pero estaba en el mundo real, y en el mundo real el andar del escritor no existe. Abrí la mano, y cuando el hilo del globo escapó de ella comencé a bajar por el sendero. Un pie detrás del otro, tal como había aprendido a andar en 1959. Me interné más y más en el fresco pero acre olor a pino, y en cierto momento me sorprendí dando un paso más largo de lo normal para pasar por encima de una rama que había estado allí en mi sueño, pero que no estaba en la realidad.

Todavía tenía el corazón desbocado y sudaba a chorros, atrayendo a los mosquitos. Levanté una mano para retirarme el pelo de la frente, pero interrumpí el movimiento a la mitad y la puse delante de mis ojos, con los dedos abiertos. Luego la otra. Las dos estaban intactas; no había ni rastro del arañazo que me había hecho en la mano la noche de la tormenta de nieve.

–Estoy bien –dije–, estoy bien.

«"Patético hombrecillo", dijo Strickland», respondió una voz. No era la mía, ni la de Jo; era la voz espectral que hacía de narradora en mi pesadilla, la que me había hecho seguir adelante cuando quería detenerme. La voz de un extraño.

Eché a andar otra vez. Ya había recorrido más de la mitad del camino. Había llegado al punto donde, en mi sueño, le decía a la voz que tenía miedo de la señora Danvers.

—Me da miedo la señora Danvers —dije para probar cómo sonaban las palabras en voz alta en la oscuridad—. ¿Y si la perversa ama de llaves está allí abajo?

Un somorgujo cantó en el lago, pero la voz no respondió. Supongo que no era necesario. La señora Danvers no existía, no era más que un saco de huesos en un libro antiguo y la voz lo sabía.

Seguí andando. Pasé junto al pino contra el que Jo y yo habíamos chocado el jeep en una ocasión, cuando bajábamos marcha atrás por el sendero. ¡Jo se había puesto a soltar tacos como un camionero! Yo me mantuve serio hasta que llegó a «¡la leche en escabeche!». Entonces perdí el control, me apoyé contra el lateral del coche con las manos apretadas contra las sienes y reí hasta que se me saltaron las lágrimas, mientras Jo me miraba echando chispas por los ojos.

Vi la marca a aproximadamente un metro de la base del tronco, donde una mancha blanca parecía flotar sobre la oscura corteza. En mi último sueño aquél era el momento en que la inquietud degeneraba en algo mucho peor. Incluso antes de que la criatura amortajada saliera corriendo de la casa, yo había presentido que algo iba mal; había tenido la sensación de que la propia casa se había vuelto loca. Había sido en ese punto, después de pasar junto al pino con la vieja marca, cuando había sentido la necesidad de huir.

Ahora no me sentía igual. Tenía miedo, sí, pero no estaba aterrorizado. Para empezar, detrás de mí no había nadie, ninguna respiración. Lo peor que uno podía encontrar en un bosque como aquél, era un alce enfadado. O, si tenía muy mala suerte, un oso furioso.

En el sueño había habido una luna en cuarto menguante, pero esa noche no había luna. Ni la habría; por la mañana había echado un vistazo a las predicciones meteorológicas del *Derry News* y había averiguado que había luna nueva.

Hasta el *déjà vu* más poderoso es frágil, y el mío se rompió al mirar el cielo sin luna. La sensación de estar reviviendo la pesadilla se desvaneció con tanta rapidez que hasta me pregunté por qué había bajado andando, qué trataba de hacer o de demostrar.

Ahora tendría que hacer el largo camino a pie hasta mi coche.

De acuerdo, pero lo haría con una linterna que sacaría de la casa. Sin duda habría alguna en...

Oí una serie de explosiones procedentes del otro lado del lago, la última tan fuerte que retumbó en las colinas. Paré en seco y contuve la respiración. Unos segundos antes, esos estampidos inesperados me habrían hecho huir despavorido por el sendero, pero tal como estaban las cosas todo quedó en un breve sobresalto. Eran fuegos artificiales, naturalmente. Al día siguiente sería Cuatro de Julio, y los niños del lago se anticipaban a la celebración, como acostumbran a hacer los niños.

Seguí andando. Los arbustos todavía se extendían como manos sobre el camino, pero los habían podado y no resultaban tan amenazadores. Tampoco tenía que preocuparme por la posibilidad de que en la casa no hubiera luz; estaba lo bastante cerca del porche trasero para ver las polillas revoloteando alrededor de la luz que Bill Dean había dejado encendida para mí. Aunque la electricidad hubiera estado cortada (en el oeste del estado gran parte de los tendidos siguen sobre la superficie y hay frecuentes cortes de suministro), el generador se habría puesto en marcha automáticamente.

Sin embargo, estaba sorprendido por la cantidad de detalles del sueño que coincidían con la realidad, incluso ahora que la poderosa sensación de que estaba repitiendo –reviviendo– la escena había desaparecido. Las macetas de Jo estaban donde siempre, flanqueando la senda que conduce a la pequeña playa particular de Sara Risa; supongo que Brenda Meserve las había encontrado en el sótano y las había hecho subir. Todavía no había ninguna planta en ellas, pero sospechaba que pronto las habría. Y a pesar de que la luna de mi sueño no estaba allí, vi el cuadrado negro en el agua, a unos cincuenta metros de la playa. La plataforma flotante.

Pero no había un objeto rectangular delante del porche; no había ningún ataúd. Sin embargo, mi corazón se aceleró otra vez y creo que si en ese momento hubiera vuelto a oír fuegos artificiales, habría echado a correr.

«"Patético hombrecillo", dijo Strickland.»

«Dame eso. Es para protegerme del polvo.»

¿Y si la muerte nos vuelve locos? ¿Y si sobrevivimos a ella, pero nos vuelve locos? ¿Qué pasa entonces?

Había llegado al punto donde, en mi pesadilla, la puerta se abría y la figura blanca salía corriendo con los brazos levantados. Di otro paso y me detuve; mi respiración producía un sonido ronco porque inspiraba por la boca y luego el aire pasaba sobre mi lengua seca. Ya tenía la impresión de haber vivido ese momento antes, pero por un instante pensé que la figura iba a aparecer allí, en el mundo real, en tiempo real. Esperé con las manos sudorosas cerradas en puños. Otra inspiración seca y esta vez contuve el aire.

El suave chapoteo del agua bañando la playa.

Una brisa que acariciaba mi cara y agitaba los arbustos.

Un somorgujo cantó en el lago; las polillas chocaban contra la bombilla del porche.

Ningún monstruo amortajado abrió la puerta, y a través de los ventanales situados a la izquierda y la derecha de la puerta no vi que se moviera nada, ni blanco ni de ningún otro color. Encima del pomo de la puerta había una nota –seguramente de Bill– y eso era todo. Solté el aire y recorrí el resto del sendero hasta Sara Risa.

En efecto, la nota era de Bill Dean. Decía que Brenda había hecho algunas compras por mí; el recibo del súper estaba en la mesa de la cocina, y encontraría la despensa bien surtida de latas. Había sido más cauta con los alimentos perecederos, pero de todos modos en el frigorífico había leche, mantequilla y hamburguesas, ese pilar de la cocina del soltero.

«Le veré el lunes. Hubiera querido recibirlo personalmente, pero mi mujer dice que nos toca tomarnos un día libre, así que nos vamos a pasar el Cuatro de Julio a Virginia (¡qué calor!) con su hermana. Si necesita algo o tiene algún problema...»

Me había apuntado el número de teléfono de su cuñada de Virginia y el de Butch Wiggins, en el pueblo que los lugareños llaman simplemente el «TR», como cuando dicen: «Mi madre y yo nos cansamos de Bethel y llevamos la caravana hasta el TR.» Había más números: el del fontanero, el del electricista, el de Brenda Meserve y hasta el del técnico de televisión de Harrison que había movido la parabólica para mejorar la recepción. Bill no había dejado ningún cabo suelto. Di la vuelta al papel, esperando encontrar una posdata como «Mike, si estalla la Tercera Guerra Mundial antes de que Yvette y yo regresemos de Virginia...».

Algo se movió a mi espalda.

Giré en redondo y la nota cayó al suelo. Tembló sobre las tablas del porche como si fuera una versión más grande y blanca de las mariposas nocturnas que chocaban contra la bombilla. Estaba seguro de que en ese momento vería a la criatura de la mortaja blanca, un espectro loco dentro del cuerpo putrefacto de mi mujer: «Dame eso; es para protegerme del polvo. ¿Cómo te atreves a venir aquí a perturbar mi sueño, cómo te atreves a regresar a Manderley? Y ahora que estás aquí ¿crees que conseguirás escapar? En el misterio contigo, estúpido hombrecillo, en el misterio contigo.»

Allí no había nada. Sólo había sido la brisa, sacudiendo ligeramente los arbustos... pero esta vez no había sentido la brisa en mi piel sudorosa.

–Tiene que haber sido el viento –dije–. Aquí no hay nada.

El sonido de tu propia voz cuando estás solo puede resultar aterrador o reconfortante. En esa ocasión resultó reconfortante. Me agaché, recogí la carta de Bill y la guardé en el bolsillo trasero del pantalón. Después saqué el llavero. Bajo la luz del porche y las desproporcionadas y vertiginosas sombras de las mariposas nocturnas, separé las llaves hasta que encontré la que quería. Tenía aspecto de no haber sido usada en mucho tiempo, y mientras pasaba el pulgar por el borde dentado me pregunté una vez más por qué no había viajado al lago –excepto para hacer algún recado rápido a la luz del día– en todos los meses y los años desde la muerte de Jo. Si ella hubiera estado viva, habría insistido en que...

Pero entonces tomé conciencia de algo: no se trataba sólo del tiempo transcurrido desde la muerte de Jo. Era una excusa fácil –en ningún momento en mis largas vacaciones en Cayo Largo se me había ocurrido otra–, pero ahora que estaba bajo las sombras de las mariposas danzarinas (era como estar bajo un extraño foco de discoteca orgánico) y oía el canto de los somorgujos en el lago, recordé que aunque Johanna había muerto en agosto de 1994, lo había hecho en Derry. Entonces hacía un calor infernal en la ciudad, así que ¿por qué estábamos allí? ¿Por qué no estábamos sentados en nuestra fresca terraza junto al lago, en traje de baño, bebiendo té helado, mirando pasar las lanchas y comentando las habilidades de los esquiadores acuáticos? ¿Qué hacía ella en el maldito aparcamiento del Rite Aid, cuando cualquier otro agosto habríamos estado a muchos kilómetros de allí?

Y eso no era todo. Solíamos quedarnos en Sara hasta finales de septiembre, cuando el lugar estaba tranquilo, bonito y tan cálido como en verano. Pero en 1993 sólo habíamos pasado allí la primera semana de agosto. Lo sabía porque recordaba que a finales de ese mismo mes Johanna me había acompañado a Nueva York, donde había ido a formalizar algún papeleo con la editorial y a cumplir con la parte que me tocaba de la maldita publicidad. En Manhattan había hecho un calor de todos los demonios: en East Village habían abierto las bocas de riego y el agua hervía sobre el pavimento ardiente. Una noche habíamos ido a ver *El fantasma de la ópera* y poco antes del final Johanna me había susurrado al oído: «¡Joder, el puto fantasma ya empieza a moquear otra vez!» Yo había pasado el resto de la función tratando de contener la risa. Jo tenía una vena perversa.

¿Por qué había viajado conmigo ese agosto? A Jo no le gustaba Nueva York ni siquiera en abril o en octubre, cuando es bastante bonito. No lo sabía. No lo recordaba. Lo único que sabía era que ella nunca había vuelto a Sara Risa después de la primera semana de agosto de 1993... y poco después ni siquiera estaría seguro de eso.

Metí la llave en la cerradura y la giré. Entraría, encendería la luz de la cocina, cogería una linterna y regresaría al coche. Si no lo hacía, el propietario de alguna casa situada al sur del camino entraría por él a demasiada velocidad, chocaría con mi Chevy y me pediría una indemnización de cien millones de dólares.

La casa había sido ventilada y no olía en absoluto a humedad; de hecho, tenía un agradable aroma a pino. Busqué a tientas el interruptor de la luz, pero en ese momento, en algún lugar de la oscura casa, un niño empezó a llorar. Mi mano se quedó paralizada donde estaba y mi piel se heló. No estaba exactamente aterrorizado, pero era incapaz de pensar con lógica. Era un llanto, el llanto de un niño, y yo no tenía ni idea de dónde procedía.

Luego empezó a desvanecerse. No es que bajara de volumen, sino que comenzó a desvanecerse, como si alguien hubiera cogido al niño en brazos y lo paseara por un pasillo larguísimo… aunque en Sara Risa no había ningún pasillo semejante. Ni siquiera el que pasa por el centro de la casa y conecta la sección central con las dos alas es muy largo.

Se desvaneció… se desvaneció hasta prácticamente desaparecer.

Yo estaba paralizado en la oscuridad, con la piel fría y la mano en el interruptor. Una parte de mí quería huir, correr tan rápidamente como me lo permitieran las piernas. Otra parte –acaso la racional– quería recuperar la compostura.

Pulsé el interruptor, mientras la parte que quería huir decía olvídalo, es un sueño, imbécil, es tu sueño convertido en realidad. Pero funcionó. La luz del vestíbulo disipó las sombras y reveló la pequeña colección de vasijas de cerámica de Jo a la izquierda y la estantería a la derecha, cosas que yo no veía desde hacía años, pero que seguían allí, tal como las habíamos dejado. En el estante central vi las tres novelas de Elmore Leonard –*Swag*, *The Big Bounce* y *Mr. Majestyk*– que yo había separado por si llovía; uno tiene que estar preparado para la lluvia cuando está de vacaciones. Sin nada que leer, bastan dos días de lluvia en el bosque para hacerte perder la chaveta.

Hubo un último y casi imperceptible sollozo y luego silencio. En él oí el tictac procedente de la cocina. El reloj de encima del fogón, una de las pocas muestras de mal gusto de Jo, era el Gato Félix con grandes ojos que se movían de lado a lado mientras la cola-péndulo lo hacía de delante atrás. Creo que ha aparecido en todas las películas cutres de terror que se han filmado.

–¿Quién está ahí? –pregunté. Di un paso hacia la cocina, un

espacio sombrío flotando detrás del vestíbulo y me detuve. En la oscuridad, la casa era como una cueva. El sonido del llanto podía haber procedido de cualquier parte. Incluso de mi imaginación–. ¿Hay alguien ahí?

No hubo respuesta, pero no me pareció que el sonido hubiera salido de mi cabeza. Si hubiera sido así, el bloqueo del escritor habría sido el más insignificante de mis problemas.

En la estantería, a la izquierda de los libros de Elmore Leonard, había una linterna larga, de las que llevan ocho pilas y te ciegan temporalmente si alguien apunta la luz directamente a tus ojos. La cogí, y sólo cuando resbaló de mi mano tomé conciencia de lo mucho que sudaba y del miedo que tenía. Con el corazón desbocado, la atajé en el aire, esperando que el misterioso llanto volviera a empezar o que la criatura de la mortaja blanca saliera flotando del oscuro salón con los brazos levantados; un político corrupto que regresaba de la tumba dispuesto a volver a las andadas. Votad al partido de la resurrección, hermanos, y seréis recompensados con la salvación eterna.

Cuando conseguí controlar la linterna, la encendí. Proyectó un haz brillante sobre el salón, iluminando la cabeza de alce que estaba encima de la chimenea y cuyos ojos de cristal parecieron dos focos brillando bajo el agua. Vi los viejos sillones de mimbre y bambú, el viejo sofá, la mesa de comedor llena de arañazos que era preciso equilibrar poniendo un naipe doblado o un par de posavasos debajo de una pata, y aunque no vi ningún fantasma, llegué a la conclusión de que allí pasaba algo muy raro. En palabras del inmortal Cole Porter, acabemos con todo de una vez. Si salía hacia el este en cuanto volviera a subir al coche, estaría en Derry a medianoche. Y dormiría en mi cama.

Apagué la luz del vestíbulo y el haz de luz de la linterna trazó una línea en la oscuridad. Oí el tictac del estúpido reloj-gato, que Bill debía de haber puesto en marcha otra vez, y el familiar ronroneo cíclico del frigorífico. Entonces caí en la cuenta de que no había esperado oír ninguno de los dos sonidos otra vez. Y en cuanto al llanto...

¿Había habido un llanto? ¿De veras lo había oído?

Sí. Un llanto o lo que fuese, no importaba qué. Lo que importaba era que viajar allí había sido una idea peligrosa y un acto de imbecilidad para un hombre que había enseñado a su mente a portarse mal. Mientras estaba en la oscuridad del vestíbulo, rota sólo por el haz de luz de la linterna y el resplandor de la bombilla del porche, advertí que la frontera entre lo que sabía que era real y lo que sabía que era fruto de mi imaginación prácticamente había desaparecido.

Salí de la casa, cerré la puerta con llave y regresé por el sendero, moviendo el haz de la linterna de un lado a otro como un péndulo, como la cola del Gato Félix en la cocina. Pensé que tendría que inventarme una historia para contarle a Bill Dean. No podía decirle: «Mira, Bill, llegué allí, oí berrear a un crío en el interior de la casa y me asusté tanto que salí pitando hacia mi casa de Derry. Te enviaré la linterna por correo; vuelve a ponerla en el estante junto a los libros, ¿de acuerdo?» No serviría, porque se correría la voz y la gente diría: «No me sorprende. Ha escrito demasiados libros. Un trabajo así te hace perder la chaveta. Ahora tiene miedo hasta de su propia sombra. Gajes del oficio.»

Aunque no regresara allí nunca más en la vida, no quería que la gente del TR se quedara con esa impresión de mí, con esa idea semicondescendiente de «mira lo que te pasa por pensar tanto». Mucha gente adopta esa actitud ante aquellos que viven de su imaginación.

Le diría a Bill que había enfermado. En cierto modo era verdad. No… sería mejor decirle que había enfermado otra persona… un amigo, alguien de Derry, tal vez una mujer. «Bill, una amiga mía se ha enfermado, ¿sabes?, así que…»

Paré en seco cuando la luz iluminó mi coche. Había recorrido un kilómetro y medio sin fijarme en ninguno de los sonidos del bosque, restando importancia incluso a los más notables, como los de los ciervos que se preparaban para dormir. No me había vuelto a mirar si la criatura amortajada (o quizá el espectro de un niño lloroso) me perseguía. Me había abstraído en la tarea de inventar una historia y embellecerla, y aunque esta vez lo había hecho en mi mente en lugar de sobre el papel, había seguido el mismo camino familiar. Tan absorto estaba en ella que hasta me había olvidado de tener miedo. Mi ritmo cardíaco había vuelto a la normalidad, el sudor se había secado y los mosquitos habían dejado de zumbar en mis oídos. Entonces se me ocurrió una idea. Era como si mi mente hubiera estado esperando pacientemente a que me tranquilizara lo suficiente para recordarme un hecho esencial.

Las cañerías. Bill me había pedido autorización para cambiar algunos caños viejos y el fontanero lo había hecho. Hacía muy poco de eso.

–Aire en las cañerías –dije iluminando el Chevrolet con la linterna–. Eso es lo que oí.

Esperé que la parte más profunda de mi mente me dijera que era una mentira tonta, una racionalización. Pero no lo hizo, supongo que porque pensó que podía tener razón. Las cañerías llenas de aire pueden sonar como voces de personas, ladridos de perro o el llanto de un niño. Era probable que el fontanero les hubiera quitado el aire y el sonido procediera de otra parte, pero también era probable que no lo hubiera hecho. ¿Iba a subir al coche, recorrer los trescientos metros que me separaban de la carretera y regresar a Derry, todo por un sonido que había oído durante diez segundos (tal vez sólo cinco) y mientras me encontraba en un estado de nerviosismo y agitación?

Decidí que la respuesta era no. Hacía falta algo más para obligarme a volver, acaso una risa como la de los personajes de *Cuentos de la cripta*. Sobre todo cuando el regreso a Sara Risa podía significar tanto para mí.

Oigo voces en mi cabeza y si no recuerdo mal lo he hecho siempre. No sé si es uno de los requisitos básicos del oficio de escritor; nunca se lo he preguntado a otro. Jamás sentí la necesidad de hacerlo, porque sé que esas voces son versiones diferentes de la mía. Sin embargo, a veces parecen versiones muy reales de otras personas, y ninguna es más real o más familiar para mí que la de Jo. Ahora oí esa voz, con un tono curioso, divertido e irónico, pero al mismo tiempo tierno y... aprobador.

«¿Vas a luchar, Mike?»

–Sí –respondí en la oscuridad, captando manchas de cromo a la luz de la linterna–. Creo que sí, cariño.

«Bien. Porque eso está muy bien, ¿no?»

Sí. Iba a luchar. Me subí al coche, lo puse en marcha y bajé lentamente por el camino. Y cuando llegué al sendero, giré por él.

La segunda vez que entré en la casa no oí llorar a nadie. Recorrí despacio las habitaciones de la planta baja, sin soltar la linterna hasta que hube encendido todas las luces que encontré a mi paso; si había alguien navegando en el lado norte del lago, pensaría que Sara era un platillo volante spilbergiano planeando sobre su cabeza.

Yo creo que las casas viven su propia vida en una dimensión temporal diferente de aquella en la que flotan sus ocupantes, un tiempo más lento. En una casa, sobre todo en una casa antigua, el pasado está más cerca. En mi vida, Johanna llevaba casi cuatro años muerta, pero para Sara estaba mucho más cerca. Sólo cuando entré en la casa, encendí todas las luces y dejé la linterna en la estantería, tomé conciencia de cuánto había temido regresar allí. Comprendí que tenía miedo de que mi dolor renaciera al ver las señales de la truncada vida de Jo. Un libro con la punta de una página doblada sobre la mesa que estaba junto al sofá donde a Jo le gustaba tenderse en camisón para leer y comer ciruelas; la caja de los copos de avena Quaker, que era lo único que tomaba para desayunar, en un estante de la despensa; su vieja bata verde colgada detrás de la puerta del baño del ala sur, que Bill Dean todavía llamaba «el ala nueva», aunque había sido construida mucho antes de que llegáramos a Sara Risa.

Brenda Meserve había hecho un esfuerzo –un esfuerzo humanitario– por eliminar esas señales, pero no consiguió borrarlas todas. Los libros de Peter Wimsey todavía ocupaban un sitio privilegiado en el centro de la estantería del salón. Jo había bautizado a la cabeza del alce que estaba sobre la chimenea con el nombre de *Bunter*, y una vez, sin razón aparente (desde luego parecía un accesorio muy impropio de *Bunter*), había colgado una campanilla del peludo cuello del alce. Todavía estaba allí, colgando de una cinta de terciopelo rojo. Brenda Meserve debía de haberse preguntado si tenía que quitarla, ignorando que cuando Jo y yo hacíamos el amor en el sofá del salón (sí, a menudo sucumbíamos allí) nos referíamos al acto como «tocar la campana de *Bunter*».

Brenda Meserve había hecho lo posible, pero todo buen matrimonio es un territorio secreto, un espacio necesariamente en blanco en el mapa de la sociedad. Lo que los demás no saben de él es lo que lo hace tuyo.

Me paseé por la casa, tocando cosas, mirando cosas, viéndolas como si fuera la primera vez. Jo parecía estar por todas partes, y después de un rato me dejé caer en uno de los sillones de mimbre delante del televisor. El cojín resopló bajo mi peso, e imaginé a Jo diciendo: «Vaya, discúlpate, Michael.»

Me cubrí la cara con las manos y lloré. Supongo que era el final de mi duelo, pero no por eso menos angustioso. Lloré hasta que tuve la sensación de que si no paraba algo se rompería en mi interior. Cuando terminé, tenía hipo, la cara empapada y la sensación de que no me había sentido tan cansado en toda mi vida. Sentía el agotamiento en todo el cuerpo; supongo que, en parte, por la larga caminata que acababa de hacer, pero sobre todo por la tensión de haber viajado hasta la casa del lago y haber decidido quedarme ahí. A luchar. El extraño llanto espectral que había oído al llegar no me había ayudado en absoluto, aunque ahora parecía un recuerdo lejano.

Me lavé la cara en el fregadero de la cocina y me soné la nariz. Luego llevé las maletas a la habitación de huéspedes del ala norte. No tenía intención de dormir en el ala sur, en la habitación que había compartido con Jo.

Brenda Meserve había previsto esa posibilidad. Sobre la cómoda había un ramo de flores silvestres y una tarjeta: «Bienvenido, señor Noonan.» Si no hubiera estado tan agotado, supongo que el mensaje de la señora Meserve, escrito con una caligrafía pequeña y angulosa, me habría provocado otro ataque de llanto. Acerqué la nariz a las flores y respiré hondo. Olían bien, como a la luz del sol. Me desnudé, dejando la ropa donde caía, y retiré la colcha de la cama. Sábanas limpias, fundas de almohadas limpias, y el mismo Noonan de siempre deslizándose entre las primeras y apoyando la cabeza sobre las segundas.

Dejé la luz de la mesilla de noche encendida y contemplé las sombras del techo, sin acabar de creerme que estaba en ese sitio y en esa cama. Naturalmente, no me había recibido una criatura amortajada, pero intuía que tal vez se me apareciera en sueños.

A veces –por lo menos en mi caso– hay una sacudida de transición entre la vigilia y el sueño, pero esa noche no. Me deslicé en el sueño sin darme cuenta y a la mañana siguiente desperté con la luz del sol brillando a través de la ventana y la lámpara de la mesilla todavía encendida. No recordaba haber soñado, pero tenía la vaga sensación de que me había despertado brevemente en medio de la noche y había oído el tañido de una campana, muy tenue y lejano.

CAPITULO 7

La niña –de hecho era casi un bebé– iba andando por el centro de la carretera 68, vestida con un traje de baño rojo, chanclas amarillas y una gorra de béisbol de los Red Sox de Boston con la visera hacia atrás. Yo acababa de pasar junto a la tienda Lakeview y el taller de reparaciones de Dickie Brooks, y el límite de velocidad en esa zona desciende de los ochenta a los cincuenta kilómetros por hora. Gracias a Dios ese día cumplía las reglas, de lo contrario habría atropellado a la pequeña.

Era mi primer día en el lago. Me había levantado tarde y pasado la mayor parte de la mañana caminando por el bosque, fijándome en qué seguía igual y qué había cambiado. El nivel del agua parecía algo más bajo y había menos embarcaciones de las que esperaba ver, sobre todo el día de fiesta más importante del verano, pero aparte de eso era como si nunca me hubiera ido. Hasta tenía la sensación de que espantaba los mismos bichos.

A eso de las once mi estómago me recordó que me había saltado el desayuno y decidí ir al Village Cafe. El restaurante de Warrington era mucho más elegante, pero allí todo el mundo me miraría. Prefería el Village Cafe, si es que seguía abierto. Buddy Jellison era un cascarrabias, pero siempre había hecho la mejor comida frita del oeste de Maine y lo que mi estómago quería en ese momento era una hamburguesa grande y grasienta.

Pero entonces me encontré con esa niña, andando por la línea blanca de la carretera con todo el aspecto de una *majorette* dirigiendo un desfile invisible.

Puesto que conducía a cincuenta por hora la vi a tiempo, pero en esa carretera había mucho tráfico en verano y poca gente se molestaba en disminuir la velocidad al pasar por allí. Al fin y al cabo, en el condado de Castle había sólo una docena de coches de policía y pocos de ellos pasaban por el TR a menos que los llamaran por alguna razón en particular.

Aparqué en el arcén y salté del coche antes de que el polvo se asentara. Era un día bochornoso y sin aire, con las nubes tan bajas que parecía que uno podía alzar la mano y tocarlas. La niña –una rubita con nariz respingona y rodillas llenas de arañazos– caminaba por la línea blanca como si fuera la cuerda de un equilibrista y me miró acercarme sin la menor señal de aprensión.

–Hola –dijo–. Me voy a la playa. Mamá no me lleva y estoy enfadada.

Dio un golpe con el pie en el suelo como para demostrarme que sabía tan bien como cualquiera lo que era estar enfadada. Le eché tres o cuatro años. Era preciosa y hablaba muy bien para su edad, pero de todos modos no tendría más de tres o cuatro años.

–La playa es un buen lugar adonde ir el Cuatro de Julio –dije– pero...

–Cuatro de Julio y fuegos artificiales *también* –asintió, haciendo que el «también» sonara exótico y dulce, como una palabra en vietnamita.

–... pero si vas allí andando por la autopista, es más probable que acabes en el hospital de Castle Rock.

Decidí que no iba a quedarme conversando con ella en medio de la carretera 68, sobre todo teniendo en cuenta que había una curva a cincuenta metros al sur y que en cualquier momento podía aparecer un coche a ochenta kilómetros por hora. De hecho, oí el rugido de un motor.

Levanté a la niña en brazos y la llevé hasta mi coche, y aunque ella parecía contenta y en absoluto asustada, me sentí como un pederasta en cuanto le pasé el brazo por debajo de las nalgas. Era consciente de que cualquiera que estuviera sentado en la estancia que servía de despacho y sala de espera del taller de Brook me vería desde allí. Éste es uno de los extraños fenómenos de mi generación: no podemos tocar a un niño que no es nuestro sin temor a que otros vean algo degenerado o lascivo en nuestra forma de tocarlo... o sin pensar nosotros mismos, en las profundas cloacas de la psique, que tal vez, en efecto, haya algo perverso en ese acto. Sin embargo, la saqué de la carretera. Tenía que hacerlo. Que las Madres Militantes de Western Maine se levantaran en armas contra mí.

–¿Me llevas a la playa? –preguntó la pequeña. Sonreía y tenía los ojos brillantes. Supuse que probablemente quedaría embarazada al cumplir los doce años, sobre todo por la elegancia con que lucía su gorra de béisbol–. ¿Tienes bañador?

–La verdad es que me lo he dejado en casa, ¿no es una pena? ¿Dónde está tu mamá, bonita?

Como para responder a mi pregunta, el coche que había oído al otro lado de la curva giró a toda velocidad por la carretera. Era un jeep Scout, con manchas de barro en los laterales. El motor rugía como una bestia furiosa. La cabeza de una mujer asomaba por la ventanilla. La mamá de aquella preciosidad debía de estar demasiado asustada para sentarse como Dios manda; conducía casi de pie, y si en ese momento un coche hubiera girado por la curva de la carretera 68 en el momento en que ella frenó, mi amiguita del bañador rojo habría quedado huérfana en el acto. La parte trasera del Scout se sacudió, la cabeza volvió a meterse en el interior de la cabina y se oyó un chirrido cuando la conductora intentó acelerar de cero a cuarenta en nueve segundos. Si el terror hubiera bastado para hacer algo así, estoy seguro de que ella lo habría conseguido.

–Es Mattie –dijo la niña del bañador–. Estoy enfadada con ella. Me voy a la playa. Si ella está enfadada, me voy con mi abuelita blanca.

Yo no tenía idea de qué hablaba, pero sospeché que Miss Sox 1998 pasaría el Cuatro de Julio en la playa. Me apostaba cualquier cosa. Entretanto, sacudía el brazo por encima de mi cabeza con suficiente fuerza para espantar a las avispas del fino cabello rubio de la niña.

—¡Eh! –grité–. ¡Eh, señora! ¡La tengo!

El Scout aceleró echando una nube de humo azul por el escape. La vieja caja de cambios produjo otro chirrido. Era como una versión loca de un concurso televisivo: «Mattie, has conseguido meter la segunda, ¿te plantas ahí y te quedas con la lavadora, o prefieres intentarlo con la tercera?»

Hice lo único que se me ocurrió, que fue salir a la carretera, volverme hacia el jeep, que ahora se alejaba a toda velocidad (el olor a gasolina era acre y penetrante), y levantar a la niña por encima de mi cabeza, esperando que Mattie nos viera por el retrovisor. Ya no me sentía como un pederasta; me sentía como un cruel subastador de unos dibujos animados de Disney, ofreciendo el cerdito más guapo de la camada al mejor postor. Sin embargo funcionó. Las luces de freno del Scout se encendieron y se oyó un chirrido demoníaco cuando el coche se detuvo. Y lo hizo justo enfrente del taller de Brook. Si había algún cotilla en el despacho del taller, ahora tendría material de sobra para chismorrear. Supuse que disfrutarían especialmente de la parte en que la mamá me chillaría por tocar a su pequeña. Cuando uno vuelve a la casa de veraneo después de una larga ausencia, es agradable entrar con el pie derecho.

Los focos traseros destellaron y el jeep comenzó a dar marcha atrás a por lo menos treinta y cinco kilómetros por hora. Ahora la caja de cambios no sonaba enfadada sino aterrorizada… por favor, decía, por favor, para, me estás matando. La parte trasera del Scout se movía de un lado a otro como el rabo de un perro contento. Lo miré hipnotizado: ahora por el carril de la derecha, ahora por la línea blanca, ahora por el carril de la izquierda, y por fin los neumáticos de la izquierda levantaron el polvo del arcén.

—Mattie va rápido –dijo mi nueva amiguita con tono casual, como si dijera ¿no es curioso? Me rodeaba el cuello con un brazo; ya éramos íntimos, pero lo que dijo la niña me despertó. Mattie iba rápido, ya lo creo, demasiado rápido. Con toda probabilidad acabaría chocando con mi Chevrolet. Y si no me movía, la pequeña bañista y yo acabaríamos como un tubo de pasta de dientes entre los dos vehículos.

Retrocedí junto al lateral de mi coche, con los ojos fijos en el jeep y gritando:

—¡Reduzca la velocidad, Mattie! ¡Reduzca la velocidad!

A la pequeña le encantó mi frase.

—¡Duzca! —gritó y se echó a reír—. ¡Duzca, Mattie!

Los frenos emitieron un nuevo chillido de dolor. El jeep dio una última sacudida cuando Mattie paró sin pisar el embrague. Este último cimbronazo puso el guardabarros trasero del Scout tan cerca del delantero de mi Chevrolet, que podría haberse construido un puente entre ambos con un cigarrillo. El aire apestaba a gasolina. La niña agitaba una mano delante de la cara y tosía teatralmente.

La puerta del conductor se abrió con brusquedad, Mattie salió como el acróbata de un circo disparado con un cañón, si es que uno puede imaginar a un acróbata de circo vestido con viejos pantalones cortos estampados y una minúscula camiseta de algodón. Lo primero que pensé fue que la hermana mayor de la niña la había estado cuidando, que Mattie y mamá eran dos personas diferentes. Sé que a veces los niños pasan por un período en que llaman a sus padres por el nombre de pila, pero esta joven rubia de mejillas pálidas parecía tener entre doce y catorce años. Llegué a la conclusión de que su pésima conducción del Scout no se debía al miedo por lo que pudiera ocurrirle a la niña (o no sólo al miedo), sino a su total inexperiencia como conductora.

Y había algo más, ¿vale? Otra suposición. El coche manchado de barro, los holgados pantalones cortos, la camiseta poco elegante, el cabello rubio recogido con una banda elástica roja y sobre todo la negligencia que permite que una niña de tres años que está a tu cuidado se escape… todas estas cosas me indujeron a pensar que se trataba de una tirada que vivía en una caravana. Sé que suena horrible, pero tenía razones para pensar eso. Además, soy irlandés, demonios. Mis antecesores eran tirados que iban en caravanas en la época en que las caravanas eran carros con caballos.

—¡Qué peste! —dijo la pequeña sin dejar de sacudir la mano regordeta delante de su cara—. ¡Scoutie apesta!

¿Dónde está el traje de baño de Scoutie?, pensé en el momento en que me arrebataban a mi nueva amiguita de las manos. Ahora que estaba más cerca de Mattie, no estaba tan seguro de haber acertado al pensar que era la hermana de la bella bañista. Mattie no llegaría a la madurez hasta el siglo que viene, pero tampoco tenía doce o catorce años. Más bien veinte o acaso uno menos. Cuando cogió a la niña, vi el anillo de boda en su mano izquierda, también le vi las ojeras, círculos de piel gris aproximándose al púrpura. A pesar de su juventud, supe que la mujer a la que miraba era una madre aterrorizada y agotada.

Sospeché que iba a pegar a la niña, porque así es como reaccionan las madres que viven en caravanas cuando están cansadas y asustadas. Cuando lo hiciera, yo la detendría de una forma u otra, la distraería para que se la tomara conmigo, si era necesario. Debo añadir que esta actitud no tenía nada de noble; lo único que quería era que postergara los azotes en el culo, las sacudidas y los gritos para un momento y lugar en el que yo no estuviera presente. Era mi primer día en el lago; no quería pasar ni un minuto de él mirando cómo una bruja negligente maltrataba a su hija.

Pero en lugar de sacudirla y gritarle «¿adónde ibas, imbécil?», Mattie primero abrazó a la niña, que le devolvió el abrazo con entusiasmo (sin señales de miedo) y luego le cubrió la carita de besos.

–¿Por qué has hecho eso? –preguntó–, ¿qué se te ha metido en la cabeza? Cuando no te encontré, creí que me moría.

Mattie rompió a llorar. La niña del bañador la miró con una expresión de sorpresa tan exagerada que en otras circunstancias habría resultado cómica. Luego su carita también se frunció. Yo permanecí a un lado, mirando cómo lloraban y se abrazaban, y me avergoncé de mis prejuicios.

Un coche pasó a nuestro lado y redujo la velocidad. Era una pareja de ancianos –que seguramente iban a la tienda a comprar una caja de bombones para celebrar el Cuatro de Julio–, asomaron la cabeza y nos miraron boquiabiertos. Sacudí las dos manos con impaciencia, la clase de ademán que dice: ¿qué miráis?, no os metáis en lo que no os importa y seguid vuestro camino. Aceleraron, y cuando vi la matrícula advertí que no era de otro estado, como yo esperaba. Era una pareja de la zona, y eso significaba que la noticia volaría: Mattie, la madre adolescente, y la niña de sus ojos (indudablemente concebida en el asiento trasero de un coche o en la cama de un camión unos meses antes de que se legitimara la ceremonia) llorando a moco tendido a un lado de la carretera, junto a un extraño. No, no exactamente un extraño, sino Mike Noonan, el escritor.

–Quería ir a la playa y na… na… na… nadar –sollozó la pequeña y esta vez la palabra que sonó exótica fue «nadar», quizá como el término vietnamita para «éxtasis».

–Te dije que te llevaría esta tarde. –Mattie seguía sollozando, pero empezaba a recuperar la compostura–. No vuelvas a hacerme esto, por favor, no vuelvas a hacérmelo nunca más. Mamá se ha dado un susto horrible.

–No lo haré –respondió la niña–. De verdad, no lo haré.

Todavía llorando, se abrazó con fuerza a la joven, apoyando la cabecita sobre su cuello. Se le cayó la gorra de béisbol y se la recogí. Empezaba a sentir que estaba de más. Golpeé suavemente con la gorra azul y roja la mano de Mattie hasta que ella la cogió.

Estaba bastante contento con la forma en que habían salido las cosas, y quizá tuviera derecho a sentirme así. He presentado el incidente como si fuera divertido, y lo fue, pero también era la clase de incidente al que uno sólo le encuentra la gracia un tiempo después. En el momento en que sucedió, fue aterrador. ¿Y si un camión hubiera tomado la curva a demasiada velocidad? En ese momento un vehículo apareció en efecto tras la curva, una furgoneta que no podía ser de un turista. Otros dos lugareños nos miraron al pasar.

–¿Señora? –dije–. ¿Mattie? Será mejor que me vaya. Me alegro de que la pequeña esté bien.

En cuanto dije esto, sentí la tentación casi irresistible de echarme a reír. Me imaginé a mí mismo soltándole ese mismo discurso a Mattie (un nombre muy propio de una película como *Los que no perdonan* o *Valor de ley*) con los pulgares metidos en el cinturón y el sombrero hacia atrás para revelar mi noble frente. Sentí el loco impulso de añadir: «¿Se encuentra bien, bella señorita? ¿Es usted la nueva maestra del pueblo?»

Ella se volvió hacia mí y vi que en efecto era bella, a pesar de las ojeras y el cabello rubio enmarañado. Y pensé que estaba haciendo las cosas bastante bien, ya que quizá no tuviera edad suficiente para beber en un bar. Por lo menos no había zurrado a la niña con un cinturón.

—Muchísimas gracias –dijo–. ¿Estaba en la carretera? –dígame que no, suplicaron sus ojos. Dígame por lo menos que caminaba por el arcén.

—Bueno...

—Caminaba por la línea –interrumpió la niña señalando, y luego añadió con un ligero tono de superioridad–: Es un paso de cebra. Y los pasos de cebra son seguros.

Las mejillas de Mattie palidecieron aún más. No me gustaba verla así y no me gustaba pensar en que conduciría en ese estado con una niña en el coche.

—¿Dónde vive, señora...?

—Devore –dijo ella–. Me llamo Mattie Devore. –Cambió de brazo a la niña y me tendió la mano. Se la estreché. Ya hacía bastante calor, y haría más por la tarde (un tiempo ideal para la playa), pero sus dedos estaban helados–. Vivimos allí.

Señaló el cruce por donde había salido el Scout, y entonces vi –sorpresa, sorpresa– una caravana grande aparcada en una arboleda de pinos a unos doscientos metros de un camino secundario, Wasp Hill Road, según recordaba. Tenía una extensión de unos setecientos metros, desde la carretera 68 hasta el agua, cruzando la zona conocida como Middle Bay. Ah, sí, doctor, comienzo a recordarlo todo. Una vez más patrullo por la zona de Dark Score, y me especializo en rescatar niños.

Fue un alivio saber que vivían cerca, a menos de cuatrocientos metros del lugar donde estaban aparcados nuestros coches, y entonces lo entendí todo. Una niña tan pequeña como la bella bañista no habría llegado andando mucho más lejos... aunque ésta ya había demostrado su gran determinación. Supuse que el aspecto demacrado de la madre era un botón de muestra más de la fuerte voluntad de la hija. Me alegré de ser demasiado mayor para cortejarla en el futuro; tendría a los chicos locos en el instituto y la universidad.

Bueno, al menos en el instituto. Por lo general, las chicas de ese lado del pueblo no pasan del instituto a menos que haya un centro de formación profesional cerca. Y sólo tendría a los chicos locos hasta que apareciera el adecuado (o más probablemente el inadecuado) circulando vertiginosamente por la gran curva de la vida y la atropellara en la carretera, sin que ella hubiera aprendido aún que la línea blanca y el paso de cebra son dos cosas diferentes. Luego se repetiría todo el ciclo.

Joder, Noonan, para ya, me dije. Sólo tiene tres años y tú ya le has inventado tres hijos, dos tiñosos y uno retrasado mental.

—Muchísimas gracias —repitió Mattie.

—De nada —respondí dando un pellizco a la nariz respingona de la pequeña. Aunque todavía tenía las mejillas húmedas me dedicó una radiante sonrisa a modo de respuesta—. Es una niña muy locuaz.

—Muy locuaz y muy cabezota.

Esta vez Mattie dio una pequeña sacudida a la niña, pero la niña no demostró temor, ninguna señal de que las sacudidas o los golpes fueran el pan de cada día. Al contrario, su sonrisa se ensanchó y su madre también sonrió. Y sí, si uno miraba más allá de su desaliño, descubría que la madre era extraordinariamente bonita. Vestida con un traje de tenis en el club de campo de Castle Rock (que seguramente no pisaría en su vida, excepto quizá para trabajar como camarera) estaría más que bonita. Tal vez parecería una joven Grace Kelly.

Me miró con los ojos muy abiertos y expresión seria.

—Señor Noonan, no soy una mala madre —dijo.

Me sobresalté al oír mi nombre de sus labios, pero sólo fue un instante. Después de todo tenía la edad adecuada para leer mis libros, que quizá fueran mejor para ella que pasar la tarde delante del televisor. O por lo menos un poco mejor.

—Discutimos sobre la hora en que iríamos a la playa. Yo quería tender la ropa, comer e ir por la tarde. Kyra quería… —se interrumpió—. ¿Qué? ¿Qué he dicho?

—¿Se llama Kya? ¿O…?

Antes de que pudiera continuar, me ocurrió la cosa más extraordinaria del mundo: mi boca se llenó de agua. Tanto que me asaltó el pánico, como si hubiera estado nadando en el mar y me hubiera derribado una ola. Pero el sabor no era salado; era frío y fresco, con un ligero resabio metálico, como el de la sangre.

Volví la cabeza y escupí. Esperaba que saliera un chorro grande de mi boca, como cuando uno empieza a hacerle la respiración artificial a un ahogado. Pero lo que salió fue lo que suele salir cuando uno escupe en un día caluroso: un pequeño gargajo blanco. Y la sensación desapareció incluso antes de que el gargajo aterrizara en el arcén. En un segundo, como si nunca hubiera estado allí.

—Ese hombre ha escupido —dijo la niña señalando lo obvio.

—Lo siento —dije, también atónito. ¿Qué demonios me había pasado?—. Supongo que ha sido una reacción tardía al incidente.

Mattie pareció preocupada, como si yo tuviera ochenta años en lugar de cuarenta. Pensé que tal vez para una chica de su edad no hubiera ninguna diferencia entre cuarenta y ochenta.

—¿Quiere subir a mi casa? Le daré un vaso de agua.

—No, ya estoy bien, gracias.

—De acuerdo. Señor Noonan... sólo quería decirle que es la primera vez que me pasa algo así. Yo estaba tendiendo unas sábanas y ella estaba dentro viendo los dibujos animados... entonces, cuando volví a buscar más pinzas... —Miró a la niña, que ya no sonreía. Comenzaba a darse cuenta de la gravedad de lo que había hecho. Tenía los ojos muy abiertos y estaba al borde de las lágrimas—. Había desaparecido. Creí que iba a morir de miedo.

Ahora la boca de la niña comenzó a temblar y sus ojos se llenaron de lágrimas. Empezó a sollozar. Mattie le acarició el pelo, tranquilizándola, hasta que la pequeña apoyó la cabeza en la camiseta de algodón.

—Tranquila, Ki —dijo—. Esta vez ha salido bien, pero no puedes venir sola a la carretera. Es peligroso. Los coches atropellan a las criaturitas y tú eres una criaturita. La más bonita del mundo.

La pequeña lloró más fuerte. Era el llanto de un niño agotado que necesita una siesta antes de vivir más aventuras, en la playa o donde fuera.

—Kia mala, Kia mala —sollozó contra el cuello de su madre.

—No, cariño, no eres mala pero sólo tienes tres años —respondió Mattie, y si aún me quedaba alguna duda sobre su competencia como madre, se desvaneció en el acto. O quizá ya lo hubiera hecho; después de todo la niña estaba regordeta, saludable y bien cuidada.

Una parte de mí se fijó en esos detalles. Otra estaba intentando comprender la curiosa experiencia que acababa de tener y algo igualmente curioso: que la niña a quien había rescatado de la línea blanca tenía el mismo nombre que Jo y yo habíamos pensado ponerle a la nuestra, si resultaba ser niña.

—Kia —dije, maravillado.

Le acaricié la cabeza con mucho cuidado, como si mi contacto pudiera romperla. Su cabello era fino y estaba caliente por el sol.

—No —respondió Mattie—. Así es como lo pronuncia ella. Es Kyra, no Kia. Viene del griego y significa delicada —añadió con timidez—. Lo saqué de un libro de nombres infantiles.

—Es un nombre precioso —dije—, y no creo que usted sea una mala madre.

En ese momento recordé una historia que Frank Arlen me había contado durante la comida de Navidad. Era sobre Petie, el hermano pequeño, y Frank nos había hecho reír a todos a carcajadas. Incluso Petie, que aseguraba no recordar nada del incidente, había reído hasta que empezaron a saltársele las lágrimas.

Frank contó que cuando Petie tenía unos cinco años sus padres organizaron un juego para Pascua. La víspera del domingo de Pascua escondieron más de cien huevos duros pintados en distintos sitios de la casa. Fue una alegre mañana de Pascuas, al menos hasta que Johanna alzó la vista en el patio, donde estaba contando los huevos de su botín y empezó a gritar a voz en cuello. Allí estaba Petie, gateando alegremente por la cornisa de la planta alta, a dos metros del patio de cemento. El señor Arlen había rescatado a Petie mientras el resto de la familia lo miraba desde abajo, cogidos de las manos, paralizados de horror y fascinación. La señora Arlen había repetido una y otra vez el Ave María («tan rápido que parecía una ardilla», había dicho Frank riendo más que nunca), hasta que su esposo desapareció por la ventana de la habitación con Petie en brazos. Luego se había desmayado y se había roto la nariz. Cuando le pidieron una explicación, Petie había respondido que quería ver si había huevos en el canalón.

Supongo que en todas las familias hay al menos una historia como ésta; la supervivencia de los Petie y las Kyra del mundo es una prueba convincente –al menos en la mente de los padres– de la existencia de Dios.

–He pasado tanto miedo –dijo Mattie y otra vez aparentó catorce años; quince, como mucho.

–Pero ya ha pasado –repliqué–. Y Kyra no va a volver a salir a la carretera, ¿verdad, Kyra?

La niña sacudió la cabeza en el hombro de su madre, sin levantarla. Calculé que se dormiría antes de que Mattie la llevara de nuevo a la caravana.

–No se imagina lo raro que me parece esto –dijo Mattie–. Uno de mis escritores favoritos aparece como por arte de magia y rescata a mi hija. Yo sabía que tenía una casa en el TR, esa casa grande de troncos que todo el mundo llama Sara Risa, pero la gente dice que usted ya no viene por aquí desde la muerte de su esposa.

–He estado mucho tiempo sin venir –respondí–. Si Sara fuera mi pareja en lugar de una casa, podría decirse que éste es un intento de reconciliación.

Mattie esbozó una sonrisita y se puso seria otra vez.

–Quiero pedirle un favor.

–Dígame.

–No le cuente a nadie lo que ha pasado. Ki y yo estamos pasando una mala racha.

–¿Por qué?

Se mordió el labio y pareció dudar de la conveniencia de responder a mi pregunta (que yo no habría hecho si hubiera pensado antes de hablar) y luego cabeceó.

–Porque sí. Y le agradecería que no comentara este incidente con la gente del pueblo. Se lo agradecería muchísimo.

–Descuide.

–¿Lo dice en serio?

–Claro. De todos modos, yo sólo vengo aquí los veranos y hace tiempo que no venía, lo que significa que no hablo con mucha gente. –Naturalmente, estaba Bill Dean, pero no tenía por qué comentarle nada. Aunque de todos modos se enteraría. Si esa joven señora pensaba que los lugareños no se enterarían del intento de su hija de ir a la playa sola, se estaba engañando–. Creo que ya nos han visto. Eche un vistazo al taller de Brook. Hágalo con disimulo.

Lo hizo y suspiró. Había dos viejos junto a la puerta, en el sitio donde en un tiempo había habido surtidores de gasolina. Uno de ellos era probablemente el propio Brooksie; me pareció ver los últimos vestigios de su melena roja de payaso. El otro, lo bastante viejo para que a su lado Brooksie pareciera un niño de pecho, estaba inclinado sobre un bastón con puño de oro en una postura que le daba un aspecto curiosamente perverso.

–No puedo hacer nada con respecto a ellos –dijo Mattie con desaliento–. Nadie puede hacer nada. Supongo que debería alegrarme de que es fiesta y de que por eso hay sólo dos viejos.

–Además –añadí–, es probable que no hayan visto gran cosa.

Estábamos pasando por alto dos cosas: primero, que mientras estábamos en el arcén habían pasado media docena de coches y furgonetas; segundo, que Brooksie y su anciano amigo se alegrarían de inventar todo lo que no hubieran visto.

Kyra emitió un ronquido propio de una señorita delicada sobre el hombro de Mattie. Su madre la miró y le dedicó una sonrisa llena de amor y ternura.

–Lamento que nos hayamos conocido en unas circunstancias como éstas, que me han hecho quedar como una estúpida, porque soy una gran admiradora suya. En la librería de Castle Rock dicen que este verano publicará una nueva novela.

Asentí con un gesto.

–Se llama *La promesa de Helen*.

–Buen título –dijo ella con una sonrisa.

–Gracias. Será mejor que lleve a la niña a casa antes de que le rompa el brazo.

–Sí.

En el mundo hay personas que tienen una habilidad especial para hacer preguntas embarazosas involuntariamente. Yo pertenezco a esa tribu, y mientras acompañaba a Mattie a la puerta del lado del acompañante del Scout, se me ocurrió una buena. Sin embargo, no sería justo culparme con severidad. Después de todo, yo había visto el anillo de bodas en su mano.

—¿Se lo contará a su marido?

Mattie mantuvo la sonrisa, pero ésta se estrechó ligeramente. Y se tensó. Si fuera posible tachar una pregunta como uno tacha una frase cuando está escribiendo una novela, yo lo habría hecho en el acto.

—Murió en agosto del año pasado.

—Lo siento, Mattie; soy un bocazas.

—¿Cómo iba a imaginárselo? A mi edad, la gente ni siquiera imagina que estoy casada, y si lo imagina, supone que mi marido está haciendo el servicio militar.

En el asiento del acompañante del Scout había una silla de bebé rosada. Mattie intentó sentar a Kyra en ella, pero noté que tenía dificultades para conseguirlo. Me acerqué a ayudarle y por un instante, cuando extendí el brazo para coger una de las pequeñas piernas rollizas, rocé el pecho de Mattie con el dorso de la mano. Ella no podía echarse hacia atrás sin arriesgarse a que Kyra cayera al suelo, pero noté que había reparado en el roce. Mi marido está muerto, no es ninguna amenaza, así que el gran escritor cree que no tendrá ningún problema si le apetece sobarme un poco. ¿Y qué puedo decir? El Gran Hombre acaba de rescatar a mi hija de la carretera, hasta es posible que le haya salvado la vida.

«No, Mattie, puede que tenga cuarenta años y me aproxime a los cien, pero no intentaba sobarte.» Claro que decir algo así sólo empeoraría las cosas. Sentí un ligero rubor en las mejillas.

—¿Qué edad tiene? —pregunté una vez hubimos sentado a la niña en la sillita y nos apartamos a una distancia prudencial.

Me miró. Cansada o no, había recuperado la compostura.

—La suficiente para saber en qué situación me encuentro. —Me tendió una mano—. Gracias otra vez, señor Noonan. Dios lo envió en el momento oportuno.

—No, Dios sólo me dijo que necesitaba comer una hamburguesa en el Village Cafe —respondí—. O tal vez se equivocara. Por favor, dígame que Buddy todavía tiene el mismo bar de siempre.

Mattie esbozó una sonrisa que volvió a animarle la cara, y yo me alegré de verla.

—Buddy seguirá ahí cuando los hijos de Ki sean lo bastante mayores para tratar de comprar cerveza con carnets de identidad falsos. A menos que alguien entre y le pida algo así como gambas a la *tetrazzini*. Si ocurriera algo así, seguramente moriría de un paro cardíaco.

—Seguro. Bueno, cuando reciba ejemplares del libro nuevo, le llevaré uno.

La sonrisa siguió en su sitio, pero ahora adquirió un aire de cautela.

—No es necesario, señor Noonan.

—Lo sé, pero igualmente se lo llevaré. Mi agente me envía cincuenta ejemplares, y a medida que envejezco, me duran cada vez más.

Puede que ella detectara en mi voz algo más de lo que yo había querido expresar… supongo que esas cosas pasan.

—De acuerdo. Lo esperaré impaciente.

Eché otro vistazo a la niña que como casi todos los niños dormía en una posición curiosamente relajada: la cabeza ladeada sobre el hombro y sus preciosos labios fruncidos soplando pequeños globos de saliva. Lo que más me fascina es la piel de los niños, tan fina y perfecta que no parece tener poros. La gorra de los Sox estaba torcida. Mattie me miró mientras yo la movía de modo que la sombra de la visera cayera sobre los ojos cerrados.

—Kyra —dije.

Mattie asintió.

—Delicada.

—Kia es un nombre africano —dije— significa «el comienzo de la estación».

Entonces me marché, despidiéndome con la mano mientras me dirigía hacia la puerta del Chevrolet. Sentí sus ojos curiosos sobre mí y tuve la extraña sensación de que iba a echarme a llorar.

Esa sensación permaneció mucho después de que las dos desaparecieran de mi vista; seguía conmigo cuando llegué al Village Cafe. Estacioné en el aparcamiento de tierra, a la izquierda de un viejo surtidor de gasolina, y permanecí sentado en el coche un rato, pensando en Jo y en el test de embarazo que le había costado veintidós dólares con cincuenta. Un secreto que había querido mantener hasta estar absolutamente segura. Porque había sido así, ¿no? ¿Qué otra cosa podía ser?

–Kia –dije–. El comienzo de la estación. –Pero esas palabras me hicieron sentirme al borde de las lágrimas otra vez, así que bajé del coche y di un portazo, como si hacerlo fuera a permitirme mantener la tristeza dentro.

CAPITULO 8

Buddy Jellison era el mismo de siempre, no cabía duda: los mismos pantalones de cocinero sucios, el mismo delantal blanco lleno de manchas, el mismo pelo negro bajo un gorro de papel manchado con sangre de carne o zumo de fresas. Hasta parecía que tenía las mismas migas de galletas de avena pegadas al enmarañado bigote. Debía de tener cincuenta y cinco o setenta años, una edad que en algunos hombres genéticamente privilegiados parece estar aún muy lejos de la frontera de la vejez. Era alto y corpulento –probablemente un metro noventa y cuatro y ciento cuarenta kilos– y tenía tanta gracia, ingenio y *joie de vibre* como hacía cuatro años.

–¿Quiere una carta o se acuerda? –gruñó como si yo hubiera comido allí el día anterior.

–¿Todavía hacen la Villageburguer de Luxe?

–¿Todavía cagan los cuervos en las copas de los pinos?

Me miró con sus ojos claros. No me dio las condolencias, pero no me importó.

–Seguramente. Tomaré una completa, una Villageburguer, no una caca de cuervo, y además un batido de chocolate. Me alegro de verlo otra vez.

Le tendí la mano. Pareció sorprendido, pero la cogió. A diferencia de los pantalones, el delantal y el gorro, la mano estaba limpia. Hasta las uñas estaban limpias.

–Sí –dijo, y se volvió hacia la mujer pálida que estaba picando cebolla junto al horno–. Una Villageburguer, Audrey. Completa.

Normalmente me siento a la barra, pero ese día escogí un reservado cerca de la nevera y esperé a que Buddy me gritara que mi pedido ya estaba; Audrey sirve en la barra, pero no en las mesas. Necesitaba pensar, y el local de Buddy era un buen sitio para hacerlo. Había un par de lugareños comiendo bocadillos y bebiendo refrescos directamente de la lata, pero eso era todo. Los propietarios de las casas de veraneo de la zona tendrían que estar muriéndose de hambre para comer en el Village Cafe, y aun así habría que entrarlos a rastras mientras pataleaban y chillaban. El suelo era de linóleo verde descolorido, con una ondulante topografía de valles y colinas. Como el uniforme de Buddy, no estaba demasiado limpio (los turistas que pasaban por allí en verano seguramente no se fijarían en sus manos). Los paneles de madera estaban grasientos y oscuros. Encima de ellos, donde comenzaba el yeso, había un montón de pegatinas para coches: la idea de Buddy de la decoración.

LA BOCINA ESTÁ ROTA, PERMANEZCA ATENTO AL DEDO.
ESPOSA Y PERRO DESAPARECIDOS. SE OFRECE RECOMPENSA POR EL PERRO.
AQUÍ NO HAY UN BORRACHO DEL PUEBLO, TODOS NOS TURNAMOS.

Creo que el humor es casi siempre ira maquillada, pero en los pueblos pequeños la capa de maquillaje suele ser fina. Tres ventiladores de techo removían con apatía el aire caliente, y a la izquierda de la nevera de los refrescos había dos papeles atrapamoscas, ambos cubiertos de insectos, algunos de los cuales seguían haciendo débiles esfuerzos por escapar. Si eres capaz de seguir comiendo ante semejante vista, lo más probable es que tu aparato digestivo funcione muy bien. Pensé que la similitud de los nombres era –tenía que ser– una coincidencia. Pensé en la bonita joven que se había convertido en madre a los dieciséis o diecisiete años y en viuda a los diecinueve o veinte. Recordé el momento en que le había rozado involuntariamente el pecho y en cómo juzgaba el mundo a los cuarentones que de repente descubrían el mundo de las jovencitas. Sobre todo pensé en lo que me había pasado cuando Mattie me había dicho el nombre de la niña: esa sensación de que la boca y la garganta se me habían llenado súbitamente de agua fría con un resabio mineral.

Cuando estuvo lista la hamburguesa, Buddy tuvo que llamarme dos veces.

–¿Ha venido para quedarse o para levantar la casa? –me preguntó.

–¿Por qué? –pregunté–. ¿Me ha echado de menos, Buddy?

–No –respondió–, pero por lo menos, usted es de este estado. ¿Sabía que Massachusetts significa «gilipollas» en piscataqua?

–Sigue tan gracioso como siempre –respondí.

–Sí. Estoy haciendo carrera. ¿Y sabe por qué Dios le dio alas a las gaviotas?

–¿Por qué, Buddy?

–Para que puedan enterrar en mierda a los putos franceses.

Cogí un periódico del estante y una paja para mi batido. Luego fui hasta el teléfono público y, sujetando el periódico bajo el brazo, abrí el listín telefónico. Si uno quería, podía largarse con él porque no estaba atado al teléfono. Después de todo, ¿quién iba a querer robar la guía telefónica del condado de Castle?

Había más de veinte Devore, cosa que no me sorprendió; es uno de esos nombres, como Pelkey o Bowie o Toothaker, que se oye a menudo en esa zona. Y supongo que pasa lo mismo en todas partes; algunas familias tienen más descendencia y viajan menos, eso es todo.

Había un Devore en «RD Wsp Hllir D», pero no era Mattie, Mathilda, Martha o M., sino Lance. Miré la tapa de la guía y vi que era de 1997, impresa en el tiempo en que el marido de Mattie seguía en el reino de los vivos. Bien... pero había algo más sobre ese nombre. Devore, Devore, pensemos en los Devore célebres: oh, Devore, ¿dónde estáis?, pero la respuesta, cualquiera que fuera, no llegaba.

Comí la hamburguesa, bebí mi batido de helado y procuré no mirar al papel atrapamoscas.

Mientras esperaba que la pálida y silenciosa Audrey me diera el cambio (todavía podías comer toda la semana en el Village Cafe por cincuenta dólares… si tus arterias lo resistían, desde luego), leí la pegatina que había en la caja registradora. Era otra gracia de Buddy Jellison: EL CIBERESPACIO ME ASUSTÓ TANTO QUE ME DESCARGUÉ EN LOS PANTALONES. Esta frase no me hizo llorar de risa, pero me proporcionó la clave para resolver uno de los misterios del día: por qué el apellido Devore me resultaba tan familiar. Yo tenía una buena posición económica; para muchos era rico. Sin embargo, había por lo menos una persona dentro de los confines del TR que era rico para todo el mundo, y asquerosamente rico para los residentes permanentes de la región de los lagos. Eso si todavía seguía comiendo, respirando y andando.

–¿Max Devore sigue vivo, Audrey?

–Sí –respondió ella con una sonrisita–. Aunque no viene por aquí muy a menudo.

Ese comentario me arrancó la carcajada que las pegatinas de Buddy no habían podido arrancarme. Audrey, que siempre había tenido una tez amarillenta y que ahora parecía candidata a un trasplante de hígado, también rió. Buddy nos lanzó una severa mirada de bibliotecario desde el otro extremo de la barra, donde estaba leyendo un folleto sobre una carrera que se celebraría en Oxford Plains.

Regresé por el mismo camino que había seguido a la ida. Una hamburguesa grande no es la mejor comida en un día caluroso; te deja soñoliento y aturdido. Lo único que quería era volver a casa (llevaba menos de veinticuatro horas allí y ya pensaba en ese lugar como mi casa), echarme en la cama del dormitorio del ala norte, bajo el ventilador de techo, y dormir un par de horas. Cuando pasé junto a Wasp Hill Road, reduje la marcha. La ropa estaba tendida en el tendedero y había un montón de juguetes esparcidos en el jardín, pero el Scout no estaba. Supuse que Mattie y Kyra se habían puesto el traje de baño y habían bajado a la playa pública. Las dos me caían muy bien. El breve matrimonio de Mattie probablemente la había vinculado con Max Devore, pero después de mirar la oxidada caravana, con su caminito de tierra y su descuidado jardín, y de recordar los pantalones cortos y la camiseta de Mattie, dudé de que el vínculo fuera muy fuerte.

Antes de retirarse a Palm Springs a finales de los ochenta, Maxwell William Devore había sido una de las fuerzas propulsoras de la revolución informática. Ésta es una revolución para gente joven, pero Devore se las apañaba muy bien en ese mundo habida cuenta de que estaba en la edad dorada: conocía el campo de juegos y entendía las reglas. Había empezado cuando la memoria de los ordenadores se almacenaba en cintas magnéticas en lugar de en chips. Conocía el COBOL y el FORTRAN como el que más. Cuando el campo comenzó a expandirse más allá de sus capacidades, a expandirse hasta el punto de que comenzó a definir el mundo, contrató a los genios que necesitaba para seguir creciendo.

Su compañía, Visions, había creado programas capaces de descargar el material del disco duro en disquetes casi instantáneamente, programas de gráficos que se convirtieron en estándar dentro de la industria y también el Pixel Easel, que permitía a los usuarios de portátiles pintar con el ratón… de hecho, pintar con el dedo si el aparato iba provisto de lo que Jo llamaba el «cursor clitoridiano». Devore no había inventado ninguno de estos programas, pero había previsto que podían inventarse y contratado a la gente adecuada para hacerlo. Tenía docenas de productos patentados y compartía las patentes de centenares de otros. Se decía que tenía una fortuna de seiscientos millones de dólares aproximadamente, dependiendo de cómo se cotizaran sus valores en un día concreto.

En el TR tenía reputación de ser presuntuoso y grosero. Y no era de extrañar, pues nadie es profeta en su tierra. Y la gente también decía que era un excéntrico, naturalmente. Si uno escucha a los viejos hablar de los ricos y famosos de sus tiempos, oirá que se comían el papel pintado, se follaban al perro y asistían a las cenas de la parroquia vestidos sólo con un calzoncillo manchado de pis. Aunque todo eso hubiera sido cierto en el caso de Devore, y aunque éste fuera un asqueroso tacaño, dudaba mucho que fuera a permitir que dos de sus parientes más cercanos vivieran en una caravana.

Tomé el camino que discurría por encima del lago y me detuve un momento en lo alto del sendero particular para mirar el cartel: Sara Risa grabado con fuego en una tabla clavada en un árbol oportunamente situado. Así se hacen las cosas por ahí. Al mirarlo evoqué el último sueño de la serie Manderley. En él alguien había pegado la pegatina de una emisora de radio en el cartel; así como uno siempre se encuentra con pegatinas en las máquinas automáticas para pagar el peaje en las autopistas.

Bajé del coche, me acerqué al cartel y lo examiné. No había ninguna pegatina. Los girasoles habían estado allí abajo, entre las tablas del porche –tenía una foto que lo probaba en la maleta–, pero en el cartel de la casa no había ninguna pegatina. ¿Y eso qué demostraba? Venga, Noonan, contrólate.

Regresé al coche –la puerta estaba abierta y en los altavoces sonaban los Beach Boys–, pero enseguida cambié de idea y regresé junto al cartel. En mi sueño, la pegatina tenía exactamente el «RA» de Sara y el «RI» de Risa. Toqué ese sitio y me pareció que estaba pegajoso. Naturalmente, podía deberse a la textura del barniz en un día caluroso. O a mi imaginación.

Bajé hacia la casa, aparqué, puse el freno de mano (en las cuestas que rodean Dark Score y otros tantos lagos del oeste de Maine siempre hay que tomar la precaución de poner el freno de mano) y escuché a los Beach Boys cantando una de sus mejores canciones. La cursilería no le quitaba encanto; se lo añadía.

Mientras estaba sentado en el coche miré hacia el armario empotrado a la derecha del porche. Allí dejábamos la basura para engañar a los mapaches, que ni siquiera se dejan amilanar por los cubos con tapas a presión; si un mapache tiene hambre, se las apañará para abrirlos con sus hábiles patas delanteras.

No pensarás hacer lo que estás pensando, ¿no?, me pregunté. ¿O sí? Me respondí que sí, que por lo menos lo intentaría. Cuando los Beach Boys pasaron al tema siguiente, bajé del coche, abrí el armario y saqué dos cubos de basura. Un tal Stan Proulx pasaba dos veces por semana a recoger la basura (o lo hacía cuatro años antes). Era uno de los miembros de la plantilla que Bill Dean contrataba en negro para hacer tareas eventuales, pero supuse que puesto que era fiesta Stan no habría pasado a buscar la basura, y no me equivoqué. Había dos bolsas en cada cubo de plástico. Las saqué (maldiciéndome por mi estupidez mientras lo hacía) y desaté las cintas amarillas.

Creo que no estaba tan obsesionado como para esparcir la basura húmeda por el porche (desde luego, no lo sé con seguridad y supongo que es mejor así), pero no fue necesario. Recordad que la casa había estado deshabitada durante cuatro años, y sólo cuando se vive en un sitio se produce basura: cualquier cosa desde borra de café hasta compresas usadas. Pero en aquellas bolsas sólo estaba la basura seca que habían barrido Brenda Meserve y sus ayudantes.

Había nueve bolsas desechables de aspiradora con el polvo, las pelusas y las moscas muertas de cuarenta y ocho meses. Había bolas de papel de cocina, algunas de los cuales olían a cera de mueble y otras al penetrante pero agradable aroma del limpiacristales. Había una mohosa funda de colchón y una chaqueta de seda que sin lugar a dudas había sido víctima de las polillas. La pérdida de la chaqueta no me entristeció; había sido un error de juventud y parecía escapada de la era de los Beatles.

Había una caja llena de cristales, otra con reconocibles (y seguramente anticuados) accesorios de fontanería, un trozo de alfombra mugriento y raído, trapos de cocina desteñidos y deshilachados, la vieja manopla de horno que yo usaba cuando cocinaba hamburguesas y pollo en la barbacoa.

La pegatina retorcida apareció en el fondo de la segunda bolsa. Sabía que la encontraría –lo sabía desde el momento en que había palpado la madera pegajosa del cartel–, pero necesitaba verla con mis propios ojos.

Dejé mi hallazgo sobre una tabla del porche y la alisé. Estaba rasgada en los bordes; sin duda porque Bill había usado un cuchillo para despegarla. No quería que el señor Noonan volviera al lago después de cuatro años y descubriera que algún crío maleducado había pegado una pegatina en el cartel de su casa. Por Dios. Así que la había arrancado y tirado a la basura. Y allí estaba: otro elemento de mi sueño desenterrado. Pasé los dedos sobre la inscripción: WBLM, 102.9, LA FRECUENCIA DE ROCK AND ROLL DE PORTLAND.

Me dije que no tenía nada que temer. Que no significaba nada, igual que el resto. Luego saqué una escoba del armario, barrí la basura y volví a meterla en las bolsas de plástico. La pegatina también.

Entré en la casa, dispuesto a darme una ducha para quitarme el polvo, pero entonces vi mi traje de baño asomando por una de las maletas y decidí ir a nadar. Había comprado el bañador en Cayo Largo y era una prenda divertida, estampada con ballenas arrojando chorros de agua. A mi amiguita de la gorra de béisbol le habría encantado. Consulté el reloj y vi que hacía cuarenta y cinco minutos que había terminado mi hamburguesa. Bastante justo, sobre todo después de haber pasado un buen rato enfrascado en una energética búsqueda del tesoro en el cubo de la basura.

Me puse el bañador y bajé por los peldaños hechos con traviesas de ferrocarril que conducían desde Sara al agua. Mis chanclas repiqueteaban y traqueteaban. Los últimos mosquitos de la temporada zumbaban. El lago brillaba ante mí, quieto y seductor bajo el húmedo cielo. A lo largo de las orillas norte y sur, bordeando toda la parte este del lago, había un paso reservado (catalogado como «propiedad comunitaria» en el contrato de compra y venta) que la gente del lugar llamaba simplemente «la Calle». Si uno giraba a la izquierda por la Calle, al pie de mi escalinata, podía ir andando hasta la dársena Dark Score, pasando junto a Warrington's y a la pequeña fonda de Buddy Jellison en el camino, por no mencionar las cuatro docenas de casas de veraneo, discretamente arropadas por arboledas de abetos y pinos. Si uno giraba a la derecha, podía ir andando hasta Halo Bay, aunque tardaría un día entero con toda la vegetación que crece hoy sobre la Calle.

Permanecí un momento en el paso y luego me arrojé al agua. Cuando flotaba en el aire con infinita gracia, recordé que la última vez que había dado un salto semejante lo había hecho cogido de la mano de Jo.

La caída fue casi una catástrofe. El agua estaba lo bastante fría para recordarme que tenía cuarenta años, no catorce, y por un instante mi corazón se detuvo. Mientras el lago Dark Score se cerraba sobre mi cabeza, tuve la seguridad de que no saldría vivo de allí. Me encontrarían flotando boca abajo entre la plataforma flotante y mi pequeña sección de la Calle, víctima del agua helada y de una hamburguesa grasienta. En mi tumba grabarían «Tu madre te enseñó que tenías que esperar por lo menos una hora».

Entonces mis pies tocaron las piedras y las viscosas algas del fondo, mi corazón reanudó la marcha con una sacudida, y salté como un jugador de béisbol decidido a marcar el último tanto de un partido reñido. Cuando salí a la superficie, respiré hondo. Me entró agua en la boca y la escupí mientras me daba palmadas en el pecho para estimular mi corazón: vamos, pequeño, tú puedes conseguirlo.

Volví a la orilla andando, con el agua hasta la cintura y la boca llena de un sabor frío: agua del lago con una pizca de minerales y un gustillo a minerales, la clase de agua que es preciso neutralizar con algún producto para lavar la ropa. Era exactamente el mismo sabor que me había venido a la boca cuando estaba en el arcén de la carretera 68 y Mattie Devore me había dicho cómo se llamaba su hija.

«Es una asociación psicológica, nada más. Entre la similitud de los nombres, mi esposa y el lago. Ya...»

–Ya había sentido este sabor un par de veces antes –dije en voz alta.

Y como para subrayar el hecho, me llené la palma ahuecada de agua –una de las más limpias y cristalinas del estado, según los informes de los análisis que yo y todos los demás miembros de la Asociación de los Lagos del Oeste recibimos cada año– y la bebí. No hubo revelación alguna, ningún descubrimiento súbito y extraño. Era sólo agua de Dark Score, primero en mi boca y luego en mi estómago.

Nadé hasta la plataforma flotante, subí por la escalera de soga y me dejé caer sobre las tablas calientes, súbitamente contento de haber viajado al lago. A pesar de todo. Al día siguiente empezaría una vida nueva... o al menos lo intentaría. Por el momento me bastaba con estar tendido sobre el brazo flexionado, adormilado, convencido de que las aventuras del día habían llegado a su fin.

Pero estaba equivocado.

Durante nuestro primer verano en el TR, Jo y yo habíamos descubierto que se podían ver los fuegos artificiales desde la terraza que daba al lago. Lo recordé cuando empezaba a oscurecer y pensé que ese año me quedaría en el salón, viendo una película de vídeo. No quería revivir todos los Cuatro de Julio que habíamos pasado juntos allí, bebiendo cerveza y riendo cuando sonaban los petardos más fuertes. Ya me sentía bastante solo; una soledad de la que no había tomado conciencia en Derry. Entonces me pregunté si no había ido allí para afrontar los recuerdos de Johanna –todos– y dejarlos descansar en paz. Esa noche ni siquiera se me pasó por la cabeza la posibilidad de volver a escribir.

No había cerveza –podía haber comprado en la tienda del pueblo o en el Village Cafe, pero me había olvidado– pero sí refrescos, cortesía de Brenda Meserve. Cogí una lata de Pepsi y me senté en la terraza a mirar los fuegos artificiales con la esperanza de no sufrir demasiado. Esperando no llorar. No es que me engañara a mí mismo; todavía me quedaban muchas lágrimas y tendría que derramarlas un día u otro.

Después de la primera explosión de la noche –un deslumbrante estallido azul cuyo estampido llegó mucho más tarde– sonó el teléfono y me sobresaltó más que los petardos. Supuse que sería Bill Dean desde Virginia, para asegurarse de que todo marchaba bien.

El verano anterior al de la muerte de Jo habíamos comprado un teléfono inalámbrico para pasearnos por la planta baja mientras hablábamos, algo que a los dos nos gustaba hacer. Entré en el salón por la puerta corredera de cristal, pulsé el botón de recepción.

–Hola, soy Mike –dije mientras regresaba a sentarme en la terraza.

Al otro lado del lago, estallando entre las nubes bajas que se cernían sobre Castle View, había destellos verdes y amarillos, seguidos por fogonazos cuyo sonido me llegaría más tarde.

La línea permaneció en silencio un instante y luego una ronca voz masculina –la voz de un hombre mayor, pero no la de Bill–, dijo:

–¿Noonan? ¿Señor Noonan?

–¿Sí?

Un gigantesco relámpago dorado iluminó el cielo al oeste, haciendo temblar las nubes bajas y llenándolas de filigranas. Me recordó a los programas de entrega de premios de la televisión, llenos de mujeres hermosas con vestidos brillantes.

–Soy Devore.

–¿Sí? –repetí con cautela.

–Max Devore.

«No viene por aquí muy a menudo», había dicho Audrey. Lo había tomado como una muestra del ingenio yanqui, pero por lo visto iba en serio. Las sorpresas no se acababan nunca.

¿Y ahora qué? Me quedé en blanco. Hubiera querido preguntarle cómo había conseguido mi número, puesto que no estaba en la guía, pero ¿de qué serviría? Cualquiera que tuviera una fortuna de seiscientos millones de dólares podía conseguir el número de quien le diera la gana.

Decidí decir sí otra vez, esta vez sin entonación de pregunta.

Siguió otro silencio. Cuando lo rompí y empecé a hacer preguntas, él tomó el mando de la conversación… si es que podía decirse que estábamos manteniendo una conversación. Una buena estrategia, pero yo jugaba con la ventaja de mi larga relación con Harold Oblowski… Harold, el maestro de las pausas significativas. Me senté con el teléfono inalámbrico pegado a la oreja y miré los fuegos artificiales. Rojo que se convertía en azul, verde en dorado; mujeres invisibles se paseaban por las nubes en resplandecientes vestidos de noche.

–Tengo entendido que hoy a conocido a mi nuera –dijo por fin. Parecía crispado.

–Es posible –respondí procurando no parecer sorprendido–. ¿Puedo preguntar por qué me llama, señor Devore?

–Me han dicho que hubo un incidente.

Unas luces blancas danzaron en el cielo, como cohetes espaciales estallando. Enseguida se oyeron los estampidos. He descubierto el secreto de los viajes en el tiempo, pensé. Es un fenómeno auditivo.

Sujetaba el teléfono con demasiada fuerza y me obligué a relajar un poco la mano. Maxwell Devore. Seiscientos millones de dólares. Y no estaba en Palm Springs, como había supuesto yo, sino más cerca. En el TR, si el característico zumbido de la línea no me engañaba.

–Estoy preocupado por mi nieta. –Su voz sonaba más áspera que antes. Estaba furioso, y se notaba; era un hombre que no se había visto obligado a ocultar sus sentimientos en muchos años–. Creo que mi nuera se distrajo otra vez. Le pasa a menudo.

Media docena de estrellas de colores iluminaron la noche, abriéndose como flores en un documental sobre la naturaleza de la Disney. Imaginé a la multitud en Castle View, sentada con las piernas cruzadas en las mantas, comiendo helado, bebiendo cerveza y exclamando «¡Oooooh!» al unísono. Creo que ésa es la prueba definitiva del éxito de una obra de arte: que todo el mundo exclama «¡Oooooh!» al unísono.

«Este tipo te da miedo, ¿no? –preguntó Jo–. Vale, puede que tengas razones para tener miedo. Un hombre que se cree con derecho a enfadarse en cualquier momento y con cualquiera puede ser peligroso.»

Luego la voz de Mattie: «No soy una mala madre, señor Noonan. Es la primera vez que me pasa algo así.»

Naturalmente, eso es lo que dicen las malas madres en circunstancias semejantes, pero yo la creía.

Además, mi número no estaba en la guía, ¡joder! Estaba sentado tranquilamente, contemplando los fuegos artificiales y bebiendo un refresco sin molestar a nadie y ese tipo tenía...

–Señor Devore, no tengo la menor idea de qué...

–No me venga con ésas. Con el debido respeto, no me venga con ésas, señor Noonan. Le vieron hablar con ella.

Hablaba como yo suponía que habría hablado Joe McCarthy a los pobres judíos que acabaron tildados de sucios comunistas después de declarar ante su comisión.

«Ten cuidado, Mike –dijo Jo–. Ten cuidado con el mazo de plata de Maxwell.»

–Esta mañana vi a una niña y a su madre –dije–. Supongo que se refiere a ellas.

–Lo que usted vio fue a una niña pequeña andando por la carretera sola –replicó él–, y luego a una mujer buscándola. Mi nuera en esa vieja cafetera que conduce. Podrían haber atropellado a la niña. ¿Por qué protege a esa jovencita, señor Noonan? ¿Le ha prometido algo a cambio? Porque le aseguro que no está haciendo ningún favor a la niña.

Me prometió llevarme a su caravana y luego al paraíso, pensé decir. Me prometió mantener la boca siempre abierta si yo mantenía cerrada la mía. ¿Es eso lo que quiere oír?

«Sí –respondió Jo–. Seguramente. Es lo que quiere creer. No dejes que te provoque y haga salir tu sarcasmo de universitario, Mike. Podrías arrepentirte.»

Al fin y al cabo, ¿por qué me molestaba en proteger a Mattie Devore? No lo sabía, como tampoco sabía en qué clase de lío me estaba metiendo. Sólo sabía que la madre parecía cansada y que la niña estaba ilesa y ni siquiera se había asustado.

–En efecto vi un coche. Un viejo jeep.

–Eso me gusta más. –Satisfacción. Súbito interés. Casi avidez–. ¿Qué...?

–Di por sentado que iban juntas en el coche –dije. Sentí un placer embriagador al comprobar que mi inventiva de escritor no me había abandonado por completo. Me sentí como un *pitcher* que ya no juega en público, pero que todavía es capaz de hacer un buen lanzamiento en el patio de su casa–. Creo que la niña llevaba un ramo de margaritas.

Hablaba con cautela, como si estuviera en un juicio en vez de en la terraza de mi casa. Harold se habría sentido orgulloso de mí. Aunque tal vez no. A Harold le habría horrorizado que mantuviera una conversación semejante.

–Supuse que estaban recogiendo flores. Lo cierto es que no recuerdo muy bien el incidente, señor Devore. Soy escritor, y cuando conduzco casi siempre voy abstraído en mis...

–Miente.

Ahora la furia era evidente, brillante y palpitante como un forúnculo. Tal como yo había sospechado, no era muy difícil hacer que aquel tipo traspasara la frontera de la cortesía.

–Supongo que es el Devore de los ordenadores.

–Supone bien.

Jo siempre se volvía más fría en tono y expresión a medida que su temible genio se encendía. Ahora me oí imitarla de una forma francamente misteriosa.

–Señor Devore, no estoy acostumbrado a que me telefoneen desconocidos por la noche y no estoy dispuesto a seguir hablando con un hombre que me llama mentiroso. Buenas noches.

–Si todo iba bien, ¿por qué se detuvo?

–Hacía tiempo que no venía al TR y quería saber si el Village Cafe seguía abierto. A propósito, no sé de dónde habrá sacado mi número de teléfono, pero sé dónde puede metérselo. Buenas noches.

Corté la comunicación apretando el botón con el pulgar y me quedé mirando el teléfono, como si nunca hubiera visto un aparato igual en mi vida. La mano que lo sujetaba temblaba. El corazón me latía con fuerza; lo sentía en el cuello y en las muñecas, además de en el pecho. Me pregunté si le habría dicho a Devore que se metiera mi número de teléfono en el culo si yo mismo no hubiera tenido varios millones en mi cuenta bancaria.

«Una batalla de titanes, cariño –dijo Jo con voz fría–. Y todo por una adolescente que vive en una caravana. Ni siquiera tenía unas tetas respetables.»

Reí en voz alta. ¿Batalla de titanes? Nada de eso. Un crápula millonario de finales de siglo había dicho: «Hoy día cualquiera que tenga un millón de dólares se cree que es rico.» Estaba seguro de que Devore tendría la misma opinión de mí, y en cierto modo acertaría.

Ahora el cielo estaba encendido con colores palpitantes y artificiales. Era la traca final.

–¿A qué ha venido eso? –pregunté.

No hubo respuesta. Sólo el chillido de un somorgujo en el lago, acaso protestando por el inusual bullicio celestial.

Me levanté, entré en la casa y dejé el teléfono en su sitio, consciente de que esperaba que volviera a sonar, que Devore volviera a soltarme sus clichés peliculeros: «Si se interpone en mi camino, yo…», «Amigo, le advierto que no…» y «Permita que le dé un consejo antes de que…».

Pero el teléfono no sonó. Tenía la boca comprensiblemente seca, así que apuré el resto de la Pepsi y decidí irme a la cama. Al menos no había acabado llorando en la terraza. Devore me había distraído de mis problemas, y en cierto modo le estaba agradecido por ello.

Fui al dormitorio del ala norte, me desvestí y me acosté. Pensé en Kyra y en su madre, que podría haber sido su hermana mayor. Estaba claro que Devore estaba rabioso con ella, y si en términos económicos yo le parecía una nulidad, ¿qué pensaría de Mattie? ¿Qué recursos tendría la joven para defenderse si él la atacaba? Era una perspectiva desagradable y me dormí pensando en ella.

Me levanté tres o cuatro horas después para eliminar la lata de refresco que imprudentemente había bebido antes de acostarme y cuando estaba delante de la taza, meando con un solo ojo abierto, volví a oír un llanto. Un niño perdido y asustado en la oscuridad... o acaso un niño que *fingía* estar asustado y perdido en la oscuridad.

–No empieces –dije. Estaba desnudo, y un escalofrío me recorrió la espalda–. Por favor, no empieces otra vez con esa mierda.

El llanto se desvaneció como la vez anterior, como el ruido de alguien que se arrastra por un túnel. Regresé a la cama, me giré de lado y cerré los ojos.

–Ha sido un sueño –dije–. Otro sueño con Manderley.

Sabía que no era así, pero también sabía que volvería a dormirme, y en ese momento eso era lo más importante. Antes de perderme en el sueño, pensé en una voz que era sólo mía: «Está viva. Sara está viva.»

Y también comprendí algo: ella me pertenecía. Para bien o para mal, yo la había reclamado. Había vuelto a casa.

CAPITULO 9

A las nueve de la mañana siguiente llené una botella de plástico con zumo de pomelo y salí, dispuesto a dar un largo paseo por la Calle en dirección sur. Era un día radiante y caluroso. También era un día silencioso; reinaba la clase de silencio que sólo se experimenta al día siguiente de una fiesta, compuesto por partes iguales de beatitud y resaca. Vi un par de pescadores en el lago, pero ninguna lancha, ni niños gritando y salpicándose. Pasé junto a una docena de chalets mientras subía la cuesta, y aunque la mayoría debían de estar habitados en esa época del año, las únicas señales de vida que advertí fueron unos trajes de baño colgados en el tendedero de los Passendale y un caballito de goma de color verde fluorescente, medio deshinchado, en el pequeño embarcadero de los Rimer.

Pero ¿el pequeño chalet gris de los Passendale seguiría perteneciendo a los Passendale? ¿Y la divertida casa circular de los Batchelder, con su ventanal panorámico con vistas al lago y las montañas, seguiría perteneciendo a los Batchelder? No había manera de saberlo, desde luego. En cuatro años puede haber muchos cambios.

Caminé dejando que mis pensamientos fluyeran libremente.

Un viejo truco de mis días de escritor. Trabaja el cuerpo, descansa la mente, deja que los muchachos del sótano hagan su trabajo. Pasé junto a campings donde Jo y yo alguna vez habíamos ido a tomar una copa, a comer una barbacoa o a jugar a las cartas. Absorbí el silencio como si fuera una esponja, bebí zumo, me sequé el sudor de la frente y aguardé a que los pensamientos aparecieran solos.

El primero fue una curiosa comprobación: que el llanto del niño de la noche anterior me parecía más real que la llamada de Max Devore. ¿De verdad me había llamado un rico y cascarrabias pez gordo de la tecnología en mi primera noche en el TR? ¿Y dicho pez gordo me había llamado mentiroso? (Lo era, teniendo en cuenta lo que le había contado, pero eso no importaba.) Sabía que había sucedido, pero era más fácil creer en el fantasma del lago Dark Score, conocido en algunos campamentos como el Misterioso Niño Llorón.

Mi siguiente pensamiento –que apareció cuando terminé de beber el zumo– fue que debía llamar a Mattie Devore y contarle lo ocurrido. Era un impulso natural, pero tal vez no fuera buena idea. Era demasiado mayor para tragarme el cuento de la damisela desolada contra el perverso padrastro... o, en este caso, suegro. Aquel verano tenía que afrontar mis propios problemas y no quería complicarme la vida metiéndome en una disputa potencialmente peligrosa entre el señor Ordenador y la señorita Caravana. Devore me había sacado de las casillas, pero seguramente no era algo personal, sino algo normal en él. Vamos, a algunos tipos les encanta ir por ahí buscándole las cosquillas a otros. ¿Quería enfrentarme a él? No. No quería. Había salvado a la pequeña Red Sox, había palpado involuntariamente el pequeño pero agradablemente firme pecho de mamá, había aprendido que Kyra significaba delicada en griego. Joder, ya era suficiente, pasar de ahí sería gula.

En ese momento detuve los pies y el cerebro, consciente de que había llegado hasta el Warrington's, un edificio parecido a un granero que los lugareños llamaban el club de campo. Y era algo así: había un campo de golf de seis hoyos, una cuadra donde alquilaban caballos, un restaurante, un bar, un albergue para unas tres docenas de personas en el edificio principal y ocho o nueve bungalós satélites. Hasta había una bolera de dos pistas, aunque los jugadores tenían que turnarse para levantar los bolos. Warrington's había sido construido a principios de la Primera Guerra Mundial, de modo que era más joven que Sara Risa (aunque no mucho).

Un largo embarcadero conducía a un edificio más pequeño llamado Sunset Bar, donde los huéspedes de Warrington's se reunían para tomar una copa por la noche (y un bloody mary por la mañana). Cuando miré hacia allí, vi que no estaba solo. Había una mujer en el porche del bar flotante y me miraba.

Me dio un buen susto. No estaba muy bien de los nervios y puede que eso tuviera algo que ver, pero creo que me habría dado un susto en cualquier estado que me encontrara. En parte por su quietud. En parte por su extraordinaria delgadez. Pero sobre todo por su cara. ¿Conocéis el cuadro de Edward Munch *El grito*? Bueno, si imagináis esa cara tranquila, con la boca cerrada y los ojos alerta, os haréis una idea aproximada de la mujer que estaba al final del embarcadero, con una mano de dedos largos sobre la barandilla. Aunque debo confesar que la primera imagen que me evocó no fue la del cuadro de Munch, sino la de la señora Danvers.

Aparentaba unos setenta años y llevaba unos pantalones cortos sobre un bañador negro. El conjunto tenía un extraño aire formal, todo un cambio del popular vestido negro de cóctel. Su piel era de un color blanco lechoso, excepto cerca del pecho casi plano y en los huesudos hombros, donde estaba cubierta de grandes manchas oscuras. Su cara parecía una calavera con pómulos prominentes y una frente redonda como una bombilla sin pantalla. Debajo de esa protuberancia, sus ojos se hundían en cuencas sombrías. Su cabello blanco, lacio y ralo, caía sobre sus orejas hasta la prominente repisa de su mandíbula.

Dios, qué delgada es, pensé. No es más que un saco de huesos.

Entonces un escalofrío me recorrió todo el cuerpo, envolviéndome en una espiral. Fue muy intenso, como si alguien estuviera atándome con un alambre. No quería que lo notara –qué manera de empezar un día de verano, produciendo tanta repugnancia a un hombre que estaba temblando y haciendo una mueca de asco en sus propias narices–, así que levanté una mano y saludé. También hice un esfuerzo para sonreír. Hola, señora del bar flotante. Hola, saco de huesos, me ha dado un susto de muerte, pero puesto que últimamente no se necesita mucho para asustarme, la perdono. ¿Qué demonios estaba haciendo? Me pregunté si mi sonrisa se vería como una mueca de disgusto, tal como yo la sentía.

No respondió a mi saludo.

Me sentí como un tonto –AQUÍ NO TENEMOS UN TONTO DEL PUEBLO, TODOS NOS TURNAMOS–, dejé de agitar la mano y regresé por donde había venido. Después de cinco pasos, sentí la irresistible tentación de mirar por encima del hombro; la sensación de que me miraba era tan intensa como si una mano me tocara entre los omóplatos.

El embarcadero estaba desierto. Agucé la vista, pensando que se habría retirado hacia la sombra del pequeño bar, pero se había ido. Como un fantasma.

«Ha entrado en el bar, cariño –dijo Jo–. Lo sabes, ¿verdad? Claro que lo sabes.»

–Vale, vale –murmuré y eché a andar por la Calle en dirección norte, hacia mi casa–. Claro que lo sé. ¿Adónde iba a ir?

Pero no me parecía que hubiera tenido tiempo; no creía que hubiera podido entrar sin que yo la oyera, aunque fuera descalza. No en una mañana tan tranquila como ésa.

«Puede que ande con sigilo», dijo la voz de Jo.

–Sí –murmuré. Durante ese verano, hablé mucho en voz alta–. Puede que ande con sigilo.

Seguro. Igual que la señora Danvers.

Me detuve otra vez y miré atrás, pero el paso privado había hecho una pequeña curva, siguiendo la dirección del lago, y ya no se veían ni Warrington's ni el Sunset Bar. Pensé que era mejor así.

En el camino de vuelta, enumeré mentalmente los fenómenos que habían precedido y luego rodeado mi regreso a Sara Risa: los sueños repetidos, los girasoles, la pegatina de la emisora de radio, el llanto en la noche. Supuse que el encuentro con Mattie y Kyra y la llamada telefónica del señor Pixel Easel también podían calificarse de fenómenos extraños, pero no del mismo modo que el llanto de un niño en plena noche.

¿Y qué había del hecho de que estuviéramos en Derry y no en Dark Score en el momento de la muerte de Johanna? ¿Podía incluirlo en mi lista? No lo sabía. En el otoño y el invierno de 1993 yo había estado escribiendo una serie de cuentos y concibiendo una versión dramática de *El hombre de la camisa roja*. En febrero de 1994 había empezado *Descenso desde la cima*, que había acaparado toda mi atención. Además la decisión de viajar al oeste, de ir a Sara...

—Eso era cuestión de Jo —le dije al día, y en cuanto lo pronuncié supe que era la más pura verdad.

A los dos nos encantaba la vieja casa, pero era ella quien decía: «Eh, irlandés, vámonos unos días al TR.» Se le ocurría en cualquier momento, aunque el año antes de su muerte no me lo había propuesto ni una vez. Y a mí no se me había ocurrido proponérselo a ella. Por lo visto me había olvidado por completo de Sara Risa, incluso en el verano. ¿Era posible que hubiera estado tan abstraído escribiendo? No lo creía, pero ¿qué otra explicación había?

Algo no encajaba en el cuadro que me había hecho de la situación, pero no sabía qué era. No tenía ni la más remota idea.

Eso me hizo pensar en Sara Tadwell y en la letra de una de sus canciones. Nunca la habían grabado, pero yo tenía la versión de Blind Lemon Jefferson de esta canción en particular. Decía:

> *No hay nada como un baile en un granero, cielo.*
> *No hay nada como girar y girar.*
> *Deja que bese tus dulces labios, cielo.*
> *Nunca encontraré a nadie igual.*

Me encantaba esa canción y siempre me había preguntado cómo sonaría en labios de una mujer en lugar de en la ronca voz de borracho de un viejo baladista. Me habría gustado oírsela cantar a Sara Tidwell. Seguro que la cantaba con dulzura. Y, cielo, apuesto a que sabía bailar.

Ya estaba junto a la casa. No vi a nadie en los alrededores

(aunque ya oía el zumbido de los primeros esquiadores acuáticos), me quité la ropa hasta quedarme en calzoncillos y nadé hasta la plataforma flotante. No me subí a ella, me quedé a un lado, sujetándome de la escalera con una mano y sacudiendo ligeramente los pies en el agua. Era agradable, pero ¿qué iba a hacer durante el resto del día?

Decidí pasarlo limpiando mi estudio del segundo piso. Cuando hubiera acabado, quizá bajaría a echar un vistazo al de Jo. Si no perdía el valor.

Regresé nadando, pataleando con suavidad, sumergiendo la cabeza y sacándola, en un agua que parecía seda fresca sobre mi piel. Me sentía como una nutria. Ya estaba cerca de la orilla cuando asomé la cabeza y vi a una mujer en la Calle, mirándome. Era tan delgada como la que había visto en Warrington's, pero ésta era verde. Era verde y señalaba hacia el norte del camino, como una dríada en una antigua leyenda.

Respiré hondo, tragué agua y tosí para expulsarla. Me puse en pie, con el agua hasta el pecho y me sequé los ojos empapados. Entonces reí (aunque sin demasiada convicción). La mujer era verde porque era un abedul, un abedul situado a la izquierda de donde los peldaños de traviesas se reunían con la Calle. Incluso ahora que lo miraba con los ojos despejados, había algo macabro en la forma en que las hojas rodeaban el tronco marfil con vetas blancas para formar una cara. El aire estaba absolutamente inmóvil y, en consecuencia, la cara también (tan quieta como la de la mujer de los pantalones cortos negros y el bañador), pero en un día de viento sin duda parecería sonreír, hacer muecas… incluso reír. Detrás se alzaba un pino de aspecto enfermizo, con una rama desnuda extendida hacia el norte. Yo la había confundido con un brazo esquelético y una mano huesuda que señalaba.

No era la primera vez que me engañaba de ese modo. Veo cosas; eso es todo. Escribe suficientes novelas y creerás que todas las sombras del suelo son huellas, que cada línea del suelo es un mensaje secreto. Naturalmente, este hábito no facilitaba en nada la tarea de decidir qué era en verdad extraño en Sara Risa y qué se me antojaba extraño sólo porque mi mente era extraña.

Miré alrededor, noté que todavía era el único en esa parte del lago (aunque no por mucho tiempo; ya se habían sumado una segunda y tercera lancha al zumbido de la primera) y me quité los calzoncillos mojados. Los estrujé, los puse encima de mis pantalones y de la camiseta y subí desnudo por las traviesas con la ropa abrazada al pecho. Fingí ser *Bunter*, que llevaba el desayuno y el periódico de la mañana a lord Peter Wimsey. Cuando llegué a la casa, sonreía como un idiota.

Aunque las ventanas estaban abiertas, en la planta alta de la casa hacía un calor sofocante, y comprendí por qué en cuanto llegué a lo alto de las escaleras. Jo y yo compartíamos el espacio allí arriba: ella a la izquierda (una habitación pequeña, apenas un cubículo, que era todo lo que necesitaba habida cuenta de que tenía su estudio en el ala norte de la casa), yo a la derecha. Al fondo del pasillo estaba el radiador del monstruoso aparato de aire acondicionado que habíamos instalado un año después de comprar la casa. Caí en la cuenta de que inconscientemente había echado de menos su característico zumbido. En el aparato había un cartelito pegado con celo que decía: «Señor Noonan: está averiado. Si lo enciende, echa aire caliente y suena como si estuviera lleno de cristales. Dean dice que en Western Auto, de Castle Rock, le han prometido traer la pieza que necesita. Lo creeré cuando la vea. B. Meserve.»

Sonreí al leer la última frase –muy propia de la señora Meserve– y luego probé el interruptor. Jo solía decir que las máquinas casi siempre responden favorablemente cuando perciben la proximidad de un humano provisto de pene, pero esta vez no fue así. Escuché los fatigosos esfuerzos del aparato durante unos segundos y luego lo apagué. Mierda. Hasta que no lo reparara, ni siquiera podría hacer crucigramas allí arriba.

De todos modos eché un vistazo a mi estudio; tenía tanta curiosidad por lo que sentiría al entrar allí, como por lo que podía llegar a encontrar dentro. Que prácticamente se redujo a nada. Ahí estaba el escritorio donde había terminado de escribir *El hombre de la camisa roja*, y donde me había probado a mí mismo que mi primera incursión literaria no había sido sólo un golpe de suerte; la foto de Richard Nixon con los brazos en alto, haciendo el signo de la victoria con ambas manos encima de la inscripción: ¿USTED LE COMPRARÍA UN COCHE USADO A ESTE HOMBRE?; la alfombra que Jo había tejido a ganchillo para mí un par de años antes de descubrir el maravilloso mundo del hilado de alfombras orientales y abandonar por completo el ganchillo.

No era el despacho de un desconocido, pero cada objeto (en especial la superficie insólitamente vacía del escritorio) sugería que era el lugar de trabajo de un Mike Noonan de una era pretérita. Una vez leí que la vida de los hombres está definida por dos fuerzas primarias: el trabajo y el matrimonio. En mi vida, el matrimonio estaba acabado y la profesión en un paréntesis que se me antojaba permanente. Por lo tanto, no me sorprendió que el sitio donde había pasado tanto tiempo, casi siempre feliz, enfrascado en la tarea de crear vidas imaginarias, no significara nada para mí. Era como mirar el despacho de un empleado que había sido despedido... o que había muerto repentinamente.

Enfilaba hacia la puerta cuando se me ocurrió una idea. El archivador del rincón estaba lleno de papeles –extractos de mis cuentas bancarias (de hacía ocho o diez años), correspondencia (casi toda sin responder), fragmentos de historias–, pero no encontré lo que buscaba. Abrí el armario, donde la temperatura era de por lo menos cuarenta y tres grados, y lo descubrí en una caja de cartón donde Brenda Meserve había escrito «Aparatos»; era un dictáfono Sanyo que Debra Weinstock me había regalado después de la publicación de mi primer libro con Putnam. Se ponía en marcha automáticamente cuando uno hablaba y volvía al modo *pausa* cuando uno se quedaba sin ideas.

Nunca le había preguntado a Debra si al ver el aparato había pensado «vaya, apuesto que a cualquier novelista popular le encantaría tener uno de estos trastos» o si me lo había regalado para sugerir algo... ¿Era una especie de insinuación? ¿Algo así como «expresa en voz alta esos pequeños faxes de tu inconsciente mientras estén frescos, Noonan»? No lo había sabido entonces ni lo sabía ahora, pero lo tenía. Un auténtico dictáfono de excelente calidad, y en el coche había por lo menos media docena de cintas que yo había grabado para escuchar mientras conducía. Esa noche pondría una en la grabadora y dejaría ésta en la modalidad de *dictado*. Entonces, si el ruido que había oído un par de veces se repetía, quedaría grabado. Le pediría a Bill Dean que lo oyera y me diera su opinión.

«¿Y si esta noche oigo llorar al niño pero la máquina no se pone en marcha?»

—Entonces averiguaré otra cosa —le dije a la habitación vacía, bañada de sol. Yo estaba junto a la puerta con el dictáfono en la mano, sudando como un cerdo—. O al menos la sospecharé.

El cubículo de Jo, situado al otro lado del pasillo, hacía que mi estudio pareciera atestado y acogedor. Era una pequeña habitación cuadrangular, donde nunca había habido demasiadas cosas. Ahora la alfombra, las fotografías e incluso el escritorio habían desaparecido. Parecía una maqueta que había sido abandonada después de hacer el noventa por ciento del trabajo. Habían hecho desaparecer a Jo de allí —la habían «limpiado»— y por un instante sentí una furia irracional hacia Brenda Meserve. Recordé lo que decía mi madre cuando yo hacía por iniciativa propia algo que ella desaprobaba: «Te has tomado demasiadas libertades, ¿no crees?» Eso es lo que pensé al ver el pequeño estudio vacío de Jo: que al dejarlo pelado, la señora Meserve se había tomado demasiadas libertades.

«Puede que no lo haya limpiado la señora Meserve —dijo la voz sobrenatural—. Puede que lo hiciera la propia Jo. ¿No has pensado en esa posibilidad, amigo?»

—Tonterías —dije—. ¿Por qué iba a hacer algo así? No creo que tuviera el pálpito de que iba a morir, sobre todo teniendo en cuenta que acababa de comprar...

No quise decirlo en voz alta. Por alguna razón, me pareció una mala idea.

Me volví para salir de la habitación y una súbita racha de aire fresco, insólita en ese ambiente sofocante, me rozó la cara. El cuerpo no; sólo la cara. Fue una sensación extraordinaria, como si unas manos me acariciaran brevemente las mejillas y la frente. Y al mismo tiempo oí un suspiro... no; no exactamente. Era un susurro que *pasó* junto a mis orejas, como si alguien me hubiera murmurado apresuradamente un mensaje al oído antes de marcharse.

Me volví para comprobar si las cortinas se movían, pero estaban absolutamente quietas.

–¿Jo? –dije, y oír su nombre me hizo temblar con tanta violencia que casi se me cayó el dictáfono al suelo–. ¿Jo, has sido tú?

Nada. Ni unas manos espectrales tocándome la cara, ni un movimiento en las cortinas… que sin duda se habrían movido si hubiera habido corriente. Todo estaba inmóvil. Allí sólo había un hombre alto con la cara sudorosa y una grabadora en la mano, en el umbral de una habitación vacía. Sin embargo, en ese momento empecé a creer que no estaba solo en Sara Risa.

¿Y qué?, me pregunté. Aunque fuera verdad, ¿qué más da? Los fantasmas no le hacen daño a nadie.

Es lo que creía entonces.

Después de comer, cuando fui al estudio de Jo (el estudio con aire acondicionado), me reconcilié con Brenda Meserve, que después de todo no se había tomado tantas libertades como yo creía. Los pocos objetos que yo recordaba especialmente del estudio pequeño –un cuadrado enmarcado de la primera alfombra oriental que había hecho, la alfombra de retales verde, un cartel con las flores silvestres de Maine– estaban ahí, junto con todo lo que faltaba en el cuarto de la planta alta. Era como si la señora Meserve quisiera transmitirme un mensaje: «No puedo mitigar su dolor, acortar su tristeza o evitar que volver aquí reabra sus heridas, pero puedo poner todas las cosas que podrían afectarle en un solo lugar, para que no tropiece con ellas inesperadamente o sin prepararse antes. Es lo único que puedo hacer.»

En esa estancia las paredes no estaban desnudas, estaban llenas del espíritu y la creatividad de Jo. Había tapices (algunos serios, muchos extravagantes); cuadrados de *batik*; muñecas de trapo asomando de lo que ella llamaba «mis *collages* infantiles»; un cuadro abstracto que representaba el desierto con tiras de seda amarilla, negra y anaranjada; sus fotografías de flores, y encima de una estantería, una maqueta a medias de Sara Risa. Estaba hecha con mondadientes y palitos de polos.

En un rincón estaba su pequeño telar y un pequeño armario

de madera con un cartel –MATERIAL DE TEJIDO. ¡PROHIBIDO TOCAR!– colgado de la puerta. En otro estaba el banjo; había empezado a aprender a tocar, pero lo había dejado porque decía que le dolían los dedos. En un tercero había un remo de kayak y unos patines con las puntas llenas de arañazos y pequeños pompones púrpura en la punta de los cordones.

Pero lo que más me llamó la atención fue un objeto situado en el viejo escritorio de persiana que estaba en el centro de la habitación. Durante los innumerables fines de semana de verano, otoño e invierno que habíamos pasado en el lago, el escritorio siempre estaba atestado de ovillos de lana, madejas de hilo, almohadillas de alfileres, dibujos y acaso algún libro sobre la guerra civil española o las razas de los perros norteamericanos. Johanna podía resultar exasperante, al menos para mí, porque hacía las cosas sin orden ni concierto. También podía resultar intimidante, incluso arrolladora. Era brillante pero dispersa, y su escritorio siempre había reflejado este hecho.

Pero ya no. Era probable que la señora Meserve hubiera retirado todo lo que había encontrado sobre el escritorio y lo hubiera guardado en otro sitio, pero resultaba difícil de creer. ¿Por qué iba a hacerlo? No tenía sentido.

El objeto en cuestión estaba cubierto con una funda de plástico gris. Extendí el brazo para tocarlo, pero mi mano se detuvo a escasos centímetros de él, porque un viejo sueño («Dame eso, es para protegerme del polvo») pasó por mi mente igual que la corriente de aire había pasado por mi cara. Pero el recuerdo desapareció de inmediato, y entonces retiré la funda de plástico. Debajo estaba mi vieja IBM Selectric, que no veía desde hacía muchos años. Me acerqué, sabiendo que la bola tendría los caracteres Courier (mis favoritos) antes incluso de verla.

¿Qué diablos hacía allí mi vieja máquina de escribir?

Johanna pintaba (aunque no muy bien), hacía fotografías (excelentes) y a veces las vendía, tejía, hacía ganchillo, hilaba y teñía telas, sabía tocar ocho o diez acordes en la guitarra. Naturalmente, se le daba bien escribir; como a todos los licenciados en literatura inglesa (por eso les dan el título). Pero ¿tenía talento para la literatura? No. Después de experimentar con la poesía cuando todavía estaba estudiando, abandonó esa rama de las artes. «Tú escribirás por los dos, Mike –me había dicho una vez–. Es tu territorio. Yo me dedicaré a picotear un poquito aquí y allí.» Supongo que fue una decisión sabia, habida cuenta de que la calidad de sus poemas no podía compararse con la de sus fotografías, sus tejidos y sus tapices de seda.

Pero ahí estaba mi vieja IBM. ¿Por qué?

–Cartas –dije–. Encontró la máquina en el sótano y la rescató para escribir cartas.

Pero eso no casaba con Jo. Me enseñaba la mayoría de sus cartas y a menudo me pedía que añadiera unas líneas, sobornándome con el dicho «en casa de herrero cuchillo de palo» («de no ser por Alexander Graham Bell, los amigos del escritor no tendrían noticias de él», habría podido añadir). Yo no había visto una sola carta personal de Jo mecanografiada en todos los años de nuestro matrimonio; como mínimo, lo habría considerado una descortesía. Sabía escribir a máquina, desde luego, y redactaba impecables cartas comerciales, despacio y meticulosamente, pero siempre usaba mi ordenador portátil para hacerlo.

–¿Qué te proponías, cariño? –pregunté y empecé a registrar los cajones de su escritorio.

Brenda Meserve había hecho lo posible con ellos, pero la naturaleza de Jo la había vencido. Un orden superficial (las bobinas de hilo ordenadas por colores, por ejemplo) enseguida dejaba paso al antiguo caos de Jo. En esos cajones encontré objetos que hirieron mi corazón con centenares de recuerdos inesperados, pero ni un solo folio escrito con mi vieja IBM. Ni uno solo.

Cuando hube terminado con el registro, me eché hacia atrás en la silla (la silla de Jo) y miré la fotografía enmarcada que estaba sobre su escritorio, una fotografía que no recordaba haber visto antes. Jo debía de haberla revelado y retocado a mano (sin duda el original había salido del desván de alguno de nuestros vecinos). Parecía un cartel de SE BUSCA coloreado por Ted Turner.

La cogí y pasé la mano por el cristal, atónito. Sara Tidwell, la cantante de blues de principios de siglo, cuyo último puerto conocido estaba exactamente aquí, en TR-90. Ella y los suyos (algunos amigos, la mayoría parientes) se habían marchado del TR, habían pasado una temporada en Castle Rock… y luego habían desaparecido, como una nube en el horizonte o como la bruma en una mañana estival.

En la fotografía sonreía, pero era una sonrisa difícil de descifrar. Tenía los ojos entornados. Sobre uno de sus hombros se veía la cuerda de la guitarra (no una correa, sino una cuerda). Al fondo había un negro con un sombrero hongo puesto en un ángulo insólito (si algo identifica a los músicos, es que saben cómo llevar sombrero), de pie junto a un contrabajo.

Jo había pintado la cara de Sara de color café con leche, tal vez basándose en otras fotografías que había visto (hay varias por ahí y casi todas muestran a Sara con la cabeza echada hacia atrás y el cabello casi tocándole la cintura mientras suelta una de sus célebres carcajadas), aunque ninguna en color. No podía haberlas a principios de siglo. Y Sara Tidwell no se había limitado a dejar su impronta en viejas fotografías. Recordé que Dickie Brooks, el propietario del taller de reparaciones de coches, me había dicho en una ocasión que su padre había ganado un oso de peluche en una caseta de tiro de la feria de Castle Rock y que luego se lo había regalado a Sara. Ella lo había recompensado con un beso. Según Dickie, el hombre nunca olvidó ese beso, decía que era el mejor de su vida… aunque dudo que lo dijera en presencia de su mujer.

En esta foto sólo sonreía. Sara Tidwell, conocida como Sara Risa. Nunca había grabado un disco, pero de todos modos sus canciones habían sobrevivido. *Walk with Me* guarda un notable parecido con *Walk this Way*, de Aerosmith. En la actualidad se la calificaría de «afroamericana». En 1984, cuando Johanna y yo compramos la casa y nos interesamos por Sara, la habrían llamado «negra». En sus tiempos, sin duda los nombres serían más despectivos. ¿Cómo iba a creerme que había besado al padre de Dickie Brook, un hombre blanco, delante de la mitad de la población del condado de Castle? No; no me lo tragaba. Aunque ¿quién podía estar seguro? Nadie. Eso es lo más fascinante del pasado.

–No hay nada como un baile en un granero, cariño –canté mientras dejaba el retrato en el escritorio–. No hay nada como girar y girar.

Iba a volver a ponerle la funda a la máquina, pero en el último momento decidí no hacerlo. Mientras me ponía en pie, volví a posar la vista en la foto de Sara, que estaba de pie con los ojos cerrados y la cuerda que hacía de correa de la guitarra visible sobre un hombro. Siempre había visto algo familiar en su cara y su sonrisa, y de repente comprendí de qué se trataba. Tenía un aire a Robert Johnson, cuyos toscos rasguidos se oían detrás de casi todas las canciones grabadas de Led Zeppelin y Yarbirds. Un hombre que, según la leyenda, había vendido su alma al demonio por siete años de vida vertiginosa, licores fuertes y mujeres de la vida. Y por la inmortalidad en los restaurantes bailables, desde luego, que le había sido concedida. Robert Johnson, supuestamente atormentado por una mujer.

A última hora de la tarde volví a la tienda y le eché el ojo a un apetecible lenguado que estaba en el congelador. Tenía todo el aspecto de ser el candidato ideal para mi cena. Compré una botella de vino blanco para acompañarlo y mientras esperaba en la cola de la caja, oí la voz temblorosa de un viejo a mi espalda, dirigiéndose a mí:

—Por lo visto ayer hizo una nueva amiga.

Tenía un acento yanqui tan pronunciado que resultaba casi cómico. Aunque no es sólo el acento; sino la cadencia. Los auténticos nativos de Maine hablan como subastadores.

Me volví y vi al vejestorio que había estado en la puerta del garaje el día anterior, observando junto a Dickie Brooks mi primer encuentro con Mattie, Kyra y Scoutie. Llevaba el bastón con puño de oro, que esta vez reconocí. En la década de los cincuenta, el *Boston Post* había donado uno de esos bastones a cada condado de Nueva Inglaterra. Se habían entregado a los residentes más antiguos y a partir de ese momento habían pasado de vejestorio en vejestorio. Lo gracioso era que el *Post* había cerrado hacía años.

—Dos nuevas amigas, para ser más precisos —respondí mientras trataba de recordar su nombre. No lo conseguí, pero sí lo recordaba a él en la época en que Jo estaba viva: sentado en uno de los sillones de la sala de espera de Dickie, hablando de la política y del tiempo, del tiempo y la política, mientras resonaban los martillos y el compresor de aire. Siempre estaba allí. Si ocurría algo en la carretera 68, igual que Dios, él estaba ahí para verlo.

–He oído que Mattie Devore puede ser muy seductora –dijo, y uno de sus párpados marchitos se cerró en un guiño.

Yo había visto muchos guiños lascivos en mi vida, pero ninguno como el que me hizo el viejo del bastón con puño de oro. Sentí la irresistible tentación de partirle la nariz pálida y ganchuda. Estoy seguro de que habría sonado como el crujido de una rama seca partida contra la rodilla.

–¿Oye muchas cosas, señor? –pregunté.

–¡Por supuesto! –dijo. Sus labios oscuros como tiras de hígado se separaron en una sonrisa. Sus encías estaban llenas de manchas blancas. Todavía conservaba un par de dientes amarillos en las superiores y otro par en las inferiores–. Y la pequeña es muy lista –añadió.

–Más lista que el hambre –asentí.

Su sonrisa acusadora se ensanchó.

–Pero la madre no sabe cuidarla –dijo–. La que manda en la casa es la cría, ¿sabe?

Entonces me di cuenta –mejor tarde que nunca– que había media docena de personas escuchándonos.

–A mí no me dio esa impresión –respondí alzando un poco la voz–. En absoluto.

El viejo se limitó a sonreír. Una de esas sonrisas de viejo zorro que insinúan: «oh, venga, que no me chupo el dedo».

Salí de la tienda preocupado por Mattie Devore. Por lo visto, había demasiada gente pendiente de sus asuntos.

Cuando llegué a casa, llevé la botella de vino a la cocina. Se enfriaría mientras yo preparaba la barbacoa en la terraza. Pero cuando iba a abrir la puerta del frigorífico, me detuve en seco. En la puerta había unas cuatro docenas de imanes –verduras, frutas, letras y números de plástico– pero no estaban desordenados como de costumbre. Ahora formaban un círculo. Alguien había estado allí. Alguien había entrado y…

¿Ordenado los imanes del frigorífico? En tal caso, era un ladrón que necesitaba una buena terapia ocupacional. Toqué uno con cautela, con la punta del dedo. Luego, súbitamente enfadado conmigo mismo, los esparcí otra vez por la puerta, con tanta furia que tiré un par al suelo.

Esa noche, antes de irme a dormir, puse el dictáfono en la mesa que había debajo de *Bunter*, el Gran Alce Disecado, con el botón en la posición de *dictado*. Metí una cinta, puse el contador en cero y me fui a la cama, donde dormí ocho horas sin sueños ni interrupciones.

El día siguiente, lunes, hizo la clase de tiempo que buscan los turistas cuando van a Maine: el aire estaba tan puro que las colinas del otro lado del lago parecían más grandes, como si se vieran a través del cristal de una lupa de pocos aumentos. El monte Washington, el más alto de Nueva Inglaterra, flotaba a lo lejos.

Puse la cafetera en marcha y entré en el salón, silbando. Esa mañana, todas mis ideas fantasiosas de los últimos días me parecían tontas. Pero entonces el silbido se ahogó en mis labios. El contador del dictáfono, que había dejado en 000 antes de irme a dormir, ahora marcaba 012.

Rebobiné la cinta, titubeé antes de pulsar la tecla *play*, me dije que era un estúpido (con la voz de Jo) y lo pulsé.

«Ay, Mike», dijo (casi gimió) una voz en la cinta y me llevé una mano a la boca para contener un grito. Era lo mismo que había oído en el estudio de Jo cuando la corriente de aire me había rozado las mejillas, aunque ahora las palabras eran más lentas e identificables. «Ay, Mike», repitió. Luego se oyó un *clic*. La máquina se había detenido durante un tiempo indeterminado. Después, una vez más sonaron las palabras que alguien había pronunciado en el salón mientras yo dormía en el ala norte: «Ay, Mike.»

Y eso fue todo.

CAPITULO 10

A las nueve de la mañana, una furgoneta bajó por el sendero particular y aparcó detrás de mi Chevrolet. Era una furgoneta nueva –una Dodge Ram tan limpia y brillante que parecía que la matrícula acababa de fabricarse esa mañana–, pero del mismo color marfil que la anterior, y la inscripción en la portezuela del conductor también era la misma: WILLIAM DEAN - MANTENIMIENTO DE CASAS DE VERANEO - REPARACIONES - CARPINTERÍA LIGERA y un número de teléfono. Salí al porche trasero con la taza de café en la mano.

–¡Mike! –exclamó Bill mientras bajaba del coche.

Los hombres yanquis no se abrazan –es un hecho demostrado que puede añadirse a la lista de verdades indiscutibles de la vida, como los tipos duros no bailan o los hombres de verdad no comen *quiche*–, pero Bill me estrechó la mano, sacudiéndomela con tanta fuerza que estuvo a punto de hacerme derramar el café de la taza casi vacía, y me dio una vigorosa palmada en la espalda. Su sonrisa dejó al descubierto una dentadura postiza ostensiblemente postiza, de las que se eligen por catálogo y se compran por correo. Pensé que a mi vetusto interlocutor de la tienda le habría venido bien una igual. Sin duda habría facilitado las comidas de ese cotilla carcamal.

167

–Mike, es una alegría verlo otra vez por aquí.

–Yo también me alegro de verlo –dije con una sonrisa. Y no fue una sonrisa falsa; me sentía bien. Las cosas que nos hacen morir de miedo en una noche tormentosa por lo general parecen sólo curiosas a la luz de una radiante mañana de verano–. Tiene buen aspecto, amigo.

Era verdad. Bill tenía cuatro años más y algunas canas nuevas en las sienes, pero seguía siendo el mismo. ¿Tendría sesenta y cinco años? ¿Setenta? Daba igual. Tenía un aspecto saludable y la cara todavía firme, sin esas bolsas de piel que aparecen sobre todo alrededor de los ojos y las mejillas y que yo asocio con el declive de la vejez.

–Y usted también –dijo soltándome la mano–. Todos sentimos mucho lo de Jo, Mike. La gente del pueblo la quería muchísimo. Fue toda una sorpresa, teniendo en cuenta lo joven que era. Mi mujer me pidió que le presentara sus condolencias. Jo le hizo una alfombra el año en que Yvette tuvo neumonía, y no lo ha olvidado.

–Gracias –dije y durante unos segundos mi voz no fue la misma. Era como si en el TR mi mujer todavía no hubiera muerto–. Y déle las gracias a Yvette también.

–Claro. ¿Va todo bien en la casa? Aparte del aire acondicionado, claro. En Western Auto me prometieron que tendrían la pieza que necesito la semana pasada, y ahora dicen que tal vez no la reciban hasta principios de agosto.

–No importa. He traído mi portátil, y si quiero usarlo, la mesa de la cocina me servirá de escritorio.

Seguro que lo usaría: tantos crucigramas y tan poco tiempo…

–Tiene agua caliente, ¿no?

–Sí, todo está bien. Sólo hay un problema…

Me interrumpí. ¿Cómo le dices al encargado de mantenimiento que crees que tu casa está embrujada? Probablemente no hubiera una buena manera de hacerlo, así que lo mejor sería ir directamente al grano. Tenía que interrogarlo, pero no quería tratar el tema con disimulo y astucia. Para empezar, Bill se daría cuenta. Puede que hubiera comprado la dentadura postiza por correo, pero no tenía ni un pelo de tonto.

–¿Qué pasa, Mike? Dispare.

–No sé cómo va a tomarse esto, pero…

Sonrió, como si de repente lo entendiera todo, y levantó una mano.

–Creo que ya sé lo que pasa.

–¿De veras? –Sentí un gran alivio. Estaba impaciente por oír qué había experimentado en Sara, quizá mientras cambiaba las bombillas o comprobaba el estado del techo después de una nevada–. ¿Qué ha oído?

–Sobre todo lo han estado diciendo Royce Merrill y Dickie Brooks, no sé mucho aparte de eso. Recuerde que mi mujer y yo nos fuimos a Virginia. Regresamos ayer a las ocho. Pero es la comidilla del pueblo; en la tienda no se habla de otra cosa.

Yo estaba tan abstraído pensando en Sara Risa que por un instante no supe de qué me hablaba. Pensé que quería decir que la gente hablaba de las cosas que sucedían en mi casa. Entonces recordé el nombre de Royce Merrill y todo lo demás cuadró. El viejo Cuatro Dientes. El encargado no hablaba de los ruidos de los fantasmas, sino de Mattie Devore.

–Le invito a un café –dije–. Necesito que me cuente en qué lío me he metido.

Cuando nos sentamos en la terraza, yo con otra taza de café y Bill con una de té («Últimamente, el café me da ardores a la entrada y a la salida», había dicho), le pedí que me contara la versión de Royce Merrill y Dickie Brooks de mi encuentro con Mattie y Kyra.

Resultó mejor de lo que esperaba. Los dos hombres me habían visto en el arcén con la pequeña en brazos y habían visto mi Chevrolet aparcado con la puerta abierta, pero ninguno de los dos había visto a Kyra usando la raya blanca de la autopista como la cuerda de un equilibrista. Sin embargo, no todo era bueno: según Royce, Mattie me había dado un gran abrazo y un beso en la boca.

–¿No mencionó la parte en que le toqué el culo y le metí la lengua hasta la garganta? –pregunté.

Bill sonrió.

—La imaginación de Royce no ha llegado a tanto desde que tenía cincuenta años, y de eso hace por lo menos cuarenta.

—En ningún momento la toqué.

Bueno, la verdad es que le había rozado un pecho, pero había sido involuntario, pensara lo que pensara la chica.

—No tiene por qué darme explicaciones —dijo—. Pero... —Pronunció el «pero» como solía hacerlo mi madre, dejándolo en el aire, como la cola de una ominosa cometa.

—¿Pero qué?

—Haría bien en mantenerse lejos de ella —concluyó—. Es una chica agradable, casi como si fuera del pueblo, ¿sabe?, pero es un problema. —Hizo una pausa—. No; no estoy siendo justo con ella. *Tiene* problemas.

—El viejo quiere la custodia de la niña, ¿no?

Bill dejó la taza de té en la barandilla de la terraza y me miró con las cejas enarcadas. Los reflejos del lago dibujaban ondas en sus mejillas, dándole un aspecto exótico.

—¿Cómo lo sabe?

—Lo he adivinado, pero con fundamento. Su suegro me llamó el sábado por la noche, cuando estaban lanzando los fuegos artificiales. Y aunque no me dijo exactamente qué quería, dudo mucho que el viejo haya regresado al oeste de Maine para reclamar el jeep y la caravana de su nuera. Así que cuénteme qué pasa, Bill.

Por unos segundos se limitó a mirarme con la expresión de un hombre que sabe que tienes una enfermedad grave y tiene miedo de decírtelo. Esa mirada me produjo una profunda inquietud y al mismo tiempo me sugirió que quizá estuviera comprometiendo a Bill. Al fin y al cabo, Devore era un lugareño. Y yo, por muy bien que le cayera, no. Podría haber sido peor —si hubiera procedido de Massachusetts o de Nueva York, por ejemplo—, pero Derry, aunque perteneciera a Maine, estaba lejos.

—¿Bill? Me vendría bien un poco de orientación...

—Será mejor que no se interponga en su camino —dijo. Su sonrisa permanente había desaparecido—. Ese hombre está trastornado.

Por un instante pensé que se refería a que Devore estaba furioso conmigo, pero después de echarle otro vistazo a su cara, llegué a la conclusión de que quería decir que estaba loco.

–¿Trastornado? –pregunté–. ¿Cuánto? ¿Como Charles Manson? ¿Como Hannibal Lecter?

–Digamos que como Howard Hughes –respondió–. ¿Ha leído alguna historia sobre él? ¿Sabe las cosas que era capaz de hacer para salirse con la suya? Daba igual si lo que quería era una clase especial de salchicha que vendían en Los Ángeles o un diseñador de aviones que pretendía robarle a Lockheed o a McDonnel-Douglas; él se empeñaba en lograr lo que quería y no descansaba hasta conseguirlo. Devore es igual, siempre ha sido igual. Por lo que cuentan en el pueblo, ya era obstinado cuando era un crío.

»Mi padre me contó anécdotas sobre él. Me contó que el pequeño Max Devore una vez entró a robar en el cobertizo de Scant Larribee, porque quería el trineo que éste le había regalado a su hijo Scooter para Navidad. Debe de haber sido en 1923. Mi padre dijo que Devore rompió el cristal y se cortó las manos, pero consiguió lo que quería. Lo encontraron a media noche, deslizándose por Sugar Maple Hill, con las manos cruzadas sobre el pecho. Tenía los guantes y la ropa cubiertos de sangre. Oirá otras anécdotas sobre la infancia de Max Devore; si pregunta, le contarán por lo menos cincuenta, y puede que algunas sean verdad. Pero la del trineo es verdadera. Me apuesto mi granja a que lo es. Porque mi padre no mentía. Iba en contra de su religión.

–¿Bautista?

–No, señor. Yanqui.

–Ha pasado mucho tiempo desde 1923, Bill. Algunas personas cambian.

–Sí, pero la mayoría no. No he visto a Devore desde que regresó y se instaló en Warrington's, así que no puedo asegurarlo, pero por lo que he oído, si ha cambiado ha sido para peor. No ha cruzado el país porque quería tomarse unas vacaciones. Quiere a la niña. Y yo le recomiendo que no sea el cristal entre él y ella.

Bebí un sorbo de café y miré hacia el lago. Bill me dio tiempo para pensar, arrastrando una bota sobre una enorme cagada de pájaro que había en el suelo de madera de la terraza. Supuse que era mierda de cuervo, pues sólo los cuervos salpican de esa forma tan exuberante cuando cagan.

Una cosa estaba absolutamente clara: Mattie Devore estaba

metida en un mar de mierda y no tenía remos. Yo ya no era tan cínico como cuando tenía veinte años –¿alguien lo es?–, pero tampoco lo bastante ingenuo para creer que la ley iba a proteger a la señorita Caravana del señor Ordenador. Sobre todo si el segundo decidía jugar sucio. Cuando era pequeño había cogido el trineo que quería y se había lanzado por una cuesta con él en plena noche, sin preocuparse por sus manos ensangrentadas. ¿Y en su madurez? ¿El viejo había arrebatado a otros cada trineo que se le había antojado durante los últimos cuarenta años?

–¿Cuál es la historia de Mattie, Bill? Cuéntemela.

No tardó mucho. En general, las historias de campo son breves, lo que no significa que no sean interesantes.

Mattie Devore había comenzado su vida como Mattie Stanchfield, y no era del TR, pero casi; procedía de Motton, que estaba a un paso de allí. Su padre trabajaba transportando madera y su madre tenía un salón de belleza en su casa (lo que, curiosamente, los convertía en la perfecta pareja de campo). Tuvieron tres hijos. Cuando Dave Stanchfield derrapó en una curva en Lovell y cayó en el pantano de Kewadin con un camión cargado de troncos, su viuda «perdió las ganas de vivir», como suele decirse, y murió poco después. No tenían seguro, aparte del que Stanchfield había sido obligado a contratar para su camión y su casita miserable.

Una historia como las de los hermanos Grimm, ¿no? Si quitamos los juguetes del jardín, los dos secadores de pelo del salón de belleza del sótano, el viejo Toyota aparcado en la puerta, ¿qué queda?: «Érase una vez una pobre viuda con tres hijos…»

Mattie era la princesa del cuento, pobre pero hermosa (yo lo había comprobado personalmente). A continuación entra en escena el príncipe. En este caso, un pelirrojo desgarbado y tartamudo llamado Lance Devore. El hijo de los años de madurez de Max Devore. Cuando Lance conoció a Mattie, él tenía veintiún años y ella acababa de cumplir diecisiete. El encuentro tuvo lugar en Warrington's, donde ese verano Mattie tenía un empleo temporal de camarera.

Lance Devore estaba pasando una temporada al otro lado del río, en Upper Bay, pero las noches de los martes había partido de *softball* en Warrington's (el equipo local contra otro de turistas) y Lance cruzaba el lago en canoa para jugar. El *softball* es importantísimo para los Lance Devore del mundo; cuando tienes un bate en las manos, no importa si eres desgarbado y mucho menos si tartamudeas.

—Los tenía a todos desorientados en Warrington's —dijo Bill—. Nadie sabía a qué equipo pertenecía, si al de los locales o al de los turistas. De cualquier modo a Lance no le importaba; le daba igual jugar con cualquiera. Algunas semanas jugaba con un equipo; otras con el otro. Y todos se alegraban de contar con él, porque tenía una fuerza extraordinaria para batear y atajaba como nadie. Solían ponerlo en la primera base, pero ahí estaba desperdiciado. En la segunda o entre las dos… ¡Dios! Saltaba y corría como ese tal Noriega.

—Querrá decir Nureyev —corregí.

Se encogió de hombros.

—La cuestión es que era muy bueno. Y a la gente le caía bien. Encajaba bien. Los jugadores son todos jóvenes, ¿sabe?, y lo que les importa es cómo juegas, no quién eres. Además, la mayoría no tiene ni idea de quién es Max Devore.

—A menos que lean el *Wall Street Journal* y las revistas de informática —observé—. En ellas el nombre de Devore aparece tantas veces como el de Dios en la Biblia.

—¿De veras?

—Bueno, supongo que en las revistas de informática Dios se escribe «Gates», pero ya sabe lo que quiero decir.

—Supongo. Pero hacía sesenta y cinco años que Max Devore no pasaba una temporada en el TR. Sabe lo que pasó cuando se marchó, ¿no?

—No. ¿Debería saberlo?

Me miró sorprendido. Luego fue como si su mirada se cubriera con una especie de velo. Pestañeó y el velo desapareció.

—Se lo contaré en otra ocasión. No es ningún secreto, pero tengo que estar en casa de los Harriman a las once para revisar la bomba de la letrina y no quiero irme por las ramas. A lo que iba:

la gente apreciaba a Lance Devore, lo tenían por un muchacho simpático que si tenía un buen día era capaz de batear una pelota y lanzarla a cien metros dentro del bosque. Entre sus conocidos no había nadie lo bastante mayor para reprocharle que fuera hijo de Max, por lo menos los martes por la noche en Warrington's, y a nadie le molestaba que su familia tuviera pasta. Vamos, esto se llena de gente rica en verano, ya sabe. Ninguno es tan rico como Max Devore, pero la riqueza es sólo una cuestión de grados.

Eso no era verdad y yo tenía la cantidad de dinero justa para saberlo. La riqueza es como la escala de Ritcher: pasado cierto punto, entre un nivel y el siguiente la fortuna no se duplica o se triplica, sino que se multiplica por un número asombroso y mortífero en el que es preferible no pensar. Fitzgerald lo tenía claro, aunque sospecho que nunca acabó de creer en su propia idea: los muy ricos son diferentes de vosotros y de mí. Pensé en decírselo a Max, pero no lo hice. Tenía que ir a reparar la bomba de una letrina.

Los padres de Kyra se habían conocido gracias a un carrito atascado en el barro. Como todos los martes, Mattie empujaba un carrito con un barril de cerveza desde el edificio principal hacia el campo de *softball*. Había recorrido la mayor parte del camino desde el restaurante sin inconvenientes, pero había llovido mucho la semana anterior y el carrito se atascó en el barro. El equipo de Lance estaba jugando y Lance permanecía sentado en el banco, esperando su turno para batear. Vio a la chica con los pantalones cortos blancos y la camiseta azul de Warrington's, bregando con el carrito atascado, y se levantó para ayudarla. Tres semanas después eran inseparables y Mattie estaba embarazada; diez semanas después estaban casados; treinta y siete semanas después Lance Devore estaba en un ataúd. Para él se habían acabado el *softball*, la cerveza fresca en las noches de verano, la paternidad, el amor a la hermosa princesa. Otro final prematuro, muy distinto del «y fueron felices por siempre jamás».

Bill Dean no me describió el encuentro con detalle; se limitó a decir:

—Se conocieron en el campo, donde ella empujaba un carrito con cerveza y él le ayudó a desatascarlo del barro.

Mattie tampoco me hablaría del asunto, así que no sé gran cosa. Pero aunque algunos de los pormenores podrían ser distintos, apuesto un dólar contra cien a que casi todo sucedió tal como lo he contado. Ese verano yo sabía cosas que no tenía por qué saber.

Para empezar, hace calor, el verano de 1994 es el más caluroso de la década y julio es el mes más caluroso del año. El presidente Clinton está siendo superado en los sondeos por los republicanos. La gente dice que es probable que el astuto Willie no se presente a las elecciones para un segundo mandato. Se cree que Boris Yeltsin está o bien moribundo o enfermo del corazón en una clínica para alcohólicos. Los Red Sox juegan mejor que nunca. En Derry, Johanna Arlen Nooman tal vez sienta náuseas por la mañana. Si es así, no se lo cuenta a su marido.

Veo a Mattie con la camiseta azul, con su nombre bordado en blanco sobre el pecho izquierdo. El pantalón corto blanco hace un bonito contraste con sus piernas bronceadas. También veo que lleva una gorra azul con la W de Warrington's encima de la visera. Su bonito cabello rubio cae a través del agujero que hay en la parte posterior de la gorra y cae hasta el cuello de la camiseta. La veo tratando de sacar el carrito del barro sin volcar el barril de cerveza. Tiene la cabeza gacha; la sombra de la visera oscurece todo su rostro salvo la boca y la barbilla pequeña.

—De-de-ja que te a-a-yu-de —dice Lance y ella alza la vista.

La sombra de la visera se desvanece y Lance le ve los grandes ojos azules, los que heredará su hija. Una sola mirada a esos ojos y la guerra termina sin que se haya disparado un solo tiro. Ella le pertenece; nunca ha estado tan claro que una mujer pertenece a un hombre.

El resto, como dicen por aquí, estaba cantado.

El viejo tenía tres hijos, pero Lance era el único que parecía importarle («La hija está como una regadera —informó Bill—. En un manicomio de California. Y creo que también tiene cáncer»). El hecho de que a Lance no le interesara la informática no molestaba a su padre. Ya tenía otro hijo que era perfectamente capaz de continuar con el negocio. Pero había una capacidad que el hermano mayor de Lance Devore no tenía: nunca le daría nietos a su padre.

—Es marica —dijo Bill—. Tengo entendido que en California hay muchos.

Yo estaba seguro de que también había muchos en el TR, pero no era quién para dar clases de sexualidad a mi encargado.

Lance Devore había asistido a la Universidad de Reed, Oregón, donde estudiaba ingeniería forestal. Supongo que era la clase de chico que se enamora de las plantas con hojas aterciopeladas y al que le gusta contemplar a los cóndores al amanecer. De hecho, si uno hacía caso omiso de la jerga académica, no era más que un leñador de los hermanos Grimm. El verano anterior a que iniciara la segunda etapa de la carrera su padre lo había mandado llamar a la mansión familiar de Palm Springs y le había regalado un maletín lleno de mapas, fotos aéreas y papeles legales. Eran papeles antiguos, pero a Lance no le importó. Imaginad a un coleccionista de tebeos a quien le regalan un baúl lleno de viejas revistas de *El pato Donald*. Imaginad a un cinéfilo al que le regalan una copia primitiva de una película que nunca se proyectó, protagonizada por Humphrey Bogart y Marilyn Monroe. Ahora imaginad a este entusiasta aprendiz de ingeniero forestal al descubrir que su padre era propietario no sólo de algunas hectáreas de bosque, sino de «reinos» enteros de territorio boscoso en el oeste de Maine.

Aunque Max Devore se había marchado del TR en 1933, había mantenido vivo el interés por la zona donde había crecido, suscribiéndose a los periódicos locales y comprando revistas como *Downeast* y *Maine Times*. A principios de los ochenta, había empezado a comprar tierras al este del límite entre Maine y New Hampshire. Había terrenos en venta de sobra, pues las compañías papeleras propietarias de la mayor parte habían caído en el pozo de la recesión y muchos de sus directivos estaban convencidos de que el mejor lugar donde empezar los recortes era en las operaciones y fábricas de la zona de Nueva Inglaterra. Así que esta tierra, usurpada a los indios y despiadadamente desmontada entre la década de los veinte y la de los cincuenta, fue a parar a manos de Max Devore. Puede que la comprara sólo porque estaba ahí, porque era un buen negocio que podía permitirse y del que podría sacar provecho en el futuro. O puede que la comprara para demostrarse que había sobrevivido a su infancia; de que, en efecto, había salido triunfalmente de ella.

O acaso la comprara como un juguete para su querido hijo menor. En los años en que Devore compró tierras en el oeste de Maine, Lance era sólo un crío, pero lo bastante mayor para que un padre perspicaz notara hacia dónde apuntaban sus intereses.

Devore le pidió a Lance que pasara el verano de 1994 supervisando territorios que, en su mayoría, había adquirido diez años antes. Quería que el muchacho pusiera el papeleo al día, pero también algo más: que le diera sentido. No esperaba que le dijera para qué podía usar las tierras, aunque supongo que de todos modos habría escuchado las sugerencias de Lance; sólo quería saber para qué servían. ¿Estaba dispuesto Lance a pasar el verano en el oeste de Maine tratando de encontrarle un sentido a la compra, con un salario de tres mil dólares al mes?

Supongo que la respuesta de Lance debió de ser una versión más refinada de la frase de Buddy Jellison: «¿Cagan los cuervos en la copa de los pinos?»

El joven llegó a Maine en junio de 1994, acampó al otro lado de Dark Score y se puso a trabajar. Debía regresar a Reed a finales de agosto, pero en su lugar decidió tomarse un año libre. A su padre no le pareció bien la idea. Supongo que olió «problemas de faldas».

—Sí, pero California está muy lejos de Maine y hay que tener muy buen olfato para oler algo desde allí —dijo Bill, apoyándose contra la portezuela de su furgoneta con los bronceados brazos cruzados—. Tenía a alguien mucho más cerca para que husmeara por él.

—¿Qué quiere decir? —pregunté.

—Rumores. La gente habla gratuitamente, y está aún más dispuesta a hacerlo si le pagan.

—¿Gente como Royce Merrill?

—Puede que Royce fuera uno —asintió—, pero no el único. Por aquí no pasamos rachas malas y buenas; vamos de mal en peor.

Así que cuando un hombre como Max Devore envía a un tipo con billetes de cincuenta o cien dólares…

–¿Envió a alguien de por aquí? ¿Un abogado?

No era un abogado sino un agente de la propiedad inmobiliaria llamado Richard Osgood («un tipo taimado», fue el juicio de Bill Dean) que vivía y trabajaba en Motton. Con el tiempo Osgood había contratado a un abogado de Castle Rock. Cuando terminó el verano de 1994 y Lance no volvió a casa, la primera tarea encomendada al tipo taimado consistía en descubrir qué demonios pasaba y ponerle fin.

–¿Y entonces? –pregunté.

Bill consultó su reloj de pulsera, miró al cielo y por fin fijó la vista en mí. Se encogió brevemente de hombros, como si dijera: «Los dos somos hombres de mundo. No necesita hacerme esa pregunta.»

Luego Lance Devore y Mattie Stanchfield se casaron en la iglesia bautista que está en la carretera 68. Hubo rumores sobre las cosas que hizo Osgood para impedir la boda. Hasta dicen que trató de sobornar al reverendo Gooch para que se negara a casarlos, pero eso me parece una estupidez. Se habrían ido a otro sitio. Además, no creo que deba hablar de lo que no sé con seguridad.

Bill apartó el brazo derecho del coche y comenzó a enumerar los hechos con los dedos encallecidos.

–Sé que se casaron a mediados de septiembre de 1994. –Extendió el pulgar–. La gente se moría de curiosidad, quería saber si aparecería el padre del novio, pero no lo hizo. –Índice fuera. Añadido al pulgar, formó una pistola–. Mattie tuvo una niña en abril de 1995. La pequeña fue prematura, pero no lo bastante para que corriera riesgos. La vi con mis propios ojos en la tienda cuando tenía menos de una semana, y era del tamaño normal. –Le tocó el turno al dedo corazón–. No sé si el padre de Lance se negó a ayudarlos económicamente, pero sí sé que vivían en una caravana cerca del taller de Dickie, y eso me hace sospechar que no nadaban en la abundancia.

–Devore le puso la correa al perro –comenté–. Era de esperar en un hombre que está acostumbrado a salirse con la suya, pero si quería a su hijo como usted cree, es posible que luego haya recapacitado.

—Puede que sí y puede que no. —Miró el reloj otra vez—. Ahora mismo acabo y me largo, pero antes tiene que oír otra pequeña historia que le aclarará las cosas:

»En julio del año pasado, menos de un mes antes de su muerte, Lance Devore se presentó en el correo de Lakeview. Quería enviar un sobre marrón, pero antes necesitaba mostrarle lo que había dentro a Carla DeCinces. Carla dice que se le caía la baba, como casi siempre les pasa a los padres primerizos.

Asentí, divertido ante la idea del delgado y tartamudo Lance Devore cayéndosele la baba. Pero lo veía en mi imaginación, y la imagen también me resultó conmovedora.

—Era una foto de estudio de la niña, tomada en Castle Rock. En ella la pequeña... ¿cómo se llama? ¿Kayla?

—Kyra.

—Ya, menudos nombres les ponen hoy día, ¿no? En la foto Kyra estaba sentada en un sillón de piel, con unas gafas de juguete sobre la naricita, mirando las fotografías aéreas de los terrenos arbolados que hay al otro lado del bosque, entre TR-100 y TR-110; bueno, parte de los que había comprado el viejo. Carla dijo que la niña tenía una expresión de asombro, como si no imaginara que pudiera haber tantos bosques en todo el mundo. Dijo que estaba graciosísima. Y el sobre, certificado y urgente, iba dirigido a Maxwell Devore, de Palm Springs, California.

—Lo que le induce a pensar que o bien el viejo se ablandó lo suficiente para pedir una foto de su nieta o que Lance Devore se la envió pensando que lo ablandaría.

Bill asintió, tan satisfecho como un padre cuyo hijo acaba de hacer una suma difícil.

—No sé si lo consiguió —dijo—. No hubo tiempo para descubrirlo. Lance había comprado una antena parabólica como la suya. El día que decidió instalarla hubo una tormenta horrible, con granizo, vientos fuertes que habían derribado árboles cerca del lago y muchos relámpagos. Pero eso fue por la noche y Lance había instalado la antena por la tarde, sin ningún problema. Sin embargo, cuando se desató la tormenta, recordó que se había dejado la llave inglesa en el techo de la caravana. Subió a buscarla para que no se mojara y se oxidara…

–¿Le cayó un rayo? ¡Dios santo!

–Sí, cayó un rayo, pero en el camino. Si pasa por el lugar donde Wasp Hill Road se mete en la carretera 68 verá el tocón del árbol que derribó. Cuando cayó, Lance bajaba por la escalera con la herramienta en la mano. Si nunca ha visto caer un rayo a poca distancia de su cabeza, no puede imaginarse el miedo que da. Es como ver a un conductor borracho que se mete de frente en tu carril y que gira en el último momento. Cuando cae un rayo cerca, se te ponen los pelos de punta, te zumban los oídos y el aire huele a quemado. Lance se cayó de la escalera. Si tuvo tiempo de pensar en algo antes de aterrizar en el suelo, supongo que pensaría que había sido electrocutado. Pobre chico. Le encantaba el TR, pero no le trajo suerte.

–¿Se rompió el cuello?

–Sí. Como había tantos truenos, Mattie no lo oyó caer ni gritar ni nada. Pero unos minutos después, cuando empezó a granizar y su marido no volvía, salió a ver qué pasaba. Y ahí estaba el muchacho, tendido en el suelo boca arriba y con los ojos abiertos.

Bill consultó el reloj por última vez y abrió la portezuela de la furgoneta.

–El viejo no había venido para la boda, pero vino para el entierro y se quedó. No quiso saber nada de la chica…

–Pero quiere a su nieta –dije. De hecho ya lo sabía, pero de todos modos sentí un nudo en el estómago. «No mencione este incidente», me había pedido Mattie el Cuatro de Julio. «Ki y yo estamos pasando una mala racha»–. ¿Hasta dónde ha llegado?

–Yo diría que va por la tercera vuelta y se aproxima a la recta final. Habrá una vista en el Tribunal Superior del condado de Castle, puede que a finales de este mes o a principios del siguiente. El juez puede ordenar que le den la niña entonces o aplazar la decisión hasta el otoño. Da igual cuándo sea, pero está más claro que el agua que el juez no fallará a favor de la madre. De una forma u otra, la niña se criará en California.

Las palabras de Bill me produjeron un desagradable escalofrío.

Bill se sentó detrás del volante de la furgoneta.

–No se meta en ese asunto, Mike –dijo–. No se acerque a Mattie Devore ni a su hija. Y si lo llaman a declarar porque lo vieron con ellas el sábado, sonría mucho y diga lo menos posible.

–¿Max Devore alega que la joven es incapaz de criar a su hija?

–Sí.

–Bill, yo vi a la pequeña y está perfectamente.

Volvió a sonreír, pero esta vez no había alegría en su sonrisa.

–Supongo que sí. Pero eso no importa. No se meta en sus asuntos, amigo. Me siento obligado a darle este consejo; ahora que Jo no está, supongo que soy el único encargado que tiene. –Cerró la puerta de la furgoneta, puso el motor en marcha, y cuando iba a coger la palanca de cambios, bajó la mano, como si acabara de recordar algo–. Cuando tenga tiempo, debería buscar los búhos.

–¿Qué búhos?

–Hay un par de búhos de plástico en algún lugar de la casa; puede que en el sótano o en el estudio de Jo. Se los trajeron el otoño antes de que muriera.

–¿El otoño de 1993?

–Sí.

–No puede ser. En el otoño de 1993 no vinimos por aquí.

–Ella sí que vino. Yo estaba aquí instalando las contrapuertas cuando llegó. Charlamos un rato hasta que llegó el camión de reparto. Entré la caja en la casa y tomamos un café. En ese entonces yo todavía tomaba café. Ella sacó los búhos de la caja y me los enseñó. ¡Parecían de verdad! Jo se marchó diez minutos después. Fue como si hubiera venido especialmente para eso, pero ¿quién va a viajar desde Derry para recoger unos búhos de plástico?

–¿Cuándo fue exactamente, Bill? ¿Lo recuerda?

–La segunda semana de noviembre –respondió de inmediato–. Mi mujer y yo fuimos a Lewinston esa misma tarde, a casa de la hermana de Yvette. Era su cumpleaños. En el camino de vuelta pasamos por el supermercado, donde Yvette compró el pavo para el día de Acción de Gracias. –Me miró con curiosidad–. ¿De verdad no sabía nada de los búhos?

–No.

–Es raro, ¿no?

–Puede que me lo comentara y que yo lo haya olvidado –respondí–. De cualquier modo, no tiene importancia. –Claro que tenía importancia. Era una nimiedad, pero me pareció importante–. ¿Para qué quería Jo unos búhos de plástico?

–Para evitar que los cuervos caguen en la terraza. Cuando los cuervos ven esos búhos, salen pitando.

Solté una carcajada a pesar de mi asombro... o quizá a causa de él.

–¿En serio? ¿De verdad funciona?

–Sí, siempre y cuando los mueva de vez en cuando para que los cuervos no sospechen. Los cuervos están entre los pájaros más listos, ¿sabe? Si encuentra los búhos, evitará que le ensucien la terraza.

–Lo haré –respondí.

Búhos de plástico para espantar a los cuervos. Era muy típico de Jo descubrir esa clase de información (en ese sentido, ella misma era como un cuervo, siempre picoteando datos de aquí y allí) y hacer algo al respecto sin molestarse en decírmelo. Otra vez me sentí solo y pensé en cuánto la echaba de menos.

–Vale. Un día que tenga tiempo vendré y le ayudaré a registrar la casa. Creo que quedará satisfecho.

–Seguro. ¿Dónde se aloja Devore?

Bill enarcó las cejas.

–En Warrington's. Usted y él son prácticamente vecinos. Creí que lo sabía.

Recordé a la mujer que había visto –la combinación del traje de baño negro y los pantalones cortos negros parecía un exótico atuendo de fiesta– y asentí.

–He visto a su esposa.

Bill rió tanto al oírme que necesitó un pañuelo para enjugarse las lágrimas. Lo sacó de la guantera (un pañuelo de algodón azul del tamaño de un banderín de un equipo de fútbol) y se secó los ojos.

–¿Qué le ha hecho tanta gracia? –pregunté.

–¿Habla de una mujer esquelética? ¿Con el pelo blanco y una cara que parece una máscara de Halloween?

Fue mi turno de reír.

–La misma.

–No es su esposa, sino… cómo le dicen… su asistente personal. Se llama Rogette Whitmore. Las mujeres de Devore han muerto todas. La última hace veinte años.

–¿Qué clase de nombre es Rogette? ¿Francés?

–De California –respondió él como si esa palabra lo explicara todo–. En el pueblo hay gente que le tiene miedo.

–¿De veras?

–Sí. –Bill titubeó un instante y luego añadió con una de esas sonrisas que ponemos todos cuando sabemos que vamos a decir una tontería–: Brenda Meserve dice que es una bruja.

–¿Y los dos llevan casi un año en Warrington's?

–Sí. La mujer va y viene, pero pasa casi todo el tiempo aquí. En el pueblo creen que se quedarán hasta que acabe el juicio por la custodia y que después volverán a California en el avión privado de Devore. Dejarán a Osgood a cargo de la venta de Warrington's y…

–¿La venta? ¿Qué quiere decir?

–Creí que lo sabía –dijo Bill poniendo la marcha–. Cuando el viejo Hugh Emerson le dijo a Devore que cerraban el hotel después del día de Acción de Gracias, el viejo dijo que no tenía intención de marcharse de allí. Dijo que estaba cómodo y que se quedaría.

–Y compró la propiedad. –Durante los últimos veinte minutos me había sentido alternativamente sorprendido, divertido y furioso, pero en ningún momento me había quedado estupefacto. Ahora lo estaba–. Compró Warrington's para no tener que trasladarse al hotel de Castle View o alquilar una casa.

–Exactamente. Nueve edificios, incluyendo el hotel principal y el bar Sunset; doce acres de bosque, un campo de golf de seis hoyos y quinientos metros de playa sobre la Calle. Además del campo de *softball* y la bolera. Cuatro millones doscientos cincuenta mil dólares. Su amigo Osgood cerró el trato y Devore pagó con un talón personal. Me pregunto de dónde sacó espacio para poner tantos ceros. Hasta la vista, Mike.

Con estas palabras retrocedió por el sendero y se alejó, dejándome boquiabierto.

Búhos de plástico.

Entre ojeada y ojeada al reloj Bill me había contado un montón de cosas interesantes, pero la que destacaba sobre todas las demás era el hecho (tenía que aceptarlo como un hecho, porque Bill estaba absolutamente seguro de lo que decía) de que Jo hubiera viajado al lago para esperar la llegada de un par de búhos de plástico.

¿Me lo había dicho?

Era probable. No lo recordaba, y debería haberlo hecho, pero Jo sabía que cuando yo traspasaba los límites de la realidad no valía la pena decirme nada porque las cosas me entraban por un oído y me salían por el otro. A veces me pinchaba notas en la camisa –para recordarme que tenía que hacer un recado o una llamada–, como si yo fuera un crío de cinco años. Pero si me hubiera dicho «voy al lago, cariño, porque quiero recoger un paquete personalmente, ¿quieres acompañarme?», ¿no lo recordaría? ¿Y no la habría acompañado? Yo siempre aprovechaba una buena excusa para bajar al TR. Claro que entonces estaba trabajando en una obra dramática, tal vez demasiado… Notas pinchadas en la manga de mi camisa… «Si sales cuando termines, necesitamos leche y zumo de naranja.»

Con el sol en la nuca y el pensamiento de los malditos búhos de plástico en la cabeza, inspeccioné lo poco que quedaba del huerto de Jo. Supongamos que Jo me hubiera dicho que bajaba a Sara Risa. Supongamos que yo había declinado la invitación de acompañarla sin pensar siquiera en ella porque había traspasado los límites de la realidad y estaba en la «zona literaria». Incluso si daba por buena esa posibilidad, quedaba otra pregunta: ¿por qué había sentido la necesidad de ir a esperar personalmente la furgoneta de reparto? Kenny Auster no habría tenido inconveniente en hacerlo, y la señora Meserve tampoco. Y Bill Dean, el encargado, había estado ahí en ese preciso momento. Esto me llevó a hacerme otra pregunta –¿por qué no había pedido que llevaran esos puñeteros muñecos a Derry?– y finalmente me sentí incapaz de vivir un minuto más sin ver un búho de plástico con mis propios ojos. Pensé que quizá pusiera uno en el techo del coche cuando lo dejaba aparcado en el camino.

Al entrar en la casa se me ocurrió una idea y me detuve en seco. Llamé a Ward Hankins, el contable de Waterville que se ocupa de mis impuestos y mis pocos negocios no literarios.

–Mike –dijo con cordialidad–. ¿Qué tal está el lago?

–El lago está frío y el tiempo caluroso, por eso me gusta. Dime, Ward, tú guardas todas las facturas que te envío durante cinco años, ¿verdad? ¿Por si Hacienda decide darnos un susto?

–Lo reglamentario son cinco años –respondió–, pero yo lo guardo todo durante siete. Para Hacienda, tú eres un pez gordo.

Mejor ser un pez gordo que un búho de plástico, pensé pero no lo dije.

–Eso incluye los calendarios de mesa, ¿no? –dije–. ¿El mío y también el de Jo, hasta que ella murió?

–Desde luego. Puesto que ninguno de los dos llevabais agenda, es la mejor manera de controlar los recibos con…

–¿Podrías buscar el calendario de Jo de 1993 y fijarte qué hizo la segunda semana de noviembre?

–Desde luego. ¿Buscas algo en particular?

Por un instante me vi a mí mismo en Derry, sentado a la mesa de la cocina, en mi primera noche como viudo, mirando una caja con la inscripción TEST DE EMBARAZO CASERO NORCO. ¿Qué buscaba a esas alturas? Había amado a Jo, pero ella llevaba casi cuatro años en la tumba, ¿qué demonios buscaba ahora? ¿Problemas?

–Busco dos búhos de plástico –respondí. Ward debió de pensar que le hablaba a él, pero no estoy seguro de que fuera así–. Sé que suena raro, pero eso es lo que busco. ¿Me llamarás cuando encuentres el calendario?

–Sí, enseguida.

–Gracias –dije y colgué el auricular.

Y ahora por los búhos. ¿Cuál era el lugar más adecuado para dos de esos interesantes trastos?

Mis ojos se posaron en la puerta del sótano. Elemental, querido Watson.

La escalera del sótano estaba a oscuras y ligeramente húmeda. Mientras buscaba a tientas el interruptor de la luz, la puerta se cerró con tanta fuerza a mi espalda que dejé escapar un grito de horror. No había viento ni corriente de aire, era un día muy sereno, pero de todos modos la puerta se cerró. O la había cerrado alguien.

Estaba en la oscuridad, en lo alto de las escaleras, buscando el interruptor y aspirando el olor a humedad que adquieren incluso las mejores paredes de cemento cuando un lugar no se ventila durante un tiempo. Hacía frío, mucho más frío que al otro lado de la puerta. No estaba solo, lo sabía. Tenía miedo, mentiría si dijera que no… pero también estaba fascinado. Había alguien conmigo.

Aparté la mano de la pared del interruptor y permanecí donde estaba, con las manos a ambos lados del cuerpo. Pasaron unos segundos, no sé cuántos. Mi corazón latía furiosamente en el pecho; sentía sus latidos en las sienes. Hacía frío.

–¿Hola? –dije.

No hubo respuesta. Oía el tenue e irregular goteo del agua en una de las cañerías de abajo, mi propia respiración y más lejos –muy lejos, en un mundo donde brillaba el sol– el chillido triunfal de un cuervo. Tal vez acabara de cagarse en el techo de mi coche. Necesito un búho, pensé. No entiendo cómo he podido pasar sin él hasta ahora.

–¿Hola? –pregunté otra vez–. ¿Puedes hablar?

Nada.

Me humedecí los labios. Quizá debería haberme sentido como un idiota por llamar a los fantasmas en la oscuridad, pero no fue así. No me sentía idiota en lo más mínimo. La humedad había dejado paso a un frío tangible, y supe a ciencia cierta que tenía compañía.

–¿Puedes dar golpes? Si eres capaz de cerrar la puerta, también podrás dar golpes.

Volví a oír el suave e irregular goteo de las cañerías. Nada más. Cuando me disponía a buscar el interruptor una vez más, sentí un ruido sordo abajo. El sótano de Sara Risa era alto y el último metro de cemento, desde el suelo hacia arriba, estaba protegido con paneles de material aislante. Estoy seguro de que el sonido que oí fue el de un puño golpeando contra uno de esos paneles.

Un simple puño golpeando un panel aislante, pero todos los músculos de mi cuerpo se tensaron. Se me pusieron los pelos de punta. Las cuencas de mis ojos parecieron expandirse y las órbitas contraerse, como si mi cabeza quisiera convertirse en una calavera. Cada centímetro de mi piel se cubrió de carne de gallina. Allí había alguien. Un muerto. No podría haber encendido la luz aunque hubiera querido. Era incapaz de levantar el brazo.

Hice un esfuerzo sobrehumano para hablar y finalmente conseguí emitir un murmullo ronco que apenas reconocí:

–¿Estás ahí?

Golpe.

–¿Quién eres? –dije, siempre con un murmullo ronco, la voz de un hombre que da las últimas instrucciones a la familia en su lecho de muerte. Esta vez no hubo respuesta.

Traté de pensar en algo, y lo primero que me vino a la cabeza fue Tony Curtis interpretando a Harry Houdini en una película antigua. Según esa película, Houdini había sido el Diógenes del circuito de la tabla de Ouija, un hombre que dedicaba todo su tiempo libre a buscar a un médium honrado. Había asistido a una sesión de espiritismo donde los muertos se comunicaban mediante…

–Da un golpe para «sí» y dos para «no» –dije–. ¿Puedes hacerlo?

Golpe.

Era en las escaleras, más abajo de donde estaba yo… pero no mucho más. Cinco o seis peldaños, seis o siete como mucho. No lo bastante cerca para tocarlo si extendía la mano en el aire negro del sótano, algo que me imaginaba y no me imaginaba haciendo.

–¿Eres…? –Mi voz se quebró. Sencillamente, no tenía fuerza en el diafragma. Sentía el aire frío en mi pecho como si alguien me hubiera apoyado una plancha allí. Hice acopio de todas mis fuerzas y lo intenté otra vez–: ¿Eres tú, Jo?

Golpe. Una pausa y luego: Golpe-golpe.

Sí y no.

Entonces, sin saber por qué hacía una pregunta tan intrascendente, dije:

–¿Los búhos están aquí abajo?

Golpe-golpe.

–¿Sabes dónde están?

Golpe.

–¿Debería buscarlos?

¡Golpe! Y muy fuerte.

Habría querido preguntar para qué los quería ella, pero las criaturas de la escalera no tenían forma de respon…

Unos dedos fríos me tocaron los ojos. Iba a gritar cuando me di cuenta de que eran gotas de sudor. Levanté las manos en la oscuridad y me pasé los dorsos por la cara, hasta el cuero cabelludo. Resbalaron como por aceite. A pesar del frío, estaba empapado de sudor.

–¿Eres Lance Devore?

Golpe-golpe; de inmediato.

–¿Sara es un lugar seguro? ¿Estoy a salvo?

Golpe. Una pausa. Y *supe* que era una pausa, que la criatura de la escalera no había terminado. Entonces: Golpe-golpe. Sí, estaba seguro. No, no estaba seguro.

Había recuperado cierto grado de control sobre mi brazo. Lo extendí, palpé la pared y finalmente encontré el interruptor. Apoyé los dedos en él. Ahora el sudor de la cara parecía estar convirtiéndose en hielo.

–¿Eres tú quien llora por la noche?

Golpe-golpe, y entre uno y otro, pulsé el interruptor. Las lámparas del sótano se encendieron, y también una bombilla deslumbrante –de por lo menos ciento veinte vatios– en el rellano de la escalera. No había habido tiempo para que nadie se escondiera y mucho menos para que escapara. Tampoco había nadie allí para intentarlo. Además la señora Meserve –admirable en tantos sentidos– había olvidado barrer la escalera del sótano. Cuando bajé hasta donde creía haber oído los golpes, dejé huellas en el polvo del suelo. Pero las mías eran las únicas.

Solté el aire y vi el vapor de mi respiración. De verdad había hecho frío, *seguía* haciendo frío. Exhalé otra vez y vislumbré apenas una pequeña neblina. A la tercera exhalación no noté nada.

Pasé la mano por uno de los paneles de material aislante. Era suave. Apreté con un dedo, y aunque no lo hice con fuerza, mi dedo dejó un pequeño hueco en la superficie plateada. Blando como un pastel. Si alguien hubiera estado golpeándolo con un puño, el material debería tener marcas; hasta era probable que la fina lámina plateada se hubiera levantado en algún punto, dejando al descubierto el relleno rosa. Pero todos los cuadrados estaban perfectamente lisos.

–¿Sigues ahí? –pregunté.

No hubo respuesta, pero yo tenía toda la impresión de que mi visitante seguía allí. En alguna parte.

–Espero no haberte ofendido encendiendo la luz –dije y esta vez me sentí bastante ridículo. Estaba en medio de la escalera del sótano hablando en voz alta, dando un discurso a las arañas–. Quería verte, si es que era posible.

Ni siquiera sabía si decía la verdad.

Súbitamente –tan súbitamente que estuve en un tris de perder el equilibrio y caer por las escaleras– me giré en redondo, convencido de que la criatura amortajada estaba a mi espalda, de que ella era la autora de los golpes. No un amable fantasma de M. R. James, sino aquel horror de otra dimensión del universo.

No había nada.

Di media vuelta otra vez, respiré hondo dos o tres veces para tranquilizarme y luego terminé de bajar la escalera. Abajo había una canoa en perfectas condiciones, con remo incluido. En un rincón estaba la cocina de gas que habíamos reemplazado después de comprar la casa e incluso la tina con patas que Jo se había empeñado en convertir en macetero, a pesar de mis protestas. Encontré un baúl lleno de manteles que apenas recordaba, una caja con casetes mohosos (grupos como Delfonics, Funkadelic y .38 Special) y varias con vajilla vieja. Allí abajo había vida, aunque no muy interesante. A diferencia de la vida que había percibido en el estudio de Jo, ésta no había concluido precipitadamente, sino que la habíamos abandonado, como si mudáramos de piel, y eso estaba bien. De hecho, era el orden natural de las cosas.

Vi un álbum de fotos en una estantería llena de trastos y lo bajé con una mezcla de curiosidad y cautela. Pero esta vez no hubo sorpresas: casi todas las fotos eran de Sara Risa cuando la habíamos comprado. También encontré una de Jo con pantalones acampanados (peinada con raya al medio y con los labios pintados de blanco) y una de Michael Noonan, con una camisa floreada y patillas, que me hizo estremecer (el Mike soltero de la foto tenía un aire a

Barry White; tenía que reconocerlo, por poco que me gustara).

Encontré la vieja y averiada cinta mecánica de *footing* de Jo, que tendría que reparar y usar si seguía allí en otoño, y una máquina para derretir la nieve que necesitaría aun más si seguía allí en invierno. Pero no encontré ningún búho de plástico. Mi amigo de los golpes tenía razón.

Arriba empezó a sonar el teléfono.

Corrí a atenderlo. Crucé la puerta del sótano y luego retrocedí para apagar la luz. Este acto me pareció a un tiempo gracioso y perfectamente normal… igual que cuando era un niño me parecía perfectamente normal evitar pisar las grietas de las baldosas de la acera. Y aunque no fuera normal, ¿qué más daba? Sólo llevaba tres días en Sara, pero ya había postulado la Primera Ley Noonan de la Excentricidad: cuando uno está solo, la conducta extraña no parece en absoluto extraña.

Cogí el inalámbrico.

–¿Diga?

–Hola, Mike. Soy Ward.

–Te has dado prisa.

–La sala de archivos está a unos pasos de aquí por el pasillo –respondió–. Pan comido. En la segunda semana de noviembre de 1993, sólo hay una anotación en el calendario de Jo. Dice: «C-P de Maine, Freep, 11 h.» Está en el martes 16. ¿Te sirve de algo?

–Sí –respondí–. Gracias, Ward, me sirve de mucho.

Corté la comunicación y dejé el inalámbrico en su soporte. Sí, me servía. C-P de Maine era el Comedor Popular de Maine. Jo había estado en la comisión directiva desde 1992 hasta su muerte. Freep era Freeport. Debía de haber habido una reunión de la comisión. Seguramente habrían hecho planes para la comida que servirían a los indigentes el día de Acción de Gracias… y luego Jo había conducido cien kilómetros hasta el TR para recoger los dos búhos de plástico. Ese dato no respondía todas las preguntas, pero ¿no hay siempre interrogantes después de la muerte de un ser querido? Y no hay reglas fijas sobre el momento en que surgen.

Entonces oí la voz sobrenatural: «Ya que estás cerca del teléfono, ¿por qué no llamas a Bonnie Amudson? Sólo para saludarla y preguntarle cómo está.»

Jo había sido miembro de cuatro comisiones en los noventa, todas ellas de instituciones benéficas. Su amiga Bonnie la había convencido de que entrara en la del Comedor Popular cuando quedó una vacante. Habían asistido a muchas reuniones juntas. Pero no sólo en noviembre de 1993, y era difícil que Bonnie recordara aquel día en particular después de cinco años... pero si aún conservaban los libros de actas de las reuniones...

¿En qué coño estaba pensando? ¿En llamar a Bonnie, darle un poco de cháchara y luego pedirle que mirara la inscripción correspondiente a una reunión de 1993 en el libro de actas? ¿Iba a preguntarle si mi esposa había estado presente? ¿O si Jo parecía cambiada durante el último año de su vida? Y cuando Bonnie me preguntara por qué quería saberlo, ¿qué le diría?

«Dame eso», había gruñido Jo en mi sueño. En él no parecía Jo, sino otra, quizá la extraña mujer del Libro de los Proverbios, con labios como la miel pero un corazón lleno de hiel y ajenjo. Una mujer extraña con dedos fríos como ramas después de una helada. «Dame eso, es para protegerme del polvo.»

Fui a la puerta del sótano y cogí el pomo. Lo giré y luego lo solté. No quería entrar ahí en la oscuridad, no quería correr el riesgo de que alguien empezara a dar golpes otra vez. Era mejor dejar la puerta cerrada. Lo que necesitaba era una bebida fría. Entré en la cocina y cuando iba a abrir la puerta del frigorífico me detuve en seco. Los imanes volvían a formar un círculo, pero esta vez había tres letras y un número en el centro, alineados. Formaban una palabra:

ho1a

Allí había alguien. Incluso a plena luz del día. No tenía la más mínima duda. Al preguntar si estaba seguro en la casa, me habían dado una respuesta contradictoria... pero eso no importaba. Si me largaba de Sara, no tenía dónde ir. Tenía la llave de Derry, pero antes necesitaba resolver algunas cosas donde estaba. Estaba seguro.

–Hola –dije y abrí el frigorífico para sacar un refresco–. Quienquiera que seas, hola.

CAPITULO 11

Al día siguiente desperté de madrugada, convencido de que había alguien conmigo en la habitación del ala norte. Me senté, me froté los ojos y vi una figura oscura y de hombros anchos entre la cama y la ventana.

–¿Quién eres? –pregunté, pensando que no respondería con palabras, que lo haría con golpes en la pared. Uno para sí, dos para no... ¿en qué piensas, Houdini?

Pero la figura que estaba junto a la ventana no respondió de ninguna manera. Busqué a tientas la cadenilla de la lámpara y tiré. Tenía los labios fruncidos en una mueca de horror y el estómago tan tenso que creo que si en ese momento me hubieran disparado, las balas habrían rebotado.

–Mierda –dije–. Soy un gilipollas.

Mi vieja cazadora de ante estaba en una percha que había colgado de la barra de la cortina. La había dejado allí mientras deshacía el equipaje y luego había olvidado guardarla en el armario. Traté de reír, pero no lo conseguí. A las tres de la mañana el incidente no parecía tan gracioso.

Apagué la luz y volví a acostarme con los ojos abiertos, esperando que sonara la campanilla de *Bunter* o que el niño fan-

193

tasma empezara a llorar. Seguía intentando oír algo cuando me dormí.

Unas ocho horas después, cuando me dirigía al estudio de Jo para ver si los búhos de plástico estaban en los armarios que no había registrado el día anterior, un Ford último modelo bajó por el sendero y se detuvo junto a mi Chevrolet. Yo estaba a medio camino entre la casa y el estudio, pero volví sobre mis pasos. Era un día caluroso y sofocante y yo vestía sólo unos tejanos convertidos en pantalones cortos y unas chanclas.

Jo siempre decía que la moda de Cleveland se dividía naturalmente en dos estilos: Cleveland de etiqueta y Cleveland informal. Mi visitante de esa mañana iba vestido al estilo Cleveland informal, que consiste en camisa hawaiana con estampado de piñas y monos, pantalones pardos típicos de las repúblicas bananeras y zapatos blancos. Los calcetines son optativos, pero los zapatos blancos son tan imprescindibles para la «imagen Cleveland» como lo es al menos una hortera joya de oro. Aquel tipo cumplía al pie de la letra con los últimos requisitos: tenía un Rolex en una muñeca y una cadena de oro colgando del cuello. Llevaba la camisa fuera del pantalón, cubriendo un bulto sospechoso en la parte posterior. Era una pistola o un busca, y era demasiado grande para ser un busca. Volví a mirar el coche. Neumáticos Blackwall. Y en el salpicadero –vaya, vaya– la bola azul de un piloto de poli. Para pillarte desprevenida, abuelita.

–Michael Noonan.

No era feo, y sin duda resultaría atractivo para algunas mujeres: las que se encogen cuando alguien próximo a ellas levanta la voz, las que rara vez llaman a la policía cuando las cosas se tuercen en casa porque en una parte secreta y triste de su mente creen que merecen que las cosas se tuerzan. Y las cosas torcidas se traducen en ojos morados, codos dislocados y alguna que otra quemadura de cigarrillo en las tetas. Son mujeres que a menudo llaman a sus maridos o amantes «papá»: «¿quieres una cerveza, papá?» o «¿has tenido un buen día en la oficina, papá?».

–Sí, soy Michael Noonan. ¿Qué se le ofrece?

Esta versión de papá se volvió, se inclinó y sacó algo de una pila de papeles que había en el asiento del acompañante. Debajo del salpicadero, un transmisor de radio zumbó un par de veces, brevemente, y calló. El hombre se giró hacia mí con una larga carpeta marrón en una mano y me la tendió.

–Esto es para usted.

Cuando vio que no la cogía, dio un paso al frente y trató de metérmela en una de las palmas, esperando quizá que las cerrara en un acto reflejo. Pero yo alcé las dos manos hasta los hombros, como si él me hubiera dicho «arriba las manos, bandido».

Me miró con paciencia y una cara tan irlandesa como la de los hermanos Arlen, aunque sin la expresión bonachona, franca y curiosa de los Arlen. En su lugar había una especie de cinismo divertido, como si el tipo hubiera visto la conducta más asquerosa del mundo no una sino dos veces. Tenía una cicatriz antigua en una ceja y unas mejillas rojas y curtidas, de las que sugieren o bien buena salud o un profundo interés por las bebidas alcohólicas. Tenía toda la pinta de un tío capaz de derribarte y luego sentarse encima para que no te movieras. He sido bueno, papá, levántate, no seas malo.

–No me lo ponga difícil. Tendrá que cogerlo y ambos lo sabemos, así que no me lo ponga difícil.

–Primero enséñeme alguna identificación.

Suspiró, puso los ojos en blanco y metió la mano en el bolsillo de la camisa. Sacó una cartera de piel y la abrió. Había una chapa y una foto. Mi visitante era George Footman, ayudante del sheriff del condado de Castle. La foto, sin relieve ni sombras, sin duda se parecía a las que una víctima de un ataque vería en un álbum policial de delincuentes buscados.

–¿Le vale? –preguntó.

Cogí el documento cuando me lo tendió por segunda vez y él se quedó mirándome con su expresión cínica y divertida mientras yo lo estudiaba. Me citaban a declarar en el despacho de Castle Rock de Elmer Durgin, procurador del estado, a las diez de la mañana del 10 de julio de 1998. En otras palabras, el viernes. El tal Elmer Durgin había sido nombrado tutor *ad litem* de Kyra Elizabeth Devore, menor de edad. Me tomarían declaración sobre cualquier dato que obrara en mi poder sobre el bienestar de Kyra Elizabeth Devore. Dicha declaración se me tomaría en nombre del Tribunal Superior del condado de County y del juez Noble Rancourt. Habría un estenógrafo presente. Se me aseguraba que aquélla era una disposición del tribunal y que no tenía relación alguna ni con el 𝔇𝔢𝔪𝔞𝔫𝔡𝔞𝔡𝔬 ni con el 𝔇𝔢𝔪𝔞𝔫𝔡𝔞𝔫𝔱𝔢.

Footman dijo:

—Es mi deber advertirle de que en caso de no presentarse...

—Gracias, pero hagamos cuenta que ya me ha advertido, ¿de acuerdo?

Hice un ademán hacia su coche, como si espantara a un animal. Me sentía profundamente disgustado... y sentía que estaban interfiriendo en mi vida. Nunca me había visto envuelto en un procedimiento judicial y la perspectiva no me hacía ninguna gracia.

El ayudante del sheriff volvió al coche, comenzó a maniobrar y luego se detuvo con un brazo colgando a través de la ventanilla abierta. Su Rolex destelló a la luz del sol.

—Permita que le dé un consejo —dijo, y eso bastó para informarme de todo lo que necesitaba saber sobre ese tipo—. No joda con el señor Devore.

—O me aplastará como a un bicho —dije.

—¿Eh?

—Su parlamento completo es: «Permita que le dé un consejo. No joda con el señor Devore o él lo aplastará como a un bicho.»

Supe por su expresión —entre perpleja y furiosa— que tenía pensado decirme algo muy parecido. Era evidente que habíamos visto las mismas películas, incluyendo aquellas en que Robert de Niro hace el papel de psicópata.

—Ah, claro, usted es escritor —dijo.

—Eso dicen.

—Puede decir esas cosas porque es escritor.

—Bueno, éste es un país libre, ¿no?

—Es usted muy listo.

—¿Cuánto hace que trabaja para el señor Max Devore, agente? ¿Y en la oficina del sheriff están al tanto de su pluriempleo?

–Lo saben. No hay ningún problema. *Usted* es el único que puede tener problemas, don Escritor Listillo.

Decidí zanjar la cuestión antes de que degenerara en insultos y tacos.

–Salga de mi camino particular, agente.

Me miró un momento más, obviamente buscando de manera infructuosa una expresión perfecta para dejarme frito. Necesitaba a un escritor listillo para que se la sugiriera.

–Lo veré el viernes –dijo.

–¿Quiere decir que piensa invitarme a comer? No se preocupe, le saldré barato.

Sus mejillas sonrosadas adquirieron un tono más oscuro de rojo y vi cómo serían cuando tuviera sesenta años si no dejaba el alcohol antes. Metió la cabeza dentro del Ford y dio marcha atrás haciendo rechinar los neumáticos. Yo me quedé donde estaba, mirando cómo se alejaba. Una vez que llegó al camino Cuarenta y dos y torció en dirección a la autopista, entré en la casa. Pensé que el trabajo extra del agente Footman debía de estar bien pagado para que pudiera permitirse llevar un Rolex. Aunque también era probable que fuera falso.

«Tranquilízate, Michael –aconsejó la voz de Jo–. La bandera roja ha desaparecido, nadie está agitándola en tu cara, tranquilízate...»

Hice callar esa voz. No quería tranquilizarme. Quería enfurecerme. Estaban inmiscuyéndose en mi vida.

Fui hasta el escritorio del pasillo, donde Jo y yo guardábamos los documentos pendientes (y los calendarios de mesa, ahora que lo pienso) y clavé la citación en el tablón de anuncios, poniendo una chincheta en una esquina del sobre marrón. Hecho esto, levanté una mano a la altura de mis ojos, observé el anillo de bodas durante un segundo y luego di un puñetazo en la pared, junto a la estantería. Lo hice con fuerza suficiente para que todos los libros se sacudieran. Pensé en los pantalones cortos y en la camiseta barata de Mattie Devore y recordé que su suegro había pagado 4.250.000 dólares por Warrington's con un maldito talón. También recordé que Bill Dean había dicho que de una forma u otra la niña se criaría en California.

Me paseé por toda la casa, todavía furioso, y acabé delante del frigorífico. El círculo de imanes seguía igual, pero las letras del interior habían cambiado. En lugar de

ho1a

decían

ayud 1

—¿Ayuda? —pregunté, y en cuanto pronuncié las palabras comprendí lo que pasaba.

Sólo había un alfabeto (no; ni siquiera eso, la «g» y la «x» se habían perdido) y tendría que comprar más. Si la puerta de mi nevera Kenmore iba a convertirse en una tabla de Ouija, necesitaría una buena provisión de letras. Sobre todo vocales. Entre tanto cambié la única «a» de sitio y quedó:

yud 1a

Desordené el círculo de frutas y verduras con la palma de las manos, separé las letras y empecé a pasearme otra vez. Había tomado la decisión de no interponerme entre Devore y su nuera, pero de todos modos había acabado involucrado. Un policía vestido a la moda de Cleveland había aparecido en mi casa para complicar una vida que ya tenía sus complicaciones y, de paso, para meterme miedo. Pero al menos era miedo a algo que veía y entendía. De pronto decidí que ese verano quería hacer algo más que preocuparme por fantasmas, niños llorones y por lo que había hecho mi mujer hace cinco años... si es que había hecho algo fuera de lo normal. Era incapaz de escribir, pero eso no significaba que tuviera que quedarme papando moscas.

«Ayúdala.» Decidí que por lo menos lo intentaría.

–Agencia literaria Harold Oblowski.

–Ven conmigo a Belize, Nola –dije–. Te necesito. Haremos el amor a medianoche, cuando la luna llena convierte la playa en marfil.

–Hola, señor Noonan –repuso ella. Nola no tenía sentido del humor ni romanticismo, lo que en cierto sentido la convertía en la empleada perfecta para la agencia Oblowski–. ¿Quiere hablar con Harold?

–Si está.

–Sí. Un momento por favor.

Una de las ventajas de ser un escritor famoso –incluso uno cuyos libros sólo aparecían en las listas de los más vendidos que llegaban al puesto número quince– es que tu agente siempre está dispuesto a atenderte. Otra es que aunque estuviera de vacaciones en Nantucker, también te atendería. La tercera es que el tiempo que pasas esperando al teléfono suele ser breve.

–¡Mike! –exclamó–. ¿Qué tal te va en el lago? He estado pensando en ti todo el fin de semana.

Sí, y los cerdos vuelan, pensé.

–En términos generales todo va bien, Harold, pero tengo un pequeño problema. Necesito un abogado. Primero pensé en llamar a Ward Hankins para que me recomendara a alguien, pero luego llegué a la conclusión de que quiero a un tipo más duro de los que podría conocer Ward. Uno con dientes afilados, al que le guste el sabor de la carne humana.

Esta vez Harold no se molestó en usar la táctica de las pausas.

–¿Qué pasa, Mike? ¿Estás en un lío?

Un golpe para sí, dos golpes para no, pensé, y por un loco instante tuve la tentación de hacer exactamente eso. Recordé que cuando había terminado de leer las memorias de Christy Brown, *Down All the Days*, me había preguntado cómo sería escribir un libro entero con un lápiz cogido entre los dedos del pie izquierdo. Ahora me preguntaba cómo sería la vida de un fantasma cuyo único medio de comunicación eran los golpes en las paredes. Y cuando sólo unas pocas personas eran capaces de escuchar esos golpes… y esas pocas personas sólo en ciertos momentos.

«¿Eras tú, Jo? Y si eras tú, ¿por qué contestaste que sí y que no al mismo tiempo?»

−¿Mike? ¿Sigues ahí?

−Sí. Tranquilízate, Harold, no estoy metido en ningún lío. Pero tengo un problema. Tu abogado es Goldacre, ¿no?

−Sí. Lo llamaré de inme...

−Pero está especializado en derecho mercantil. −Pensaba en voz alta, y cuando hice una pausa, Harold no la llenó. A veces es un buen tipo. De hecho, la mayoría de las veces−. Llámalo de todos modos, ¿quieres? Dile que necesito un abogado que conozca bien las leyes de custodia de niños. Que me ponga en contacto con el mejor que encuentre y que esté libre para ocuparse de un caso de inmediato. Uno que pueda presentarse en los tribunales conmigo el viernes, si es necesario.

−¿Es por una demanda de paternidad? −preguntó con cautela.

−No; es un caso de custodia. −Iba a decirle que mi futuro abogado ya le informaría de todo más adelante, pero Harold merecía algo mejor. Además, tarde o temprano querría oír mi versión, independientemente de lo que le dijera el abogado. Así que le resumí lo ocurrido la mañana del Cuatro de Julio y sus consecuencias. Me limité a hablar del contencioso de los Devore, sin mencionar el tema de las voces, el llanto de niño o los golpes en la oscuridad. Harold sólo me interrumpió una vez, cuando se enteró de quién era el villano de la historia.

−Te estás buscando complicaciones. Lo sabes, ¿no?

−Ya las tengo de cualquier modo −respondí−. Así que he decidido hacer algo para defenderme, eso es todo.

−No tendrás la paz y la tranquilidad que necesita un escritor para dar lo mejor de sí −dijo Harold con cómica solemnidad. Me pregunté cómo reaccionaría si le dijera que no se preocupara por eso, que de todos modos lo único que había escrito desde la muerte de Jo era la lista de la compra y que tal vez ese pleito sirviera para estimularme. Pero no lo hice. «No permitas que te vean sudar» era el lema del clan Noonan. Alguien debería grabar la inscripción NO OS PREOCUPÉIS, ESTOY BIEN en la puerta del panteón familiar.

Entonces pensé: yud 1a.

−Esa chica necesita un amigo −dije−. Y Jo hubiera querido que la ayudara. Detestaba que se metieran con los críos.

–¿Estas seguro?

–Sí.

–De acuerdo, veré qué puedo hacer. Mike… ¿quieres que viaje el viernes y te acompañe a declarar?

–No –respondí con innecesaria brusquedad, y la pausa que siguió no fue calculada. Era evidente que había ofendido a Harold–. Oye, el encargado de mantenimiento dice que la vista por la custodia será pronto. Si es así y todavía quieres venir, te llamaré. Necesitaré apoyo moral.

–En mi caso, sería apoyo inmoral –respondió, y su voz recuperó la jovialidad.

Nos despedimos. Volví a la cocina y eché un vistazo a los imanes. Fue un alivio comprobar que seguían desordenados. Por lo visto, hasta los espíritus necesitan descansar de vez en cuando.

Cogí el teléfono inalámbrico, salí a la terraza y me dejé caer en el sillón donde había estado sentado el Cuatro de Julio cuando había llamado Devore. Incluso después de la visita de «papá» no podía creer que hubiera mantenido aquella conversación. Devore me había acusado de mentir y yo le había dicho que se metiera mi número de teléfono en el culo. Un comienzo estupendo para una relación de vecinos.

Acerqué el sillón al borde de la terraza, donde una vertiginosa cuesta de unos treinta metros descendía desde la parte trasera de la casa hasta el lago. Busqué con la vista a la mujer verde que había visto mientras nadaba al tiempo que me decía que no fuera idiota, que esas cosas se veían sólo desde un punto concreto; si te apartabas tres metros, ya no veías lo mismo. Sin embargo, ésta parecía ser la excepción que confirmaba la regla. Me causó gracia y a la vez inquietud comprobar que el abedul que estaba junto a la Calle parecía una mujer no sólo desde el lago, sino también desde el otro lado. La ilusión óptica se debía en parte al pino que estaba detrás –a la rama desnuda que se proyectaba hacia el norte como un brazo huesudo que señalaba algo–, pero eso no era todo. Desde la terraza, el abedul de ramas blancas y hojas estrechas conservaba la forma de una mujer, y cuando el viento agitó las ramas más bajas, éstas se remolinaron como una larga falda verde y plateada.

Había declinado el bienintencionado ofrecimiento de Harold de acompañarme a los tribunales antes de que acabara de pronunciarlo, y mientras contemplaba a la mujer-árbol, con su aire espectral, comprendí por qué lo había hecho: Harold era un tipo de voz estentórea, insensible a las sutilezas y muy capaz de espantar a quien fuera que estuviera en la casa. Y yo no quería que lo hiciera. No cabía duda de que estaba asustado –al oír los golpes en la oscuridad del sótano me había embargado el pánico–, pero también me sentía vivo por primera vez en varios años. En Sara Risa estaba viviendo una experiencia totalmente nueva que me tenía fascinado.

Me sobresaltó el timbre del teléfono móvil que yacía sobre mi regazo. Contesté, convencido de que el que llamaba era Max Devore o acaso Footman, el esbirro de las joyas de oro. Pero resultó un abogado llamado John Storrow, con una voz juvenil que sugería que no hacía mucho que había obtenido su título… quizá la semana pasada. Sin embargo, trabajaba para el bufete Avery, McLain y Bernstein, de Park Avenue, y Park Avenue es un buen sitio para un abogado, incluso para uno que todavía conserva algunos dientes de leche. Si Henry Goldacre opinaba que Storrow era bueno, seguramente lo era. Y estaba especializado en casos de custodia.

–Ahora cuénteme qué pasa allí –dijo tras las presentaciones y los preliminares.

Le conté la historia lo mejor que pude, animándome un poco a medida que avanzaba. Resulta curiosamente reconfortante hablar con un picapleitos una vez que empiezan a correr las horas por las que indefectiblemente te pasará factura y cruzas el punto mágico en que *un* abogado se convierte en *tu* abogado. Tu abogado es cordial, tu abogado es comprensivo, tu abogado toma notas en un bloc amarillo y asiente en el momento oportuno. Te sientes capaz de responder casi todas las preguntas que te hace, y si no lo eres, él te ayudará a buscar una respuesta. Tu abogado está siempre de tu parte. Tus enemigos son sus enemigos. Para él no eres un primo, sino un primor.

Cuando hube terminado, John Storrow dijo:

–Guau. Me sorprende que los periódicos no hayan soltado esa bomba.

–No lo había pensado.

Pero sabía que tenía razón. La saga familiar de los Devore no era materia prima para el *New York Times*, el *Boston Globe* y tal vez ni siquiera para el *Derry News*, pero a los semanarios que se vendían junto a la caja de los supermercados, como el *National Enquirer* o *Inside View* les iría como anillo al dedo. En lugar de llevarse con él a la bella joven, King Kong decide robar a la hija de dicha joven y llevarla al terrado del Empire State. Ayyy, suelta a la niña, bestia. No era una noticia para la primera página porque no había sangre ni tiros, pero iría bien en la página nueve. Imaginé el título encima de las fotografías del lujoso hotel Warrington's y la oxidada caravana de Mattie: REY DE LA INFORMÁ-TICA VIVE LUJOSAMENTE MIENTRAS INTENTA ARREBATAR A UNA NIÑA DE LOS BRAZOS DE SU HERMOSA MADRE. Demasiado largo. Aunque ya no escribía, todavía necesitaba un corrector de estilo. Era bastante triste.

–Tal vez más adelante decidamos ofrecerles la noticia –dijo Storrow con tono pensativo. Tal vez inducido por la furia que sentía en aquellos momentos, sospeché que podía llegar a hacer amistad con ese hombre. Ahora Storrow fue al grano–: ¿A quién represento, señor Noonan? ¿A usted o a la joven madre? Voto por la madre.

–La madre ni siquiera sabe que lo he llamado. Puede que piense que me he tomado demasiadas libertades. Hasta es posible que se enfade.

–¿Por qué iba a enfadarse?

–Porque es yanqui, y una yanqui de Maine, que pertenecen a la peor clase. Hasta pueden hacer que un irlandés parezca razonable.

–Es posible, pero es ella la que está con el agua al cuello. Sugiero que la llame y se lo diga.

Le prometí que lo haría. Y no me costó nada prometérselo, pues desde que el agente Footman me había entregado la citación, sabía que tendría que ponerme en contacto con ella.

–¿Y quién defenderá a Michael Noonan el viernes por la mañana?

Storrow soltó una risita ronca.

–Buscaré a alguien de la zona para que lo acompañe. Irá con usted al despacho de Durgin, se sentará en silencio con el maletín en el regazo y escuchará. Es posible que para entonces yo ya esté por allí, no lo sabré hasta que hable con la señora Devore, pero no iré al despacho de Durgin. Sin embargo, estaré presente en la vista de la custodia.

–De acuerdo. Llámeme para decirme quién es mi nuevo abogado. Mi otro abogado nuevo.

–Sí. Entretanto, hable con la señora Devore y consígame el trabajo.

–Lo intentaré.

–También intente estar a la vista de todo el mundo cuando se encuentre con ella –dijo–. Si damos motivos a los malos para que se pongan desagradables, se pondrán desagradables. No hay nada entre ustedes dos, ¿no? ¿Nada escabroso? Lamento hacerle esta pregunta, pero tengo que saberlo.

–No –dije–. Hace tiempo que no tengo nada escabroso con nadie.

–En otras circunstancias me apiadaría de usted, señor Noonan, pero en éstas…

–Mike. Llámeme Mike.

–Estupendo. Y usted llámeme John. De todos modos la gente hablará cuando descubra que usted se ha involucrado en el asunto. Lo sabe, ¿no?

–Desde luego. La gente sabe que yo puedo permitirme pagar un abogado como usted y se preguntará cómo va a pagarme ella a mí. Una viuda joven y bonita, un viudo maduro… Lo primero que les vendrá a la cabeza es el sexo.

–Es usted realista.

–No lo creo, pero sé distinguir la magnesia de la gimnasia.

–Eso espero, porque las cosas pueden ponerse feas. Vamos a enfrentarnos a un hombre muy rico.

Sin embargo, Storrow no parecía asustado. Más bien parecía ansioso. Por su voz, yo diría que se sentía más o menos como yo cuando vi que los imanes de la nevera habían vuelto a formar un círculo.

–Ya lo sé.

–En los tribunales ese detalle no contará mucho, porque descubrirán que también hay dinero en la parte contendiente. Además, el juez se dará cuenta de que este caso es un polvorín. Eso nos beneficiará.

–¿Cuál es nuestra mejor baza? –pregunté mientras pensaba en la carita tersa y sonrosada de Kyra y en lo segura que parecía sentirse cuando estaba con su madre.

Hice esta pregunta con la esperanza de que John me contestara que los cargos eran completamente infundados. Pero me equivoqué.

–La edad de Devore. Debe de ser más viejo que Dios.

–Por lo que me han contado el fin de semana pasado, calculo que tendrá unos ochenta y cinco años, así que Dios es más viejo.

–Sí, pero como padre potencial hace que Tony Randall parezca un adolescente –dijo John, esta vez con un tono decididamente perverso–. Piense en ello, Mike. Cuando la niña salga del instituto, el abuelo tendrá cien años. También cabe la posibilidad de que el viejo se haya pasado de listo. ¿Sabe lo que es un tutor *ad litem*?

–No.

–Básicamente es un abogado que nombra el tribunal para que proteja los derechos del niño. El estado paga sus honorarios, pero paga una miseria. Casi todos los abogados que aceptan este papel lo hacen por cuestiones altruistas… pero no todos. El tipo tiene derecho a opinar en el proceso. El juez no está obligado a hacer caso de sus sugerencias, pero casi siempre lo hace. Quedaría como un idiota si no tuviera en cuenta la opinión de un hombre que él mismo ha designado, y si algo detestan los jueces es pasar por idiotas.

–¿Devore también tendrá un abogado?

John rió.

–No uno, sino media docena.

–¿Habla en serio?

–El tipo tiene ochenta y cinco años. Es demasiado viejo para comprarse Ferraris, hacer ala delta en el Tíbet o para acostarse con putas, a menos que tenga una potencia increíble. ¿En qué otra cosa puede gastar su dinero?

–En abogados –respondí con tristeza.

–Exactamente.

–¿Y Mattie Devore? ¿Qué posibilidades tiene ella?

–Gracias a usted, me tendrá a mí –respondió John Storrow–. Es como una novela de John Grisham, ¿no? Oro puro. Ahora me interesa Durgim, el *ad litem*. Si Devore no esperaba oposición, tal vez haya cometido la imprudencia de intentar sobornar a Durgin. Y es probable que Durgin haya sido lo bastante estúpido para sucumbir. Es imposible predecir con qué nos encontraremos.

Pero yo insistí en el tema anterior.

–Ella lo tiene a usted gracias a mí –dije–. Pero si yo no estuviera a su lado para ayudarla, ¿qué tendría a su favor?

–*Bubkes*, lo que en yídish significa…

–Ya sé lo que significa –interrumpí–. Es increíble.

–No, simplemente es la justicia de Estados Unidos. ¿Recuerda a la señora de la balanza? ¿La que aparece en la puerta de los palacios de tribunales de la mayoría de las ciudades?

–Sí.

–Añádale unas esposas en sus gruesas muñecas y una mordaza a juego con la venda de los ojos, viólela y arrástrela por el barro. ¿Le gusta la imagen? A mí no, pero es una representación bastante precisa de cómo funciona la ley en los casos de custodia en que el demandante es rico y el demandado pobre. Y la igualdad entre los sexos ha empeorado las cosas, porque aunque las madres siguen teniendo menos recursos, ya no se les concede la custodia automáticamente.

–Mattie Devore necesita contar con usted, ¿verdad?

–Sí –se limitó a responder John–. Llámeme mañana y dígame que ella ha aceptado mis servicios.

–Espero poder hacerlo.

–Yo también. Ah, hay algo más.

–¿Sí?

–Usted le mintió a Devore por teléfono.

–¡Tonterías!

–No, no, detesto contradecir al novelista favorito de mi hermana, pero usted mintió y lo sabe. Le dijo a Devore que la madre y la niña estaban juntas, que la pequeña estaba cogiendo flores, que todo iba bien. Pintó una imagen idílica; sólo le faltó incluir a *Bambi* y al conejito.

Me erguí en el sillón de la terraza. Estaba ofendido; Storrow subestimaba mi inteligencia.

–No, piénselo mejor. En ningún momento dije que supiera qué había ocurrido. Sólo dije que lo suponía, que lo había dado por sentado. Usé esa expresión más de una vez. Lo recuerdo con claridad.

–Bueno, si el viejo grabó la conversación, tendrá ocasión de contar cuántas veces la usó.

No respondí enseguida. Pensé en la conversación que había mantenido con Devore y recordé el zumbido en la línea, un zumbido que había oído en todos mis veraneos previos en Sara Risa. ¿Acaso aquel *mmmmmm* monocorde era más alto de lo normal el sábado por la noche?

–Admito que es posible que la haya grabado –dije a regañadientes.

–Sí. Y si el abogado de Devore le lleva la cinta al tutor *ad litem*, ¿qué impresión cree que le causará usted?

–La de un hombre cauto –respondí–. O tal vez la de un hombre que oculta algo.

–O la de un hombre que se inventa una historia. Es una actividad que a usted se le da muy bien, ¿no? Al fin y al cabo, se gana la vida así. Es probable que el abogado de Devore mencione ese punto en la vista de la custodia. Y si luego presenta a algún testigo que haya visto a Mattie en el momento en que llegó al lugar… Una persona que testifique que la joven parecía nerviosa y asustada… ¿Cómo cree que quedará usted entonces?

–Como un mentiroso –respondí, y añadí–: Mierda.

–No tenga miedo, Mike. Sea optimista.

–¿Qué debería hacer?

–Clavar la artillería antes de que disparen. Decirle a Durgin qué ocurrió exactamente. Añadirlo en la declaración. Hacer hincapié en el hecho de que la niña creía que estaba segura. Asegúrese de contar lo del paso de cebra. Me encanta esa parte.

–Pero si grabaron nuestra conversación telefónica, pondrán la cinta y quedaré como un embustero.

–No lo creo. Cuando habló con Devore no estaba bajo juramento, ¿no? Estaba tranquilamente sentado en la terraza de su casa, mirando los fuegos artificiales. Un viejo cascarrabias lo interrumpió y empezó a divagar por teléfono. Y usted ni siquiera le había dado su número, ¿verdad?

–No.

–Un número que no está en la guía telefónica.

–Así es.

–De modo que aunque dijo que era Max Devore, podría haber sido cualquiera, ¿verdad?

–Sí.

–Podría haber sido el sha de Irán.

–No. El sha está muerto.

–Vale, descartemos al sha. Pero podría haber sido un vecino cotilla o un bromista.

–Sí.

–Y usted dijo lo que dijo pensando en todas esas posibilidades. Pero ahora que debe intervenir en un procedimiento judicial oficial, dirá la verdad, toda la verdad y nada más que la verdad.

–Ya lo creo.

La reconfortante sensación de «mi abogado» me había abandonado durante unos instantes, pero entonces regresó con más fuerza que nunca.

–No hay nada mejor que decir la verdad, Mike –declaró John con tono solemne–. Salvo en algunos casos, pero éste no es uno de ellos. ¿Ha quedado claro?

–Sí.

–Muy bien. Entonces hemos terminado por el momento. Espero que usted o Mattie Devore me llamen mañana a eso de las once. Preferiría que lo hiciera ella.

–Haré todo lo posible.

–Ya sabe lo que tiene que decirle si se niega, ¿no?

–Supongo que sí. Gracias, John.

–Pase lo que pase, hablaremos pronto –dijo y colgó.

Permanecí sentado en la terraza un buen rato. En cierto momento pulsé el botón del inalámbrico que daba tono de llamada, pero luego volví a pulsarlo para desconectar la línea. Tenía que hablar con Mattie, pero todavía no estaba preparado. Decidí que antes daría un paseo.

«Ya sabe lo que tiene que decirle si se niega, ¿no?»

Desde luego. Tenía que recordarle que no podía permitirse el lujo de ser orgullosa. Que no podía permitirse el lujo de comportarse como una yanqui y rechazar la caridad de Michael Noonan, autor de *Ser dos*, *El hombre de la camisa roja*, además de *La promesa de Helen*, de inminente aparición. Debía decirle que podía quedarse con su orgullo o con su hija, pero no con ambas cosas.

Eh, Mattie, tendrás que elegir.

Caminé casi hasta el final del camino, deteniéndome en Tidwell's Meadow, con su bonita vista del lago y de las White Mountains. El agua soñaba bajo un cielo brumoso; parecía gris si uno inclinaba la cabeza hacia un lado, azul si la inclinaba hacia el lado contrario. Era un misterio que coincidía con mi estado de ánimo, con mi sensación de estar en Manderley.

Más de cuarenta personas de color se habían instalado allí a principios de siglo, según Marie Hingerman (y también según *La historia del condado de Castle y de Castle Rock*, un voluminoso libro publicado en 1977, para el bicentenario del condado). Y eran personas muy especiales; casi todas emparentadas, casi todas brillantes, casi todas miembros de un grupo musical que en sus inicios se había llamado los Red-Top Boys y más tarde Sara Tidwell y los Red-Top Boys. Habían comprado la colina y una buena parte de las tierras que rodeaban el lago a un hombre llamado Douglas Day. Para ello habían ahorrado durante diez años, según Sonny Tidwell, que había hecho la transacción.

La noticia de la compra había conmocionado al pueblo, donde se había celebrado una asamblea para protestar por «la llegada de una horda de negros». Pero poco a poco los ánimos se tranquilizaron, como casi siempre sucede en estos casos. Las chabolas que los lugareños esperaban ver en Day's Hill (que no se llamó Tidwell's Meadow hasta 1900, cuando Son Tidwell compró las tierras para su clan) no aparecieron nunca. En cambio, el clan construyó una serie de casitas blancas alrededor de un edificio más grande que quizá hiciera las veces de lugar de reuniones, de ensayo o, en cierto momento, de sala de conciertos.

Sara y los Red-Top Boys (a veces había también una Red-Top

girl, pues los miembros del grupo iban y venían, cambiaban con cada actuación) dieron conciertos en todo el oeste de Maine durante más de un año, quizá dos. En los mercadillos y ferias de los pueblos de un extremo a otro de la frontera oeste –Farmington, Skowhegan, Bridgton, Gates Falls, Castle Rock, Motton, Fryburg– todavía es posible encontrar los carteles que anunciaban sus actuaciones. Sara y los Red-Tops se ganaron la admiración de la gente de la zona y también acabaron conviviendo en paz con los habitantes del TR, cosa que nunca me sorprendió. Al fin y al cabo, Robert Frost –ese poeta utilitario y a veces antipático– tenía razón: en el noreste creemos que las buenas vallas hacen buenos vecinos. Primero protestamos y luego mantenemos una paz mezquina, de la que se refleja en miradas penetrantes y labios apretados. «Pagan sus facturas», decimos. «Nunca me he visto obligado a dispararle a uno de sus perros», decimos. «No se meten con nadie», decimos como si la hosquedad fuera una virtud. Y desde luego, la virtud que mejor nos define: «No aceptan caridad de nadie.»

Y en cierto momento Sara Tidwell se convirtió en Sara Risa.

Sin embargo, TR-90 no debía de ser el lugar que buscaban, porque después de tocar en un par de fiestas del condado a finales del verano de 1901, el clan siguió su camino. La familia Day alquiló las casitas blancas a los veraneantes hasta 1933, cuando éstas se quemaron en un incendio forestal que azotó la orilla este y norte del lago. Fin de la historia.

Salvo por la música de Sara, desde luego. La música sobrevivió.

Me levanté de la roca donde había estado sentado, estiré los brazos y la espalda y comencé a bajar por el camino, tarareando una de las canciones de Sara.

CAPITULO 12

Durante la caminata hacia la casa traté de no pensar en nada. Mi primer editor solía decir que el ochenta y cinco por ciento de lo que pasa por la cabeza de un escritor no es de su incumbencia, una observación que nunca he creído que deba restringirse a los escritores. Me parece que la gente sobrestima el pensamiento supuestamente erudito. Cuando surgen problemas y es preciso tomar medidas, lo mejor es hacerse a un lado y dejar que los muchachos del sótano hagan su trabajo. Allí abajo unos tipos sin reivindicaciones sindicales pero con grandes músculos llenos de tatuajes hacen el trabajo pesado. Su especialidad es la intuición y sólo delegan el trabajo a las altas esferas, para que se rumie mejor, cuando no tienen otro recurso.

Cuando me disponía a llamar a Mattie Devore me ocurrió algo extraordinario, pero algo que no tenía nada que ver con fantasmas. Cuando pulsé el botón del inalámbrico para hablar, en lugar del habitual tono de llamada oí silencio. Entonces, cuando empezaba a pensar que había dejado descolgado el auricular del teléfono del dormitorio, me di cuenta de que el silencio no era absoluto. Tan lejano como una transmisión de radio del espacio exterior, con voz alegre y aguda como la de un pato, un tipo con marcado acento de Brooklyn cantaba: «Y pon la pierna derecha dentro, y la pierna derecha fuera y luego sacúdela…»

Abrí la boca para preguntar quién estaba ahí, pero antes de que pudiera hacerlo una voz confundida y titubeante de mujer dijo «¿Hola?».

–¿Mattie?

Estaba tan sorprendido que no se me ocurrió usar un tratamiento más formal, como señora Devore. Tampoco es extraño que la reconociera después de oír una sola palabra suya, a pesar de que nuestra única conversación previa había sido muy breve. Quizá los muchachos del sótano reconocieron la música de fondo y de inmediato la relacionaron con Kyra.

–¿Señor Noonan? –Parecía más sorprendida que antes–. El teléfono ni siquiera ha sonado.

–Debo de haber levantado el auricular en el mismo momento en que entraba su llamada –dije–. A veces pasa.

Pero ¿cuántas veces pasaba que la persona que llamaba era exactamente aquella a la que uno se proponía llamar? Tal vez muchas, de hecho. ¿Telepatía o coincidencia? Fuera como fuese, me pareció un fenómeno casi mágico. Miré al otro lado del largo salón, a los ojos de cristal de *Bunter*, el alce, y pensé: Sí, es posible que este lugar se haya convertido en mágico.

–Supongo –respondió ella sin demasiada convicción–. Antes que nada, quiero disculparme por llamar. Es una insolencia por mi parte. Sé que su número no está en la guía.

No te preocupes por eso, pensé. Ahora todo el mundo tiene este número. Hasta estoy pensando en ponerlo en las páginas amarillas.

–Lo saqué de su ficha de la biblioteca –prosiguió con tono avergonzado–. Yo trabajo ahí.

–No hay ningún problema –dije–, sobre todo porque acababa de coger el teléfono para llamarla precisamente a usted.

–¿A mí? ¿Por qué?

–Las damas primero.

Dejó escapar una risita nerviosa.

–Quería invitarlo a cenar. Mejor dicho, Ki y yo queremos invitarlo a cenar. Debería haberlo hecho antes. El otro día fue muy amable con nosotras. ¿Vendrá?

–Sí –dije sin dudar ni un segundo–. Encantado. De todos modos tenía que hablar con usted.

Hubo una larga pausa.

–¿Mattie? ¿Sigue ahí?

–Ese maldito viejo lo ha involucrado, ¿no? –Ahora su voz no sonaba nerviosa sino casi inerte.

–Bueno, sí y no. Podría decirse que me ha involucrado el destino, o la casualidad, o Dios. La mañana en que la conocí no estaba allí porque me hubiera enviado Max Devore; iba a la caza de la escurridiza Villageburger.

No rió, pero su voz se animó un poco, y me alegré. Las personas que hablan con esa voz monocorde y sin inflexiones casi siempre lo hacen porque están asustadas. A veces aterrorizadas.

–Lamento haberlo empujado a intervenir en mis problemas, señor Noonan.

Pensé que tal vez empezara a preguntarse quién empujaba a quién en cuanto le hablara de John Storrow y me alegré de no tener que tocar ese tema por teléfono.

–De todos modos, estaré encantado de cenar con las dos. Además, sugiero que nos dejemos de formalidades y nos tuteemos. ¿Te parece bien?

–Estupendo.

–¿Cuándo cenamos juntos?

–¿Esta noche? ¿O te parece demasiado precipitado?

–En absoluto.

–Estupendo. Sin embargo, tendremos que cenar temprano para que mi pequeña no se duerma antes del postre. ¿Te parece bien a las seis?

–Sí.

–Ki se pondrá contenta. No recibimos muchas visitas.

–No ha vuelto a escaparse, ¿verdad?

Por un momento temí que se ofendiera, pero esta vez rió con ganas.

–Dios, no. La experiencia del sábado la ha dejado escaldada.

Ahora entra en casa para informarme de todos sus movimientos: como que va a pasar del columpio, que está a un costado de la casa, al cajón de arena, que está en la parte de atrás. Cuando habla de ti dice «el señor alto que me *recató*». Creo que tiene miedo de que estés enfadado con ella.

–Dile que no lo estoy –dije–. O mejor no. Ya se lo diré yo. ¿Puedo llevar algo para la cena?

–¿Una botella de vino? –preguntó con tono dubitativo–. O quizá sea demasiado pretencioso… Sólo iba a hacer unas hamburguesas y una ensalada de patatas.

–Llevaré una botella poco pretenciosa.

–Gracias –dijo–. Esto es emocionante. Nunca recibimos a nadie.

Me horrorizó descubrir que estaba a punto de decir que para mí también era emocionante, porque iba a ser mi primera cita en cuatro años.

–Entonces gracias por pensar en mí.

Cuando corté la comunicación, recordé que John Storrow me había dicho que si me encontraba con Mattie lo hiciera a la vista de todo el mundo para no dar más que hablar a los cotillas del pueblo. Si Mattie pensaba hacer hamburguesas en la barbacoa, probablemente cenaríamos en el jardín, donde todo el mundo podría ver que teníamos la ropa puesta… al menos durante la mayor parte de la velada. Sin embargo, ella tendría la cortesía de invitarme a entrar. Entonces yo tendría la cortesía de hacerlo y admirar sus carteles de Elvis o sus platos conmemorativos de Franklin Mint, o lo que fuera que decorara la caravana; permitiría que Kyra me enseñara su habitación y alabaría su colección de muñecos de peluche y su muñeca favorita. En la vida hay muchas prioridades. Tu abogado entiende algunas, pero no todas.

–¿Estoy llevando esto bien, *Bunter*? –le pregunté al alce disecado–. Ruge una vez para sí y dos para no.

Cuando estaba en la mitad del pasillo que conducía al ala norte, pensando únicamente en darme una ducha fría, oí detrás de mí el lejano y tenue tañido de la campanilla que colgaba del cuello de *Bunter*. Me detuve con la cabeza vuelta y la camisa en la mano, esperando que la campanilla sonara otra vez. Pero no lo hizo. Después de unos segundos reanudé la marcha hacia el cuarto de baño y abrí el grifo de la ducha.

La tienda Lakeview tenía una buena selección de vinos –supuse que no habría mucha demanda entre la gente del pueblo, pero sí entre los turistas– y escogí una botella de Mondavi tinto. Tal vez fuera un poco más caro de lo que había previsto Mattie, pero yo despegaría la etiqueta del precio y esperaba que ella no fuera capaz de notar la diferencia. Había cola para pagar: casi todas personas con las camisetas húmedas encima de los trajes de baño y las piernas cubiertas de arena de la playa pública. Mientras esperaba mi turno, me fijé en los artículos del expositor que estaba junto a la caja. Entre ellos había varias bolsas de plástico con un dibujo de un imán para nevera con el mensaje VUELVO PRONTO. De acuerdo con la información del paquete, dentro había imanes de letras: dos juegos completos de consonantes y vocales extra de regalo. Cogí dos bolsas, y luego añadí una tercera, pensando que la hija de Mattie Devore tenía la edad justa para disfrutar con ellas.

Kyra me vio entrar por el jardín delantero lleno de malezas, saltó del destartalado columpio situado junto a la caravana, corrió junto a su madre y se escondió detrás de su pierna. Cuando llegué junto a los leños que hacían de escalinata de entrada, de la niña que el sábado me había hablado con tanto desparpajo, lo único que vi fueron sus curiosos ojos azules, su naricita respingona y su mano rolliza cogida al vestido de su madre, por debajo de la cadera.

Sin embargo, dos horas después la situación había cambiado considerablemente. Entonces Kyra estaba sentada en mi regazo en el salón de la caravana, escuchando atentamente –aunque con creciente somnolencia– mi lectura del siempre fascinante cuento de la Cenicienta. El sofá donde estaba sentado tenía un tono de marrón que sólo se consigue en las mueblerías baratas, y además estaba lleno de bultos, pero a pesar de todo me sentí avergonzado por mis prejuicios sobre lo que encontraría en la caravana. En la pared situada a mi espalda había una reproducción de un Edward Hopper –el mostrador solitario de un bar a última hora de la noche– y al otro lado de la estancia, por encima de la mesa de Formica de la pequeña cocina, una reproducción de *Los girasoles* de Van Gogh. Esta última parecía perfecta para la caravana de Mattie Devore, aun más que el Hopper. Yo no sabía por qué, pero era así.

–El zapato de cristal le cortará el pie –dijo Ki con un tono preocupado y encantador.

–De eso nada –respondí yo–. El zapato de cristal fue hecho especialmente en el Reino de Grimoire. Es suave e irrompible, siempre y cuando a uno no se le ocurra dar el do de pecho mientras lo lleva puesto.

–¿Podré comprarme un par?

–Lo siento, Ki –respondí–, pero ya no se fabrican zapatos de cristal. Es un arte olvidado.

En la caravana hacía calor y Kyra me producía aún más calor en el pecho, donde apoyaba el torso, pero yo no quería que se fuera de allí. Tener a un niño sentado en mi regazo era una sensación maravillosa. Fuera, su madre tarareaba mientras recogía la pequeña mesa donde habíamos cenado. Oírla cantar también era maravilloso.

–Sigue, sigue –dijo Kyra señalando la ilustración donde Cenicienta fregaba el suelo. La pequeña que me espiaba con nerviosismo desde detrás de la pierna de su madre había desaparecido; la caprichosa empeñada en ir a la playa el sábado por la mañana había desaparecido; allí sólo había una niña soñolienta, bonita, brillante y confiada–. Antes de que no aguante más.

–¿Tienes que ir a hacer pipí?

–No –respondió–. Ya he ido. Pero si no te das prisa me quedaré dormida.

–Las historias que tienen magia no se pueden contar deprisa, Ki.

–Bueno, hazlo lo más aprisa que puedas.

–Muy bien. –Volví la página. Ahí estaba Cenicienta, tratando de ser una buena perdedora y saludando a las gilipollas de sus hermanas que se iban al baile vestidas como estrellas de cine–. En cuanto Cenicienta se despidió de Tammie Faye y de Vanna…

–¿Así se llaman sus hermanas?

–Bueno, son los nombres que yo he inventado para ellas. ¿Te parece bien?

–Claro. –Se sentó mejor sobre mi regazo y volvió a apoyar su cabecita en mi pecho.

–En cuanto Cenicienta se despidió de Tammie Faye y de Vanna, una brillante luz apareció de repente en un rincón de la cocina. Y de ella salió una preciosa señora con un vestido plateado. Las joyas de su pelo brillaban como estrellas.

–El hada madrina –dijo Kyra con tono de entendida.

–Sí.

Mattie entró con la botella de Mondavi y los ennegrecidos utensilios que había usado para la barbacoa. Llevaba un vestido de color rojo intenso y unas zapatillas de deporte tan blancas que parecían brillar en la oscuridad. Tenía el cabello recogido, y aunque todavía no se había convertido en la esplendorosa jovencita del club de campo que yo había imaginado, estaba muy bonita. Miró primero a Kyra, luego a mí, enarcó las cejas e hizo un ademán como para preguntarme si debía coger a la niña. Yo negué con la cabeza, dándole a entender que ninguno de los dos estaba preparado.

Volví a la lectura mientras Mattie lavaba los escasos cubiertos que había usado para cocinar. Seguía tarareando. Cuando llegó a la espátula, el cuerpo de Ki se relajó más y reconocí la señal de inmediato: se había quedado dormida. Cerré el libro y lo dejé en la mesa de centro junto a otros dos, que supuse debía de estar leyendo Mattie. Alcé la vista, vi que me miraba desde la pequeña cocina y le hice la señal de la victoria.

–Noonan ha ganado por puntos en el octavo asalto –declaré.

Mattie se secó las manos en un paño de cocina y se acercó.

–Dámela.

Pero yo me levanté con la niña en brazos.

–Yo la llevaré. ¿Dónde está su cuarto?

–A la izquierda –señaló.

Llevé a la niña al pasillo, que era tan estrecho que tuve que tener cuidado de no golpearle los pies en un tabique ni la cabeza en el otro. Al final del pasillo estaba el lavabo, limpio como una patena. A la derecha había una puerta cerrada que supuse conduciría a la habitación que en otros tiempos Mattie compartía con Lance Devore y donde ahora dormía sola. Si tenía un novio que pasaba la noche allí, aunque sólo fuera ocasionalmente, Mattie había borrado cuidadosamente cualquier señal delatora.

Crucé con cuidado la puerta de la izquierda y miré la estrecha cama, el arrugado edredón estampado con un motivo de coles, la mesa con una casa de muñecas encima, un cuadro de la Ciudad de Esmeralda en una pared y un cartel (hecho con brillantes letras adhesivas) en el otro que decía CASA KYRA. Devore quería llevarse a la niña de allí, de un sitio donde nada iba mal; donde, muy al contrario, todo iba perfectamente bien. Casa Kyra era la habitación de una niña que se desarrollaba con absoluta normalidad.

–Déjala en la cama y ve a servirte otra copa de vino –dijo Mattie–. Yo me reuniré contigo en cuanto le ponga el pijama. Sé que tenemos que hablar.

–De acuerdo.

Dejé a la niña en la cama y me incliné para darle un beso en la nariz. Vacilé un segundo en el último momento, pero finalmente la besé. Cuando salí de la habitación Mattie tenía una sonrisa en los labios, así que supongo que no le molestó.

Me serví otra copa de vino, regresé con ella a la sección del salón y eché un vistazo a los dos libros que estaban junto a la colección de cuentos de Kyra. Siempre siento curiosidad por lo que lee la gente; la mejor forma de hacerse una idea de la personalidad de otro es registrarle el botiquín, pero fisgonear entre los fármacos y curalotodo de los anfitriones no está bien visto.

Los dos libros eran lo bastante diferentes para calificar la elección de esquizofrénica. Uno, con un naipe de señalador a una tercera parte del final, era una edición en rústica de *Silent Witness* de Richard North Patterson. Aprobé el gusto de Mattie; Patterson y DeMille son tal vez nuestros mejores escritores populares. El otro, un pesado ejemplar de tapa dura, era *Obras breves completas de Herman Melville*. Nada más lejano a Patterson. A juzgar por el descolorido sello violeta estampado en el canto, el volumen pertenecía a la Biblioteca de Four Lakes, un bonito edificio de piedra situado a siete kilómetros al sur del lago Dark Score, allí donde la carretera 68 deja atrás TR y entra en Motton. Era el lugar donde trabajaba Mattie. Abrí el libro en la página señalada con otro naipe y vi que estaba leyendo *Bartleby, el escribiente*.

—No lo entiendo —dijo a mi espalda, sobresaltándome tanto que estuve en un tris de dejar caer los libros al suelo—. Me gusta, es una buena historia, pero no tengo la más remota idea de qué significa. Con el otro, sin embargo, hasta adiviné quién era el culpable.

—Es una combinación extraña para leer al mismo tiempo —dije dejando los libros sobre la mesa.

—El Patterson lo leo por placer —explicó Mattie. Entró en la cocina, echó un rápido vistazo (con añoranza, me pareció a mí) a la botella de vino y sacó una botella de Kool Aid del frigorífico. En la puerta ya había un par de palabras que su hija había compuesto con los imanes que acababa de regalarle yo: KI y MATTIE—. Bueno, de hecho los dos los leo por placer, pero pronto vamos a hablar de *Bartleby* en un pequeño grupo al que pertenezco. Nos reunimos en la biblioteca los jueves por la noche.

—Un grupo de lectores.

—Sí. Lo coordina la señora Briggs. Lo formó mucho antes de que yo naciera. Es la jefa de bibliotecarios en Four Lakes, ¿sabes?

—Sí. Lindy Briggs es la cuñada del encargado de mantenimiento de mi casa.

Mattie sonrió.

—El mundo es muy pequeño, ¿no?

—No; el mundo es grande, pero este pueblo es pequeño.

Iba a apoyarse contra el mostrador de la cocina con el vaso de Kool Aid en la mano, pero luego se lo pensó mejor.

—¿Por qué no nos sentamos fuera? Así si pasa alguien verá que seguimos vestidos y que no hay nada raro entre nosotros.

La miré, sorprendido, y ella me devolvió la mirada con cierto cinismo. No era una expresión que pareciera natural en su cara.

—Sólo tengo veintiún años, pero no soy tonta —dijo—. Sé que él me vigila, y sospecho que tú también lo sabes. En otras circunstancias pasaría de él, pero fuera se está más fresco y el humo de la barbacoa mantendrá a raya a los mosquitos. ¿Te he escandalizado? Si es así, lo siento.

–No –respondí, aunque hasta cierto punto lo había hecho–. No necesitas disculparte.

Bajamos las bebidas por los inestables peldaños de tronco y nos sentamos lado a lado en un par de sillones de jardín. A nuestra izquierda, las brasas de la barbacoa irradiaban un suave resplandor rosado en la creciente penumbra. Mattie se reclinó, se puso brevemente el vaso frío sobre la frente y luego bebió casi todo lo que quedaba. Los cubitos de hielo tintinearon contra sus dientes. Los grillos cantaban en el bosque que estaba detrás de la caravana y en el camino. Al otro lado de la carretera 68 divisé las blancas luces fluorescentes de la gasolinera de Lakeview. Aunque el asiento de mi silla estaba algo hundido, con las tiras entretejidas deshilachadas, yo no hubiera querido estar en ninguna otra parte. La velada había sido un pequeño milagro, por lo menos hasta el momento. Todavía teníamos que hablar de John Storrow.

–Me alegro de que hayas venido un martes –dijo–. Las noches de los martes son difíciles para mí. No puedo evitar pensar en el partido de Warrington's. Ahora los muchachos deben de estar recogiendo sus cosas (los bates, las barreras, las máscaras de los *catchers*) y guardándolo todo en el armario que está detrás de la base del bateador. Bebiendo la última cerveza y fumándose el último cigarrillo. Allí conocí a mi marido, ¿sabes? Seguro que ya te lo han contado.

No le veía la cara con claridad, pero advertí un dejo de amargura en su voz y supuse que aún tenía una expresión de cinismo. Esa expresión la hacía parecer mayor, pero pensé que tenía derecho a ella. Sin embargo, si no se cuidaba, echaría raíces y crecería.

–Sí, he oído la versión de Bill, el cuñado de Lindy.

–Bueno, nuestra historia circula por todas partes. Puedes oírla en la tienda, en el Village Cafe, o en el taller de ese viejo bocazas… a quien, dicho sea de paso, mi suegro rescató de las garras de Western Savings. Intervino antes de que el banco lo desahuciara. Ahora Dickie Brooks y sus amigos piensan que Max Devore es Dios. Espero que el señor Dean te haya contado una versión más justa que la que oirías en el taller. Aunque estoy segura de que lo ha hecho, de lo contrario no te habrías arriesgado a comer hamburguesas con Jezabel.

Yo quería cambiar de tema; la furia de Mattie era comprensible, pero inútil. Desde luego, para mí era fácil verlo, pues nadie estaba forcejeando para arrebatarme a mi hija.

—¿Todavía juegan al *softball* en Warrington's? ¿A pesar de que Max Devore ha comprado la propiedad?

—Sí. Todos los martes por la noche va a ver el partido en su silla de ruedas motorizada. Desde que llegó aquí ha hecho muchas cosas para granjearse la simpatía del pueblo, pero creo que los partidos le gustan de verdad. La señora Whitmore lo acompaña. Lleva un balón de oxígeno extra en un carrito. Tengo entendido que también lleva un guante de béisbol por si una pelota salta cerca de donde se sienta. El año pasado atajó una a comienzo de la temporada y dicen que recibió una ovación de los jugadores y los espectadores.

—¿Crees que asiste a los partidos como una especie de homenaje a su hijo?

Mattie sonrió.

—No creo que el recuerdo de Lance se le cruce por la cabeza, por lo menos mientras está en el campo. En Warrington's se juega duro, se lanzan a la base meta con los pies por delante, se arrojan contra la alambrada para coger las pelotas que se escapan y se insultan cuando alguien hace una mala jugada. Eso es lo que le gusta a Max Devore y por eso no se pierde un solo partido. Le gusta ver cómo los jugadores caen y luego se levantan sangrando.

—¿Lance también jugaba así?

Mattie reflexionó unos instantes.

—Él jugaba duro, pero no estaba loco. Estaba allí por diversión. Y nosotras también. Las mujeres (o más bien debería decir las niñas; en ese entonces Cindy, la mujer de Barney Therriault, sólo tenía dieciséis años) nos quedábamos al otro lado de la alambrada, del lado de la primera base, fumábamos cigarrillos, agitábamos abanicos para espantar a los mosquitos, animábamos a los muchachos cuando hacían algo bien y reíamos cuando metían la pata. Bebíamos refrescos o cervezas. Yo admiraba a los gemelos de Helen Geary y ella besaba a Ki en el cuello hasta que la pequeña reía. A veces, después del partido íbamos al Village Cafe y Buddy nos hacía pizzas, que pagaban los perdedores. Aunque después del partido todos volvían a ser amigos. Reíamos, gritábamos y usábamos las pajitas como cerbatanas; algunos de los muchachos se emborrachaban, pero ninguno tenía maldad. En aquellos tiempos desfogaban toda la agresividad en el campo. ¿Y sabes una cosa? Ahora ninguno viene a verme. Ni siquiera Helen Geary, que era mi mejor amiga. Ni Ritchie Lattimore, que era el mejor amigo de Lance. Los dos hablaban de piedras, pájaros y de las especies de árboles que hay alrededor del lago durante horas y horas. Asistieron al entierro, y durante una breve temporada me visitaron, pero luego... ya sabes. Cuando yo era pequeña nuestro pozo se secó. Durante un tiempo había un hilo de agua cuando uno abría el grifo, pero después nada. Nada más que aire. –El cinismo había desaparecido y sólo quedaba dolor en su voz–. Vi a Helen en Navidad y prometimos reunirnos para el cumpleaños de los gemelos, pero nunca lo hicimos. Creo que tiene miedo de acercarse a mí.

–¿Por tu suegro?

–¿Por quién si no? Pero no pasa nada; la vida continúa. –Se sentó, apuró el resto del Kool Aid y dejó el vaso en la mesa–. ¿Y qué me dices de ti, Mike? ¿Has vuelto para escribir un libro? ¿Nombrarás el TR en él? –Ésta era una ocurrencia local que recordé con una punzada de nostalgia. Se decía que los lugareños con grandes planes tenían afición por nombrar el TR.

–No –respondí, y me sorprendí a mí mismo añadiendo–: Ya no escribo.

Esperaba que se pusiera en pie de un salto, arrojando la silla al suelo y lanzando un grito de horror. Creo que esto dice mucho de mí, y nada bueno.

–¿Te has retirado? –preguntó con voz serena y sin el más leve dejo de horror–. ¿O sufres un bloqueo?

–Bueno, ciertamente no he decidido retirarme.

Me di cuenta de que la conversación había tomado un curioso giro. Yo había ido con la intención de convencerla de que aceptara la ayuda de Storrow (a obligarla a aceptarla, si era necesario), pero en lugar de eso, por primera vez estaba hablando de mi incapacidad para escribir.

–Entonces es un bloqueo.

–Eso creía, pero ahora no estoy seguro. Es probable que los novelistas vengamos al mundo provistos de una cantidad limitada de historias para contar; historias que están grabadas en el *software*. Y cuando se terminan, se terminan.

–Lo dudo –replicó ella–. Puede que vuelvas a escribir ahora que estás aquí. Tal vez ésa sea una de las razones por las que has venido.

–Quizá tengas razón.

–¿Estás asustado?

–A veces. Sobre todo cuando me pregunto qué haré durante el resto de mi vida. No se me dan bien los barcos en las botellas, y mi mujer era el único miembro de la pareja que tenía condiciones para la jardinería.

–Yo también estoy asustada –dijo–. Muy asustada. Y todo el tiempo.

–¿Tienes miedo de que Devore gane el caso por la custodia? Mattie, precisamente…

–El caso por la custodia es sólo una parte –dijo–. Me asusta el solo hecho de estar aquí, en el TR. Todo empezó a principios del verano, antes de enterarme de que Devore quería quitarme a la niña. Y cada vez es peor. En cierto modo, es como ver que se forman nubes de tormenta en New Hampshire y luego se acumulan y avanzan sobre el lago. No se me ocurre una forma mejor de describirlo, salvo… –Cruzó las piernas y luego se inclinó para tirar de la falda del vestido hasta las pantorrillas, como si tuviera frío–. Salvo que últimamente me despierto por las noches convencida de que hay alguien más en la habitación. A veces es sólo una sensación (como un dolor de cabeza, pero en los nervios) y otras veces me parece oír murmullos o un llanto. Una noche, hace unas dos semanas, hice un pastel y me olvidé de guardar la harina. A la mañana siguiente la lata estaba volcada y la harina esparcida sobre el mármol. Alguien había escrito «hola» en ella. Pensé que había sido Ki, pero ella dijo que no. Además, no era su letra, que es poco más que garabatos. Ni siquiera sé si es capaz de escribir «hola». Bueno, puede que sí, pero… Mike, ¿no crees que Devore podría estar enviando a alguien para que me vuelva loca? Es una estupidez, ¿verdad? Sería absurdo, ¿no?

—No lo sé —respondí. Yo tuve la sensación de que alguien golpeaba los paneles aislantes en la oscuridad mientras estaba en las escaleras. Me pareció ver la palabra «hola» escrita con imanes; mi piel estaba algo más que fría, estaba agarrotada. Un dolor de cabeza en los nervios; esto estaba bien. Era exactamente lo que sentías cuando algo alcanzaba la pared del mundo real y te tocaba en la nuca.

—Puede que sean fantasmas —dijo entre asustada y divertida.

Abrí la boca para contarle lo que había pasado en Sara Risa y luego la cerré otra vez. En ese momento teníamos que tomar una decisión clara: o nos distraíamos con una discusión sobre fenómenos paranormales o regresábamos al mundo de lo tangible. Aquel en que Max Devore intentaba apoderarse de una niña.

—Sí —dije—. Los espíritus están a punto de hablar.

—Ojalá pudiera verte mejor la cara, porque acaba de reflejar una expresión extraña. ¿Cuál?

—No lo sé —respondí—. Pero ahora mismo creo que deberíamos hablar de Kyra, ¿de acuerdo?

—De acuerdo.

En el suave resplandor de la barbacoa vi que se tensaba en su asiento, como para recibir un golpe.

—Me han citado para hacer una declaración en Castle Rock el viernes. Ante Elmer Durgin, que es el tutor *ad litem*...

—¡Ese sapo pomposo no es nada de Ki! —exclamó ella—. ¡Es un asalariado de mi suegro, igual que Dickie Osgood y el agente inmobiliario! Dickie y Elmer Durgin son compañeros de copas en The Mellow Tiger, o al menos lo eran hasta que empezó este asunto. Entonces probablemente alguien les dijo que no estaría bien visto y dejaron de encontrarse allí.

—El que me llevó la citación fue un agente llamado George Footman.

—Otro de los sospechosos —dijo Mattie en voz baja—. Dickie Osgood es una víbora, pero George Footman es un perro sarnoso. Lo han suspendido de la policía dos veces. Una más, y podrá trabajar para Max Devore todo el día.

—Bueno, me dio miedo, aunque procuré disimularlo. Y la gente que me da miedo me pone furioso. He llamado a mi agente en

Nueva York y contratado a un abogado. Uno especializado en casos de custodia.

La miré para ver cómo reaccionaba, pero ella aún tenía una expresión tensa, como si esperara que le asestaran un golpe. O quizá, para Mattie, los golpes ya habían empezado.

Sin apresurarme toqué el tema de John Storrow. Le conté lo que éste había dicho sobre la igualdad entre los sexos, que en su caso podía influir negativamente y contribuir a que el juez Rancourt le quitara a Kyra. También hice hincapié en el hecho de que Devore podía contratar a cuantos abogados quisiera, por no mencionar a los testigos favorables a él, pues Richard Osgood iba por el pueblo repartiendo la pasta de Devore, pero que el tribunal no estaba obligado a tratarla con indulgencia. Acabé diciéndole que John quería hablar con alguno de nosotros dos a las once de la mañana del día siguiente, y que sería mejor que fuera con ella. Luego aguardé. El silencio se prolongó, roto sólo por el canto de los grillos y por el lejano zumbido de la moto de algún crío. En la carretera 68, los fluorescentes blancos de la tienda de Lakeview se apagaron, acabada otra jornada de ventas veraniegas. El silencio de Mattie no me gustó, pues parecía el preludio de una explosión. Una explosión yanqui. Me preparé para que me preguntara quién creía que era para meterme en sus asuntos.

Cuando por fin habló, su voz sonó baja y derrotada. Dolía oírla hablar de ese modo, pero igual que la expresión cínica que su cara había reflejado poco antes, no era sorprendente y endurecí mi actitud para protegerme.

–¿Por qué haces esto? –preguntó–. ¿Por qué contratas a un abogado caro de Nueva York para que se ocupe de mi caso? Porque eso es lo que me ofreces, ¿no? Tiene que ser así, porque está claro que yo no puedo contratarlo. Cuando Lance murió, recibí treinta mil dólares del seguro, y de chiripa. Había contratado una póliza a través de uno de sus amigos de Warrington's, casi como una broma, pero sin ella yo habría perdido la caravana el invierno pasado. Puede que en Western Savings quieran mucho a Dickie Brooks pero no dan un duro por Mattie Stanchfield Devore. En la biblioteca gano unos cien dólares a la semana. Así que me estás ofreciendo pagarle al abogado, ¿no es cierto?

–Sí.

–¿Por qué? Ni siquiera nos conoces.

–Porque... –Dejé la frase en el aire. Recuerdo que en ese momento deseé que Jo interviniera, que rogué escuchar sus palabras, que luego transmitiría a Mattie en mi propia voz, pero Jo no me habló. Estaba solo–. Porque últimamente no hago nada de provecho –dije por fin, y una vez más las palabras me sorprendieron–. Además, sí que os conozco. He comido tus hamburguesas, he leído un cuento a Ki y ella se ha dormido en mis brazos... y puede que le haya salvado la vida cuando la saqué de la carretera. Nunca lo sabremos con seguridad, pero es posible que lo haya hecho. ¿Sabes lo que dicen los chinos sobre esa clase de incidentes?

No esperaba una respuesta, la pregunta era retórica, pero ella me sorprendió. Y no por última vez.

–Que si salvas la vida de una persona, eres responsable de ella.

–Sí. También es una cuestión de justicia, pero sobre todo es porque quiero hacer algo de provecho. Cuando pienso en los cuatro años que han pasado desde la muerte de mi esposa, no veo nada provechoso en ellos. Ni siquiera un libro en el que Marc Jolie, la tímida mecanógrafa, conoce a un hombre apuesto.

Mattie sopesó la cuestión, mientras miraba pasar un camión por la carretera, con las luces destellando y la carga de troncos moviéndose de un lado a otro como las caderas de una mujer obesa.

–Mike, no nos tomes de mascotas como hace el viejo con su equipo favorito en el campo de *softball*. Necesito ayuda y lo sé, pero no puedo aceptar que nos traten como si Ki y yo fuéramos un equipo de deportistas, ¿lo entiendes?

–Perfectamente.

–Sabes lo que dirá la gente del pueblo, ¿verdad?

–Sí.

–Soy una chica con suerte, ¿no crees? Primero me caso con el hijo de un hombre muy rico, y cuando él muere quedo bajo el ala de otro tipo rico. Puede que en el futuro acabe mudándome a la casa de Donald Trump.

–Venga ya.

–Hasta es probable que yo misma lo creyera, si lo viera desde fuera. Sin embargo, me pregunto si alguien ha notado que la afortunada Mattie sigue viviendo en una caravana y no puede permitirse pagar un seguro médico. O que a su hija le han puesto casi todas las vacunas en un centro de beneficencia. Mis padres murieron cuando yo tenía quince años. Tengo un hermano y una hermana, pero los dos son mucho mayores que yo y viven fuera del estado. Mis padres era alcohólicos; no sufrí malos tratos físicos, pero sí muchos de otra clase. Fue como criarse en un motel lleno de cucarachas. Mi padre transportaba madera, mi madre era una esteticista cuya única ambición era comprarse un Cadillac rosa. Él se ahogó en el pantano de Kewadin. Ella se ahogó en su propio vómito seis meses después. ¿Te parece una historia bonita?

–No. Lo siento.

–Después del entierro de mi madre, mi hermano Hugh se ofreció a llevarme con él a Rhode Island, pero yo me di cuenta de que a su esposa no le entusiasmaba la idea de tener a una quinceañera con ellos, y no se lo reprocho. Además, a mí acababan de aceptarme en el grupo de animadoras del instituto. Ahora parece una estupidez, pero entonces era muy importante para mí.

Claro que era importante, sobre todo para la hija de unos alcohólicos. La única hija que todavía vivía en casa. Observar cómo el alcohol atrapa a tus padres entre sus garras puede ser una de las experiencias más solitarias del mundo. El último que salga de la sagrada cantina que apague la luz.

–Tuve que ir a vivir con mi tía Florence, a tres kilómetros de aquí. Después de unas tres semanas descubrimos que nos detestábamos mutuamente, pero lo soportamos durante dos años. Luego, el año anterior al último del instituto, conseguí un empleo de verano en Warrington's y conocí a Lance. Cuando él le pidió autorización a mi tía para casarse conmigo, ella se negó. Cuando le dije que estaba embarazada, ella renunció a la tutela, de modo que ya no necesitamos su permiso.

–¿Abandonaste los estudios?

Mattie asintió con una mueca de disgusto.

–No quería que mis compañeros vieran cómo me inflaba como un globo. Lance me apoyó. Dijo que más tarde podría examinarme por libre. Lo hice el año pasado y fue muy sencillo. Ahora Ki y yo estamos solas. Incluso si mi tía aceptara ayudarme, ¿qué iba a hacer? Trabaja en una fábrica de Castle Rock y gana dieciséis mil dólares al año.

Asentí otra vez, pensando que el último talón que había recibido por derechos de autor en Francia había sido de una suma equivalente. El último talón trimestral. Luego recordé algo que me había dicho Ki el día que la conocí.

—Cuando saqué a Kyra de la carretera, ella me dijo que si tú te enfadabas, ella se iría con su abuelita. Si tus padres están muertos, ¿a quién...? —No necesitaba preguntarlo; bastaba con hacer un par de asociaciones—. Rogette Whitmore, la ayudante de Devore es la abuela, ¿no? Pero eso significa...

—Que Ki ha estado con ellos. Sí, lo has adivinado. Hasta finales del mes pasado, yo le permitía visitar a su abuelo a menudo, y Rogette también estaba allí, por supuesto. Iba una o dos veces por semana y a veces se quedaba a pasar la noche. Adora a su «abuelito», o al menos al principio lo adoraba y también a esa mujer siniestra.

Me pareció que Mattie temblaba en la penumbra, a pesar de que todavía hacía calor.

—Devore llamó para decir que asistiría al entierro de Lance y para preguntarme si podía ver a su nieta mientras estaba aquí. Estuvo encantador, como si no hubiera intentado sobornarme cuando Lance le dijo que íbamos a casarnos.

—¿Lo hizo?

—Sí. La primera oferta fue de cien mil dólares. Eso fue en agosto de 1994, después de que Lance lo llamara para decirle que nos casaríamos a mediados de septiembre. No dije nada. Una semana después, la oferta subió a doscientos mil dólares.

—¿A cambio de qué?

—De que soltara a su hijo de mis garras de puta y me marchara sin decir adónde. Esta vez se lo conté a Lance y él se enfureció. Llamó a su padre y le dijo que íbamos a casarnos tanto si le gustaba como si no. Le dijo que si quería ver a su nieto algún día, debía dejarse de maquinaciones y comportarse.

Yo pensé que si Lance hubiera tenido otro padre esa reacción habría sido la más razonable del mundo. Lo respetaba por ella. El problema era que el muchacho no trataba con un hombre razonable; trataba con el tipo que, cuando era pequeño, había robado el trineo nuevo de Scooter Larribee.

—Estas ofertas las hizo el propio Devore por teléfono, en ambos casos cuando Lance no estaba presente. Luego, unos diez días después de la boda, recibí una visita de Dickie Osgood. Me dijo que telefoneara a un número de Delaware, y cuando lo hice… —Mattie cabeceó—. No lo creerás. Es algo propio de uno de tus libros.

—¿Puedo adivinarlo?

—Si quieres.

—Quería comprar al niño. Trató de comprar a Kyra.

Mattie abrió los ojos como platos. Había salido la luna y vi su expresión de sorpresa con claridad.

—¿Cuánto? —pregunté—. Siento curiosidad. ¿Cuánto te ofreció por dejar a su nieto con Lance y luego desaparecer?

—Dos millones de dólares —susurró—. Depositados en el banco que yo escogiera, siempre y cuando estuviera al oeste del Misisipí y yo firmara un contrato aceptando mantenerme lejos de ella y de Lance hasta el 20 de abril del año 2016.

—El año en que Ki cumplirá los veintiuno.

—Sí.

—Y Osgood no estaba informado, de modo que la imagen de Devore en el pueblo sigue limpia.

—Así es, y los dos millones eran sólo el comienzo. Recibiría otro millón cuando Ki cumpliera cinco, diez, quince y veinte años. —Movió la cabeza con expresión de incredulidad—. El linóleo de la cocina está levantado, la alcachofa de la ducha no hace más que caerse dentro del plato y la caravana entera está inclinada hacia el este, pero yo podría haber tenido seis millones de dólares.

¿Alguna vez pensaste en aceptar la oferta, Mattie?, me pregunté… pero nunca le haría esa pregunta; era una curiosidad tan ruin que no merecía respuesta.

—¿Se lo contaste a Lance?

—Traté de ocultárselo. Él ya estaba furioso con su padre y yo no quería empeorar las cosas. No quería que hubiera tanto odio al comienzo de nuestro matrimonio, por muy buenas razones que tuviera para odiar… y tampoco quería que Lance… ya sabes, más tarde…

Levantó las manos y luego volvió a dejarlas caer sobre los muslos. Fue un ademán de cansancio curiosamente seductor.

—No querías que diez años después Lance te dijera: «Tú te interpusiste entre mi padre y yo.»

—Algo así. Pero al final no pude seguir ocultándoselo, yo era una chica pobre, no había tenido unos *panties* hasta los once años, llevé el pelo recogido en una coleta o trenzas hasta los trece, pensaba que todo el estado de Nueva York era la ciudad de Nueva York y ese tipo… ese padre ficticio… me había ofrecido seis millones de dólares. Estaba aterrorizada. Soñaba que aparecía como un duende en plena noche y robaba a mi hija de la cuna. Que se deslizaba como una serpiente a través de la ventana…

—Arrastrando un balón de oxígeno con él, sin duda.

Mattie sonrió.

—En ese entonces yo no sabía nada del oxígeno. Ni de Rogette Whitmore. Lo que quiero decir es que sólo tenía diecisiete años y me costaba guardar un secreto.

Al oír eso tuve que esforzarme para no sonreír; como si hubieran pasado décadas de experiencia entre aquella jovencita ingenua y asustada y esta mujer madura que había acabado sus estudios secundarios por correo.

—Lance se puso furioso.

—Tan furioso que respondió a su padre por *e-mail* en lugar de telefonearle. Tartamudeaba, ¿sabes?, y cuanto más nervioso se ponía, más tartamudeaba. Le habría resultado imposible mantener una conversación por teléfono.

Por fin me hice una composición de lugar. Lance Devore había escrito a su padre una carta inimaginable; inimaginable, desde luego, para alguien como Max Devore. La carta decía que Lance no quería volver a saber nada de su padre y que Mattie tampoco. No sería bien recibido en su casa (la caravana no era exactamente la humilde cabaña del leñador de un cuento de los hermanos Grimm, pero no se diferenciaba demasiado). No le permitirían visitar a su nieto cuando éste naciera, y si le enviaba algún regalo después del nacimiento o más adelante, éste le sería devuelto. Fuera de mi vida, papá. Esta vez has ido demasiado lejos para que pueda perdonarte.

Sin lugar a dudas hay formas diplomáticas de tratar a un hijo ofendido, algunas inteligentes y otras ladinas, pero ¿acaso un padre diplomático se habría visto envuelto en una situación semejante? ¿Un hombre que conociera mínimamente la naturaleza humana habría ofrecido a la novia de su hijo un soborno (tan exagerado que probablemente no significó nada para ella) para que abandonara a su primer hijo? Y había ofrecido este trato diabólico a una niña-mujer de diecisiete años, una edad en que la visión romántica de la vida alcanza su punto más alto. Devore por lo menos tendría que haber esperado algún tiempo antes de hacer esta oferta. Podría argumentarse que él no sabía si tenía «algún tiempo», pero no sería un argumento persuasivo. Pensé que Mattie tenía razón, en lo más hondo de esa ciruela pasa que tenía por corazón, Max Devore pensaba que iba a vivir eternamente.

Finalmente, había sido capaz de contenerse. Allí estaba el trineo que quería, el trineo que estaba decidido a apropiarse, al otro lado de una ventana. Lo único que tenía que hacer era romper el cristal y cogerlo. Lo había hecho durante toda su vida, así que reaccionó al *e-mail* de su hijo no con astucia, como debería haber hecho un hombre de su edad y su inteligencia, sino con furia, como habría hecho el Max niño de haber descubierto que el cristal del cobertizo era inmune a los golpes de sus puños. ¿Lance no quería que interfiriera en su vida? ¡Muy bien! Que viviera con la Daisy Mae del bosque en una tienda de campaña, en una caravana o en un maldito granero. Tendría que dejar su cómodo trabajo de supervisor y buscar un empleo en el mundo real, ¡que viera cómo vivía el resto de la población!

En otras palabras, no eres tú quien dimite, hijo. Estás despedido.

—No creas que en el entierro nos arrojamos el uno a los brazos del otro —dijo Mattie—. Pero él fue cortés conmigo, cosa que no me esperaba, y yo traté de ser cortés con él. Me ofreció pasarme una pensión, pero yo la rechacé, temiendo que tuviera consecuencias legales.

—Lo dudo, pero de todos modos admiro tu prudencia. ¿Qué ocurrió cuando Devore vio a Kyra por primera vez, Mattie? ¿Lo recuerdas?

–Nunca lo olvidaré. –Sacó un arrugado paquete de cigarrillos del bolsillo del vestido y cogió uno. Lo miró con una mezcla de deseo y disgusto–. Había dejado de fumar porque Lance decía que no podíamos permitirnos el gasto, y yo sabía que tenía razón. Pero los vicios vuelven. Sólo fumo un paquete a la semana, y sé muy bien que incluso eso es demasiado, pero a veces me tranquiliza. ¿Quieres uno?

Negué con la cabeza. Ella encendió el cigarrillo y al fugaz resplandor de la cerilla su cara me pareció aún más hermosa. Me pregunté qué habría pensado el viejo al conocerla.

–La primera vez que vio a su nieta fue junto a un coche fúnebre –prosiguió Mattie–. Estábamos en la funeraria Dakin, en Motton. Era el velatorio. ¿Sabes cómo son esas cosas?

–Claro que sí –respondí pensando en Jo.

–Yo salí a fumar un cigarrillo. Le dije a Ki que se sentara en los escalones de la entrada para que no le llegara el humo y me quedé a pocos pasos de allí en el camino de entrada. En ese momento aparcó una limusina gris. Nunca había visto nada igual, salvo en la televisión, pero adiviné de quién era. Guardé los cigarrillos en el bolso y llamé a Ki. La niña bajó por la escalinata y me cogió la mano. Se abrió la puerta de la limusina y bajó Rogette Whitmore. Llevaba una mascarilla de oxígeno en una mano, pero el viejo todavía no la necesitaba. Él bajó tras ella. Un hombre alto, no tanto como tú pero alto de todos modos, vestido con un traje gris y zapatos negros tan brillantes como espejos.

Mattie reflexionó, el cigarrillo se elevó brevemente hasta su boca, luego regresó al brazo del sillón, una luciérnaga roja a la débil luz del sol.

–Al principio no dijo nada. La mujer lo cogió del brazo para ayudarlo a subir los tres o cuatro escalones que separaban el camino de entrada de la funeraria de la acera, pero él se soltó. Llegó hasta donde estábamos nosotras sin ayuda, aunque oí cómo le silbaba la respiración en el pecho. Era el sonido que hace una máquina cuando necesita aceite. No sé si ahora es capaz de andar, pero lo dudo. Esos pocos peldaños lo agotaron, y cuando acabó de subirlos se dobló, apoyando sus manos grandes y huesudas en las rodillas. Miró a Kyra y ella le devolvió la mirada.

Sí, lo imaginaba, aunque no en colores, no como una fotografía. Lo imaginé como una talla en madera, una tosca ilustración más de los cuentos de los hermanos Grimm. La niña mira con los ojos muy abiertos al viejo rico, que una vez se había deslizado triunfalmente en un trineo robado y que ahora, en el otro extremo de su vida, no era más que un saco de huesos. En mi imaginación, Ki llevaba un abrigo con capucha y la mascarilla de oxígeno del abuelo Devore estaba ligeramente torcida, para permitirme ver la piel de lobo que había debajo. Qué ojos tan grandes tienes, abuelito; qué nariz tan grande tienes, abuelito; y qué dientes tan grandes.

–Él la cogió en brazos. No sé cuánto esfuerzo le costaría, pero lo hizo. Y lo más curioso de todo es que Ki se dejó coger. Era un desconocido para ella, y los viejos casi siempre asustan a los niños pequeños, pero ella permitió que la cogiera en brazos. «¿Sabes quién soy?», le preguntó. Ki negó con la cabeza, pero por cómo lo miraba, era como si lo conociera. ¿Crees que es posible?

–Sí.

–Dijo: «Soy tu abuelo.» Entonces yo estuve a punto de quitarle a la niña, Mike, porque tuve la loca idea de que... no sé...

–¿De que iba a comérsela?

Mattie detuvo el cigarrillo a unos centímetros de los labios y me miró con ojos como platos.

–¿Cómo lo sabes? ¿Cómo puedes saber algo así?

–Porque en mi imaginación me lo he pintado como un cuento de hadas. Caperucita Roja y el viejo Lobo Gris. ¿Qué hizo él entonces?

–Comérsela con los ojos. Desde entonces, le ha enseñado los números y a jugar a las damas. Sólo tiene tres años, pero él le ha enseñado a sumar y a restar. Ki tiene una habitación propia en Warrington's y un pequeño ordenador, y sólo Dios sabe lo que el viejo le ha enseñado a hacer con él. Pero la primera vez que la miró... Tenía la expresión más voraz que he visto en mi vida.

»Y ella le sostuvo la mirada, fueron diez o quince segundos, pero se me hizo eterno. Por fin hizo ademán de devolvérmela, pero se había quedado sin fuerzas, y si yo no hubiera estado a un paso de él, creo que la niña habría caído al suelo.

»Se tambaleó un poco, y Rogette Whitmore lo sostuvo. Entonces él cogió la mascarilla de oxígeno, que tenía una pequeña botella de aire acoplada, y se la puso sobre la boca y la nariz. Respiró hondo un par de veces y pareció recuperarse. Le devolvió la mascarilla a Rogette y entonces fue como si me viera por primera vez. Dijo: "He sido un tonto, ¿verdad?" Yo le respondí: "Sí, señor, creo que sí." Al oír eso, hizo una mueca siniestra. Creo que si hubiera tenido apenas cinco años menos me habría abofeteado.

–Pero no los tenías y no lo hizo.

–No. Dijo: «Quiero entrar. ¿Me ayudará?» Le respondí que sí. Subimos los escalones de la funeraria con Rogette a un lado de él, yo al otro y Kyra detrás. Me sentí como un miembro de un harén y no fue una sensación agradable. Cuando llegamos al vestíbulo, él se sentó para recuperar el aliento e inhalar un poco más de oxígeno. Entonces Rogette se volvió hacia Kyra. La cara de esa mujer da miedo, me recuerda a algún cuadro...

–¿*El grito* de Munch?

–Seguro que es ése. –Tiró el cigarrillo (se lo había fumado hasta el filtro) y lo aplastó con la zapatilla blanca en el suelo cubierto de piedrecillas–. Pero Ki no demostró la menor señal de miedo. Ni entonces, ni más adelante. La mujer se inclinó y le preguntó a Kyra: «¿Qué rima con dama?», y Kyra respondió: «¡Cama!» Aunque sólo tenía dos años, le encantaban las rimas. Rogette metió la mano en el bolso y sacó un caramelo. Ki me miró para ver si le daba permiso y yo le dije: «Vale, pero sólo uno, y no quiero que te ensucies el vestido.» Ki se lo metió en la boca y sonrió a Rogette como si fueran viejas amigas.

»Devore ya había recuperado el aliento, pero parecía cansado, el hombre más cansado que he visto en mi vida. Me recordó unos versículos de la Biblia que dicen que no encontramos placer en los años de la vejez. Me conmovió, y es probable que él lo notara, porque me tendió la mano y dijo: "No me aparte de la niña." En ese momento me pareció ver a Lance en su cara. Me eché a llorar y respondí: "No lo haré, a menos que me obligue."

Los imaginé en el vestíbulo de la funeraria, él sentado, ella de pie, la niña mirándolos con asombro mientras comía su caramelo. Una grabación de música de órgano en el fondo. Pensé que Max Devore había sido suficientemente astuto el día del velatorio de su hijo.

«Traté de sobornarte, y cuando no funcionó decidí comprar a la niña. Al fracasar por segunda vez, le dije a mi hijo que tú, él y mi nieta podíais ahogaros en la mierda de vuestra propia decisión. En cierto sentido yo soy el culpable de que estuviera donde estaba cuando se cayó y se rompió el cuello, pero no me apartes de la niña, Mattie, soy un pobre viejo, no me apartes.»

—Fui una tonta, ¿no?

—Sólo esperabas que él fuera mejor de lo que es. Si eso te convierte en una tonta, Mattie, el mundo necesita más tontos.

—Todavía tenía mis dudas —repuso ella—. Por eso no quise aceptar su dinero y hasta el mes de octubre pasado él dejó de insistir. Pero le dejé ver a la niña. Admito que en parte fue porque pensé que con el tiempo podría beneficiar a Ki, pero sinceramente no pensé demasiado en eso. Lo más importante para mí era que el viejo era el único vínculo que la niña tenía con su padre. Quería que tuviera un abuelo, como casi todos los niños. Y no quería que Ki se viera afectada por todo lo que ocurrió antes de la muerte de Lance.

»Al principio todo marchó bien. Pero luego, poco a poco las cosas comenzaron a cambiar. Me di cuenta de que a Ki ya no le gustaba mucho su "abuelito". Todavía le cae bien Rogette, pero Max Devore empezó a ponerla nerviosa por alguna razón que yo no entiendo y que ella es incapaz de explicar. Una vez le pregunté si la había tocado en algún sitio que le hiciera sentirse incómoda. Le señalé los sitios a los que me refería, y ella respondió que no. Le creo, pero… el viejo dijo o hizo algo que le afectó, estoy segura.

—Puede que sólo fueran los silbidos de su respiración —sugerí—. Eso bastaría para asustar a un niño. O quizá él sufriera algún ataque mientras ella estaba allí. ¿Y qué me dices de ti, Mattie?

—Bueno… un día de febrero Lindy Briggs me dijo que George Footman había ido a comprobar el estado de los extintores y de los detectores de humo en la biblioteca. Ese día George le preguntó a Lindy si en los últimos tiempos había encontrado latas de cerveza o botellas de bebidas alcohólicas en la basura. O colillas de cigarrillos liados a mano.

–En otras palabras, colillas de porros.

–Sí. Y Dickie Osgood había ido a visitar a mis viejos amigos para sonsacarles lo que sabían de mí. Buscando algún trapo sucio.

–¿Y hay alguno?

–No, gracias a Dios.

Deseé que tuviera razón, y que si había algo que ella no se atrevía a decirme, John Storrow consiguiera sacárselo.

–Pero a pesar de todo permitiste que Ki siguiera viéndolo.

–¿De qué habría servido que interrumpiera las visitas? Además, pensé que si permitía que continuaran él no se apresuraría a poner sus planes en marcha.

Eso tenía algún sentido.

–Luego, en primavera, comencé a tener pálpitos raros, aterradores.

–¿Qué quieres decir?

–No lo sé. –Sacó los cigarrillos, los miró y volvió a meterlos en el bolsillo–. No era sólo el hecho de que mi suegro estuviera buscando trapos sucios. Era por Ki. Comencé a preocuparme por Ki todo el tiempo que ella estaba con él... con *ellos*. Cuando Rogette llegaba en el BMW que habían comprado o alquilado, Ki ya estaba en los peldaños esperándola; con la bolsa de juguetes si la visita iba a ser breve, o con su pequeña maleta de Minnie Mouse si iba a quedarse a pasar la noche. A mi suegro le gusta hacer regalos. Antes de subir a la niña en el coche, Rogette me dedicaba una de sus características sonrisas frías y decía: «La traeré de vuelta a las siete; le daremos de cenar» o «La traeré de vuelta a las ocho de la mañana y le daré el desayuno antes de salir». Yo asentía y luego Rogette sacaba un caramelo del bolso para Ki, igual que cuando alguien le enseña una galleta a un perro para incitarlo a hacer alguna gracia. Siempre decía una palabra y Kyra tenía que responder con otra que rimara. Mientras tanto Rogette agitaba el caramelo en el aire (guau guau, qué perrito más listo, pensaba yo) y después se marchaban. A las siete de la tarde o a las ocho de la mañana exactamente, el BMW aparcaba allí, en el mismo sitio donde ahora está tu coche. Uno podía poner el reloj en hora guiándose por el momento de la llegada de esa mujer. Pero yo seguía preocupada.

—¿De que se cansaran del procedimiento legal y sencillamente la secuestraran?

Me parecía una preocupación lógica, tan lógica que no podía creer que Mattie permitiera que la pequeña siguiera visitando a su abuelo. En los casos de custodia, como en cualquier otra cosa en la vida, la riqueza suele ser las nueve décimas partes de la ley, y si Mattie decía la verdad acerca de su pasado y su presente, la vista de la custodia podía convertirse en un proceso fatigoso, incluso para el acaudalado señor Devore. En resumen, un secuestro podía llegar a ser la solución más eficaz.

—No exactamente —dijo ella—. Supongo que eso hubiera sido lo más razonable, pero no se trataba de eso. Sencillamente, yo tenía miedo. No sabía a ciencia cierta por qué. Llegaban las seis y cuarto de la tarde y pensaba: «Esta vez esa puta de pelo blanco no la va a traer de vuelta. Esta vez va a…»

Esperé. Al ver que Mattie no continuaba, pregunté:

—¿Va a qué?

—Ya te he dicho que no lo sé —respondió—. Pero desde la primavera estaba preocupada por Ki. En el mes de junio, no pude aguantar más y puse punto final a las visitas. Desde entonces, Kyra se enfada de vez en cuando conmigo. Estoy segura de que su escapada del Cuatro de Julio tuvo algo que ver con eso. No habla mucho de su abuelo, pero siempre me hace preguntas como: «¿Qué crees que estará haciendo la abuelita ahora, Mattie?» O: «¿Crees que a la abuelita le gustaría mi vestido nuevo?» O de repente me dice cosas como «mimo, primo, timo» y me pide un premio.

—¿Cómo reaccionó Max Devore?

—Con furia. Me llamó una y otra vez, primero para preguntar qué pasaba y luego para amenazarme.

—¿Te amenazaba con agredirte físicamente?

—No, me amenazaba con pedir la custodia de Ki. Decía que iba a quitármela y que cuando acabara conmigo yo quedaría ante todo el mundo como una mala madre, que no tenía ninguna posibilidad de ganar y que mi única esperanza era dejarle «ver a su nieta, maldita sea».

Asentí con la cabeza.

—«Por favor, no me aparte de la niña» no parece propio del hombre que me llamó mientras estaba mirando los fuegos artificiales.

—También he recibido llamadas de Dickie Osgood y de varias personas más –dijo–. Incluyendo al mejor amigo de Lance, Richie Lattimore. Richie me dijo que sería la mejor manera de honrar la memoria de Lance.

—¿Y qué me dices de George Footman?

—Pasa con el coche por delante de la casa de vez en cuando, como para dejar claro que me está vigilando. Nunca me ha llamado ni ha venido a verme. Me has preguntado si me habían amenazado con agredirme físicamente; el solo hecho de ver el coche de Footman en el camino para mí es como una amenaza de agresión física. Me aterroriza. Aunque últimamente todo me da miedo.

—A pesar de que Kyra ya no visita a su abuelo.

—A pesar de eso. Tengo el pálpito de que va a ocurrir algo malo, y la sensación se intensifica día a día.

—¿Quieres el número de teléfono de John Storrow? –pregunté.

Mattie permaneció con la vista fija en su regazo. Luego asintió.

—Dámelo. Y gracias, gracias de todo corazón.

Yo había escrito el número en un papel rosa y lo tenía en el bolsillo de la camisa. Mattie tendió la mano para cogerlo pero no lo hizo de inmediato. Nuestros dedos se tocaron y ella me miró con una fijeza desconcertante. Era como si supiera algo más que yo sobre mis motivos para ayudarla.

—¿Cómo voy a pagártelo? –preguntó.

—Cuéntale a Storrow todo lo que me has contado a mí. –Solté la hoja rosa y me puse en pie–. Con eso bastará. Y ahora tengo que irme. ¿Me llamarás para contarme cómo te ha ido con él?

—Por supuesto.

Echamos a andar hacia mi coche y cuando llegamos allí, me volví hacia ella. Por un instante pensé que iba a abrazarme, un gesto de agradecimiento que podría habernos conducido a cualquier parte en el estado en que nos encontrábamos, que era tan emotivo que era casi melodramático. Pero era una situación melodramática, un cuento de hadas donde existía el bien y el mal y donde también había una corriente subterránea de atracción sexual reprimida. Entonces las luces de un coche aparecieron por encima de la colina donde estaba la tienda y pasaron delante del taller. Avanzaban hacia nosotros, cada vez más brillantes. Mattie retrocedió unos pasos y se llevó las manos a la espalda, como una niña que acaba de recibir una regañina. El coche pasó, dejándonos nuevamente en la oscuridad, pero el momento mágico también había pasado. Si es que ese momento había existido.

–Gracias por la cena –dije–. Ha sido una velada maravillosa.

–Gracias por el abogado, estoy segura de que él también será maravilloso –respondió ella y los dos reímos. La electricidad desapareció del aire–. Devore habló de ti una vez, ¿sabes?

La miré atónito.

–Me sorprende que supiera quién era yo; quiero decir, antes del incidente.

–Lo sabía. Y habló de ti con verdadero afecto.

–Bromeas. Es imposible.

–No bromeo. Dijo que su bisabuelo y el tuyo trabajaban en el mismo sitio y eran vecinos. Creo que dijo que vivían cerca de donde ahora está la dársena de Boyd. En sus palabras, «cagaban en el mismo agujero». Encantador, ¿no? Dijo que si un par de leñadores del TR eran capaces de producir millonarios, el sistema funcionaba como debía, aunque tuvieran que esperar tres generaciones para conseguirlo. En su momento, me pareció que era una crítica velada a Lance.

–Es ridículo –repliqué–. Mi familia procede de la costa, de Prout's Neck, que está al otro lado del estado. Mi padre era pescador, igual que su padre y su abuelo. Arrojaban sus redes y cogían langostas; no cortaban árboles.

Aunque yo decía la verdad, en el fondo de mi mente había un vago recuerdo, algo relacionado con lo que había dicho Devore. Era probable que si lo dejaba estar el recuerdo se aclarara más tarde.

–¿Es posible que se refiriera a algún miembro de la familia de tu esposa?

–No. Hay algunos Arlen en Maine, porque es una gran familia, pero la mayoría todavía vive en Massachusetts. Ahora se dedican a muchas actividades distintas, pero en el siglo pasado casi todos eran picapedreros en la zona de Malden y Lynn. Devore te estaba tomando el pelo, Mattie.

Pero incluso entonces pensé que no era así. Era probable que recordara mal la historia –hasta la memoria de los hombres más inteligentes se deteriora cuando tienen ochenta y cinco años–, pero Max Devore no era un bromista. En ese momento tuve una imagen: cables que se extendían por debajo de la tierra en el TR en todas las direcciones, invisibles pero muy poderosos.

Yo tenía la mano en la portezuela del coche y Mattie me la tocó brevemente.

–¿Puedo hacerte otra pregunta antes de que te marches? Te advierto que es una estupidez.

–Adelante. Las preguntas estúpidas son mi especialidad.

–¿Tienes alguna idea de lo que significa la historia de Bartleby?

Hubiera querido reír, pero la luz de la luna era lo bastante intensa para permitirme ver que hablaba en serio, y que si reía heriría sus sentimientos. Mattie era miembro del grupo de lectores del Lindy Briggs (al que yo había ofrecido una conferencia a finales de los ochenta); probablemente era veinte años más joven que cualquiera de los del grupo y seguramente tenía miedo de pasar por tonta.

–En la próxima reunión, me toca hablar en primer lugar –explicó–, y me gustaría dar algo más que un resumen del cuento, para que sepan que lo he leído. Me he estado devanando los sesos, pero no se me ocurre nada. Dudo que sea una de esas historias en donde todo se aclara mágicamente en las últimas páginas. Y tengo la sensación de que debería encontrarle un sentido, de que la clave está delante de mis narices.

Eso me hizo pensar otra vez en los cables, cables tendidos en todas las direcciones, una red subcutánea que conectaba personas y lugares. Era imposible verlos, pero se percibían. Sobre todo si uno intentaba escapar. Entretanto, Mattie aguardaba, mirándome con esperanza y ansiedad.

–De acuerdo, presta atención porque la clase va a comenzar –dije.

–Estoy atenta, créeme.

–La mayoría de los críticos cree que *Las aventuras de Huckleberry Finn* es la primera novela estadounidense moderna, y es cierto, pero si *Bartleby, el escribiente* tuviera cien páginas más, yo apostaría por ella. ¿Sabes lo que era un escribiente?

–¿Un secretario?

–No tanto, alguien que copiaba textos, igual que Bob Cratchit en *Canción de Navidad*. La diferencia es que Dickens da a Bob un pasado y una vida familiar. Melville no da a Bartleby ninguna de las dos cosas. Es el primer personaje existencialista de la literatura norteamericana, un hombre sin ataduras… sin ataduras a, ya sabes…

«Un par de leñadores que pueden producir millonarios. Que cagan en el mismo agujero.»

–¿Mike?

–¿Qué?

–¿Te encuentras bien?

–Claro. –Traté de concentrarme–. El único vínculo que tiene Bartleby con la vida es su trabajo. En ese sentido, es un personaje norteamericano del siglo XX, no muy distinto del «hombre del traje gris» de Sloan Wilson o, en una versión más siniestra, el Michael Corleone de *El Padrino*. Pero Bartleby comienza a cuestionar incluso el trabajo, el dios de los hombres estadounidenses de clase media.

Mattie parecía muy interesada y pensé que era una pena que se hubiera saltado el último curso del instituto. Una pena para ella y para sus profesores.

–¿Por eso empieza a decir «preferiría no hacerlo»?

–Sí. Piensa en Bartleby como en un globo aerostático. Sólo una soga lo ata a la tierra, y esa soga es su trabajo de escribiente. Podemos medir el grado de desgaste de esa soga por el creciente número de cosas que Bartleby prefiere no hacer. Finalmente la soga se rompe y Bartleby se aleja flotando. Es una historia desconcertante, ¿no?

–Una noche soñé con él –me contó Mattie–. Yo abría la puerta de la caravana y me lo encontraba sentado en los peldaños, vestido con su viejo traje negro. Delgado, y casi calvo. Yo le decía: «¿Puede apartarse, por favor? Tengo que salir a colgar la ropa.» Y él me respondía: «Preferiría no hacerlo.» Sí, supongo que es desconcertante.

—Eso quiere decir que todavía funciona —respondí mientras subía al coche—. Llámame para contarme cómo te ha ido con John Storrow.

—Lo haré. Y si puedo hacer cualquier cosa para devolverte el favor, no dudes en pedírmelo.

«No dudes en pedírmelo.» Había que ser muy joven y crédulo para ofrecer semejante cheque en blanco.

Saqué la mano por la ventanilla y le cogí la mano. Ella me la apretó con fuerza.

—Echas mucho de menos a tu esposa, ¿no es cierto? —dijo ella.

—¿Se nota?

—A veces. —Ya no me apretaba la mano, pero tampoco la había soltado—. Cuando le leías el cuento a Ki, parecías feliz y triste al mismo tiempo. Yo sólo vi a tu mujer una vez, pero me pareció muy bonita.

Yo había estado pendiente del contacto de nuestras manos, pero ahora lo olvidé por completo.

—¿Cuándo la viste? ¿Y dónde? ¿Lo recuerdas?

Ella sonrió como si las preguntas le parecieran tontas.

—Lo recuerdo. Fue en el campo de béisbol, la noche en que conocí a mi marido.

Le solté la mano lentamente. Si no recordaba mal, ni Jo ni yo habíamos viajado al lago en el verano de 1994, pero al parecer estaba equivocado. Jo había estado allí un martes de principios de julio y hasta había asistido a un partido de *softball*.

—¿Estás segura de que era Jo? —pregunté.

Mattie tenía la mirada perdida en la carretera y no estaba pensando en mi mujer; me habría apostado la casa a que no. Pensaba en Lance. Tal vez fuera mejor así. Si pensaba en él, probablemente no me miraría con atención. En ese momento, yo no me sentía capaz de controlar mi expresión y ella podría haber visto en mi cara más de lo que yo quería enseñar.

—Sí —respondió ella—. Poco después de que Lance me ayudara con el carro de la cerveza que se había atascado en el barro y me invitara a comer pizza con los demás después del partido, yo estaba junto a Jenna McCoy y con Helen Geary, y Jenna dijo: «Mira, es la señora Noonan», y Helen añadió: «Es la esposa del escritor, Mattie. Qué blusa tan bonita lleva.» Era una blusa estampada con rosas azules.

Yo la recordaba muy bien. A Jo le hacía gracia porque las rosas azules no existen. En una ocasión en que la tenía puesta me había rodeado el cuello con los brazos, había apretado sus caderas contra las mías y me había dicho que ella era mi rosa azul y que yo tenía que tocarla hasta que se volviera rosada. Ese recuerdo me conmovió profundamente.

—Ella estaba del lado de la tercera base, detrás de la alambrada —prosiguió Mattie— con un hombre que llevaba una vieja chaqueta marrón con parches en los codos. Se reían, y hubo un momento en que ella giró la cabeza y me miró. —Mattie hizo una pequeña pausa. Se recogió el cabello en la nuca, lo sostuvo un momento y luego lo dejó caer—. Me miró directamente a mí. Y en su cara había una expresión… bueno, triste, a pesar de que hacía unos instantes se había estado riendo. Fue como si me conociera. Entonces el hombre le rodeó la cintura con un brazo y se marcharon.

Reinó un silencio absoluto, roto sólo por el canto de los grillos y el lejano rugido de una camioneta. Mattie permaneció inmóvil durante unos instantes, como si soñara con los ojos abiertos, pero luego percibió algo raro y volvió a mirarme.

—¿Pasa algo?

—No, aunque ¿quién era ese tipo que le rodeó la cintura con un brazo a mi esposa?

Mattie rió con cierta inseguridad.

—Bueno, dudo que fuera un amante, ¿sabes? Era bastante mayor que ella. Tendría por lo menos cincuenta años. —¿Y qué?, pensé. Yo tenía cuarenta, y eso no significaba que no supiera apreciar los movimientos de Mattie por debajo del vestido o la forma en que se había recogido el cabello por encima de la nuca—. Quiero decir… bromas, ¿verdad?

—No estoy seguro. Últimamente no estoy seguro de nada. En cualquier caso, mi mujer está muerta, así que ¿qué más da?

Mattie parecía desolada.

–He metido la pata, Mike. Lo siento.

–¿Sabes quién era ese hombre?

Ella negó con la cabeza.

–Supuse que era un turista, tal vez me dio esa impresión porque llevaba chaqueta en una calurosa noche de verano. Sin embargo, si lo era, no se alojaba en Warrington's. Yo conocía a casi todos los huéspedes.

–¿Y se marcharon juntos?

–Sí –respondió ella con reticencia.

–¿Hacia el aparcamiento?

–Sí.

Lo dijo con mayor reticencia aún, y esta vez mentía. Lo supe con una misteriosa certeza que iba mucho más allá de la intuición; casi como si le hubiera leído la mente.

–Acabas de decirme que estabas dispuesta a hacerme cualquier favor. Sólo te pido éste, Mattie: dime la verdad.

Se mordió el labio y miró tu mano, que estaba sobre la suya. Después volvió a mirarme a la cara.

–Era un hombre corpulento. La chaqueta informal le daba un aire a profesor universitario, pero que yo sepa podría haber sido carpintero. Era moreno y estaba bronceado. Los dos rieron con ganas, pero cuando ella me miró dejó de reír. Después él la cogió de la cintura y se marcharon juntos. –Hizo una pausa–. Pero no hacia el aparcamiento, sino hacia la Calle.

La Calle. Desde allí podrían haber ido a andando a lo largo del lago hasta llegar a Sara Risa. ¿Y después? ¿Cómo saberlo?

–Jo no me contó que había venido aquí ese verano.

Me dio la impresión de que Mattie probaba mentalmente varias respuestas sin encontrar ninguna que le convenciera. Le solté la mano. Era hora de que me marchara. De hecho, deseé haberme ido cinco minutos antes.

–Mike, estoy segura de que…

–No –interrumpí–. No puedes estar segura de nada, y yo tampoco. Pero yo la quise mucho y trataré de olvidar ese asunto. Es muy probable que no tenga importancia. Además, ¿qué otra cosa puedo hacer? Gracias por la cena.

–De nada. –Mattie parecía al borde de las lágrimas, así que volví a cogerle la mano y se la besé–. Me siento como una imbécil.

–No eres ninguna imbécil.

Le di otro beso en la mano y me marché. Ésa fue mi primera cita con una mujer en cuatro años.

En el camino a casa pensé en el viejo cliché de que nunca conoces a fondo a otra persona. Es fácil decirlo en sentido figurado, pero descubrir que tiene un significado literal en tu vida es como una sacudida tan horrible e inesperada como las turbulencias durante un viaje en avión previamente tranquilo. Recordé que después de dos años de intentar inútilmente concebir un hijo, habíamos ido a la consulta de un especialista. El médico nos había dicho que yo tenía un nivel bajo de espermatozoides; no desastrosamente bajo, pero sí lo suficiente para que Jo no quedara embarazada.

–Si quieren tener un hijo, es muy posible que lo consigan sin ayuda –había dicho el doctor–. La ley de probabilidades y el tiempo juegan a su favor. Podría ocurrir mañana o dentro de unos años. ¿Tendrán muchos hijos? Seguramente no. Pero podrían tener dos, y estoy seguro de que tendrán uno si siguen haciendo lo necesario para concebirlo. –En ese punto sonrió–. Recuerden que intentarlo es la parte más placentera de todas.

Y había habido mucho placer, muchos tañidos de la campanilla de *Bunter*, pero ningún bebé. Luego Johanna había muerto en un aparcamiento un día caluroso y uno de los artículos que llevaba encima era un test de embarazo casero que no me había dicho que pensara comprar. Como tampoco me había dicho que había comprado un par de búhos de plástico para evitar que los cuervos cagaran en la terraza.

¿Qué otra cosa no me había dicho?

–Basta –murmuré–. Por el amor de Dios, deja de pensar en ello.

Pero no podía.

Cuando regresé a Sara, los imanes de frutas y verduras del frigorífico formaban un círculo otra vez. En medio había tres letras.

a o
j

Moví la «j» arriba, donde creí que correspondía y obtuve «ajo» o quizá una forma abreviada de «abajo». ¿Qué significaba exactamente?

–Podría especular al respecto, pero prefiero no hacerlo –dije a la casa vacía.

Miré el alce, tal vez con la esperanza de que la campanilla que colgaba de su apolillado cuello me respondiera. Cuando no lo hizo, abrí las dos bolsas nuevas de imanes y los esparcí por la puerta del frigorífico. Luego fui al ala norte, me desnudé y me lavé los dientes.

Mientras enseñaba los dientes al espejo haciendo una sonrisa caricaturesca, decidí volver a llamar a Ward Hankins a la mañana siguiente. Le diría que la búsqueda de los búhos de plástico había avanzado desde noviembre de 1993 a julio de 1994. ¿Qué compromisos había apuntado Jo en ese mes? ¿Qué excusas para salir de Derry? Y después de hablar con Ward, llamaría a Bonnie Amudson, la amiga de Jo, y le preguntaría en qué había estado metida Jo durante el último verano de su vida.

«Déjala descansar en paz, ¿quieres? –dijo la voz sobrenatural–. ¿Qué ganarás si no lo haces? Piensa que quizá haya sentido un súbito impulso de venir al TR después de una de sus reuniones, que aquí encontró a un viejo amigo y que lo trajo a casa a cenar. Sólo a cenar.»

«¿Y no me lo contó? –le pregunté a la voz mientras me enjuagaba la boca–. ¿No me dijo una palabra al respecto?»

«¿Cómo sabes que no lo hizo?», respondió. Esta vez me quedé paralizado cuando me disponía a guardar el cepillo de dientes en el armario de baño. La voz sobrenatural tenía razón. En julio de 1994 yo había estado totalmente abstraído en *Descenso desde la cima*. Jo habría podido contarme que había visto a Lon Chaney Junior bailando con la reina, interpretando *Un hombre lobo en Londres*, y yo le habría respondido «¿Sí?, qué bien, cariño», sin apartar la vista de mi novela.

—Y una mierda —le dije a mi imagen en el espejo—. Eso es mentira.

Pero no lo era. Cuando estaba enfrascado en mi trabajo, me olvidaba del mundo. Ni siquiera leía el periódico y si lo hacía era para echar un rápido vistazo a la sección de deportes. Así que era posible que Jo me hubiera contado que había pasado por el TR después de una reunión en Lewiston o en Freeport, era posible que me hubiera contado que se había encontrado con un amigo —tal vez un compañero del curso de fotografía al que había asistido en Bates en 1991— y era posible que me hubiera dicho que habían cenado en la terraza, acaso unas setas que ella había recogido en el camino, mientras se ponía el sol. Era posible que me hubiera dicho estas cosas y que yo no hubiera escuchado una sola palabra.

¿Y creía que iba a sonsacarle algo en lo que pudiera creer a Bonnie Amudson? Ella era amiga de Jo, no mía, y seguramente Bonnie pensaría que los secretos que mi mujer le había contado no habían prescrito.

La conclusión era tan sencilla como brutal: Jo llevaba cuatro años muerta. Era mejor amarla y olvidar todas las dudas preocupantes. Cogí una bocanada de agua directamente del grifo, me enjuagué la boca y escupí.

Cuando volví a la cocina para programar la cafetera para las siete de la mañana, vi un nuevo mensaje en un nuevo círculo de imanes. Decía:

mentiroso de las rosas azules ja ja

Lo miré durante unos segundos, preguntándome quién lo había puesto ahí y por qué.

Preguntándome si era real.

Esparcí una vez más las letras por toda la puerta del frigorífico. Luego me fui a la cama.

CAPITULO 13

Cuando tenía ocho años estuve muy enfermo de sarampión. «Pensé que ibas a morir», me dijo una vez mi padre, que no era un hombre acostumbrado a exagerar. Me contó que una noche él y mi madre me habían metido en la bañera llena de agua fría, temiendo que el drástico cambio de temperatura me produjera un paro cardíaco pero también convencidos de que la fiebre me consumiría ante sus propios ojos si no hacían algo para impedirlo. Yo había empezado a hablar en voz muy alta y monocorde sobre las figuras brillantes que veía en la habitación –mi aterrorizada madre estaba segura de que se trataba de ángeles que habían bajado a buscarme– y la última vez que mi padre me había tomado la temperatura, antes del baño frío, el mercurio del viejo termómetro pasaba de los cuarenta y un grados. Me contó que después de eso no se atrevía a volver a tomármela.

No recuerdo ninguna figura brillante, pero sí un extraño período de tiempo en el que creí estar en el Corredor de las Sorpresas de un parque de diversiones, donde emitían varias películas a la vez. El mundo se había vuelto elástico, formando ondulaciones en lugares donde antes no las había, temblando en sitios que siempre habían sido sólidos. Las personas que me rodeaban –casi todas increíblemente altas– entraban y salían de mi habitación con piernas de caricaturas, con forma de tijeras. Sus palabras retumbaban, producían ecos instantáneos. Alguien agitaba un par de zapatos de bebé delante de mi cara. Me pareció recordar a mi hermano, Siddy, metiéndose la mano debajo de la camisa y haciendo ruidos parecidos a pedos. La continuidad se rompió. Todo parecía segmentado: las imágenes eran como extrañas salchichas atadas entre sí con una cuerda podrida.

En los años transcurridos entre entonces y el verano en que regresé a Sara Risa, tuve enfermedades, infecciones y achaques normales, pero nada semejante a aquel acceso febril de mis ocho años. Tampoco esperé tenerlo, pues supongo que estaba convencido de que esas experiencias son exclusivas de los niños, los enfermos de paludismo o tal vez de las personas que pierden el juicio. Pero durante la noche del 7 de julio y la mañana del 8, viví algo asombrosamente parecido a aquel delirio infantil. Soñaba, me despertaba, me movía; todo a la vez. Lo describiré lo mejor que pueda, pero nada de lo que diga podrá expresar el carácter insólito de esa experiencia. Fue como encontrar un pasadizo secreto al otro lado de la pared del mundo y avanzar a gatas por él.

Primero había música. No era dixieland, porque no había instrumentos de viento, pero se parecía mucho. Una clase de primitivo, ensordecedor bebop. Tres o cuatro guitarras acústicas, una armónica y un contrabajo, o quizá dos. Detrás de todo esto, se oía un vigoroso y alegre tamborileo que no parecía proceder de un tambor; sonaba como si alguien con mucho talento para la percusión golpeara unas cajas. Luego se sumó una voz de mujer: una voz aguda de tenor, no del todo varonil, que se quebraba en las notas más altas y reía. Era una risa jovial, apremiante y ominosa, todo a la vez, y supe de inmediato que estaba escuchando a Sara Tidwell, aunque ella no había grabado un solo disco en toda su vida.

Ahora volvemos a MANderley
Vamos a bailar en la PLAYAderley
Voy a cantar con mi BANDAderley

Bailaremos hasta el ALBAderley
Baila conmigo, cielo, yeah!

Los contrabajos –sí, había dos– atacaron una melodía típica de los bailes de los graneros, como la versión de Elvis de *Baby Let's Play House*, y siguió un solo: Son Tidwell rasgando su primitiva guitarra.

Unas luces destellaban en la oscuridad y pensé en otra voz femenina de los años cincuenta, la de Claudine Clark: «Veo las luces de la fiesta… rojas, azules y verdes…» Y allí estaban, farolillos colgando de los árboles por encima de los peldaños hechos con traviesas de ferrocarril que conducían de la casa al lago. Luces de fiesta que proyectaban místicos círculos resplandecientes en la oscuridad: rojos, azules y verdes.

A mi espalda, Sara cantaba el estribillo de su canción de Manderley –a mamá le gusta el alboroto, a mamá le gusta la diversión, a mamá le gustan las parrandas con pasión– pero el sonido se desvanecía. El sonido sugería que Sara y los Red-Top Boys tocaban en el sendero particular de la casa, aproximadamente en el mismo sitio donde George Footman había aparcado cuando había llegado con la citación. Yo bajaba hacia el lago cruzando los círculos luminosos y pasaba entre los farolillos rodeados de mariposas nocturnas de alas suaves. Una se había metido dentro de un farolillo y proyectaba una sombra monstruosa en el papel acanalado, parecida a la de un murciélago. Las macetas que Jo había puesto a ambos lados de la escalera estaban llenas de rosas que a la luz de los farolillos parecían azules. Ahora la música de la banda no era más que un rumor lejano; oía a Sara cantando a voz en cuello, riendo mientras lo hacía, como si su canción fuera lo más gracioso que había oído en su vida, pero yo ya no alcanzaba a distinguir las palabras. Las tapaba el chapoteo del agua contra las rocas al pie de la escalera, el sonido sordo de latas que golpeaban contra la plataforma flotante, y el canto de un somorgujo que emergía de la oscuridad. Había alguien en la Calle, a mi derecha, junto a la orilla del río. No alcanzaba a ver su cara, pero sí la chaqueta marrón y la camiseta que llevaba debajo. Las solapas tapaban algunas letras de la inscripción, hacía que se veía así:

De todos modos supe lo que decía –en los sueños uno casi siempre lo sabe todo, ¿no?–: RECUENTO DE ESPERMA NORMAL, un chiste típico del Village Cafe.

Yo soñaba todo esto en el dormitorio del ala norte, y desperté el tiempo suficiente para saber que soñaba... aunque fue como despertar en otro sueño, porque la campanilla de *Bunter* sonaba insistentemente y había alguien en el pasillo. ¿El señor Recuento de Esperma Normal? No; no era él. La sombra que se proyectaba sobre la puerta no pertenecía a un ser humano. Estaba encorvada y los brazos no se veían. Me senté al oír el tintineo metálico de la campana, apretando un extremo de la sábana contra mi vientre desnudo, convencido de que allí fuera estaba la criatura amortajada, que había escapado de la tumba para atraparme.

–¡No, por favor! –dije con voz ronca y temblorosa–. ¡No, por favor, no!

La sombra de la puerta levantó las manos. «¡No es nada más que un baile en un granero, cielo! –cantó la voz risueña y furiosa de Sara Tidwell–. ¡Nada más que girar y girar!»

Volví a tumbarme y me cubrí la cara con la sábana, en un acto infantil de negación... Y otra vez estaba en nuestra pequeña playa del lago, en calzoncillos. Con el agua hasta los tobillos, un agua cálida como suele estar la del lago a mediados del verano. Mi sombra se proyectaba hacia ambos lados; en una dirección, arrojada por la pequeña luna que se deslizaba muy cerca del agua; en otra, por el farolillo en cuyo interior había una mariposa. El hombre que antes estaba en el camino había desaparecido, pero había dejado en su sitio un búho de plástico. El pájaro me miraba con sus ojos inmóviles, ribeteados de oro.

–¡Eh, irlandés!

Miré hacia la plataforma flotante. Jo estaba allí. Sin duda acababa de salir del agua, porque todavía estaba chorreando y tenía el pelo adherido a las mejillas. Llevaba el mismo biquini que en la fotografía que había encontrado: gris con ribetes rojos.

–Ha pasado mucho tiempo, irlandés. ¿Qué dices?

–¿Qué digo de qué? –respondí aunque sabía a qué se refería.

–¡De esto!

Se puso las manos sobre los pechos y apretó. El agua corrió entre sus dedos y goteó sobre sus nudillos.

–Vamos, irlandés –dijo desde un lado y por encima de mí–. Venga, cabrón, vámonos.

Sentí que se desnudaba bajo la sábana, arrancándola con facilidad de mis dedos entumecidos. Cuando encontré la grieta aterciopelada y comencé a acariciarla y abrirla, ella empezó a frotarme la parte posterior del cuello con los dedos.

–Tú no eres Jo. ¿Quién eres? –pregunté.

Pero allí no había nadie para responder. Yo estaba en el bosque. Estaba oscuro y los somorgujos cantaban en el lago. Yo caminaba por el sendero hacia el estudio de Jo. No era un sueño. Sentía el aire fresco en mi piel y, de vez en cuando, una piedra que me arañaba la planta desnuda del pie o el talón. Un mosquito zumbó en mi oído y lo espanté. Yo llevaba unos pantalones cortos que a cada paso ceñían una impresionante y palpitante erección.

–¿Qué demonios es esto? –pregunté cuando el pequeño estudio de Jo, cubierto con paneles de madera, apareció en la oscuridad.

Miré atrás y vi a Sara en la colina; no a la mujer, sino a la casa, un enorme pabellón que se alzaba sobre el lago en la oscuridad.

–¿Qué me está pasando?

–Todo va bien, Mike –dijo Jo.

Ella estaba de pie en la plataforma flotante, mirándome mientras yo nadaba a su encuentro. Puso las manos detrás del cuello, como una modelo de calendario, irguiendo los pechos en el sostén mojado del biquini. Igual que en la fotografía, vi sus pezones erectos bajo la tela. Yo nadaba en calzoncillos, y con la misma erección enorme.

–Todo va bien, Mike –dijo Mattie en el dormitorio del ala norte, y yo abrí los ojos.

Estaba sentada junto a mí en la cama, tersa y desnuda bajo el tenue resplandor de la luz nocturna. Tenía el pelo suelto sobre los hombros. Sus pechos eran minúsculos, del tamaño de tazas de té, pero los pezones eran grandes y estaban erectos. Entre las piernas, donde aún seguía mi mano, había una fina mata de pelo rubio, suave como una pluma. Su cuerpo estaba envuelto en sombras, como alas de mariposas nocturnas, como pétalos de rosa. Sentada allí, tenía un atractivo irresistible; era como el premio que uno sabía que nunca ganaría en la galería de tiro de una feria de atracciones o en la caseta de la feria del condado donde se ensartaban los aros. El premio que ponen en el estante más alto. Metió la mano bajo la sábana y cerró los dedos sobre la tela tirante de mis calzoncillos.

«Todo va bien, esto no es nada más que girar y girar», dijo la voz sobrenatural mientras yo subía los peldaños hacia el estudio de mi esposa. Me detuve, busqué la llave debajo del felpudo y la recogí.

Subí por la escalera a la plataforma flotante, mojado y chorreando agua, precedido por mi pene erecto; me pregunto si hay algo tan involuntariamente cómico como un hombre en estado de excitación sexual. Jo estaba en la tabla con el bañador húmedo. Tiré de Mattie para que se metiera en la cama conmigo. Abrí la puerta del estudio de Jo. Todas estas cosas sucedían simultáneamente, entrelazándose como las distintas tiras de una soga o un cinturón exóticos. La parte que más se parecía a un sueño era aquella en la que salía Jo; la que menos, la escena del estudio, donde yo cruzaba la estancia y miraba mi vieja IBM verde. La de Mattie en el dormitorio del ala norte era algo intermedio.

En la plataforma flotante, Jo decía: «Haz lo que quieras.» En el dormitorio del ala norte, Mattie decía: «Haz lo que quieras.» En el estudio, nadie necesitaba decirme nada. Allí yo sabía *exactamente* lo que quería.

En la plataforma, bajé la cabeza, puse la boca sobre uno de los pechos de Jo y chupé el pezón cubierto con la tela. Sentí el sabor a la tela húmeda y al lago. Ella buscó mi sexo, pero yo le aparté la mano. Si me tocaba, me correría de inmediato. Chupé, bebiendo gotas de agua algodonosa, palpando a tientas, acariciándole primero las nalgas y arrancándole luego las bragas del biquini. Ella cayó de rodillas y yo también. Por fin me quité los calzoncillos húmedos y los arrojé sobre el biquini. Nos miramos; yo desnudo, ella casi.

–¿Quién era el hombre que estaba contigo en el partido? –dije jadeando–. ¿Quién era, Jo?

–Nadie en particular, irlandés. Sólo otro saco de huesos.

Ella rió; luego se sentó sobre sus talones y me miró fijamente. Su ombligo era una minúscula taza negra. Su postura se parecía a la de una serpiente y era misteriosamente atractiva.

–Allí abajo todo es muerte –dijo y me puso las manos frías, blancas y arrugadas en las mejillas.

Me giró la cabeza y luego me la inclinó para que mirara al lago. Bajo el agua, flotaban cuerpos en descomposición, atraídos por una corriente profunda. Sus ojos húmedos miraban con fijeza. Las narices eran boquetes, carcomidos por los peces, las lenguas colgaban entre los labios blancos como algas. Algunos de los muertos arrastraban consigo entrañas que parecían medusas; otros eran poco más que huesos. Sin embargo, ni siquiera la visión de este tétrico desfile flotante me distrajo de lo que quería. Liberé la cabeza de sus manos, la empujé sobre las tablas de la plataforma y finalmente enfrié esa parte de mí tan dura y pendenciera, enterrándola profundamente. Los ojos plateados por la luz de la luna me miraron, me atravesaron, y noté que una pupila era más grande que la otra. Ése era el aspecto que habían tenido sus ojos cuando yo la había identificado en un monitor de televisión en el depósito de cadáveres de Derry. Estaba muerta. Mi mujer estaba muerta y yo me follaba su cadáver, pero ni siquiera esa certeza me detuvo.

–¿Quién era él? –le grité cubriendo su cuerpo frío, tendido sobre las tablas húmedas–. ¿Quién era él, Jo? ¡Por el amor de Dios, dime quién era!

En el dormitorio del ala norte tiré de Mattie para que se pusiera encima de mí, recreándome en el contacto de sus tetas pequeñas contra mi pecho y en el de las piernas que me envolvían. Luego la hice rodar hasta el borde de la cama. Sentí que su mano buscaba mi sexo y la aparté; si me tocaba allí, me correría de inmediato.

–Abre las piernas, pronto –dije, y ella obedeció.

Cerré los ojos para que ninguna percepción sensorial interfiriera con lo que estaba haciendo. Me adelanté, y luego me detuve. Ajusté la posición, conduciendo mi pene erecto con la mano, luego balanceé las caderas y la penetré como un dedo en un guante forrado de seda. Ella me miró con los ojos desmesuradamente abiertos, puso una mano en mi mejilla y me giró la cabeza.

–Allí fuera todo es muerte –dijo como si explicara lo evidente.

Por la ventana vi la Quinta Avenida entre las calles Cincuenta y Sesenta: todas las tiendas elegantes, Bijan, Bally, Tiffany, Bergdorf's y Steuben Glass. Y ahí estaba Harold Oblowski, caminando hacia el norte y balanceando su maletín de cuero de cerdo (el que Jo y yo le habíamos regalado en Navidad el año antes de que ella muriera). Junto a él, llevando un bolso de Barnes and Noble cogido de la manija, iba la bella y voluptuosa Nola, su secretaria. Pero su voluptuosidad había desaparecido. Ahora era un esqueleto sonriente con las mandíbulas amarillas, vestida con un traje de Donna Karan y zapatos de piel de cocodrilo; en lugar de dedos, unos huesos finos y retorcidos cogían las asas del bolso. Los dientes de Harold sobresalían en su característica sonrisa de agente literario, que ahora rayaba en la obscenidad. Su traje favorito de Paul Stuart, gris con chaqueta cruzada, se agitaba sobre su cuerpo como la vela de un barco movida por una brisa fresca. Alrededor de ellos, a ambos lados de la calle, caminaban los muertos vivientes; mamás momias llevando cadáveres de niños cogidos de la mano o empujándolos en sillitas caras, porteros zombis, muertos resucitados deslizándose en monopatín. Un negro alto, con los últimos jirones de carne colgándole de la cara como piel de venado curtida, paseaba al esqueleto de su perro lobo. Los taxistas se pudrían al ritmo de la música *rag*. Las caras que miraban desde los autobuses eran calaveras y todas lucían su particular versión de la sonrisa de Harold: «Eh, ¿cómo estás, cómo está tu mujer, cómo están tus hijos, has escrito una buena novela últimamente?» La carne de los vendedores de cacahuetes estaba corrompida. Sin embargo, nada de esto me amilanaba. Yo ardía. Deslicé las manos bajo sus nalgas, las levanté, cogí la sábana con los dientes (y no me sorprendió ver que tenía un estampado de rosas azules) soltándola del colchón; todo para evitar morderla en el cuello, los hombros, los pechos, cualquier sitio donde pudieran llegar mis dientes.

–¡Dime quién era! –le grité. –¡Lo sabes! ¡Sé que lo sabes! –Mi voz sonaba tan amortiguada por la sábana que tenía en la boca, que dudaba que alguien aparte de mí entendiera lo que decía–. ¡Dímelo, puta!

Yo estaba en la oscuridad, en el camino entre el estudio de Jo y la casa, con la máquina de escribir en las manos y la exagerada erección onírica temblando bajo el trasto de metal; tanto deseo y ningún solaz. Salvo, quizá, la brisa de la noche. Entonces advertí que ya no estaba solo. La criatura amortajada me seguía, atraída como las mariposas nocturnas por las luces de la fiesta. Reía; una risa insolente y ronca que sólo podía pertenecer a una mujer. No vi la mano que se deslizó por mi cadera para cogerme –la máquina de escribir me lo impidió–, pero no necesitaba verla para saber que era morena. Apretó, palpó lentamente, serpeando con los dedos.

–¿Qué quieres saber, cielo? –preguntó a mi espalda. Todavía risueña, todavía provocadora–. ¿De verdad quieres saberlo todo? ¿Quieres saber o quieres sentir?

–¡Me estás matando! –grité.

La máquina de escribir –unos quince kilos de IBM Selectric– se sacudía en mis brazos. Mis músculos vibraban como las cuerdas de una guitarra.

–¿Quieres saber quién era ese hombre malo, cielo?

–¡Tócame, puta! –grité.

Ella rió otra vez –con esa risa ronca que era casi una tos– y apretó allí donde más me gustaba que apretara.

–Ahora quédate quieto –dijo–. Quédate quieto, niño bonito, a menos que quieras que te arranque esto de…

No oí el resto porque el mundo entero estalló en un orgasmo tan fuerte, tan intenso, que pensé que iba a desgarrarme. Eché la cabeza atrás como un ahorcado y eyaculé mirando a las estrellas. Grité –tenía que hacerlo– y en el lago dos somorgujos respondieron con sus propios gritos.

Al mismo tiempo estaba en la plataforma flotante. Jo se había ido, pero yo oía el sonido lejano de la banda; Sara, Sonny y los Red-Top Boys cantaban el *Rag de la montaña negra*. Me senté, mareado y agotado, vacío después de la eyaculación. No veía el camino que conducía a la casa, pero vislumbraba su curso zigzagueante gracias a la luz de los farolillos. Junto a mí estaba el bulto húmedo de mis calzoncillos. Los cogí y comencé a ponérmelos, sólo porque no quería nadar hasta la orilla con ellos en la mano. Me detuve cuando los tenía por las rodillas y me miré los dedos cubiertos de carne putrefacta. Por debajo de las uñas asomaban pelos arrancados. Pelos de cadáveres.

–Dios –gemí.

Las fuerzas me abandonaron y caí sobre algo húmedo. Estaba en el dormitorio del ala norte. Había aterrizado sobre algo caliente y al principio pensé que era semen. Sin embargo, el suave resplandor de la noche mostraba una sustancia más oscura. Mattie se había ido y la cama estaba cubierta de sangre. En medio de aquel charco había algo que al principio tomé por una masa de carne o por un trozo de órgano. Miré mejor y vi que era un animal de peluche, un objeto cubierto de piel negra y moteado de rojo por la sangre. Yo estaba tendido de lado mirándolo; quería saltar de la cama y huir de la habitación, pero era incapaz de hacerlo. Mis músculos estaban agarrotados. ¿Con quién había follado en esa cama? ¿Y qué le había hecho a esa mujer? ¿Qué, por el amor de Dios?

–No creo en esas mentiras –me oí decir como si se tratara de un conjuro, y una bofetada volvió a convertirme en uno.

No es exactamente así como sucedió, pero es la descripción más aproximada. Había tres versiones de mí –una en la plataforma flotante, otra en el dormitorio del ala norte, otra en el sendero– y cada una sintió esa violenta bofetada, como si el viento se hubiera convertido en un puño. La oscuridad se precipitó y en ella se oyó el tintineo de la campanilla de *Bunter*. Luego el sonido se desvaneció y yo me desvanecí con él. Durante unos breves instantes, no estuve en ninguna parte.

Desperté al despreocupado piar de los pájaros característico de las vacaciones de verano y a esa peculiar penumbra roja que significa que el sol brilla a través de tus párpados cerrados. Tenía el cuello rígido, la cabeza ladeada en un ángulo extraño y las piernas incómodamente flexionadas bajo mi cuerpo. Tenía mucho calor. Levanté la cabeza dando un respingo, consciente incluso mientras abría los ojos de que ya no estaba en la cama, ni en la plataforma flotante, ni en el camino entre la casa y el estudio. Bajo mis pies estaba la madera del suelo, dura e inflexible.

La luz era deslumbrante. Cerré los ojos otra vez y gemí como si tuviera resaca. Volví a abrirlos detrás de las manos ahuecadas, les di tiempo para que se adaptaran y retiré las manos con cautela, me senté del todo y miré alrededor. Estaba en el pasillo de la planta alta, tendido bajo el radiador roto del aire acondicionado. La nota de la señora Meserve todavía colgaba de él. En el suelo, junto a la puerta de mi estudio, estaba la IBM verde con un folio en el carro. Me miré los pies y vi que estaban sucios. Tenía agujas de pino adheridas a las plantas y un arañazo en un dedo. Me puse en pie, me tambaleé ligeramente (la pierna derecha se me había dormido), luego me apoyé con una mano contra la pared y recuperé el equilibrio. Bajé la vista y observé mi cuerpo. Llevaba los calzoncillos con los que me había acostado y en ellos no había rastros de ningún accidente. Tiré de la cinturilla y miré dentro. Mi polla tenía el aspecto de costumbre: pequeña y blanda, acurrucada y dormida bajo una mata de pelo. Si esa noche había vivido una aventura, ya no quedaban señales de ella.

–No cabe duda de que me pareció una aventura –gruñí. Me sequé el sudor de la frente con el brazo. Hacía un calor sofocante–. Aunque no la clase de aventura que publican en *The Hardy Boys*.

Entonces me acordé de la sábana empapada en sangre de la habitación del ala norte y del animal de peluche tendido de lado en el centro de ella. No fue un recuerdo reconfortante, esa sensación de gracias-a-Dios-que-ha-sido-sólo-un-sueño que te embarga después de una pesadilla particularmente desagradable. Parecía tan real como cualquiera de las experiencias que había vivido durante el delirio febril del sarampión… y aquellas experiencias habían sido reales, aunque distorsionadas por mi cerebro recalentado.

Caminé con paso tambaleante hacia las escaleras y bajé cojeando por ellas, cogiéndome con fuerza de la barandilla por si mi pierna dormida flaqueaba. Al llegar abajo, miré el salón como si lo viera por primera vez y luego continué cojeando por el pasillo del ala norte.

La puerta del dormitorio estaba entreabierta y por un instante no me atreví a abrirla del todo y a entrar. Estaba aterrorizado y mi mente trataba de reproducir un viejo episodio de *Alfred Hitchcock presenta* sobre un hombre que estrangula a su mujer durante un delirio alcohólico. Se pasa media hora buscándola y finalmente la encuentra en la despensa, hinchada y con los ojos abiertos. Kyra Devore era la única criatura con edad para tener animales de peluche que yo había conocido en los últimos tiempos, pero ella dormía plácidamente bajo su edredón con dibujos de coles cuando yo había dejado a su madre para volver a casa. Era absurdo pensar que había regresado a Wasp Hill Road, quizá en calzoncillos, y que había…

«¿Qué? ¿Violado a la mujer? ¿Llevado a la niña a mi casa? ¿Mientras dormía? Cogí la máquina de escribir en sueños, ¿no? Está en la planta alta, en el maldito pasillo.»

«Pero hay una gran diferencia entre recorrer treinta metros por el bosque y siete kilómetros por la carretera hasta…»

No estaba dispuesto a quedarme ahí escuchando las voces que discutían en mi cabeza. Si no estaba loco –y no creía estarlo–, esas estúpidas y pendencieras voces me conducirían a la locura, y por la vía más rápida. Empujé la puerta del dormitorio. Por un instante vi de verdad una mancha de sangre con forma de pulpo en la sábana; tan intenso y real era mi terror. Luego cerré los ojos con fuerza, los abrí y volví a mirar. Las sábanas estaban arrugadas y la mayor parte de la inferior separada del colchón. Vi el raso guateado de la funda del colchón. Una almohada estaba junto al borde de la cama, la otra aplastada a los pies. La alfombra –tejida por Jo– estaba torcida, y mi vaso de agua se había volcado sobre la mesilla de noche. El dormitorio parecía el escenario de una pelea o de una orgía, pero no de un asesinato. No había rastros de sangre ni de un animalillo de peluche con la piel negra. Me arrodillé y miré bajo la cama. Allí no había nada; gracias a Brenda Meserve, ni siquiera pelusas. Volví a mirar la sábana bajera, primero pasé la mano sobre su ondulada topografía, luego la estiré y encajé las esquinas elásticas en el colchón. Esas sábanas son un invento maravilloso; si la Medalla de la Libertad la concedieran las mujeres en lugar de un grupo de políticos blancos que jamás han hecho una cama o lavado la ropa, es indudable que el tipo que inventó las sábanas ajustables ya habría obtenido ese trozo de lata. En una ceremonia celebrada en un jardín de rosales.

Ahora que la sábana estaba perfectamente lisa, volví a mirar. No había sangre; ni una gota. Tampoco había ninguna mancha de semen seco. De hecho, no esperaba ver lo primero (o eso me decía ahora), pero ¿y lo segundo? Como mínimo, había tenido el sueño obsceno más creativo del mundo, un tríptico en el que me había tirado a dos mujeres y una tercera me había hecho una paja, todo al mismo tiempo. Hasta me parecía que tenía la sensación característica de la mañana después, aquella que se experimenta cuando la noche anterior se ha practicado una actividad sexual desenfrenada. Pero si había habido fuegos artificiales, ¿dónde estaba la pólvora quemada?

—Seguramente en el estudio de Jo —dije a la habitación vacía y soleada—. O en el camino entre aquí y allí. Alégrate de no haberla dejado en Mattie Devore, amigo. Lo último que necesitas es una aventura con una viuda postadolescente.

Una parte de mí discrepaba; una parte de mí pensaba que Mattie Devore era exactamente lo que yo necesitaba. Pero la noche anterior no me había acostado con ella, como tampoco me había acostado con mi esposa muerta en la plataforma flotante, ni Sara Tidwell me había hecho una paja. Una vez hube comprobado que tampoco había asesinado a una niña preciosa, volví a pensar en la máquina de escribir. ¿Por qué la había cogido? ¿Por qué me había molestado en hacerlo?

Qué pregunta más tonta, hombre. Era posible que mi mujer me hubiera ocultado cosas, incluso que hubiera tenido un amante; era posible que hubiera fantasmas en la casa; de hecho, era posible que un viejo rico que vivía a setecientos metros al sur quisiera meterme un palo en el culo y luego romperlo; era posible que hubiera algunos juguetes en mi humilde desván. Pero mientras estaba allí, bajo un brillante haz de luz solar, mirando mi sombra en la pared del fondo, sólo un pensamiento parecía importante: yo había ido hasta el estudio de mi esposa y cogido mi vieja máquina de escribir, y sólo había una razón para hacer algo semejante.

Entré en el cuarto de baño decidido a librarme del sudor del cuerpo y de la suciedad de los pies antes de hacer cualquier otra cosa. Estiré el brazo para coger el mango de la ducha, pero me detuve en seco. La bañera estaba llena de agua. O bien yo la había llenado durante mi episodio de sonambulismo… o lo había hecho otra persona. Cuando me disponía a quitarle el tapón, me detuve otra vez, recordando el momento en que estaba en el arcén de la carretera 68 y mi boca se había llenado de agua fría. Advertí que esperaba que ocurriera otra vez. Cuando no fue así, retiré el tapón de la bañera para vaciarla y abrí el grifo de la ducha.

Podría haber llevado la Selectric a la planta baja, tal vez incluso sacarla a la terraza donde soplaba una pequeña brisa procedente del lago, pero no lo hice. La había llevado en sueños hasta la puerta de mi estudio, y allí sería donde iba a trabajar… si es que *podía* trabajar. Trabajaría allí aunque la temperatura subiera a 48 grados, cosa que bien podía pasar a las tres de la tarde.

El papel que estaba en la máquina era la vieja copia rosada de una factura de Click, la tienda de fotografía de Castle Rock donde Jo solía comprar cuando estábamos en el lago. Yo la había puesto de tal modo que el dorso quedara bajo la bola de caracteres Courier. En ella había mecanografiado los nombres de mi pequeño harén, como si me hubiera esforzado por dejar constancia de mi sueño trifacético al mismo tiempo que ocurría:

```
Jo Sara Mattie Jo Sara Mattie Mattie
Mattie Sara Sara Jo Johanna Sara Jo
MattieSaraJo.
```

Debajo, en minúsculas se leía:

```
recuento de esperma normal recuento de
esperma normal todo bien
```

Abrí la puerta del estudio, entré con la máquina de escribir y la puse en el sitio que había ocupado antes, debajo del cartel de Richard Nixon. Saqué la factura rosa de la máquina y la arrojé a la papelera. Enchufé la Selectric en la toma de electricidad que estaba junto al zócalo. El corazón me latía con fuerza y aprisa, igual que cuando tenía trece años y subía por la escalera del trampolín más alto de la piscina. A los doce años había subido por esa escalera tres veces y las tres veces había vuelto a bajar; pero cuando cumplí los trece decidí que no podía seguir siendo un gallina... tenía que hacerlo.

Me pareció recordar que había visto un ventilador en un rincón del armario, detrás de la caja con la etiqueta de APARATOS. Me dirigí hacia allí, pero luego volví sobre mis pasos y emití una risita ronca. Había tenido momentos de confianza antes, ¿no? Sí. Y luego había sentido un silicio de hierro alrededor de mi pecho. Sería una tontería sacar el ventilador y luego descubrir que no tenía nada que hacer en esa habitación.

–Traquilízate –dije–, tranquilízate. –Pero no podía; igual que el niño de hombros estrechos vestido con un ridículo bañador púrpura no había podido tranquilizarse mientras se acercaba al borde del trampolín, con el agua tan verde abajo y las caras alzadas de las niñas y los niños que estaban en la piscina tan, tan pequeñas.

Me incliné hacia uno de los cajones de la derecha del escritorio y tiré con tanta fuerza que se salió de las guías y cayó al suelo. Retiré los pies descalzos justo a tiempo y solté una carcajada estentórea pero desprovista de humor. En el cajón había un paquete de folios. Los bordes tenían el aspecto seco y arrugado del papel que no ha sido usado durante mucho tiempo. En cuanto lo vi recordé que había llevado mis propios folios y que éstos estaban mucho más nuevos. Dejé el paquete donde estaba y volví a introducir el cajón en su hueco. Tuve que hacer varias intentonas para colocarlo sobre las guías, porque me temblaban las manos. Por fin me senté en la silla del escritorio, oyendo los viejos crujidos cuando apoyé mi peso en ella y el mismo chirrido de latas cuando la empujé hacia adelante y metí las piernas en el hueco del escritorio. Miré el teclado, sudando, recordando aún el trampolín más alto de la piscina, su inestabilidad bajo mis pies descalzos mientras lo recorría, las voces que parecían retumbar abajo, el olor a cloro y el borboteo regular de los renovadores de aire: fung-fung-fung, como si el agua tuviera su propio y secreto corazón. Yo me había detenido junto al borde del trampolín preguntándome (¡y no por primera vez!) si uno podía quedarse paralizado por caer mal en el agua. Probablemente no, pero era posible que muriera del susto. Había oído casos así en *Riplay, Believe It or Not*, que entre la edad de ocho y catorce años me había servido como ciencia.

«¡Adelante! –gritó la voz de Jo. Mi versión de su voz era casi siempre serena y mesurada, pero en esta ocasión era aguda y estridente–. ¡Déjate de titubeos y empieza!»

Busqué el interruptor de la IBM y recordé el día en que había descargado el Word 6 en la papelera del portátil. «Adiós, viejo amigo», había pensado.

–Por favor, que esto funcione –dije–. Por favor.

Pulsé el interruptor y la máquina se encendió. La bola Courier hizo un giro preliminar, como una bailarina de ballet que aguarda detrás de bambalinas el momento de salir a escena. Cogí un folio, vi las manchas de sudor que mis dedos dejaban en él, pero no me importó. Lo inserté en el rodillo, centré el carro y escribí

Capítulo Uno

y esperé a que se desatara la tormenta.

CAPITULO 14

El timbre del teléfono –o más precisamente, la forma en que reaccioné al timbre del teléfono– me resultó tan familiar como los crujidos de la silla o el zumbido de la vieja Selectric IBM. Tuve la impresión de que al principio era lejano y luego se acercaba como el pitido de un tren que se aproxima a un cruce. No había supletorios ni en mi estudio ni en el de Jo; el teléfono de la planta alta, un modelo viejo con disco para marcar, estaba sobre una mesita en el pasillo situado entre las dos estancias, al que Jo solía llamar «territorio neutral». Allí la temperatura debía de ser de por lo menos treinta y dos grados, pero el aire me pareció fresco comparado con el de mi estudio. Estaba tan empapado en sudor que parecía una versión ligeramente barriguda de los tipos musculosos que a veces veía en el gimnasio.

–¿Diga?

–¿Mike? ¿Te he despertado? ¿Dormías?

Era Mattie, pero una Mattie diferente de la de la noche pasada. Ésta no parecía asustada ni tímida, sino inmensamente feliz. Sin duda era la Mattie que había enamorado a Lance Devore.

–No dormía –dije–. Escribía.

–¡Venga! Creí que te habías retirado.

–Yo también lo creía –dije– pero puede que me haya precipitado en mis conclusiones. ¿Qué pasa? Pareces contentísima.

–Acabo de hablar por teléfono con John Storrow…

¿De veras? ¿Cuánto tiempo llevaba en la planta alta? Miré mi muñeca y no vi nada más que un círculo pálido. Eran varias pecas y media y piel en punto, como solíamos decir cuando éramos niños; mi reloj de pulsera estaba en la habitación del ala norte, probablemente en medio del charco de agua del vaso que había volcado sobre la mesilla.

–… su edad, y que puede citar al otro hijo.

–Guau –dije–. Me he perdido. Empieza otra vez y ve más despacio.

Lo hizo, no tardó mucho en resumir las noticias: Storrow llegaría por la mañana. Su avión aterrizaría en County Airport y él se alojaría en el hotel Lookout Rock de Castle View. Los dos pasarían la mayor parte del viernes discutiendo el caso.

–Ah, y ha encontrado un abogado para ti –dijo–. Para que te acompañe a declarar. Creo que es de Lewinston.

Todo parecía marchar sobre ruedas, pero lo más importante era que Mattie había recuperado las ganas de luchar. Hasta esa mañana (si es que todavía era la mañana, pues la luz que entraba por la ventana situada encima del radiador averiado de aire acondicionado sugería que, si lo era, no duraría mucho más) yo no me había dado cuenta de lo triste que había estado la joven del vestido rojo y las inmaculadas zapatillas blancas. No había reparado en lo convencida que estaba de que iba a perder a su hija.

–Estupendo. Me alegro mucho, Mattie.

–Y todo gracias a ti. Si estuvieras a mi lado en este momento, te daría el beso más grande de tu vida.

–Te ha dicho que tienes posibilidades de ganar, ¿no?

–Sí.

–Y tú le has creído.

–¡Sí! –Luego bajó un poco la voz–. Aunque no pareció muy contento cuando le conté que anoche te había invitado a cenar.

–Claro –dije–. Me lo imaginaba.

–Le dije que habíamos comido en el jardín, y él me respondió que bastaba con que hubiéramos estado en la caravana sesenta segundos para que empezaran los cotilleos.

—Yo diría que tiene una opinión insultantemente pobre de los encantadores yanquis —dije—, pero es lógico; él es de Nueva York.

Mattie rió más de lo que mi pequeño chiste merecía. ¿Era porque sentía un alivio semihistérico ahora que tenía un par de protectores? ¿O porque en esos momentos el sexo era un tema delicado para ella? Mejor no especular.

—No me riñó mucho al respecto, pero dejó claro que se enfadaría si volvíamos a hacerlo. Sin embargo, cuando todo este asunto termine te prepararé una comida de *verdad*. Habrá todo lo que te guste y como te guste.

«Habrá todo lo que te guste y como te guste.» Apostaba la cabeza a que Mattie no tenía la menor idea de que lo que acababa de decir daba pie a más de una interpretación. Cerré los ojos un instante y sonreí. ¿Por qué no sonreír? Todo lo que decía sonaba genial, sobre todo si uno limpiaba los confines de la cochina mente de Michael Noonan. Al parecer, podríamos llegar al final feliz de los cuentos de hadas si nuestro valor no flaqueaba y nos manteníamos en el buen camino. Y si yo conseguía reprimir el impulso de tirarle los tejos a una chica lo bastante joven para ser mi hija... fuera de mis sueños, desde luego. Si no lo conseguía, seguramente merecería lo que me pasara. Pero Kyra no. Ella era como el adorno del capó de un automóvil, condenada a ir allí donde la llevara el coche. Yo haría bien en recordarlo cuando se me cruzara alguna idea disparatada.

—Si el juez no le da la custodia a Devore, te llevaré a Renoir Nights en Portland y te invitaré a nueve platos de la mejor cocina francesa —dije—. Y a Storrow también. Hasta invitaré al picapleitos que me acompañará el viernes. ¿Conoces a alguien más generoso que yo?

—A nadie —dijo con convicción—. Te devolveré el dinero, Mike. Ahora estoy pasando apuros económicos, pero no siempre será así. Aunque me lleve el resto de mi vida, te devolveré el dinero.

—Mattie, no necesitas...

—Sí —respondió ella con vehemencia—. Lo haré. Y hoy haré otra cosa.

–¿Qué?

Me encantaba oír cómo sonaba su voz esa mañana –tan feliz y libre, como un prisionero a quien acaban de indultar y sacar de la cárcel–, pero comenzaba a mirar con cierta añoranza hacia la puerta de mi estudio. No podría trabajar mucho más, o acabaría como una manzana al horno, pero por lo menos quería escribir un par de páginas más. «Haz lo que quieras –habían dicho las dos mujeres de mi sueño–. Haz lo que quieras.»

–Voy a comprarle a Kyra un oso de peluche enorme que he visto en el centro comercial de Castle Rock –dijo–. Le diré que se lo regalo por haberse portado bien, porque no puedo decirle que es por haber caminado por la carretera cuando tú venías por el lado contrario.

–Que no sea negro –dije. Las palabras salieron de mi boca antes de que me diera cuenta de que estaban en mi cabeza.

–¿Qué? –preguntó Mattie, sorprendida y confusa.

–He dicho que yo también quiero uno –respondí y nuevamente las palabras llegaron al otro lado de la línea antes de pensarlas.

–Puede que lo haga –dijo ella aparentemente divertida. Luego su voz recuperó la seriedad–. Si anoche dije algo que te entristeció, aunque sólo fuera un minuto, lo siento. Lo último que quería…

–No te preocupes. No estoy triste, sólo un poco confundido. De hecho, casi me había olvidado del misterioso acompañante de Jo. –Mentía, pero creí hacerlo por una buena causa.

–Mejor así. No quiero entretenerte; vuelve al trabajo. Porque es lo que quieres hacer, ¿no?

Me quedé atónito.

–¿Qué te hace pensar eso?

–No lo sé, yo sólo…

Se interrumpió y de repente supe dos cosas: lo que había estado a punto de decir y que no lo diría.

«Anoche soñé contigo, soñé que estábamos juntos. Íbamos a hacer el amor y uno de los dos dijo: "Haz lo que quieras." O quizá, no estoy segura, quizá lo dijéramos los dos.»

Tal vez a veces los fantasmas estuvieran vivos; mentes y deseos divorciados del cuerpo, impulsos liberados que flotaban sin que nadie los viera. Sombras del inconsciente, espectros de mundos subterráneos.

–¿Mattie? ¿Sigues ahí?

–Claro. ¿Quieres que vuelva a llamarte? ¿O prefieres enterarte de lo que pase a través de John Storrow?

–Si no me llamas, me cabrearé contigo. Y mucho.

Mattie rió.

–Entonces lo haré, pero no cuando estés trabajando. Hasta luego, Mike, y gracias otra vez. Muchísimas gracias.

Me despedí de ella y después de que ella colgara, me quedé unos instantes mirando el viejo teléfono. Mattie me llamaría para mantenerme al corriente de lo que pasara, pero no cuando estuviera trabajando. ¿Cómo lo sabría? Lo sabría. Igual que la noche anterior yo había sabido que ella mentía al decir que Jo y el tipo de la chaqueta con parches en los codos se habían dirigido al aparcamiento. Cuando Mattie me había telefoneado llevaba unos pantalones cortos blancos y una camiseta; no necesitaba llevar falda o vestido porque era miércoles y la biblioteca cerraba los miércoles.

«No lo sabes. Te lo estás inventando.» Pero no. Si me lo hubiera inventado, seguramente la habría vestido con algo más sugerente; quizá un conjunto de ropa interior La Viuda Alegre.

Esa idea condujo a otra. «Haz lo que quieras», me habían dicho las dos.

«Haz lo que quieras.» Era una frase familiar para mí. Cuando estaba en Cayo Largo, había leído un artículo del *Atlantic Monthly* sobre pornografía escrito por una feminista. No recordaba quién, pero sí que no era Naomi Wolf ni Camille Paglia. La autora pertenecía al grupo más conservador, y había usado precisamente esa frase. ¿Sería Sally Tisdale? ¿O acaso mi mente oía el eco distorsionado de Sara Tidwell? Fuera quien fuese, aseguraba que «haz lo que *yo* quiero» era la base del erotismo que atraía a las mujeres y «haz lo que tú quieras» era la base de la pornografía que atraía a los hombres. Las mujeres se imaginan pronunciando la primera frase en situaciones sexuales; los hombres se imaginan que la segunda frase se les dice a ellos. Y la autora continuaba diciendo que cuando surgen problemas sexuales en el mundo real –cuando el sexo se vuelve violento, humillante o sencillamente insatisfactorio para la mujer– la pornografía es a menudo el cómplice secreto. El hombre es muy capaz de enfurecerse con la mujer y gritar: «¡Tú querías que lo hiciera! ¡Deja de mentir y admítelo! ¡Tú lo deseabas!»

La autora del artículo aseguraba que lo que todo hombre deseaba oír en el dormitorio era eso: haz lo que quieras. Muérdeme, sodomízame, chúpame los dedos de los pies, bebe vino en mi ombligo, dame un cepillo para el pelo y levanta el culo para que te pegue con él; da igual. Haz lo que quieras. La puerta está cerrada y estamos aquí, pero en realidad sólo *tú* estás aquí, yo soy únicamente una extensión de tus fantasías y sólo *tú* estás aquí. No tengo deseos propios, no tengo necesidades propias ni tabúes. Haz lo que quieras a esta sombra, a esta fantasía, a este fantasma.

Por lo menos la mitad de lo que decía la autora era una puñetera mentira; la presunción de que un hombre puede sentir auténtico placer sexual al convertir a una mujer en una especie de accesorio masturbatorio dice más sobre el observador que sobre los participantes. La señora en cuestión escribía bien y tenía ingenio, pero en el fondo se limitaba a decir lo que Sommerset Maugham, el escritor favorito de Jo, había hecho decir a Sadie Thompson en *Lluvia*, un cuento escrito hacía ochenta años: «Todos los hombres son unas bestias, unas bestias egoístas.» Pero por lo general *no* somos bestias, al menos si no nos vemos empujados hasta el límite. E incluso cuando esto sucede, rara vez es por cuestiones de sexo; casi siempre es por cuestiones de territorio. He oído decir a algunas feministas que para el hombre el sexo y el territorio son conceptos intercambiables, pero eso está muy lejos de ser verdad. Regresé al estudio, y en el mismo momento en que abría la puerta el teléfono volvió a sonar a mi espalda. Entonces experimenté otra sensación que en un tiempo me era muy familiar y que ahora regresaba a visitarme después de cuatro años de ausencia: la furia hacia el teléfono, el deseo de arrancar el cable de la pared y arrojar el aparato al suelo. ¿Por qué todo el mundo me llamaba cuando estaba escribiendo? ¿Por qué no me dejaban… bueno, hacer lo que quería?

Solté una risita dubitativa y regresé junto al teléfono, donde todavía estaba la huella húmeda de mi mano después de la última llamada.

–¿Sí?

–Le dije que cuando se encontrara con ella permaneciera a la vista de todo el mundo.

–Buenos días para usted también, abogado Storrow.

–Allí arriba deben de estar en otro huso horario, amigo. Porque aquí en Nueva York es la una y cuarto.

–Sólo he cenado con ella –dije–. Y en el jardín. Es verdad que le leí un cuento a la niña dentro de la caravana y que la llevé a la cama, pero…

–A estas alturas medio pueblo debe pensar que están follando como conejos, y la otra mitad lo pensará cuando yo la represente en los tribunales.

Sin embargo, Storrow no parecía enfadado; su voz sonaba como si tuviera un buen día.

–¿Pueden obligarle a declarar quién paga sus honorarios en la vista de la custodia? –pregunté.

–No.

–¿Y en mi declaración del viernes?

–Claro que no. Durgin perdería toda su credibilidad como tutor *ad litem* si tomara esos derroteros. Además, tienen razones para no tocar el tema del sexo. Se concentrarán en pintar a Mattie como una madre negligente y quizá agresiva. Demostrar que la mamá no es una monja dejó de funcionar en el tiempo en que se estrenó *Kramer contra Kramer*. Pero ése no es el único problema que tienen con esa cuestión. –Ahora parecía muy contento.

–Cuénteme.

–Max Devore tiene ochenta y cinco años y está divorciado; de hecho se ha divorciado dos veces. Antes de conceder la custodia a un hombre solo de su edad, tienen que considerar la posibilidad de nombrar otro tutor. De hecho, éste es el punto más importante, después de la acusación de negligencia y malos tratos.

–¿Y en qué basan esas acusaciones? ¿Lo sabe?

–No, y Mattie tampoco, porque son inventos. A propósito, la chica es encantadora…

–Sí, lo es.

–... y creo que va a hacer un excelente papel. Estoy impaciente por conocerla personalmente. Pero no nos vayamos por las ramas. Hablábamos de un tutor alternativo, ¿verdad?

–Sí.

–Devore tiene una hija que ha sido declarada mentalmente incompetente y que está ingresada en una clínica psiquiátrica de California. No es una buena candidata a tutora.

–No lo parece.

–El hijo, Roger, tiene… –oí el ruido de las páginas de un cuaderno– cincuenta y nueve años, así que tampoco es un crío. Sin embargo, en la actualidad muchos hombres se convierten en papás a esa edad. Pero Roger es homosexual.

Recordé las palabras de Bill Dean: «Es marica. Tengo entendido que en California hay muchos.»

–Acaba de decir que no se fijan en cuestiones sexuales.

–Tal vez debería haber dicho que el sexo no tiene importancia en el caso de los heterosexuales. En ciertos estados, y California es uno de ellos, la homosexualidad tampoco tiene importancia… o no mucha. Pero este caso no se fallará en California, sino en Maine, donde la gente ignora que dos hombres casados, y quiero decir casados el uno con el otro, pueden educar perfectamente a una niña.

–¿Roger Devore está *casado*?

De acuerdo, lo admito: me embargó una mezcla de júbilo y horror. Me avergonzaba de ello –Roger Devore era simplemente un hombre que vivía su vida y quizá tuviera poco o nada que ver con las maquinaciones de su anciano padre–, pero de todos modos me alegré.

–Él y un programador llamado Morris Ridding formalizaron su unión en 1996 –respondió John–. Encontré este dato en mi primera búsqueda informática, y si este caso acaba en juicio, le sacaré el máximo provecho posible. No sé si conseguiré gran cosa, todavía es imposible de prever, pero si tengo ocasión de pintar la vida de esa niña alegre y de ojos brillantes creciendo con dos homosexuales mayores que probablemente pasan la mayor parte del tiempo en *chat rooms* especulando sobre lo que podrían haber hecho el capitán Kirk y el doctor Spock cuando se apagaban las luces en el mundo de los oficiales… bueno, si tengo esa oportunidad la aprovecharé.

—Me parece un poco rastrero –dije, aunque me oí hablar en el tono de alguien que espera que lo disuadan o que se rían de él. Pero eso no sucedió.

—Por supuesto que es rastrero. Es como subirse a la acera con el coche para atropellar a un par de peatones inocentes. Roger Devore y Morris Ridding no trafican con drogas, no violan a niños ni roban a ancianas. Pero éste es un caso de custodia y los casos de custodia son aún mejores que los de divorcio para convertir a los seres humanos en insectos. Éste en particular no es tan grave como podría haber sido, pero lo que lo hace más grave es el absoluto descaro del demandante. Max Devore regresó a su pueblo natal con un único fin: comprar a una niña. Y eso me enfurece.

Sonreí al imaginar a un abogado parecido a Elmer Gruñón haciendo guardia con un fusil junto a una madriguera de conejo señalada con un cartel que decía DEVORE.

—Mi mensaje para Devore será muy sencillo: el precio de la niña ha subido. Probablemente a una suma superior incluso a la que él puede permitirse.

—Ha dicho un par de veces «si el caso llega a juicio». ¿Cree que hay alguna posibilidad de que Devore abandone antes?

—Sí, muchas. Yo diría que las perspectivas son excelentes si él no fuera tan viejo y no estuviera tan acostumbrado a salirse con la suya. También está la cuestión de si será o no lo bastante listo para saber cuál es su mejor baza. Cuando llegue allí, trataré de concertar una reunión con él y su abogado, pero hasta ahora no he conseguido pasar de la secretaria.

—¿Rogette Whitmore?

—No, creo que esa mujer está un peldaño por encima en la escala jerárquica. Todavía no he hablado con ella, pero lo haré.

—Inténtelo con Richard Osgood o con George Footman –dije–. Cualquiera de los dos podrá ponerlo en contacto con Devore o con su abogado principal.

—De todos modos quiero hablar con Rogette Whitmore. Los hombres como Devore se vuelven más y más dependientes de sus asistentes personales a medida que envejecen, y ella podría ser la clave para conseguir que él abandone el caso. También podría ser un problema. Es posible que lo incite a pelear, quizá porque de verdad cree que él puede ganar o quizá por simple diversión. También es posible que se case con él.

−¿Casarse?

−¿Por qué no? Él podría hacerle firmar un acuerdo prenupcial que le daría más probabilidades de ganar. En tal caso, yo no podré mencionar el tema, igual que sus abogados no pueden preguntar quién contrató al abogado de Mattie.

−John, yo he visto a esa mujer. Debe de tener por lo menos setenta años.

−Pero es la potencial protagonista femenina de un caso de custodia en el que está involucrada una niña pequeña, y es una alternativa mejor que un viejo y una pareja de homosexuales. Debemos recordarlo.

−De acuerdo.

Volví a mirar hacia la puerta del estudio, pero esta vez con menos añoranza. Llega un momento en que la jornada laboral se termina te guste o no, y supuse que había llegado a ese punto. Quizá por la noche...

−El abogado que le he conseguido se llama Romeo Bissonette. −Hizo una pausa y luego añadió−: ¿Es posible que ése sea un nombre real?

−¿Es de Lewinston?

−Sí, ¿cómo lo sabe?

−Porque en Maine, sobre todo en los alrededores de Lewinston, ése puede ser un nombre real. ¿Se supone que debo ir a verlo?

Yo no quería hacerlo. Lewinston estaba a setenta y cinco kilómetros del lago y para llegar allí había que ir por carreteras secundarias que debían de estar atestadas de acampantes y viajeros. Lo único que me apetecía en ese momento era ir a nadar un rato y luego hacer una siesta. Una larga siesta sin sueños.

−No necesita ir hasta allí. Llámelo y hable con él un rato. En realidad, él no es más que una red de seguridad; sólo hará objeciones si el interrogatorio se aparta del incidente del Cuatro de Julio. Y con respecto a ese incidente, usted dirá la verdad, toda la verdad y nada más que la verdad. ¿Entendido?

–Sí.

–Después de esa conversación previa, reúnase con él el viernes en… un segundo, lo tengo por aquí… –Volví a oír el ruido de las páginas de un cuaderno–. Reúnase con él en la cantina de la carretera 120 a las nueve y cuarto. Tomen un café, conversen un rato para conocerse, y pague la cuenta. Yo estaré con Mattie, reuniendo toda la información posible. Es probable que tengamos que contratar a un detective privado.

–Me gusta oírle decir cochinadas.

–No se preocupe, me aseguraré de enviarle la factura a su agente, y su agente puede…

–No –interrumpí–. Envíela directamente aquí. Harold es como una madre judía. ¿Cuánto me costará todo esto?

–Setenta y cinco mil dólares como mínimo –dijo sin el más mínimo titubeo y sin rastro de culpa en su voz.

–No se lo diga a Mattie.

–De acuerdo. ¿Empieza a divertirse, Mike?

–Me parece que sí –respondí.

–Por setenta y cinco de los grandes debería hacerlo.

Nos despedimos y John colgó el auricular.

Cuando yo también colgué, pensé que en los cinco días pasados había vivido más que en los últimos cuatro años.

Esta vez el teléfono no sonó y conseguí llegar al estudio, pero sabía que mi jornada de trabajo había terminado. Me senté ante la IBM, le di un par de veces al retroceso y cuando empecé a escribirme una nota recordatoria al final de la página en la que había estado trabajando, el teléfono me interrumpió otra vez. ¡Qué adminículo tan molesto es el teléfono y qué pocas son las noticias buenas que recibimos por él! Sin embargo, ese día había sido una excepción y pensé que podía dejar el trabajo con una sonrisa. Al fin y al cabo, estaba escribiendo… ¡escribiendo! Una parte de mí se maravillaba de que estuviera sentado allí, respirando con normalidad, con el corazón latiendo a un ritmo uniforme y sin vislumbrar siquiera un ataque de ansiedad en mi horizonte personal. Escribí:

[A CONTINUACIÓN: Drake a Raiford. Se detiene
en el camino en la verdulería para hablar con
el propietario, un viejo que necesita un nombre
pintoresco. Sombrero de paja. Camiseta
de DisneyWorld. Hablan de Shackleford.]

Giré el carro hasta que la IBM escupió el folio, puse éste encima del manuscrito y escribí otra nota recordatoria a mano:
«Llamar a Ted Rosencrief sobre Raifort.» Rosencrief era un marino retirado que vivía en Derry. Yo lo había contratado como
ayudante de investigación para varios libros, encargándole que
averiguara cómo se fabricaba el papel en un caso, cuáles eran los
hábitos migratorios de ciertos pájaros comunes en otro y algunos
datos sobre la arquitectura de las cámaras funerarias de las pirá-
mides en un tercero. Lo que quiero es siempre «un poco» de información; nunca «el lote completo». Como escritor, mi lema
siempre ha sido «no me confundáis con datos». La ficción al estilo Arthur Hailey me abruma; soy incapaz de leerla, y mucho
menos de escribirla. Sólo aspiro a saber lo suficiente para mentir
de manera pintoresca. Rosie lo sabía, y siempre habíamos formado un buen equipo.

Esta vez necesitaba unos pocos datos sobre la cárcel Raifort
de Florida y sobre su sala de ejecuciones. También necesitaba
saber algo sobre la psicología de los asesinos en serie. Pensé que
Rosie se alegraría de tener noticias mías, casi tanto como yo me
alegraba de tener una razón para llamarlo.

Cogí las ocho páginas que había escrito y les eché un vistazo,
todavía asombrado de su existencia. ¿Acaso el secreto era una
vieja máquina de escribir IBM y una bola con caracteres Courier?
Todo parecía indicar que sí.

Lo que había producido también era sorprendente. Durante
mis cuatro años sabáticos había tenido algunas ideas; en ese sentido no había habido bloqueo del escritor. Una de ellas había sido
fantástica, la clase de historia ideal para una novela si yo hubiera
sido capaz de seguir escribiendo novelas. Entre media y una docena podrían haberse calificado de «bastante buenas», lo que significaba que podrían servirme en una emergencia, o si inespera-

276

damente se volvían grandes y misteriosas de la mañana a la noche como la planta de Jack Habichuela. A veces pasa. La mayoría eran visiones pasajeras, pequeños «¿y si...?» que iban y venían como estrellas fugaces mientras yo conducía, caminaba o esperaba a quedarme dormido.

El hombre de la camisa roja había sido un «¿y si...?». Un día vi a un hombre con una camisa roja lavando los escaparates del JCPnny de Derry; no mucho antes de que Pnny se mudara del centro comercial. Un hombre y una mujer jóvenes pasaron bajo la escalera; un hecho que podía traer mala suerte, según la antigua superstición. Sin embargo, estos dos jóvenes no sabían por donde iban; estaban cogidos de la mano mirándose a los ojos, tan profundamente enamorados como muchos otros jóvenes de veintidós años en la historia del mundo. El muchacho era alto y su cabeza estuvo en un tris de rozar los pies del limpiador de cristales. Si eso hubiera ocurrido, con toda seguridad la escalera se habría caído.

El incidente pasó a la historia en cinco segundos. Escribir *El hombre de la camisa roja* me llevó cinco meses. Sin embargo la verdad es que el libro entero se escribió en esos segundos de «¿y si...?». Imaginé un choque y todo lo demás partió de ahí. La redacción fue sólo un trabajo de secretaria.

La idea en la que estaba trabajando ahora no era una de las Ideas Brillantes de Mike (la voz de Jo puso cuidadosamente las mayúsculas), pero tampoco un «¿y si...?». Tampoco era como mis antiguas tramas de suspense; V. C. Andrews con polla ya no estaba a la vista. Pero me parecía un proyecto sólido, *el* proyecto, y esa mañana había fluido con tanta naturalidad como mi respiración.

Andy Drake era un detective privado de Cayo Largo. Tenía cuarenta años, estaba divorciado y era padre de una niña de tres años. Al comienzo estaba en una casa de Cayo Hueso, propiedad de una mujer llamada Regina Whiting. La señora Whiting también tenía una niña, en este caso de cinco años. Esta mujer estaba casada con un empresario extremadamente rico que no sabía lo que sabía Andy Drake: que hasta 1992, Regina Taylor Whiting había sido Tiffany Taylor, una prostituta cara de Miami. Hasta ahí había escrito antes de que sonara el teléfono. Y he aquí lo que sabía más allá de ese punto, el trabajo de secretaria que tendría que hacer durante las semanas siguientes, suponiendo que mi capacidad milagrosamente recuperada se mantuviera:

Un día, cuando Karen Whiting tenía tres años, el teléfono había sonado mientras ella y su madre estaban en el *jacuzzi* del patio. Regina pensó en pedirle al jardinero que contestara, pero luego decidió hacerlo ella misma; el jardinero de siempre tenía la gripe, y ella se hubiera sentido incómoda pidiéndole un favor a un extraño. Regina le advirtió a su hija que se quedara sentada y quieta y fue a atender el teléfono. Cuando Karen alzó una mano para que su madre no la salpicara cuando salía del *jacuzzi*, se le cayó la muñeca que había estado bañando. Cuando se inclinó a recogerla, un mechón de pelo se le enredó en una de las poderosas tomas de aire de la bañera. (Un accidente mortal parecido había sido lo que me había dado la idea dos o tres años antes.)

El jardinero, un individuo sin nombre con camisa de color caqui que había sido contratado por un solo día, vio lo que ocurría. Corrió por el jardín, se arrojó al agua y tiró de la niña que estaba en el fondo, dejando pelo y un buen trozo de cuero cabelludo enganchado en el surtidor. Él le haría la respiración artificial hasta que ella volviera a respirar. (Sería una escena maravillosa de suspense y estaba impaciente por escribirla.) El jardinero rechazaría la oferta de la madre histérica y aliviada para recompensarlo, aunque finalmente le daría su dirección para que el marido de la mujer pudiera hablar con él. Sin embargo, la dirección y el nombre, John Sanborn, resultarían ser falsos.

Dos años después la ex puta con una respetable segunda vida ve la fotografía del hombre que salvó a su hija en primera página de un periódico de Miami. Se llama John Shackleford y ha sido arrestado por la violación y el asesinato de una niña de nueve años. Según el artículo del periódico, se sospecha que ha estado implicado en unos cuarenta asesinatos más, en muchos de los cuales las víctimas eran niños.

–¿Han cogido a Gorra de Béisbol? –gritaría uno de los reporteros en la conferencia de prensa–. ¿John Shackleford es Gorra de Béisbol?

—Bueno —dije yo mientras bajaba por las escaleras—, al menos están convencidos de ello.

Esa tarde se oían demasiadas lanchas en el lago para plantearme la posibilidad de bañarme desnudo. Me puse el bañador, me colgué una toalla al hombro y comencé a bajar por el sendero —el mismo que en mi sueño estaba flanqueado por destellantes farolillos de papel— para darme un baño purificante que se llevara consigo el sudor de mis pesadillas y de mi inesperada tarea matutina.

Hay veintitrés peldaños hechos con traviesas de ferrocarril entre Sara y el lago. Cuando había bajado cuatro o cinco, súbitamente tomé conciencia de la magnitud de lo que acababa de pasarme. Mis labios comenzaron a temblar. Mis ojos se llenaron de lágrimas, haciendo que los colores de los árboles y del cielo se fundieran. Comencé a oír un sonido: una especie de gemido amortiguado. Me flaquearon las piernas y tuve que sentarme en una de las traviesas. Por un instante pensé que todo acabaría allí, que sólo había sido una falsa alarma, pero entonces me eché a llorar. Durante la peor parte, me metí un extremo de la toalla en la boca, temiendo que la gente que paseaba en lancha me oyera y pensara que se estaba cometiendo un asesinato.

Lloré desesperadamente por los años vacíos que había vivido sin Jo, sin amigos y sin mi trabajo. Lloré con gratitud, porque mis años sin oficio parecían haber llegado a su fin. Era demasiado pronto para asegurarlo —una golondrina no hace verano y ocho folios mecanografiados no resucitan a un escritor—, pero realmente creía que era así. Y también lloré por miedo, como solemos hacer cuando una experiencia pavorosa termina o cuando conseguimos librarnos por un tris de un accidente terrible. Lloré porque de repente me di cuenta de que desde la muerte de Jo había estado andando por una línea blanca, que había estado andando en medio de la carretera. Milagrosamente, me habían rescatado. No sabía quién, pero daba igual; ésa era una pregunta que podía postergar para otra ocasión. Lloré hasta que no me quedaron lágrimas. Luego bajé hasta el lago y entré andando en él. El agua fresca produjo una sensación maravillosa en mi cuerpo caliente; fue como una resurrección.

CAPITULO 15

Nombre?

–Michael Noonan.

–¿Domicilio?

–Mi domicilio permanente es el 14 de Benton Street de Derry, pero también tengo una casa en TR-90, junto al lago Dark Score. El código postal es 832. La casa está en el camino Cuarenta y dos, que sale de la carretera 68.

Elmer Durgin, el tutor *ad litem* de Kyra Devore agitó una mano regordeta delante de la cara, o bien para espantar un insecto molesto o para decirme que ya era suficiente. Yo estaba de acuerdo. Me sentí como la niña de *Nuestra ciudad* que había dicho que su dirección era Grover's Corner, New Hampshire, Estados Unidos de América, hemisferio norte, la Tierra, el sistema solar, la Vía Láctea, la mente de Dios. Sobre todo estaba nervioso. Había llegado a los cuarenta años todavía virgen en el terreno de los procedimientos judiciales, y aunque estábamos en la sala de reuniones del bufete de Durgin, Peters y Jarrette de Bridge Street, en Castle Rock, seguía siendo un proceso judicial. En este acto, había un detalle destacable y curioso. El estenógrafo no usaba uno de esos teclados acoplados a un pedestal que parecen calculadoras, sino una Stenomask, una especie de dictáfono con un micrófono que le cubría la mitad inferior de la cara. Yo la había visto antes, pero sólo en películas policiacas en blanco y negro, de esas en las que Dan Duryea o John Payne conducen un Buick y fuman un Camel con aire siniestro. Mirar al rincón y ver a un tipo que parecía el piloto de caza más viejo del mundo ya resultaba bastante extraño, pero oír todo lo que decías inmediatamente repetido en una voz monocorde y amortiguada resultaba todavía más extraño.

—Gracias, señor Noonan. Mi mujer ha leído todos sus libros y dice que usted es su escritor favorito. Sólo quería que este dato constara en actas.

Durgin rió gordamente. ¿Por qué no? Era un tipo gordo. La mayoría de los gordos que conozco tienen un carácter expansivo que combina a la perfección con su expansiva barriga. Pero hay un subgrupo a cuyos integrantes yo llamo los Gorditos Perversos. Es conveniente no incordiar a los GP; si les das media excusa y un cuarto de oportunidad, te incendiarán la casa y violarán a tu perro. Pocos de ellos superan el metro sesenta y cinco (la estatura de Durgin, calculé) y la mayoría mide menos de metro sesenta. Sonríen mucho, pero sus ojos no sonríen. Los Gorditos Perversos odian al mundo entero, y en especial odian a las personas que pueden mirar hacia abajo y verse los pies. Y yo estoy incluido en este grupo, aunque por poco.

—Déle las gracias a su esposa en mi nombre, señor Durgin. Estoy seguro de que ella podrá recomendarle alguno de mis libros para empezar.

Durgin rió. A su derecha, su ayudante —una jovencita que debía de haber recibido el título de abogado unos diecisiete minutos antes— rió. A mi izquierda, Romeo Bissonette rió. En el rincón, el piloto de F-111 más viejo del mundo se limitó a seguir murmurando en su Stenomask.

—Esperaré a que la lleven al cine —respondió.

En sus ojos había un pequeño destello perverso, como si supiera que ninguno de mis libros se había llevado al cine; sólo habían emitido una versión de *Dos en uno* por televisión, que había tenido un índice de audiencia equivalente al del Campeonato

Nacional de Retapizado de Sofás. Esperaba que ya hubiéramos terminado con las formalidades que ese cabroncete obeso consideraba necesarias.

—Soy el tutor *ad litem* de Kyra Devore —dijo—. ¿Sabe qué significa eso, señor Noonan?

—Creo que sí.

—Significa —prosiguió Durgin— que he sido asignado por el juez Rancourt para decidir, si puedo, qué le convendría más a Kyra Devore en caso de que fuera necesario celebrar un juicio por su custodia. El juez Rancourt no está obligado a basar su decisión en mis conclusiones, pero en muchos casos sucede así.

Me miró con las manos cruzadas sobre un papel en blanco. Su bonita asistente, por el contrario, escribía frenéticamente. Tal vez no se fiara del piloto de caza. Durgin parecía esperar una salva de aplausos.

—¿Cuál era la pregunta, señor Durgin? —pregunté y Romeo Bissonette me propinó un suave y diestro puntapié en el tobillo. No necesité mirarlo para saber que no había sido accidental.

Durgin frunció unos labios tan suaves y húmedos que cualquiera hubiera dicho que llevaba un pintalabios nacarado. Sobre su brillante calva había unas dos docenas de pelos peinados en forma de arco. Me dirigió una paciente mirada de evaluación, aunque detrás de ella se ocultaba la intransigente malicia de un Gordito Perverso. Las formalidades habían terminado. Podía estar seguro.

—No, señor Noonan. No era una pregunta. Simplemente pensé que querría saber por qué le hemos pedido que deje su bonito lago en una mañana preciosa para venir aquí. Quizá me equivocara. Ahora sí...

Se oyó un golpe contundente en la puerta y entró nuestro amigo, George Footman. En esta ocasión el estilo Cleveland Informal había sido reemplazado por un uniforme caqui de ayudante de sheriff, con canana y pistola incluidas. Se permitió echar una buena mirada a la pechera de la asistente, cubierta por una blusa de seda azul, y luego le entregó una carpeta y un magnetófono. Antes de marcharse me miró brevemente. «Te recuerdo, amigo —dijo esa mirada—. El escritor listillo, el ligue barato.»

Romeo Bissonette inclinó la cabeza hacia mí y usó el canto de la mano para formar un puente entre su boca y mi oído.

—La cinta de Devore —dijo.

Asentí con la cabeza y volví a mirar a Durgin.

—Señor Noonan, usted conoce a Kyra Devore y a su madre, Mary, ¿verdad?

Me pregunté por qué el nombre de Mary se había convertido en Mattie, y entonces lo adiviné, igual que había adivinado lo de los pantalones cortos blancos y la camiseta ceñida. «Mattie» era el primer intento de Ki para decir Mary.

—Señor Noonan, ¿lo estamos reteniendo?

—No hay necesidad de usar sarcasmos, ¿no? —dijo Bissonette. Su tono era sereno, pero Elmer Durgin le echó una mirada que sugería que si los Gorditos Perversos triunfaban en su objetivo de dominar el mundo, Bissonette iría a bordo del primer tren con destino a un campo de concentración.

—Lo lamento —dije antes de que Durgin pudiera responder—. Me he distraído unos instantes.

—¿Una idea para una nueva novela? —preguntó Durgin con su sonrisa nacarada.

Parecía un sapo vestido con americana. Se volvió hacia el viejo piloto de cazas, le dijo que borrara la última frase y repitió la pregunta sobre Kyra y Mattie.

Sí, dije, las conocía.

—¿Las ha visto una vez o más de una?

—Más de una.

—¿Cuántas veces las ha visto?

—Dos.

—¿También ha hablado con Mary Devore por teléfono?

El curso que tomaba el interrogatorio empezaba a ponerme incómodo.

—Sí.

—¿Cuántas veces?

—Tres.

La tercera había sido el día anterior, cuando Mattie me había invitado a reunirme con ella y con John Storrow para comer en el parque del pueblo después de la declaración. Para almorzar en medio del pueblo, delante de todo el mundo, aunque ¿qué peligro había, si tendríamos un abogado neoyorquino para interpretar el papel de carabina?

–¿Ha hablado con Kyra Devore por teléfono?

¡Qué pregunta más absurda! Nadie me había preparado para ella. Supongo que ésa era una de las razones por las que Durgin la había formulado.

–¿Señor Noonan?

–Sí, he hablado con ella por teléfono una vez.

–¿Puede decirnos de qué trató esa conversación?

–Bueno... –Miré a Bissonette con incertidumbre, pero no obtuve ayuda. Era obvio que él tampoco entendía nada–. Mattie...

–¿Perdón? –Durgin se inclinó hacia adelante cuanto pudo. Sus ojos me escrutaron desde las rosadas bolsas de carne donde estaban incrustados–. ¿Mattie?

–Mattie Devore. Mary Devore.

–¿Usted la llama Mattie?

–Sí –respondí y sentí el loco impulso de añadir: «¡En la cama! ¡En la cama la llamo así! ¡Ay, Mattie, no pares, no pares!»–. Es el nombre que me dio cuando se presentó. La conocí...

–Ya llegaremos a ese punto, pero ahora mismo estoy interesado en su conversación telefónica con Kyra Devore. ¿Cuándo tuvo lugar?

–Ayer.

–Nueve de julio de 1998.

–Sí.

–¿Quién hizo la llamada?

–Ma... Mary Devore.

Ahora me preguntará para qué llamó, y yo le responderé que quería otra maratón sexual cuyos juegos preliminares consistían en darnos el uno al otro fresas cubiertas con chocolate mientras mirábamos fotografías de enanos deformes desnudos.

–¿Y cómo es que Kira Devore acabó hablando con usted?

–Quiso hacerlo. Le oí decirle a su madre que quería contarme algo.

–¿Y qué quería contarle?

–Que se había dado su primer baño de espuma.

—¿También le dijo que había tosido?

Me quedé mirándolo en silencio. En ese momento comprendí por qué la gente detesta a los abogados, sobre todo cuando han sido víctimas de uno que es muy bueno en su trabajo.

—¿Quiere que le repita la pregunta, señor Noonan?

—No —respondí mientras me preguntaba de dónde había sacado esa información.

¿Acaso esos cabrones habían pinchado el teléfono de Mattie? ¿O mi teléfono? ¿O ambos? Ahora entendía de verdad lo que significaba tener quinientos millones de dólares. Con esa pasta uno podía pinchar un montón de teléfonos.

—Me contó que su madre le había soplado burbujas en la cara y que ella había tosido. Pero estaba...

—Gracias, señor Noonan, ahora pasemos a...

—Déjelo terminar —dijo Bissonette. Tuve la impresión de que ya había participado más en el procedimiento de lo que tenía previsto, pero no parecía importarle. Era un hombre de aspecto soñoliento con la cara de un galgo triste, pero parecía digno de confianza—. No estamos en un tribunal y usted no es el fiscal.

—Tengo que pensar en el bienestar de la niña —respondió Durgin. Parecía pomposo y humilde al mismo tiempo, una combinación tan buena como un plato de maíz en grano con salsa de chocolate—. Y me tomo muy en serio esta responsabilidad. Si le he ofendido, señor Noonan, le pido disculpas.

No me molesté en aceptar sus disculpas; eso nos habría hecho quedar a los dos como farsantes.

Iba a añadir que Ki se reía cuando me lo contó. Dijo que ella y su madre habían tenido una batalla de burbujas. Cuando su madre volvió a ponerse al teléfono, también se reía.

Durgin había abierto la carpeta que había dejado Footman y la hojeaba rápidamente mientras yo hablaba, como si no me estuviera escuchando.

—Su madre... Mattie, como la llama usted.   .

—Sí. Mattie, como la llamo yo. ¿Cómo se ha enterado usted de una conversación telefónica privada?

—Eso no es asunto suyo, señor Noonan. —Sacó una hoja de la carpeta y la cerró. Levantó el papel durante unos instantes, como si fuera un médico estudiando una radiografía, y noté que era una hoja mecanografiada a un espacio–. Volvamos a su primer encuentro con Mary y Kyra Devore. Fue el Cuatro de Julio, ¿no?

–Sí.

Durgin asentía con la cabeza.

–La mañana del Cuatro de Julio. Y conoció a Kyra Devore en primer lugar.

–Sí.

–La conoció en primer lugar porque su madre no estaba con ella, ¿verdad?

–Esa frase no está bien construida, señor Durgin, pero supongo que la respuesta es sí.

–Me halaga que un hombre cuyos libros están en las listas de los más vendidos corrija mi gramática –replicó Durgin con una sonrisa. Esa sonrisa sugería que le gustaría verme junto a Romeo Bissonette en el primer tren con destino a un campo de concentración–. Háblenos de ese primer encuentro, primero con Kyra Devore y luego con Mary Devore. O con Mattie, si le gusta más así.

Le conté la historia, y cuando hube terminado, Durgin puso el magnetófono delante de sí. Las uñas de sus dedos regordetes eran tan brillantes como sus labios.

–Señor Noonan, usted podría haber atropellado a Kyra, ¿no es verdad?

–Rotundamente no. Iba a cincuenta por hora, que es el límite de velocidad delante de la tienda. La vi con tiempo de sobra para frenar.

–Suponga que conducía en la dirección contraria, en dirección norte y no sur. ¿Incluso así la habría visto con tiempo de sobra para frenar?

De hecho, esa pregunta era más justa que las demás. Alguien que hubiera llegado allí desde la dirección contraria, habría tenido menos tiempo para reaccionar. Sin embargo...

–Sí –dije.

Durgin enarcó las cejas.

–¿Está seguro?

–Sí, señor Durgin. Puede que hubiera tenido que frenar más a fondo, pero...

—A cincuenta kilómetros por hora.

—Sí, a cincuenta kilómetros. Ya le he dicho que es el límite de velocidad.

—... en ese tramo concreto de la carretera 68. Sí, ya me lo ha dicho. Y de acuerdo con su experiencia, ¿diría usted que la mayoría de la gente acata el límite de velocidad en esa parte de la carretera?

—No he pasado mucho tiempo en el TR desde 1993, así que no puedo...

—Vamos, señor Noonan; ésta no es una escena de una de sus novelas. Limítese a responder a mis preguntas, o nos pasaremos toda la mañana aquí.

—Lo estoy haciendo lo mejor que puedo, señor Durgin.

El abogado suspiró.

—Usted es propietario de una casa en la zona del lago Dark Score desde los años ochenta, ¿no es cierto? Y el límite de velocidad delante de la tienda Lakeview, el correo, y el taller de Dick Brooks, lo que comúnmente se llama la zona norte del pueblo, no ha cambiado desde entonces, ¿no es así?

—Así es —admití.

—Entonces le repito la pregunta: según sus observaciones, ¿la mayoría de la gente acata el límite de velocidad en ese tramo de la carretera?

—No puedo decir si es la mayoría o no, porque nunca he hecho un estudio de tráfico, pero supongo que muchos conductores no lo hacen.

—¿Le gustaría oír al ayudante del sheriff Footman testificar en qué lugar de TR-90 se ha multado a más conductores por no respetar los límites de velocidad, señor Noonan?

—No —respondí con absoluta franqueza.

—¿Pasaron otros vehículos mientras usted conversaba, primero con Kyra Devore y luego con Mary Devore?

—Sí.

—¿Cuántos?

—No lo sé con exactitud. Un par.

—¿Podrían haber sido tres?

—Supongo.

–¿Cinco?

–No, no creo que tantos.

–Pero no sabe cuántos exactamente, ¿no?

–No.

–Porque Kyra Devore estaba alterada.

–De hecho estaba muy serena para...

–¿Lloró en su presencia?

–Bueno... sí.

–¿La hizo llorar su madre?

–Eso es injusto.

–En su opinión, ¿tan injusto como permitir que una niña de tres años camine por una carretera de mucho tráfico la mañana de un día de fiesta? ¿O quizá no tan injusto?

–Ya es suficiente –dijo Bissonette en voz baja. Su cara de galgo tenía un gesto de desolación.

–Retiro la pregunta –dijo Durgin.

–¿Qué pregunta? –repuse yo.

Me miró con expresión de cansancio, como diciendo que trataba con imbéciles como yo todo el tiempo y que estaba acostumbrado a nuestra conducta.

–¿Cuántos coches pasaron desde el momento en que usted rescató a la niña y la llevó al arcén hasta que se despidió de Kyra y Mary Devore?

No me gustó nada que Durgin dijera que yo había «rescatado» a la niña, pero mientras le respondía, el viejo murmuraba la pregunta dentro de su Stenomask. En realidad, era exactamente eso lo que yo había hecho. No cabía duda.

–Le he dicho que no lo sé con seguridad.

–Haga un cálculo aproximado.

–Quizá fueran tres.

–Incluyendo el de la propia Mary Devore que conducía un... –consultó el papel que había sacado de la carpeta– ¿un jeep Scout de 1982?

Recordé a Ki diciendo «Mattie va rápido» y comprendí adónde quería ir a parar Durgin. Yo no podía hacer nada para impedírselo.

–Sí, apareció ella en un Scout. No sé de qué año.

–Y cuando pasó delante del sitio donde usted estaba con Kyra en brazos, ¿conducía por debajo o por encima del límite de velocidad?

Mattie había conducido a por lo menos setenta y cinco kilómetros por hora, pero le dije a Durgin que no podía decírselo con seguridad. Me pidió que lo intentara –«sé que no está familiarizado con el nudo del ahorcado, señor Noonan, pero estoy seguro de que podría hacer uno si se esforzara»– y yo me negué tan cortésmente como pude.

Volvió a coger el papel.

–Señor Noonan, ¿le sorprendería saber que dos testigos, Richard Brooks júnior, el propietario del taller, y Royce Merrill, carpintero retirado, aseguran que la señora Devore conducía a mucho más de cincuenta kilómetros al pasar delante del sitio donde estaba usted?

–No lo sé –respondí–. Yo estaba pendiente de la niña.

–Le sorprendería saber que Royce Merrill calcula que Mary Devore conducía a noventa kilómetros por hora.

–Eso es ridículo. Si hubiera sido así, al frenar habría derrapado y volcado en la cuneta.

–Las marcas del patinazo tomadas por el agente Footman indican una velocidad de por lo menos setenta y cinco kilómetros por hora –dijo Durgin.

No era una pregunta, pero me miró con gesto provocador, como si me desafiara a luchar un poco más y a hundirme más profundamente en el barro. No dije nada. Durgin entrelazó sus blancas y regordetas manos y se inclinó hacia mí. El gesto provocador había desaparecido.

–Señor Noonan, si usted no hubiera llevado a Kyra Devore al arcén, si no la hubiera rescatado, ¿no podría haberla atropellado su propia madre?

Ésta era la pregunta más capciosa, ¿y cómo debía responderla? Bissonette no me ayudó con ningún gesto; parecía empeñado en establecer un contacto visual significativo con la bonita asistente. Recordé el libro que Mattie estaba leyendo al mismo tiempo que *Bartleby, el escribiente*: *Silent Witness*, de Richard North Patterson. A diferencia de los de Grisham, los abogados de Patterson casi siempre parecían saber lo que hacían. «Protesto, señoría, está pidiendo al testigo que haga conjeturas.»

Me encogí de hombros.

—Lo siento, abogado, no puedo responder. Me he dejado la bola de cristal en casa.

Una vez más, vi un brillo perverso en los ojos de Durgin.

—Señor Noonan, le aseguro que si no responde a mi pregunta aquí tendrá que regresar de Malibú o de Fire Island o de donde sea que vaya a escribir su próxima novela para responderla más adelante.

Volví a encogerme de hombros.

—Si tengo que hacerlo, lo haré. Ya le he dicho que estaba pendiente de la niña. No sé a qué velocidad conducía la madre ni si Royce Merrill tiene buena vista, ni siquiera si el agente Footman midió las marcas de patinazos correctas. Le aseguro que hay muchas marcas de neumáticos en esa parte de la carretera. Pero supongamos que conducía a setenta y cinco kilómetros por hora. Incluso a ochenta, si lo prefiere. Tiene veintiún años, Durgin. A esa edad, los reflejos de una persona están mejor que nunca. Seguramente habría sorteado a la niña, y con facilidad.

—Creo que ya es suficiente.

—¿Por qué? ¿Porque no ha conseguido lo que quería? —Bissonette me dio otro puntapié en el tobillo, pero no le hice caso—. Si lo que le interesa es el bienestar de Kyra, ¿por qué habla como si estuviera de parte de su abuelo?

Durgin esbozó una sonrisita ominosa, de esas que parecen decir: «Muy bien, tío listo, ¿quieres jugar?» Acercó el magnetófono a su cuerpo.

—Ya que menciona al abuelo de Kyra, el señor Maxwell Devore de Palm Springs, hablemos un poco de él, ¿de acuerdo?

—Éste es su espectáculo.

—¿Alguna vez ha hablado con Maxwell Devore?

—Sí.

—¿Personalmente o por teléfono?

—Por teléfono.

Iba a añadir que el viejo había conseguido mi número de teléfono a pesar de que no estaba en la guía, entonces recordé que Mattie había hecho lo mismo y decidí no tocar ese tema.

—¿Cuándo fue eso?

—El sábado pasado por la noche. La noche del Cuatro de Julio. Me llamó mientras yo miraba los fuegos artificiales.

—¿Y el tema de conversación fue la pequeña aventura de esa mañana?

Mientras formulaba la pregunta, Durgin se metió la mano en el bolsillo y sacó una cinta magnetofónica. El ademán tuvo algo de teatral; en ese momento parecía un mago enseñando las dos caras de un pañuelo de seda. Y era un farol. Yo no podía estar seguro… y sin embargo lo estaba. Devore había grabado nuestra conversación, no me cabía duda —el zumbido de fondo había sido demasiado alto, hasta el punto de que en cierto momento de la conversación yo había reparado en él—, y yo estaba convencido de que realmente estaba en la cinta que Durgin introducía en el magnetófono… pero era un farol.

—No lo recuerdo —dije.

La mano de Durgin quedó paralizada en el acto de cerrar la tapa transparente del magnetófono. Me miró con sincera incredulidad… y con algo más. Pensé que ese algo más era una mezcla de sorpresa y furia.

—¿No lo recuerda? Vamos, señor Noonan. Estoy seguro de que los escritores están entrenados para recordar conversaciones, y ésta tuvo lugar hace apenas una semana. Dígame de qué hablaron.

—De verdad no lo recuerdo —le dije con voz impasible y sin inflexiones.

Por un momento, Durgin me miró casi con miedo. Luego sus rasgos se alisaron. Una uña pulida iba y venía sobre las teclas señaladas como *rew*, *ff*, *play* y *rec*.

—¿Cómo comenzó el señor Devore la conversación? —preguntó.

—Dijo hola —respondí en voz baja y oí un breve sonido amortiguado detrás de la Stenomask. Puede que el viejo carraspeara; pero también es posible que fuera una risita contenida.

Unas manchas rojas comenzaron a brotar en las mejillas de Durgin.

–¿Y después de hola? ¿Qué dijo entonces?

–No lo recuerdo.

–¿Le preguntó sobre lo sucedido por la mañana?

–No lo recuerdo.

–¿No le dijo usted que Mary Devore y su hija estaban juntas, señor Noonan? ¿Que estaban cogiendo flores? ¿No es eso lo que dijo a ese abuelo preocupado cuando le preguntó por un incidente que fue la comidilla del pueblo el Cuatro de Julio?

–Alto –dijo Bissonette. Levantó una mano por encima de la mesa y luego tocó la palma con los dedos de la otra, haciendo la «T» de un árbitro–. Tiempo.

Durgin lo miró. El rubor de sus mejillas se intensificó y tensó los labios lo suficiente para mostrar las puntas de unos dientes pequeños y cubiertos de coronas.

–¿Qué quiere? –Prácticamente gruñó, como si Bissonette hubiera pasado por allí para hablarle de los Testigos de Jehová o tal vez de los Rosacruces.

–Quiero que deje de acosar a este hombre y quiero que la alusión a las flores se borre del acta –dijo Bissonette.

–¿Por qué? –preguntó Durgin.

–Porque pretende incluir en actas algo que este testigo no ha dicho. Si quiere suspender el procedimiento durante unos minutos, podemos llamar al juez Rancourt, pedirle su opinión…

–Retiro la pregunta –dijo Durgin y me miró con rabia contenida–. Señor Noonan, ¿quiere ayudarme a hacer mi trabajo?

–Lo que quiero es ayudar a Kyra Devore, si puedo –respondí.

–Muy bien. –Asintió con la cabeza como si no hubiera diferencia entre una cosa y otra–. Entonces, por favor, dígame de qué hablaron usted y Maxwell Devore.

–No lo recuerdo. –Le busqué la mirada y la sostuve–. Tal vez usted pueda refrescarme la memoria.

Hubo un momento de silencio, como los que descienden a veces cuando hay mucho dinero acumulado en una partida de póquer precisamente después de que se hayan hecho las últimas apuestas y de que los jugadores enseñen las manos. Hasta el viejo piloto de cazas guardó silencio, y sus ojos no parpadearon encima de la Stenomask. Entonces Durgin apartó el magnetófono con el canto de la mano (el rictus de su boca sugería que sentía tanta simpatía por ese aparato como yo por el teléfono) y volvió al tema del Cuatro de Julio. No me interrogó sobre la cena del martes con Mattie y Ki ni volvió a mencionar la conversación telefónica con Devore, aquella en la que yo había dicho cosas desagradables y fácilmente reprobables.

Continué respondiendo preguntas hasta las once y media, pero de hecho la entrevista terminó cuando Durgin apartó el magnetófono con el canto de la mano. Yo lo sabía y estoy seguro de que él también.

–¡Mike! ¡Mike, aquí!

Mattie agitaba la mano desde una de las mesas del merendero situado detrás del escenario para la banda del parque del pueblo. Estaba radiante. Le devolví el saludo y caminé hacia ella; en el camino, pasé entre unos niños pequeños que jugaban a pillarse, sorteé a una pareja de adolescentes que se hacían arrumacos sobre la hierba y esquivé un disco de playa poco antes de que un pastor alemán diera un salto y lo cogiera con destreza.

Mattie estaba acompañada de un pelirrojo alto y esquelético, pero apenas si tuve ocasión de fijarme en él, pues ella me salió al encuentro cuando todavía estaba en el camino de grava y me abrazó; y no fue un abrazo puritano, de esos que se dan empujando el trasero hacia fuera. Luego me besó en la boca con suficiente fuerza para aplastarme los labios contra los dientes, y al separarse produjo un fuerte sonido de succión. Se apartó un poco y me miró con manifiesta satisfacción.

–¿Ha sido el beso más grande de tu vida?

–El más grande en cuatro años –respondí–. ¿Te conformas con eso?

Si no retrocedía unos pasos en los segundos siguientes, tendría una demostración física de lo mucho que me había gustado.

–No tengo más remedio. –Se volvió hacia el pelirrojo con una expresión curiosamente desafiante–. ¿He cometido una imprudencia?

–Seguramente –respondió él–. Pero al menos no os han visto

los viejos del taller. Mike, soy John Storrow. Me alegro de conocerte personalmente. ¿Te parece bien que nos tuteemos y dejemos a un lado las formalidades?

–Me parece una excelente idea.

Me cayó bien en el acto, quizá porque lo vi vestido con un elegante traje neoyorquino de tres piezas, distribuyendo platos de papel sobre la mesa del merendero mientras su cabello pelirrojo se agitaba al viento como algas rojas. Tenía la piel clara y pecosa; la clase de piel que nunca se broncea, sino que se quema y luego se pela en grandes clapas que parecen eccema. Cuando nos estrechamos la mano, la suya parecía sólo nudillos. Debía de tener treinta años como mínimo, pero aparentaba la edad de Mattie y supuse que tendrían que pasar cinco años antes de que pudiera beber en un bar sin que le pidieran el carné de conducir.

–Siéntate –dijo–. Tenemos una comida de cinco platos, cortesía de Castle Rock Variety: bocadillos, que por alguna razón aquí los llaman «emparedados italianos»... palotes rellenos de mozzarella... patatas fritas con ajo... y chocolatinas Twinkies.

–Son sólo cuatro –observé.

–He olvidado el plato líquido –dijo y de una bolsa de papel marrón sacó tres botellas de cerveza–. Comamos. Mattie lleva la biblioteca desde las dos a las ocho los viernes y los sábados, y éste es un mal momento para que falte al trabajo.

–¿Qué tal fue la tertulia literaria de anoche? –pregunté–. Veo que Lindy Briggs no te ha devorado viva.

Mattie rió, se cogió las manos y las sacudió por encima de la cabeza.

–¡Quedé como una campeona! ¡Como una empollona! Aunque no me atreví a confesar que las mejores ideas eran tuyas...

–Gracias a Dios por las pequeñas dádivas cotidianas –dijo Storrow mientras retiraba la envoltura de papel del emparedado con cautela, usando sólo las puntas de los dedos.

–... así que conté que había leído un par de ensayos críticos y que me habían dado algunas pistas. Fue fantástico. Me sentí como una universitaria.

–Estupendo.

–¿Y Bissonette? –preguntó John Storrow–. ¿Dónde está? Nunca he conocido a nadie que se llamara Romeo.

–Lo siento. Dijo que tenía que regresar a Lewiston de inmediato.

–De hecho, es mejor que crean que somos un grupo pequeño, al menos por el momento. –Mordió el emparedado, que en esa zona se venden cortados por la mitad, y me miró con gesto de sorpresa–. Esto no está nada mal. Cuéntanos qué pasó con la declaración –pidió, y mientras ellos comían, yo hablé.

Cuando terminé, cogí mi emparedado y reviví viejos tiempos; había olvidado lo buenos que están los emparedados italianos: dulces, agrios y aceitosos, todo al mismo tiempo. Naturalmente, nada que sepa tan bien puede ser saludable; es una regla sin excepciones. Supongo que podría formularse el mismo postulado sobre los abrazos de las jovencitas con problemas legales.

–Muy interesante –afirmó John–. Sí; muy interesante. –Sacó un palote de mozzarella de la bolsa manchada de grasa, lo partió y miró con una mezcla de horror y fascinación los grumos de queso que había dentro.

»¿La gente de aquí come estas cosas? –preguntó.

–Los neoyorquinos comen vejiga de pescado –repliqué–. Y cruda.

–Supongo.

Mojó el palote en un bote de salsa para espaguetis (que en este contexto, en el oeste de Maine, se llama «salsa de queso») y se lo comió.

–¿Qué tal? –pregunté.

–No está mal. Aunque deberían estar más calientes.

Tenía razón. Comer palotes de mozzarella fríos es como comer moco frío, pero aquel precioso viernes de mediados de verano consideré prudente reservarme esa observación.

–Si Durgin tenía la grabación, ¿por qué no la puso? –preguntó Mattie–. No lo entiendo.

John estiró los brazos, hizo crujir los nudillos y la miró con benevolencia.

–Tal vez nunca lo sepamos con certeza –respondió. Pensaba que Durgin iba a abandonar el caso: se notaba en cada signo de su lenguaje corporal y en cada inflexión de su voz. Las perspectivas eran optimistas, pero era conveniente que Mattie no se hiciera demasiadas ilusiones. John Storrow no era tan joven como parecía y quizá tampoco tan crédulo (eso esperaba yo), pero era joven. Y ni él ni Mattie conocían la anécdota del trineo de Scooter Larribee. Ni habían visto la cara de Bill Dean mientras la contaba.

—¿Queréis oír algunas conjeturas? –preguntó.

—Claro –respondí.

John dejó el emparedado en la mesa, se limpió los dedos y los usó para enumerar sus ideas.

—Primero, la llamada la hizo *él*, y en esas circunstancias el valor de una conversación grabada es discutible. Segundo, no habló exactamente como el Capitán Canguro, ¿no?

—No.

—Tercero, tus invenciones te comprometen a ti, Mike, y no demasiado, pero en absoluto a Mattie. A propósito, me encanta lo que dijeron acerca de que Mattie le tiró espuma a la cara a Kyra. Si ésa es su mejor baza, les convendría abandonar el caso de inmediato. Por último, y seguramente ésta es la verdad, creo que Devore tiene «la enfermedad de Nixon».

—¿La enfermedad de Nixon? –preguntó Mattie.

—La cinta que tenía Durgin no es la única. Estoy seguro. Y tu suegro teme que si presenta una de las cintas obtenidas mediante el sistema que ha instalado en Warrington's, sea cual fuere, lo obliguemos legalmente a presentarlas todas. No os quepa duda de que yo lo haría.

Mattie parecía atónita.

—¿Qué puede haber de malo en esas cintas? Y si lo hay, ¿por qué no las destruye?

—Es posible que no pueda –respondí–. Tal vez las necesite para otros fines.

—De hecho no tiene importancia –dijo John–. Lo importante es que Durgin se echó un farol. –Golpeó suavemente la mesa con el canto de la mano–. Creo que va a abandonar el caso. Estoy convencido.

—Es demasiado pronto para asegurar algo así –me apresuré a

decir, pero al ver la cara de Mattie (más feliz y radiante que nunca), supe que el daño estaba hecho.

–Cuéntale lo que has hecho –dijo Mattie a John–. Después me iré a la biblioteca.

–¿Dónde dejas a Kyra mientras trabajas? –pregunté.

–En casa de la señora Cullum. Vive a tres kilómetros al norte de Wasp Hill Road. Además, en julio Ki va a clases de catecismo. Le encantan; sobre todo por las canciones y por los cuentos sobre Noé y Moisés. Un autobús escolar la deja en casa de Arlene y yo la recojo a las nueve menos cuarto. –Esbozó una sonrisa triste–. A esa hora, casi siempre está dormida en el sofá.

John continuó hablando durante unos diez minutos. No llevaba mucho tiempo con el caso, pero ya había puesto manos a la obra. Un sujeto de California estaba recogiendo datos sobre Roger Devore y Morris Ridding («recoger datos» sonaba mucho mejor que «fisgonear»). John estaba particularmente interesado en las relaciones de Max Devore con su hijo y quería saber si este último sabía algo de lo que ocurría con su sobrina en Maine. John también se había puesto en campaña para descubrir todo lo posible sobre las actividades de Max Devore desde su regreso al TR. Con este fin había contratado a un detective privado que le había recomendado Romeo Bissonette, mi «abogado de alquiler».

Mientras hablaba y hojeaba una libretita que había sacado del bolsillo interior de la chaqueta, recordé lo que había dicho sobre la estatua de la justicia durante nuestra conversación telefónica: «Añádale unas esposas en sus gruesas muñecas y una mordaza a juego con la venda de los ojos, viólela y arrástrela por el barro.» Tal vez ésa fuera una forma exagerada de explicar lo que hacíamos, pero tuve la impresión de que, como mínimo, estábamos dándole una buena sacudida. Imaginé al pobre Roger Devore en el estrado, tras recorrer cuatro mil kilómetros sólo para que lo interrogaran sobre sus preferencias sexuales. Tuve que recordarme que su padre, y no Mattie o John Storrow, sería el verdadero responsable de su situación.

–¿Hay alguna posibilidad de que tengas una entrevista con Devore y su principal asesor legal?

–No lo sé con seguridad. El anzuelo está en el agua, la oferta sobre la mesa, la carne en el asador; escoge la metáfora que prefieras, o si quieres, mézclalas todas.

—Le has puesto el cascabel al gato —dijo Mattie con solemnidad.

—Les has arrojado el lazo —añadí.

Cambiamos una mirada y reímos. John nos miró con tristeza, luego cogió su emparedado y empezó a comer otra vez.

—¿Es imprescindible que te reúnas con él en presencia de su abogado? —pregunté.

—¿Te gustaría ganar el caso y más tarde descubrir que Devore puede reiniciarlo basándose en la conducta poco ética del abogado de Mary Devore? —replicó John.

—¡No lo digas ni en broma! —exclamó Mattie.

—No bromeaba —dijo John—. Sí; es imprescindible que su abogado esté presente. Pero no creo que tenga posibilidades de hacerlo en este viaje. Ni siquiera he visto al viejo y os aseguro que estoy muerto de curiosidad.

—Si crees que verlo te hará feliz, asiste al partido de *softball* del martes próximo —dijo Mattie—. Él estará allí con su sofisticada silla de ruedas, riendo, aplaudiendo e inhalando oxígeno cada quince minutos.

—No es mala idea —repuso John—. Tengo que pasar el fin de semana en Nueva York, pero es posible que vuelva el martes. Hasta es posible que me traiga mi guante de béisbol.

Comenzó a recoger la basura, y una vez más pensé que parecía a un tiempo remilgado y encantador, como Stan Laurel con delantal. Mattie le hizo una seña para que se sentara y continuó con la tarea.

—No habéis comido los Twinkies —dijo con un dejo de tristeza.

—Llévaselos a la niña —sugirió John.

—De eso nada. Yo no le permito comer esas cosas. ¿Qué clase de madre crees que soy?

Mattie vio nuestra expresión, tomó conciencia de lo que acababa de decir y echó a reír. John y yo la imitamos.

El viejo Scout de Mattie estaba aparcado detrás del monumento a los caídos, que en Castle Rock es un soldado de la Primera

Guerra Mundial con una generosa ración de mierda de pájaro en un casco parecido al molde de un pastel. Junto al coche de Mattie había un Taurus flamante, con una calcomanía de Hertz en el parabrisas. John dejó su maletín –reconfortantemente delgado y no demasiado ostentoso– en el asiento trasero.

–Si puedo regresar el martes, te llamaré –dijo a Mattie–. Y también te llamaré si consigo una entrevista con tu suegro a través de Osgood.

–Yo compraré los emparedados italianos –dijo Mattie.

Sonrió. Luego le cogió un brazo con una mano y uno de los míos con la otra. Parecía un sacerdote recién ordenado preparándose para casar a su primera pareja.

–Si habláis por teléfono, recordad que hay escuchas en una o en las dos líneas. Si es necesario, encontraos en el mercado. Mike, es probable que debas pasar por la biblioteca local para retirar algún libro.

–Aunque no podrás hacerlo hasta que renueves tu ficha –dijo Mattie con una mirada tímida.

–Pero ni una visita más a la caravana de Mattie, ¿entendido?

Yo respondí que sí, Mattie respondió que sí, y John Storrow nos miró sin acabar de creérselo. Me pregunté si había visto algo en nuestra cara o cuerpo que no debería estar allí.

–Han adoptado una estrategia que no funcionará –dijo–. No debemos darles la oportunidad de que la cambien. No podemos correr el riesgo de que hagan insinuaciones sobre vosotros dos o sobre ti, Mike, y Kyra.

La expresión de horror de Mattie hizo que una vez más aparentara doce años.

–¡Mike y Kyra! ¿A qué te refieres?

–A una posible acusación de abusos sexuales presentada por personas tan desesperadas que recurrirán a cualquier cosa.

–Eso es ridículo –protestó ella–. Si mi suegro pretende jugar sucio...

John asintió.

–Sí, tendríamos que devolverle la pelota. El caso se publicaría en los periódicos de costa a costa del país, e incluso podrían llegar a emitir el juicio por televisión. Entonces, que Dios se apiade de nosotros. Debemos evitarlo a toda costa. No es bueno para los adultos ni para los niños, que tarde o temprano sufren las consecuencias.

Se inclinó y besó a Mattie en la mejilla.

—Lo lamento —dijo y parecía lamentarlo sinceramente—. Los casos de custodia son así.

—Me lo habías advertido. Pero la sola idea de que alguien haga algo semejante porque no encuentra otra forma de ganar...

—Deja que te haga otra advertencia —replicó John y su cara se volvió todo lo severa que permitían sus facciones jóvenes y afables—. Estamos ante un hombre muy rico que tiene las cosas difíciles. Es como trabajar con dinamita vieja.

—¿Todavía estás preocupada por Ki? —pregunté a Mattie—. ¿Todavía tienes el pálpito de que corre algún peligro?

Noté que consideraba la posibilidad de eludir la pregunta —quizá debido a la característica reserva de los yanquis—, y que finalmente decidió no hacerlo. Tal vez hubiera llegado a la conclusión de que las evasivas eran un lujo que no podía permitirse.

—Sí. Pero no es más que un pálpito.

John arrugó el entrecejo. Supongo que a él también se le había ocurrido la idea de que Devore podría recurrir a tácticas ilegales para conseguir lo que quería.

—Vigila a la niña —dijo—. Yo respeto los pálpitos. ¿Crees que el tuyo se basa en algo concreto?

—No —respondió Mattie y me dirigió una rápida mirada, como pidiéndome que mantuviera la boca cerrada—. La verdad es que no.

Abrió la puerta del Scout y arrojó dentro el bolso donde llevaba los Twinkies, que finalmente había aceptado llevarse. Luego se volvió hacia nosotros con una expresión casi furiosa.

—No sé cómo seguir ese consejo. Trabajo cinco días a la semana y en agosto tendremos que poner al día las fichas de los libros, así que serán seis. Ahora mismo Ki come en la escuela de catecismo y cena en casa de Arlene Cullum. La veo por la mañana. El resto del tiempo... —supe lo que iba a decir antes de que lo hiciera; era una vieja expresión— está en el TR.

—Podría ayudarte a buscar una *au pair* —dije, pensando que me saldría muchísimo más barata que John Storrow.

–No –dijeron Mattie y John a un unísono tan perfecto que cambiaron una mirada y rieron. Pero incluso mientras reía, Mattie parecía tensa y desdichada.

–No dejaremos ningún rastro que puedan explotar Devore y sus abogados –dijo John–. Quién me paga a mí es una cosa. Quién paga a la niñera de Kyra es otra muy distinta.

–Además, ya he aceptado demasiada ayuda de tu parte –añadió Mattie–. Más de la que me habría gustado. No quiero exigirte más sólo porque tengo premoniciones.

Se subió al Scout y cerró la puerta.

Puse las manos en la ventanilla abierta. Ahora estábamos al mismo nivel y el contacto visual era tan intenso que resultaba desconcertante.

–Mattie, no tengo nada mejor en que gastar el dinero. De veras.

–He aceptado que pagues los honorarios de John porque su intervención tiene que ver con Ki. –Puso una mano sobre la mía y me dio un pequeño apretón–. Pero el resto tiene que ver conmigo, ¿de acuerdo?

–Sí. Pero tienes que informar a la niñera y a la gente que dirige esa escuela de catecismo que hay un proceso de custodia en marcha y que Kyra no debe irse con ninguna persona, aunque sea conocida, sin tu consentimiento.

–Ya lo he hecho –respondió con una sonrisa–. Me lo aconsejó John. Mantente en contacto, Mike.

Me levantó la mano, la besó con fuerza y se marchó.

–¿Qué opinas? –le pregunté a John mientras el Scout dejaba una estela de humo en su camino hacia el puente de Prouty, que cruza Castle Street y acaba en la carretera 68.

–Opino que tiene suerte de tener un benefactor bondadoso y un buen abogado –respondió John. Después de una pausa, añadió–: Pero te diré una cosa: a mí no me parece una chica afortunada. Tengo la sensación… no sé…

–¿De que está rodeada por una nube que no te permite verla tal cual es?

–Es posible. Puede que sea eso. –Se pasó las manos por la rebelde mata de cabello rojo–. Sólo sé que es algo triste.

Yo sabía exactamente a qué se refería… pero en mi caso había algo más. Quería acostarme con ella, tanto si estaba triste como si no, tanto si eso estaba bien como si no. Quería sentir sus manos en mi cuerpo, tirando, apretando, acariciando. Quería oler su piel y saborear su pelo. Quería sentir sus labios en mi oreja, su respiración haciendo vibrar los pelillos mientras me decía que hiciera lo que quisiera, lo que quisiera.

Regresé a Sara Risa poco después de las dos y entré pensando sólo en mi estudio y en la IBM. Había vuelto a escribir… a escribir. Todavía no me lo creía. Trabajaría (no es que lo sintiera como un trabajo después de un descanso de cuatro años) hasta las seis de la tarde aproximadamente, luego nadaría un rato e iría al Village Cafe para degustar una de las especialidades ricas en colesterol de Buddy.

En cuanto crucé la puerta, la campanilla de *Bunter* comenzó a sonar con insistencia. Me detuve en el vestíbulo, con la mano paralizada en el pomo de la puerta. La casa estaba caliente e iluminada, no había una sombra en ninguna parte, pero se me puso carne de gallina, como si fuera medianoche.

–¿Hay alguien aquí? –grité.

La campanilla dejó de sonar. Hubo un momento de silencio y luego una mujer gritó. El sonido parecía proceder de todas partes; surgía del aire soleado y moteado de polvo como el sudor de una piel caliente. Fue un grito de ira, de rabia, de dolor… pero principalmente, creo, de horror. Y yo también grité; no pude evitarlo. Ya me había asustado bastante en la oscuridad de la escalera del sótano, al oír los golpes de un puño invisible contra los paneles de material aislante, pero esto era mucho peor.

El grito no se detuvo de súbito. Se desvaneció igual que se había desvanecido el llanto del niño; se desvaneció como si la persona que gritaba fuera arrastrada rápidamente por un pasillo largo.

Finalmente desapareció.

Me apoyé contra la estantería con una mano sobre la camiseta y el corazón galopando debajo. Me costaba respirar y mis músculos tenían esa extraña sensación explosiva que uno experimenta después de un susto importante.

Pasó un minuto. Mi ritmo cardíaco se redujo gradualmente y la respiración también. Erguí los hombros, di un paso vacilante, y tras comprobar que las piernas me sostenían, di otros dos. Me detuve junto a la puerta de la cocina, y paseé la vista por el salón. Encima de la chimenea, el alce *Bunter* me miró con sus ojos de cristal. La campanilla que tenía al cuello estaba quieta y silenciosa, iluminada por un deslumbrante haz de luz. Sólo se oía el tictac del estúpido gato Félix de la cocina.

Lo que más me atormentaba en ese momento era la sensación de que la mujer que había gritado había sido Jo, de que Sara Risa estaba habitada por el fantasma de mi esposa y de que ella estaba sufriendo. Muerta o no, sufría.

—¿Jo? —pregunté en voz baja—. ¿Jo, estás…?

Volví a oír un llanto, el sonido de un niño asustado, al mismo tiempo que la boca y la nariz se me llenaban del sabor metálico del lago. Aterrorizado, me llevé una mano a la garganta y comencé a hacer arcadas; entonces me incliné sobre el fregadero y escupí. Ocurrió lo mismo que la vez anterior: en lugar de arrojar un gran chorro de agua, apenas si salió un poco de saliva. La sensación de estar atragantándome con agua desapareció como si nunca hubiera estado allí. Permanecí donde estaba, cogido al mármol de la cocina e inclinado sobre el fregadero, como un borracho que termina su juerga vomitando la alegría embotellada de la noche anterior. También me sentía así: demasiado confuso y mareado, demasiado aturdido para entender lo que pasaba. Por fin me erguí nuevamente, cogí el paño de cocina que colgaba de la manija del lavavajillas y me sequé la cara. Había té en el frigorífico y yo necesitaba más que nunca un vaso grande, con mucho hielo. Pero cuando iba a abrir la nevera, mi mano se quedó paralizada. Los imanes de frutas y verduras volvían a formar un círculo y en el centro las letras decían lo siguiente:

me ahgo

304

Ya es suficiente, pensé. Me largo de aquí. Ahora mismo. Hoy mismo.

Sin embargo, una hora después estaba en el sofocante estudio con un vaso de té helado sobre el escritorio (hacía rato que los cubitos se habían derretido). Vestido sólo con el bañador y perdido en el mundo que estaba inventando, el mundo en el que un detective privado llamado Andy Drake procuraba demostrar que John Shackleford no era el asesino en serie al que habían bautizado con el alias de Gorra de Béisbol.

Así es como seguimos adelante: un día por vez, una comida por vez, un dolor por vez, una respiración por vez. Los dentistas hacen un tratamiento de conducto por vez; los astilleros reparan un casco de barco por vez. Si escribes libros, redactas una página por vez. Volvemos la espalda a lo que sabemos y a lo que tememos. Estudiamos catálogos, miramos partidos de fútbol, contamos los pájaros que hay en el cielo y no nos apartamos de la ventana al oír unos pasos detrás. A veces las nubes parecen cosas diferentes –peces, unicornios y jinetes–, pero de hecho son sólo nubes, y concentramos nuestra atención en la comida siguiente, el dolor siguiente, la respiración siguiente, la página siguiente. Así es como seguimos adelante.

CAPITULO 16

El libro era bueno, ¿vale? El libro era excelente.

Me daba miedo cambiar de habitación, y mucho más empacar la máquina de escribir y mi delgado, recién empezado manuscrito e irme con ellos a Derry. Hubiera sido tan peligroso como sacar a un recién nacido a una tormenta. Así que me quedé, reservándome el derecho de marcharme si los acontecimientos se volvían demasiado alarmantes (así como los fumadores se reservan el derecho a dejar el hábito si su tos se vuelve demasiado insistente), y pasó una semana. Durante ese período pasaron cosas, pero hasta que me topé con Max Devore en la Calle el viernes siguiente –17 de julio– lo más importante que había ocurrido era que continuaba trabajando en la novela que, si la acababa, se titularía *Mi amigo de la infancia*. Tal vez siempre pensemos que lo que hemos perdido es lo mejor... o que podría haber sido lo mejor. No lo sé a ciencia cierta; lo que sí sé es que mi vida real esa semana giró en torno a Andy Drake, John Shackleford y una figura sombría que se vislumbraba en el fondo: Raymond Garraty, el amigo de la infancia de John. Un hombre que a veces llevaba una gorra de béisbol.

Durante esa semana hubo otras manifestaciones en la casa,

pero menos impresionantes; nada parecido al grito que me había helado la sangre. A veces sonaba la campanilla de *Bunter* y a veces los imanes de frutas y verduras volvían a formar un círculo. Sin embargo nunca con palabras en el centro; esa semana no. Una mañana me levanté y encontré el azucarero volcado, lo que me hizo recordar la anécdota de Mattie sobre la harina. En el azúcar derramada no había nada escrito, pero había un garabato

$$\sim\!\!\sim\!\!\sim\!\!\sim\!\!\sim$$

...como si alguien hubiera tratado de escribir algo y no lo hubiera conseguido. En tal caso, simpatizaba con él. Yo sabía lo que era eso.

Mi declaración ante el temible Elmer Durgin había tenido lugar el viernes 10. El martes siguiente, caminé por la Calle en dirección al campo de *softball* de Warrington's, con la esperanza de ver a Max Devore. Eran las seis de la tarde cuando comencé a oír los gritos, los aplausos y el sonido de los bates al golpear las pelotas. Un sendero marcado con señales rústicas (uves dobles marcadas a fuego dentro de flechas de roble) conducía a una caseta de baño abandonada, un par de cobertizos y un pequeño mirador semioculto detrás de plantas trepadoras. Finalmente llegué a una cuesta que se alzaba sobre el centro del campo. Las bolsas de patatas fritas, las envolturas de chocolatinas y las latas de cerveza que cubrían el suelo sugerían que algunas personas miraban el partido desde allí. No pude evitar pensar en Jo y en su amigo misterioso, el tipo de la chaqueta marrón, el individuo corpulento que le había rodeado la cintura con un brazo y había abandonado el campo de juego con ella, riendo, en dirección a la Calle. Durante el fin de semana, un par de veces había sentido la tentación de llamar a Bonnie Amudson, con la esperanza de que ella conociera a ese hombre y me dijera su nombre, pero no lo había hecho. No remuevas el avispero, me había dicho. No remuevas el avispero, Michael.

Esa tarde tenía todo el descampado para mí solo, y me pareció que estaba a la distancia perfecta de la base meta, habida cuenta de que el hombre que solía aparcar su silla de ruedas al otro lado de la valla me había llamado mentiroso y que yo le había sugerido que se metiera mi número de teléfono allí donde no brilla el sol.

No debería haberme preocupado, pues ni Devore ni la encantadora Rogette habían acudido a ver el partido.

Sin embargo, vi a Mattie detrás de la valla, junto a la primera base. John Storrow estaba con ella, vestido con tejanos, un polo y una gorra de los Mets que cubría la mayor parte de su melena roja. Antes de percatarse de mi presencia, siguieron mirando el partido y conversando como viejos amigos durante unos instantes, el tiempo suficiente para que yo envidiara la situación de John y me sintiera un poco celoso.

En ese momento alguien lanzó una pelota en arco hacia el centro, allí donde la única valla era el bosque. El centrocampista retrocedió, pero era obvio que la pelota iba a pasar muy por encima de su cabeza. Se dirigía hacia donde estaba yo, aunque bastante más a la derecha. Corrí en esa dirección sin pensar, abriéndome paso entre los arbustos que había entre el césped del campo y los árboles, con la esperanza de no estar corriendo entre ortigas. Cogí la pelota con la mano izquierda y reí cuando algunos de los espectadores me vitorearon. El centrocampista me aplaudió golpeando el guante con la mano derecha. Entretanto, el bateador recorrió las bases con serenidad, consciente de que había conseguido un *home run* con todas las de la ley.

Le devolví la pelota al centrocampista, y mientras regresaba a mi puesto original entre los envoltorios de chocolatinas y las latas de cerveza, eché otro vistazo al campo y vi que Mattie y John me miraban. Si algo confirma la idea de que los seres humanos somos sólo otra especie animal –una con un cerebro algo más desarrollado y con una idea mucho más jactanciosa de nuestra importancia en el mundo– es nuestra habilidad para comunicarnos con gestos cuando es necesario. Mattie cruzó las manos sobre el pecho, inclinó la cabeza a la izquierda, enarcó las cejas: «Mi héroe.» Yo levanté las manos hasta los hombros y luego las palmas hacia el cielo: «Tonterías, señora, no ha sido nada.» John agachó la cabeza y puso los dedos en la frente, como si le doliera:

«Eres un cabrón con suerte». Después de estos comentarios, señalé hacia la red y formulé una muda pregunta encogiéndome de
hombros. Mattie y John me respondieron con otro encogimien-
to de hombros. Un segundo después un niño que parecía una peca
gigante en explosión, vestido con un jersey Michael Jordan que le
llegaba a las pantorrillas como si fuera un vestido, corrió a mi
encuentro.

–Un hombre me ha dado cincuenta centavos para que le diga
que más tarde lo llame a su hotel –dijo señalando a John–. Dijo que
usted me daría cincuenta centavos si había respuesta.

–Dile que lo llamaré a eso de las nueve y media –respondí–.
Pero no tengo cambio. ¿Aceptas un dólar?

–Claro. –Lo cogió, se volvió para marcharse, pero en el último momento dio media vuelta. Me sonrió, enseñándome unos
dientes con un intervalo entre el primero y el segundo acto. Con
los jugadores de *softball* al fondo, parecía un dibujo de Norman
Rockwell–. El hombre también dijo que ha atajado la pelota por
pura chiripa.

–Dile que la gente decía lo mismo de Willie Mays.

–¿Willie qué?

Ah, la juventud. Ah, las tradiciones.

–Tú limítate a decírselo, amiguito. Él lo entenderá.

Permanecí allí otro rato, pero puesto que el partido empezaba a
desmadrarse y que Devore no aparecía, regresé por donde había
venido. Vi a un pescador subido a una roca y a dos jóvenes que paseaban cogidos de la mano por la Calle en dirección a Warrington's.
Me saludaron y yo les respondí. Me sentía solo y contento al mismo
tiempo. Supongo que es una clase rara de felicidad.

La gente comprueba si hay mensajes en el contestador automático cuando regresa a casa; ese verano, yo comprobaba si había mensajes en la puerta del frigorífico. Como solía decir Bulwin-
kle Moose: ini-mini-chili-vini, los espíritus van a hablar. Esa
noche no lo hicieron, aunque los imanes de frutas y verduras
habían cambiado de posición para trazar una línea sinuosa, como
una serpiente o quizá la letra *S* durmiendo la siesta:

Poco después llamé a John, le pregunté dónde había estado Devore y él me dijo en palabras lo que ya me había dicho, más económicamente, con gestos:

—Es el primer partido que se pierde desde que volvió. Mattie trató de interrogar a algunas personas para averiguar si estaba bien y le dijeron que, que ellos supieran, sí.

—¿Qué has querido decir con que «trató» de interrogar a algunas personas?

—Que varias se negaron a hablar con ella. «Le hicieron el vacío», como diría alguien de la generación de mis padres. —Cuidado, amiguito, la generación de tus padres está a un paso de la mía, pensé pero no lo dije—. Finalmente, una de sus antiguas amigas le habló, pero parece haber una hostilidad general hacia Mattie. Ese tal Osgood será muy mal vendedor, pero como distribuidor de la pasta de Devore está haciendo un excelente trabajo para separar a Mattie de los demás habitantes del pueblo. ¿Es un pueblo, Mike? No acabo de entenderlo.

—Sólo es el TR —respondí—. No hay otra forma de definirlo. ¿De verdad crees que Devore está sobornando a todo el mundo? Eso no coincide con la tradicional idea de la inocencia y la bondad de los habitantes de las zonas rurales, ¿no?

—Está regalando dinero y usando a Osgood, quizá también a Footman, para hacer circular rumores. Y la gente de por aquí parece tan honesta como los políticos honestos.

—¿Los que son fieles al que les paga bien?

—Sí. Ah, he visto a uno de los principales testigos de Devore en el caso de la niña fugitiva. Royce Merrill. Estaba con algunos amigos junto a la caseta del campo donde se guarda el equipo. ¿No lo viste? —Respondí que no—. Ese tipo debe de tener ciento treinta años —prosiguió John—, lleva un bastón con un puño de oro del tamaño del culo de un elefante.

—Es el bastón del *Boston Post*. Se lo dan a la persona más vieja de la región.

—Pues no me cabe duda de que el tipo lo merece. Si los abogados de Devore lo llevan al estrado lo haré picadillo.

La alegre confianza de John me producía cierta inquietud.

—Estoy seguro —dije—. ¿Cómo se tomó Mattie el hecho de que sus amigos le hicieran el vacío?

Recordé que me había contado que detestaba las noches de los martes, que odiaba pensar en que los partidos continuaban como siempre en el campo donde ella había conocido a su marido.

—Se lo tomó bien —respondió John—. Creo que de todos modos ya los daba por perdidos. —Yo tenía mis dudas al respecto (recordaba que a los veintiún años uno se empeña en luchar por las causas perdidas), pero no dije nada—. Mattie se ha sentido sola y asustada, hasta creo que en el fondo había empezado a hacerse a la idea de que tendría que renunciar a Kyra, pero ahora ha recuperado la fe. Sobre todo gracias a ti. Conocerte ha sido un golpe de suerte para ella.

Quizá fuera así, pero recordé que Frank, el hermano de Jo, una vez me había dicho que la suerte no existía; sólo existían el destino y las decisiones sabias. Luego evoqué la imagen del TR cruzado por cables invisibles, conexiones que aunque no se vieran eran fuertes como el acero.

—John, después de hacer mi declaración olvidé hacerte la pregunta más importante. ¿Ya se ha fijado una fecha para la vista por la custodia?

—Buena pregunta. Bissonette y yo hemos hecho averiguaciones. A menos que Devore y sus abogados estén tramando una jugada astuta, como presentar el caso en otro distrito, aún no se ha fijado ninguna fecha.

—¿Pueden presentar el caso en otro distrito?

—Es posible, pero no sin que nosotros lo averigüemos.

—¿Y eso qué significa?

—Que Devore está a punto de darse por vencido —se apresuró a responder John—. Por el momento, no veo otra explicación. Mañana por la mañana regresaré a Nueva York, pero me mantendré en contacto. Si pasa algo por aquí, llámame.

Le prometí que lo haría y luego me fui a la cama. Ninguna visitante femenina compartió mis sueños. Fue un alivio.

A última hora de la mañana del miércoles, cuando bajé a servirme otro vaso de té helado, Brenda Meserve estaba tendiendo la ropa en la terraza. Lo hacía como seguramente le había enseñado su madre: los pantalones y las camisas en la parte de fuera, y la ropa interior en la de dentro, de modo que cualquiera que pasara junto a la casa no se enterara de lo que uno llevaba más cerca de la piel.

–Recoja la ropa a eso de las cuatro –dijo mientras se preparaba para marcharse. Me miró con la expresión sabihonda y cínica de una mujer que ha estado «cuidando» de hombres ricos durante toda su vida–. No vaya a olvidarse y a dejarla fuera toda la noche; la ropa mojada por el rocío no parece limpia hasta que vuelve a lavarse.

Le respondí con docilidad que me acordaría de recoger la colada. Luego le pregunté –sintiéndome como un espía que pretende sonsacar información a un miembro de una embajada– si le parecía que todo marchaba bien en la casa.

–¿Qué quiere decir? –preguntó enarcando las cejas en un gesto de asombro.

–Bueno, he oído ruidos raros un par de veces. Por la noche.

–Es una casa de troncos, ¿no? Cogida con alfileres, como quien dice. Un ala se apoya sobre la otra. Seguramente eso es lo que ha oído.

–¿O sea que no hay fantasmas? –pregunté como si estuviera desilusionado.

–Yo nunca he visto ninguno –respondió con el escepticismo de un contable–, pero mi madre decía que por aquí había muchos. Decía que el lago entero estaba encantado, habitado por los micmacs que vivían aquí hasta que el general Wing los desterró, por los fantasmas de todos los hombres que murieron en la guerra civil. De esta zona salieron más de seiscientos, señor Noonan, y regresaron menos de ciento cincuenta... por lo menos vivos. Mi madre decía que en esta parte del Dark Score también vivía el fantasma del niño negro que murió aquí. El pobrecillo era uno de los Red-Tops, ya sabe.

–No, no lo sé. He oído hablar de Sara y los Red-Tops, pero no de esto. –Hice una pausa y añadí–: ¿Se ahogó?

–No; cayó en la trampa de un animal. Estuvo atrapado casi todo un día, pidiendo ayuda a gritos. Finalmente lo encontraron. Le salvaron el pie, pero no deberían haberlo hecho, porque la infección le llegó a la sangre y el niño murió. Ocurrió en el verano de 1901, y supongo que por eso se marcharon, estaban demasiado tristes para quedarse. Pero mi madre decía que el niño se había quedado, que seguía en el TR.

Me pregunté qué diría la señora Meserve si le contaba que el niño me había recibido al llegar de Derry y que desde entonces había reaparecido en varias ocasiones.

—Después pasó lo del padre de Kenny Auster —prosiguió—. Conoce esa historia, ¿no? Es una historia terrible.

La mujer parecía contenta, o bien de conocer una historia tan terrible o de tener la oportunidad de contarla.

—No —respondí—. Sin embargo, conozco a Kenny. Es el dueño del galgo irlandés llamado *Arándano*.

—Sí. Hace chapuzas y trabajos de carpintería, igual que su padre. Normal Auster trabajó como encargado de mantenimiento de muchas de las casas de la zona, y poco después de que terminara la Segunda Guerra Mundial, ahogó al hermano pequeño de Kenny en el jardín trasero. En esa época vivían en Wasp Hill, justo donde se bifurca el camino y una parte va hacia el antiguo amarradero y la otra hacia la dársena. Pero no ahogó al crío en el lago. Lo arrojó al suelo, debajo de la bomba de agua, y lo dejó bajo el chorro hasta que el niño murió.

Me quedé mirándola, mientras a nuestras espaldas la ropa se agitaba en el tendedero. Pensé que el sabor mineral que en dos ocasiones había sentido en la boca y en la garganta podría haber sido tanto de agua del pozo como de agua del lago; al fin y al cabo, toda procedía del mismo sitio. Recordé el mensaje del frigorífico: «me ahogo».

—Dejó al bebé bajo el chorro de la bomba de agua. Tenía un Chevrolet nuevo y vino con él hasta el camino Cuarenta y dos. También trajo un rifle.

—¿No irá a decirme que el padre de Kenny Auster se suicidó en mi casa?

Ella negó con la cabeza.

—No. Lo hizo en la terraza de los Bricker. Se sentó en la hamaca y se voló los sesos de su maldita cabeza de infanticida.

—¿Los Bricker? No los...

–No los conoce. No ha habido ningún Bricker en el lago desde los años sesenta. Eran de Delaware. Gente muy fina. Vivían en la casa que después ocuparon los Washburn, aunque éstos también se han ido. La casa está vacía. De vez en cuando, el imbécil de Osgood trae a alguien a verla, pero nunca la venderá al precio que pide. Recuerde lo que le digo.

Yo había conocido a los Washburn; había jugado al bridge con ellos un par de veces. Eran personas simpáticas, aunque probablemente la señora Meserve, con su extraño esnobismo provinciano, no las habría calificado de «finas». Su casa estaba a poco más de un kilómetro al norte de la mía subiendo por la Calle. Pasado ese punto, no hay mucho más: la cuesta hacia el lago es muy empinada y el bosque se convierte en una jungla de malezas y moreras. La Calle llega hasta la punta de la bahía Halo, en la orilla norte del lago Dark Score, pero una vez que el camino Cuarenta y dos gira otra vez hacia la carretera sólo la usan las personas que van a recoger moras en el verano y los cazadores en el otoño.

Normal, pensé. Buen nombre para un tipo que había ahogado a un bebé bajo el chorro de la bomba del jardín trasero.

–¿Dejó alguna nota? ¿Alguna explicación?

–No, pero la gente dice que su fantasma también está en el lago. Supongo que en todos los pueblos pequeños hay fantasmas, pero yo nunca he visto ninguno; puede que no sea lo bastante sensible. Lo único que sé sobre su casa, señor Noonan, es que huele a humedad por mucho que la ventile. Supongo que es por los troncos. Las construcciones de troncos no van bien con los lagos. La madera absorbe la humedad.

La señora Meserve había dejado el bolso en el suelo y ahora se agachó para recogerlo. Era el bolso de una mujer de campo, negro, sin adornos (salvo por las arandelas doradas que sujetaban las asas) y utilitario. Si hubiera querido, podría haber llevado allí una buena selección de cacharros de cocina.

–Aunque me gustaría, no puedo quedarme aquí charlando todo el día. Todavía tengo que ir a otra casa antes de terminar la jornada de trabajo. Ya sabe que en esta parte del mundo, el verano es la época de cosecha. Acuérdese de descolgar la ropa antes de que anochezca, señor Noonan. No deje que se moje con el rocío.

–Lo recordaré.

Lo recordé, pero cuando salí a descolgarla, vestido con mi bañador y empapado en sudor después de varias horas de trabajar en un horno (tenía que hacer reparar el aire acondicionado, *tenía* que hacerlo), vi que algo había cambiado. Mis tejanos y camisas colgaban alrededor de los postes. La ropa interior y los calcetines, que la señora Meserve había ocultado decorosamente antes de marcharse en su viejo Ford, ahora estaban en la parte exterior del tendedero. Era como si mi huésped invisible –o uno de mis huéspedes invisibles– me dijera ja, ja, ja.

Al día siguiente fui a la biblioteca y antes que nada renové mi carnet. La propia Lindy Briggs cogió mis cuatro pavos e introdujo mi nombre en el ordenador, no sin antes decirme cuánto había lamentado la muerte de Jo. Tal como me había ocurrido con Bill, noté un dejo de reproche en su voz, como si yo fuera el culpable del indecoroso retraso con que debían darme las condolencias. Y supongo que lo era.

–¿Tienen alguna historia del pueblo, Lindy? –pregunté cuando ella dejó de hablar de mi esposa.

–Tenemos dos –respondió y se inclinó hacia mí sobre el mostrador; una mujer menuda con un vestido de estampado chillón, el pelo gris recogido en un moño y los ojos brillantes danzando detrás de las bifocales. Luego añadió con tono confidencial–: Ninguna de las dos es buena.

–¿Cuál es mejor? –pregunté imitando su tono.

–Tal vez la de Edward Osteen. Solía venir por aquí en verano a mediados de los cincuenta y se quedó a vivir permanentemente cuando se retiró. Escribió *Dark Score Days* en el sesenta y cinco o el sesenta y seis. Lo hizo imprimir él mismo, porque ninguna editorial se lo aceptaba. Ni siquiera las de la zona. –Suspiró–. Los lugareños compraron el libro, pero no debe de haber vendido muchos ejemplares, ¿no?

–Supongo que no –respondí.

—No era un buen escritor y tampoco un buen fotógrafo. Las pequeñas fotografías en blanco y negro que ilustran el libro lastiman los ojos. Sin embargo, cuenta algunas anécdotas entretenidas. Sobre las luchas contra los micmacs, el caballo adiestrado del general Wing, el tornado de 1880, los incendios de los años treinta...

—¿Menciona a Sara y a los Red-Tops?

Lindy asintió con una sonrisa.

—Ha decidido investigar la historia de su casa, ¿no? Me alegro mucho. Osteen encontró una vieja foto de la banda y la puso en el libro. Calculaba que se había tomado en la Feria de Fryeburg, en 1900. Ed decía que le hubiera encantado oír un disco de la banda.

—Y a mí también, pero no grabaron ninguno. —De repente recordé unos versos del poeta griego George Seferis: «¿Son las voces de nuestros amigos muertos / o es sólo el gramófono?»—. ¿Qué ocurrió con el señor Osteen? Su nombre no me suena.

—Murió un par de años antes de que usted y Jo compraran la casa del lago —respondió—. De cáncer.

—¿Ha dicho que había dos historias?

—La otra seguramente la conoce. Es *La historia del condado de Castle y de Castle Rock*. Se publicó para el centenario del condado y es muy aburrida. El libro de Osteen no está muy bien escrito pero no es aburrido. Hay que reconocerle ese mérito. Encontrará los dos ejemplares allí. —Señaló unos estantes con un cartel de «Historia de Maine»—. No están en préstamo. —Su expresión se animó—. Pero estaremos encantados de recibir las monedas que desee echar en la máquina de fotocopias.

Mattie estaba sentada en el otro extremo del mostrador, junto a un niño que llevaba una gorra de béisbol con la visera hacia atrás. Le enseñaba a usar el lector de microfichas. Me miró, sonrió y esbozó con los labios las palabras «buena jugada». Supuse que se refería al golpe de suerte que había tenido en Warrington's, cuando había atajado la pelota. Me encogí de hombros modestamente y me dirigí a los estantes de Historia de Maine. Ella tenía razón, de chiripa o no, había sido una buena jugada.

–¿Qué buscas?

Yo estaba tan absorto en las dos historias, que la voz de Mattie me sobresaltó. Me volví y le sonreí y entonces me di cuenta de dos cosas: primero, que el perfume de Mattie era suave y agradable; segundo, que Lindy Briggs nos miraba desde el mostrador y que ya no sonreía.

–Información sobre la zona donde vivo –respondí–. Anécdotas del pasado. El encargado de mantenimiento ha despertado mi interés. –Luego añadí en voz más baja–: La maestra nos mira. No te vuelvas.

Mattie pareció sorprendida y también algo preocupada. Más tarde descubriríamos que tenía razones para preocuparse. Con voz grave pero lo bastante alta para que llegara al mostrador me preguntó si podía guardar alguno de los dos libros. Le devolví los dos, y mientras lo hacía, me susurró con voz de conspiradora:

–El abogado que te representó el viernes ha contratado a un detective privado para John. Dice que han descubierto algo interesante sobre el tutor *ad litem*.

La seguí a los estantes de Historia de Maine, esperando no meterla en líos, y le pregunté si tenía idea de qué era eso interesante que habían descubierto. Negó con la cabeza, me obsequió con una sonrisita profesional de bibliotecaria y se marchó.

En el camino de regreso a la casa pensé en lo que había leído, pero no era mucho. Osteen era mal escritor y mal fotógrafo, y aunque sus historias eran pintorescas no me habían proporcionado mucha información. Mencionaba a Sara y a los Red-Tops, pero se refería a ellos como el «octeto de dixieland», y hasta yo sabía que eso no era cierto. Aunque los Red-Tops tocaran dixieland, eran principalmente un grupo de blues (los miércoles y sábados por la noche) y un grupo de gospel (los domingos por la mañana y por la tarde). En su resumen de dos páginas sobre la estancia de los Red-Tops en el TR, Osteen dejaba claro que nunca había oído las canciones de Sara interpretadas por otro cantante.

Su historia confirmaba que un niño había muerto de septicemia después de caer en una trampa, una anécdota similar a la que me había contado Brenda Meserve; pero ¿por qué no iba a ser así?: con toda seguridad Osteen la había oído de labios del padre o del abuelo de la señora Meserve. Él también decía que el niño era el único hijo de Son Tidwell y que el verdadero nombre del guitarrista era Reginald. Al parecer, los Tidwell procedían del barrio de los prostíbulos de Nueva Orleans, las legendarias calles llenas de burdeles y tabernas que a principios de siglo se conocían con el nombre de Storyville.

En la historia del condado de Castle, mucho más académica, no se mencionaba a Sara y a los Red-Tops, y en ninguno de los dos libros se hablaba del hermano de Kenny Auster, que supuestamente había muerto ahogado. Poco antes de que Mattie se acercara a hablar conmigo, a mí se me había ocurrido una idea descabellada: que Son Tidwell y Sara Tidwell eran marido y mujer y que el niño (a quien Osteen no mencionaba) había sido hijo de la pareja. Encontré la fotografía de la que me había hablado Lindy y la estudié con atención. En ella había por lo menos una docena de negros posando rígidamente en grupo delante de lo que parecía una exhibición de ganado. En el fondo había una anticuada noria. Era muy probable que la foto hubiera sido tomada en la Feria de Fryeburg, y a pesar de que estaba vieja y descolorida, tenía una fuerza primitiva, elemental, que todas las demás fotos de Osteen juntas no alcanzaban a igualar. Seguramente habréis visto fotografías de los bandidos del Oeste en la época de la Depresión que tengan el mismo aspecto de espectral verosimilitud: caras serias sobre corbatas y cuellos apretados, ojos que no están del todo ocultos entre las sombras del ala de los antiguos sombreros.

Sara estaba en el centro y en primera fila con un vestido negro y una guitarra. No sonreía, pero sus ojos se veían risueños, y pensé que, al igual que los ojos de algunos retratos, parecían seguirte allí donde te movieras. Estudié la fotografía y recordé su voz maliciosa en mi sueño: «¿Qué quieres saber, cielo?» Supongo que yo quería información sobre ella y los demás: quiénes habían sido, qué relación mantenían cuando no estaban cantando o tocando, por qué se habían marchado y adónde. Las manos de Sara se veían con claridad, una en las cuerdas de la guitarra, la otra en los trastes, donde ese día de feria del año 1900 tocaba un acorde de *do*. No llevaba ningún anillo en sus largos dedos de artista. Eso no significaba necesariamente que ella y Son Tidwell no estuvieran casados, desde luego, e incluso si no lo hubieran estado, el niño que había caído en la trampa podría haber sido hijo ilegítimo de la pareja. Sin embargo, Son Tidwell tenía la misma mirada risueña. El parecido entre ambos era asombroso, lo que me indujo a pensar que habían sido hermanos y no pareja.

De camino a casa pensé en todas estas cosas y en los cables que podía percibir aunque no fueran visibles, pero sobre todo pensé en Lindy Briggs: en la forma que me había sonreído y en cómo, poco después, no había sonreído a la brillante y joven bibliotecaria con su certificado de bachillerato obtenido por correo. Eso me preocupaba.

Pero una vez que llegué a la casa, mi única preocupación volvió a ser mi novela y sus personajes: sacos de huesos a los que día a día les iba creciendo carne.

Michael Noonan, Max Devore y Rogette Whitmore interpretaron su pavorosa escena de comedia la tarde del viernes. Pero antes, sucedieron dos cosas que merecen contarse.

La primera fue una llamada de John Storrow el jueves por la noche. Yo estaba sentado delante del televisor mirando un partido de béisbol sin sonido (el botón para quitar el sonido que en la actualidad tienen casi todos los mandos a distancia es probablemente el mejor invento del siglo XX). Pensaba en Sara, Son y el pequeño Tidwell. Pensaba en Storyville, un nombre que sin duda fascinaría a todos los escritores. Y en lo más profundo de mi mente pensaba en mi esposa que había muerto embarazada.

—¿Diga?

—Mike, tengo excelentes noticias —dijo John, a punto de estallar de alegría—. Romeo Bissonette es un nombre ridículo, pero el detective que me consiguió no tiene nada de ridículo y se llama George Kennedy, como el actor. Es eficaz y rápido. Hasta podría trabajar en Nueva York.

—Si ése es el mejor cumplido que se te ocurre, deberías salir de la ciudad más a menudo.

Él prosiguió como si no me hubiera oído:

–Kennedy trabaja oficialmente para una empresa de seguridad; las otras tareas las hace en secreto. Es una pena, créeme. Obtuvo la mayor parte de la información por teléfono. No me lo puedo creer.

–¿Qué no puedes creer?

–Nuestra suerte. –Una vez más usó ese tono de satisfacción perversa que a mí me resultaba a un tiempo inquietante y reconfortante–. Elmer Durgin ha hecho las siguientes cosas desde fines del mes de mayo pasado: terminó de pagar su coche, terminó de pagar una casa en los Rangeli Lakes; saldó una deuda de por lo menos noventa años de pensión alimenticia…

–Nadie paga una pensión alimenticia durante noventa años. Eso es imposible.

–No lo es si tienes siete hijos –respondió John y soltó una carcajada. Recordé a Durgin, con su regordeta cara de autosatisfacción, su boca con forma de arco de cupido, sus lustrosas uñas de remilgado.

–No tiene siete hijos –dije.

–Los tiene –respondió él sin dejar de reír. Parecía un maníaco–. ¡De veras! ¡Siete hijos de edades comprendidas entre tre-tres y ca-ca-torce! ¡Qué ocu-ocupada tie-tiene a su po-polla! –más carcajadas y ahora yo reía con él; me había contagiado como si se tratara de las paperas–. Kennedy va a e-enviarme fo-fotos por fax de toda la fa-familia.

A estas alturas estábamos desternillándonos, riendo juntos a larga distancia. Imaginé a John Storrow sentado solo en su despacho de Park Avenue, asustando con sus chillidos a las señoras de la limpieza.

–Pero eso no tiene importancia –dijo cuando consiguió volver a hablar con coherencia–. Ya te has dado cuenta de lo más importante, ¿no?

–Sí –respondí–. ¿Cómo ha podido ser tan imbécil?

Me refería a Durgin, pero también a Devore. Creo que John me entendió, que ambos hablábamos de los dos.

–Elmer Durgin es un picapleitos de un pueblo de mala muerte perdido en los grandes bosques del oeste de Maine, eso es todo.

¿Cómo iba a saber que aparecería un ángel guardián con recursos suficientes para desenmascararlo? A propósito, también se ha comprado una lancha hace dos semanas. Una fueraborda. Todo ha terminado, Mike. El equipo local marca nueve carreras en la novena etapa y el premio es nuestro.

–Si tú lo dices… –Pero mi mano, como si tuviera vida propia, hizo una pequeña expedición, se cerró en un puño y golpeó con suavidad la madera maciza de la mesa de centro.

–Además, el partido de *softball* no fue una pérdida de tiempo. John seguía soltando risitas como si fueran globos de helio.

–¿No?

–Ella me gusta.

–¿Ella?

–Mattie –dijo pacientemente–. Mattie Devore. –Una pausa y luego–: ¿Mike? ¿Sigues ahí?

–Sí –respondí–. Se me había resbalado el teléfono. Lo siento.

El teléfono no se había resbalado ni un centímetro, pero creo que mentí con bastante naturalidad. Y si no lo había hecho, ¿qué? Tratándose de Mattie, yo (por lo menos para John) estaba fuera de toda sospecha. Como los criados en las novelas de Agatha Christie. Él tenía veintiocho años, tal vez treinta. La idea de que un hombre doce años mayor pudiera sentirse sexualmente atraído por Mattie no debía de habérsele cruzado por la cabeza, aunque quizá lo hiciera durante un par de segundos antes de que él la descartara como ridícula. Igual que Mattie había descartado la idea de que Jo pudiera estar liada con el hombre de la chaqueta marrón.

–No puedo tirarle los tejos mientras esté representándola –prosiguió John–, no sería ético. Y tampoco prudente. Pero después… quién sabe.

–Sí –oí decir a mi voz como ocurre cuando nos pillan completamente abstraídos y tenemos la impresión de que el que habla es otro. Alguien en la radio o en un tocadiscos. ¿Son las voces de nuestros amigos muertos, o sólo el gramófono? Pensé en las manos de John, con dedos largos, delgados y sin anillos. Como las manos de Sara en la vieja fotografía–. Quién sabe.

Nos despedimos y yo seguí mirando el partido de fútbol sin

sonido. Pensé en levantarme a buscar una cerveza, pero tenía la sensación de que el frigorífico estaba demasiado lejos; de hecho, sería como hacer un safari. Sentía una especie de dolor sordo, pero le siguió una emoción mejor: supongo que podría definirse de melancólico alivio. ¿John era demasiado mayor para ella? No, no lo creía. Tenía la edad perfecta. El príncipe azul número dos, esta vez vestido con un traje de tres piezas. Era probable que la suerte de Mattie con los hombres estuviera cambiando, y en tal caso yo debería alegrarme. Me alegraría. Y también debía sentirme aliviado, porque tenía que escribir un libro en vez de pensar en sus zapatillas blancas destellando bajo el vestido rojo en la penumbra o en la brasa de su cigarrillo danzando en la oscuridad.

Sin embargo, me sentí verdaderamente solo por primera vez desde que había visto a Kyra caminando por la línea blanca de la carretera 68, vestida con su bañador y sus chanclas.

—«"Patético hombrecillo", dijo Strickland» —le dije a la habitación vacía.

Las palabras salieron de mi boca involuntariamente, y cuando lo hicieron, la televisión cambió de canal. Pasó del partido de béisbol a una reposición de *Todo queda en la familia* y luego a *Ren & Stimpy*. Miré el mando a distancia, que seguía en la mesa de centro donde yo lo había dejado. La televisión cambió de canal otra vez y en esta ocasión me encontré mirando a Humphrey Bogart e Ingrid Bergman. En el fondo había un avión y no necesité coger el mando y subir el volumen para saber que Humphrey le decía a Ingrid que debía subirse a él. La película favorita de mi esposa, que indefectiblemente lloraba al final.

—¿Jo? —pregunté—. ¿Estás ahí?

La campanilla de *Bunter* sonó una vez; muy débilmente. Había habido varias presencias en la casa, no me cabía duda... pero esa noche, por primera vez, estaba completamente seguro de que Jo estaba conmigo.

—¿Quién era él, cariño? —pregunté—. ¿Quién era el tipo de la chaqueta marrón?

La campanilla de *Bunter* no se movió. Pero ella estaba en la habitación. Lo intuía; era algo así como una respiración contenida.

Recordé el mensaje desagradable y burlón que había encontrado en el frigorífico después de cenar con Mattie y Ki: «Mentiroso de las rosas azules ja ja.»

–¿Quién era él? –Mi voz sonaba quebrada, al borde de las lágrimas–. ¿Qué hacías aquí con otro hombre? ¿Estabas...?

Pero no me atrevía a preguntarle si me había mentido, si me había engañado. Era incapaz de preguntarlo, aun sabiendo que la presencia que intuía tal vez existiera –afrontémoslo– sólo en mi cabeza.

La tele dejó de emitir *Casablanca* y allí estaba ahora el abogado favorito de todos, Perry Mason. El enemigo de Perry, Hamilton Burger, interrogaba a una mujer aparentemente desolada. De repente se subió el sonido, sobresaltándome.

–¡No soy una mentirosa! –gritó una antigua actriz de televisión. Por un instante me miró directamente a los ojos y me quedé sin aliento al reconocer los ojos de Jo en la cara en blanco y negro–. ¡Jamás he mentido, señor Burger! ¡Jamás!

–¡Yo afirmo que lo ha hecho! –replicó Burger–. Yo afirmo que usted...

El televisor se apagó. La campanilla de *Bunter* dio una única y vigorosa sacudida y quienquiera que estuviera allí se marchó. Pero yo me sentía mejor. «No soy una mentirosa... Jamás he mentido, jamás.»

Si quería, podía creerle.

Si quería.

Me fui a la cama y esa noche no soñé.

Me había tomado la costumbre de empezar a trabajar temprano, antes de que el calor en el estudio se hiciera insoportable. Desayunaba un zumo de naranja y una tostada y luego me sentaba ante la IBM hasta el mediodía, mirando cómo la bola de caracteres Courier giraba y bailaba mientras las páginas se deslizaban por el rodillo y salían escritas. La vieja magia, tan extraña y maravillosa. Aunque lo llamaba «trabajo», nunca lo había sentido como tal; más bien era como saltar en un extraño trampolín mental. Y esos saltos me liberaban durante un tiempo del peso del mundo.

A mediodía hacía un alto, iba al emporio de la grasa de Buddy

Jellison a comer algo poco saludable, y regresaba al trabajo durante una hora más. Después nadaba un rato y dormía una larga siesta sin sueños en el dormitorio del ala norte. Apenas si había entrado en el ala sur de la casa; si a la señora Meserve le extrañaba, nunca dijo nada.

El viernes 17 me detuve frente a la tienda Lakeview para poner gasolina. También hay surtidores en el taller de Brooks, donde el litro costaba un par de centavos menos, pero allí había malas vibraciones. Ese viernes, mientras ponía gasolina con la manguera programada en el sistema automático, mirando hacia las montañas, el Dodge de Bill Dean se detuvo al otro lado del pasillo central. Bill se apeó y me sonrió.

–¿Qué tal va todo, Mike?

–Muy bien.

–Brenda me ha contado que está escribiendo como un poseso.

–Así es –respondí.

Tenía intención de preguntarle cuándo iban a reparar el aire acondicionado, pero la pregunta se quedó donde estaba: en la punta de la lengua. Todavía me sentía demasiado ansioso ante mi recién redescubierta capacidad para atreverme a hacer cambios en el sitio donde trabajaba. Tal vez sea una estupidez, pero a veces las cosas marchan bien sólo porque uno cree que marchan bien. Es una definición de la fe tan acertada como cualquiera.

–Bueno, me alegro. Me alegro mucho.

Aunque sus palabras sonaron sinceras, por alguna razón se me antojó que no era el Bill de siempre. Al menos no era el Bill que me había dado una calurosa bienvenida poco tiempo antes.

–He estado investigando un poco sobre la historia de mi zona del lago –comenté.

–¿Sara y los Red-Tops? Recuerdo que siempre sintió curiosidad por ellos.

–Sí, pero no sólo por ellos. Me interesan también otras historias. El otro día la señora Meserve me habló de Normal Auster, el padre de Kenny…

Bill siguió sonriendo, y apenas si se detuvo un instante en el acto de desenroscar la tapa del tanque de gasolina, pero aun así tuve la clara impresión de que se había quedado paralizado por dentro.

–No escribirá sobre ese asunto, ¿no, Mike? Porque aquí hay mucha gente a la que no le gustaría y se lo tomaría mal. Le dije lo mismo a Jo.

–¿A Jo? –Sentí el impulso de ponerme entre los dos surtidores y cruzar el pasillo central para cogerlo del brazo–. ¿Qué tiene que ver Jo con esto?

. Me miró largamente y con cautela.

–¿No se lo dijo?

–¿De qué habla?

–Iba a escribir algo sobre Sara y los Red-Tops para uno de los periódicos locales.

Bill escogía las palabras con cuidado. Recuerdo perfectamente ese detalle, tan bien como el ardiente calor del sol en mi cuello y nuestras sombras perfectamente claras en el asfalto. Bill comenzó a poner gasolina y el ruido del surtidor también era perfectamente claro.

–Creo que mencionó que lo publicarían en la revista *Yankee*. Es posible que me equivoque sobre ese punto, pero no lo creo.

Yo me había quedado sin habla. ¿Por qué no me había contado que tenía intención de escribir sobre la historia local? ¿Porque había pensado que de ese modo invadiría mi territorio? Eso era ridículo. Me conocía bien... ¿O no?

–¿Cuándo tuvieron esa conversación, Bill? ¿Lo recuerda?

–Por supuesto –respondió–. El mismo día que vino a recoger los búhos de plástico. Yo saqué el tema porque la gente me había contado que Jo iba por ahí interrogando a los vecinos.

–¿Fisgando?

–Yo no he dicho eso –dijo con sequedad–. Lo ha dicho usted.

Era verdad, pero estaba seguro de que lo había querido decir.

–Continúe.

–No tengo mucho más que añadir. Le dije que en el lago y en el TR hay gente quisquillosa, como en todas partes, y le aconsejé que no les buscara las cosquillas. Me respondió que lo entendía. Puede que lo hiciera y puede que no. Lo único que sé es que siguió haciendo preguntas. Escuchando historias de viejos tontos, con más años que sentido común.

–¿Cuándo ocurrió todo eso?

–En el otoño del noventa y tres, y en el invierno y la primavera del noventa y cuatro. Se paseó por todo el pueblo; hasta fue a ver a Motton y a Harlow con un cuaderno y un pequeño magnetófono. Eso es todo lo que sé.

Me percaté de algo sorprendente: Bill mentía. Si alguien me lo hubiera dicho antes de ese día, yo habría reído y respondido que Bill Dean era incapaz de mentir. Y supongo que no lo hacía por costumbre, porque se le daba muy mal.

Sentí la tentación de desenmascararlo, pero ¿de qué hubiera servido? Necesitaba pensar, y no podía hacerlo allí: mi mente era un torbellino. Si le daba tiempo, el torbellino se detendría y yo comprendería que no era nada importante, pero necesitaba ese tiempo. Cuando descubres información inesperada sobre un ser querido que lleva muerto algún tiempo, sientes como si la tierra se abriera bajo tus pies. Creedme, es así.

Bill había desviado la vista, pero luego volvió a mirarme. Parecía a la vez ansioso y –podría haberlo jurado– asustado.

–Hizo preguntas sobre el pequeño Kenny Auster y a eso me refería cuando hablé de buscarle las cosquillas a la gente. No es un buen tema para un artículo en una revista o en un periódico. Normal se volvió loco, eso es todo. Nadie sabe por qué. Fue una tragedia horrible, sin sentido, y todavía puede afectar a algunas personas. En los pueblos pequeños, las cosas están como conectadas bajo la superficie.

Sí, con cables invisibles.

–Y el pasado muere más lentamente. Lo de Sara y su grupo es diferente. Sólo eran… vagabundos… venidos de muy lejos. Si Jo se hubiera limitado a hablar de ellos, no habría habido ningún problema. Bueno, que yo sepa, no lo hubo. Porque nunca vi nada de lo que escribió. Si es que finalmente lo hizo.

Tuve la impresión de que esta vez decía la verdad. Pero supe algo más, lo supe con la misma seguridad con que había sabido que Mattie tenía puestos unos pantalones cortos blancos cuando me había llamado en su día libre: Bill había dicho que Sara y los demás eran vagabundos, venidos de muy lejos, pero había dudado en mitad de la frase y usado la palabra «vagabundos» en lugar de la primera que se le había ocurrido: la palabra que no había

327

dicho era «negros». «Sara y los demás eran negros venidos de muy lejos.»

En ese momento recordé un antiguo cuento de Ray Bradbury: «La tercera expedición», de *Crónicas marcianas*. Los primeros viajeros espaciales que llegan a Marte descubren que están en Green Town, Illinois, y encuentran allí a sus amigos y familiares más queridos. Pero de hecho esos amigos y familiares son monstruos, y por la noche –cuando los viajeros creen estar durmiendo en la cama de sus familiares muertos mucho tiempo antes, en un lugar que podría ser el paraíso– los matan a todos.

–¿Está seguro de que Jo estuvo aquí fuera de temporada, Bill?

–Sí. Y varias veces. Una docena o más. Llegaba y se marchaba en el mismo día, ¿sabe?

–¿Alguna vez la vio acompañada por un hombre? ¿Un tipo corpulento y moreno?

Bill reflexionó unos instantes, y yo traté de disimular que contenía el aliento. Finalmente negó con la cabeza.

–Las veces que la vi estaba sola. Pero no la vi en todas sus visitas. A veces me enteraba de que había estado aquí después de que se hubiera marchado. La vi en julio de 1994; iba en el coche en dirección a la bahía Halo. Nos saludamos con la mano. Esa noche fui a la casa para ver si necesitaba algo, pero se había ido. No volví a verla. Cuando nos enteramos de que había muerto poco después, ese mismo verano, Yvette y yo nos quedamos de piedra.

Fuera lo que fuese lo que investigaba, pensé, no debió de escribir nada al respecto, o yo habría encontrado el manuscrito.

¿Sería realmente así? Había hecho muchos viajes al lago sin molestarse en tratar de pasar inadvertida, y en uno de ellos incluso acompañada por un extraño. Sin embargo, yo me había enterado de esas visitas por pura casualidad.

–Éste es un tema espinoso –dijo Bill–. Pero ya que hemos empezado a hablar de él, será mejor que lleguemos hasta el final. Vivir en el TR es como dormir con cuatro o cinco personas en la misma cama porque hace mucho frío. Si todo el mundo se queda quieto, no hay ningún problema. Pero si alguien no deja de moverse o de girarse, nadie duerme en paz. En estos momentos, usted es esa persona inquieta.

Esperó mi respuesta. Cuando pasaron unos veinte segundos sin que yo dijera palabra (Harold Oblowski habría estado orgulloso de mí), movió los pies con inquietud y continuó.

–Por ejemplo, en el pueblo hay gente que está preocupada por su interés por Mattie Devore. No quiero decir que haya algo entre ustedes, aunque algunos aseguran que sí, pero si quiere quedarse en el TR, usted mismo se está complicando las cosas.

–¿Por qué?

–Ya se lo dije hace poco más de una semana. Esa chica es un problema.

–Si no recuerdo mal, Bill, me dijo que la chica *tenía* problemas. Y yo sólo quiero ayudarla a resolverlos. Y eso es lo único que hay entre nosotros.

–Pues yo recuerdo que le dije que Max Devore está chalado –prosiguió–. Si lo hace enfadar, todos pagaremos por ello. –El surtidor se cerró con un ruidito seco y Bill sacó la manguera. Luego suspiró, levantó las manos y volvió a bajarlas.

–¿Cree que me resulta fácil decirle estas cosas?

–¿Cree que me resulta fácil escucharlas?

–De acuerdo, estamos empatados. Pero Mattie Devore no es la única habitante del TR que pasa apuros económicos, ¿sabe? Hay muchos otros. ¿Lo entiende?

Supongo que vio que yo lo entendía perfectamente, porque encorvó los hombros.

–Si me pide que me haga a un lado, que no presente batalla y permita que Max Devore le quite la niña a Mattie, olvídelo –dije–. Y espero que no sea eso lo que pretende. Porque yo no puedo admitir que un hombre le pida eso a otro.

–De cualquier modo no se lo pediría –replicó él con un dejo casi desdeñoso–. Sería demasiado tarde, ¿no? –De repente pareció ablandarse–. Por favor, hombre, estoy preocupado por usted. Me da igual lo que piensen los demás, ¿vale? –Mentía otra vez, pero en esta ocasión no me importó porque advertí que se mentía a sí mismo–. Pero tenga cuidado. Cuando dije que Devore estaba loco, no hablaba en sentido figurado. ¿Cree que aceptará lo que digan en los tribunales si no es lo que él quiere? En los incendios de 1933 murieron tres hombres, todos buena gente.

Uno era pariente mío. Se quemó medio condado, y Max Devore empezó el incendio. Fue su regalo de despedida del TR. Nunca lo probaron ni lo probarán, pero fue él. En ese entonces era joven, pobre como una rata y no tenía a la ley en el bolsillo. ¿Qué cree que es capaz de hacer ahora?

Me dirigió una mirada inquisitiva, pero yo no respondí. Sin embargo, Bill asintió como si lo hubiera hecho.

–Piénselo. Y recuerde una cosa, Mike: si no le apreciara, no le hablaría con tanta sinceridad.

–¿Ha sido sincero de verdad, Bill?

Fui vagamente consciente de que un turista que había bajado de un Volvo y se dirigía a la tienda nos miraba con curiosidad. Más tarde, cuando repetí mentalmente la escena, comprendí que debíamos parecer dos hombres a punto de pelearse a puñetazos. Recuerdo que me dieron ganas de llorar, que sentí tristeza, asombro y la clara sensación de haber sido traicionado. Pero también recuerdo que estaba furioso con ese viejo desgarbado de camisa inmaculada y dentadura postiza. Así que es probable que estuviéramos en un tris de pelearnos a puñetazos y que en su momento yo no me percatara de ello.

–Todo lo sincero que he podido –respondió, dio media vuelta y se dirigió a la tienda para pagar la gasolina.

–Mi casa está encantada –dije.

Se detuvo en seco, de espaldas a mí y con los hombros encorvados como para eludir un golpe. Luego se volvió lentamente.

–Sara Risa siempre ha estado encantada, Mike. Usted ha inquietado a los fantasmas. Tal vez debería volver a Derry para permitir que vuelvan a tranquilizarse. Quizá sería lo mejor. –Hizo una pausa, como si se repitiera mentalmente sus últimas palabras para averiguar si de verdad las pensaba–. Sí. Creo que sería lo mejor.

Cuando regresé a Sara llamé a Ward Hankins. Luego me atreví por fin a telefonear a Bonnie Amudson. Una parte de mí deseaba que no estuviera en la agencia de viajes de Augusta de la que era copropietaria, pero estaba. Mientras hablaba con ella, el fax empezó a imprimir copias de las páginas del calendario de mesa de Jo. En la primera, Ward había escrito a mano: «Espero que te sirvan de algo.»

No había ensayado lo que iba a decirle a Bonnie, pues supuse que hacerlo sería como una invitación al desastre. Le dije que antes de morir, Jo estaba escribiendo algo –quizá un artículo o varios– sobre el lugar donde teníamos nuestra casa de campo y que a algunos lugareños les había molestado su curiosidad. Algunos de ellos seguían enfadados. ¿Había hablado del tema con Bonnie? ¿Le había enseñado algún borrador?

–No –respondió Bonnie, sinceramente sorprendida–. Solía enseñarme las fotos que hacía y más muestras de hierbas de las que a mí me apetecía ver, pero nunca me enseñó nada escrito por ella. De hecho, recuerdo que una vez dijo que dejaría la literatura para ti y que ella...

–Se dedicaría a picotear un poco aquí y allí, ¿no?

–Sí.

Era un buen momento para terminar la conversación, pero, por lo visto, los muchachos del sótano no estaban de acuerdo.

–¿Jo se veía con alguien, Bonnie?

Silencio al otro lado. Con una mano que me pareció que estaba a por lo menos seis kilómetros de mi hombro, cogí las páginas de la cesta del fax. Había diez: de noviembre de 1993 a agosto de 1994. Con anotaciones por todas partes hechas con la letra clara de Jo. ¿Teníamos fax antes de que ella muriera? Ni siquiera lo recordaba. Eran tantas las cosas que no recordaba.

–¿Bonnie? Si sabes algo, dímelo, por favor. Jo está muerta, pero yo no. Si hay algo que deba perdonarle, lo haré, pero no puedo perdonar lo que no entien...

–Lo siento –interrumpió ella con una risita nerviosa–. Es que no te había entendido. «Verse con otro» suena como algo tan impropio de Jo, de la Jo que conocí, que al principio creí que te referías a un psicólogo o algo así. Pero no es así, ¿verdad? ¿Me preguntas si estaba liada con alguien? ¿Si tenía un amante?

–Sí, me refería a eso.

Estaba revisando las páginas de fax, y aunque mi mano todavía no estaba a la distancia normal de mis ojos, se aproximaba más y más. El sincero asombro de la voz de Bonnie me produjo alivio, pero no tanto como esperaba. Porque yo ya lo sabía. No hubiera sido necesario que la mujer del viejo episodio de *Perry Mason* me lo confirmara. No. Al fin y al cabo, hablábamos de Jo. De Jo.

–Mike –dijo Bonnie muy despacio, como si yo estuviera loco–. Jo te quería. Te quería mucho.

–Sí, supongo que sí.

Las hojas del calendario demostraban lo ocupada que había estado mi esposa, cuánto trabajaba. CD: el comedor popular de Maine. Alb. Muj.: una red de albergues para mujeres maltratadas. Centro de acogida para jóvenes; Amigos de las Bibliotecas de Maine. Había asistido a dos o tres reuniones al mes –en algunos casos dos o tres en una semana– y yo apenas si lo había notado. Estaba demasiado ocupado con mis protagonistas femeninas amenazadas.

–Yo también la quería, Bonnie, pero sé que durante los últimos diez meses de su vida estaba metida en algo raro. ¿No te habló de ello durante los largos viajes a las reuniones del Comedor Popular o de la Asociación de Amigos de las Bibliotecas de Maine?

Silencio al otro lado de la línea.

–¿Bonnie?

Me aparté el teléfono de la oreja para ver si estaba encendida la luz roja de BATERÍA BAJA. Pero no.

–¿Qué pasa, Bonnie?

–Durante los últimos diez meses no hicimos ningún viaje largo juntas. Hablamos por teléfono y en una ocasión comimos juntas en Waterville. Pero no viajamos juntas. Ella lo había dejado.

Revisé las páginas de fax otra vez. Había fechas de reuniones apuntadas por todas partes, en la letra clara y pulcra de Jo. Entre ellas, algunas del Comedor Popular.

–No entiendo. ¿Dejó la comisión directiva del Comedor Popular?

Hubo otra pausa y finalmente Bonnie dijo con cautela:

–No, Mike. Dejó todas las asociaciones. A finales del noventa y tres, cuando había que reelegir a un nuevo consejo, dejó el albergue para mujeres maltratadas y el centro de acogida para jóvenes. De las otras dos asociaciones, el Comedor Popular y la Asociación de Amigos de las Bibliotecas de Maine, ya había dimitido en octubre o noviembre del noventa y tres.

En las páginas que me había enviado Ward, había reuniones apuntadas por todas partes. Docenas de reuniones en 1993. Reuniones de comisiones a las que ya no pertenecía. Había estado en el lago. En todas aquellas ocasiones, Jo había estado en el TR. Me apostaba mi vida a que era así.

Pero ¿por qué?

CAPITULO 17

Devore estaba loco, desde luego, como una regadera, y no podría haberme cogido en un momento peor, pues yo me sentía más débil y asustado que nunca. Creo que a partir de ese momento todo sucedió siguiendo un orden divino. Desde ese momento hasta la terrible tormenta de la que todavía se habla en esta parte del mundo, los hechos se precipitaron como una avalancha.

Me sentí bien durante el resto de la tarde del viernes –mi conversación con Bonnie había dejado muchas preguntas sin respuesta, pero de todos modos me había producido el efecto de un estimulante–. Me preparé unas verduras salteadas –para redimirme de mi último atracón de grasas en el Village Cafe– y las comí mientras veía las noticias de la tarde. Al otro lado del lago, el sol descendía hacia las montañas e inundaba el salón con sus reflejos dorados. Cuando Tom Brokaw se despidió de los espectadores, decidí dar un paseo por la Calle, en dirección norte. Llegaría lo más lejos posible, aunque asegurándome que regresaría a casa antes de que anocheciera, y en el camino pensaría en las cosas que me habían dicho Bill Dean y Bonnie Amudson. Pensaría como solía hacerlo cuando me encontraba con un obstáculo en el argumento de alguna de mis novelas.

335

Bajé la escalinata de traviesas, todavía sintiéndome bien (confundido, pero bien), torcí por la Calle e hice una pausa para mirar a la Dama Verde. Aunque el sol del ocaso caía directamente sobre ella, era difícil verla como lo que era: un abedul y un pino marchito detrás, este último con una rama extendida como un brazo que señala algo. Era como si la Dama Verde me dijera: «Ve al norte, joven, ve al norte.» Bueno, yo no era muy joven que digamos, pero podía ir hacia el norte. Al menos durante un rato.

Sin embargo, me demoré un momento, estudié con inquietud la cara que veía entre los arbustos y no me gustó nada la forma en que la brisa hacía sonreír con malicia a la parte que parecía una boca. Quizá comenzara a sentirme mal entonces, pero estaba demasiado abstraído para notarlo. Eché a andar hacia el norte, preguntándome qué había escrito Jo, ya que a esas alturas comenzaba a creer que, en efecto, había escrito algo. ¿Por qué, si no, había encontrado mi vieja máquina de escribir en su estudio? Decidí que registraría esa habitación, que la registraría a conciencia y...

«Socorro, me ahogo.»

La voz procedía del bosque, del agua, de mí mismo. Me asaltó una súbita oleada de vértigo, que levantó y esparció mis pensamientos como hace el viento con las hojas secas. Me detuve. No me había sentido tan mal, tan *marchito*, en toda mi vida. Sentía una opresión en el pecho. Mi estómago se cerró como una flor en una helada. Los ojos se me llenaron de un agua fría que no se parecía en nada a las lágrimas, e intuí lo que iba a pasar a continuación. «No», quise decir, pero la palabra se negó a salir de mis labios.

En cambio, sentí el sabor del agua del lago, con todos sus misteriosos minerales, y de súbito los árboles temblaron ante mis ojos como si los viera a través de un líquido cristalino. Entretanto, la opresión del pecho se había localizado, tomando la forma de unas aterradoras manos. Me empujaban hacia abajo.

–¿Nunca dejará de hacer eso? –preguntó, casi gritó, alguien. En la Calle no había nadie más que yo, pero oí esa voz con absoluta claridad–. ¿Nunca dejará de hacer eso?

Lo que oí a continuación no fue una voz, sino unos pensamientos extraños en mi cabeza. Golpeaban contra las paredes de

336

mi cráneo, como mariposas nocturnas atrapadas en la pantalla de
una lámpara... o dentro de un farolillo de papel.

socorro me ahogo
  socorro me ahogo
    socorro me ahogo
      el hombre de la gorra azul me golpeó
        el hombre de la gorra azul no me deja escapar
          socorro me ahogo
            perdí las moras en el camino
              me sujeta
                su cara brilla y es mala
        Oh Jesús déjame déjame déjame escapar
déjame libre déjame libre POR FAVOR
    DÉJAME LIBRE *para ya* DÉJAME LIBRE
  ella grita mi nombre
    grita muy FUERTE

Presa del pánico, me doblé, abrí la boca y de ella salió un chorro
frío de...

Nada en absoluto.

El horror pasó y al mismo tiempo no pasó. Todavía sentía
náuseas, como si hubiera comido algo que hubiera agredido violentamente mi cuerpo, como veneno para hormigas o una seta
venenosa de las que en los libros de Jo aparecían recuadradas en
rojo. Di una docena de pasos tambaleantes, haciendo arcadas secas con una garganta que todavía se sentía húmeda. Allí donde la
cuesta descendía a la orilla había otro abedul que arqueaba su
vientre blanco con elegancia hacia el agua, como si quisiera ver
su reflejo a la favorecedora luz del ocaso. Me agarré al árbol como
un borracho a una farola.

La opresión de mi pecho comenzó a aliviarse, pero me dejó
un dolor tan real como la lluvia. Permanecí sujeto al árbol, con el
corazón desbocado, y entonces tomé conciencia de que algo apestaba, de que algo producía un inmundo olor a podrido, peor que
el de un pozo séptico que hubiera hervido todo el verano al sol.
Al mismo tiempo, intuí la proximidad de la presencia que despe-

día ese hedor, alguien que debía de estar muerto pero no lo estaba.

«Ay, para ya, déjame libre», traté de decir, pero las palabras no salieron. Luego el olor desapareció. Ya no olía nada más que el aroma habitual del lago y el bosque. Pero veía algo: un niño en el lago, un pequeño ahogado tendido boca arriba. Tenía los carrillos inflados y la boca laxa, abierta. Tenía los ojos en blanco, como los de una estatua.

Una vez más mi boca se llenó del implacable sabor a hierro del lago. «Socorro, déjame ir, socorro me ahogo.» Grité mentalmente, grité a la cara muerta, y entonces comprendí que me miraba a mí mismo desde abajo, que miraba hacia arriba a través de los destellos rosados del agua del ocaso a un hombre blanco con tejanos y un polo amarillo, agarrado a un abedul tembloroso e intentando gritar, con su cara líquida en movimiento y sus ojos momentáneamente cubiertos por una perca que persigue a un gusano apetecible; yo era al mismo tiempo el niño negro y el hombre blanco, ahogado en el agua y ahogándose en el aire, ¿es eso?, ¿es eso lo que pasa?, golpea una vez para sí, dos veces para no.

No escupí nada más que un hilo de saliva y, aunque parezca increíble, un pez saltó y se arrojó sobre el escupitajo. Saltaban sobre cualquier cosa al atardecer; la luz mortecina debía de volverlos locos. El pez volvió a caer al agua a unos dos metros de la orilla, formando un remolino plateado, y todo desapareció: el sabor de mi boca, el olor nauseabundo, la cara ahogada del niño negro; un negro –porque así debía de llamarse a sí mismo– que con toda seguridad se había apellidado Tidwell.

Miré a la derecha y vi una frente gris de roca proyectándose sobre un montículo de estiércol y paja. Pensé: Ahí, ahí mismo, y a modo de confirmación el nauseabundo olor a podrido me asaltó otra vez, aparentemente desde la tierra.

Cerré los ojos sin soltarme del árbol; me sentía débil y enfermo. Fue entonces cuando oí la voz de Max Devore, el loco, a mi espalda.

–Eh, chulo, ¿dónde está tu puta?

Me volví y ahí estaba él, con Rogette Whitmore a su lado. Fue la única vez que lo vi, pero me bastó. Creedme, una vez fue más que suficiente.

Su silla de ruedas no parecía una silla de ruedas. Más bien parecía un híbrido de *sidecar* y cápsula espacial. Tenía media docena de ruedas cromadas a ambos lados y otras ruedas más grandes (creo que cuatro) en la parte posterior. No parecían estar al mismo nivel y advertí que cada una de ellas tenía sus propios muelles de suspensión. Devore podría viajar con comodidad incluso en un terreno mucho más escarpado que el de la Calle. El compartimiento que contenía el motor estaba encima de las ruedas traseras. Las piernas de Devore estaban ocultas tras un morro de fibra de vidrio, negro con rayas rojas, que no habría estado fuera de lugar en un coche de carreras. Encima de esta estructura había un artilugio parecido a mi antena parabólica, que debía de ser un dispositivo informático antichoques. O acaso un piloto automático. Los reposabrazos eran anchos y estaban llenos de mandos. Acoplado al lateral izquierdo de la silla había un tanque de oxígeno verde de aproximadamente un metro de largo. Una manguera conectaba con un fuelle, y el fuelle con una mascarilla que estaba en el regazo de Devore y que me recordó a la Stenomask del viejo piloto de caza.

Esa tarde la mujer que había visto en la puerta del bar Sunset de Warrington's llevaba una blusa blanca de manga larga y unos pantalones negros tan ceñidos que sus piernas parecían espadas envainadas. Su cara estrecha y sus mejillas hundidas acentuaban su semejanza con la mujer de *El grito* de Edward Munch. Su pelo blanco colgaba alrededor de la cara como una capucha holgada. Tenía los labios pintados de un rojo tan brillante que parecía sangrar por la boca.

Era vieja y fea, pero una maravilla comparada con el suegro de Mattie. Esquelético, con los labios morados y la piel de alrededor de los ojos y las comisuras de los labios de un color púrpura oscuro, Devore parecía lo que un arqueólogo podría encontrar en la cámara funeraria de una pirámide, rodeado de sus mujeres y animales disecados, adornado con sus joyas favoritas. Unas hebras de pelo blanco colgaban todavía de su cuero cabelludo descamado; pequeñas matas sobresalían de sus orejas enormes, que parecían haberse derretido como esculturas de seda dejadas al sol. Llevaba pantalones de algodón blanco y una ondulante camisa azul. Si hubiera añadido a ese atuendo una boina negra, habría tenido el aspecto de un pintor francés del siglo XIX al final de su larga vida. Sobre su regazo había un bastón de madera negra con el extremo cubierto con la funda roja de un manillar de bicicleta. Los dedos que lo cogían parecían fuertes, pero se estaban poniendo tan negros como el bastón. Era obvio que tenía problemas circulatorios, y no quise ni imaginar el aspecto que tendrían sus pies y sus pantorrillas.

—La puta se ha marchado y lo ha dejado, ¿no?

Quise contestar, pero de mi boca salió un gemido ronco, nada más. Todavía estaba agarrado al abedul. Me solté y traté de enderezarme, pero mis piernas seguían débiles y tuve que sujetarme otra vez.

Devore empujó un interruptor de palanca y la silla se acercó unos tres metros, reduciendo a la mitad la distancia que nos separaba. Al avanzar, la silla apenas emitía un suave murmullo; mirarla era como mirar una maligna alfombra mágica. Sus múltiples ruedas subían y bajaban independientemente y destellaban a la luz mortecina del sol, que empezaba a adquirir una tonalidad rojiza. Cuando el viejo se aproximó, me produjo una sensación extraña. Su cuerpo se estaba pudriendo, pero lo rodeaba una fuerza ineludible e intimidante, como la de una tormenta eléctrica. La mujer caminaba a su lado, mirándome en silencio con expresión divertida. Sus ojos tenían una tonalidad rosada. En ese momento supuse que eran grises y que habían captado la luz del ocaso, pero ahora creo que la mujer era albina.

—Siempre me han gustado las putas —dijo—. ¿Verdad, Rogette?

—Sí, señor —respondió ella—. Cuando están en su lugar.

—¡A veces su lugar era en mi cara! —exclamó con una firmeza desproporcionada, como si ella le hubiera llevado la contraria—. ¿Dónde está ella, joven? Me pregunto sobre qué cara está sentada en estos momentos. ¿En la de ese abogado listillo que le buscó usted? Lo sé todo sobre él, hasta el insuficiente en conducta que sacó en tercer curso de la primaria. Yo me aseguro de informarme bien; es el secreto de mi éxito.

Me erguí con un esfuerzo sobrehumano.

—¿Qué hace aquí?

–Dar un paseo, igual que usted. No hay ninguna ley que lo prohíba, ¿no? La Calle pertenece a cualquiera que quiera usarla. Usted no lleva mucho tiempo aquí, joven chulo, pero sí lo suficiente para saberlo. Es nuestra versión del parque del pueblo, donde los cachorros buenos y los perros malos pueden caminar lado a lado.

Devore cogió la mascarilla de oxígeno con la mano libre, inspiró profundamente y la dejó caer sobre su regazo. Sonrió; una indescriptible sonrisa de complicidad que dejó al descubierto unas encías del color del yodo.

–¿Tiene un buen polvo? Me refiero a esa putita suya. Debe de ser buena para haber tenido a mi hijo prisionero en esa piojosa caravana donde vive. Y entonces aparece usted, antes de que los gusanos hayan terminado con los ojos de mi hijo. ¿Le apesta el coño?

–Cállese.

Rogette Whitmore echó la cabeza atrás y soltó una carcajada. La risa sonó como el chillido de un conejo que ha caído en las garras de un búho, y me puso la carne de gallina. Por lo visto, ella estaba tan loca como él. Gracias a Dios que eran viejos.

–Ha herido su sensibilidad, Max –dijo la mujer.

–¿Qué quiere?

Respiré hondo y volví a sentir un sabor pútrido. Hice arcadas. Traté de evitarlo, pero no pude.

Devore se irguió en su silla y respiró hondo, como si quisiera imitarme. En ese momento parecía Robert Duvall en *Apocalipsis*, caminando por la playa y diciéndole a todo el mundo cuánto le gustaba el olor al napalm por la mañana. Su sonrisa se ensanchó.

–Un lugar muy bonito, ¿no le parece? Un buen sitio donde detenerse a reflexionar, ¿verdad? –Miró alrededor–. Sí, fue aquí donde ocurrió.

–Donde se ahogó el niño.

Me pareció que la sonrisa de Rogette Whitmore temblaba momentáneamente, pero la de Devore no lo hizo. Cogió la mascarilla transparente de oxígeno con su mano ancha y unos dedos que, más que agarrar, tanteaban. Vi pequeñas burbujas de mucosidad pegadas en el interior de la mascarilla. El viejo volvió a inhalar y se la quitó.

–En este lago se han ahogado más de treinta personas y eso que seguramente no estamos informados de todos –dijo–. ¿Qué importancia tiene un niño más o menos?

–No lo entiendo. ¿Aquí murieron *dos* niños Tidwell? El crío al que se le infectó la herida y el otro...

–¿Le preocupa su alma, señor Noonan? ¿Su alma inmortal? ¿La mariposa de Dios atrapada en un capullo de carne que pronto apestará como el mío?

No respondí. Ya no estaba tan sorprendido por lo que acababa de pasarme. La sorpresa dejó paso al increíble magnetismo personal de Devore. Jamás en mi vida había percibido la proximidad de una fuerza tan poderosa. No tenía nada de sobrenatural, y poderosa es la palabra precisa. Estoy seguro de que en otras circunstancias yo habría echado a correr. Si permanecí allí no fue por valentía; sino porque todavía sentía las piernas débiles y tenía miedo de caerme.

–Voy a darle una oportunidad para salvar su alma –dijo Devore y levantó un dedo huesudo para ilustrar el concepto de «una»–. Márchese, chulo. Márchese ahora mismo con lo puesto. No se moleste en hacer el equipaje, no se detenga ni siquiera para asegurarse de que ha apagado los fuegos de la cocina. Márchese. Abandone a la puta y a la hijita de la puta.

–Quiere que las deje en sus manos.

–Sí. Yo haré lo que deba hacer. Las almas son para los que se dedican a las humanidades, Noonan. Yo era ingeniero.

–Váyase a tomar por culo.

Rogette Whitmore volvió a emitir el chillido de conejo.

El viejo, que estaba sentado con la cabeza encorvada, me sonrió con la expresión de una criatura escapada del reino de los muertos.

–¿Está seguro de que quiere ser usted, Noonan? A ella no le importa, ¿sabe? A ella le da igual usted que yo.

–No sé de qué habla. –Volví a respirar hondo y esta vez el aire tenía el sabor normal. Me aparté unos pasos del abedul, y me pareció que mis piernas también habían vuelto a la normalidad–. Y no me importa. No conseguirá quedarse con Kyra en el resto de su asquerosa vida. No permitiré que lo haga.

—Permitirá muchas cosas, amigo —replicó Devore sonriendo y enseñándome sus encías yodadas—. Antes de que termine el mes de julio verá tantas cosas que deseará haberse arrancado los ojos en junio.

—Me voy a mi casa. Déjeme pasar.

—Váyase, ¿cómo iba a detenerlo? —preguntó—. La Calle es de todos.

Cogió la mascarilla de oxígeno y volvió a inhalar. Luego la dejó caer sobre su regazo y apoyó el brazo izquierdo en el reposabrazos de la silla de ruedas que podría haber pertenecido a Buck Rogers.

Di un paso hacia él, y antes de que me enterara de lo que estaba pasando, el viejo me salió al encuentro con la silla de ruedas. Podría haberme atropellado y haberme hecho mucho daño —no me cabe duda de que me habría roto una o las dos piernas—, pero se detuvo unos milímetros antes de llegar a mí. Yo di un salto hacia atrás, pero sólo porque él me lo permitió. Rogette Whitmore reía otra vez.

—¿Qué le pasa, Noonan?

—Salga de mi camino. Se lo advierto.

—La puta lo ha puesto nervioso, ¿no?

Di un paso hacia la izquierda con la intención de sortearlo, pero en menos de un segundo, él giró la silla y me cerró el paso.

—Lárguese del TR, Noonan. Es un buen conse...

Corrí hacia la derecha, esta vez del lado del lago, y lo habría eludido con facilidad de no ser por el puño pequeño y duro que me golpeó en la mejilla izquierda. La zorra de pelo blanco llevaba un anillo, y la piedra me hizo un corte debajo de la oreja. Sentí el escozor y el calor de la sangre. Me giré y la empujé con las dos manos. Ella cayó sobre el sendero cubierto de agujas de pino lanzando un chillido de furia y sorpresa. Un segundo después, algo me golpeó en la nuca. Por un instante lo vi todo anaranjado. Me tambaleé hacia atrás, sacudiendo los brazos como en cámara lenta, y volví a ver a Devore. Se había girado en la silla y tenía la cabeza echada hacia adelante y el bastón con el que me había golpeado todavía en alto. Si hubiera sido diez años más joven, me habría fracturado el cráneo en lugar de limitarse a crear un momentáneo resplandor anaranjado.

Me topé con mi viejo amigo el abedul. Me llevé una mano a la oreja y miré con incredulidad la sangre que cubría las yemas de mis dedos. Me dolía la cabeza en el sitio donde acababa de pegarme.

Rogette Whitmore se levantó con esfuerzo, se sacudió las agujas de pino de los pantalones y me miró con una sonrisa furiosa. Sus mejillas se habían teñido de rubor y sus labios excesivamente rojos trazaban una mueca tensa que permitía ver sus dientes pequeños. A la luz del sol del ocaso sus ojos parecían arder.

–Fuera de mi camino –dije, pero mi voz sonó pequeña y débil.

–No –respondió Devore mientras dejaba su bastón sobre el morro de la silla. Entonces vi en él al niño al que no le había importado lastimarse las manos para conseguir el trineo que quería. Lo vi con claridad–. No, cobardica. No pienso salir de su camino.

Volvió a empujar la palanca plateada y la silla de ruedas avanzó silenciosamente hacia mí. Si me hubiera quedado donde estaba, me habría atravesado con su bastón igual que los duques perversos eran atravesados por la espada en los cuentos de Alejandro Dumas. Probablemente se habría fracturado los frágiles huesos de la mano derecha y se habría dislocado el brazo derecho en la colisión, pero a ese hombre nunca le habían preocupado esos detalles; él dejaba las pequeñeces para la gente insignificante. Si la sorpresa o la incredulidad me hubieran hecho vacilar, el viejo me habría matado, estoy seguro. Pero di un salto a la izquierda. Mis zapatillas resbalaron sobre la cuesta cubierta de agujas de pino, luego perdí el contacto con la tierra y empecé a caer.

Caí al agua en una postura poco conveniente y demasiado cerca de la orilla. Mi pie izquierdo dio contra una raíz sumergida y se torció. El dolor fue impresionante, fuerte como el rugido de un trueno. Abrí la boca para gritar y se llenó con el agua del lago; esta vez el sabor frío y metálico era real. Escupí, tosí y me alejé nadando del sitio donde había caído mientras pensaba el niño, el niño está muerto aquí abajo; ¿y si extiende un brazo y me coge?

Me volví de espaldas sin dejar de manotear y de toser, consciente de que los tejanos se me adherían a las piernas y a la entrepierna, pensando absurdamente en mi cartera. No me preocupaban las tarjetas de crédito ni el carnet de conducir, pero tenía dos buenas fotografías de Jo, y se estropearían.

Devore había estado en un tris de caer por la cuesta, y por un instante pensé que todavía corría ese riesgo. El morro de la silla sobresalía en el mismo sitio donde yo había caído (vi las huellas de mis zapatillas a la izquierda de las raíces parcialmente descubiertas del abedul), y aunque las ruedas traseras seguían en el suelo, la tierra quebradiza caía desde detrás de ellas en pequeñas avalanchas secas que rodaban por la cuesta hasta llegar al agua, creando pequeños remolinos entrelazados.

Rogette Whitmore sujetaba el respaldo de la silla, tiraba de él, pero era demasiado pesado para ella; si Devore quería salvarse, tendría que hacerlo solo. De pie en el lago, con el agua hasta la cintura y la ropa flotando a mi alrededor, deseé que se cayera.

Después de varias intentonas, los dedos morados de su mano izquierda se asieron a la palanca plateada. Un dedo tiró de ella hacia atrás y la silla retrocedió con una última lluvia de piedras y polvo. Rogette Whitmore saltó hacia un lado para que no le pillara los pies con la silla. Devore manoteó otro mando, giró la silla para mirar hacia donde yo estaba, a unos dos metros del abedul arqueado, y condujo la silla hasta llegar al borde de la Calle pero a una distancia prudencial de la cuesta. Rogette Whitmore nos daba la espalda; estaba inclinada con el trasero apuntando en mi dirección. Si pensé en ella –y no recuerdo que lo hiciera–, seguramente supuse que estaba recuperando el aliento. Devore parecía estar en mejor estado que nosotros dos, pues ni siquiera se llevó la mascarilla de oxígeno a la boca. La luz del atardecer le iluminaba la cara, dándole el aspecto de una calabaza de Halloween que había sido empapada en gasolina e incendiada.

–¿Le gusta nadar? –preguntó y rió.

Miré alrededor, esperando ver alguna pareja de paseo o quizá a un pescador que buscara un sitio donde arrojar el sedal por última vez antes de que anocheciera... y al mismo tiempo no deseaba ver a nadie. Me sentía furioso, humillado y aterrorizado, pero, por encima de todo, avergonzado. Me había arrojado al lago un viejo de ochenta y cinco años... un hombre que ahora parecía decidido a quedarse y continuar burlándose de mí.

Eché a andar en el lago hacia la derecha, en dirección a mi casa. El agua me llegaba a la cintura, estaba fría y resultaba casi refrescante ahora que me había acostumbrado a ella. Mis zapatillas chapoteaban sobre las piedras y las ramas de árboles sumergidas. Todavía me dolía el tobillo que me había torcido, pero a pesar de todo soportaba mi peso, aunque no podía estar seguro de que continuara haciéndolo cuando saliera del lago.

Devore jugó una vez más con los mandos de la silla, que giró en redondo y se deslizó suavemente por la Calle, siguiéndome el paso con facilidad.

—No le he presentado formalmente a Rogette, ¿no? —dijo—. Cuando estaba en la universidad, era una excelente atleta, ¿sabe? El *softball* y el *hockey* eran sus especialidades, y todavía conserva su destreza. Rogette, demuéstrale tus habilidades a este joven caballero.

Rogette Whitmore adelantó a la silla de ruedas por la izquierda y por un instante quedó oculta tras ella. Cuando volví a verla, vi también lo que tenía en la mano. No se había agachado para recuperar el aliento. Sonriente, caminó hasta el borde de la cuesta con el brazo izquierdo flexionado sobre el estómago, aguantando las piedras que había cogido del borde del camino. Escogió una del tamaño aproximado de una pelota de golf, levantó la mano y me la arrojó. Con fuerza. La piedra zumbó junto a mi sien izquierda y cayó en el agua a mi espalda.

—¡Eh! —grité más sorprendido que asustado. A pesar de todo lo que había precedido a este incidente, no terminaba de creérmelo.

—¿Qué te pasa, Rogette? —preguntó Devore con tono burlón—. Antes no lanzabas como una chica. ¡Asegúrate de dar en el blanco!

La segunda piedra pasó cuatro centímetros por encima de mi cabeza. La tercera podría haberme partido los dientes. La atajé con un grito de furia y miedo, y sólo más tarde me di cuenta de que me había magullado la palma de la mano. En ese momento sólo era consciente de la cara perversa y risueña de Rogette, la cara de una mujer que se ha gastado dos dólares en la caseta de tiro al blanco de un parque de atracciones y está empeñada en ganar el oso de peluche más grande aunque tenga que pasarse la noche entera intentándolo.

Y lanzaba con rapidez. Las piedras caían como granizo a mi alrededor y algunas creaban pequeños géiseres en el agua rojiza a mi derecha o a mi izquierda. Comencé a retroceder andando, pues tenía miedo de volverme y nadar, miedo de que me arrojara una piedra muy grande a la nuca en cuanto le diera la espalda. Sin embargo, tenía que salir fuera de su alcance. Entretanto, Devore emitía una ronca sonrisa de viejo con su horrible cara contraída como la maliciosa cara de una muñeca hecha con una manzana.

Una de las piedras me alcanzó en la clavícula y rebotó en el aire. Yo grité y ella también:

—¡Jai! —Como un karateca que acaba de dar una buena patada.

Era obvio que debía batirme en retirada. Me volví, nadé hacia aguas más profundas y la muy puta estuvo a punto de desnucarme. Las dos primeras piedras que arrojó después de que yo empezara a nadar pasaron de largo, como si la mujer estuviera afinando la puntería. Durante unos instantes, tuve tiempo de pensar lo estoy consiguiendo, estoy fuera de su área de... entonces sentí un golpe en la coronilla. Lo sentí y lo oí al mismo tiempo: hizo *¡clonc!*, como en los tebeos de Batman.

La superficie del lago pasó del naranja intenso al rojo intenso y luego al rojo escarlata. Oí el sonido lejano del grito de aprobación de Devore y la extraña risa chillona de Rogette Whitmore. Tragué otra bocanada de agua con sabor a hierro y estaba tan aturdido que tuve que recordarme que debía escupirla. Sentía los pies demasiado pesados para nadar; las malditas zapatillas pesaban una tonelada. Bajé las piernas y no encontré el fondo; ya no hacía pie. Miré hacia la costa y vi que tenía un aspecto maravilloso, brillando bajo el sol del ocaso como un escenario iluminado con focos anaranjados y rojos. Debía de estar a unos seis metros de la orilla. Devore y Rogette Whitmore estaban junto al borde de la Calle, mirándome. Parecían papá y mamá en un cuadro de Grant Wood. Devore se había puesto la mascarilla otra vez, pero vi que sonreía tras ella. Rogette Whitmore también sonreía.

Me entró más agua en la boca y escupí la mayor parte, pero la que tragué bastó para provocarme tos y arcadas. Comenzaba a hundirme y luché para salir a la superficie, no nadando sino chapoteando histéricamente, gastando nueve veces la energía necesa-

347

ria para mantenerme a flote. El pánico hizo su aparición, corroyendo mi perplejidad con sus pequeños y afilados dientes de rata. Tomé conciencia de un silbido agudo en mis oídos. ¿Cuántos golpes había recibido mi pobre cabeza? Uno del puño de Rogette... uno del bastón de Devore... una piedra... ¿o habían sido dos? Dios, ya no lo recordaba.

Contrólate, por el amor de Dios. No permitirás que te venza de este modo, ¿no? No dejarás que te ahogue como se ahogó el niño.

No, si podía evitarlo. Pataleé y me llevé la mano izquierda a la cabeza. A unos centímetros de la nuca, palpé un chichón que todavía seguía hinchándose. Al apretarlo, tuve la sensación de que iba a desmayarme y a vomitar al mismo tiempo. Las lágrimas se deslizaban por mis mejillas. Cuando me miré los dedos, apenas si vi rastros de sangre, pero es difícil precisar el estado de una herida cuando uno está en el agua.

–¡Parece una marmota a la que ha sorprendido la lluvia, Noonan!

Ahora la voz de Devore parecía muy lejana.

–¡Hijo de puta! –grité–. ¡Haré que le encierren por esto!

El viejo miró a Rogette, ella le devolvió la mirada con una expresión idéntica, y ambos comenzaron a reír a carcajadas. Si en ese momento alguien me hubiera puesto una ametralladora en las manos, los habría matado sin vacilar y habría pedido un segundo cargador para ametrallar los cadáveres. Pero puesto que no tenía ninguna ametralladora a mano, comencé a nadar como un perro hacia el sur, en dirección a mi casa. Ellos me siguieron andando por la Calle; él en su silenciosa silla de ruedas, ella andando a su lado, solemne como una monja, y deteniéndose de vez en cuando para coger una piedra.

Yo no había nadado lo suficiente para sentirme cansado, pero lo estaba, supongo que por culpa del miedo. Finalmente respiré en el momento equivocado, tragué más agua y me dejé atrapar por el pánico. Comencé a nadar hacia la orilla, empeñado en llegar a un sitio donde pudiera ponerme en pie. De inmediato, Rogette Whitmore empezó a arrojarme más piedras; primero aquellas que sujetaba entre el brazo izquierdo y el estómago, luego las que había apilado sobre el regazo de Devore. Ya había hecho sus ejercicios de calentamiento y no lanzaba como una chica; su puntería era mortal. Las piedras salpicaban a mi alrededor. Esquivé otra –lo bastante grande para abrirme la frente si me hubiera alcanzado–, pero la siguiente me dio en el bíceps produciendo un largo arañazo. Ya era suficiente. Me volví y una vez más nadé hacia el interior del lago, respirando agitadamente y esforzándome por mantener la cabeza fuera del agua a pesar del creciente dolor en la nuca.

Cuando estuve fuera de su alcance me volví a mirarlos. Rogette se había acercado al borde de la cuesta, decidida a ganar cada palmo de distancia. Demonios, cada centímetro. Devore había aparcado su silla de ruedas detrás de ella. Los dos sonreían y tenían la cara tan roja como la de los diablillos del infierno. En veinte minutos más oscurecería. ¿Conseguiría mantener la cabeza fuera del agua durante otros veinte minutos? Suponía que sí si no volvía a dejarme llevar por el pánico, pero no resistiría mucho más. Me imaginé ahogándome en la oscuridad, alzando la vista y viendo a Venus poco antes de sumergirme por última vez, y la rata-pánico volvió a hincarme los dientes. La rata-pánico era peor que Rogette y sus piedras, mucho peor.

Aunque quizá no fuera peor que Devore.

Recorrí la orilla con la vista, tratando de ver si había alguien en la Calle, allí donde ésta salía del cobijo de los árboles doce palmos o doce metros. Ya no me sentía avergonzado, pero no vi a nadie. ¿Dónde estaba todo el mundo? ¿Habían ido a Mountain Wiew, en Fryeburg, a comerse una pizza, o al Village Cafe a tomar un batido?

–¿Qué pretende? –le grité al viejo–. ¿Quiere que le diga que no me meteré en sus asuntos? ¡De acuerdo, no lo haré!

Devore rió.

–¿Tengo cara de haber nacido ayer, Noonan?

Bueno, en realidad no esperaba que mi táctica funcionara. Aunque yo hubiera sido sincero, él no me habría creído.

–Sólo queremos averiguar hasta dónde es capaz de nadar –dijo Whitmore y me lanzó otra piedra, que trazó un largo y lento arco en el aire y cayó a un metro y medio de donde yo estaba.

Quieren matarme, pensé. Están decididos a hacerlo.

Sí. Y lo peor era que podían hacerlo impunemente. En ese momento, se me ocurrió una idea descabellada, viable e inviable al mismo tiempo. Imaginé a Rogette Whitmore pinchando una nota en el tablón de anuncios que estaba en la puerta de la tienda Lakeview:

¡SALUDOS A LOS MARCIANOS DE TR-90!

El señor WILLIAM DEVORE, el marciano favorito de <u>todos</u>, dará a cada residente del TR CIEN DÓLARES si no usan la Calle el VIERNES POR LA TARDE, 17 de JULIO, entre las SIETE y las NUEVE. ¡Mantened alejados también a nuestros «AMIGOS VERANEANTES»! y recordad: ¡los BUENOS MARCIANOS son como los TRES MONOS: no <u>VEN</u> nada, no <u>ESCUCHAN</u> nada y no <u>DICEN</u> nada!

No podía creérmelo, ni siquiera en la situación en que me encontraba... y sin embargo, casi lo creía. Por lo menos debía reconocer que tenía la suerte de un demonio.

Estaba cansado y mis zapatillas pesaban más que nunca. Traté de quitarme una de ellas y sólo conseguí tragar más agua. La pareja seguía observándome desde la Calle, donde de vez en cuando Devore cogía la mascarilla de su regazo y hacía una inspiración revitalizadora.

No podía esperar hasta que oscureciera. El sol se pone temprano en el oeste de Maine –y supongo que en todas las zonas montañosas–, pero el crepúsculo es largo. Cuando en el oeste oscureciera lo suficiente para moverme sin que me vieran, la luna ya habría salido en el este.

Imaginé mi esquela en el *New York Times*: POPULAR NOVELISTA DE SUSPENSE ROMÁNTICO SE AHOGA EN MAINE. Debra Winstock les proporcionaría una foto del autor tomada de *La promesa de Helen*, de inminente publicación. Harold Oblowski haría todos los comentarios de rigor, y también se acordaría de poner una modesta (aunque no minúscula) esquela en *Publishers Weekly*. La pagarían a medias con Putnam y...

Me hundí, tragué más agua y escupí. Comencé a dar puñetazos en el lago otra vez y me obligué a parar. Oía la risa aguda de Rogette Whitmore en la orilla. Puta, pensé. Maldita puta esquelé...

«Mike», dijo Jo.

Su voz estaba en mi cabeza, pero no era la misma que me invento cuando imagino su parte en un diálogo imaginario o cuando simplemente la echo de menos y necesito hablar con ella durante un rato. En ese momento, algo cayó a mi derecha con mucha fuerza. Cuando miré en esa dirección no vi nada, ni un pez, ni siquiera una ondulación en el agua. Lo que vi en su lugar fue la plataforma flotante, anclada a unos cien metros de distancia en el agua del color del ocaso.

–No puedo nadar tan lejos, cariño –gemí.

–¿Ha dicho algo, Noonan? –gritó Devore desde la orilla. Con gesto burlón, se llevó una mano a una de sus enormes orejas que parecían hechas con grumos de cera–. ¡Casi no se le oye! ¡Parece agitado!

Más risas chillonas de Rogette Whitmore. Él era Johnny Carson; ella, Ed McMahon.

«Puedes conseguirlo. Te ayudaré.»

Comprendí que la plataforma era mi única posibilidad: no había otra a ese lado de la orilla, y estaba por lo menos diez metros más allá del mejor tiro –hasta el momento– de Rogette Whitmore. Comencé a nadar a lo perro en esa dirección, sintiendo ahora los brazos tan pesados como los pies. Cada vez que advertía que mi cabeza estaba a punto de sumergirse, hacía una pausa, tijereteaba con las piernas en el agua, me decía que debía tranquilizarme, que estaba en buena forma física y que lo hacía muy bien; me decía que si no me asustaba, todo iría perfectamente. La vieja puta y el viejo cabrón reanudaron la marcha, pero cuando vieron hacia dónde me dirigía las risas y las provocaciones cesaron. Durante mucho, mucho tiempo, la plataforma flotante no me pareció más cercana. Me dije que era porque la luz se estaba desvaneciendo –el color del agua pasaba del rojo al púrpura y a un gris oscuro, casi negro, parecido al de las encías de Devore–, pero esta idea me resultaba cada vez menos convincente a medida que me quedaba sin aire y que mis brazos se volvían más pesados.

Cuando todavía estaba a unos treinta metros de la plataforma, me dio un calambre en la pierna izquierda. Caí hacia un lado como un velero empantanado, y traté de cogerme el músculo agarrotado, pero me entró más agua en la boca. Traté de escupirla, hice una arcada y me hundí mientras mi estómago seguía tratando de arrojar el agua y mis dedos de llegar a la zona acalambrada, que estaba encima de la rodilla.

Me ahogo, pensé con sorprendente calma ahora que estaba ocurriendo. Así es como sucede; así.

Entonces una mano me cogió por la nuca, y el dolor producido por el tirón de pelos alrededor de la laceración en el cuero cabelludo, donde Rogette Whitmore me había alcanzado con su mejor lanzamiento, me devolvió a la realidad en un instante; fue mejor que una inyección de epinefrina. Otra mano me atenazó la pierna izquierda y sentí una breve pero agradable oleada de calor. El calambre desapareció y salí a la superficie nadando –nadando de verdad, no a lo perro– y en cuestión de segundos llegué a la escalera de la plataforma flotante. Aspiré grandes bocanadas de aire mientras me preguntaba si ya estaría a salvo o si mi corazón iba a estallarme en el pecho como una granada. Finalmente mis pulmones comenzaron a cobrarme la deuda de oxígeno, y me tranquilicé. Esperé un par de minutos y subí a la plataforma y a lo que ahora parecía las cenizas del ocaso. Estuve un rato de cara al oeste, inclinado con las manos en las rodillas, chorreando sobre las tablas. Luego me volví, dispuesto a insultar a los dos viejos. Pero allí no había nadie para oír mis insultos. La Calle estaba vacía. Devore y Rogette Whitmore se habían ido.

Quizá se hubieran ido. Me convenía recordar que no alcanzaba a ver gran parte de la Calle.

Me quedé sentado con las piernas cruzadas en la plataforma hasta que salió la luna, esperando y vigilando cualquier movimiento. Creo que estuve allí media hora, o tal vez cuarenta y cinco minutos. Consulté el reloj, pero no me sirvió de nada: le había entrado agua y se había parado a las siete y media. A las deudas que Devore tenía conmigo, ahora debía añadir el precio de un Timex Indiglo: son veintinueve dólares con noventa y cinco, cabrón, suéltalos.

Finalmente bajé por la escalerilla, me zambullí y nadé hacia la orilla haciendo el menor ruido posible. Estaba descansado, había dejado de dolerme la cabeza (aunque el huevo que tenía sobre la nuca todavía palpitaba con regularidad) y ya no me sentía confundido ni incrédulo. En cierto sentido, ésa había sido la peor parte: tratar de asimilar no sólo la aparición del niño ahogado, de las piedras voladoras y del lago, sino también la insistente sensación de que nada de lo que ocurría era posible, de que los prósperos magnates de la informática no atentaban contra la vida de los novelistas que se cruzaban por casualidad en su camino.

Pero ¿la aventura de esa noche había sido casual? ¿Mi encuentro con Devore había sido una coincidencia y nada más? La forma en que había aparecido súbitamente a mi espalda me indujo a pensar que esa idea era bastante ingenua. Era más probable que me tuviera vigilado desde el Cuatro de Julio... quizá desde la otra orilla del lago, con un potente equipo óptico. Tonterías paranoicas, habría dicho Jo... o al menos lo habría dicho antes de que los dos estuvieran a punto de hundirme en el lago Dark Score como a un barquito de papel en un charco.

Decidí que no me importaba que me estuvieran vigilando desde el otro lado del lago. Tampoco me preocupaba la posibilidad de que me esperaran ocultos entre los árboles de la Calle. Nadé hasta que sentí el cosquilleo de las algas en los tobillos y vi la media luna de mi playa. Entonces me puse en pie y di un respingo al sentir el aire frío en mi piel. Fui cojeando hasta la playa con una mano levantada para protegerme de la lluvia de piedras, pero no hubo lluvia de piedras. Permanecí un momento en la Calle, con los tejanos y el polo chorreando, y miré primero hacia un lado y luego hacia otro. Por lo visto, estaba solo en esa pequeña parte del mundo. Por fin volví a mirar hacia el agua, donde la tenue luz de la luna trazaba un sendero desde la playa hasta la plataforma flotante.

–Gracias, Jo –dije mientras comenzaba a subir los peldaños de traviesas en dirección a la casa.

Cuando estaba a mitad de camino, tuve que detenerme y sentarme. No me había sentido tan agotado en toda mi vida.

CAPITULO 18

En lugar de dirigirme a la puerta principal, subí por la escalera que conducía a la terraza; todavía me movía despacio y me maravillaba de que mis piernas parecieran el doble de pesadas de lo habitual. Cuando entré en el salón, miré alrededor con el asombro de alguien que ha estado fuera una década y que al regresar encuentra todo tal como lo dejó: el alce *Bunter* en la pared, el *Boston Globe* en el sofá, una colección de crucigramas en la mesita auxiliar, un plato con restos de verduras salteadas sobre la barra que había entre el salón y la cocina. Esas pequeñas cosas me hicieron tomar plena conciencia de lo que acababa de suceder: había salido a dar un paseo, dejando tras de mí un desorden normal, y había estado a punto de morir. A punto de ser asesinado.

Comencé a temblar. Fui al baño del ala norte, me saqué la ropa mojada y la arrojé a la bañera.. *splat*. Luego, todavía temblando, me volví y me miré al espejo que había encima del lavamanos. Parecía la parte perdedora de una pelea en un bar. Tenía una herida larga, cubierta de sangre coagulada, en un bíceps. Un hematoma de color morado negruzco se extendía como unas alas sombrías sobre la clavícula izquierda. Había un surco sanguinolento en la parte superior del cuello, detrás de la oreja, donde la encantadora Rogette me había clavado la piedra del anillo.

Cogí el espejo que usaba para afeitarme y lo utilicé para ver en qué estado se encontraba la parte posterior de mi cabeza. «¿Es que en esa cabeza dura no os entra nada?», solía gritarnos mi madre a Sid y a mí cuando éramos pequeños, y ahora agradecía a Dios que mamá hubiera acertado sobre el factor dureza, por lo menos en mi caso. El sitio donde Devore me había dado con el bastón parecía la punta de un volcán recientemente extinguido. El certero tiro de Rogette Whitmore me había dejado una herida que necesitaría puntos si quería evitar una cicatriz. En la parte posterior del cuello, alrededor del cuero cabelludo, tenía una mancha parduzca de sangre diluida. Sólo Dios sabía cuánta más habría salido de esa desagradable abertura roja antes de que la lavara el lago.

Eché un chorro de agua oxigenada en la mano ahuecada, me armé de valor y la arrojé sobre el surco como si fuera loción para después del afeitado. El escozor fue monstruoso, y tuve que morderme los labios para no gritar. Cuando el dolor comenzó a aliviarse un poco, empapé bolas de algodón con más agua oxigenada y limpié el resto de las heridas.

Me di una ducha, me puse una camiseta y unos tejanos y bajé al pasillo para llamar al sheriff del condado. No necesité usar la guía telefónica; los números de la comisaría de policía y del sheriff estaban en una tarjeta pinchada en el tablón de anuncios y que decía EMERGENCIAS, junto con los teléfonos de los bomberos, el servicio de ambulancias y un número en el que te daban tres respuestas para el crucigrama diario del *Times* por un dólar con cincuenta.

Marqué los tres primeros números aprisa; luego empecé a ir más despacio. Había llegado al 955-960 cuando me detuve. Con el teléfono en la oreja, imaginé otro titular, esta vez no en el decoroso *Times*, sino en el sensacionalista *New York Post*: NOVELISTA LE DICE AL REY DE LA INFORMÁTICA: «¡MATÓN!» El artículo iría ilustrado con una fotografía de un servidor, aparentando más o menos mi edad, y otra de Max Devore, aparentando más o menos ciento seis años. El *Post* se regodearía contándole a sus lectores cómo Devore junto con su acompañante, una ancianita que debía de pesar cuarenta kilos empapada, habían atacado a un novelista de la mitad de su edad que, al menos en la fotografía, parecía estar en buena forma física.

El teléfono se cansó de guardar en su rudimentario cerebro sólo seis de los siete números necesarios, emitió un ruidito y volvió a dar tono de llamada. Separé el auricular de mi oreja, lo miré durante unos instantes y luego volví a dejarlo en su sitio.

No suelo comportarme como un miedica ante la atención de la prensa, a veces caprichosa, otras veces odiosa; pero mantengo una actitud cautelosa, como haría ante la proximidad de un mamífero peludo y malhumorado. Estados Unidos ha convertido a las personas que lo entretienen en extrañas prostitutas de clase alta, y los medios de comunicación se mofan de cualquier «celebridad» que se atreve a protestar por la forma en que la tratan. «¡No te quejes!», dicen los periódicos y los programas de cotilleos de la televisión con una mezcla de triunfalismo e indignación. «¿Creías que íbamos a pagarte una pasta gansa sólo por cantar una canción o bailar una pieza? ¡Te equivocas, capullo! Te pagamos para maravillarnos cuando lo haces bien –sea lo que fuere el "lo" en tu caso particular– y también para gratificarnos cuando la cagas. La verdad es que no eres más que un tentempié. Si dejas de divertirnos, siempre podemos matarte y comerte vivo.»

Pero no pueden comerte vivo, desde luego. Pueden publicar fotografías en las que apareces sin camisa y decir que estás gordo; pueden hablar de cuánto bebes, de cuántas píldoras te tomas o de la noche en que sentaste a una actriz en tu regazo e intentaste meterle la lengua en la oreja; pero no pueden comerte vivo. Por lo tanto, lo que me hizo colgar el teléfono no fue la perspectiva de que el *Post* me llamara llorica o de figurar en el monólogo de apertura del programa de Jay Leno, sino la certeza de que no tenía pruebas. Nadie nos había visto, y yo sabía que en el mundo de Max Devore no había nada más fácil que encontrar una coartada para él y su asistente personal.

Pero había algo más, la guinda del pastel: me imaginé que el sheriff del condado enviaría a George Footman, *alias* papá, a tomarme declaración sobre cómo el viejo malo había arrojado al

357

pequeño Mikey al lago. ¡Cómo se reirían los tres más tarde!

Así que decidí llamar a John Storrow, con la esperanza de que me dijera que hacía lo correcto, lo único sensato. Con la esperanza de que me recordara que sólo los hombres desesperados toman medidas tan desesperadas (pasaría por alto, al menos por el momento, lo mucho que se habían reído los dos viejos, como si estuvieran pasándoselo en grande) y que nada había cambiado con relación a Ki Devore, que el abuelo no tenía ninguna posibilidad de que le concedieran la custodia.

En casa de John respondió el contestador automático y dejé un mensaje: llama a Mike Noonan, no es una emergencia pero siéntete libre para llamar tarde. Luego llamé a su despacho, recordando los evangelios según John Grisham: los abogados jóvenes trabajan hasta caerse muertos. Escuché el mensaje monocorde del contestador del bufete y siguiendo sus instrucciones marqué las teclas STO, las tres primeras del apellido de John. Después de un *clic*, oí a John, pero desgraciadamente en otra versión grabada: «Hola, soy John Storrow. Me he ido a Filadelfia a pasar el fin de semana con mamá y papá. Estaré en mi despacho el lunes; el resto de la semana, estaré fuera en un viaje de negocios. Desde el jueves al viernes, es probable que me encuentren en...»

El número que dio comenzaba con 207-955, y en consecuencia era de Castle Rock. Supuse que el del mismo hotel donde se había alojado antes. «Soy Mike Noonan –grabé–. Llámame cuando puedas. También he dejado un mensaje en el contestador de tu casa.»

Fui a la cocina a buscar una cerveza, pero me detuve junto a la puerta del frigorífico y me puse a jugar con los imanes. Devore me había llamado chulo. «Eh, chulo, ¿dónde está tu puta?» Un minuto después, se había ofrecido a salvar mi alma. La cosa tenía gracia. Como si un alcohólico se ofrece a vigilar tu mueble bar. «Habló de ti con afecto –había dicho Mattie–. Tu bisabuelo y el suyo cagaban en el mismo agujero.»

Me alejé del frigorífico dejando la cerveza dentro y volví al teléfono para llamar a Mattie.

«Hola –dijo otra voz obviamente grabada. Era mi día de suerte–. Soy yo, pero o bien no estoy en casa o no puedo ponerme al teléfono en este momento. Deja un mensaje, ¿vale? –una pausa, un ruido en el micrófono, un murmullo lejano y luego Kyra, con voz tan alta que casi me rompió el tímpano–: ¡Deja un mensaje feliz!» Siguió un coro de risas interrumpido por el pitido del contestador.

–Hola, Mattie, soy Mike Noonan –dije–. Sólo quería...

No sé cómo habría terminado la frase, pero no tuve que hacerlo. Se oyó un clic y luego Mattie dijo:

–Hola, Mike.

Su tono triste y derrotado era tan diferente de la voz alegre de la grabación que por un momento guardé silencio. Luego le pregunté qué pasaba.

–Nada –dijo y se echó a llorar–. Todo. Me he quedado sin trabajo. Lindy me ha despedido.

Lindy no había hablado de despido, naturalmente. Había hablado de la necesidad de «apretarse el cinturón». Pero era un despido, y yo sabía que si investigaba los fondos de la Biblioteca de Four Lakes, descubriría que uno de los principales patrocinadores en toda la historia de la institución había sido Max Devore. Y continuaría siéndolo, siempre y cuando Lindy Briggs siguiera sus instrucciones.

–No deberíamos haber hablado delante de ella –dije, pese a saber que aunque yo no me hubiera acercado a la biblioteca, Mattie habría sido despedida de todos modos–. Y deberíamos haberlo previsto.

–John Storrow lo hizo. –Todavía lloraba, pero se esforzaba por dominarse–. Dijo que Max Devore querría ponerme contra las cuerdas antes de la vista de la custodia. Dijo que querría asegurarse de que, cuando el juez me preguntara dónde trabajaba yo dijera: «Estoy en el paro, señoría.» Yo le dije a John que la señora Briggs era incapaz de hacer algo tan ruin, sobre todo a la chica que había dado una charla tan brillante sobre *Bartleby*. ¿Sabes qué me contestó?

–No.

–Me dijo: «Eres muy joven.» Me pareció un comentario muy paternalista, pero tenía razón, ¿no?

–Mattie...

–¿Qué voy a hacer, Mike? ¿Qué voy a hacer?

Era evidente que la rata-pánico se había trasladado a Wasp Hill Road.

Pensé con frialdad: ¿por qué no te conviertes en mi amante? Te contrataría como «asistente de investigación», una ocupación perfectamente lícita a la vista de Hacienda. Te daría ropa, un par de tarjetas de crédito, una casa –podrías despedirte del oxidado cubo de basura de Wasp Hill Road– y dos semanas de vacaciones: ¿qué tal Maui en febrero? Además pagaría la educación de Ki, naturalmente, y te entregaría una sustanciosa bonificación a fin de año. También sería considerado. Considerado y discreto. Una o dos veces a la semana, y nunca antes de que la niña esté dormida. Lo único que tienes que hacer es decir sí y darme una llave. Lo único que tienes que hacer es meterte en la cama cuando yo llegue. Lo único que tienes que hacer es dejarme hacer lo que yo quiera... en la oscuridad, toda la noche, dejarme tocar donde yo quiera tocar, dejarme hacer lo que yo quiera hacer, nunca decir que no, nunca pedirme que pare.

Cerré los ojos.

–¿Mike? ¿Estás ahí?

–Claro –respondí. Me toqué el bulto palpitante de la cabeza y di un respingo–. Saldrás adelante, Mattie. Tú...

–¡La caravana no está pagada! –gimió–. ¡Debo dos recibos de teléfono y amenazan con cortármelo! ¡Además, hay problemas con la caja de cambios y con el eje trasero del jeep! Supongo que podré pagar la última semana de las clases de catecismo de Ki, porque la señora Briggs me ha pagado tres semanas de sueldo como finiquito, pero ¿cómo voy a pagarle los zapatos? La ropa le queda pequeña tan rápidamente... tiene agujeros en casi todos los pantalones y en la ro-ro-pa interior...

Empezó a sollozar otra vez.

–Yo cuidaré de vosotras hasta que consigas otro empleo –dije.

–No, no puedo permitir...

–Claro que puedes, y lo harás por el bien de Kyra. Con el tiempo, si todavía lo deseas, podrás devolverme el dinero. Si lo prefieres, apuntaremos cada dólar y cada centavo que te deje. Pero yo cuidaré de vosotras.

Y nunca tendrás que desnudarte para mí. Es una promesa y estoy dispuesto a respetarla.

–Mike, no tienes por qué hacer esto.

–Puede que sí y puede que no. Pero voy a hacerlo y no podrás detenerme. –Yo había llamado para contarle lo que me había pasado, para darle al menos la versión humorística, pero dadas las circunstancias me pareció la peor idea del mundo–. El caso de la custodia acabará antes de lo que imaginas, y si en esta zona no encuentras a nadie lo bastante valiente para darte trabajo, yo encontraré a alguien en Derry que lo haga. Además, dime la verdad: ¿no crees que sería hora de cambiar de escenario?

Mattie consiguió articular una risita.

–Y que lo digas.

–¿Has tenido noticias de John hoy?

–Sí, ha ido a Filadelfia a visitar a sus padres, pero me dejó el número de teléfono. Ya lo he llamado.

John había dicho que Mattie le gustaba, y era probable que a ella también le gustara él. Me dije que la pequeña punzada de dolor que sentía al pensar en ello, sólo era producto de mi imaginación. Por lo menos intenté convencerme de eso.

–¿Qué ha dicho sobre tu despido?

–Lo mismo que me has dicho tú, pero él no me hizo sentirme segura. Tú sí. No sé por qué. –Yo sí lo sabía. Era un hombre maduro y ése es nuestro principal atractivo para las mujeres jóvenes: hacemos que se sientan seguras–. Vendrá el martes por la mañana y le he dicho que comería con él.

Con naturalidad y sin el más mínimo titubeo en la voz, dije:

–Tal vez yo también podría ir.

La voz de Mattie se animó ante la sugerencia y, paradójicamente, su rápida aceptación me hizo sentirme culpable.

–¡Sería estupendo! ¿Por qué no lo llamas y le dices que los dos vendréis a comer aquí? Podría cocinar otra vez en la barbacoa. Haré que Ki falte a las clases de catecismo y seremos cuatro. Ella está impaciente porque le leas otro cuento. Le encantó que le leyeras.

–Es una idea excelente –respondí con sinceridad. Si Kyra estaba presente todo sería más natural, no parecería una intrusión por mi parte. Además, ellos no comerían solos. Nadie podría acusar a John de demostrar un interés poco ético por su cliente. A la larga, me lo agradecería–. Creo que Ki ya está preparada para pasar a *Hansel y Gretel*. ¿Cómo te encuentras, Mattie? ¿Mejor?

–Mucho mejor que antes de que llamaras.

–Estupendo. Todo irá bien.

–Prométemelo.

–Creo que acabo de hacerlo.

Hubo una pequeña pausa.

–¿Y tú estás bien, Mike? Pareces un poco... no sé... raro.

–Estoy bien –respondí, y lo estaba, teniendo en cuenta que hacía menos de una hora había estado convencido de que moriría ahogado–. ¿Puedo hacerte una pregunta antes de colgar? Es algo que me está volviendo loco.

–Desde luego.

–La noche que cenamos en tu casa, me dijiste que Devore había comentado que mi bisabuelo y el suyo se conocían. Y muy bien, según él.

–Dijo que cagaban en el mismo agujero. Me pareció una observación muy elegante.

–¿Dijo algo más? Piénsalo bien.

Mattie lo hizo, pero sin resultados. Le dije que me llamara si recordaba algo más de la conversación o si se sentía sola, asustada o preocupada. No quise añadir nada, pero decidí que tendría que tener una conversación sincera con John sobre mi última aventura. Quizá fuera prudente pedir al detective privado de Lewinston –George Kennedy, como el actor– que enviara un par de hombres al TR para vigilar a Mattie y a Kyra. Como había dicho el encargado de mi casa, Max Devore estaba loco. Al principio yo no acababa de creérmelo, pero ahora sí. Si me quedaba alguna duda, lo único que tenía que hacer era tocarme el chichón de la cabeza.

Volví junto al frigorífico y una vez más olvidé abrirlo. Otra vez me puse a jugar con los imanes, moviéndolos, mirando cómo se formaban palabras y luego se dividían o cambiaban. Era una forma peculiar de escribir... pero era como escribir. Lo sabía porque ya estaba en trance.

Es un estado semihipnótico que puedes cultivar hasta que eres capaz de entrar y salir de él a voluntad, al menos cuando todo marcha bien. La parte intuitiva de la mente queda libre cuando empiezas a trabajar y se eleva a una altura de unos dos metros (quizá tres en los días buenos). Una vez allí simplemente flota, transmitiendo mensajes de magia negra e imágenes brillantes. En situaciones normales, esa parte está acoplada al resto de la maquinaria y pasa prácticamente inadvertida... salvo en ciertas ocasiones cuando se libera sola y entras en trance de improviso; tu mente hace asociaciones que no tienen nada que ver con el pensamiento racional y se llenan de imágenes inesperadas. En cierto modo, ésta es la parte más extraña del proceso creativo. Las musas son fantasmas y a menudo llegan sin que las invites.

«Mi casa está encantada.»

«Sara Risa siempre ha estado encantada... usted ha inquietado a los fantasmas.»

«Inquietado», escribí en la puerta del frigorífico. Pero no me convencía, así que formé un círculo alrededor con los imanes de frutas y verduras. Así estaba mejor, mucho mejor. Permanecí unos instantes allí, con los brazos cruzados en el pecho como solía cruzarlos sobre el escritorio cuando no encontraba una palabra o una frase. Luego quité «inquietado» y puse «encantada».

–Está encantada en el círculo –dije y oí el suave tintineo de la campanilla de *Bunter*, como si aprobara mis palabras.

Retiré las letras y mientras lo hacía pensé en lo extraño que era tener un abogado llamado Romeo...

(puse «romeo» en el círculo...)

... y un detective llamado George Kennedy.

(puse «george» en la puerta del frigorífico)

Me pregunté si Kennedy podría ayudarme con Andy Drake...

(«drake» en el frigorífico)

... quizá pudiera darme algunas ideas. Nunca había escrito sobre un detective privado y los pormenores...

(fuera «rake», dejo la «d», añado «etalles»)

... eso lo cambia todo. Puse un tres invertido y una «l» abajo, formando un tridente. El demonio está en los detalles.

De allí, pasé a otra cosa. No sé exactamente a qué, porque

estaba en trance, y la parte intuitiva de mi mente había volado tan alto que ninguna cuadrilla de búsqueda la habría encontrado. Permanecí delante del frigorífico y jugué con las letras, escribiendo fragmentos de pensamientos sin ni siquiera pensar en ellos. Quizá no creáis que eso es posible, pero todo escritor sabe que lo es.

Me sacó del trance una luz que apareció en la ventana. Eché un vistazo y vi la silueta de un coche aparcando junto a mi Chevrolet. Me embargó el pánico. En ese momento habría dado todo lo que tenía por un arma cargada. Porque era Footman; tenía que ser él. Devore lo había llamado al regresar a Warrington's, para decirle: Noonan se niega a ser un buen marciano, así que ajústale las clavijas.

Cuando se abrió la puerta del conductor y se encendió la luz del coche de mi visitante, solté un condicional suspiro de alivio. No sabía quién era, pero estaba claro que no era «papá». Ese tipo parecía incapaz de matar a una mosca con un periódico enrollado... aunque supuse que mucha gente habría pensado lo mismo de Jeffrey Dahmer.

Encima del frigorífico había una colección de productos en aerosol, todos viejos y supongo que perjudiciales para la capa de ozono. Me sorprendió que la señora Meserve no se hubiera deshecho de ellos, pero también me alegró. Cogí el primero que encontré –matacucarachas, una excelente elección–, le quité la tapa y metí el envase en el bolsillo izquierdo de mis tejanos. Luego me dirigí a los cajones situados a la derecha del fregadero. En el primero había cubiertos. En el segundo, lo que Jo llamaba «puñetitas de cocina»: cualquier cosa desde termómetros para el pavo hasta esos pinchos que clavas a las mazorcas de maíz para no quemarte los dedos. En el tercero había una amplia selección de cuchillos para carne. Cogí uno, me lo puse en el bolsillo derecho de los tejanos y enfilé hacia la puerta.

El hombre que estaba en el porche se sobresaltó ligeramente cuando encendí la luz y parpadeó como un conejo deslumbrado. Medía aproximadamente un metro sesenta y cinco y era pálido y esquelético. Tenía el pelo muy corto y ojos castaños. Llevaba unas gafas con montura de concha y lentes de aspecto grasiento. Las manos pequeñas le colgaban a los lados del cuerpo. Con una sujetaba la manija de un maletín de cuero y con la otra un objeto pequeño y blanco. Supuse que no estaba destinado a morir asesinado por un hombre con una tarjeta de visita en la mano, así que le abrí la puerta.

El tipo esbozó una de esas sonrisitas nerviosas que suelen esbozar los personajes de las películas de Woody Allen. Noté que también llevaba un atuendo al estilo de Woody Allen: una camisa descolorida con las mangas demasiado cortas, unos pantalones demasiado holgados en la zona de la entrepierna.

Alguien debe de haberle dicho que se parecía a él, pensé. Tiene que ser eso.

—¿Señor Noonan?

—¿Sí?

Me entregó la tarjeta, que decía INMOBILIARIA NEXT CENTURY con letras doradas en relieve. Debajo, en letras negras más modestas, estaba el nombre de mi visitante.

—Soy Richard Osgood —dijo como si yo no supiera leer y me tendió la mano.

La necesidad de responder a ese ademán está profundamente arraigada en los hombres estadounidenses, pero esa noche me resistí al impulso. Él mantuvo la mano tendida durante unos segundos más, luego la bajó y se secó la palma con nerviosismo en los pantalones.

—Tengo un mensaje para usted del señor Devore.

Esperé.

—¿Puedo pasar?

—No —respondí.

Osgood retrocedió un paso, volvió a limpiarse la mano en los pantalones y pareció armarse de valor.

—No hay necesidad de ser grosero, señor Noonan.

Yo no estaba siendo grosero. Si hubiera querido ser grosero, le habría dado la bienvenida con una nube de matacucarachas en la cara.

—Max Devore y su asistente trataron de ahogarme en el lago esta tarde. Puede que ésa sea la razón por la cual hoy no me sienta particularmente cortés.

Creo que la expresión de sorpresa de Osgood era sincera.

—Debe de estar trabajando demasiado en su última novela, señor Noonan. Max Devore pronto cumplirá ochenta y seis años... si es que llega, lo cual parece dudoso. El pobre hombre apenas si puede caminar de la silla de ruedas a la cama. En cuanto a Rogette...

—Le entiendo —dije—. De hecho, pensé lo mismo hace veinte minutos. Apenas si me lo creo yo, a pesar de que estuve presente. Ahora entrégueme lo que ha venido a traerme.

—De acuerdo —respondió con un tono melindroso, como si dijera: «Muy bien, como usted prefiera.»

Abrió la cremallera de un bolsillo del maletín de cuero y sacó un sobre blanco de tamaño normal y cerrado. Lo cogí, esperando que Osgood no oyera los fuertes latidos de mi corazón. Devore se movía con inusitada rapidez para un hombre que iba a todas partes con un balón de oxígeno. La pregunta era: ¿qué clase de movimiento era éste?

—Gracias —dije mientras comenzaba a cerrar la puerta—. Le daría una propina para que se tomara una copa, pero me he dejado la cartera en el dormitorio.

—¡Espere! Se supone que tiene que leer la carta y darme una respuesta.

Enarqué las cejas.

—No sé de dónde sacó Devore la idea de que puede darme órdenes, pero no permitiré que sus ideas influyan en mi conducta. Largo de aquí.

Osgood frunció los labios, creando profundos hoyuelos en las comisuras de la boca, y de repente dejó de parecerse a Woody Allen. Parecía un agente inmobiliario cincuentón que había vendido su alma al demonio y ahora no podía tolerar que alguien diera un tirón al rabo de su amo.

—Le daré un buen consejo, señor Noonan: tenga cuidado, nadie juega con Max Devore.

—Por suerte para mí, yo no estoy jugando con él.

Cerré la puerta y me quedé en el vestíbulo, con el sobre en la mano, mirando por la ventana al señor Inmobiliaria Next Century. Parecía cabreado y confundido; supuse que hacía tiempo que nadie le daba unos azotes en el culo. Quizá le irían bien, le darían un poco de perspectiva a su vida. Le recordarían que, con

Max Devore o sin Max Devore, Richie Osgood nunca mediría más de metro sesenta y cinco, ni siquiera con botas de vaquero.

—¡El señor Devore quiere una respuesta! —gritó al otro lado de la puerta.

—Le telefonearé —respondí y lentamente levanté los dos dedos corazón para hacer el gesto que hubiera querido hacer a Max y a Rogette antes—. Mientras tanto, transmítale este mensaje.

Yo casi esperaba que se quitara las gafas y se frotara los ojos para asegurarse de que veía bien, pero regresó al coche, arrojó el maletín dentro y subió. Seguí mirándolo hasta que llegó al camino y estuve seguro de que se había ido. Luego fui al salón y abrí el sobre. Dentro había una sola hoja de papel, que olía vagamente al perfume que usaba mi madre cuando yo era un niño. En la parte superior, en caracteres impresos con un ligero relieve, bonitos y femeninos, se leía:

ROGETTE D. WHITMORE

Seguía el siguiente mensaje, escrito con letra ligeramente temblorosa:

20.30 h.

Estimado señor Noonan:

Max desea que le transmita nuestra alegría por haberlo conocido, un sentimiento que yo comparto. ¡Es usted una persona encantadora y divertida! Disfrutamos mucho con sus payasadas. Ahora vamos al grano. Max le propone un trato muy sencillo: si promete dejar de hacer preguntas sobre él y abandonar todos los procedimientos legales —en otras palabras, si promete dejarle descansar en paz—, el señor Devore se comprometerá a cejar en su empeño de obtener la custodia de su nieta. Si accede, sólo tiene que decirle al señor Osgood: «Estoy de acuerdo.» Él nos transmitirá el mensaje. Max espera regresar a California en su avión privado muy pronto. No puede seguir postergando ciertos asuntos pendientes, aunque ha disfrutado mucho de su estancia aquí y lo ha encontrado a usted particularmente interesante. Quiere que le recuerde que la custodia conlleva responsabilidades, y le ruega que no olvide que se lo ha advertido.

ROGETTE.

P. D.: Me recuerda que usted no respondió a su pregunta: ¿le apesta el coño? Max siente curiosidad por este punto.

R.

Leí la carta una segunda vez y luego una tercera. Iba a dejarla en la mesa, pero la leí por cuarta vez. Era como si no acabara de encontrarle sentido. Tuve que contener mi impulso de correr al teléfono y llamar a Mattie de inmediato. Todo ha terminado, Mattie, diría. Despedirte del trabajo y arrojarme al agua fueron los últimos dos tiros de la guerra. Se ha rendido.

No. No lo haría hasta que estuviera absolutamente seguro.

Llamé a Warrington's y me respondió el cuarto contestador automático de la noche. Devore y Whitmore no se habían molestado en grabar un mensaje cálido y agradable; una voz tan fría como la nevera de un motel simplemente dijo que dejara mi mensaje al oír la señal.

—Soy Noonan —dije, y antes de que pudiera continuar oí un ruidito y alguien cogió el auricular al otro lado.

—¿Se divirtió nadando? —preguntó Rogette Whitmore con voz seductora y burlona.

Si no la hubiera visto en persona, habría imaginado a una Barbara Stanwyck con su frío atractivo, acurrucada sobre un sofá de terciopelo rojo y enfundada en una bata de seda de color melocotón, con el teléfono en una mano y un cigarrillo con boquilla de marfil en la otra.

—Si hubiera tenido ocasión de alcanzarla, señora Whitmore, le habría dejado muy claros mis sentimientos.

—Ooooh —respondió—. Siento un hormigueo en los muslos.

—Por favor, no me obligue a imaginar sus muslos.

—Sus palabras no me afectan en lo más mínimo, señor Noonan —dijo—. ¿A qué debemos el honor de su llamada?

—No le he dado ninguna respuesta al señor Osgood.

—Max se lo imaginaba. Dijo: «El joven chulo cree en el valor de una respuesta personal. No hay más que mirarlo para saberlo.»

—Se pone como un basilisco cuando pierde, ¿eh?

—El señor Devore nunca pierde. —Su voz descendió hasta un ángulo de por lo menos cuarenta grados y el tono burlón y divertido cayó cuesta abajo–. Puede cambiar de objetivos, pero no pierde. El que tenía aspecto de perdedor esta noche era usted, señor Noonan, pataleando y gritando en el lago. Estaba asustado, ¿verdad?

–Sí, mucho.

–Tenía razones para estarlo. Me pregunto si es consciente de la suerte que tuvo.

–¿Me permite que le diga una cosa?

–Desde luego, Mike... ¿Puedo llamarle Mike?

–Prefiero que siga con el señor Noonan. Ahora bien, ¿me escucha?

–Con la respiración contenida.

–Su jefe es viejo, está loco, y si ya ha dejado atrás los tiempos en que podía rellenar con eficacia una quiniela, es poco probable que consiga ganar un juicio de custodia. Ya estaba vencido la semana pasada.

–¿Quiere hacer alguna propuesta?

–Sí, así que escuche con atención: si cualquiera de los dos vuelve a intentar algo remotamente parecido a lo de esta noche, iré a buscar a ese viejo de mierda y le meteré la mascarilla de oxígeno manchada de mocos en el culo, tan profundamente que podrá ventilarse los pulmones desde abajo. Y si me la encuentro a usted en la Calle, señora Whitmore, la usaré de proyectil en un lanzamiento de bala. ¿Me ha entendido?

Yo estaba agitado, asombrado y también disgustado conmigo mismo. Si alguien me hubiera dicho antes que era capaz de hablar de esa manera, me habría reído. Después de un largo silencio, pregunté:

–¿Señora Whitmore? ¿Sigue ahí?

–Sigo aquí –respondió ella. Yo esperaba que estuviera furiosa, pero parecía divertida–. ¿Quién está enfadado ahora, señor Noonan?

–Yo –respondí– y no lo olvide, puta lanzapiedras.

–¿Cuál es su respuesta para el señor Devore?

–Acepto el trato. Yo me callo la boca, los abogados también, y él sale para siempre de la vida de Mattie y Kyra. Pero si continúa...

–Lo sé, lo sé, lo hará picadillo. Me pregunto qué pensará de esto dentro de una semana, criatura arrogante y estúpida.

Antes de que pudiera responder –iba a decirle que incluso sus mejores lanzamientos eran propios de una chica–, cortó la conversación.

Permanecí unos instantes con el auricular en la mano y luego colgué. ¿Era un truco? Por un lado parecía un truco; por otro, no. Tenía que informar de esto a John. No había dejado el número de teléfono de sus padres en el contestador automático, pero Mattie lo tenía. Sin embargo, si volvía a llamarla me vería obligado a contarle lo que acababa de ocurrir. Sería mejor que no hiciera más llamadas hasta el día siguiente. Que lo consultara antes con la almohada.

Me metí la mano en el bolsillo y estuve a punto de empalarla con el cuchillo que había ocultado allí. Me había olvidado de él. Lo saqué, entré en la cocina y lo puse en el cajón. Luego saqué del otro bolsillo el aerosol, me volví para dejarlo encima del frigorífico junto a sus viejos hermanos y me detuve en seco. Dentro del círculo de imanes de frutas y verduras se leía lo siguiente:

b

vertical

j

19a

¿Lo había hecho yo? ¿Había estado tan abstraído, tan sumido en mi trance, que había puesto un minicrucigrama en la puerta del frigorífico y no lo recordaba? Y en tal caso, ¿qué significaba?

Puede que lo hiciera otro, pensé. Uno de mis huéspedes invisibles.

–¿Baja diecinueve? –dije mientras tocaba las letras. ¿Era una instrucción o significaba «diecinueve vertical»? Eso sugería otra vez que se trataba de un crucigrama. A veces, en un acertijo te dan una pista que dice simplemente: «véase diecinueve» o «véase diecinueve vertical». Si ése era el significado, ¿qué crucigrama se suponía que debía comprobar?

–Necesitaría una ayudita –dije, pero no hubo respuesta, ni del plano astral ni en el interior de mi cabeza.

Finalmente cogí la lata de cerveza que me había prometido y fui a sentarme con ella al sofá. Cogí la revista de pasatiempos *Tough Stuff* y eché un vistazo al crucigrama que tenía a medias. Se titulaba «Alcohólicos homónimos» y estaba lleno de chistes estúpidos que sólo los adictos a los crucigramas encuentran graciosos. Actor borracho: Marlon Brandy. Bebida presidencial: Ron Reagan. Vino, lo vio y lo bebió: César. Pero la definición del diecinueve vertical era «señora de la casa», que todos los aficionados a los crucigramas del universo saben que es «ama». En «Alcohólicos homónimos» no había nada relacionado con lo que ocurría en mi vida, al menos en apariencia.

Eché un vistazo a otros de los crucigramas de la revista mirando los casilleros correspondientes a diecinueve vertical. Herramienta para trabajar el mármol (cincel). Cuerpos con igual composición química y distintas propiedades físicas (isómeros). Disgustado, dejé la revista en el sofá. De todos modos, ¿quién me había dicho que tenía que encontrar la respuesta en esa revista de crucigramas en concreto? En la casa debía de haber otras cincuenta, cuatro o cinco en el cajón de la mesita auxiliar donde estaba mi cerveza. Me arrellané en el sofá y cerré los ojos.

«Siempre me han gustado las putas... a veces su lugar estaba sobre mi cara.»

«Aquí es donde los cachorros buenos y los perros malos pueden andar lado a lado.»

«Aquí no hay un borracho del pueblo, todos nos turnamos.»

«Aquí es donde ocurrió.»

Me dormí y desperté tres horas después con el cuello agarrotado y un dolor terrible en la parte posterior de la cabeza. Se oían truenos más allá de las White Mountains y en la casa hacía un calor espantoso. Cuando me levanté del sofá, advertí que tenía los muslos prácticamente pegados al tapizado. Me dirigí al ala norte, arrastrando los pies como un hombre muy muy viejo, vi mi ropa mojada, pensé en llevarla al lavadero, pero finalmente decidí que si me agachaba me estallaría la cabeza.

–Hacedlo vosotros, fantasmas –murmuré–. Si sois capaces de cambiar de posición los pantalones y la ropa interior en el tendedero, también podréis meter la ropa sucia en el cesto.

Me tomé tres pastillas de paracetamol y me metí en la cama. En cierto momento desperté y oí el llanto del niño fantasma.

–Basta –dije–. Basta, Ki, nadie te llevará a ninguna parte. Estás a salvo.

Y volví a dormirme.

CAPITULO 19

Sonaba el teléfono. Yo subí hacia él desde el fondo de un sueño en el que me ahogaba, en el que no podía respirar. Desperté a la luz de la mañana, y cuando puse los pies en el suelo, el dolor de cabeza me hizo dar un respingo. El teléfono dejaría de sonar antes de que yo llegara a él, como ocurre casi siempre en situaciones semejantes. Entonces yo volvería a acostarme y pasaría los diez minutos siguientes preguntándome infructuosamente quién había llamado antes de levantarme otra vez. *Ringgg... ringgg... ringgg...*

¿Era el décimo timbrazo? ¿El duodécimo? Había perdido la cuenta. Alguien estaba empeñado en hablar conmigo. Esperé que no fueran malas noticias, pero de acuerdo con mi experiencia la gente no insiste tanto para dar una buena noticia. Toqué con cuidado el chichón de la cabeza, aunque todavía me dolía bastante, ya no era un dolor tan intenso y desesperante. Y cuando me miré los dedos, vi que no estaban manchados de sangre.

Crucé el pasillo y cogí el auricular.

—¿Diga?

—Bueno, al menos no tendrá que preocuparse por testificar en la vista de la custodia de la niña.

—¿Bill?

–Sí.

–¿Cómo lo ha sabido...? –Me asomé a la puerta de la cocina y eché un vistazo al exasperante gato que movía la cola. Eran las siete y veinte de la mañana y ya hacía un bochorno insoportable–. ¿Cómo sabe que ha decidido...?

–Yo no sé nada de sus asuntos. –Bill parecía ofendido–. Él nunca me llamó para pedirme consejo y yo nunca le llamé para dárselo.

–¿Qué pasa?

–¿Todavía no ha encendido el televisor?

–Ni siquiera he tomado café.

Bill no se disculpó; era la clase de hombre que cree que la gente que se despierta después de las seis merece cualquier cosa que le ocurra. Sin embargo, yo ya estaba despierto, y tenía una ligera idea de lo que iba a decir a continuación.

–Devore se suicidó anoche, Mike. Se metió en la bañera llena de agua caliente y se puso una bolsa de plástico en la cabeza. Teniendo en cuenta el estado de sus pulmones, no debe de haber tardado mucho en morir.

No, pensé, probablemente no. A pesar del calor húmedo de la casa, temblé.

–¿Quién lo encontró? ¿La asistente?

–Claro.

–¿A qué hora?

–En el canal 6 dijeron que poco antes de medianoche.

En otras palabras, aproximadamente a la misma hora que yo había despertado en el sofá y había subido a la cama.

–¿La mujer está implicada?

–¿Quiere decir si le ayudó? En las noticias no dijeron nada al respecto. En la tienda Lakeview ya deben de haberse desatado las lenguas, pero yo todavía no he pasado por allí. Si le ayudó, dudo que tenga problemas. El viejo tenía ochenta y cinco años y no estaba bien de salud.

–¿Sabe si lo enterrarán en el TR?

–Lo enterrarán en California. Dijeron que habría una ceremonia fúnebre en Palm Springs el martes.

Me invadió una sensación extraña al pensar que la fuente de

los problemas de Mattie estaría en una capilla llena de flores al mismo tiempo que los amigos de Kyra Devore digerían su almuerzo y se preparaban para jugar con un disco de playa. Será toda una celebración, pensé. No sé lo que pasará en la Pequeña Capilla del Microchip en Palm Springs, pero en Wasp Hill Road habrá baile, risas y gritos de «gracias, Señor» con los brazos alzados hacia el cielo.

Nunca me había alegrado por la muerte de alguien, pero me alegré al enterarme de la de Devore. Lamentaba sentirme así, pero no podía evitarlo. El viejo cabrón me había arrojado al lago, pero antes de que terminara la noche, había sido él quien se había ahogado. Se había ahogado dentro de una bolsa de plástico, sentado en una bañera llena de agua caliente.

–¿Sabe cómo se enteraron tan pronto los de la tele?

No era tan pronto, teniendo en cuenta que habían pasado siete horas entre el descubrimiento del cadáver y las noticias de las siete, pero los reporteros de televisión suelen ser holgazanes.

–Los llamó Whitmore y dio una conferencia de prensa en Warrington's a las dos de la madrugada. Respondió a las preguntas sentada en ese gran sofá de felpilla granate, el mismo que Jo siempre decía que debería estar en un cuadro de una taberna con una mujer desnuda tendida en él, ¿lo recuerda?

–Sí.

–Vi a un par de agentes del condado paseándose por el fondo, y a un tipo de la funeraria Jaquard de Motton.

–Es extraño –dije.

–Sí, seguramente el cadáver seguía arriba mientras Whitmore hablaba... pero ella dijo que se limitaba a seguir las instrucciones de su jefe. Explicó que Devore dejó una cinta grabada diciendo que lo había hecho el viernes por la noche para que no afectara al precio de las acciones de su compañía y que quería que Rogette llamara a la prensa de inmediato y asegurara a la gente de que la empresa era sólida, de que su hijo y el consejo directivo se ocuparían de que todo marchara a la perfección. Luego Rogette habló de la ceremonia en Palm Springs.

–Se suicida y pide que den una conferencia de prensa para tranquilizar a los accionistas.

–Sí. Es muy propio de él.

Se hizo un silencio, durante el cual traté de pensar y no lo conseguí. Lo único que sabía era que quería subir a trabajar, por mucho que me doliera la cabeza. Quería volver a reunirme con Andy Drake, John Shackleford y el amigo de la infancia de este último, el desagradable Ray Garraty. En mi novela había locura, pero una locura comprensible para mí.

–Bill –dije por fin–, ¿seguimos siendo amigos?

–Desde luego –se apresuró a responder–. Pero si nota que algunas personas lo tratan con frialdad, entenderá por qué es, ¿no?

Claro que lo entendería. Muchos me culparían de la muerte del viejo. Dado su estado físico, era una idea descabellada y seguramente no la compartiría la mayoría, pero en los días siguientes ganaría credibilidad. Yo lo sabía tan bien como sabía la verdad acerca del amigo de la infancia de John Shackleford.

Niños, érase una vez un ganso que regresó al pueblecito donde vivía cuando era sólo un pollito. Comenzó a poner bonitos huevos de oro en todas partes, y los asombrados habitantes del pueblo se reunieron alrededor de él para recibir su parte. Ahora, sin embargo, el ganso estaba asado y, nunca mejor dicho, alguien tenía que pagar el pato. Yo recibiría algunos palos, pero Mattie muchos más, porque había tenido la osadía de luchar por su hija en lugar de renunciar a ella en silencio.

–Durante las próximas semanas, procure no dejarse ver mucho por el pueblo –dijo Bill–. De hecho, si tuviera asuntos que atender fuera del TR hasta que las cosas se calmen, creo que sería lo mejor para usted.

–Entiendo por qué lo sugiere, Bill, pero no puedo hacerlo. Estoy escribiendo un libro. Si me marcho ahora, es probable que no pueda continuar. Me ha pasado antes, y no quiero que se repita.

–Es bueno, ¿no?

–No está mal, pero eso no es lo importante. Es que... bueno, digamos que este libro es importante por otras razones.

–¿Y no sobreviviría si lo llevara a Derry?

–¿Trata de librarse de mí, William?

–Sólo trato de ser precavido, ya sabe, es mi trabajo de encargado. Y luego no diga que no se lo he advertido: tendrá problemas. Circulan dos rumores sobre usted, Mike. Uno es que está liado con Mattie Devore. El otro es que ha vuelto para escribir una novela que dejará muy mal al TR. Dicen que aireará los trapos sucios.

—En otras palabras, que terminaré lo que empezó Jo, ¿no? ¿Quién ha hecho circular ese rumor, Bill?

Bill guardó silencio. Una vez más pisábamos arenas movedizas, y las arenas parecían más movedizas que nunca.

—El libro en el que estoy trabajando es una novela, Bill –dije–. Y está ambientada en Florida.

—¿De veras? –Yo nunca habría imaginado que tres pequeñas sílabas pudieran expresar tanto alivio.

—¿Podría hacer correr la noticia?

—Creo que sí –respondió–. Y si se la cuenta a Brenda Meserve, viajará más aprisa y más lejos.

—De acuerdo, lo haré. En lo que respecta a Mattie...

—Mike, no tiene por qué...

—No estoy liado con ella. Nunca ha habido nada parecido. Si he intervenido es por la misma razón que uno interviene cuando va por la calle y ve a un grandullón pegándole a un crío. –Hice una pausa–. Su abogado y ella habían planeado hacer una barbacoa en el jardín el martes al mediodía, y yo pensaba ir. ¿Cree que la gente pensará que estamos celebrando la muerte de Devore?

—Algunos lo harán. Royce Merrill y Dickie Brooks, por ejemplo. Yvette los llama «viejas con pantalones».

—Bueno, a la mierda con ellos –dije–. A la mierda con todos.

—Entiendo cómo se siente, pero dígale que no se lo pase por las narices a la gente –dijo, casi suplicando–. Hágalo, Mike. No le costará nada poner la barbacoa detrás de la caravana, ¿no? Si está ahí, los que miren desde el taller sólo verán el humo.

—Le daré el mensaje. Y si decido ir, yo mismo pondré la barbacoa atrás.

—Le convendría no acercarse a esa chica y a su hija –añadió Bill–. Sé que no es asunto mío, pero se lo digo por su propio bien.

Entonces recordé un fragmento de mi sueño. La maravillosa sensación de presión y suavidad mientras la penetraba. Los pechos pequeños con los pezones duros. Su voz en la oscuridad, diciéndome que hiciera lo que quisiera. Mi cuerpo respondió casi en el acto.

—Lo sé –respondí.

—De acuerdo. –Pareció aliviado de que no lo riñera; de que no le diera clases, como habría dicho él–. Lo dejo para que pueda ir a desayunar.

—Gracias por llamar.

—No lo iba a hacer, pero Yvette me convenció. Dijo: «Mike y Jo Noonan siempre te han caído mejor que cualquiera de las familias para las que has trabajado. No te distancies de él ahora que ha vuelto a casa.»

—Dígale que se lo agradezco –dije.

Colgué el auricular y me quedé mirando el teléfono. En apariencia, otra vez estábamos a partir un piñón... pero yo no creía que fuéramos exactamente amigos. Eso había cambiado cuando yo me había dado cuenta de que Bill me mentía sobre algunas cosas y me ocultaba otras; también había cambiado cuando había advertido cómo había estado a punto de llamar a Sara y a los Red-Tops.

No puedes condenar a un hombre por algo que podría ser fruto de tu imaginación.

Era verdad, y procuraría no hacerlo... pero sabía lo que sabía.

Entré en el salón y encendí la tele, pero la apagué poco después. Mi antena parabólica recibía cincuenta o sesenta canales, pero ninguno local. Sin embargo, había un televisor portátil en la cocina, y si orientaba su antena hacia el lago, probablemente cogería la WMTW, la emisora local de la ABC.

Cogí la nota de Rogette, entré en la cocina y encendí el pequeño Sony que estaba bajo los armarios, junto a la cafetera. Emitían *Good Morning, America*, pero pronto suspenderían la emisión para dar las noticias locales. Entretanto, releí la nota. Esta vez me concentré más en la forma que en el contenido, que era lo que había acaparado mi atención la noche anterior.

«Espera regresar a California en su avión privado muy pronto», había escrito Rogette.

«No puede seguir postergando ciertos asuntos pendientes», había escrito.

«Si promete dejarlo descansar en paz», había escrito.

Era una maldita nota de suicidio.

–Lo sabías –dije pasando el pulgar sobre las letras en relieve de su nombre–. Lo sabías cuando escribiste esto, y hasta puede que ya lo supieras cuando me arrojaste las piedras. Pero ¿por qué?

«La custodia conlleva responsabilidades –había escrito–. No olvide que se lo ha advertido.»

Sin embargo, el caso de la custodia estaba cerrado, ¿no? Ningún juez, aunque estuviera comprado, podría conceder la patria potestad de una niña a un muerto.

Good Morning, America finalmente dio paso al informativo local, donde la principal noticia del día era el suicidio de Max Devore. Aunque la imagen no era clara, vi el sofá granate que había mencionado Bill y a Rogette Whitmore sentada en él con aspecto sereno y las manos cruzadas sobre el regazo. Me pareció que uno de los agentes que se veía al fondo era George Footman, pero había demasiada nieve en la pantalla para asegurarlo.

Rogette Whitmore dijo que en los últimos ocho meses Max Devore había hablado en varias ocasiones de quitarse la vida. Su estado de salud era muy delicado. La noche anterior, Devore le había pedido que lo acompañara a dar un paseo, y ahora ella comprendía que había querido ver su última puesta de sol. Y había sido una puesta de sol gloriosa, añadió. Yo podría haberlo confirmado; la recordaba perfectamente, puesto que había estado a punto de ahogarme bajo la luz del ocaso.

Cuando Rogette comenzó a leer la declaración de Devore, el teléfono volvió a sonar. Era Mattie y lloraba a moco tendido.

–Las noticias –dijo–. Mike, ¿has visto...? ¿Sabes...?

Al principio, fue lo único coherente que atinó a decir. Le respondí que lo sabía, que Bill Dean me había llamado y que también había visto el informativo por televisión. Quiso responder, pero no pudo. Culpa, alivio, horror, incluso alegría... identifiqué todas esas cosas en su llanto. Le pregunté dónde estaba Ki. Entendía muy bien cómo se sentía Mattie –hasta oír la noticia esa mañana, estaba convencida de que Max Devore era su peor enemigo–, pero no me gustaba la idea de que una niña de tres años estuviera presenciando el ataque de nervios de su madre.

–Está fuera –respondió–. Ya ha desayunado y ahora está juga... juga... con las... muñe...

–Jugando con las muñecas. Bien. Entonces desahógate. Desahógate.

Lloró durante dos minutos, quizá más. Yo permanecí con el teléfono apretado a la oreja, sudando, tratando de ser paciente.

«Voy a darle una oportunidad para salvar su alma», me había dicho Devore. Pero ahora estaba muerto y su alma estaba donde fuera que estuviera él. Devore estaba muerto, Mattie era libre, yo había vuelto a escribir. La vida debería de haberme parecido maravillosa, pero por alguna razón no era así.

Por fin, Mattie empezó a recuperar la compostura.

–Lo siento. No había llorado tanto desde la muerte de Lance.

–Es comprensible.

–Ven a comer conmigo, Mike, por favor. Ki va a pasar la tarde con una compañera de catecismo y podremos hablar. Necesito hablar con alguien. Dios, me da vueltas la cabeza. Por favor, dime que vendrás.

–Me encantaría, pero creo que no es buena idea, sobre todo si Ki no está presente.

Le conté una versión corregida de la conversación que había mantenido con Bill Dean. Ella me escuchó con atención. Temí que tuviera un arrebato de furia cuando terminara, pero había olvidado un hecho muy sencillo: Mattie Stanchfield Devore había vivido en esa región toda su vida. Sabía cómo funcionaban las cosas allí.

–Sé que la gente olvidará este asunto antes si mantengo la cabeza gacha, la boca cerrada y las rodillas juntas –respondió–, y haré lo posible por acatar las normas, pero la diplomacia tiene un límite. Ese viejo pretendía quitarme a mi hija, ¿es que en esa maldita tienda nadie entiende lo que significa eso?

–Yo lo entiendo.

–Lo sé. Por eso quería hablar contigo.

–¿Por qué no cenamos temprano en el parque de Castle Rock? En el mismo sitio que el viernes. ¿Te iría bien a eso de las cinco?

–Tendría que llevar a Ki...

–Bien –interrumpí–. Llévala. Dile que me sé *Hansel y Gretel* de memoria y que estaré encantado de contárselo. ¿Por qué no llamas a John a Filadelfia y le cuentas lo ocurrido?

–Sí, pero esperaré una hora más. ¡Dios, estoy tan contenta! Sé que no está bien, pero ¡estoy rebosante de felicidad!

–Entonces, ya somos dos. –Hubo una pausa al otro lado y oí una inspiración larga y sollozante–. ¿Mattie? ¿Te encuentras bien?

–Sí, pero ¿cómo le dices a una niña de tres años que su abuelo ha muerto?

Dile que el viejo asqueroso resbaló y cayó de cabeza en un cubo de basura, pensé y me tapé la boca con la mano para contener una carcajada histérica.

–No lo sé, pero tendrás que hacerlo en cuanto entre.

–¿Por qué?

–Porque te verá. Te verá la cara.

Aguanté exactamente dos horas en el estudio de arriba antes de que el calor me expulsara –el termómetro del porche marcaba treinta y cinco grados a las diez de la mañana–. Calculé que en la planta alta haría por lo menos dos grados más.

Con la esperanza de no cometer un error, desenchufé la IBM y la llevé abajo. Estaba trabajando sin camisa, y mientras cruzaba el salón, la parte posterior de la máquina resbaló en mi barriga sudorosa y estuve en un tris de dejar caer la antigualla sobre mis pies. Eso me recordó que el día anterior me había torcido el tobillo al caer al lago y dejé un momento la máquina para examinarlo. Estaba colorido –negro, morado y rojo en los bordes–, pero no muy hinchado. Supuse que el agua fría había reducido la inflamación.

Puse la máquina de escribir en la mesa de la terraza, busqué un prolongador, lo enchufé bajo la mirada atenta de *Bunter* y me senté de cara a la superficie azul grisácea del lago. Temí que me diera uno de mis antiguos ataques de ansiedad: la tensión en el estómago, los latidos en los ojos y, lo peor de todo, la sensación de que tenía un cilicio de hierro alrededor del pecho que me impedía respirar. Pero no ocurrió nada semejante. Las palabras fluían con la misma facilidad que en el primer piso y mi torso desnudo disfrutaba de rachas de aire fresco que de vez en cuando venían del lago. Me olvidé de Max Devore, de Mattie y de Kyra. Me olvidé de Jo Noonan y de Sara Tidwell. Me olvidé de mí mismo. Durante dos horas, estuve en Florida. Se acercaba la ejecución de John Shackleford. Andy Drake trabajaba contrarreloj.

El teléfono me devolvió a la realidad, pero esta vez no me molestó la interrupción. De no ser por ella, habría seguido escribiendo hasta quedar reducido a un charco en la terraza.

Era mi hermano. Hablamos de mi madre –a la que según mi hermano ya no le faltaba un tornillo, sino una ferretería entera– y de su hermana Francine, que se había fracturado la cadera en junio. Sid me preguntó cómo estaba y le respondí que bien, que había tenido algunas dificultades para arrancar con el nuevo libro, pero que ahora estaba encarrilado (en mi familia sólo se mencionan los problemas cuando se han solucionado). ¿Y cómo le iba a él? Tope, respondió, cosa que interpreté como bien. Siddy tiene una hija de doce años, lo que le permite mantener su jerga actualizada. Su nueva asesoría contable comenzaba a repuntar, aunque al principio lo había tenido en ascuas (naturalmente, yo no me había enterado). Me estaría eternamente agradecido por el préstamo que le había hecho en noviembre. Le respondí que era lo menos que podía hacer. Era la más pura verdad, sobre todo si pensaba en que Sid dedicaba mucho más tiempo que yo a nuestra madre, tanto por teléfono como personalmente.

–Bueno, te dejo marchar –dijo Sid después de intercambiar algunos comentarios más. Cuando habla por teléfono, nunca se despide, se limita a decir «bueno, te dejo marchar», como si te hubiera tenido prisionero–. Haz lo que puedas para refrescarte, Mike. El canal del tiempo dice que durante el fin de semana en Nueva Inglaterra hará más calor que en el infierno.

–Si aprieta demasiado, siempre puedo refrescarme en el lago. ¿Eh, Sid?

–¿Eh, qué?

Igual que el «te dejo marchar», el «eh, qué» era una frase que se remontaba a nuestra infancia. Resultaba reconfortante oírla, aunque también algo inquietante.

–Toda nuestra familia viene de Prout's Neck, ¿no? Me refiero a la rama paterna.

Mi madre procedía de otra punta del mundo, de allí donde los hombres llevan polos Lacoste, las mujeres llevan combinación debajo del vestido y todos saben el segundo verso de *Dixie* de memoria. Había conocido a mi padre en Portland, durante una competición de animadoras de la universidad. La familia de mamá viene de la flor y nata de Memphis, cariño, y no se te ocurra olvidarlo.

–Supongo que sí –respondió Sid–. Sí. Pero no me interrogues sobre nuestro árbol genealógico, Mike. Todavía no entiendo bien la diferencia entre «primo» y «sobrino», como le dije a Jo.

–¿Se lo dijiste a Jo?

Todo pareció detenerse en mi interior, pero no puedo decir que estuviera sorprendido. A esas alturas, no.

–Claro.

–¿Qué quería averiguar ella?

–Todo lo que yo sabía, que no es mucho. Podría haberle hablado del tatarabuelo de mamá, al que mataron los indios, pero Jo no estaba interesada en nuestra familia materna.

–¿Cuándo te interrogó al respecto?

–¿Tiene alguna importancia?

–Podría tenerla.

–De acuerdo; veamos. Creo que fue aproximadamente cuando operaron a Patrick del apéndice. Sí, estoy seguro. Fue en febrero del noventa y cuatro. Puede que fuera marzo, pero juraría que fue en febrero.

Seis meses antes de su muerte en el aparcamiento del centro comercial. Jo ya avanzaba hacia la sombra de su muerte como una mujer que se dirige hacia una marquesina para resguardarse del sol. Sin embargo, todavía no estaba embarazada. Jo y sus viajes de un día al TR. Jo haciendo preguntas, algunas de las cuales molestaban a la gente, según Bill Dean... pero no había cejado en su empeño. Sí. Porque cuando a Jo se le metía algo en la cabeza, era como un perro con una trapo en la boca. ¿Habría interrogado al hombre de la chaqueta marrón? ¿Quién era el hombre de la chaqueta marrón?

—Sí, Pat estaba en el hospital. El doctor Alpert decía que estaba bien, pero cuando sonó el teléfono yo me sobresalté. Pensé que podía ser el médico para avisar que había habido complicaciones o algo por el estilo.

—¿Por qué siempre temes lo peor, Sid?

—No lo sé, chico, pero me pasa. En fin, no era el doctor Alpert, sino Johanna. Quería saber si alguno de nuestros antepasados, quizá de tres o cuatro generaciones antes, había vivido donde estás ahora o en alguno de los pueblos vecinos. Le respondí que yo no lo sabía, pero que tú probablemente sí. Dijo que no quería preguntártelo porque era una sorpresa. ¿Te dio una sorpresa?

—Una muy grande —respondí—. Papá era pescador...

—Muérdete la lengua; era un artista, un pintor de paisajes marinos. Mamá siempre lo dice. —Siddy no hablaba del todo en broma.

—Joder, vendía mesitas de café y estatuillas de yeso para jardín a los turistas cuando el reumatismo le impidió seguir yendo a la bahía para tender sus redes.

—Lo sé, pero mamá ha editado su matrimonio como si se tratara de una película adaptada para la televisión.

Era una gran verdad. Nuestra propia versión de Blanche Du Bois.

—Papá era pescador en Prout's Neck. Era...

—Papá era un vagabundo —cantó Siddy desafinando horriblemente—, y su hogar estaba allí donde colgaba el sombrero.

—Vamos, esto va en serio. Su padre le dejó el primer barco, ¿no?

—Eso dice la leyenda —convino Sid—. La *Lazy Betty* de Jack Noonan, cuyo propietario original había sido Paul Noonan, también de Prout's Neck. El barco quedó en las últimas después del huracán *Donna*, en 1960.

Dos años después de que yo naciera.

—Y papá lo puso en venta en el sesenta y tres.

—Sí. No sé qué habrá sido de él, pero es verdad que antes le pertenecía al abuelo Paul. ¿Recuerdas todos los guisos de langosta que comimos cuando éramos niños?

—La carne de la costa —respondí sin pensar.

Como le ocurre a casi todas las personas que se habían criado en la costa de Maine, ni se me cruzaba por la cabeza pedir langosta en un restaurante. Eso es para los que viven tierra adentro. Pero yo estaba pensando en el abuelo Paul, que debía de haber nacido en 1890. Paul Noonan engendró a Jack Noonan, Jack Noonan engendró a Mike y Sid Noonan, y eso era prácticamente lo único que yo sabía, además de que los Noonan habían vivido muy lejos del sitio donde yo estaba ahora, sudando la gota gorda.

«Cagaban en el mismo agujero.»

Devore se había equivocado, eso era todo. Antes de usar polos Lacoste y pertenecer a la flor y nata de Memphis, los Noonan estábamos en Prout's Neck. De todos modos, era imposible que el bisabuelo de Devore y el mío hubieran tenido alguna relación; el viejo me doblaba la edad, y eso quería decir que las generaciones no coincidían.

Pero si Devore se había equivocado, ¿qué había estado investigando Jo?

–¿Mike? –preguntó Sid–. ¿Sigues ahí?

–Sí.

–¿Te encuentras bien? Porque si es así, no lo parece, ¿sabes?

–Es el calor –dije–. Por no hablar de tu costumbre de pensar siempre lo peor. Gracias por llamar, Siddy.

–Gracias por estar ahí, hermano mayor.

–Tope –dije.

Fui a la cocina a buscar un vaso de agua fría. Mientras lo servía, oí que los imanes de la puerta comenzaban a moverse. Al volverme, derramé parte del agua sobre mis pies descalzos, pero apenas si lo noté. Estaba tan emocionado como un niño que espera ver a Papá Noel antes de que éste se marche por la chimenea.

Me volví justo a tiempo para ver cómo nueve letras procedentes de distintos puntos del círculo se deslizaban hacia el centro. Formaron la palabra CARLADEAN... pero sólo por un segundo. Una presencia, poderosa pero invisible, pasó junto a mí. No se movió ni un pelo de mi cabeza, pero de todos modos sentí lo que se siente cuando estás en el borde del andén y un tren expreso pasa junto a ti. Dejé escapar un grito de sorpresa, traté de dejar el vaso sobre el mármol, pero lo volqué. Ya no me apetecía tomar agua fría, porque la temperatura de la cocina de Sara Risa había descendido abruptamente.

Exhalé y vi una nubecilla de vapor, como si fuera un frío día de enero. Después de un par de exalaciones más, el efecto se desvaneció, y durante unos cinco segundos la película de sudor que cubría mi cuerpo pareció convertirse en hielo.

CARLADEAN estalló hacia fuera en todas las direcciones; era como mirar la explosión de un átomo en una versión de dibujos animados. Los imanes de letras, frutas y verduras cayeron de la puerta del frigorífico y se esparcieron por el suelo. Por un momento creí percibir el sabor de la furia que había producido la explosión como si fuera pólvora.

Y alguien se manifestó, se liberó ante ella y pasó con un suspiro, con un murmullo triste como el que había oído días atrás: «Ay, Mike. Ay, Mike.» Era la voz que había grabado con el dictáfono, y aunque antes no había estado seguro, ahora lo estaba: era la voz de Jo.

Pero ¿quién era el otro? ¿Quién había desparramado las letras?

Carla Dean. No era la esposa de Bill, que se llamaba Yvette. ¿Su madre, quizá? ¿Su abuela?

Caminé lentamente por la cocina, recogiendo los imanes como si fueran los premios de una Búsqueda del Tesoro y volviendo a ponerlos en la puerta de la Kennmore. Nadie me los arrebató de las manos y el sudor de mi cuello y de mi espalda no se heló. La campanilla de *Bunter* no sonó. Sin embargo, yo no estaba solo, y lo sabía.

CARLADEAN: Jo quería que lo supiera.

Pero alguien no. Alguien había pasado a mi lado como una bala de cañón con la intención de desparramar las letras antes de que yo pudiera leerlas.

Jo estaba allí; un niño que lloraba por la noche estaba allí.

¿Y quién más?

¿Quién más compartía la casa conmigo?

CAPITULO 20

Al principo no las vi, pero no era de extrañar; parecía que todo Castle Rock estaba en el parque del pueblo esa bochornosa tarde de sábado. El aire resplandecía con la brumosa luz del verano, mientras los niños se remolinaban alrededor de los juegos, unos viejos vestidos con chaleco rojo –supongo que pertenecerían a un club– jugaban al ajedrez y un grupo de jóvenes tendidos sobre la hierba escuchaban a un adolescente que tocaba la guitarra y cantaba una canción pegadiza.

No había gente corriendo ni perros persiguiendo discos de playa. Hacía demasiado calor.

Me volví para mirar hacia el escenario de la banda, donde se preparaba para tocar un octeto de música bailable llamado The Castle Rockers, cuando una personita diminuta me abrazó las piernas a la altura de las rodillas y estuvo a punto de hacerme caer.

–¡Te he pillado! –exclamó la personita con alegría.

–¡Kyra Devore! –gritó Mattie con una voz entre divertida e irritada–. ¡Lo harás caer!

Me volví, dejé en el suelo la bolsa manchada de grasa de McDonald's que llevaba en las manos y cogí a la niña en brazos. Me pareció lo más natural del mundo; me pareció maravilloso.

No te das cuenta de cuánto pesa un niño saludable hasta que coges a uno en brazos, y hasta que lo haces tampoco tomas conciencia de la vida que corre por ellos como un cable eléctrico. No me emocioné («No te pongas sentimental, Mike», solía decirme Siddy cuando éramos críos y a mí se me saltaban las lágrimas en la parte más triste de una película), pero pensé en Jo, sí. Y también en el hijo que llevaba en sus entrañas cuando se desplomó en aquel maldito aparcamiento.

Ki chillaba y reía, tenía los brazos abiertos y el pelo recogido en dos graciosas coletas adornadas con pasadores con las figuras de Raggedy Ann y Andy.

La dejé en el suelo. Ki retrocedió un paso, tropezó y cayó sentada sobre la hierba, riendo más que nunca. Entonces tuve un pensamiento perverso, breve pero claro: ojalá el viejo pudiera ver cuánto lo echamos de menos, cuánto nos ha afectado su muerte.

Mattie se acercó, y esa tarde estaba tal como yo la había imaginado cuando la había conocido: como una de esas adolescentes privilegiadas que uno ve en los clubes de campo, holgazaneando con las amigas o sentada formalmente a la mesa con sus padres. Llevaba un vestido blanco sin mangas y zapatos planos, con la melena suelta sobre los hombros y un toque de carmín en los labios. Sus ojos tenían un brillo que yo no había visto antes. Cuando me abrazó, aspiré su perfume y sentí la presión de sus pechos firmes y pequeños.

Yo la besé en la mejilla; ella me besó en la mandíbula, produciendo un sonido en mi oído que descendió por mi espalda.

—Dime que ahora todo irá mejor —murmuró sin soltarme.

—Mucho mejor —respondí, y ella me abrazó con fuerza otra vez y se soltó.

—Más te vale haber traído mucha comida, grandullón, porque estas dos señoras están muertas de hambre, ¿verdad?

—Muertas de hambre —repitió Ki y se echó hacia atrás, apoyada en los codos, soltando una risita deliciosa al cielo radiante y brumoso.

—Vamos —dije, levantándola por la cintura.

La llevé así hasta una mesa cercana, mientras la niña pataleaba, sacudía los brazos y reía. La dejé en un banco, pero ella se deslizó y acabó bajo la mesa, todavía riendo con el cuerpo laxo como si fuera una anguila.

–Muy bien, Kyra Elizabeth. Siéntate y muestra tu otra cara –ordenó Mattie.

–Niña buena, niña buena –dijo Ki mientras se sentaba junto a mí–. Ésa es mi otra cara, Mike.

–Seguro –dije.

En la bolsa había Big Macs y patatas fritas para Mattie y para mí. Para Ki había una caja colorida, con un dibujo de Ronald McDonald y sus compinches.

–¡Mattie, tengo una Happy Meal! ¡Mike me ha traído una Happy Meal! ¡Tienen juguetes!

–Veamos cuál es el tuyo.

Kyra abrió la caja, espió dentro y sonrió; una sonrisa que le iluminó toda la cara. Sacó algo que al principio me pareció una pelusa gigante. Por un pavoroso segundo, evoqué el sueño en el que Jo aparecía bajo la cama con un libro en la cara: «Dame eso. Es para protegerme del polvo», había dicho. Pero había algo más, otra asociación, quizá de otro sueño. No sabía cuál.

–¿Mike? –preguntó Mattie con curiosidad y un ligero dejo de preocupación.

–¡Es un perrito! –exclamó Ki–. ¡Me ha tocado un perrito en mi Happy Meal!

Sí, era un perro. Un pequeño perro de peluche. Y no era negro, sino gris... aunque yo no sabía por qué me preocupaba el color.

–Es un buen premio –observé y cogí el muñeco.

Era suave, lo que era bueno, y gris, lo que era aún mejor. Por alguna razón, el hecho de que fuera gris me parecía bien. Ridículo, pero cierto. Se lo devolví y sonreí.

–¿Cómo se llama? –preguntó Ki haciendo saltar al perrito sobre la caja de la Happy Meal–. ¿Cómo se llama el perrito, Mike?

Sin pensarlo dos veces, respondí:

–*Strickland.*

Supuse que se sorprendería, pero no lo hizo. Estaba encantada.

–¡*Stricken*! –exclamó aumentando la altura de los saltos del perrito sobre la caja–. ¡*Stricken*! ¡*Stricken*! ¡Mi perro *Stricken*!

–¿Quién es *Strickland*? –preguntó Mattie con una sonrisa mientras le quitaba el papel a su hamburguesa.

–Un personaje de un libro que leí hace tiempo –respondí y miré a Ki jugando con el muñeco peludo–. Nadie real.

–Mi abuelo ha muerto –dijo Ki cinco minutos después.

Todavía estábamos en la mesa del merendero, pero casi habíamos acabado de comer. *Strickland*, el perro de peluche, montaba guardia junto a las últimas patatas fritas. Yo miraba a la gente que pasaba, preguntándome si habría alguien del TR observando nuestra pequeña fiesta, impaciente por regresar a casa para hacer pública la noticia. No vi a ningún conocido, pero eso no significaba nada teniendo en cuenta que hacía tiempo que no visitaba la región.

Mattie dejó la hamburguesa y miró a Ki con expresión ansiosa, pero a mí me pareció que la niña estaba bien; se limitaba a darme una noticia, pero no parecía afectada.

–Lo sé –respondí.

–El abuelo era muy viejo. –Ki cogió un par de patatas fritas con sus deditos regordetes, se las llevó a la boca y un instante después ya las había tragado–. Ahora está con el Jesús. En las clases de catecismo nos hablaron de Jesús.

Sí, Ki, pensé. En estos momentos tu abuelo debe de estar enseñándole a Jesús cómo usar el Pixel Easel y preguntándole si hay alguna puta a mano.

–Jesús caminaba sobre el agua y convertía el vino en macarrones.

–Algo así –respondí–. Es triste que se muera la gente, ¿verdad?

–Sería triste que murierais Mattie o tú. Pero el abuelo era muy, muy viejo. –Lo dijo con énfasis, como si pensara que yo no le había entendido la primera vez–. En el cielo, lo pondrán bien otra vez.

–Es una buena forma de verlo, cariño –dije.

Mattie arregló las coletas de Ki con cuidado y una expresión entre amorosa y distraída. Estaba radiante a la luz del verano, con la piel tersa y bronceada contrastando con el vestido blanco que sin duda había comprado en las rebajas, y supe que la quería. Tal vez no hubiera nada de malo en ello.

—Pero echo de menos a la abuelita —dijo Ki, ahora con tristeza. Cogió el perro de peluche, trató de meterle una patata en la boca y lo dejó en la mesa otra vez. Su cara pequeña y bonita tenía un gesto pensativo y me pareció ver en ella un ligero parecido con la de su abuelo. Era muy vago, pero perceptible; otro fantasma—. Mamá dice que la abuelita se ha ido a California con los arrestos.

—Con los *restos*, bonita —corrigió Mattie—. Quiere decir con su cuerpo.

—¿Crees que volverá a visitarme, Mike?

—No lo sé.

—Hacíamos un juego con rimas. —Parecía más pensativa que nunca.

—Tu mamá me lo ha contado.

—No volverá —dijo Ki, en respuesta a su propia pregunta. Una lágrima grande se deslizó por su mejilla. Cogió a *Stricken*, lo puso de pie sobre las patas traseras durante un segundo y luego volvió a dejarlo en su puesto de guardia. Mattie le rodeó los hombros con un brazo, pero ella no pareció notarlo—. La abuelita no me quería. Sólo hacía que me quería. Era su trabajo.

Mattie y yo cambiamos una mirada.

—¿Por qué dices eso? —pregunté.

—No lo sé —respondió Ki. Junto al adolescente que tocaba la guitarra, un hombre con la cara pintada de blanco había empezado a hacer malabarismos con pelotas de colores. Kyra se animó un poco—. ¿Puedo ir a ver a ese señor, mami?

—¿Has terminado de comer?

—Sí, estoy llena.

—Dale las gracias a Mike.

—Gracias, Mike —dijo con una risita.

—De nada —dije, pero la expresión me sonó algo anticuada y añadí—: Tope.

—Puedes ir hasta aquel árbol, pero no pases de ahí —dijo Mattie—. Ya sabes por qué.

—Para que puedas verme. Lo haré.

Cogió a *Strickland* y echó a correr, pero de repente se detuvo y me miró por encima del hombro.

–Creo que fueron las personas del *figodífico* –dijo y enseguida se corrigió con gesto serio–: Las personas del fri-go-rí-fi-co.

El corazón me dio un vuelco.

–¿Qué pasa con las personas del frigorífico, Ki? –pregunté.

–Que me dijeron que la abuelita no me quería.

Luego corrió hacia el malabarista, sin que pareciera molestarle el calor.

Mattie la miró y luego se volvió hacia mí.

–No he hablado con nadie sobre las personas del *figodífico* de Kyra. Y ella tampoco lo había hecho hasta ahora. No son personas reales, pero los imanes de letras parecen moverse solos en la puerta. Como si fuera una tabla de Ouija.

–¿Forman palabras?

Mattie guardó silencio durante largo rato. Luego asintió con la cabeza.

–No siempre, sólo a veces. –Otra pausa–. De hecho, la mayoría de las veces. Ki dice que son las cartas de las personas del frigorífico. –Sonrió, pero sus ojos reflejaron temor–. ¿Crees que son imanes especiales? ¿O es que hay fuerzas *poltergeist* en la zona del lago?

–No lo sé. Lamento habérselas regalado si han traído problemas.

–No seas tonto. Kyra te quiere mucho. Se pasa el día hablando de ti. Hoy estaba mucho más preocupada por ponerse guapa para verte que por la muerte de su abuelo. Kyra insistió en que yo también me pusiera guapa. No se comporta así con el resto de las personas; se entusiasma cuando están presentes, pero las olvida en cuanto se van. A veces pienso que es bueno para ella.

–Las dos os habéis puesto muy guapas –dije–. No cabe duda.

–Gracias. –Miró con cariño a Ki, que estaba junto al árbol con la vista fija en el malabarista. El hombre había dejado las pelotas y arrojaba mazas de gimnasia. Luego volvió a mirarme a mí–. ¿Has terminado de comer?

Asentí y Mattie comenzó a recoger la basura y a meterla en la bolsa de McDonald's. La ayudé, y cuando nuestros dedos se rozaron, ella me cogió la mano.

–Gracias –dijo–. Gracias por todo lo que has hecho. Muchísimas gracias. –Le di un pequeño apretón a la mano y la solté–. ¿Sabes? A veces pienso que la que mueve las letras es Kyra. Creo que lo hace con la mente.

–¿Telequinesia?

–Supongo que ése es el término técnico. El problema es que Ki no sabe escribir mucho más que «mamá» y «papá».

–¿Y qué aparece en la nevera?

–Casi siempre nombres. Una vez fue el tuyo. Otra vez el de tu mujer.

–¿Jo?

–No; el nombre completo: JOHANNA. Y ABUELA. Roggette, supongo. A veces JARED y BRIDGET. Estos dos nombres casi siempre aparecen juntos. Una vez decía KITO. –Me lo deletreó.

–Kito –repetí y pensé: Kyra, Kia, Kito. ¿Qué era eso?–. ¿Crees que es el nombre de un niño?

–Sí, estoy segura. Es un nombre en suahili y significa «criatura preciosa». Lo miré en mi libro de nombres.

Mientras nos dirigíamos a la papelera más cercana, miró a su propia criatura preciosa.

–¿Recuerdas algún otro nombre que haya aparecido en la puerta del frigorífico?

Mattie reflexionó unos instantes.

–Un par de veces apareció REG, y una vez CARLA. Lo curioso es que Ki ni siquiera es capaz de leer esos nombres. Me pide que se los lea yo.

–¿No se te ha ocurrido pensar que podría copiarlos de un libro o una revista? ¿Que está aprendiendo a escribir con los imanes, en lugar de con lápiz y papel?

–Supongo que es posible...

No parecía convencida, y no me sorprendió. Yo tampoco creía en lo que acababa de decir.

–Me refiero a que nunca has visto las letras en el preciso momento en que se mueven en la puerta de la nevera, ¿verdad? –pregunté esforzándome por disimular mi preocupación.

Mattie soltó una risita nerviosa.

–¡Dios! ¡Claro que no!

–¿Hay algo más?

–A veces las personas del frigorífico dejan mensajes como HOLA, ADIÓS o NIÑA BUENA. Ayer apareció uno muy extraño. Lo he apuntado para enseñártelo.

–¿Cuál?

–Prefiero que lo veas escrito. Me lo he dejado en la guantera del coche. Recuérdamelo cuando nos vayamos. –Sí. Se lo recordaría–. Este asunto es muy misterioso –añadió–. Como lo que encontré escrito en la harina.

Consideré la posibilidad de decirle que yo tenía mi propio grupo de personas del frigorífico, pero no lo hice. Ya tenía suficiente con lo que le ocurría a ella... o eso me dije a mí mismo.

Permanecimos unos minutos de pie, mirando a Ki.

–¿Has llamado a John? –pregunté.

–Desde luego.

–¿Cómo reaccionó?

Se volvió y vi que sonreía con los ojos.

–Se puso a cantar: «¡Viva, viva, la bruja ha muerto!»

–Se equivocó de sexo, pero no de sentimiento.

Mattie asintió y volvió a mirar a Kyra. Otra vez pensé que estaba preciosa; sus facciones perfectas, su figura esbelta enfundada en el vestido blanco.

–¿Le molestó que yo me invitara solo al almuerzo? –pregunté.

–No, está encantado con la idea de celebrar una fiesta. –Una fiesta. Le había encantado la idea. Empezaba a sentirme insignificante–. Hasta sugirió que invitáramos al abogado que te acompañó a declarar el viernes. ¿Se llamaba Bisonette? Y también al detective privado que le recomendó él. ¿Te parece bien?

–Sí. ¿Y qué me dices de ti, Mattie? ¿Cómo te sientes?

–Estoy bien –respondió volviéndose a mirarme–. Aunque hoy he recibido más llamadas telefónicas de lo normal. De repente me he convertido en una persona muy popular.

–Vaya.

–Casi todos llamaban y colgaban de inmediato, pero un hombre se tomó el tiempo suficiente para llamarme «guarra» y una mujer con fuerte acento yanqui me dijo: «Lo has matado, puta.

¿Estás contenta?» Colgó antes de que pudiera contestarle que sí, que estaba muy contenta, gracias.

Pero Mattie no parecía contenta; tenía una expresión desdichada y culpable, como si de verdad le hubiera deseado la muerte a Devore.

–Lo siento.

–No pasa nada. En serio. Kyra y yo hemos estado solas durante una larga temporada, y yo he vivido asustada la mayor parte de ese tiempo. Ahora he hecho un par de amigos. Si el precio que tengo que pagar son unas cuantas llamadas telefónicas, lo pagaré sin rechistar.

Estaba muy cerca, con la cabeza alzada hacia mí, y no pude resistirme. Culpo al verano, a su perfume y a mis cuatro años de celibato, por ese orden. La cogí de la cintura y recuerdo perfectamente la textura del vestido bajo mis manos, el pequeño relieve del extremo de la cremallera. Recuerdo la sensación de la tela deslizándose sobre la piel desnuda. Luego la besé, muy despacio pero con pasión –cuando se hace algo que vale la pena, vale la pena hacerlo bien–, y ella respondió con la misma actitud, con una boca curiosa pero sin miedo. Sus labios eran cálidos, suaves y tenían un sabor dulzón. Como a melocotón.

Nos detuvimos al mismo tiempo y nos separamos un poco. Mattie todavía tenía sus brazos sobre mis hombros, y los míos estaban en su cintura, a unos centímetros de las caderas. La cara de Mattie parecía serena, pero sus ojos estaban más brillantes que nunca y sus mejillas se habían teñido de rubor.

–Vaya –dijo–. Tenía muchas ganas de besarte. Desde el momento en que Kyra te abrazó las piernas y tú la cogiste en brazos.

–A John no le hará ninguna gracia saber que nos hemos besado en público –observé. Mi voz no sonaba normal y mi corazón estaba desbocado. Siete segundos, un beso y la sangre bullía en todos los órganos de mi cuerpo–. De hecho, no le hará ninguna gracia saber que nos hemos besado, aunque no hubiera sido en público. Le gustas, ¿sabes?

–Sí, pero a mí me gustas tú. –Se volvió para vigilar a Ki, que seguía obedientemente junto al árbol, mirando al malabarista. ¿Y quién estaría mirándonos a nosotros? ¿Alguien que hubiera salido del TR en esa calurosa tarde de verano para comerse un helado y disfrutar de un poco de música y vida social en el parque? ¿Alguien que cambiaba chismes frescos por verdura fresca en la tienda Lakeview? ¿Algún cliente del taller de Brooks? Aquello era una locura, lo mirara como lo mirara. Solté la cintura de Mattie.

–Mattie, podrían publicar nuestra fotografía junto a la palabra «indiscreción» en el diccionario.

Retiró las manos de mis hombros y dio un paso atrás, pero sus ojos brillantes no se apartaron de los míos.

–Lo sé. Soy joven, pero no tonta.

–No pretendía...

Alzó una mano para detenerme.

–Ki se acuesta a eso de las nueve... no puede dormirse hasta que está oscuro. Yo me quedo levantada hasta más tarde. Si quieres, ven a visitarme. Puedes aparcar detrás de la caravana. –Esbozó una sonrisa dulce y a la vez increíblemente sensual–. Cuando baja la luna, es una zona discreta.

–Mattie, tienes edad para ser mi hija.

–Tal vez, pero no lo soy. Y a veces la discreción juega en contra de tus intereses.

Mi cuerpo sabía bien lo que quería. Si en ese momento hubiéramos estado en la caravana, no habría habido resistencia. Aunque tampoco es que hubiera mucha resistencia. Entonces recordé lo que había pensado sobre los antecesores de Devore y los míos: las generaciones no coincidían. ¿No ocurría lo mismo en este caso? Además, no creo que la gente invariablemente tenga derecho a hacer lo que desea, por mucho que lo desee. No todos los apetitos pueden saciarse. Creo que quiero decir que algunas cosas están mal. Sin embargo, no estaba seguro de que ésa fuera una de ellas. Yo deseaba a Mattie, no me cabía duda. Intensamente. No podía dejar de pensar en la forma en que su vestido se había deslizado cuando la había cogido por la cintura, en el calor de su piel bajo la tela. Y ella tenía razón: no era mi hija.

–Ya me has dado las gracias –dije con voz ronca–. Con eso basta.

–¿Crees que lo que siento es gratitud? –Dejó escapar una risita nerviosa y grave–. Tienes cuarenta años, Mike, no ochenta.

No eres Harrison Ford, pero eres atractivo, brillante e interesante. Me gustas mucho y quiero acostarme contigo. ¿Quieres que te lo pida por favor? Muy bien, te lo pido por favor.

Era verdad. Yo sabía que había algo más que gratitud, incluso cuando había sugerido que lo fuera. Yo había adivinado que Mattie llevaba unos pantalones cortos blancos y una camiseta ceñida cuando me había llamado por teléfono, el mismo día en que yo había vuelto a escribir. ¿Habría adivinado ella lo que tenía puesto yo? ¿Habría soñado que estaba en la cama conmigo, follando como conejos mientras brillaban los farolillos de fiesta y Sara Tidwell cantaba su versión particular de las rimas de Rogette, aquella absurda canción de Manderley? ¿Habría soñado Mattie que me pedía que hiciera lo que quisiera?

También estaban las personas del frigorífico, que eran una cosa más que compartíamos, algo aún más misterioso. Yo no me había atrevido a contarle a Mattie lo que ocurría con los imanes de mi frigorífico, pero quizá lo intuyera. En lo más profundo de su mente, allí donde trabajaban los muchachos de la mudanza. Los suyos y los míos, todos miembros de un mismo y extraño sindicato. Tal vez mi reticencia no tuviera nada que ver con la moral; simplemente había algo en la relación –algo en nosotros dos– que parecía peligroso.

Y también, ay, tan atractivo.

–Necesito tiempo para pensar –respondí.

–Esto no tiene nada que ver con lo que pienses –replicó ella–. ¿*Sientes* algo por mí?

–Tanto que me da miedo.

Antes de que pudiera añadir nada más, oí unos acordes familiares y me volví a mirar al adolescente de la guitarra. Hasta entonces había estado tocando temas de Bob Dylan, pero ahora pasó a algo más rápido y pegadizo, la clase de melodía que te hace sonreír y batir palmas.

> *¿Quieres pescar en mi pozo, cielo?*
> *¿Quieres pescar en mi pozo, cariño?*
> *Porque si quieres pescar en mi pozo,*
> *más vale que tengas una caña larga.*

El *Blues de la pesca*. Una canción escrita por Sara Tidwell y originalmente interpretada por ella y los Red-Top Boys. Las canciones con doble sentido habían sido su especialidad, aunque eran tan transparentes que se podría haber leído el periódico a través de ellas. Sin embargo, a juzgar por sus letras, la lectura no había sido una de las aficiones principales de Sara.

Antes de que el chico pasara a la segunda estrofa, una que hablaba de cuánto había que balancearse para meter la caña grande hasta el fondo, los Castle Rockers hicieron una floritura con el bajo que pretendía decir: «Silencio, todo el mundo, ahora vamos a actuar nosotros.» El adolescente dejó de tocar, el malabarista atajó todas las mazas y las arrojó rápidamente sobre la hierba. Los Rockers empezaron a tocar una marcha horrible y ensordecedora, la clase de música que te empuja a cometer asesinatos en serie, y Kyra regresó corriendo a nuestro lado.

–El *madabarita* ha terminado, Mike. ¿Me cuentas un cuento? ¿*Hansel y Panzel*?

–Es *Hansel y Gretel* –corregí–. Me gustaría, pero vamos a un sitio más tranquilo, ¿de acuerdo? Esa banda me da dolor de cabeza.

–¿La música te hace pupa en la cabeza?

–Un poco.

–Entonces vamos junto al coche de Mattie.

–Buena idea.

Kyra corrió delante para ocupar un banco junto al aparcamiento. Mattie me dirigió una mirada larga y afectuosa y me tendió la mano. Yo se la cogí. Nuestros dedos se entrelazaron como si llevaran años haciéndolo. Pensé: Me gustaría hacerlo lentamente, casi sin movernos, por lo menos al principio. ¿Y yo llevaría mi caña más bonita y más larga? Después charlaríamos, tal vez hasta que pudiéramos vislumbrar el contorno de los muebles a la luz del amanecer. Cuando uno está en la cama con alguien a quien ama, sobre todo la primera vez, las cinco de la mañana es una hora sagrada.

–Deberías dejar que tu razón se tomara vacaciones de vez en cuando –comentó Mattie–. Apuesto a que casi todos los escritores lo hacen.

–Supongo que sí.

—Ojalá estuviéramos en casa —dijo, y yo me pregunté si su vehemencia sería sincera o fingida—. Te besaría hasta que esta conversación te pareciera irrelevante. Y si te arrepintieras, por lo menos lo harías en mi cama.

Volví la cara hacia la luz roja del ocaso.

—Aunque estuviéramos allí, a esta hora Kyra aún no se habría ido a la cama.

—Es verdad —respondió con una tristeza poco habitual en ella—. Es verdad.

Kyra llegó a un banco situado junto al cartel de APARCAMIENTO y trepó al asiento con el perrito de peluche en una mano. Cuando nos acercamos, yo traté de soltarle la mano a Mattie, pero ella me lo impidió.

—No pasa nada, Mike —dijo—. Ki siempre va cogida de la mano de sus amiguitos de catecismo. Sólo los adultos hacemos un mundo de esa pequeñez. —Se detuvo y me miró—. Quiero que sepas una cosa. Puede que a ti no te importe, pero a mí sí. En mi vida no hubo nadie antes de Lance y nadie después. Si te acuestas conmigo, serás el segundo. Además, no pienso volver a hablar del tema. No me importa pedírtelo por favor, pero no pienso rogar.

—Yo no...

—Junto a los peldaños de la caravana hay una maceta con una tomatera. Te dejaré la llave debajo. No pienses, simplemente ve a verme.

—Esta noche no, Mattie. No puedo.

—Claro que puedes —respondió ella.

—Daos prisa, tortugas —gritó Kyra dando saltos en el banco.

—Él es el lento —respondió Mattie y me dio un codazo en las costillas. Luego añadió en voz baja—: De verdad lo eres.

Me soltó la mano y corrió hacia su hija, con las piernas bronceadas tijereteando bajo el vestido.

En mi versión de *Hansel y Gretel*, la bruja se llamaba Depravia. Kyra me miró con los ojos como platos cuando llegué a la parte en que Depravia le pide a Hansel que saque el dedo para comprobar si ha engordado.

–¿Te da miedo? –pregunté.

Ki negó enfáticamente con la cabeza. Miré a Mattie para asegurarme, pero ella me hizo una seña para que continuara, así que continué. Depravia acabó en el horno y Gretel encontró su colección secreta de billetes de lotería premiados. Los niños se compraron unos esquíes acuáticos supersónicos y vivieron felices al este del lago Dark Score. Para entonces los Castle Rockers asesinaban a Gershwin y el sol estaba muy bajo. Llevé a Kyra al jeep y la senté en su sillita. Recordé que la primera vez que lo había hecho había rozado involuntariamente el pecho de Mattie.

–Espero que este cuento no te dé pesadillas –dije, y hasta que las palabras no salieron de mi boca no me había dado cuenta de lo terrible que era esa historia.

–No me dará pesadillas –respondió Kyra con seguridad–. Las personas del *figodífico* no lo permitirán. –De repente, como si acabara de recordar algo, se corrigió –: Fri-go-rí-fi-co. –Se volvió hacia Mattie–. Enséñale el *cruzylana*, mamá.

–Se dice crucigrama, pero gracias, lo había olvidado. –Abrió la guantera y sacó un papel doblado–. Estaba escrito en la puerta de la nevera esta mañana. Lo copié porque Ki dijo que tú sabrías lo que significaba. Me dijo que hacías crucigramas. Bueno, dijo *cruzylanas*, pero yo la entendí.

¿Le había contado yo a Kyra que hacía crucigramas? Estaba casi seguro de que no. ¿Me sorprendió que lo supiera? En absoluto. Cogí el papel, lo abrí y leí lo que decía

b
vertical
j
noventa-2

–¿Es un *cruzylana*, Mike? –preguntó Kyra.

–Supongo que sí, y es sencillo. Pero si tiene algún significado, no sé cuál es. ¿Puedo quedármelo?

–Sí –respondió Mattie.

La acompañé hasta la portezuela del conductor y en el camino volví a cogerle la mano.

–Dame tiempo para pensarlo. Sé que eso es lo que debería decir la chica, pero...

–Tómate tiempo –dijo–, pero no demasiado.

El problema era que yo no quería tomarme ni un minuto. Sabía que sería estupendo acostarme con ella. Pero ¿y después?

Pensé que podría haber un después. Sabía que ella también lo creía. Con Mattie, el «después» era una posibilidad muy real. La perspectiva me pareció aterradora y maravillosa al mismo tiempo.

La besé en la comisura de la boca, pero ella rió y me cogió el lóbulo de la oreja.

–Puedes hacerlo mejor –dijo, pero entonces miró a Ki que nos miraba con curiosidad desde la sillita del coche–. Pero esta vez te dejaré escapar.

–¡Un beso para Ki! –gritó Kyra tendiéndome los brazos, así que di la vuelta al coche y la besé.

Mientras conducía en dirección a casa, con las gafas oscuras para que el sol del ocaso no me deslumbrara, pensé que tal vez pudiera llegar a ser el padre de Kyra Devore. La idea me pareció casi tan atractiva como meterme en la cama con su madre, lo que refleja la profundidad de mis sentimientos. Y era posible que esos sentimientos se hicieran aún más profundos.

Más y más profundos.

Sara Risa me pareció un desierto después de haber tenido a Mattie entre mis brazos; una cabeza que dormía sin sueños. Fui a echar un vistazo a las letras del frigorífico, no encontré nada fuera de lo normal y cogí una cerveza. Salí a beberla a la terraza mientras contemplaba cómo terminaba de ponerse el sol. Pensé en las personas del frigorífico y en los *cruzylanas* que habían aparecido en las dos neveras: «vertical diecinueve» en el camino Cuarenta y dos y «vertical noventa y dos» en Wasp Hill Road. ¿Diferentes vectores desde la tierra al lago? ¿Distintos puntos de la Calle? Mierda, ¿cómo saberlo?

Pensé en John Storrow y en cuánto le molestaría enterarse de que había otro mulo dando coces en la cuadra de Mattie Devore, para decirlo en palabras de Sara Risa. Pero sobre todo pensé en lo que había sentido al abrazarla y besarla por primera vez. Ningún instinto humano es tan poderoso como el sexual, y las imágenes que lo despiertan son como tatuajes emocionales que no pueden borrarse nunca. Para mí era la sensación de la piel suave de su cintura bajo el vestido. La textura resbaladiza de la tela...

Me volví bruscamente y caminé a toda prisa hacia el ala norte, casi corriendo y desnudándome por el camino. Abrí el grifo del agua fría y estuve cinco minutos temblando bajo la ducha. Cuando salí, me sentí un poco más como un ser humano y un poco menos como una masa de temblorosas terminaciones nerviosas. Mientras me secaba, se me ocurrió una idea. En algún momento había pensado que si alguien aparte de mí era capaz de sentir la presencia de Jo en Sara Risa, ése sería Frank, el hermano de Jo. No lo había invitado a visitarme y todavía no estaba seguro de querer hacerlo. Había empezado a sentirme curiosamente posesivo, casi celoso, con relación a lo que sucedía en la casa. Sin embargo, si Jo había estado escribiendo algo en secreto, era probable que Frank lo supiera. No le había confesado que estaba embarazada, pero...

Miré el reloj; eran las nueve y cuarto. En la caravana situada cerca del cruce de Wasp Hill Road y la carretera 68, Kyra debía de estar dormida y su madre ya debía de haber dejado la llave debajo de la maceta que estaba junto a los peldaños. Pensé en ella con el vestido blanco, en la curva de sus caderas bajo mis manos y en la fragancia de su perfume, pero luego aparté esas imágenes de mi mente. No podía pasarme la noche dándome duchas frías. Las nueve y cuarto era una hora razonable para llamar a Frank Arlen.

Se puso al teléfono después del segundo timbrazo. Parecía contento de oír mi voz, aunque también porque quizá se hubiera tomado tres o cuatro latas de cerveza más que yo. Después de intercambiar las palabras de cortesía de rigor —me entristeció pensar que las mías eran casi todas forzadas—, él mencionó que, según las noticias, un famoso vecino mío había estirado la pata. ¿Lo conocía? Sí, le respondí, recordando el momento en que Max Devore había intentado atropellarme con la silla de ruedas. Sí, lo conocía. Frank quiso saber cómo era y le respondí que era difícil saberlo. El pobre viejo estaba atado a una silla de ruedas y padecía un enfisema pulmonar.

–Entonces estaba muy débil, ¿no? –preguntó Frank con voz compasiva.

–Sí –respondí–. Escucha, Frank, te he llamado para hablar de Jo. Subí a su estudio para echar un vistazo y encontré mi vieja máquina de escribir. Desde entonces se me ha metido en la cabeza la idea de que estaba escribiendo algo. Creo que empezó con un artículo sobre nuestra casa y luego fue más allá. La casa se llama Sara Risa, ya sabes, por la cantante de *blues*.

Hubo una larga pausa y finalmente Frank dijo:

–Lo sé. –Su voz sonó seria y pensativa.

–¿Qué más sabes, Frank?

–Que Jo tenía miedo. Creo que descubrió algo que la asustó. Lo digo sobre todo porque...

Entonces lo entendí todo. Tal vez debería haberme dado cuenta al oír la descripción de Mattie; sí, me habría dado cuenta si no hubiera estado tan alterado.

–Estuviste aquí con ella, ¿verdad? En julio de 1994. Fuisteis a ver el partido de *softball* y luego regresasteis por la Calle hasta la casa.

–¿Cómo lo sabes? –preguntó, casi gritando.

–Porque os vio alguien, un amigo mío.

Traté de disimular mi enfado, pero no lo conseguí. Estaba enfadado, pero la ira que sentía se mezclaba con alivio, como cuando tu hijo entra en casa con una sonrisa despreocupada, justo en el momento en que ibas a llamar a la policía.

–Estuve a punto de contártelo un par de días antes del entierro, cuando estábamos en el pub, ¿lo recuerdas?

El Jack's Pub, inmediatamente después de que Frank obligara al tipo de la funeraria a bajar el precio del ataúd de Jo. Claro que lo recordaba, hasta recordaba la expresión de sus ojos cuando le había dicho que Jo estaba embarazada.

Frank debió de percibir algo raro en mi silencio, porque cuando volvió a hablar parecía alterado.

–Mike, espero que no se te haya ocurrido ninguna...

–¿Qué? ¿Ninguna idea equivocada? ¿Por ejemplo que Jo había tenido una aventura? Te parecerá innoble, pero tenía razones para sospechar algo así. En los últimos tiempos, Jo me ocultó muchas cosas. ¿Qué te contó a ti?

–Casi nada.

–¿Sabías que había dejado todas las instituciones benéficas en las que trabajaba y sin decirme una sola palabra al respecto?

–No. –No me pareció que mintiera. ¿Por qué iba a hacerlo a esas alturas?–. Joder, Mike, si hubiera sabido que...

–¿Qué pasó el día en que vinisteis aquí? Cuéntamelo.

–Yo estaba en la imprenta de Sanford. Jo me llamó desde... no lo recuerdo, creo que desde un área de servicio de la autopista.

–¿Entre Derry y el TR?

–Sí. Se dirigía a Sara Risa y quería que me encontrara con ella allí. Me dijo que si llegaba antes que ella, aparcara en el sendero y no entrara en la casa. Yo podría haberlo hecho porque sabía donde guardáis la llave.

Claro que lo sabía, en una latita de caramelos debajo de las tablas de la terraza. Yo mismo le había enseñado el lugar.

–¿Te dijo por qué no quería que entraras?

–Te parecerá una locura.

–No, créeme.

–Dijo que la casa era peligrosa.

Por un momento, las palabras permanecieron flotando en el aire. Luego pregunté:

–¿Llegaste primero tú?

–Sí.

–¿Y esperaste fuera?

–Sí.

–¿Viste o percibiste algo peligroso?

Hubo una larga pausa y por fin Frank respondió:

–Había mucha gente en el lago, ya sabes, gente paseando en lancha o haciendo esquí acuático. Sin embargo, el ruido de los motores y las risas parecían... bueno, apagarse en las proximidades de la casa. ¿Has notado que parece silenciosa incluso cuando hay ruido alrededor?

Claro que lo había notado; Sara parecía existir en su propia zona de silencio.

–¿Pero percibiste algo peligroso?

–No –dijo con cierta reticencia–. Al menos no me pareció que yo corriera ningún peligro. Pero tuve la sensación de que la casa no estaba vacía. Me sentí... joder, me sentí vigilado. Me senté en uno de esos peldaños hechos con traviesas y esperé a mi hermana. Cuando llegó, aparcó detrás de mi coche, bajó y me abrazó, pero en ningún momento apartó la vista de la casa. Le pregunté qué tramaba y ella me respondió que no podía decírmelo y que no le contara a nadie que habíamos estado allí. Dijo algo como: «Si lo descubre solo, será porque estaba escrito. Tarde o temprano tendré que decírselo, pero ahora no puedo porque necesitaría toda su atención. Y él no me hace mucho caso cuando está trabajando.»

Sentí que la cara se me teñía de rubor.

–¿Conque dijo eso, eh?

–Sí. Luego dijo que tenía que entrar en la casa para hacer algo y que quería que yo la esperara fuera. Añadió que si me llamaba, debía ir corriendo. De lo contrario, tenía que quedarme donde estaba.

–Quería que hubiera alguien cerca por si tenía problemas.

–Sí, pero debía ser alguien que no le hiciera preguntas que no estaba dispuesta a responder. Ése era yo. Supongo que siempre esperó lo mismo de mí.

–¿Y?

–Entró en la casa y yo me senté sobre el capó del coche a fumar un cigarrillo. En ese tiempo todavía fumaba. ¿Y sabes una cosa? Entonces tuve el pálpito de que algo no iba bien. Como si en la casa hubiera alguien esperándola, alguien que la odiaba. Tal vez alguien que quería hacerle daño. Puede que Jo me contagiara esa sensación, porque parecía histérica y no dejó de mirar hacia la casa incluso mientras me estaba abrazando. Pero me pareció que había algo más, algo como... no lo sé...

–Como una vibración.

–¡Sí! –exclamó– una vibración, pero no eran buenas vibraciones, como en la canción de los Beach Boys. Era una mala vibración.

–¿Qué pasó?

–La esperé sentado en el capó. Sólo fumé dos cigarrillos, así que supongo que no pasaron más de veinte minutos o media hora, pero se me hizo más largo. Durante ese tiempo, me fijé varias veces en que los sonidos del lago parecían subir por la colina y de repente... se detenían. También noté que no se oía el canto de los pájaros, salvo desde muy lejos.

»Cuando salió, oí un portazo en la puerta de la terraza y luego los pasos de Jo en la escalera. La llamé, le pregunté si estaba bien y me respondió que sí. Dijo que me quedara donde estaba. Parecía agitada, como si cargara algún bulto o hubiera estado haciendo un trabajo pesado.

–¿Fue a su estudio o bajó hacia el lago?

–No lo sé. No regresó hasta quince minutos después, tiempo suficiente para que me fumara otro cigarrillo. Entonces salió por la puerta delantera. Comprobó que estuviera bien cerrada y se acercó a mí. Parecía mucho más tranquila, aliviada, como cuando uno acaba de hacer un trabajo desagradable que había estado postergando durante mucho tiempo. Me sugirió que diéramos un paseo por el camino que ella llamaba la Calle hasta el centro recreativo que hay por allí...

–Warrington's.

–Eso, eso. Dijo que me invitaría a una cerveza y un bocadillo y lo hizo. Nos sentamos en esa especie de embarcadero.

El Bar Sunset, donde yo había visto a Rogette por primera vez.

–Y luego fuisteis a ver el partido de *softball*.

–Fue idea de Jo. Se había tomado tres cervezas mientras yo bebía la mía e insistió. Dijo que alguien iba a lanzar la pelota entre los árboles, que estaba segura.

Ahora tenía una imagen clara de la escena que me había descrito Mattie. Fuera lo que fuese lo que había hecho Jo, le había causado alegría y alivio. Había entrado en la casa, había desafiado a los espíritus para hacer lo que quería y había sobrevivido. Luego se había bebido tres cervezas para celebrarlo y había olvidado ser discreta... aunque sus visitas previas al TR no habían sido precisamente clandestinas. Frank recordaba que había dicho que si descubría lo que pasaba solo, sería porque estaba escrito. No era la actitud de alguien que oculta una aventura, y ahora comprendía que la conducta de Jo era la de alguien que pretende guardar un secreto sólo durante una breve temporada. Si hubiera vivido, me lo habría contado todo cuando yo hubiese terminado mi maldito libro.

–Estuvisteis un rato mirando el partido y luego regresasteis a la casa por la Calle.

–Sí –respondió.

–¿Alguno de los dos entró?

–No. Cuando llegamos allí, a Jo se le había pasado la borrachera y confié en que podría conducir sin problemas. Mientras veíamos el partido, no dejaba de reír, pero ya no lo hacía cuando volvimos a la casa. La miró y dijo: «He terminado con ella, Frank. Nunca volveré a cruzar esa puerta.»

Se me heló la piel y luego se me puso la carne de gallina.

–Le pregunté qué pasaba, qué había descubierto. Sabía que estaba escribiendo algo, porque me lo había contado...

–Se lo había contado a todo el mundo menos a mí –dije, aunque sin rencor.

Ya sabía quién era el hombre de la chaqueta marrón y el rencor y la ira que había sentido –hacia Jo, hacia mí mismo– palideció ante el alivio que me produjo ese descubrimiento. Hasta ese momento, no me había dado cuenta de lo mucho que me atormentaba pensar en ese hombre.

–Habrá tenido sus razones –dijo Frank–. Lo sabes, ¿no?

–Pero no te dijo cuáles eran.

–Lo único que sé es que todo empezó cuando Jo investigaba para escribir ese artículo. Me hacía gracia verla interpretar el papel de Nancy Drew. Estoy seguro de que al principio no te lo contó porque quería darte una sorpresa. Leyó algunos libros, pero sobre todo habló con la gente. Escuchaba sus anécdotas de los viejos tiempos e insistía en que le enseñaran cartas viejas o diarios. Creo que lo hacía muy bien. Sí, muy bien. ¿No sabías nada al respecto?

–No –respondí con tristeza.

Jo no había tenido una aventura, pero podría haberla tenido. Podría haber tenido una aventura con Tom Selleck y haber salido en *Inside view* y yo habría seguido aporreando las teclas de mi portátil sin enterarme de nada.

–Sea lo que fuere lo que encontró –prosiguió Frank–, creo que lo hizo por casualidad.

–Y nunca me contaste nada. Han pasado cuatro años y no me dijiste nada sobre lo ocurrido.

–Ésa fue la última vez que la vi –dijo Frank, y esta vez no parecía culpable ni avergonzado–. Y lo último que me pidió fue que no te contara que habíamos estado en la casa del lago. Dijo que te lo diría todo cuando estuviera preparada, pero luego murió. Después, no pensé que el asunto tuviera importancia. Era mi hermana, Mike. Era mi hermana y yo le había hecho una promesa.

–De acuerdo, lo entiendo.

Y lo entendía... aunque quizá no lo suficiente. ¿Qué había descubierto Jo? ¿Que Normal Auster había ahogado a su hijo bajo la bomba de agua? ¿Que a principios de siglo un niño negro había caído en la trampa de un animal? ¿Que otro niño, quizá el hijo incestuoso de Son y Sara Tidwell, había sido ahogado por su madre en el lago, quizá mientras ella soltaba una de sus roncas e histéricas carcajadas?

–Si quieres que me disculpe, Mike, considéralo hecho.

–No pretendo que te disculpes, Frank. ¿Recuerdas algo más de lo que te dijo esa noche? Cualquier cosa.

–Dijo que sabía cómo habías encontrado la casa.

–¿Que dijo qué?

–Dijo que la casa te había llamado.

Al principio no pude responder, porque Frank Arlen acababa de echar por la borda una de las certezas más claras que yo tenía sobre mi matrimonio, una de esas ideas que te parecen tan elementales que en ningún momento se te ocurre cuestionarlas. La gravedad te mantiene con los pies en la tierra. La luz te permite ver. La aguja de la brújula señala hacia el norte. Cosas por el estilo.

Esta certeza era que había sido Jo quien se había empeñado en comprar Sara Risa cuando mis libros habían empezado a dar beneficios, porque Jo era la «encargada de la casa» en nuestra pareja, así como yo era el «encargado del coche». Jo había elegido nuestros apartamentos cuando lo único que podíamos permitirnos era apartamentos; Jo había colgado los cuadros y me había pedido que instalara estantes. Jo se había enamorado de la casa de

Derry y había vencido mi resistencia cuando yo le había dicho que ésta era demasiado grande y que necesitaba demasiadas reformas. Jo siempre había estado a cargo de construir nuestros nidos.

«Dijo que cuando la casa te quiso te llamó.»

Y quizá fuera cierto. No; si estaba dispuesto a abandonar mi razonamiento holgazán y mi memoria selectiva, podía ser más preciso. Era cierto, sin ninguna duda. Yo había sido el primero en plantear la posibilidad de buscar un refugio en el oeste de Maine. Yo había recogido folletos en las inmobiliarias y los había llevado a casa. Yo había empezado a comprar revistas regionales, como *Downeast*, y siempre comenzaba a leerlas por atrás, donde estaban los anuncios de casas en venta. Yo había sido el primero en ver una fotografía de Sara Risa en una revista gratuita en color llamada *Maine Retreats* y de inmediato había llamado al agente inmobiliario y luego a Marie Higerman, después de sonsacarle su nombre al agente.

Johanna parecía tan fascinada con Sara Risa –creo que cualquiera se habría quedado fascinado después de verla por primera vez bajo el sol del otoño, con los árboles destellando a su alrededor y las hojas de colores flotando sobre la Calle–, pero había sido yo quien había encontrado la casa.

Aunque ésa era otra demostración de razonamiento holgazán y memoria selectiva, ¿no? En realidad, Sara me había encontrado a mí.

Entonces ¿cómo era posible que no lo hubiera sabido hasta ese momento? ¿Y cómo había llegado allí por primera vez, lleno de feliz ignorancia?

La respuesta a las dos preguntas era la misma. También era la respuesta a la pregunta del cómo Jo había descubierto algo inquietante sobre la casa, el lago, quizá todo el TR, y había muerto sin contármelo. Yo no había estado allí, eso era todo. Yo estaba más allá de los límites de la realidad, en trance, escribiendo uno de mis estúpidos libros. Había estado hipnotizado por las fantasías de mi mente, y un hombre hipnotizado es fácil de manipular.

–¿Mike? ¿Sigues ahí?

–Sigo aquí, Frank. Pero que me aspen si sé qué fue lo que la asustó tanto.

–Recuerdo que mencionó otro nombre: Royce Merrill. Dijo que recordaba más cosas que nadie porque era muy viejo y añadió: «No quiero que Mike hable con él. Tengo miedo de que el viejo levante la perdiz y le cuente más de lo que debería saber.» ¿Sabes a qué se refería?

–Bueno... me han sugerido que por aquí podría haber una astilla de mi árbol genealógico, aunque la familia de mi madre es de Memphis. Los Noonan vienen de Maine, pero no de esta zona.

Sin embargo, yo ya no acababa de creerme esta última parte de la historia.

–Mike, hablas como si no te encontraras bien.

–Estoy bien, mejor que antes de hablar contigo.

–¿Y entiendes por qué no te había contado nada hasta ahora? Si hubiera sabido lo que estabas pensando... si hubiera tenido alguna idea...

–Creo que lo entiendo. La primera idea no salió de mi cabeza, pero una vez que empiezas a pensar algo así...

–Cuando regresé a Sanford esa noche, pensé que era otra de las tonterías de Jo, como cuando decía: «Joder, hay una sombra en la luna, nadie debe salir de la casa hasta mañana.» Siempre fue supersticiosa, ¿sabes? Si se le caía la sal, arrojaba una pizca por encima del hombro; se la pasaba el día tocando madera; coleccionaba tréboles de cuatro hojas...

–O se negaba a ponerse un jersey si antes se lo había puesto al revés por casualidad –dije–. Decía que podía fastidiarle el día entero.

–¿Y no es así? –preguntó Frank y percibí una sonrisa en su voz.

De repente recordé a Jo con tanta claridad –hasta los pequeños destellos dorados de su ojo izquierdo– que no deseé estar con nadie más. Nadie podría ocupar su lugar.

–Jo pensaba que había algo malo en la casa –dijo Frank–. De eso estoy seguro.

Cogí un papel y apunté «Kia».

–Sí y tal vez entonces ya sospechaba que estaba embarazada. Quizá temiera que hubiera... influencias. –Y en la casa había influencias, eso estaba claro–. ¿Crees que el que le metió estas ideas en la cabeza fue Royce Merrill?

–No, ése fue sólo un nombre que mencionó de pasada. Debe de haber hablado con más de una docena de personas. ¿Conoces a un tipo llamado Kloster? ¿O Gloster? Algo parecido.

–Auster –dije. Debajo de «Kia» mi lápiz dibujaba una serie de lazos que podrían haber sido la letra «L» o cintas para el pelo–. Kenny Auster, ¿te suena?

–Sí, puede ser. En cualquier caso, ya sabes cómo era Jo cuando se le metía algo en la cabeza... como un terrier persiguiendo ratas.

Sí. Como un terrier persiguiendo ratas.

–¿Mike? ¿Quieres que vaya a hacerte una visita?

No. Ahora estaba seguro. No quería que fuera Harold Oblowski ni tampoco Frank. En la casa estaba sucediendo algo tan delicado y orgánico como poner a leudar la masa del pan en una habitación caldeada. Frank podría interrumpir ese proceso o resultar herido en él.

–No, sólo quería aclarar este punto. Además, estoy escribiendo y no me gusta tener gente alrededor cuando lo hago.

–¿Me llamarás si puedo ayudarte?

–Desde luego –respondí.

Colgué el auricular, hojeé la guía telefónica y encontré un R. Merrill en Deep Bay Road. Llamé a ese número, dejé sonar el teléfono unas doce veces y colgué. Royce no tenía contestador automático. Me pregunté dónde estaría. Noventa y cinco años me parecían una edad demasiado avanzada para ir a bailar a Harrison, sobre todo a esas horas de la noche.

Miré el papel donde había escrito «Kia». Debajo de las eles, escribí «Kyra», y recordé que la primera vez que le había oído decir su nombre había entendido «Kia». Debajo de «Kyra», escribí «Kito», titubeé un instante y luego añadí «Carla». Encerré todos estos nombres en un recuadro. Abajo escribí «Johanna», «Bridged» y «Jared». Las personas del *figodífico*. Personas que pretendían que yo bajara diecinueve y que bajara noventa y dos.

–Baja, Moisés, dirígete a la tierra prometida –dije a la casa vacía.

Miré alrededor. Sólo estábamos yo, *Bunter* y el reloj que movía la cola... pero no. «Cuando la casa te quiso, te llamó.»

Me levanté a buscar otra cerveza. Los imanes de frutas y verduras estaban otra vez en círculo. En el centro, se leía:

descanse en paz

Como en algunas lápidas antiguas: «Que descanse en paz.» Miré estas letras durante largo rato y luego recordé que la IBM seguía en la terraza. La entré, la puse en la mesa del comedor y empecé a escribir en mi nueva y estúpida novela. Quince minutos después, estaba en otro mundo, vagamente consciente de que resonaban truenos al otro lado del lago, vagamente consciente de que la campanilla de *Bunter* tintineaba de vez en cuando. Una hora más tarde, cuando fui a buscar otra cerveza al frigorífico, vi el siguiente mensaje en el interior del círculo:

slo descanse en paz

Apenas si le presté atención. En ese momento, no me importaba si descansaban en paz o bailaban a la luz de la luna plateada. John Shackleford había comenzado a recordar su pasado y al niño que lo había tenido como único amigo de la infancia. El pequeño y maltratado Ray Garraty.

Escribí hasta medianoche. Para entonces los truenos se habían desvanecido, pero el calor continuaba tan opresivo como una manta. Apagué la IBM y me fui a la cama pensando... que yo recuerde en nada en absoluto. Ni siquiera en Mattie tendida en su cama a pocos kilómetros de distancia. El acto de escribir había eclipsado todos los pensamientos del mundo real, por lo menos temporalmente. Al fin y al cabo, para eso sirve: para matar el tiempo.

CAPITULO 21

Caminaba hacia el norte por la Calle. Ésta estaba flanqueada por farolillos, pero apagados, porque era de día, un día radiante. La imagen brumosa y tiznada de mediados de julio había desaparecido; ahora el cielo tenía esa intensa tonalidad zafiro exclusiva del mes de octubre. Abajo, el lago había adquirido un azul más intenso y brillaba con destellos de sol. Los árboles ardían como antorchas con los colores del otoño. El viento sur soplaba las hojas a mi lado y entre mis piernas con rachas ruidosas y flagrantes. Los farolillos se sacudían, como si hicieran gestos afirmativos, aprobando la estación. Oía música procedente del norte. Sara y los Red-Tops. Sara cantaba a gritos y reía al mismo tiempo, como de costumbre... pero ¿cómo era posible que una risa se pareciera tanto a un rugido?

—Eh, chico blanco, yo nunca mataría a un hijo mío. ¿Cómo se te ocurre pensarlo siquiera?

Me volví, esperando verla a mi espalda, pero allí no había nadie. Bueno...

La Dama Verde estaba allí, aunque el otoño le había cambiado el vestido de hojas y se había convertido en la Dama Amarilla. La rama desnuda que estaba tras ella seguía señalando el ca-

413

mino: «Ve hacia el norte, joven, ve hacia el norte.» Poco más allá había otro abedul, el mismo al que me había cogido cuando se había apoderado de mí la horrible sensación de que me ahogaba.

Esperé que la experiencia se repitiera –que mi boca y mi garganta se llenaran del sabor a hierro del lago–, pero no sucedió. Miré a la Dama Amarilla y detrás de ella a Sara Risa. La casa estaba allí, pero en una versión reducida: no había ala norte, ni ala sur, ni segunda planta. Tampoco se veía el estudio de Jo a un costado. Ninguna de esas secciones había sido construida aún. La dama-abedul había viajado conmigo desde 1998; igual que el abedul que se arqueaba sobre el lago. De lo contrario...

–¿Dónde estoy? –pregunté a la Dama Amarilla y a los farolillos. Entonces se me ocurrió una pregunta mejor–: ¿*Cuándo* estoy? –No hubo respuesta–. Es un sueño, ¿no? Estoy en la cama soñando.

En algún lugar del brillante lago, donde los destellos de oro dibujaban una red, chilló un somorgujo. Dos veces. Chilla una vez para sí, dos veces para no, pensé. No es un sueño, Michael. No sé exactamente qué es –quizá un viaje espiritual en el tiempo–, pero no es un sueño.

–¿Esto está ocurriendo de verdad? –le pregunté al día y en algún sitio detrás de los árboles, donde un sendero que con el tiempo se conocería como el camino Cuarenta y dos cruzaba una carretera de tierra que con el tiempo se conocería como la carretera 68, chilló un cuervo. Sólo una vez.

Me acerqué al abedul que se proyectaba sobre el lago, rodeé el tronco con un brazo (al hacerlo evoqué vagamente el recuerdo de mis manos en la cintura de Mattie, la tela del vestido deslizándose sobre su piel) y miré el agua, deseando ver al niño ahogado y al mismo tiempo temiendo verlo. Allí no había ningún niño, pero había algo en el fondo, entre las rocas, las raíces y las algas. Agucé la vista y en ese preciso momento el viento amainó y el agua se quedó quieta. Era un bastón con puño de oro. Un bastón del *Boston Post*. Atadas a su alrededor en espiral, con los extremos ondulándose lentamente, había un par de cintas: cintas blancas con los bordes rojos. Al ver el bastón de Royce envuelto de ese modo recordé las fiestas de graduación del instituto y el bastón que lleva el maestro de ceremonias mientras conduce a los estudiantes con toga a sus asientos. Ahora entendía por qué el viejo no había cogido el teléfono. Los días de ponerse al teléfono de Royce Merrill habían acabado. Lo supe, como supe que estaba en una época anterior al nacimiento de Royce. Sara Tidwell estaba allí, la oía cantar, y cuando Royce había nacido en 1903, hacía dos años que Sara y el clan de los Red-Tops se habían marchado.

–Baja, Moisés –le dije al bastón con cintas que estaba en el agua–. Debes ir a la Tierra Prometida.

Seguí andando en la dirección de la música, animado por el aire y por el viento frescos. Ahora también oía voces, muchas voces hablando, gritando y riendo. Por encima de ellas se oía el grito ronco de un pregonador de feria:

–¡Vamos, amigos, daos prisa! ¡El próximo espectáculo comienza dentro de diez minutos! ¡Venid a ver a Angelina, la mujer-serpiente, veréis cómo baila, cómo se sacude, cautivará vuestros ojos y os robará el corazón, pero no os acerquéis demasiado porque su mordedura es venenosa! ¡Venid a contemplar a Hando, el niño con cara de perro, el terror de los Mares del Sur! ¡Venid a ver al esqueleto humano! ¡Venid a ver al monstruo de Gila, reliquia de un tiempo olvidado por Dios! ¡Venid a ver a la mujer barbuda y a los marcianos asesinos! ¡Todo está dentro, sí señores, así que daos prisa, daos prisa!

Oí el órgano de vapor de un tiovivo y el sonido de la campana del poste de la fuerza, donde un forzudo seguramente acababa de ganar un muñeco para su amada. A juzgar por los gritos femeninos de alegría, le había dado con la fuerza suficiente para que la campana saltara del poste. Se oían los estampidos de rifles del 22 en la galería de tiro, el mugido de la vaca que habría ganado alguien... y ahora empezaba a oler los aromas que había asociado con las ferias del condado desde que era un niño: bollos fritos, cebollas y pimientos a la parrilla, algodón de azúcar, estiércol, heno. Cuando el rasguido de las guitarras y el sonido de los contrabajos se hizo más fuerte, comencé a andar más aprisa. Mi corazón se aceleró. Iba a verlos actuar; iba a ver a Sara Risa y a los Red-Tops en vivo. Y no era un loco delirio febril en tres partes. Estaba ocurriendo de verdad, así que... deprisa, deprisa.

La casa de los Washburn (la que para la señora Meserve siempre sería la casa de los Bricker) no estaba. En el sitio donde estaría con el tiempo, en lo alto de la empinada cuesta que se alzaba al este de la Calle, había una escalera con anchos peldaños de madera. Me recordaron a los que conducían desde el parque de diversiones a la playa en Old Orchard. Aquí los farolillos estaban encendidos a pesar de la luz radiante del día y la música era más alta que nunca. Sara cantaba *Jimmy Crack Corn*.

Subí por la escalinata en dirección a las risas y los gritos, los sonidos de los Red-Tops y del órgano de vapor, los olores a comida frita y animales de granja. En lo alto de la escalera había un arco de madera con la inscripción:

BIENVENIDOS A LA FERIA DE FRYEBURG
BIENVENIDOS AL SIGLO XX

Mientras miraba el cartel, un niño de pantalones cortos y una mujer vestida con una blusa y una falda de lino hasta los tobillos pasaron por debajo del arco en dirección a mí. Las figuras temblaron, se volvieron borrosas. Por un instante, vi sus esqueletos y las calaveras sonrientes detrás de las caras risueñas. Poco después habían desaparecido.

Dos granjeros –uno con sombrero de paja, el otro haciendo ademanes expansivos con una pipa hecha con una mazorca de maíz– aparecieron al otro lado del arco exactamente de la misma manera. Así fue como me di cuenta de que había una barrera entre la Calle y la feria. Sin embargo, pensé que esa barrera no me afectaría a mí. Yo era una excepción.

–¿Es verdad? –pregunté–. ¿Puedo entrar?

La campanilla del poste de Pruebe su Fuerza sonó alta y clara. Una campanada para sí, dos para no. Seguí subiendo por la escalinata.

Ahora veía la noria girando contra el fondo radiante del cielo, la misma noria que aparecía en el fondo de la foto del libro de Osteen. La estructura era de metal, pero las góndolas de colores vivos estaban hechas de madera. Una senda cubierta de serrín conducía hacia allí como el pasillo de una iglesia al altar. El serrín estaba ahí por un motivo: a mi alrededor, casi todos los hombres masticaban tabaco.

Me detuve unos segundos en lo alto de la escalinata, todavía en el lado del arco que daba al lago. Tenía miedo de lo que pudiera ocurrirme si pasaba por debajo. Miedo de morir o desaparecer, sí; pero sobre todo de no poder regresar por donde había venido, de que me condenaran a pasar la eternidad como un visitante de la Feria de Fryeburg. Ahora que lo pienso, la situación parecía escapada de un cuento de Ray Bradbury. Lo que finalmente me impulsó a cruzar al otro mundo fue Sara Tidwell. Tenía que verla con mis propios ojos. Tenía que oírla cantar.

Al cruzar el arco sentí un hormigueo y un susurro como el de un millón de voces muy lejanas. ¿Era un suspiro de alivio? ¿De tristeza? No lo sabía. Lo único que sabía con seguridad era que estar al otro lado era diferente: la diferencia que hay entre ver una cosa a través de la ventana y estar junto a ella; la diferencia entre observar y participar. Los colores saltaban como atacantes en una emboscada. Los olores que me habían parecido dulces, evocativos y nostálgicos del lado del lago, al otro lado del arco eran vulgares y sexuales, prosa en lugar de poesía. Olía a salchichas, a carne y al penetrante e impreciso aroma del chocolate caliente. A mi lado pasaron un par de niños que compartían una bola de algodón de azúcar. Ambos llevaban saquitos hechos con pañuelos anudados para guardar las monedas.

–¡Eh, niños! –les gritó un pregonero vestido con una camisa azul. Tenía jarreteras en las mangas y su sonrisa dejaba al descubierto un espléndido diente de oro–. ¡Derribad las botellas de leche y ganaréis un premio! ¡No ha habido un solo perdedor en todo el día!

Más arriba, los Red-Tops tocaban *Blues de la pesca*. El jovencito del parque de Castle Rock me había parecido bastante bueno, pero esta versión hacía que el chico pareciera viejo, lento e incompetente. No era graciosa, como una fotografía antigua de mujeres alzándose la falda hasta la rodilla y bailando una versión decorosa del cancán mostrando el fruncido de sus calzones. No era algo que Alan Lomax hubiera coleccionado con sus demás canciones de *folk*, una polvorienta mariposa más en un frasco lleno de ellas; esto era una obscenidad con la suficiente gracia para que no metieran a sus autores en la cárcel. Sara Tidwell cantaba una canción grosera, y yo pensé que todos los granjeros con monos, sombreros de paja y manos encallecidas que la miraban mientras mascaban tabaco soñarían en bailar con ella, en ir directamente allí donde se forma el sudor, el calor arde y la pulpa rosada asoma, resplandeciente.

Eché a andar en esa dirección consciente de los mugidos de las vacas y los berridos de las ovejas en los corrales de exposición de ganado. Pasé junto a la galería de tiro, el puesto donde se ensartaban aros y el pozo de los deseos; pasé junto a un escenario donde las ayudantes de Angelina interpretaban una danza lenta y sinuosa con las manos juntas, mientras un hombre con turbante y la cara pintada con betún tocaba la flauta. El cuadro pintado sobre una lona sugería que Angelina –a quien sólo podía verse en el interior, previo pago de diez centavos, vecino– haría que esas dos mujeres parecieran botas viejas. Pasé junto a la entrada de la Barraca de los Monstruos, y junto a la Casa Encantada, donde otro cuadro pintado en una lona mostraba a unos fantasmas escapando por ventanas rotas y chimeneas semiderruidas. Ahí dentro todo es muerte, pensé, pero desde el interior se oían voces de niños que estaban muy vivos y reían y gritaban cuando se chocaban con objetos en la oscuridad. Sin duda, los mayores estarían robando besos. Pasé junto al poste de Pruebe su Fuerza, donde los grados que conducían a la campanilla de latón de la parte superior estaban marcados con las inscripciones: EL PEQUEÑO QUIERE SU BIBERÓN, COBARDICA, INTÉNTALO OTRA VEZ, CHICO DURO, FORZUDO, y justo debajo de la campana, en letras rojas: ¡HÉRCULES! En el centro de un pequeño grupo de personas, un joven pelirrojo se quitó la camisa, dejando al descubierto su torso musculoso. Un hombre que fumaba un cigarro le entregó un martillo. Pasé junto a la caseta donde se cosían colchas, junto a un pabellón donde se jugaba al bingo y junto al puesto de lanzamiento de béisbol. Pasé junto a todos ellos y apenas si los miré. Estaba más allá de los límites de la realidad, en trance.

–Tendrás que volver a llamarlo –le decía Jo a veces a Harold cuando éste me telefoneaba–, en estos momentos Michael está en el Reino de la Ficción.

Sin embargo, ahora nada me parecía ficticio y lo único que me interesaba era el escenario montado bajo la noria. En él había ocho negros, tal vez diez. Delante de ellos, sacudiendo la guitarra mientras cantaba, estaba Sara Tidwell. Estaba viva y en su mejor momento. Echó la cabeza atrás y le rió al cielo de octubre. Un grito a mi espalda me despertó de esta ensoñación:

–¡Mike, espera! ¡Espera!

Me volví y vi a Kyra corriendo a mi encuentro abriéndose paso entre los paseantes, los jugadores y los vendedores ambulantes. Llevaba un vestido marinero blanco con ribetes rojos y un sombrero de paja con una cinta de color azul marino. En una mano tenía a *Strickland*, y cuando llegó a mi lado se arrojó a mis brazos, sabiendo que la cogería y le daría una vuelta en el aire. Lo hice, y cuando su sombrero se resbaló, lo atajé y volví a ponérselo en la cabeza.

–Me he comido mi hamburguesa –dijo con una risita.

–Muy bien –respondí.

Yo llevaba un mono de granjero (la punta de un desteñido pañuelo azul asomaba por el bolsillo de la pechera) y botas manchadas de estiércol. Miré los calcetines blancos de Kyra y vi que estaban hechos a mano. No encontraría una discreta etiqueta de *«made in Mexico»* o *«made in China»* si le quitaba el sombrero de paja y miraba en el interior. Sin duda el sombrero había sido fabricado en Motton por la mujer de un granjero, una mujer con manos rojas y articulaciones doloridas.

–¿Dónde está Mattie, Ki?

–Supongo que en casa. No ha podido venir.

–¿Cómo has llegado aquí?

–Por las escaleras. Es una escalera muy larga. Deberías haberme esperado. Deberías haberme rescatado, como antes. Quiero oír la música.

–Yo también. ¿Sabes quién es ésa, Kyra?

–Sí –respondió ella– la mamá de Kito. ¡Date prisa, tortuga!

Caminé hacia el escenario, pensando que tendríamos que ubicarnos detrás de la multitud, pero la gente se apartaba a nuestro paso. Yo llevaba a Kyra en brazos y disfrutaba con el agradable, glorioso peso de esa niña con vestidito marinero y sombrero de paja adornado con un lazo. Ella me rodeaba el cuello con un brazo y la gente se apartaba para dejarnos paso, igual que el mar Rojo se había abierto para dejar paso a Moisés.

Pero nadie se volvía a mirarnos. La gente hacía palmas, zapateaba y gritaba al ritmo de la música, totalmente abstraída. Se apartaban sin saberlo, como si allí hubiera en marcha una especie de magnetismo: el nuestro positivo, el de ellos negativo. Las pocas mujeres que había entre la multitud tenían las mejillas cubiertas de rubor, pero era evidente que se lo estaban pasando en grande; una de ellas reía con tanta fuerza que se le saltaban las lágrimas. Debía de tener veintidós o veintitrés años. Kyra la señaló y dijo con seguridad:

–¿Conoces a la jefa de Mattie en la biblioteca? Ésa es su abuela.

La abuela de Lindy Briggs, y fresca como una rosa, pensé, Dios santo.

Los Red-Tops estaban en el escenario, iluminados por focos rojos, blancos y azules, como una banda de rock que hubiera viajado en el tiempo. Los reconocí a todos por la fotografía del libro de Edward Osteen. Los hombres llevaban camisas blancas, chalecos y pantalones oscuros. Son Tidwell, situado al fondo del escenario, tenía el mismo sombrero que en la fotografía. Pero Sara...

–¿Por qué esa señora lleva el vestido de Mattie? –preguntó Kyra y se echó a temblar.

–No lo sé, bonita. No puedo decírtelo.

Tampoco podía negárselo, pues sin ninguna duda era el vestido blanco sin mangas que Mattie tenía puesto en el parque.

En el escenario, los miembros de la banda habían hecho un descanso para fumar un cigarrillo. Reginald *Son* Tidwell se dirigió a Sara (sus manos eran una mancha oscura sobre las cuerdas y los trastes de la guitarra) y ella se volvió a mirarlo. Unieron sus frentes –ella riendo y él solemne–, se miraron a los ojos y cada uno de ellos trató de gritar más que el otro, mientras la multitud vitoreaba y aplaudía y el resto de los Red-Tops reía. Al verlos de esa manera, comprendí que yo había acertado: eran hermanos. El parecido era demasiado grande para pasarlo por alto. Pero lo que más llamaba mi atención era la forma en que las caderas y el trasero de Sara se movían bajo el vestido blanco. Kyra y yo estába-

420

mos vestidos a la moda de principios de siglo, pero Sara llevaba ropa moderna. Ni calzones, ni enaguas, ni calcetines de algodón. Nadie parecía notar que tenía puesto un vestido que no le llegaba a las rodillas, cosa que para los criterios de la época era como ir desnuda. Y bajo el vestido de Mattie, sin duda tendría prendas que ninguno de los presentes habría visto en su vida: un sostén de *lycra* y una tanga de nailon. Si la cogía por la cintura, el vestido no se deslizaría sobre un incómodo corsé, sino sobre la suave piel desnuda. Piel morena, no blanca. «¿Qué quieres, cielo?»

Sara se apartó de Son, sacudiendo el trasero libre de fajas o calzones y riendo. Él volvió a su sitio y ella se giró hacia la multitud mientras la banda tocaba el estribillo. Sara cantó los versos siguientes mirándome a mí.

> *Antes de empezar a pescar,*
> *comprueba tu sedal.*
> *Antes de empezar a pescar, cielo,*
> *comprueba tu sedal.*
> *Yo tiraré del tuyo, cariño,*
> *y tú tirarás del mío.*

La multitud reía a carcajadas. En mis brazos, Kyra temblaba con más fuerza que nunca.

–Tengo miedo, Mike –dijo–. No me gusta esa mujer. Es mala. Le ha robado el vestido a Mattie. Quiero volver a casa.

Fue como si Sara la hubiera oído a pesar del sonido estridente y rítmico de la música. Echó la cabeza atrás, abrió la boca y rió al cielo. Sus dientes eran grandes y amarillos. Parecían los dientes de un animal hambriento, y pensé que Kyra tenía razón: esa mujer daba miedo.

–De acuerdo, cariño –murmuré al oído de Ki–. Nos vamos.

Pero antes de que pudiera moverme la fuerza de esa mujer –no sé de qué otra forma describirlo– cayó sobre mí y me retuvo. Ahora sabía quién era la que había pasado junto a mí en la cocina y había esparcido las letras de CARLADEAN; el frío era el mismo. Era como identificar a una persona por el sonido de sus pasos.

El estribillo terminó y Sara comenzó otra estrofa. Sin embargo, no era una estrofa que pudiera encontrarse en ninguna versión escrita de la canción:

> *No le haré daño, cariño,*
> *ni por todo el oro del mundo.*
> *Yo no haría daño a tu niña,*
> *ni por diamantes ni por perlas.*
> *Sólo un cabrón con el corazón negro*
> *se atrevería a tocar a esa pequeña.*

La multitud rió como si esto fuera lo más gracioso que hubiera oído en su vida, pero Kyra se echó a llorar. Sara la vio, sacó pecho –unos pechos mucho más grandes que los de Mattie– y se meneó, al tiempo que soltaba la carcajada que era su marca de fábrica. Había una frialdad paródica en ese gesto... y también vacío. Tristeza. Sin embargo, yo era incapaz de compadecerme de ella. Era como si su corazón se hubiera consumido, como si la tristeza que quedaba fuera sólo otro fantasma, el recuerdo de un amor embrujado, los huesos del odio.

Y qué lasciva era su risa.

Sara levantó los brazos por encima de la cabeza y esta vez sacudió todo el cuerpo, como si hubiera leído mis pensamientos y se riera de ellos. Se movía como gelatina en un plato, para decirlo en las palabras de otra canción de la época. Su sombra tembló en la lona de fondo –que era un cuadro de Fryeburg– y mientras la miraba comprendí que había encontrado la Forma de mis sueños de Manderley. Era Sara. Sara era y siempre había sido la Forma.

«No, Mike. Te aproximas, pero no es exactamente así.»

Equivocado o no, ya había tenido suficiente. Me volví y puse una mano en la nuca de Ki para obligarla a mirar hacia mi pecho. La niña ahora me rodeaba el cuello con los dos brazos y apretaba con miedo.

Pensé que tendría que empujar para abrirme paso entre la gente. Me habían dejado entrar con facilidad, pero quizá no fueran tan amables a la hora de salir. No jodáis conmigo, tíos, pensé. No os conviene.

Y no lo hicieron. En el escenario, Son Tidwell y la banda cambiaron sus acordes de *mi* a *sol*, alguien comenzó a tocar un tamboril y Sara pasó del *Blues de la pesca* a *Perros y gatos* sin pausa alguna. Delante y debajo del escenario, la multitud comenzó a abrirnos paso a la niña y a mí sin dejar de hacer palmas con sus manos hinchadas. Un joven con una mancha oscura en un lado de la cara abrió la boca –tendría veinte años y ya le faltaba la mitad de la dentadura– y gritó «¡Iujuuu!» enseñando una pasta de tabaco. Advertí que era Buddy Jellison, del Village Cafe... Por arte de magia, Buddy había pasado de los sesenta y ocho a los veinte. Entonces noté que su pelo era castaño claro en lugar de negro (aunque se aproximaba a los setenta y los aparentaba en todos los demás aspectos, Buddy no tenía ni una sola cana). Debía de ser su abuelo, o acaso su bisabuelo. Me daba igual una cosa que otra; yo sólo quería salir de allí.

–Permiso –dije al pasar por su lado.

–¡Aquí no hay un borracho del pueblo, hijo de puta entrometido! –dijo sin mirarme y sin dejar de batir palmas–. Todos nos turnamos.

Al fin y al cabo es un sueño, pensé. Es un sueño y esto lo demuestra.

Pero el olor a tabaco de su aliento no era un sueño, el olor de la multitud no era un sueño y el peso de la niña asustada en mis brazos no era un sueño. Mi camisa estaba caliente y húmeda en el sitio donde Ki apoyaba la cabeza. La pequeña lloraba.

–¡Eh, irlandés! –gritó Sara desde el escenario, y su voz era tan parecida a la de Jo que sentí deseos de gritar.

Quería que me volviera –sentía su voluntad como dedos en mis mejillas–, pero yo no lo haría.

Sorteé a tres granjeros que se pasaban una botella de cerámica y salí de entre la multitud. Allí estaba el camino central, ancho como la Quinta Avenida, y al final el arco, las escaleras, la Calle, el lago. Mi casa. Estaba seguro de que si conseguía llegar a la Calle estaríamos a salvo.

–¡Casi lo has conseguido, irlandés! –gritó Sara a mi espalda. Parecía enfadada, pero no lo suficiente para dejar de reír–. Tendrás lo que quieres, cielo, toda la tranquilidad que necesitas, pero antes has de dejarme terminar lo que he empezado. ¿Me oyes, chico? ¡Hazte a un lado! ¡Obedéceme!

Regresé sobre mis pasos a toda prisa, acariciando la cabeza de Ki, que todavía tenía la cara apretada contra mi camisa. Se le cayó el sombrero, y cuando quise cogerlo sólo conseguí pillar la cinta, que se desprendió del ala. Daba igual. Teníamos que salir de allí.

A nuestra izquierda estaba el puesto de lanzamiento de béisbol y un crío gritaba: «¡Willy la lanzó al otro lado de la valla! ¡Willy la lanzó al otro lado de la valla!» con monótona, insoportable regularidad. Pasamos junto al bingo, donde una mujer gritó que había ganado el pavo, vaya suerte, todos los números estaban tapados con botones y había ganado el pavo. En el cielo, el sol se ocultó tras una nube y el día se nubló. Nuestras sombras desaparecieron. El arco que estaba al final del camino central se acercaba con exasperante lentitud.

–¿Ya estamos en casa? –gimió Ki–. Quiero ir a casa. Por favor, Mike, llévame a casa.

–Lo haré –respondí–. Todo irá bien.

Pasamos junto al poste de Pruebe su Fuerza, donde el joven pelirrojo volvía a ponerse la camisa. Me miró con un desprecio tangible –la desconfianza natural de un nativo hacia un intruso, tal vez– y también lo reconocí. Tendría un nieto llamado Dickie a finales del siglo en cuyo honor se celebraba esta feria, sería propietario de un taller mecánico en la carretera 68.

Una mujer salió del tenderete de las colchas y me señaló. Al mismo tiempo, levantó el labio superior como un perro que gruñe. También conocía esa cara. ¿De dónde? De algún lugar del pueblo. No importaba; no quería saberlo.

–No deberíamos haber venido –gimió Ki.

–Sé cómo te sientes –respondí–. Pero no hemos tenido elección. Nosotros...

Salieron de la Barraca de los Monstruos, que estaba unos veinte metros más adelante. Los vi y me detuve. En total eran siete hombres vestidos como leñadores que caminaban con grandes zancadas, pero cuatro de ellos no contaban; cuatro de ellos parecían descoloridos, blancos, fantasmales. Eran hombres enfermos, quizá muertos, y no más peligrosos que daguerrotipos. Sin embargo, los otros tres

eran reales. Tan reales al menos como el resto de ese sitio. El cabecilla, un viejo con una gorra azul del ejército de la Unión, me miró
con unos ojos que reconocí. Unos ojos que me habían escrutado por
encima de una mascarilla de oxígeno manchada de moco.

—¿Mike? ¿Por qué paramos?

—Tranquila, Ki. Mantén la cabeza gacha. Esto es un sueño.
Mañana despertarás en tu cama.

—Kay.

Los hombres se cruzaron en el camino, codo con codo y bota
con bota, cerrándonos el paso hacia el arco y la Calle. El viejo
Gorra Azul estaba en el centro. Los demás eran más jóvenes,
quizá por medio siglo. Dos de los individuos más pálidos, los que
casi no existían, estaban uno junto a otro a la derecha del viejo y
me pregunté si conseguiría abrirme paso entre ellos. Al fin y al
cabo, no eran más sólidos que la criatura que había dado golpes
en las paredes del sótano... pero ¿y si me equivocaba?

—Entrégamela, hijo —dijo el viejo con voz seca e implacable.

Tendió los brazos. Era Max Devore, que había regresado e
incluso muerto reclamaba la custodia. Sin embargo, no era él. Yo
sabía que no lo era. Sus facciones eran ligeramente distintas; las
mejillas más hundidas, los ojos de un azul más intenso.

—¿Dónde estoy? —le grité, y en la puerta de la caseta de Angelina, el hombre del turbante (acaso un hindú de Sandusky,
Ohio) dejó la flauta y nos miró. Las mujeres serpiente dejaron de
bailar, se arrimaron unas a otras, enlazaron los brazos y también
nos miraron—. ¿Dónde estoy, Devore? Si nuestros bisabuelos cagaban en el mismo pozo, ¿dónde estoy entonces?

—No estoy aquí para responder preguntas. Entrégame a la
niña.

—Yo la cogeré, Jared —dijo uno de los hombres jóvenes, uno
de los que de verdad estaban allí.

Miró a Devore con una expresión servil que me dio náuseas,
sobre todo porque yo sabía quién era: el padre de Bill Dean. El
hombre que acabaría siendo uno de los ancianos más respetados
del pueblo prácticamente lamía las botas de Devore.

«No pienses mal de él —susurró Jo—. No pienses mal de ninguno de ellos. Eran muy jóvenes.»

–Tú no tendrás que hacer nada –dijo Devore con irritación, y Fred Dean pareció desolado–. Me la entregará voluntariamente. Y si no lo hace, se la arrebataremos.

Miré al hombre que estaba en el extremo izquierdo, el tercero de los que parecían reales. ¿Era yo? No se parecía a mí. Algo en su cara me resultaba familiar, pero...

–Entrégala, irlandés –dijo Devore–. Es tu última oportunidad.

–No.

Devore asintió, como si eso fuera exactamente lo que esperaba.

–Entonces la cogeremos nosotros. Esto tiene que acabar. Vamos, muchachos.

Echaron a andar hacia mí y caí en la cuenta de que el hombre del extremo –que llevaba botas manchadas de barro y pantalones de leñador– se parecía a Kenny Auster, el dueño del perro que era capaz de comer tarta hasta reventar. Kenny Auster, cuyo hermano había muerto ahogado bajo la bomba de agua.

Miré a mi espalda. Los Red-Tops seguían tocando, Sara seguía riendo, contoneando las caderas y agitando las manos al cielo, y la multitud continuaba arremolinada en el extremo este del camino. De todos modos, no podía ir por allí. Si lo hacía, acabaría criando a la niña en los primeros años del siglo, tratando de ganarme la vida escribiendo novelitas baratas, literatura de cordel. Puede que eso no fuera tan malo, pero a varios kilómetros y años de allí había una mujer solitaria que la echaría de menos. Que nos echaría de menos a los dos.

Volví a girarme y vi que los matones estaban muy cerca. Algunos eran más tangibles que otros, más vitales, pero todos estaban muertos. Todos condenados. Miré al rubio entre cuyos descendientes estaría Kenny Auster y le pregunté.

–¿Qué habéis hecho? Por el amor de Dios, ¿qué habéis hecho todos vosotros?

El hombre tendió las manos.

–Entrégala, irlandés. Es lo único que tienes que hacer. Tú y la mujer podréis tener otros hijos. Todos los que queráis. Ella es joven; le saldrán como semillas de sandía.

Yo estaba hipnotizado y nos hubieran cogido de no ser por Kyra.

426

–¿Qué pasa? –gritó la niña contra mi camisa–. ¡Algo apesta! ¡Algo huele muy mal! ¡Ay, Mike! ¡Haz que pare!

Entonces yo también lo olí. Era el olor a carne corrompida y a vahos de los pantanos. A tejidos desgarrados y tripas hirviendo. Devore era el más vivo de todos, y generaba el mismo y poderoso magnetismo que su bisnieto, pero estaba tan muerto como los demás. Cuando se acercó lo suficiente, vi gusanos en sus fosas nasales y alrededor de sus ojos. Aquí abajo todo está muerto, pensé. ¿No me lo había dicho mi mujer?

Tendieron sus siniestras manos; primero para tocar a Ki, luego para cogerla. Retrocedí un paso, miré a mi derecha y vi más fantasmas; algunos saliendo de ventanas rotas, otros de chimeneas de ladrillo rojo. Con Kyra en brazos corrí hacia la Casa Encantada.

–¡Cogedlo! –gritó Jared Devore, sorprendido–. ¡Cogedlo, muchachos! ¡Coged a ese tipo! ¡Maldita sea!

Subí corriendo los peldaños de madera, vagamente consciente de que algo suave me rozaba la mejilla. Era el perrito de peluche de Ki, que la niña todavía sujetaba en una mano. Quería mirar atrás para comprobar si se acercaban, pero no me atrevía. Si tropezaba...

–¡Eh! –gritó la mujer de la taquilla. Tenía una nube de cabello rojo, una capa de maquillaje que parecía aplicada con una carretilla y afortunadamente no se parecía a nadie que yo conociera. No era más que una trabajadora de la feria que estaba de paso por ese maldito lugar. Por suerte para ella–. ¡Eh, señor! ¡Tiene que pagar la entrada!

–No tengo tiempo, señora, no tengo tiempo.

–¡Detenedlo! –gritó Devore–. ¡Es un maldito ladrón! ¡La niña que lleva no es suya! ¡Detenedlo!

Pero nadie lo hizo y yo me adentré en la oscuridad de la Casa Encantada con Ki en brazos.

Al otro lado de la entrada había un pasillo tan estrecho que tuve que ponerme de lado para pasar. Unos ojos fosforescentes destellaron en la oscuridad. Más adelante se oía un crujido cada vez más fuerte, el sonido de un objeto de madera sujeto con cadenas. A mi espalda se oía el tronido de los pasos de botas de leñador en los peldaños de la entrada. La pelirroja ahora les gritaba a ellos, les decía que si rompían algo en el interior tendrían que pagar por ello.

—¡Escuchad, patanes! —gritó—. ¡Este sitio es para niños, no para grandullones como vosotros!

El sonido estaba delante de nosotros, a pocos pasos. Algo giraba, pero al principio no supe de qué se trataba.

—¡Bájame, Mike! —Kyra parecía súbitamente entusiasmada—. ¡Quiero ir andando!

La dejé en el suelo y miré con nerviosismo por encima del hombro. Los hombres tapaban la luz del exterior mientras chocaban unos con otros en la puerta.

—¡Idiotas! —gritó Devore—. ¡No podréis pasar todos a la vez! ¡Jesús santo!

Se oyó un chasquido y alguien gritó. Miré al frente justo a tiempo para ver que Kyra cruzaba el barril rodante con los brazos extendidos a los lados para mantener el equilibrio. Por extraño que pareciera, reía.

La seguí, llegué al centro y luego caí con un ruido seco.

—¡Ups! —gritó Kyra desde el otro lado y volvió a reír cuando traté de incorporarme, caí otra vez y di una vuelta completa cogido al barril.

El pañuelo cayó del bolsillo de la pechera de mi mono y una bolsa de caramelos de otro. Miré atrás, para comprobar si los hombres se habían organizado para entrar y me seguían, pero cuando lo hice, el barril me dio otra vuelta completa. Me sentía como la ropa en la secadora.

Fui gateando hasta el extremo del barril, me levanté, cogí la mano de Ki y permití que me condujera a lo más profundo de la Casa Encantada. Habíamos recorrido apenas diez pasos cuando el vestido blanco se acampanó alrededor de ella, como un lirio al abrirse, y la niña gritó. Un animal —algo que sonaba como un felino enorme— siseó. Mi sangre se llenó de adrenalina y estaba a punto de tirar de Ki y cogerla otra vez en brazos, cuando el siseo se repitió. Sentí una racha de aire frío en los tobillos y el vestido de Ki volvió a acampanarse alrededor de sus piernas. Esta vez rió en lugar de gritar.

–Vamos, Ki –susurré–. Deprisa.

Continuamos avanzando, dejando atrás el surtidor de vapor. Pasamos por un pasillo con espejos donde primero nos reflejamos como enanos en cuclillas y luego como delgados hectomorfos con largos rasgos de vampiro. Tuve que volver a meter prisa a Kyra, que quería hacer muecas ante el espejo. A mi espalda, oí los juramentos de los hombres que trataban de cruzar el barril. También oí maldecir a Devore, que ya no parecía tan... bueno, tan... distinguido.

Nos arrojamos por un palo enjabonado y aterrizamos sobre un enorme almohadón de lona. Éste produjo un ruido similar a un pedo cuando caímos, y Ki rió hasta que se le saltaron las lágrimas, rodando y pataleando de alegría. La cogí por las axilas y la levanté. Al parecer, ya no tenía miedo.

Pasamos por otro pasillo estrecho que olía al pino fragante con el que había sido construido. Detrás de una de estas paredes, dos fantasmas hacían resonar sus cadenas tan mecánicamente como los obreros en la línea de montaje de una fábrica de zapatos, mientras discutían adónde llevarían a sus chicas esa noche. Ya no oía a nadie a nuestras espaldas. Kyra me guiaba con confianza tirando con su pequeña mano de una de las mías. Cuando llegamos junto a una puerta pintada con un dibujo de llamas y la inscripción ENTRADA AL INFIERNO, Kyra la empujó sin vacilar. El techo era de mica roja, imitando un cielo crepuscular e irradiando un resplandor rosado que a mí me pareció demasiado agradable para el infierno.

Continuamos avanzando durante un buen rato, hasta que yo advertí que ya no oía el órgano de vapor ni la vigorosa campanada del poste de Pruebe su Fuerza, ni a Sara y los Red-Tops. No me sorprendió, pues debíamos de haber recorrido unos cuatrocientos metros. ¿Cómo era posible que la Casa Encantada de una feria fuera tan grande?

Por fin llegamos junto a tres puertas: una a la izquierda, una a la derecha y una en el centro. En una de ellas había pintado un pequeño triciclo rojo. En la puerta de enfrente estaba mi máquina de escribir IBM. El dibujo de la puerta del fondo parecía más viejo, descolorido y borroso: era el trineo de un niño. Es el trineo de Scooter Larribee, pensé. El que le robó Devore. Se me puso la carne de gallina.

–Muy bien –dijo Kyra con alegría–, aquí están nuestros juguetes. –Levantó a *Strickland*, tal vez para que viera el triciclo rojo.

–Sí –respondí–. Supongo que sí.

–Gracias por rescatarme –dijo–. Esos hombres daban miedo, pero la casa de los fantasmas era divertida. Buenas noches. *Stricken* también dice buenas noches.

El «también» sonó exótico nuevamente, como el término vietnamita para expresar una dicha sublime.

Antes de que yo pudiera decir otra palabra, Kyra abrió la puerta del triciclo y la cruzó. Cuando se cerró a su espalda, vi que la cinta de su sombrero asomaba por el bolsillo de la pechera de mi mono de granjero. La miré un instante y luego así el pomo de la puerta por la que acababa de salir la niña. No giraba, y cuando golpeé la madera, fue como golpear un metal asombrosamente grueso y duro. Di un paso atrás y ladeé la cabeza en la dirección por la que habíamos venido. No había nada. Silencio total.

Éste es un tiempo intermedio, pensé. A esto se refiere la gente cuando habla de «deslizarse por las grietas del tiempo». Éste es el sitio donde van.

«Será mejor que sigas –me dijo Jo–. Si no quieres quedarte atrapado aquí, tal vez para siempre, será mejor que sigas.»

Probé el pomo de la puerta donde estaba pintada la máquina de escribir y giró con facilidad. Al otro lado había otro pasillo estrecho, más paredes de madera con el olor dulzón del pino. No quería entrar allí porque me recordaba a un ataúd largo, pero no podía hacer otra cosa, no había otro sitio donde ir. Entré y la puerta se cerró a mi espalda.

Dios, pensé, estoy en la oscuridad, en un sitio cerrado... Es la hora de uno de los mundialmente famosos ataques de pánico de Michael Noonan.

Pero ningún silicio apretó mi pecho, y aunque mi ritmo cardíaco era rápido y todavía sentía la adrenalina en mis músculos, mantenía el control. Además, me di cuenta de que no estaba del todo oscuro. Veía muy poco, pero lo suficiente para distinguir las paredes y el suelo de madera. Enrollé la cinta del sombrero de Ki alrededor de mi muñeca y metí el extremo debajo para que no se soltara. Luego empecé a avanzar. Caminé durante largo rato siguiendo las curvas aparentemente caprichosas del pasillo. Me sentía como un microbio deslizándose por un intestino. Por fin llegué junto a un par de puertas arqueadas de madera. Me detuve, preguntándome cuál sería la mejor elección, hasta que oí la campanilla de *Bunter* al otro lado de la puerta de la izquierda. Tomé esa dirección, y mientras caminaba el sonido de la campanilla se hizo gradualmente más alto. En cierto momento, un trueno se sumó a él. El frío otoñal había desaparecido del aire y otra vez hacía un calor sofocante. Miré hacia abajo y descubrí que el mono de granjero y los zapatos rústicos habían desaparecido. Llevaba ropa interior térmica y calcetines ásperos.

En dos ocasiones más tuve que escoger una salida, y en cada una de ellas opté por la abertura por donde se oía la campanilla de *Bunter*. Cuando estaba delante del segundo par de puertas, oí una voz en la oscuridad que dijo con claridad:

–No, la mujer del presidente no fue atropellada. Lo que tiene en las medias es la sangre de él.

Seguí andando y me detuve cuando me di cuenta de que los pies y los tobillos ya no me picaban, de que mis muslos ya no sudaban dentro de los calzoncillos largos. Ahora llevaba los calzoncillos cortos con los que solía dormir. Alcé la vista y descubrí que estaba en el salón de mi casa, sorteando los muebles con cuidado como uno hace cuando camina en la oscuridad y quiere evitar golpearse los dedos de los pies. Ya veía un poco mejor; una tenue luz lechosa se filtraba por las ventanas. Llegué a la barra que separaba el salón de la cocina y miré por encima de ella al gato-reloj que movía la cola. Eran las cinco y cinco.

Fui hasta el fregadero, abrí el grifo, y cuando estiré el brazo para coger un vaso vi que todavía llevaba la cinta del sombrero de Ki en la muñeca. La desenrollé y la dejé sobre el mármol, entre la cafetera y el televisor portátil. Luego llené un vaso de agua, la bebí, y caminé con cuidado por el pasillo que conducía al ala norte, guiándome por el pálido resplandor de la luz de noche del baño. Hice pis y entré en el dormitorio.

Las sábanas estaban arrugadas, pero no parecía que allí hubiera habido una orgía, como en la mañana posterior a mi sueño con Sara, Mattie y Jo. ¿Por qué iba a tener ese aspecto? Al fin y al cabo, me había levantado y había dado un pequeño paseo de sonámbulo. Había tenido un sueño extremadamente vívido sobre la Feria de Fryeburg. Pero no había sido un sueño, y lo supe no sólo porque todavía tenía el lazo azul del sombrero de Ki, sino también porque no sentía lo que suele sentir uno al despertar de un sueño, cuando todo lo que parecía posible se convierte de inmediato en ridículo y todos los colores –los brillantes y los ominosos– se desvanecen en el acto. Me llevé las manos a la cara, me cubrí la nariz con ellas y respiré hondo. Pino. Cuando las miré, incluso vi una pequeña mancha de savia en un dedo.

Me senté en la cama, pensé en grabar lo sucedido en el dictáfono, pero dejé caer la cabeza sobre la almohada. Estaba demasiado cansado. Se oían truenos. Cerré los ojos y cuando comenzaba a sumirme en el sueño, un gritó quebró la quietud de la casa. Fue un sonido tan cortante como el cuello de una botella rota. Me senté con las manos en el pecho.

Era Jo. Nunca la había oído gritar así en toda nuestra vida en común, pero de todos modos sabía que era ella.

–¡No le hagas daño! –grité a la oscuridad– ¡Seas quien seas, no le hagas daño!

Jo volvió a gritar, como si una criatura con un cuchillo, una barra de hierro o un atizador al rojo sintiera un placer perverso al desobedecerme. Esta vez el grito pareció más lejano, y el tercero, tan angustioso como los otros dos, más lejano aún. Se estaban desvaneciendo igual que el llanto del niño.

Un cuarto grito flotó en la oscuridad y luego el silencio descendió sobre Sara. La casa respiraba a mi alrededor, viva en el calor, consciente en medio del tenue sonido de los truenos de la madrugada.

CAPITULO 22

Por fin conseguí entrar en trance, pero de todos modos no pude hacer nada. Siempre tengo un bloc a mano para tomar notas –listas de personajes, referencias de páginas, cronologías– y garabateé en él un rato, pero el folio de la IBM seguía en blanco. No tenía el corazón desbocado, ni latidos en los ojos ni dificultades para respirar –en otras palabras, no era un ataque de pánico–, pero tampoco había historia. Andy Drake, John Shackleford, Ray Garraty y la hermosa Regina Whiting me daban la espalda y se negaban a hablar o a moverse. El manuscrito estaba en el sitio de siempre, a la izquierda de la máquina de escribir, y encima de él había un bonito pisapapeles de cuarzo que me había encontrado en el camino, pero no pasaba nada. Nada.

Advertí que la situación encerraba una ironía, quizá incluso una moraleja. Durante años había huido de los problemas del mundo real, escapando a distintos territorios de mi imaginación. Ahora el mundo real se había poblado de malezas y en algunas de ellas había criaturas con dientes; ya no podía entrar en el armario. «Kyra», había escrito encerrando su nombre en una forma ondulante que pretendía ser una col. Debajo había dibujado una rodaja de pan con una boina garabateada encima. La idea de Noonan de

433

una torrija. Las letras «L. B.» rodeadas de volutas. Una camiseta con un rudimentario pato estampado. Debajo había escrito «Cuac, cuac». Más abajo: «Tengo que irme. Buen viaje.»

En otro lugar de la página había escrito «Dean», «Auster» y «Devore». Ésos eran los hombres que en el sueño me habían parecido más reales, más peligrosos… ¿porque tenían descendientes? Pero los siete debían de tenerlos, ¿no? En aquellos tiempos casi todas las familias eran muy prolíficas. ¿Y dónde estaba yo? Lo había preguntado, pero Devore se había negado a responder.

A las nueve y media de esa bochornosa mañana de domingo el sueño todavía no me parecía un sueño. ¿Qué había sido entonces? ¿Una alucinación? ¿Un viaje en el tiempo? Y si ese viaje tenía un propósito, ¿cuál era? ¿Cuál era el mensaje y quién quería transmitirlo? Recordaba con claridad lo que había dicho antes de despertar del sueño en el que había caminado sonámbulo hasta el estudio de Jo para coger la máquina de escribir: «No creo en esas mentiras.» Y ahora tampoco creería. Hasta que pudiera desvelar al menos una parte de la verdad, sería más seguro no creer en nada en absoluto.

En la parte superior de la hoja donde garabateaba, escribí la palabra «¡Peligro!» con trazos gruesos y la rodeé con un círculo. Desde el círculo tracé una flecha hasta el nombre de Kyra. Desde este nombre tracé otra flecha hasta «Tengo que irme. Buen viaje». Y añadí «MATTIE».

Debajo del pan con la boina dibujé un pequeño teléfono. Encima de él puse un bocadillo de viñeta y escribí «Riiinggg». Cuando terminé, sonó el teléfono inalámbrico, que estaba en la barandilla de la terraza. Rodeé la palabra «MATTIE» con un círculo y cogí el teléfono.

–¿Mike? –parecía emocionada, feliz, aliviada.

–Sí –dije–. ¿Cómo estás?

–¡Estupendamente! –respondió ella y yo tracé un círculo alrededor de las letras «L. B.» de mi bloc.

–Lindy Briggs me llamó hace diez minutos, acabo de terminar de hablar con ella. ¡Mike, quiere que me reincorpore al trabajo! ¿No es maravilloso?

Claro. Una maravillosa manera de retenerla en el pueblo.

434

Taché la frase «Tengo que irme. Buen viaje», sabiendo que Mattie no se marcharía. ¿Y cómo iba a pedírselo? Una vez más pensé: Si sólo supiera algo más...

–¿Mike? ¿Estás...?

–Es estupendo –dije. En mi imaginación la veía de pie en la cocina, enrollando el cable del teléfono entre los dedos, con las piernas largas y esbeltas bajo los pantalones cortos de tela tejana. También vi la camiseta que llevaba, blanca con un pato amarillo en la pechera–. Espero que Lindy haya tenido la delicadeza de mostrarse avergonzada.

Dibujé un círculo alrededor de la camiseta.

–Sí. Y fue lo bastante sincera para... bueno, para desarmarme. Dijo que Rogette Whitmore había hablado con ella a principios de la semana pasada y que había ido al grano. Debían despedirme de inmediato. Si lo hacían, Devore continuaría donando dinero, ordenadores y *software* a la biblioteca. Si no lo hacían, dejaría de hacerlo. Lindy dijo que había tenido que poner en la balanza el bien de la comunidad y un acto que sabía que estaba equivocado... Dijo que fue una de las decisiones más difíciles de su vida...

–Ya. –En el bloc, mi mano se movía como si tuviera vida propia, como un vaso encima de una tabla de Ouija, escribiendo las palabras «POR FAVOR PUEDO POR FAVOR»–. Tal vez sea verdad, pero Mattie, ¿cuánto crees que gana Lindy?

–No lo sé.

–Supongo que más que tres bibliotecarias juntas del estado de Maine.

Al fondo, oí a Ki:

–¿Puedo hablar, Mattie, por favor, puedo hablar con Mike? ¿Por favor, puedo, por favor?

–Dentro de un minuto, cariño –respondió Mattie y luego me dijo a mí–: Es posible. Lo único que sé es que tengo trabajo otra vez y que estoy dispuesta a perdonarla.

Dibujé un libro en el bloc y luego una serie de círculos superpuestos entre éste y la camiseta con el pato.

–Ki quiere hablar contigo –dijo Mattie riendo–. Dice que anoche fuisteis juntos a la Feria de Fryeburg.

—Guau, ¿quieres decir que salí con una preciosa niña y no me enteré porque estaba dormido?

—Eso parece. ¿Preparado para escucharla?

—Preparado.

—Muy bien, aquí viene la parlanchina.

Se oyeron ruidos mientras el teléfono cambiaba de manos y luego se puso Ki.

—¡Estuve contigo en la feria, Mike!

—¿De veras? —pregunté—. Debe de haber sido un sueño muy emocionante, ¿no, Ki?

Hubo un largo silencio al otro lado. Me imaginé que Mattie se preguntaría qué había pasado con la parlanchina. Por fin Ki respondió con voz vacilante:

—Tú también estabas allí. Vimos bailar a las mujeres serpiente... vimos un poste con la campanilla arriba... entramos en la casa de los fantasmas y tú te caíste al cruzar el barril. No fue un sueño, ¿verdad?

Podría haberla convencido de que lo era, pero de repente me pareció mala idea, una idea peligrosa, así que dije:

—Llevabas un bonito sombrero y un bonito vestido.

—¡Sí! —Ki parecía muy aliviada—. Y tú llevabas...

—Kyra, para. Escúchame. —La niña calló de inmediato—. Creo que es mejor que no hables de ese sueño. Ni con tu madre ni con ninguna otra persona, salvo conmigo.

—Salvo contigo.

—Sí. Y lo mismo con las personas del frigorífico. ¿Vale?

—Vale. Mike, había una señora que tenía puesto el vestido de Mattie.

—Lo sé —respondí. En ese momento, Ki podía hablar libremente, yo lo sabía, pero de todos modos pregunté—: ¿Dónde está Mattie ahora?

—Regando las flores. Tenemos muchas flores, por lo menos un millón. Yo tengo que limpiar la mesa. Es mi tarea, pero no me importa, me gustan las tareas. Hemos desayunado torrijas. Siempre desayunamos torrijas los domingos. Están muy buenas, sobre todo con mermelada de fresa.

—Lo sé —respondí trazando una flecha hasta la rebanada de pan con boina–. Están muy buenas. Dime, Ki, ¿le has hablado a tu mamá de la señora que llevaba su vestido?

–No. Pensé que le daría miedo. –Bajó la voz–. Aquí, viene.

–De acuerdo... éste será nuestro secreto, ¿sí?

–Sí.

–Ahora ¿puedo hablar con Mattie otra vez?

–Vale. –Su voz se alejó un poco–. Mamá, Mike quiere hablar contigo. –Luego volvió a ponerse ella–. ¿Nos visitarás hoy? Podríamos comer otra vez en el merendero.

–Hoy no puedo, Ki. Tengo que trabajar.

–Mattie nunca trabaja en domingo.

–Pero yo estoy escribiendo un libro y tengo que trabajar todos los días. Si no lo hiciera me olvidaría de la historia. Sin embargo, es probable que el martes comamos juntos. Haremos una barbacoa en tu casa.

–¿Falta mucho hasta el martes?

–No mucho. Es pasado mañana.

–¿Se tarda mucho en escribir un libro?

–Más o menos.

Oí que Mattie le pedía el teléfono a Ki.

–Un momento. ¿Mike?

–Estoy aquí, Ki.

–Te quiero.

Esa declaración me conmovió y me asustó al mismo tiempo. Por un instante, creí que la garganta iba a cerrárseme como solía pasarme con el pecho durante la temporada en que no podía escribir. Pero la presión se desvaneció y dije:

–Yo también te quiero, Ki.

–Aquí está Mattie.

Una vez más oí los ruidos del teléfono al cambiar de manos y Mattie dijo:

–¿Esta conversación le ha refrescado la memoria sobre su cita con mi hija, señor?

–Bueno –respondí–, al menos ha refrescado la de ella.

Había un vínculo entre Mattie y yo, pero no llegaba tan lejos... yo estaba seguro.

Mattie reía. Me encantaba cómo sonaba su voz esa mañana y

no quería deprimirla, pero tampoco quería que confundiera la línea blanca del centro de la carretera con un paso de cebra.

–Mattie, todavía debes tener cuidado, ¿vale? El hecho de que Lindy Briggs te haya devuelto tu trabajo no significa que el resto de los habitantes del pueblo vayan a ser tus amigos.

–Lo entiendo –respondió.

Una vez más, pensé en preguntarle si querría pasar una temporada en Derry con Ki. Podrían vivir en mi casa, quedarse allí todo el verano, si se necesitaba todo ese tiempo para que las cosas volvieran a la normalidad en el TR. Pero no lo haría. Había tenido que aceptar mi oferta de pagarle un brillante y caro abogado de Nueva York porque no tenía otra elección. Pero ahora la tenía, o creía que la tenía, ¿y cómo iba a hacerle cambiar de opinión? Yo no podía darle ningún argumento lógico, no podía probar las conexiones entre los hechos; lo único que tenía era una imagen vaga y oscura, como algo oculto bajo veinte centímetros de hielo.

–Quiero que tengas cuidado con dos hombres en particular–. Uno es Bill Dean, el otro es Kenny Auster. Este último es...

–... el del perro que lleva pañuelo.

–¡*Arándano*! –gritó Ki en el fondo–. ¡*Arándano* me lamió la cara!

–Ve a jugar fuera, cariño –dijo Mattie.

–Estoy recogiendo la mesa.

–Ya terminarás más tarde. Ahora ve a jugar fuera. –Hubo una pausa mientras Mattie miraba cómo Ki se dirigía a la puerta con *Strickland* en la mano. Aunque la niña ya había salido de la caravana, Mattie habló con el tono de alguien que no quiere que le escuchen–. ¿Pretendes asustarme?

–No –dije trazando varios círculos alrededor de la palabra «Peligro»–. Pero quiero que tengas cuidado. Es posible que Bill y Kenny formaran parte del equipo de Devore, igual que Footman y Osgood. No me preguntes cómo lo sé, porque no podría darte una respuesta satisfactoria. Es sólo un pálpito, pero desde que regresé al TR mis pálpitos son diferentes.

–¿Qué quieres decir?

–¿Llevas puesta una camiseta con un pato?

–¿Cómo lo sabes? ¿Te lo ha dicho Ki?

–¿Ki acaba de salir con el perrito de peluche que le tocó en la Happy Meal?

Hubo una larga pausa y finalmente Mattie dijo:

–Dios mío. –En una voz tan baja que apenas si la oí. Luego, otra vez–: ¿Cómo...?

–No lo sé. Tampoco sé si todavía estás en... apuros, pero tengo el pálpito de que podría ser así. De que ambas podríais tener problemas.

Habría podido añadir algo más, pero temí que Mattie pensara que había perdido la chaveta.

–¡Está muerto! –exclamó–. ¡El viejo está muerto! ¿Por qué no nos deja en paz?

–Tal vez lo haya hecho. Puede que yo me equivoque, pero no cuesta nada ser prudentes, ¿verdad?

–No –respondió ella–. Por lo general no cuesta nada.

–¿Por lo general?

–¿Por qué no vienes a verme, Mike? Esta vez podríamos ir a la feria tú y yo.

–Puede que lo hagamos en otoño. Los tres.

–Me gusta esa idea.

–Mientras tanto, estoy pensando en la llave.

–La mitad de tus problemas vienen de pensar tanto, Mike –dijo y volvió a reír, aunque esta vez con tristeza.

Y supe lo que quería decir. Pero Mattie no parecía entender que la otra mitad de mis problemas venían de sentir. Los sentimientos son como un tirachinas, y creo que a la larga nos matan a todos con sus pedradas.

Entré la IBM en la casa y dejé el manuscrito encima. Había acabado con él, al menos por el momento. No más intentos para volver a entrar en el armario, no más Andy Drake y John Shackleford hasta que todo esto acabara. Mientras me ponía unos pantalones largos y una camisa por primera vez en varias semanas, se me ocurrió pensar que tal vez alguien –alguna fuerza– había estado tratando de sedarme con la historia de la novela. Con la capacidad para trabajar otra vez. Tenía lógica; el trabajo siempre había sido mi droga preferida, mejor que el alcohol o que los somníferos que todavía guardaba en el botiquín del baño. O quizá el trabajo fuera sólo la vía de administración, la hipodérmica con todos los sueños dentro. Tal vez la verdadera droga fuera estar más allá de los límites de la realidad.

Cogí las llaves del Chevrolet del mármol de la cocina y miré la puerta del frigorífico. Los imanes volvían a formar un círculo. En el centro había un mensaje que no había visto antes, un mensaje totalmente comprensible gracias a los imanes extra de las dos últimas bolsas:

ayúdala

–Estoy haciendo todo lo posible –dije y me marché.

A cuatro kilómetros y medio al norte sobre la carretera 68 –en la zona que antes se conocía como Castle Rock Road– hay un invernadero con una tienda delante. Se llama Slips'n Greens y Jo solía ir a menudo por allí para comprar artículos de jardinería o simplemente para conversar con las propietarias. Una de ellas era Helen Auster, la esposa de Kenny.

Ese domingo llegué allí a eso de las diez de la mañana (la tienda estaba abierta, naturalmente; en la temporada turística casi todos los comerciantes de Maine se vuelven ateos) y aparqué junto a un Beamer con matrícula de Nueva York. Permanecí en el coche el tiempo suficiente para oír el pronóstico del tiempo por la radio –continuaría caluroso y húmedo durante otras cuarenta y ocho horas como mínimo– y luego bajé. Una mujer vestida con bañador, pantalones cortos y una gigantesca pamela amarilla salió de la tienda con una bolsa de turba en las manos. Me dedicó una sonrisita y yo se la devolví con un interés del dieciocho por ciento. Era de Nueva York, y eso significaba que no era marciana.

En el interior de la tienda hacía aún más calor y humedad que fuera. Lila Proulx, la copropietaria, estaba al teléfono. Había un pequeño ventilador junto a la caja registradora y ella estaba delante, agitando la pechera de su blusa sin mangas. Cuando me vio, me saludó con la mano. Yo le respondí sintiéndome otra persona. Aunque no siguiera trabajando, seguía en trance.

Di un paseo por la tienda y cogí varias cosas al azar mientras miraba a Lila con el rabillo del ojo y esperaba que acabara de hablar por teléfono para conversar con ella. Por fin colgó y me acerqué al mostrador.

–¡Dichosos los ojos, Michael Noonan! –dijo mientras comenzaba a sumar mis compras–. Lamenté mucho la muerte de Johanna. Quiero decirle algo: Jo era un encanto.

–Gracias, Lila.

–De nada. No necesito añadir nada más, pero tenía que decirlo. Siempre he creído y siempre creeré que estas cosas deben decirse. ¿Va a trabajar en el jardín?

–Si refresca algún día.

–¡Ay, sí! ¿Verdad que hace un calor espantoso? –agitó otra vez la pechera de su blusa para demostrarme lo espantoso que era y luego señaló una de mis compras–. ¿Quiere una bolsa especial para ésa? Más vale prevenir que curar, ése es mi lema.

Asentí y luego miré la pequeña pizarra que había sobre el mostrador: ARÁNDANOS FRESCOS ¡YA ES TEMPORADA!

–También me llevaré medio kilo de arándanos –dije–. Siempre y cuando no sean del viernes.

Ella asintió enérgicamente.

–Ayer estaban en la mata. ¿Le parecen bastante frescos?

–Claro –respondí–. El perro de Kenny se llama *Arándano*, ¿verdad?

–¿No le parece gracioso? Dios, me encantan los perros grandes, siempre y cuando se comporten.

Se volvió, sacó medio kilo de arándanos de la pequeña nevera y los puso en una bolsa.

–¿Dónde está Helen? –pregunté–. ¿Tiene el día libre?

–Ella nunca se toma el día libre –respondió Lila–. Cuando está en el pueblo, no hay forma de sacarla de aquí. Ella, Kenny y los niños han ido a Massachusetts. Todos los veranos ellos y la familia del hermano de Helen alquilan una casita junto a la playa durante dos semanas. Se fueron todos. *Arándano* perseguirá gaviotas hasta caerse muerto.

Soltó una carcajada estentórea que me hizo pensar en Sara Tidwell. O quizá fuera la forma en que Lila me miró mientras reía. No había alegría en sus ojos, que me miraban con expresión pensativa, fría y curiosa.

Por el amor de Dios, ¿quieres dejarlo de una vez?, me dije a mí mismo. ¡No pueden estar todos compinchados, Mike!

¿No podían? La conciencia colectiva de un pueblo existe; cualquiera que lo dude no ha estado nunca en una reunión de vecinos en Nueva Inglaterra. Pero donde hay conciencia, ¿no debería haber también inconsciente? Si Kyra y yo nos comunicábamos mentalmente, ¿no era posible que lo hicieran también otros habitantes del TR, quizá incluso sin saberlo? Todos compartíamos el mismo aire y la misma tierra; compartíamos el lago y las aguas profundas con sabor a piedra y a minerales. También compartíamos la Calle, ese sitio donde los cachorros buenos y los perros malos podían andar lado a lado.

Cuando enfilaba hacia la puerta con mis adquisiciones dentro de una bolsa de tela, Lila dijo:

—Qué pena lo de Royce Merrill. ¿Se ha enterado?

—No —respondí.

—Anoche se cayó por las escaleras del sótano. No sé qué hacía un hombre de su edad bajando por una escalera tan empinada, pero supongo que los viejos tienen sus propias razones para hacer las cosas.

—¿Ha muerto?

—Todavía no, lo llevaron en ambulancia al Hospital General del Condado. Está en coma, pero no creen que vaya a despertar. Pobre viejo. Una parte de nuestra historia morirá con él.

—Es verdad. —En buena hora, pensé—. ¿Tiene hijos?

—No. Ha habido varios Merrill en el TR en los últimos dos siglos; uno murió en Cemetery Ridge. Pero ahora las viejas familias están desapareciendo. Buenos días, Mike.

Sonrió, pero sus ojos permanecieron fríos y pensativos.

Subí a mi Chevrolet, puse la bolsa en el asiento del acompañante y luego permanecí sentado en el coche un rato, disfrutan-

442

do de un chorro de aire acondicionado en la cara y el cuello. Kenny Auster estaba en Massachusetts. Eso estaba bien. Era un paso en el buen camino.

Pero todavía quedaba el encargado de mantenimiento de mi casa.

—Bill no está —dijo Yvette.

Estaba de pie en la puerta, haciendo lo posible por taparme la vista (no es mucho lo que se puede hacer al respecto cuando uno mide menos de uno sesenta y pesa cuarenta y tantos kilos), estudiándome con la mirada severa de un portero de discoteca que le niega la entrada a un borracho después de haberlo expulsado una vez.

Yo estaba en el porche de la inmaculada casa estilo Cape Cod que se alza sobre la colina Peabody y tiene vistas a New Hampshire y al jardín trasero de Vermont. A la izquierda de la casa estaban los cobertizos donde Bill guardaba las herramientas, todos pintados en el mismo tono de gris y cada uno de ellos con su propio letrero: TRABAJOS DE MANTENIMIENTO DEAN, N.º 1, N.º 2, N.º 3. Aparcado delante del número 2 estaba el Dodge Ram de Bill. Lo miré y volví a mirar a Yvette. Sus labios se tensaron un poco más. Otro frunce y desaparecerían por completo.

—Ha ido a North Conway con Butch Wiggins —dijo—. Fueron en la furgoneta de Butch a buscar...

—No es necesario que mientas por mí, cariño —dijo Bill a su espalda.

Pasaba apenas una hora del mediodía del día del Señor, pero pensé que nunca había oído una voz que reflejara tanto cansancio. Bill cruzó el vestíbulo y cuando salió a la luz —el sol finalmente brillaba a través del cielo encapotado— vi que por fin representaba la edad que tenía. Todos y cada uno de sus años y quizá diez más. Llevaba la camisa y los pantalones caqui de costumbre, pero sus hombros estaban encorbados como si hubiera estado toda la semana cargando cubos demasiado pesados para él. Finalmente había comenzado a reflejar el declive en la cara, ese algo indefinible que hace que los ojos parezcan demasiado grandes, las mandíbulas demasiado prominentes, la boca algo laxa. Se le veía vie-

443

jo. No había hijos que continuaran el trabajo de la familia; como había dicho Lila Proulx, las viejas familias estaban desapareciendo. Y quizá fuera para mejor.

–Bill... –comenzó Yvette, pero él alzó una mano para detenerla y sus dedos encallecidos temblaron ligeramente.

–Ve a la cocina –dijo–. Necesito hablar con mi compadre. No tardaré mucho.

Yvette lo miró y cuando se volvió otra vez hacia mí advertí que en efecto había alcanzado el grado cero en la superficie labial. Donde antes estaban los labios, ahora había una línea negra que parecía dibujada con un lápiz. Vi con absoluta claridad que me odiaba.

–No lo canse –me dijo–. Últimamente no duerme bien. Es el calor.

Echó a andar hacia el interior de la casa con la espalda rígida y los hombros erguidos y desapareció entre las sombras, donde probablemente se estaría más fresco. Las casas de los viejos siempre parecen frescas, ¿lo habéis notado?

Bill salió al porche y se metió las grandes manos en los bolsillos sin hacer ademán de estrechar la mía.

–No tengo nada que decirle. Usted y yo no tenemos nada más que hablar.

–¿Por qué, Bill?

Miró hacia el oeste, donde las colinas se alzaban hacia la ardiente bruma del verano y desaparecían en ellas antes de poder convertirse en montañas. Bill no respondió.

–Sólo trato de ayudar a esa joven. –Me dirigió una mirada de reojo que decía con claridad: «Sí, ayudarla a quitarse las bragas. Veo a muchos hombres que vienen de Nueva York y Nueva Jersey con jovencitas. A pasar el fin de semana en verano o a esquiar en invierno, da igual. Los hombres que van con jovencitas siempre tienen el mismo aspecto, siempre con la lengua fuera aunque tengan la boca cerrada. Y ahora usted está igual.»

Me sentí al mismo tiempo furioso y avergonzado, pero resistí la tentación de discutir ese tema. Eso era lo que él quería.

–¿Qué ha pasado aquí? –pregunté–. ¿Qué le hicieron los padres, abuelos y bisabuelos del pueblo a Sara Tidwell y su familia? No se contentaron con obligarlos a mudarse, ¿no?

–No hubo que obligarlos –dijo Bill con la vista perdida en las colinas. Tenía los ojos húmedos, como si estuviera a punto de llorar, pero su mandíbula permanecía firme–. Se fueron por voluntad propia. Mi padre solía decir que todos los negros son culos de mal asiento.

–¿Quién puso la trampa que mató al hijo de Son Tidwell? ¿Fue su padre, Bill? ¿Fue Fred?

Sus ojos se movieron, pero sus mandíbulas no.

–No sé de qué habla.

–Le oigo llorar en mi casa. ¿Sabe lo que es oír llorar a un niño muerto en tu propia casa?

Algún cabrón le tendió una trampa como si fuera una comadreja y ahora lo oigo llorar en mi casa.

–Tendrá que buscarse un nuevo encargado de mantenimiento –dijo Bill–. Yo ya no puedo trabajar para usted. No quiero. Lo que quiero es que salga de mi porche.

–¿Qué está pasando? Ayúdeme, por el amor de Dios.

–Le ayudaré a largarse con un puntapié si no se va inmediatamente de aquí.

Lo miré unos segundos más, observando los ojos húmedos y las mandíbulas apretadas: la contradicción escrita en su cara.

–He perdido a mi esposa, viejo cabrón –dije–. Una mujer por la que usted decía sentir afecto.

Sus mandíbulas por fin se movieron y me miró con un gesto entre sorprendido y ofendido.

–Eso no ocurrió aquí –dijo–. Eso no tuvo nada que ver con el pueblo. Ella no estaba en el TR porque... bueno, tendría sus razones... pero tuvo una apoplejía. Podría haberle ocurrido en cualquier sitio. En cualquier sitio.

–Yo no lo creo y me parece que usted tampoco. Algo la siguió a Derry, tal vez porque estaba embarazada...

Los ojos de Bill se llenaron de asombro. Le di la oportunidad de decir algo, pero no la aprovechó.

–... o porque sabía demasiado.

–Tuvo una apoplejía. –La voz de Bill se quebró un poco–. Leí su esquela. Tuvo una maldita apoplejía.

–¿Qué había descubierto Jo? Cuéntemelo, Bill, por favor.

–Hubo una larga pausa y mientras duró me permití el lujo de pensar que conseguiría algo de él.

–Sólo tengo una cosa más que decirle, Mike: hágase a un lado. Por el bien de su alma inmortal, hágase a un lado y deje que las cosas sigan su curso. Lo harán tanto si usted interviene como si no. Este río ya casi ha llegado al mar; las personas como usted no lo detendrán. Hágase a un lado, Mike, por el amor de Dios.

«¿Le preocupa su alma, señor Noonan? ¿La mariposa de Dios atrapada en un capullo de carne que pronto apestará como el mío?» Bill se volvió y caminó hacia la puerta arrastrando los tacones de las botas sobre las tablas pintadas.

–No se acerque a Mattie y a Ki –dije–. Si me entero de que se ha acercado a la caravana...

Bill dio media vuelta y la luz brumosa del sol destelló bajo sus ojos. Sacó un pañuelo del bolsillo trasero del pantalón y se secó las mejillas.

–No voy a salir de esta casa. Ojalá nunca hubiera regresado de mis vacaciones; pero lo hice, y sobre todo por usted, Mike. Esa pareja de Wasp Hill no tiene nada que temer de mí. No; no de mí.

Entró en la casa y cerró la puerta. Yo permanecí donde estaba, con una sensación de irrealidad... No era posible que hubiera tenido una conversación tan desagradable con Bill Dean, ¿no? El mismo Bill que me había reprochado que no hubiera permitido a la gente del pueblo compartir –y quizá aliviar– mi dolor por la muerte de Jo. El mismo Bill que me había dado la bienvenida con tanto afecto.

Entonces oí un chasquido. Tal vez no hubiera cerrado la puerta de su casa con llave en toda su vida, pero ahora lo había hecho. El chasquido sonó con absoluta claridad en el aire quieto de julio y me dijo todo lo que tenía que saber sobre mi larga amistad con Bill Dean. Enfilé hacia mi coche con la cabeza gacha, y no me volví hasta que oí que una ventana se abría a mi espalda.

–¡No vuelva por aquí, cabrón! –gritó Yvette Dean–. ¡Le ha roto el corazón! ¡No vuelva nunca! ¡Nunca! ¡Nunca!

–Por favor –dijo la señora Meserve–, no me haga más preguntas, Mike. No puedo permitirme estar en la lista negra de Bill Dean, igual que mi madre no podía permitirse estar en la de Normal Auster o Fred Dean.

Cambié el auricular de oreja.

—Lo único que quiero saber es...

—En esta parte del mundo los encargados de mantenimiento son los amos. Si le dicen a alguien que viene a pasar el verano aquí que debería contratar a este carpintero o a aquel electricista, bueno, es lo que hacen. Y si el encargado dice que hay que echar a alguien porque no es de fiar, se le echa. Y lo mismo con las mujeres, porque lo que vale para los fontaneros o los electricistas, vale el doble para las señoras de la limpieza. Si quieres que te recomienden, y que sigan recomendándote, tienes que mantener buenas relaciones con la gente como Fred y Bill Dean o Normal y Kenny Auster, ¿no lo entiende? —su tono era casi suplicante—. Cuando Bill se enteró de que yo le había contado lo que hizo Normal Auster, se puso furioso conmigo.

—¿El hermano de Kenny Auster, el que Normal ahogó bajo la bomba de agua, se llamaba Kerry?

—Sí, mucha gente le pone nombres parecidos a sus hijos, les parece gracioso. Yo fui al colegio con unos hermanos llamados Roland y Rolanda Therriault. Creo que Roland está en Manchester y que Rolanda se casó con un muchacho de...

—Brenda, respóndame sólo una pregunta más. No se lo contaré a nadie. Por favor.

Con la respiración contenida, esperé oír el *clic* que se produciría cuando ella colgara el auricular. Sin embargo, habló en voz baja, casi con tono de arrepentimiento:

—¿Cuál es?

—¿Quién era Carla Dean?

Esperé durante otra larga pausa, jugando con la cinta del sombrero de paja que Ki había usado en la feria de principios de siglo.

—No debe contarle a nadie que se lo he dicho —respondió por fin.

—No lo haré.

—Carla era la hermana gemela de Bill. Murió hace sesenta y cinco años, durante los incendios. —Los incendios que según Bill habían sido provocados por el abuelo de Ki, su regalo de despedida del TR–. No sé bien cómo sucedió, porque Bill nunca habla del asunto. Si le cuenta que se lo he dicho, nunca haré otra cama en el TR. Él se ocupará de ello. –Luego añadió con voz desolada–: Aunque es posible que de todos modos se entere.

Basándome en mi experiencia, pensé que tal vez tenía razón. Pero incluso si era así, recibiría un talón firmado por mí todos los meses hasta que se jubilara. Sin embargo, no tenía intención de decírselo por teléfono pues corría el riesgo de herir su corazón yanqui. Me limité a darle las gracias, le prometí discreción una vez más y colgué el auricular. Permanecí sentado a la mesa durante unos instantes, mirando a *Bunter* sin verlo, y por fin dije:

–¿Quién está aquí?

No hubo respuesta.

–Vamos –dije–, no seas tímido. Bajemos diecinueve o noventa y dos. Luego hablemos.

Nada. Ni el más ligero temblor en la campanilla que colgaba del cuello del alce. Eché un vistazo a las notas que había tomado mientras hablaba por teléfono con el hermano de Jo. Había puesto «Kia», «Kyra», «Kito» y «Carla» en un recuadro. Ahora añadí el nombre «Kerry» a la lista.

«Mucha gente le pone nombres parecidos a sus hijos –había dicho la señora Meserve–. Les parece gracioso.»

A mí no me parecía gracioso; me parecía siniestro. Pensé que por lo menos dos de estos niños con nombres parecidos se habían ahogado: Kerry Auster bajo una bomba de agua, Kia Noonan en el cuerpo moribundo de su madre cuando aún no era mucho más grande que una pipa de girasol. Y yo había visto al fantasma de un tercer niño ahogado en el lago. ¿Kito? ¿Sería Kito? ¿O Kito era el niño que había muerto en la trampa?

«Mucha gente le pone nombres parecidos a sus hijos, les parece bonito.»

¿Cuántos niños con nombres parecidos había habido? ¿Cuántos quedaban? Pensé que la respuesta a la primera pregunta no tenía importancia y que ya conocía la respuesta a la segunda. «Este río prácticamente ha llegado al mar», había dicho Bill.

Carla, Kerry, Kito, Kia... todos habían desaparecido. Sólo quedaba Kyra Devore. Me levanté con tanta brusquedad que derribé la silla. Y el estruendo que produjo en el silencio me hizo soltar un gritito. Me largaría de inmediato. Ya estaba bien de llamadas telefónicas, ya estaba bien de interpretar el papel de Andy Drake, detective privado, ya estaba bien de declaraciones y de imprudentes cortejos a la dama de la feria. Debería de haber hecho caso a mi intuición y haberme largado de allí la primera noche. Bueno, ahora me iría, subiría en el Chevrolet y saldría pitando hacia Derr...

La campanilla de *Bunter* comenzó a sonar insistentemente. Me volví y vi que se balanceaba como si la empujara una mano invisible. La puerta corredera que conducía a la terraza comenzó a abrirse y cerrarse como un objeto atado a una roldana. La revista de crucigramas que estaba en la mesita auxiliar y la guía de la programación de la tele se abrieron y sus páginas comenzaron a agitarse. Se oyeron una serie de batacazos en el suelo, como si una criatura enorme se dirigiera a gatas y con rapidez hacia mí. Golpeando el suelo con los puños en el camino.

Una racha de aire –no frío sino cálido, como la que podría producir el metro en una noche de verano– pasó junto a mí. En ella oí una voz extraña que parecía decir «adiiiiós, adiiiós, adiiiós», como si me deseara un buen viaje a casa. Entonces, justo cuando empezaba a darme cuenta de que la voz decía en realidad «Ki-Ki, Ki-Ki, Ki-Ki», algo me golpeó y me empujó hacia adelante. Fue como un puño grande y blando. Se me doblaron las rodillas y caí con el torso sobre la mesa, y cuando intentaba agarrarme para incorporarme, volqué el salero y el pimentero, y el florero que la señora Meserve había llenado de margaritas. El jarrón rodó sobre la mesa y se hizo añicos contra el suelo. El televisor de la cocina se encendió con el volumen al máximo; un político hablaba de que volvía a haber inflación. Se encendió la cadena de música, amortiguando la voz del político con una canción de los Rolling Stones que era una versión del *I Regret You, Baby*. En la planta alta se activó una de las alarmas de incendio, luego otra y finalmente una tercera. Unos instantes después se sumó a ellas el estridente pitido de la alarma del Chevrolet. El mundo entero era una cacofonía.

Algo caliente y blando me atenazó la muñeca. Mi mano salió

disparada hacia el frente como un pistón y cayó sobre el bloc de notas. Observé cómo volvía la página con torpeza y luego cogía el lápiz que estaba al lado. Lo cogí como si fuera una daga, y luego alguien escribió con él, no guiando mi mano sino *violándola*. Al principio la mano se movía despacio, casi a tientas, luego adquirió velocidad hasta que pareció que volaba y prácticamente desgarró el papel:

ayúdala no te vayas ayúdala no te vayas ayúdala no te vayas ayúdala no te vayas no te vayas por favor no te vayas ayúdala ayúdala ayúdala

Casi había llegado al final de la página cuando el frío descendió otra vez sobre mí; ese frío que era como el granizo en enero heló mi piel, escarchó los mocos en mi nariz y me hizo arrojar por la boca dos temblorosas nubecillas blancas. Mi mano se cerró y el lápiz se partió en dos. A mi espalda, la campanilla de *Bunter* dio una última sacudida furiosa antes de callar. También a mi espalda oí dos extrañas detonaciones, como si acabaran de destapar un par de botellas de champán. Luego todo terminó. Fuera lo que fuese o fueran quienes fuesen, todo terminó. Estaba solo otra vez.

Apagué la cadena de música justo en el momento en que Mick y Keith comenzaban otro tema, luego corrí escaleras arriba y desactivé la alarma. Mientras estaba ahí arriba, me asomé por la ventana del dormitorio de huéspedes apunté el mando a distancia de mi llavero hacia el Chevrolet y apreté un botón. La alarma se detuvo.

Ahora que casi todo el ruido había cesado, oía con claridad el televisor de la cocina. Bajé, lo apagué y me quedé paralizado con la mano en el botón de OFF mirando al horrible gato-reloj de Jo. Su cola había dejado de balancearse y sus grandes ojos de plástico estaban en el suelo. Se le habían saltado de las órbitas.

Fui a cenar al Village Cafe, donde cogí el *Telegram* del último domingo de un estante (REY DE LA INFORMÁTICA MUERE EN SU PUEBLO NATAL EN EL OESTE DE MAINE, se leía en un titular) antes de sentarme a la barra. Había una foto de estudio de un Devore que aparentaba treinta años. Y sonreía; algo que la mayoría de la gente hace con naturalidad, pero que en Devore parecía una habilidad adquirida.

Pedí las alubias que quedaban del guiso del sábado por la noche. Mi padre no era muy dado a los dichos –en mi familia la tarea de distribuir pepitas de oro de sabiduría recaía en mi madre–, pero todos los domingos, mientras recalentaba el guiso de garbanzos del sábado por la noche, mi padre invariablemente decía que las legumbres siempre sabían mejor al día siguiente. Supongo que se me había pegado. El único otro consejo paterno que recuerdo haber recibido era que convenía lavarse las manos después de recoger una mierda de perro en la parada del autobús.

Mientras leía la historia de Devore en el periódico, Audrey se acercó a decirme que Royce Merrill había pasado a mejor vida sin recuperar la conciencia. Dijo que la ceremonia fúnebre se celebraría en la iglesia bautista el viernes por la tarde y que todo el pueblo estaría allí, muchos sólo para ver cómo le entregaban el bastón del *Boston Post* a Illa Meserve. ¿Iría yo también? Le respondí que no lo creía. No me pareció prudente añadir que seguramente asistiría a una fiesta de la victoria mientras el funeral de Royce se celebraba al otro lado de la carretera.

A mi alrededor había el tráfico habitual de clientes: gente que pedía hamburguesas, alubias, emparedados de pollo o cerveza. Algunos eran del TR, otros de fuera. No me fijé en nadie, y nadie me habló. No sé quién dejó la servilleta sobre el periódico, pero la encontré cuando pasaba de la sección de noticias a la de deportes. La cogí con la intención de ponerla a un lado cuando vi que en la parte trasera había un mensaje escrito en grandes letras negras: LÁRGATE DEL TR.

Nunca supe quién la había dejado allí. Supongo que pudo ser cualquiera.

CAPITULO 23

La bruma regresó y transformó el atardecer del domingo en un espectáculo de belleza decadente. El sol se enrojeció mientras descendía hacia las colinas y la bruma se tiñó con su resplandor, convirtiendo el cielo del oeste en una hemorragia nasal de Dios. Me senté en la terraza a contemplarla y me esforcé infructuosamente por terminar un crucigrama. Cuando sonó el teléfono, dejé *Tough Stuff* encima de mi manuscrito. Estaba harto de mirar el título de mi libro cada vez que pasaba por su lado.

–¿Diga?

–¿Qué está pasando por ahí? –preguntó John Storrow sin molestarse en saludar antes. Sin embargo, no parecía enfadado. Parecía eufórico–. ¡Me estoy perdiendo el culebrón!

–Me he invitado a la comida del martes –dije–. Espero que no te importe.

–No. Cuantos más seamos, más reiremos. –Su voz sonaba absolutamente sincera–. Qué verano, ¿eh? ¡Qué verano! ¿Ha sucedido algo nuevo últimamente? ¿Terremotos? ¿Volcanes en erupción? ¿Suicidios en masa?

–No ha habido ningún suicidio en masa, pero el viejo murió –dije.

–¡Joder! ¡Todo el mundo sabe que Max Devore estiró la pata!
–exclamó–. Sorpréndeme, Mike. ¡Asómbrame! ¡Déjame patitieso!

–No, me refiero al otro viejo. A Royce Merrill.

–No sé de quién me... Ah, espera. ¿El viejo del bastón de oro
que parecía escapado de *Parque Jurásico*?

–El mismo.

–Vaya. ¿Y aparte de eso?

–Aparte de eso, todo está bajo control –dije y entonces pensé en los ojos del gato-reloj y estuve a punto de soltar una carcajada.

Lo que me impidió hacerlo fue la certeza de que el papel de
don Jocoso era sólo eso, un papel en una farsa: en realidad John
había llamado para enterarse de qué ocurría –si acaso ocurría
algo– entre Mattie y yo. ¿Qué iba a decirle? ¿Que todavía nada?
¿Que únicamente había habido un beso, una instantánea erección
como el acero, las cosas fundamentales que no cambian aunque
pasen los años?

No lo sabía y no tuve ocasión de descubrirlo, porque John
tenía otra cosa en mente.

–Escucha, Michael, te he llamado porque tengo algo que decirte. Creo que te sorprenderá y te hará gracia al mismo tiempo.

–Un estado al que todos aspiramos –dije–. Suéltalo.

–Rogette Whitmore llamó y... No habrás sido tú quien le dio
el número de casa de mis padres, ¿no? Ahora estoy en Nueva
York, pero me telefoneó a Filadelfia.

–Yo no tengo el número de tus padres. No lo dejaste en ninguno de los dos contestadores.

–Ah, es verdad. –No se disculpó; parecía demasiado entusiasmado para pensar en esas minucias. Yo también empezaba a en-
tusiasmarme y todavía no sabía qué diablos pasaba–. Se lo di a
Mattie. ¿Crees que Rogette Whitmore la habrá llamado a ella?
¿Mattie se lo habría dado?

–Dudo que si Mattie se encontrara a Rogette envuelta en llamas le echara una meada para apagar el fuego.

–Qué vulgar, Michael, *très vulgarino*. –Pero reía–. Es probable que esa mujer usara los mismos métodos que Devore para
conseguir tu número.

–Es posible. No sé qué pasará el mes que viene, pero estoy seguro de que todavía debe de tener acceso al panel de mandos personal de Max Devore. Y seguro que nadie sabe usarlo mejor que ella. ¿Te llamó desde Palm Springs?

–Sí. Dijo que acababa de tener una reunión preliminar con los abogados de Devore para hablar del testamento del viejo. Según ella, el abuelito le ha dejado ochenta millones de dólares a Mattie Devore.

Me quedé boquiabierto. Todavía no le veía la gracia, pero estaba atónito.

–Te has quedado de una pieza, ¿eh? –preguntó John con alegría.

–Querrás decir que le dejó ese dinero a Kyra –dije por fin–. Que Mattie lo tendrá en fideicomiso.

–No, eso es lo más sorprendente de todo. Se lo pregunté tres veces a Whitmore, pero a la tercera empecé a entender que en la locura del viejo había cierta lógica. No mucha, pero una pizca. Verás, hay una condición. Y si le hubiera dejado el dinero a un menor en lugar de a la madre, la condición no tendría ningún peso. Tiene gracia si uno piensa que no hace tanto que Mattie dejó de ser menor de edad.

–Sí, tiene gracia –convine y pensé en su vestido deslizándose bajo mis manos y en su tersa cintura.

También recordé lo que había dicho Bill Dean: que los hombres maduros que salían con jovencitas iban con la lengua afuera incluso cuando tenían la boca cerrada.

–¿Cuál es la condición?

–Que Mattie permanezca en el TR durante un año después de la muerte de Devore, hasta el 17 de julio de 1999. Puede hacer salidas de un día, pero tiene que estar metida en una cama de TR-90 todas las noches a las nueve, o el legado no tendrá efecto. ¿Habías oído una ridiculez tan grande en toda tu vida? Fuera de en alguna película vieja de George Sanders, claro está.

–No –respondí y recordé mi visita a la Feria de Freyburg con Kyra. «Incluso después de muerto reclama la custodia», había pensado yo. Quería que Mattie y su hija siguieran allí, aun después de su muerte.

–¿Es imprescindible que cumpla esa condición? –pregunté.

–Claro que sí. El hijo de puta podría haber escrito que le dejaba ochenta millones de dólares si ella usaba tampones azules durante un año. Pero ella se quedará con la pasta. Me aseguraré de que así sea. Ya he hablado con tres abogados especialistas en sucesiones y ... ¿Crees que debería llevar a uno de ellos conmigo el martes? Will Stevenson será el encargado de llevar el asunto, si Mattie está de acuerdo.

John no deliraba. No había bebido –yo me habría apostado la granja a que no–, pero estaba eufórico pensando en las perspectivas. Estaba convencido de haber llegado al «vivieron felices y comieron perdices» del cuento de hadas: Cenicienta regresa a casa del baile envuelta en una nube de billetes.

–... por supuesto, Will es algo mayor –decía John–. Debe de tener ciento tres años, lo que significa que no sería el alma de la fiesta, pero...

–No lo traigas, ¿vale? –dije–. Ya habrá tiempo de sobra para discutir el testamento de Devore. Por el momento, no creo que Mattie tenga ningún problema en acatar esa ridícula condición. Acaban de reincorporarla al trabajo, ¿recuerdas?

–¡Sí, el muerto al hoyo y el vivo al bollo! –exclamó John–. ¡Mira cómo son las cosas! Y la flamante multimillonaria volverá a archivar libros y escribir cartas a los socios que se han retrasado en la devolución. Vale, el martes nos limitaremos a celebrar.

–Estupendo.

–¡Beberemos hasta vomitar!

–Bueno... Puede que nosotros, los mayores, nos limitemos a beber hasta que nos entren unas ligeras náuseas. ¿Te parece bien?

–Claro. Ya he llamado a Romeo Bissonette, y llevará a George Kennedy, el detective privado que averiguó todos aquellos datos descojonantes sobre Durgin. Bissonette dice que Kennedy se pone graciosísimo después de beber un par de copas. Pensaba llevar unos bistecs de Peter Luger's, ¿te lo había dicho?

–No lo creo.

–Los mejores bistecs del mundo. Michael, ¿te das cuenta de la suerte que ha tenido Mattie? ¡Ochenta millones de dólares!

–Podrá deshacerse de Scoutie.

–¿Eh?

–Nada. ¿Llegarás mañana por la noche o el martes?

–Llegaré el martes por la mañana, a eso de las diez, al aeropuerto de Castle County. Viajaré por New England Air. ¿Te encuentras bien, Mike? Te noto raro.

–Estoy bien. Creo que estoy donde debo estar.

–¿Qué se supone que significa eso?

Yo había salido a la terraza y oí truenos a lo lejos. Hacía un calor de mil demonios y ni una gota de aire. El sol se desvanecía, dejando tras de sí un cielo ominoso. Al oeste, el cielo parecía la córnea de un ojo inyectado en sangre.

–No sé –respondí–. Pero sospecho que la situación se aclarará sola. Iré a buscarte al aeropuerto.

–De acuerdo –dijo John. Y luego añadió en voz baja, casi reverencial–: Ochenta puñeteros millones de dólares estadounidenses.

–Mucha lechuga –convine antes de desearle buenas noches.

A la mañana siguiente desayuné café y tostada mientras miraba al hombre del tiempo de la tele, que como la mayoría de ellos en la actualidad, tenía pinta de chalado, como si ver tantas fotos de radar lo hubieran empujado a la locura. Es lo que yo describo como «la imagen de videojuegos de final de milenio».

«Aún tendremos que soportar otras treinta y seis horas de bochorno, pero luego se producirá un gran cambio –decía y señaló una nube de color gris oscuro que acechaba en el Medio Oeste. Diminutos rayos animados bailaban sobre ella como bujías defectuosas. Más allá de la nube y los rayos, Estados Unidos se veía despejado hasta el desierto y las temperaturas señaladas en el resto del país eran de diez grados menos–. Hoy las temperaturas rondarán los treinta y cinco grados y no podemos esperar mejoría esta noche o mañana por la mañana. Pero mañana este frente tormentoso llegará al oeste de Maine, y creo que la mayoría de ustedes querrán mantenerse actualizados sobre la situación del tiempo. Antes de disfrutar del aire más fresco y el cielo despejado el miércoles, es muy probable que veamos fuertes tormentas eléctricas, lluvias abundantes, granizo en algunas localidades. Los tornados no son frecuentes en Maine, pero es posible que se produzca alguno en ciertos pueblos del centro y el oeste. Devolvemos la conexión a Earl.»

Earl, el tipo de las noticias de la mañana, era un individuo rollizo y de expresión inocente. Tenía toda la pinta de haber dejado recientemente un empleo en una hamburguesería, cosa que se notaba cuando leía el *TelePrompTer*.

«¡Guau! –exclamó–, vaya pronóstico, Vince. Hay probabilidad de tornados.»

–Guau –dije yo–. Di «guau» otra vez, Earl. Hazlo hasta que me harte de oírte.

«¡Cielo santo!», dijo Earl sólo para fastidiarme y sonó el teléfono.

Cuando iba a responder, eché un vistazo al gato-reloj. La noche había sido tranquila –nada de llantos, nada de gritos, nada de aventuras nocturnas–. Pero de todos modos el reloj resultaba inquietante. Estaba colgado en la pared, muerto y sin ojos, como un mensaje agorero.

–¿Diga?

–¿Señor Noonan?

Yo conocía esa voz, pero durante unos instantes fui incapaz de identificarla, quizá porque la mujer me había llamado «señor Noonan». Para Brenda Meserve, yo había sido «Mike» durante casi quince años.

–¿Señora Meserve? ¿Brenda? ¿Qué...?

–No puedo seguir trabajando para usted –se apresuró a decir ella–. Lamento no haberle avisado con más tiempo. Nunca había dejado de trabajar para alguien sin avisar con tiempo, ni siquiera cuando dejé al señor Croyden, ese viejo borracho, pero esta vez tengo que hacerlo. Por favor, entiéndalo.

–¿Bill se ha enterado de que la llamé? Brenda, le juro por Dios que no he dicho ni una palabra...

–No. No he hablado con él, y él tampoco me ha llamado. Pero no puedo volver a Sara Risa. Anoche tuve una pesadilla, una pesadilla espantosa. Soñé que... alguien está furioso conmigo... Si vuelvo a la casa, podría tener un accidente. Bueno, *parecería* un accidente, pero no lo sería.

«Qué tontería, señora Meserve –hubiera querido decir–. Ya es mayorcita para creer en leyendas sobre fantasmas, demonios, espectros y monstruos de largas patas.»

Pero, naturalmente, no podía decir nada semejante. Lo que ocurría en mi casa no era una leyenda. Yo lo sabía y ella también.

—Brenda, si le he creado algún problema, lo siento de veras.

—Váyase, señor Noonan... Mike. Vuelva a Derry y quédese allí una temporada. Es lo mejor que puede hacer.

Oí que los imanes se deslizaban sobre la puerta del frigorífico y me volví a mirarlos. Esta vez vi cómo se formaba el círculo de frutas y verduras. Permaneció abierto en la parte superior el tiempo suficiente para que siete letras se dirigieran al interior. Luego, un pequeño limón de plástico se colocó en la abertura y completó el círculo. Leí:

etadeuq

y luego las letras se dieron la vuelta para formar:

quedate

Luego tanto las letras como los imanes del círculo se esparcieron.

—Mike, por favor. —La señora Meserve lloraba—. Mañana es el funeral de Royce. Todos los habitantes importantes del TR, los más antiguos, estarán allí.

Sí, claro que estarían. Los más antiguos, los sacos de huesos que sabían lo que sabían y se lo guardaban para sí. Aunque algunos de ellos habían hablado con mi esposa. El propio Royce había hablado con ella. Ahora los dos estaban muertos.

—Sería conveniente que para entonces ya se hubiera ido. Podría llevarse a esa joven con usted. A ella y a su pequeña.

¿De verdad podía? Por alguna razón, no lo creía. Pensé que los tres tendríamos que quedarnos en el TR hasta que todo terminara... Y empezaba a tener una idea de cuándo sería eso.

Se aproximaba una tormenta, una tormenta de verano, quizá incluso un tornado.

—Gracias por llamar, Brenda. Pero no permitiré que me deje

para siempre. Digamos que es una excedencia, ¿de acuerdo?

–De acuerdo. Lo que usted diga. ¿Por lo menos pensará en lo que le he dicho?

–Sí. Pero entretanto, no le diré a nadie que me ha llamado, ¿vale?

–¡No! –dijo, aparentemente sorprendida y luego añadió–: Pero ellos lo sabrán. Bill e Yvette... Dickie Brooks... El viejo Anthony Weyland, Buddy Jellison y todos los demás... Lo sabrán. Adiós, señor Noonan. Lo siento mucho. Lo siento por usted y por su esposa, su pobre esposa. Lo siento mucho.

Y cortó la comunicación. Me quedé largo rato con el auricular en la mano, luego colgué, crucé la cocina y descolgué el gato sin ojos de la pared. Lo arrojé al cubo de la basura y salí a darme un baño en el lago, recordando un cuento de W. F. Harvey, *El calor de agosto*, aquel que acaba diciendo: «El calor basta para enloquecer a un hombre.»

No soy un mal nadador cuando nadie me arroja piedras, pero en el primer trayecto de la costa a la plataforma flotante nadé con inseguridad y sin ritmo, porque esperaba que en cualquier momento alguien surgiera del fondo y me cogiera. Tal vez el niño ahogado. El segundo trayecto fue mejor y en el tercero ya disfrutaba de mi ritmo cardíaco acelerado y de la sedosa frescura del agua en la que me deslizaba. A mitad del cuarto trayecto de ida y vuelta, subí por la escalerilla de la plataforma y me dejé caer sobre las tablas. No me había sentido tan bien desde mi encontronazo con Devore y Rogette Whitmore, el viernes por la noche. Todavía estaba en trance, pero además experimentaba un glorioso aumento de endorfinas. En ese estado, incluso se desvaneció la desolación que me había embargado cuando la señora Meserve me había informado que me dejaba. Ya regresaría cuando todo terminara; desde luego. Entretanto, tal vez sería mejor que no se acercara a la casa.

«Alguien está furioso conmigo. Podría tener un accidente.»

Desde luego. Podría hacerse un corte o caer por las escaleras. Hasta sufrir una apoplejía mientras corría por un aparcamiento en un día caluroso.

Me senté y miré a Sara sobre la colina, la terraza que se proyectaba por encima de la cuesta, los peldaños de traviesas que descendían hasta el lago. Sólo llevaba unos minutos fuera del agua y volvía a sentir un calor pegajoso, que me robaba las fuerzas. El agua todavía era un espejo. Vi la casa reflejada en él y las ventanas de Sara me parecieron ojos vigilantes.

Pensé que era muy probable que la fuente de todos los fenómenos –el epicentro– estuviera en la Calle, entre la verdadera Sara y su imagen ahogada. «Aquí es donde ocurrió», había dicho Devore. ¿Y los residentes más antiguos? La mayoría debía de saber lo mismo que yo: que Royce Merrill había sido asesinado. ¿Y no era posible –no era *probable*– que lo que lo había matado se presentara ante ellos mientras estaban sentados en los bancos de la iglesia o, más tarde, junto a la tumba? ¿No era posible que les robara la fuerza –la culpa, los recuerdos, todo lo que los unía al TR– para terminar con su trabajo?

Me alegraba saber que John iba a estar en la caravana al día siguiente; y también Romeo Bissonette y George Kennedy, que era tan gracioso después de tomar un par de copas. Me alegraba saber que no iba a estar solo con Mattie y Ki cuando los viejos se reunieran para despedir a Royce Merrill. Ya no sentía mayor curiosidad por lo que había pasado con Sara y los Red-Tops, ni siquiera por lo que ocurría en mi casa. Lo único que quería era sobrevivir al día siguiente. Que Mattie y Ki sobrevivieran al día siguiente. Comeríamos antes de que se desatara la tormenta y luego dejaríamos que llegaran los pronosticados truenos. Pensé que si podíamos superar la tormenta, tal vez nuestra vida y nuestro futuro se aclararía junto con el tiempo.

–¿Es así? –pregunté sin esperar respuesta.

Desde que había regresado al lago, hablar en voz alta se había convertido en un hábito. Pero en algún lugar del bosque, al este de la casa, un búho ululó sólo una vez, como para confirmar que era verdad: supera el día de mañana y las cosas se aclararán. El sonido evocó una idea vaga, una asociación que era demasiado brumosa para que acabara de aclararse. Lo intenté un par de veces, pero lo único que me vino a la cabeza fue el título de una maravillosa novela: *Oí que el búho pronunciaba mi nombre*.

Rodé sobre la plataforma y me zambullí en el agua, apretando las rodillas contra el pecho, como un niño haciendo la bomba. Permanecí bajo el agua cuanto pude, hasta que el aire de mis pulmones pareció hervir, entonces salí a la superficie. Recorrí unos treinta metros tijereteando con las piernas en el agua, hasta que recuperé el aliento, entonces me fijé como objetivo la Dama Verde y nadé hacia la orilla.

Salí del agua, enfilé hacia la escalinata, pero en el último momento di media vuelta y caminé hacia la Calle. Permanecí allí unos instantes, armándome de valor, y después me dirigí hacia el sitio donde el abedul inclinaba su elegante vientre sobre el agua. Me abracé al tronco blanco, como había hecho el viernes por la noche, y miré el agua. Estaba seguro de que vería al niño, con sus ojos muertos mirándome desde la hinchada cara morena, y de que una vez más la boca y la garganta se me llenarían con el sabor del lago: «Socorro. Me ahogo. Déjame libre. Oh, Jesús, déjame libre.» Pero allí no había nada. Ningún niño muerto. Ningún bastón del *Boston Post* envuelto en cintas. Mi boca no sabía al lago.

Me volví y miré la frente gris de piedra que se alzaba sobre el estiércol y la paja. Pensé: allí, precisamente allí. Pero no fue más que un pensamiento consciente y deliberado, la mente expresando un recuerdo. El olor a podrido y la certeza de que allí había sucedido algo horrible había desaparecido. Cuando subí a la casa y entré a buscar un refresco, descubrí que la puerta del frigorífico estaba limpia y despejada. Todos los imanes de letras, frutas y verduras habían desaparecido. Nunca los encontré. Tal vez lo habría hecho si hubiera tenido más tiempo, pero el lunes por la mañana casi me había quedado sin tiempo.

Me vestí y llamé a Mattie. Hablamos de la fiesta programada para el día siguiente, de lo entusiasmada que estaba Ki, de lo nerviosa que estaba Mattie ante la perspectiva de volver al trabajo el viernes: tenía miedo de que la gente la tratara mal, pero como curiosamente suele pasarles a las mujeres tenía aún más miedo de que se mostraran fríos e indiferentes con ella. Hablamos del dinero, y de inmediato me di cuenta de que Mattie no acababa de creer que lo recibiría.

—Lance solía decir que su padre era la clase de hombre capaz de mostrar un trozo de carne a un perro hambriento y luego comérsela él —dijo—. Pero mientras tenga trabajo, ni yo ni Ki pasaremos hambre.

—¿Pero si de verdad te dieran la pasta...?

—Bueno, la aceptaría encantada —dijo riendo—. ¿Crees que estoy loca?

—No. A propósito, ¿qué hay de las personas del *figodífico* de Ki? ¿Han escrito algún mensaje nuevo?

—Ha pasado algo rarísimo —respondió ella—. Han desaparecido.

—¿Las personas del *figodífico*?

—No sé si ellas también, pero los imanes de letras que le regalaste a Ki, sí. Cuando le pregunté qué había hecho con ellos, se echó a llorar y dijo: «Se los ha llevado Allamagoosalum.» Dijo que se los había comido por la noche, mientras todo el mundo dormía.

—¿Allama... quién?

—Allamagoosalum —dijo Mattie con tono divertido—. Otro pequeño legado de su abuelo. Es una forma tergiversada del nombre que daban los micmacs al hombre del saco o al demonio. Lo busqué en la biblioteca. Kyra tuvo muchas pesadillas con demonios, monstruos y Allamagoosalum durante el invierno y la primavera.

—¡Era un abuelito encantador! —dije con tono sentimental.

—Exactamente, una auténtica joya. Estaba muy triste por lo de las letras; me costó mucho tranquilizarla antes de que se fuera a las clases de catecismo. A propósito, Ki quiere saber si irás a la fiesta de fin de curso de catecismo el viernes por la tarde. Ella y su amigo Billy Turgeon van a contar la historia del pequeño Moisés.

—No me lo perdería por nada del mundo —dije..., pero me lo perdí, naturalmente; todos nos lo perdimos.

—¿Tienes idea de qué puede haber pasado con las letras, Mike?

—No.

—¿Las tuyas siguen ahí?

–Sí, pero las mías no forman palabras –dije mirando la puerta despejada del frigorífico. Tenía la frente cubierta de sudor; sentía cómo se deslizaba por el entrecejo como si fuera aceite–¿Has...? Bueno, no sé... ¿has notado algo raro?

–¿Me preguntas si oí al perverso ladrón del alfabeto cuando entró por la ventana?

–Ya sabes lo que quiero decir.

–Supongo. –Una pausa–. Me pareció oír algo por la noche, ¿vale? En concreto, a eso de las tres de la mañana. Me levanté y salí al pasillo. Allí no había nada, pero... ya sabes que ha estado haciendo mucho calor...

–Sí.

–Bueno, pues anoche en mi caravana no hacía calor. Hacía un frío terrible. Juraría que mi respiración formaba nubes de vapor.

Le creía. Al fin y al cabo, a mí me había pasado lo mismo.

–¿Y los imanes todavía seguían en la puerta del frigorífico?

–No lo sé. No llegué a la cocina. Eché un vistazo alrededor y luego volví corriendo a la cama. A veces la cama parece el lugar más seguro, ¿sabes? –Rió con nerviosismo–. Es una tontería infantil. Las sábanas son la criptonita del hombre del saco. Pero al principio, cuando me metí en la cama... no sé... me pareció que ya había alguien allí. Como si alguien hubiera estado escondido debajo de la cama y luego... cuando salí al pasillo, se hubiera metido en la cama. Y no tuve la impresión de que fuera una visita agradable.

«Dame eso. Es para protegerme del polvo», pensé y me estremecí.

–¿Qué? –preguntó Mattie con brusquedad–. ¿Qué has dicho?

–Te he preguntado quién creías que era. ¿Cuál fue el primer nombre que te vino a la cabeza?

–Devore –respondió ella–. Él. Pero allí no había nadie. –Una pausa–. Ojalá hubieras estado conmigo.

–A mí también me habría gustado.

–Me alegro. Mike, ¿tienes idea de qué está pasando? Porque es muy extraño.

–Creo que tal vez... –Por un instante estuve a punto de contarle lo que había ocurrido con mis imanes de letras. Pero si empezaba a hablar, ¿dónde pararía? ¿Y hasta qué punto me creería Mattie?– que la propia Ki podría haber cogido las letras mientras caminaba sonámbula y haberlas escondido debajo de la caravana, o en cualquier otro sitio. ¿No te parece una explicación lógica?

–La idea de que Kyra podría caminar en sueños me resulta aún menos atractiva que la de que unos fantasmas de aliento frío entraran a robar los imanes del frigorífico –dijo Mattie.

–Esta noche duerme con ella –dije y sentí que su pensamiento volvía a mí como una flecha: «Preferiría dormir contigo.»

Pero lo que dijo, después de una breve pausa, fue:

–¿Vendrás a vernos hoy?

–No lo creo –respondí. Mientras hablábamos, Mattie comía un yogur de frutas a pequeños bocados–. Pero me verás mañana en la fiesta.

–Espero que podamos comer antes de que se desate la tormenta. Porque dicen que habrá tormenta.

–Estoy seguro de que terminaremos antes.

–¿Y todavía estás pensando? Te lo pregunto porque anoche, cuando por fin conseguí dormirme, soñé contigo. Soñé que me besabas.

–Todavía me lo estoy pensando –respondí–. He estado pensando mucho.

Pero la verdad es que no recuerdo haber pensado mucho en nada ese día. Lo que recuerdo es que me sumía más y más en ese estado de trance que he explicado con tan poca precisión. Cuando empezó a anochecer, salí a dar un paseo a pesar del calor y llegué al punto en el que el camino Cuarenta y dos se une con la carretera. En el camino de vuelta me detuve junto a Tidwell's Meadow; observé cómo la luz se desvanecía en el cielo y oí truenos en algún lugar de New Hampshire. Una vez más, tuve la sensación de que la realidad era muy frágil, no sólo aquí, sino en todas partes; de cómo se extendía como la piel sobre los tejidos y la sangre de un cuerpo que nunca conoceríamos con claridad en esta vida. Miraba los árboles y veía brazos; miraba los arbustos y veía caras. Mattie había hablado de fantasmas. Fantasmas con aliento frío.

465

Pensé que el tiempo también era frágil. Kyra y yo de verdad habíamos estado en la Feria de Fryeburg; o en una versión de esa feria. De verdad habíamos visitado el año 1900. Y ahora, al pie de la cuesta, tenía la impresión de que los Red-Tops estaban allí, como en otros tiempos, en sus pequeñas casas. Casi podía oír el sonido de sus guitarras, el murmullo de sus voces y sus risas; casi podía ver el resplandor de sus lámparas y oler su cena de buey y cerdo frito. «Dime, cielo, ¿me recuerdas? –decía una de las canciones de Sara–. Bueno, ya no soy tu chica.»

Percibí un movimiento entre los arbustos a mi izquierda. Me volví hacia allí, esperando ver a Sara salir del bosque vestida con el vestido y las zapatillas blancas de Mattie. En la penumbra, me parecería que flotaban solos hasta que Sara se aproximara a mí...

Naturalmente, allí no había nadie. Ni había habido nadie, excepto quizá la ardillita del bosque regresando a casa después de un duro día en la oficina. Pero no me apetecía seguir allí, mirando cómo la luz se desvanecía y la bruma ascendía desde el suelo. Me volví para regresar a casa.

En lugar de entrar en casa, tomé el sendero que conducía al estudio de Jo, donde no había estado desde la noche en que había cogido la IBM en sueños. Los fogonazos intermitentes de los relámpagos me iluminaban el camino.

En el estudio hacía calor, pero no olía mal. De hecho, percibí un agradable aroma picante y me pregunté si sería de alguna de las hierbas de Jo. Allí el aire acondicionado funcionaba. Lo encendí y estuve un rato delante del radiador. Puede que el chorro de aire frío sobre mi cuerpo caliente no fuera muy saludable, pero la sensación era gloriosa.

Sin embargo, no me sentía en la gloria. Miré alrededor con la creciente sensación de que lo que me embargaba era demasiado pesado para ser tristeza; se parecía más a la desesperación. Creo que se debía al contraste entre las pocas cosas de Jo que quedaban en Sara Risa y lo mucho que se sentía su presencia allí. Imaginé nuestro matrimonio como los juegos infantiles con una casa de muñecas –¿acaso los matrimonios no son sólo eso?, ¿jugar con una casa de muñecas?– donde la mitad de los juguetes estaban en su sitio. Sujetos por pequeños imanes o por cables ocultos. Algún ser misterioso había ido allí y ladeado nuestra casa de muñecas –nada tan sencillo– y supuse que debía alegrarme de que ese alguien no hubiera decidido darle un puntapié y volcarla por completo. Sólo la había inclinado, ¿sabéis?, y mis cosas habían permanecido dentro, pero las de Jo habían caído...

Fuera de la casa, hasta la zona del lago.

–¿Jo? –pregunté y me senté en su silla.

No hubo respuesta. Ni golpes en la pared, ni cuervos o búhos ululando en el bosque. Deslicé una mano por su escritorio, donde había estado mi máquina de escribir, y recogí una fina capa de polvo.

–Te echo de menos, cariño –dije y me eché a llorar.

Cuando me quedé sin lágrimas –una vez más–, me sequé la cara con la camiseta, igual que un niño, y miré alrededor. Ahí estaba la foto de Sara Tidwell sobre el escritorio, y la fotografía que no recordaba en la pared. Esta última era vieja, de papel tosco y teñido de sepia. En ella había una cruz de madera de abedul en el centro de un pequeño claro situado sobre una colina con vista al lago. Con toda seguridad aquel claro ya no existía; ahora estaría lleno de árboles.

Miré los frascos con hierbas y setas cortadas, el archivador, los trozos de tapices. La alfombra verde del suelo. El bote de los lápices sobre el escritorio; lápices que Jo había tocado y usado. Cogí uno y lo puse unos minutos sobre un folio en blanco, pero no ocurrió nada. Tenía la sensación de que en la habitación había vida, de que alguien me vigilaba... pero no me parecía que fuera alguien que quería ayudarme.

–Entiendo una parte de lo que pasa, pero no todo –dije–. Y de las cosas que no sé, tal vez la más importante sea quién escribió «ayúdala» en la puerta del frigorífico. ¿Fuiste tú, Jo?

No hubo respuesta.

Permanecí sentado un rato más –esperanzado a pesar de mi desesperación, supongo– y luego me levanté, apagué el aire acondicionado y las luces y salí de la casa, caminando bajo los brillantes y temblorosos haces de luz de los relámpagos. Me senté un

467

rato en la terraza a contemplar la noche. En cierto momento, advertí que había sacado la cinta azul del bolsillo y que la enrollaba con nerviosismo entre mis dedos, formando pequeñas redes. ¿Era posible que esa cinta hubiera viajado desde el año 1900? La idea me parecía descabellada y sensata al mismo tiempo. La noche era calurosa y tranquila. Imaginé que los viejos del TR –y acaso algunos de Motton o Harlow– estarían preparando su ropa para el funeral del día siguiente. En la caravana de Wasp Hill Road, Ki estaba sentada en el suelo viendo *El libro de la selva*. Mattie estaba tendida en el sofá, con los pies en alto, leyendo el último libro de Mary Higgins Clark. Las dos llevaban pijamas con pantalones cortos. El de Ki era rosado, y el de Mattie blanco.

Después de un rato perdí la conexión con ellas, como a veces pasa con las señales de radio por la noche. Entré en el dormitorio del ala norte, me desvestí y me tendí sobre la sábana superior de la cama, que seguía sin hacer. Me dormí casi de inmediato.

Desperté en mitad de la noche con la sensación de que alguien me pasaba un dedo caliente por la espalda. Me volví y vi a la luz de un relámpago que había una mujer en la cama. Era Sara Tidwell, y sonreía. Sus ojos no tenían pupilas.

–Ah, cielo, casi he regresado –susurró en la oscuridad.

Pero cuando destelló el siguiente relámpago, esa parte de la cama estaba vacía.

CAPITULO 24

La inspiración no siempre es obra de fantasmas que mueven imanes en la puerta de la nevera, y por la mañana del martes tuve una idea genial. Me asaltó mientras me afeitaba y pensaba únicamente en que tenía que acordarme de llevar cerveza a la fiesta. Como las mejores inspiraciones, surgió de la nada.

Entré en el salón casi corriendo y quitándome los restos de espuma de afeitar de la cara con una toalla. Eché un rápido vistazo a la revista de crucigramas que estaba encima del manuscrito. Ahí había buscado por primera vez la clave para descifrar los mensajes de «vertical-baja diecinueve» y «vertical-baja noventa y dos». No era un mal comienzo, pero ¿qué tenía que ver *Tough Stuff* con TR-90? Había comprado la revista en una papelería de Derry y de los treinta crucigramas que había completado, sólo media docena los había hecho en el lago. No podía esperar que los fantasmas del TR demostraran interés por mi colección de crucigramas de Derry. Pero la guía telefónica...

La cogí de la mesa del comedor. Aunque la guía cubría todo el sur del condado de Castle –Motton, Harlow y Kashwakamak, además del TR– era bastante delgada. Lo primero que hice fue mirar las páginas blancas para ver si al menos había noventa y dos. Las había. La «Y» y la «Z» acababan en la página noventa y siete.

Ahí estaba la clave. Tenía que estar allí.

—Lo tengo, ¿verdad? –le pregunté a *Bunter*–. Aquí está la solución.

Nada. Ni el más mínimo tintineo de la campanilla.

—Vete a la mierda... Al fin y al cabo, ¿qué sabe un alce disecado de una guía telefónica?

Baja-vertical diecinueve. Fui a la página diecinueve de la guía, donde aparecía una gran «F» mayúscula. A medida que descendía con el dedo por la primera columna, mi entusiasmo comenzó a desvanecerse. El nombre decimonoveno de la página diecinueve era «Harold Failles», y no significaba nada para mí. También vi varios Felton, Fenner, Filkersha, Finney, media docena de Flaherty y un montón de Foss. El último nombre de la página diecinueve era Framingham, que tampoco significaba nada para mí, pero...

Framingham, Kenneth P.

Lo miré durante unos instantes e hice una asociación que no tenía nada que ver con los imanes del frigorífico.

No ves lo que crees ver, pensé. Es igual que cuando compras un Buick azul...

—Ves Buicks azules por todas partes –dije–. Prácticamente tienes que abrirte paso entre ellos a puntapiés. Sí, es eso.

Sin embargo, cuando pasé a la página noventa y dos me temblaban las manos.

Allí estaban los apellidos del sur del condado que empezaban con «T», junto con algunos empezados por «U», como Alton Ulbeck y Catherine Udell. No me molesté en mirar el nombre nonagesimosegundo; al fin y al cabo, la guía telefónica no era la clave de los *cruzylanas*. Sin embargo, me había sugerido una idea importante. Cerré el listín, lo miré durante unos instantes (en la tapa había gente rebosante de alegría rodeada de plantas de arándanos) y lo abrí al azar, esta vez en la «M». Cuando sabes lo que buscas, lo que buscas salta de inmediato a los ojos.

Cuántos nombres con «K».

Claro que también había Stevens, Johns y Marthas; Meserve, G.; Messier, V., y Jayhouse, T. Sin embargo, una y otra vez yo veía la inicial «K» allí donde la gente había ejercido su derecho a no poner su nombre de pila en el listín. Sólo en la página cincuenta, había por lo menos veinte iniciales «K» y una docena de iniciales «C». En cuanto a los nombres completos...

Había doce Kenneths en esta sección de la letra «M», incluyendo tres Kenneth Moore y dos Kenneth Munters. Había cuatro Catherines y dos Katherines. Había un Casey, una Kiana y un Kiefer.

–¡Joder, es como una lluvia radiactiva! –susurré.

Hojeé el listín, sin acabar de creer lo que veía, pero viéndolo de todos modos. Kenneths, Katherines y Keiths por todas partes. Leí Cammie, Kia (sí, y nosotros que nos habíamos creído tan originales), Kiah, Kendra, Kaela, Keil, Kyle, Kirby y Kirk. Había una mujer llamada Kissy Bowden y un hombre llamado Kito Rennie. Kito, el mismo nombre que habían apuntado las personas del *figodífico* de Kyra. Kas por todas partes. Aventajando a las vulgares iniciales «S», «T» y «E». Mis ojos bailaban con ellas.

Me volví para mirar el reloj –no quería hacer esperar a John en el aeropuerto–, pero allí no había ningún reloj. Claro que no. El Gato Loco se había arrancado los ojos durante un brote psicótico. Solté una carcajada estentórea que me dio un poco de miedo, pues no sonaba como la risa de una persona cuerda.

–Domínate, Mike –dije–. Respira hondo, chico.

Respiré y contuve el aliento. Lo contuve y lo dejé salir. Miré el reloj digital del microondas. Eran las ocho y cuarto. Tenía tiempo de sobra para ir a buscar a John. Cogí el listín telefónico otra vez y empecé a hojearlo deprisa. Entonces tuve una segunda inspiración: no fue una chispa de megavatios, como la primera, pero resultó ser más acertada.

El oeste de Maine es una región relativamente aislada –un poco como la zona de colinas de la frontera sur–, pero siempre ha habido algunos inmigrantes, y en el último cuarto de siglo se había convertido en una región popular entre los jubilados activos que deseaban pasar sus últimos años pescando o esquiando. La guía telefónica sirve para diferenciar a estos residentes nuevos de los más antiguos. Babick, Paretti, O'Quindlan, Donahue, Smolnack, Dvorak, Blindermeyers... todos procedentes de fuera. Jalbert, Meserve, Pillsbury, Spruce, Therriault, Stanchfield, Starbird, Dubay... todos del condado. Entendéis lo que digo, ¿verdad? Si ves una columna entera de Bowie en la página doce, sabes que éstos llevan allí el tiempo suficiente para haberse relajado y extender los genes Bowie.

Había algunas iniciales «K» entre los Paretti y los Smolnack, pero pocas. La concentración más grande estaba entre las familias que habían vivido en la zona el tiempo suficiente para absorber la atmósfera. Para respirar la lluvia radiactiva. Aunque no se trataba exactamente de una radiación....

De repente imaginé una lápida más alta que el más alto de los árboles del bosque, un monolito cuya sombra cubría la mitad del condado. Esta imagen era tan clara y tan terrible que me tapé los ojos y dejé caer el listín telefónico sobre la mesa. Me aparté unos pasos de él, temblando. Al taparme los ojos pareció que la imagen se hacía aún más clara: una tumba tan grande que ocultaba el sol; TR-90 estaba a sus pies como una corona fúnebre. El hijo de Sara Tidwell se había ahogado en el lago Dark Score... o lo habían ahogado en él. Pero ella había dejado un recordatorio de su muerte. Lo había inmortalizado. Me pregunté si alguien más en el TR había advertido lo que yo acababa de descubrir. Supuse que no era muy probable; cuando uno abre el listín es para buscar un nombre concreto, no para leer páginas completas línea por línea. Me pregunté si Jo lo habría notado; si se habría percatado de que prácticamente todas las familias antiguas de esa parte del mundo habían bautizado a por lo menos uno de sus hijos con un nombre parecido al del hijo de Sara Tidwell.

Jo no era tonta. Seguramente lo había descubierto.

Volví al baño, volví a cubrirme la cara con espuma de afeitar y empecé el proceso de cero. Cuando hube terminado, regresé junto al teléfono y levanté el auricular. Marqué tres números y me detuve, mirando el lago por la ventana. Mattie y Ki estaban en la cocina, las dos con delantal, las dos llenas de entusiasmo. ¡Celebrarían una fiesta! Llevarían vestidos nuevos y pondrían música en el reproductor

472

portátil de discos compactos de Mattie. Ki ayudaba a Mattie a hacer la masa de una tarta de fresa, y mientras la masa se horneara, prepararían las ensaladas. Si llamaba a Mattie y le decía «prepara un par de maletas, porque las dos os vais a pasar una semana en Disney World», ella pensaría que era una broma, me diría que me diera prisa y me vistiera si quería llegar al aeropuerto cuando aterrizara el avión de John. Si la presionaba, me recordaría que Lindy le había propuesto que volviera al trabajo, pero que la oferta quedaría anulada si no se presentaba puntualmente en la biblioteca el viernes a las dos. Si insistía más, me diría directamente que no.

Porque yo no era el único que había traspasado los límites de la realidad, ¿no? Yo no era el único que tenía esa sensación.

Dejé el teléfono en su sitio y regresé al dormitorio del ala norte. En cuanto terminé de vestirme, la camisa limpia se me pegó a los brazos. Esa mañana hacía tanto calor como en la última semana, o quizá más. Pero tenía tiempo de sobra para ir a esperar el avión. Nunca había tenido menos ganas de ir a una fiesta, pero iría. Mikey siempre estaba en su sitio. Mikey siempre estaba en su maldito sitio.

John no me había dado el número de vuelo, pero en el aeropuerto de Castle County esos detalles son innecesarios. El bullicioso centro de transporte consiste en tres hangares y una terminal que en otros tiempos fue una gasolinera. Hay una sola pista y la encargada de seguridad es *Lassie*, la vieja collie de Breck Pellerin, que se pasa el día tendida en el suelo de linóleo y levanta una oreja cada vez que despega o aterriza un avión.

Asomé la cabeza en el despacho de Pellerin y le pregunté si el avión de Boston llegaría a tiempo. Me respondió que sí, aunque lo mejor era que la persona que esperaba no se marchara hasta media tarde o se quedara a pasar la noche en la zona. Se avecinaba mal tiempo, sí. En sus propias palabras, un «tiempo eléctrico». Yo sabía bien a qué se refería porque esa electricidad ya parecía haber llegado a mi sistema nervioso.

Salí de la terminal del lado de la pista y me senté en un banco con publicidad de Cormier's Market (VUELE A NUESTRA CHARCU-

TERÍA Y PRUEBE LAS MEJORES CARNES DE MAINE). El sol era un botón plateado en la solapa este de un bochornoso cielo blanco. Mi madre habría dicho que era tiempo propicio para los dolores de cabeza, pero estaban previstos cambios. Me aferraría con todas mis fuerzas a esa esperanza.

A las diez y diez oí un zumbido procedente del sur. A las diez y cuarto, un avión bimotor salió de entre la bruma, aterrizó en la pista y carreteó hasta la terminal. Sólo había cuatro pasajeros a bordo, y John Storrow fue el primero en bajar. Al verlo sonreí; no era para menos. Llevaba una camiseta negra con la inscripción SOMOS LOS CAMPEONES estampada al frente y unos pantalones cortos caquis que dejaban al descubierto unas perfectas pantorrillas de ciudad: blancas y huesudas. Hacía lo que podía para cargar al mismo tiempo con un maletín y una nevera de playa. Cogí la nevera quizá unos cuatro segundos antes de que él la dejara caer y la sujeté bajo el brazo.

–¡Mike! –exclamó levantando una mano con la palma hacia el frente.

–¡John! –respondí y chocamos esos cinco.

Su apuesta y bondadosa cara se iluminó con una sonrisa y yo sentí una pequeña punzada de culpa. Mattie no había expresado atracción alguna por John –más bien al contrario–, y de hecho él no le había resuelto ningún problema; los había resuelto el propio Devore suicidándose antes de que John tuviera ocasión de representar a Mattie. Sin embargo, sentí un aguijonazo de culpa.

–Vamos –dijo–. Salgamos de este calor. Supongo que tendrás aire acondicionado en el coche, ¿no?

–Desde luego.

–¿Y un reproductor de cintas de audio? ¿Sí? En tal caso, oirás algo que te alborozará.

–Creo que es la primera vez en mi vida que oigo esa palabra en una conversación.

La sonrisa volvió a iluminarle la cara y me fijé en la cantidad de pecas que tenía. El hijo del sheriff Andy, Opie, crece y entra a trabajar en un bar.

–Soy abogado y uso palabras en la conversación que todavía no han sido inventadas. ¿Tienes un reproductor de cintas?

–Claro. –Sopesé la nevera–. ¿Bistecs?

–Sí, de Peter Luger's. Son...

–... los mejores del mundo. Ya me lo has dicho.

Cuando entrábamos a la terminal, alguien dijo:

–¿Michael?

Era Romeo Bissonette, el abogado que me había acompaña-do a hacer la declaración. En una mano tenía un paquete envuel-to en papel azul y atado con un lazo blanco. Junto a él, levantán-dose de uno de los sillones llenos de bultos, había un tipo alto con un flequillo de pelo gris. Vestía un traje marrón, camisa azul y un corbatín sujeto con el alfiler de un club de golf. Tenía más pinta de granjero en un día de subasta que de un tipo capaz de hacerte desternillar de risa después de beber un par de copas, pero no me cupo duda de que se trataba del detective privado. Pasó por en-cima de la perra comatosa y me tendió la mano.

–George Kennedy, señor Noonan. Encantado de conocerle. Mi mujer ha leído todos sus libros.

–Déle las gracias de mi parte.

–Lo haré. Tengo uno en el coche... –Parecía tímido, como tanta gente cuando están a punto de pedir–: Me preguntaba si le importaría escribirle una dedicatoria en algún momento.

–Estaré encantado –respondí–. Será mejor que lo hagamos ahora mismo, así no nos olvidaremos. –Me volví hacia Bissonet-te–. Me alegro de verle, Romeo.

–Llámame Rommie –dijo él–. Yo también me alegro de ver-te. –Me ofreció la caja–. George y yo te hemos comprado esto. Pensamos que merecías un buen regalo por haber ayudado a una dama en apuros.

Ahora Kennedy tenía la pinta de un tipo que podría ser diver-tido después de un par de copas. Uno de esos capaces de saltar a la mesa vecina, ponerse el mantel como falda y bailar. Miré a John, que me miró como diciendo: «Yo no sé nada de esto.»

Desaté la cinta de raso, metí un dedo bajo el celo que sujeta-ba el papel y alcé la vista. Pillé a Rommie Bisonette en el acto de darle un codazo a Kennedy. Los dos sonreían.

—No será algo con resorte que va a saltarme a la cara, ¿no?

—Claro que no —respondió Bissonette, pero su sonrisa se ensanchó.

Bueno, supongo que sé aceptar las bromas tan bien como cualquiera. Terminé de desenvolver el paquete, abrí la caja blanca que había en el interior y vi que estaba cubierta por una almohadilla de algodón. La levanté. Yo había sonreído durante todo el proceso, pero ahora sentí que la sonrisa se encogía y moría en mis labios. Un escalofrío me recorrió la espalda y estuve en un tris de dejar caer la caja al suelo.

Era la mascarilla de oxígeno que Devore tenía en el regazo cuando nos habíamos encontrado en la Calle, aquella con la que inhalaba de vez en cuando mientras él y Rogette me perseguían y trataban de mantenerme lo bastante lejos de la orilla para que me ahogara. Rommie Bissonette y George Kennedy me la entregaban como si fuera la cabellera de un enemigo, esperando que me hiciera gracia...

—¿Mike? —preguntó Rommie con nerviosismo—. ¿Te encuentras bien, Mike? Era una broma...

Parpadeé y vi que no era una mascarilla de oxígeno... ¿Cómo podía haber sido tan estúpido? En primer lugar, era más grande que la mascarilla de Devore; en segundo lugar, no estaba hecha de plástico transparente, sino opaco. Era...

Solté una pequeña risita y tanto Rommie Bissonette como Kennedy parecieron tremendamente aliviados. John sólo estaba perplejo.

—Tiene gracia —dije—. Es como un pubis de goma.

Saqué el pequeño micrófono del interior de la mascarilla y lo dejé colgar. Se balanceó hacia adelante y atrás, recordándome la cola del gato-reloj.

—¿Qué diablos es eso? —preguntó John.

—Es un abogado de Park Avenue —dijo Rommie a George—. Nunca has visto una de éstas, ¿eh, amigo? No señor, claro que no. Es una Stenomask. El estenógrafo que estuvo presente en la declaración de Mike llevaba una, y Mike no dejaba de mirarla...

—Me daba escalofríos —dije—. Ese viejo sentado allí, murmurando en la máscara del Zorro...

—Gerry Bliss le da escalofríos a mucha gente —dijo Kennedy.

Hablaba con voz grave y sonora–. Es el único que todavía usa ese trasto por aquí. Tiene por lo menos diez. Lo sé porque se la compré a él.

–Espero que os hiciera un buen precio –dije.

–Me pareció que podía ser un buen recuerdo del caso –señaló Bissonette–. Pero por un instante creí que me había equivocado y te había entregado la caja con la mano cortada. Detesto confundir los regalos. ¿Qué ha pasado?

–Ha sido un mes de julio largo y caluroso –respondí–. Debe de ser eso.

Pasé un dedo por debajo de la correa de la Stenomask y la levanté.

–Mattie dijo que estuviéramos allí a las once –dijo John–. Beberemos cerveza y jugaremos con un disco de playa.

–Las dos cosas se me dan bastante bien –respondió George Kennedy.

Una vez en el pequeño aparcamiento del aeropuerto, George se dirigió a un Altima, buscó algo en el interior y sacó un manoseado ejemplar de *El hombre de la camisa roja*.

–Frieda me pidió que trajera éste. Tiene los más nuevos, pero éste es su favorito. Lamento que esté en un estado tan lamentable, pero lo ha leído por lo menos seis veces.

–También es mi favorito –respondí, y era cierto–. Y me gusta ver que un libro tiene un buen kilometraje.

Eso también era verdad. Abrí el libro, miré con aprobación la mancha de chocolate seco que tenía en la solapa y escribí: «Para Frieda Kennedy, cuyo marido me echó una mano cuando lo necesité. Gracias por compartirlo y gracias por leer mis novelas. Mike Noonan.»

Fue una dedicatoria muy larga para mí, que suelo limitarme a frases «Con los mejores deseos» o «Buena suerte», pero quería compensar a George por la expresión que había puesto cuando había abierto su inocente regalo. Mientras escribía, George me preguntó si estaba trabajando en una nueva novela.

–No –respondí–. Estoy recargando la batería. –Le devolví el libro.

–A Frieda no le gustará oír eso.

—No. Pero siempre le queda *El hombre de la camisa roja.*

—Os seguiremos —dijo Rommie y en ese momento se oyó un trueno en el oeste.

No era más fuerte que los truenos que habían resonado intermitentemente durante toda la semana anterior, pero éste no era un trueno seco. Todos lo sabíamos y todos miramos en esa dirección.

—¿Crees que tendremos tiempo de comer antes de la tormenta?

—Sí. Aunque por poco.

Al llegar a la barrera del aparcamiento, miré a la derecha para comprobar si se acercaba algún coche. Entonces vi que John me miraba con gesto pensativo.

—¿Qué pasa?

—Nada. Sólo que Mattie me dijo que estabas escribiendo. ¿Qué pasa? ¿La novela se ha ido a pique, o algo así?

Lo cierto era que *Mi amigo de la infancia* iba viento en popa... pero nunca la terminaría. Esa mañana estaba tan seguro de ello como de que se avecinaban lluvias. Por alguna razón, los muchachos del sótano habían decidido llevársela. No creía que debiera preguntarles por qué; la respuesta podría ser desagradable.

—Ha ocurrido algo, no sé bien qué. —Al salir a la autopista miré por el espejo retrovisor y vi que Rommie y George nos seguían en el pequeño Altima del segundo. Estados Unidos se ha convertido en un país lleno de hombres grandes en coches pequeños—. ¿Qué cinta era ésa que querías que escuchara? Si es karaoke casero, paso. Lo último que necesito es oírte cantar *Bubba Shot the Jukebox Last Night.*

—Es mucho mejor —respondió John—. Muchísimo mejor. —Abrió el maletín y sacó una cajita de plástico. En la etiqueta de la cinta se leía: 20-7-98..., el día anterior—. Me encanta.

Se inclinó hacia adelante, encendió la radio y puso la cinta en el reproductor. Yo esperaba que las sorpresas desagradables de la mañana hubieran acabado, pero me equivocaba.

«Lo siento, un momento, tengo otra llamada. Estaré con usted dentro de unos segundos», dijo John en los parlantes de mi Chevrolet con una comedida voz de abogado. Me habría jugado un millón de dólares a que en el momento de grabar la cinta no tenía las pantorrillas al aire.

Se oyó una risa ronca y áspera. Al oírla, sentí un nudo en el estómago. Recordé la primera vez que había visto a esa mujer, delante del bar Sunset, vestida con pantalones cortos negros encima de un bañador. Parecía una refugiada del infierno de las anoréxicas.

«Quiere decir que tiene que poner la grabadora en marcha –dijo Rogette y recordé cómo el agua había cambiado de color cuando me había alcanzado en la cabeza con su mejor pedrada. El agua había pasado del naranja intenso al rojo oscuro, y entonces yo había empezado a beberme el lago–. No hay problema. Grabe todo lo que quiera.»

John se inclinó otra vez y sacó la cinta.

–No tienes por qué oír esto. No es importante. Creí que te reirías al oírla, pero... tío, tienes un aspecto horrible. ¿Quieres que conduzca? Estás más pálido que un papel.

–Puedo conducir –respondí–. Vamos, termina de reproducir la cinta. Después te contaré una pequeña aventura que viví el viernes por la noche... pero tendrás que mantenerla en secreto. Ellos no tienen por qué enterarse –señalé al Altima con el pulgar–, y Mattie tampoco. Mattie menos que nadie.

Cogió la cinta y vaciló un momento.

–¿Estás seguro?

–Sí. Sólo me ha impresionado volver a oír a esa mujer. Con esa voz. Joder, la grabadora es buena.

–En Avery, McLain y Bernstein sólo tenemos lo mejor. A propósito, tenemos un código muy estricto sobre lo que podemos grabar. Lo digo por si te preocupa.

–No. Supongo que de todos modos las cintas no tienen ningún valor en un juicio.

–En ciertos casos, el juez permite que se presente una grabación, pero no lo hacemos por esa razón. Una cinta como ésta salvó la vida de un hombre hace cuatro años, cuando yo empecé a trabajar en el bufete. Ese tipo ahora está en el Programa de Protección de Testigos.

–Pon la cinta.

Se inclinó y apretó el botón.

John: ¿Cómo está el desierto, señora Whitmore?

Whitmore: Caluroso.

John: ¿Todo marcha bien? Sé lo difícil que pueden ser las cosas en momentos como...

Whitmore: Usted no sabe nada, picapleitos, créame. ¿Y ahora podemos ir al grano?

John: Desde luego.

Whitmore: ¿Ha informado de la condición del testamento del señor Devore a su nuera?

John: Sí, señora.

Whitmore: ¿Y qué le ha respondido?

John: Por el momento no hay ninguna respuesta. Es posible que pueda dársela una vez que el testamento del señor Devore haya sido validado. Pero usted ya sabe que los tribunales rara vez aceptan esos codicilos.

Whitmore: Bueno, si la chica sale del pueblo, ya lo veremos.

John: Sí, ya lo veremos.

Whitmore: ¿Cuándo es la fiesta para celebrar la victoria?

John: ¿Perdón?

Whitmore: Venga, no me haga perder el tiempo. Hoy tengo unas sesenta reuniones y mañana tendré que enterrar a mi jefe. Viajará al lago para celebrarlo con ella y con su hija, ¿no? ¿Sabe que la chica ha invitado al escritor, al que se la folla?

John me miró con expresión alegre.

–¿Te das cuenta de que echa chispas? Procura disimular, pero no lo consigue. ¡La furia la carcome por dentro!

Yo apenas si le oía. Estaba en trance con lo que decía Rogette (el escritor, el que se la folla)

y con lo que se ocultaba detrás de lo que decía. Había algo por debajo de las palabras. «Sólo queremos ver hasta dónde es capaz de nadar», me había gritado.

John: No creo que lo que haga yo o los amigos de Mattie sea de su incumbencia, señora Whitmore. ¿Me permite sugerirle respetuosamente que usted se divierta con sus amigos y permita que Mattie lo haga con...?

Whitmore: Tengo un mensaje para él.

Se refería a mí. Entonces tomé conciencia de que era algo aún más personal. Me hablaba directamente a mí. Aunque su cuerpo estuviera en la otra punta del país, su voz y su espíritu perverso estaban en el coche con nosotros.

Y también la voluntad de Devore. No me refiero a la última voluntad, a la mierda de papel que habían redactado sus abogados, sino a su *voluntad*. El viejo cabrón estaba tan muerto como Damocles, pero seguía reclamando la custodia de la niña.

> JOHN: ¿Para quién, señora Whitmore?
> WHITMORE: Dígale que nunca respondió la pregunta del señor Devore.
> JOHN: ¿A qué pregunta se refiere?

«¿Le apesta el coño?»

> WHITMORE: Usted limítese a decirle eso. Él lo entenderá.
> JOHN: Si se refiere al señor Noonan, tendrá ocasión de decírselo en persona. Lo verá en los tribunales de Castle County el próximo otoño.
> WHITMORE: No lo creo. El testamento del señor Devore se redactó aquí, con testigos de esta zona.
> JOHN: De todos modos será validado en Maine, donde murió. Me ocuparé de ello. Y la próxima vez que salga del condado, Rogette, lo hará con un mayor conocimiento de los procedimientos legales.

Por primera vez, la mujer reflejó toda su furia y su voz se convirtió en un graznido agudo.

> WHITMORE: Si cree...
> JOHN: No lo creo. Lo sé. Adiós, señora Whitmore.
> WHITMORE: Hará bien en mantenerse al margen de...

Se oyó un clic, un tono de llamada y luego una voz de robot diciendo: «Nueve horas, cuarenta minutos... 20 de julio...»

John apretó la tecla EJECT, sacó la cinta y volvió a guardarla en el maletín.

–Le colgué. –Parecía un hombre contándote su primer lanzamiento en paracaídas–. Lo hice. Estaba hecha un basilisco, ¿no? ¿No crees que estaba furiosa?

–Sí.

Era lo que él quería oír, pero yo no estaba convencido. Enfadada, sí. Pero ¿furiosa? No lo creía. Porque Rogette no estaba preocupada por el estado de ánimo de Mattie ni por dónde estuviera ella; había llamado para hablar conmigo. Para decirme que pensaba en mí. Para recordarme lo que se sentía al nadar con una herida en la cabeza. Para asustarme. Y lo había conseguido.

–¿Cuál es esa pregunta que no contestaste? –preguntó John.

–No sé a qué se refería –dije–, pero puedo explicarte por qué palidecí al oír su voz. Si quieres escucharlo y si me prometes ser discreto.

–Todavía nos quedan treinta kilómetros de viaje. Suéltalo.

Le conté lo ocurrido el viernes por la noche. No adorné la historia con visiones o fenómenos paranormales; en ella sólo aparecía Michael Noonan dando un paseo al atardecer. Yo estaba junto a un abedul que se arqueaba sobre el lago, contemplando la puesta de sol, cuando ellos habían aparecido a mi espalda. Desde el punto en que Devore había tratado de atropellarme con la silla de ruedas hasta el punto en que volví a pisar tierra firme, fui bastante fiel a la verdad.

John guardó silencio durante unos minutos, lo cual era una prueba concluyente de su asombro. En circunstancias normales, el abogado era tan parlanchín como Kyra.

–¿Y bien? –pregunté–. ¿Algún comentario? ¿Alguna pregunta?

–Levántate el pelo para que pueda ver qué tienes detrás de la oreja.

Obedecí, enseñándole la tirita y la zona hinchada. John se inclinó para estudiarla como un niño que observa las heridas de guerra de un amigo durante el recreo.

–¡Mierda puta! –exclamó por fin. –Fue mi turno de guardar silencio–. Esos dos viejos cabrones intentaron ahogarte.

No dije nada.

–Intentaron ahogarte por ayudar a Mattie.

Esta vez mi silencio fue más deliberado que nunca.

–¿Y no los denunciaste?

–Iba a hacerlo –respondí–, pero entonces me di cuenta de que quedaría como un imbécil quejica. Y también como un embustero.

–¿Crees que Osgood está al tanto?

–¿De que intentaron ahogarme? No. No es más que el chico de los recados.

Siguió otro de los inusuales silencios de John. Después de unos segundos, se inclinó y tocó el chichón de mi cabeza.

–¡Ay!

–Lo siento. –Una pausa–. Dios. Luego el viejo volvió a Warrington's y se suicidó. Michael, si lo hubiera sabido no te habría puesto esa cinta...

–No te preocupes. Pero no se te ocurra contárselo a Mattie. Llevo el pelo sobre la oreja para que no se dé cuenta.

–¿Crees que se lo dirás algún día?

–Es probable. Cuando el viejo lleve tanto tiempo muerto que podamos reírnos de mí nadando con la ropa puesta.

–Eso es mucho tiempo.

–Sí. Quizá.

Viajamos en silencio durante unos minutos. Noté que John buscaba la manera de reinstaurar la alegría y se lo agradecí. Se inclinó hacia adelante, puso la radio y sintonizó un tema horroroso y ruidoso de los Guns'n Roses: «Bienvenida a la selva, nena, tenemos juegos y diversión.»

–Beberemos hasta vomitar, ¿de acuerdo?

Sonreí. No fue fácil con el sonido de la voz de Rogette adherido a mí como barro, pero lo conseguí.

–Si insistes.

–Insisto –dijo.

–John, eres un buen tipo para ser abogado.

–Y tú eres un buen tipo para ser escritor.

Esta vez la sonrisa me salió con mayor naturalidad y permaneció más tiempo en mi cara. En cuanto pasamos junto al cartel de TR-90, el sol ardió a través de la bruma e inundó el día de luz. Me pareció un buen presagio hasta que miré hacia el oeste. Allí, estampados en negro sobre un fondo brillante, grandes nubarrones de tormenta se acumulaban sobre las White Mountains.

CAPITULO 25

Creo que para los hombres el amor está compuesto de partes iguales de lujuria y asombro. La parte del asombro las mujeres la entienden. La parte de la lujuria, sólo creen entenderla. Muy pocas –quizá sólo una entre veinte– tienen una idea aproximada de la profundidad de esa lujuria. Tal vez sea mejor así para que puedan dormir y quedarse tranquilas. No hablo de la lujuria de los sátiros, los violadores o los corruptores de menores. Hablo de la lujuria de los dependientes de zapatería y los directores de colegio.

Por no mencionar a los escritores y a los abogados.

Llegamos a casa de Mattie a las once menos diez, y mientras yo aparcaba mi Chevrolet junto a su oxidado jeep, se abrió la puerta de la caravana y Mattie apareció en el primer peldaño. Contuve el aliento, y oí que John hacía lo mismo a mi espalda.

Con sus pantalones cortos rosados y su *top* a juego, era la mujer más hermosa que yo había visto en mi vida. Los pantalones cortos no eran lo bastante cortos para resultar chabacanos (una palabra de mi madre), pero sí lo suficiente para ser provocativos. Los delgados tirantes de la camiseta estaban atados sobre sus hombros y mostraban la cantidad suficiente de piel bronceada para echar a volar la imaginación. Tenía el cabello suelto sobre los hombros. Nos sonrió y saludó con la mano.

Lo ha conseguido, pensé. Si la llevas al restaurante del club de campo tal como está vestida, nadie podrá rivalizar con ella.

–Oh, Dios –dijo John con un dejo de añoranza en la voz–. Quiero todo eso y una bolsa de patatas.

–Sí –dije yo–. Pero vuelve a meterte los ojos en sus órbitas, grandullón.

John ahuecó las palmas de las manos y fingió hacer lo que yo le había dicho. Entretanto, George había aparcado su Altima junto al nuestro.

–Vamos –dije abriendo la puerta–. Empieza la fiesta.

–No podré tocarla, Mike –dijo John–. Me derretiría.

–Vamos, bocazas.

Mattie bajó los peldaños y pasó junto a la maceta de la tomatera. Ki estaba a su espalda, vestida con un atuendo similar al de su madre pero de color verde oscuro. Noté que tenía otro ataque de timidez; se agarraba a la pierna de Mattie con una mano y tenía el pulgar de la otra metido en la boca.

–¡Han llegado los chicos! ¡Han llegado los chicos! –exclamó Mattie, riendo y se arrojó en mis brazos.

Me abrazó con fuerza y me besó en la comisura de la boca. Yo le devolví el abrazo y la besé en la mejilla. Luego se volvió hacia John, leyó la inscripción de su camiseta, aplaudió y finalmente lo abrazó. Pensé que John abrazaba bastante bien teniendo en cuenta que tenía miedo de derretirse; la levantó en andas y le dio una vuelta en el aire mientras ella se abrazaba a su cuello y reía.

–¡Señora rica, señora rica, señora rica! –cantó John y luego la dejó en el suelo.

–¡Señora libre, señora libre, señora libre! –respondió Mattie–. ¡A la mierda con el dinero!

Antes de que John pudiera responder, ella lo besó con fuerza en la boca. Los brazos de John se levantaron para rodearle la cintura, pero Mattie retrocedió antes de que pudiera cogerla. Se volvió hacia Rommie y George, que estaban uno al lado del otro con el aspecto de dos tipos que venían a predicar sobre la Iglesia mormona.

Di un paso al frente, dispuesto a hacer las presentaciones pero John ya se encargaba de eso. Y finalmente uno de sus brazos consiguió cumplir con su objetivo: rodeó la cintura de Mattie mientras la conducía hacia los hombres.

Entretanto una mano pequeña se deslizó dentro de la mía. Bajé la vista y vi a Ki mirándome. Su carita estaba pálida y seria, pero tan hermosa como la de su madre. Su cabello rubio, brillante y recién lavado se mantenía echado hacia atrás con una diadema de terciopelo.

—Las personas del *figodífico* ya no me quieren –dijo. Su alegría había desaparecido, al menos por el momento. Parecía al borde de las lágrimas–. Mis letras se han ido.

La cogí en brazos y la senté sobre el hueco de mi codo, igual que el día que la había conocido en medio de la carretera 68. Le besé la frente y luego la punta de la nariz. Su piel era de seda.

—Ya lo sé –respondí–. Te compraré más.

—¿Lo prometes? –Sus oscuros ojos azules se clavaron en los míos y me miraron con expresión de duda.

—Te lo prometo. Y te enseñaré palabras especiales, como cigoto y bíbulo. Conozco un montón de palabras especiales.

—¿Cuántas?

—Ciento ochenta.

Otro trueno resonó en el oeste. No fue más fuerte, pero en cierto modo pareció más concentrado. Ki desvió la vista en esa dirección y luego volvió a mirarme.

—Tengo mucho miedo, Mike.

—¿Miedo de qué?

—No lo sé. De la mujer que llevaba el vestido de Mattie. De los hombres que vimos. –Miró por encima de mi hombro–. Aquí viene mamá. –Yo había oído a actrices decir «no hablemos delante de los niños» con exactamente el mismo tono. Kyra serpeó en el círculo de mis brazos–. Bájame.

La bajé. Mattie, John, Rommie y George se reunieron con nosotros. Ki corrió hacia Mattie, que la levantó en brazos y luego nos miró a todos como un general que pasa revista a sus tropas.

—¿Has traído la cerveza? –me preguntó.

–Sí, señor. Una caja de Bud y una docena de refrescos. Además de limonada.

–Estupendo. Señor Kennedy...

–Llámeme George, señora.

–Bien, George. Y si tú vuelves a llamarme señora, te daré un puñetazo en la nariz. Soy Mattie. ¿Te importaría ir hasta la tienda Lakeview –señaló la tienda de la carretera 68, que estaba a unos setecientos metros de nosotros– y traer un poco de hielo?

–Desde luego que no.

–Señor Bissonette...

–Rommie.

–Hay un pequeño huerto del lado norte de la caravana, Rommie. ¿Podrás encontrar un par de lechugas bonitas?

–Creo que sí.

–John, pongamos la carne en el frigorífico. En cuanto a ti, Michael... –Señaló la barbacoa–. El carbón es del que se enciende solo. Nada más tienes que arrojar una cerilla y retroceder. Cumple con tu deber.

–Como digáis, señora –dije y me arrodillé delante de ella.

Ese gesto finalmente arrancó una risita a Ki. Mattie también rió, me cogió de la mano y me ayudó a levantarme.

–Vamos, sir Galahad –dijo–. Pronto lloverá. Para entonces, quiero estar dentro de la caravana y con el estómago lo bastante lleno para no saltar de miedo.

En la ciudad, las fiestas comienzan con saludos en la puerta, la recolección de abrigos y esos peculiares besos soplados (¿cuándo exactamente comenzó esa extravagancia social?). En el campo, las fiestas comienzan con tareas. Llevas, traes y vas a buscar objetos como pinzas para la carne o manoplas para el horno. La anfitriona ordena a un par de hombres que muevan la mesa del jardín, luego decide que estaba mejor en su sitio, y les pide que vuelvan a ponerla allí. En cierto momento, uno descubre que se lo está pasando bien.

Apilé trozos de carbón hasta formar una pirámide parecida a la del dibujo de la bolsa y luego arrojé una cerilla. El carbón se encendió satisfactoriamente y yo retrocedí, secándome la frente con el brazo. Era probable que el tiempo aclarara y refrescara, pero aún faltaba mucho para ello. El sol había asomado, y el día había pasado de gris a radiante, pero los satinados nubarrones negros de tormenta continuaban acumulándose. Era como si una vena de la noche hubiera estallado en el cielo.

–¿Mike?

Me volví y vi a Kyra.

–¿Qué, cariño?

–¿Cuidarás de mí?

–Sí –respondí sin vacilar.

Por un instante Kyra pareció preocupada por mi respuesta, quizá por su rapidez. Luego sonrió.

–Vale –dijo–. ¡Mira, ahí viene el hombre del hielo!

George había regresado de la tienda. Aparcó y bajó del coche. Yo fui a su encuentro con Kyra, que me había cogido de la mano y la balanceaba posesivamente hacia adelante y hacia atrás. Rommie se unió al grupo, haciendo malabarismos con tres lechugas. No me pareció que fuera una amenaza para el malabarista que había fascinado a Ki en el parque el sábado por la tarde.

George abrió el maletero del Altima y sacó dos bolsas de hielo.

–La tienda estaba cerrada –dijo–. Había un letrero que anunciaba: ABRIREMOS A LAS CINCO. Me pareció una espera muy larga, así que cogí el hielo y arrojé el dinero por el buzón de la puerta.

Habían cerrado debido al funeral de Royce Merrill, desde luego. Habían renunciado a casi un día entero de beneficios en plena temporada alta para ver cómo enterraban al viejo. Era conmovedor, aunque también me pareció algo siniestro.

–¿Puedo llevar una bolsa de hielo? –preguntó Kyra.

–Supongo que sí, pero no te escarchimices –dijo George mientras dejaba con cuidado una bolsa de dos kilos y medio sobre los brazos extendidos de Ki.

–Escarchimices –repitió Kyra riendo. Echó a andar hacia la caravana de donde en ese momento salía Mattie. John estaba a su espalda y la miraba con ojos de carnero degollado–. ¡Mira, mami! ¡Me estoy escarchimizando!

Yo cogí la otra bolsa.

–Sé que el congelador está fuera, pero ¿no tenía puesto un candado?

–Yo hago buenas migas con la mayoría de los candados –respondió George

–Ah, ya veo.

–¡Mike! ¡Cógelo!

John me había arrojado un disco de playa rojo que flotaba en mi dirección, aunque no demasiado alto. Di un salto, lo cogí y de repente recordé a Devore: «¿Qué te pasa, Rogette? Antes no lanzabas como una chica.»

Bajé la vista y vi que Ki me estaba mirando.

–No pienses en cosas tristes –dijo.

Yo le sonreí y le arrojé el disco de playa.

–De acuerdo, nada de cosas tristes. Vamos, bonita. Lánzaselo a tu madre. Veamos si sabes.

Ki me sonrió, se volvió e hizo un rápido y diestro lanzamiento a su madre, un lanzamiento tan bueno que Mattie atrapó el disco por los pelos. Aparte de todas sus demás cualidades, Kyra Devore era una campeona de lanzamiento de disco de playa en potencia.

Mattie arrojó el disco a George, que se volvió, agitando al viento el faldón de su absurda chaqueta marrón, y lo cogió con destreza de espaldas. Mattie rió y aplaudió mientras el dobladillo de su camiseta flirteaba con su ombligo.

–¡Fanfarrón! –gritó John desde los peldaños de la caravana.

–Si la envidia fuera tiña... –dijo George a Rommie Bissonette y le lanzó el disco.

Rommie se lo lanzó a John, pero el disco dio contra el lateral de la caravana. Mientras John bajaba corriendo los peldaños para cogerlo, Mattie se volvió hacia mí.

–El aparato de música está en la mesita auxiliar del salón, junto a una pila de discos compactos. Casi todos son antiguos, pero es música. ¿Quieres traerlos?

–Claro.

Entré en la caravana, donde hacía calor a pesar de que los tres ventiladores estratégicamente situados estaban funcionando a toda máquina. Miré los muebles baratos y deprimentes y observé el noble esfuerzo de Mattie para impartir cierto carácter al ambiente: la reproducción de Van Gogh, los *Noctámbulos* de Edward Hopper por encima del sofá, las cortinas teñidas a mano que habrían hecho reír a Jo. El lugar reflejaba una entereza que me hizo sentir lástima por Mattie y furia hacia Max Devore una vez más. Muerto o no, me habría gustado darle una patada en el culo.

Entré en el salón y vi el último libro de Mary Higgins Clark, con un señalador asomándose entre las páginas, sobre la mesita que estaba al lado del sofá. Junto al libro había una colección de lazos para el pelo que me resultó familiar, aunque no recordaba haberlos visto en la cabeza de Ki. Permanecí allí un momento, pensativo, luego cogí el aparato de música y los discos compactos y salí.

–Eh, amigos –dije–. A bailar.

Yo estaba bien hasta que empezó a bailar ella. No sé si esto os interesará, pero para mí es importante. Yo estaba bien hasta que ella empezó a bailar. Después, estuve perdido.

Nos fuimos a jugar con el disco de playa detrás de la caravana, en parte para no cabrear a los vecinos que iban al funeral con nuestro bullicio y nuestra alegría, pero sobre todo porque el jardín trasero de Mattie era un buen sitio donde jugar: el terreno era llano y la hierba estaba corta. Después de fallar un par de veces cuando intentaba coger el disco, Mattie se quitó los zapatos de fiesta, entró descalza en la caravana, y regresó en zapatillas. A partir de ese momento, jugó mucho mejor.

Jugamos con el disco, cambiamos insultos, bebimos cerveza y reímos mucho. Ki no era demasiado buena atajando, pero lanzaba maravillosamente bien para una cría de tres años y jugaba con deleite. Rommie había puesto el aparato de música sobre un peldaño de la escalerilla trasera de la caravana y oímos una colección de piezas de finales de los ochenta y principios de los noventa. Yo tenía la sensación de que conocía cada canción, cada estribillo.

Corrímos y sudamos a la luz del mediodía. Nos recreamos la

vista con las piernas largas y broceadas de Mattie y los oídos con las alegres carcajadas de Kyra. En cierto momento, Rommie Bissonette hizo la vertical y se le cayeron un montón de monedas de los bolsillos. John rió tanto que tuvo que sentarse en el suelo y enjugarse las lágrimas. Ki corrió hacia él, lo pilló desprevenido y se le arrojó en el regazo. John dejó de reír en el acto.

–¡Uf! –gritó mirándome con los ojos brillantes y doloridos mientras sin duda sus magulladas pelotas trataban de trepar nuevamente dentro de su cuerpo.

–¡Kyra Devore! –gritó Mattie mirando a John con aprensión.

–Ha sido una buena jugada –dijo Ki con orgullo.

John esbozó una pequeña sonrisa y se levantó con esfuerzo.

–Sí –dijo–. Pero ahora el árbitro te pondrá una falta por aplastamiento.

–¿Te encuentras bien? –preguntó George con cara de preocupación, aunque su voz era risueña.

–Estoy bien –dijo John mientras le arrojaba el disco, que tembló débilmente en el aire–. Venga, lanza. Demuéstranos lo que sabes hacer.

Los truenos eran cada vez más fuertes, pero las nubes negras no se habían movido del oeste; directamente encima de nosotros, el cielo conservaba un inofensivo tono azul. Había un tenue resplandor sobre la barbacoa, y pronto sería la hora de poner en ella los bistecs neoyorquinos de John. El disco seguía volando, rojo contra el verde de la hierba y los árboles y el azul del cielo. Yo todavía estaba sexualmente excitado, pero todo marchaba bien; todos los hombres del mundo están cachondos prácticamente todo el tiempo, y los casquetes polares no se derriten. Pero cuando Mattie se puso a bailar, todo cambió.

Fue al ritmo de una canción acompañada por un desagradable rasguido de guitarras que terminaba con los versos: «A veces lo único que quiere ella es bailar.»

–¡Me encanta esta canción! –exclamó Mattie.

El disco voló en dirección a ella. Mattie lo cogió, lo dejó en el suelo, se subió sobre él como si fuera un círculo de luz roja en el escenario de un cabaret, y comenzó a sacudirse. Puso las manos primero detrás del cuello, luego en las caderas y finalmente a la espalda. Bailaba de puntillas sobre el disco de playa, casi sin moverse. Como dice la canción, bailaba como una ola en el océano.

Las mujeres son atractivas cuando bailan –increíblemente atractivas– pero eso no explica mi reacción; hasta el momento toleraba bien la lujuria, pero aquello era algo más que lujuria y me resultaba intolerable. Era algo que me robaba el aliento y me hacía sentirme completamente a su merced. En ese momento, Mattie era la criatura más hermosa que había visto en mi vida, no una mujer bonita con pantalones cortos y la barriga al aire bailando sobre un disco de playa, sino Venus resucitada. Ella era todo lo que yo había echado de menos durante los últimos cuatro años, en los que había estado tan mal que ni siquiera me había dado cuenta de que echaba de menos algo. Y venció mis últimas defensas. La diferencia de edad ya no me importaba. Me daba igual perder la dignidad, el orgullo, la autoestima. Cuatro años de soledad me habían enseñado que había peores cosas que perder.

¿Cuánto tiempo estuvo bailando? No lo sé. Quizá sólo fuera un minuto, hasta que se dio cuenta de que la mirábamos extasiados; porque hasta cierto punto, todos vieron lo que yo vi y sintieron lo que yo sentí. Creo que durante ese minuto o el tiempo que fuera, ninguno de nosotros usó mucho oxígeno.

Mattie se bajó del disco, riendo y ruborizándose al mismo tiempo, confundida pero no avergonzada.

–Lo siento –dijo–. Es que esta canción me encanta.

–A veces lo único que quiere ella es bailar –dijo Rommie.

–Sí, a veces es lo único que quiere –dijo Mattie y se ruborizó más aún–. Disculpadme, tengo que ir al lavabo.

Me lanzó el disco y corrió hacia la caravana.

Yo respiré hondo, esforzándome por volver a la realidad, y vi que John hacía lo mismo. George Kennedy tenía cara de aturdido, como si alguien le hubiera dado un sedante que por fin comenzaba a hacer efecto.

Se oyó otro trueno, y esta vez sonó más cercano. Yo le lancé el disco a Rommie.

–¿Qué piensas?

–Pienso que estoy enamorado –dijo y luego fue como si se

493

diera una pequeña sacudida mentalmente; se le notó en los ojos–. También pienso que es hora de poner los bistecs al fuego, si queremos comer fuera. ¿Me ayudas?

–Claro.

–Yo también –dijo John.

Nos dirigimos a la caravana, dejando a George y a Kyra jugando a las apuestas. Kyra le preguntaba a George si había atrapado a algún criminal. En la cocina, Mattie estaba junto a la puerta abierta del frigorífico apilando bistecs en una fuente.

–Gracias a Dios que habéis venido, porque estaba a punto de comerme uno de estos bistecs crudos. Nunca había visto nada tan bonito en mi vida.

–Tú eres lo más bonito que yo he visto en mi vida –dijo John.

Era totalmente sincero, pero Mattie respondió con una sonrisa distraída y ausente. Yo tomé nota mentalmente: nunca hagas cumplidos a una mujer cuando tiene un par de bistecs crudos en las manos. Por alguna razón, no funciona.

–¿Qué tal se te da la barbacoa? –me preguntó–. Dime la verdad, porque estos bistecs son demasiado buenos para fastidiarlos.

–Creo que lo hago bastante bien.

–Estupendo, contratado. John, tú serás el ayudante. Y tú, Rommie, me ayudarás con las ensaladas.

–Será un placer.

George y Ki habían regresado al jardín delantero y estaban sentados en un par de sillas, conversando como una pareja de viejos amigos en su club londinense. George le contaba a Ki cómo había detenido a Rolfe Nedeau y a la banda de los Chicos Malos en Lisbon Street en 1993.

–¿Qué le pasa a tu nariz, George? –preguntó John–. Te está creciendo.

–¿Te importa? –preguntó George–. Estamos manteniendo una conversación.

–El señor Kennedy ha pillado a muchos *crinimales* malos –dijo Kyra–. Cogió a la banda de los Chicos Malos y los metió en la cárcel.

–Sí –respondí–. El señor Kennedy también ganó un Oscar por actuar en una película llamada *Luke el fresco*.

–Es verdad –dijo George. Levantó la mano derecha y cruzó dos dedos–. Los protagonistas éramos Paul Newman y yo.

–Nosotras hemos probado su salsa para espaguetis –dijo Ki con seriedad, haciendo reír a John.

A mí no me causó tanta gracia, pero la risa se pega, y me bastó con mirar a John unos segundos para contagiarme. Reíamos a carcajadas, como un par de tontos, mientras poníamos la carne en la parrilla. Es un milagro que no nos quemáramos las manos.

–¿De qué se ríen? –le preguntó Ki a George.

–Se ríen porque son hombres tontos con cerebros diminutos –respondió George–. Ahora escucha, Ki: los cogí a todos excepto a la Morsa Humana. Él huyó con su coche y yo lo perseguí con el mío, pero los detalles de esa persecución no son aptos para los oídos de una niña pequeña...

George se los contó de todos modos, mientras John y yo cambiábamos una sonrisa por encima de la barbacoa.

–Esto es estupendo, ¿no? –dijo John y yo asentí.

Mattie salió de la caravana con mazorcas de maíz envueltas en papel de aluminio, seguida por Rommie, que tenía una ensaladera grande en las manos y bajaba los peldaños con cuidado.

Nos sentamos a la mesa; George y Rommie de un lado, John y yo flanqueando a Mattie en el otro. Ki se sentó a la cabecera, encima de un montón de revistas apiladas sobre una silla de jardín. Mattie le ató una toalla de cocina al cuello, una humillación que Ki toleró sólo porque: *a*) llevaba ropa nueva y *b*) la toalla de cocina no era un babero, al menos técnicamente hablando.

Nos pusimos las botas: comimos ensalada, bistecs (y John tenía razón, nunca había probado nada tan bueno), mazorcas de maíz y tarta de fresas. Cuando llegamos al postre, los truenos sonaban mucho más cercanos y en el jardín soplaba una brisa inestable y caliente.

–Mattie, si nunca vuelvo a comer una comida tan buena como ésta en lo que me queda de vida, no me sorprenderé –dijo Rommie–. Muchas gracias por haberme invitado.

–Gracias a todos vosotros –respondió ella y sus ojos se llenaron de lágrimas. Me dio una mano, la otra a John y apretó ambas–. Gracias a todos. Si supierais cómo eran las cosas para mí y para Ki antes de la semana pasada... –Sacudió la cabeza, nos dio un último apretón de manos a John y a mí y nos soltó–. Pero ya ha terminado todo.

–Mirad a la niña –dijo George divertido.

Ki se había bajado de la silla y nos miraba con los ojos brillantes. La mayor parte del pelo se había soltado de la diadema y caía en mechones enmarañados sobre sus mejillas. Tenía una bolita de nata en la punta de la nariz y un grano de maíz pegado en la barbilla.

–He lanzado el disco *ochofientas mil* veces –dijo Kyra con un tono serio y declamatorio–. Estoy cansada.

Mattie hizo ademán de levantarse, pero yo la detuve.

–¿Puedo ir yo?

Ella asintió y sonrió.

–Si quieres.

Cogí a Kyra en brazos y la llevé a la caravana. Se oyó otro trueno, largo y grave como el gruñido de un perro gigantesco. Alcé la vista para mirar las nubes, y en ese momento un movimiento me llamó la atención. Era un viejo coche azul que pasaba por Wasp Hill Road en dirección oeste, hacia el lago. La única razón por la que reparé en él fue porque llevaba una de esas estúpidas pegatinas del Village Cafe: LA BOCINA NO FUNCIONA. PERMANEZCA ATENTO AL DEDO.

Subí los peldaños de la entrada y crucé la puerta, girando a Kyra en mis brazos para que no se golpeara la cabeza.

–Cuídame –dijo ella medio dormida y con una voz tan triste que me sobrecogió. Era como si supiera que pedía algo imposible–. Cuídame, soy pequeña, mamá dice que soy pequeña.

–Te cuidaré –prometí y volví a besarla en el sedoso entrecejo–. No te preocupes, Ki; duerme.

La llevé a su habitación y la dejé en la cama. Para entonces, ya estaba totalmente dormida. Le limpié la nata de la nariz y le quité el grano de maíz de la barbilla. Consulté el reloj y vi que eran las dos menos diez. A esa hora, la gente del pueblo ya se había reunido en la iglesia bautista. Bill Dean llevaba una corbata gris. Buddy Jellison se había puesto sombrero y estaba detrás de la iglesia con otros hombres, fumando un cigarrillo antes de entrar. Cuando me volví, Mattie estaba en la puerta.

–Mike –dijo–. Ven aquí, por favor.

Me acerqué. Esta vez no había tela entre su cintura y mis manos. Su piel era cálida y tan sedosa como la de su hija. Me miró a los ojos con los labios entreabiertos. Sus caderas rozaron las mías, y cuando notó algo duro allí abajo, se apretó con más fuerza.

–Mike –repitió.

Cerré los ojos. Me sentí como alguien que acaba de llegar al umbral de una habitación brillantemente iluminada y llena de gente riendo y conversando. Y bailando. Porque a veces eso es lo único que queremos hacer.

Quiero entrar, pensé. Eso es lo que quiero hacer, lo único que quiero hacer. Déjame hacer lo que quiero. Déjame... Me di cuenta de que estaba diciéndolo en voz alta, susurrándolo al oído de Mattie mientras mis manos se paseaban por su espalda, mis dedos bordeaban la columna, tocaban los omóplatos y luego se deslizaban hacia el frente para cubrir sus pequeños pechos.

–Sí –dijo ella–. Lo que los dos queremos sí, está bien.

Alzó las manos y me secó las lágrimas con los pulgares. Yo me aparté de ella.

–La llave...

–Ya sabes dónde está –respondió con una sonrisa.

–Vendré esta noche.

–Estupendo.

–He estado... –tuve que aclararme la garganta. Miré a Kyra, que estaba profundamente dormida. –He estado muy solo. Creo que hasta ahora no me había dado cuenta de ello.

–Yo también pero yo me di cuenta por los dos. Por favor, bésame.

La besé. Creo que nuestras lenguas se tocaron, pero no estoy seguro. Lo que recuerdo con más claridad es su *vitalidad*. Era como una peonza que giraba suavemente entre mis brazos.

–¡Eh! –llamó John desde fuera de la caravana y nos separamos en el acto–. ¿Nos echáis una mano? ¡Va a empezar a llover!

–Gracias por decidirte –me dijo Mattie en voz baja.

Dio media vuelta y corrió por el estrecho pasillo de la caravana. La siguiente vez que se dirigió a mí, creo que no sabía con quién hablaba ni dónde estaba. La siguiente vez que me habló, agonizaba.

–No despiertes a la niña –oí que le decía a John.

–Lo siento, lo siento –respondió él.

Yo permanecí un momento donde estaba, recuperando el aliento. Luego me metí en el baño y me lavé la cara con agua fría. Recuerdo haber visto una ballena de plástico azul en la bañera cuando me volví a coger una toalla. Recuerdo que pensé que quizá echara burbujas por el agujero, e incluso recuerdo que se me ocurrió una idea para un cuento infantil, con una ballena como protagonista. ¿La llamaría *Willie*?, no, demasiado obvio. Mejor *Wilhelm*; sonaba al mismo tiempo contundente y divertido.

Recuerdo el estampido de un trueno. Recuerdo que me sentía feliz porque por fin había tomado una decisión y podría esperar la noche con ilusión. Recuerdo el murmullo de voces masculinas y de la voz de Mattie respondiendo dónde tenían que guardar las cosas. Luego oí que todos salían fuera otra vez.

Bajé la vista y vi que cierto bulto de mi cuerpo se estaba reduciendo. Recuerdo que pensé que no había nada tan ridículo como un hombre sexualmente excitado, sabiendo que había tenido ese mismo pensamiento antes, quizá en un sueño. Salí del baño, eché otro vistazo a Kyra –que estaba tendida de lado, profundamente dormida– y crucé el pasillo. Acababa de llegar al salón cuando oí tiros en el exterior. En ningún momento confundí el sonido con truenos. Hubo un instante en que pensé que era el petardeo de un coche –del coche de carreras de algún crío–, pero enseguida lo supe. Una parte de mí había estado esperando que ocurriera algo... pero esperaba fantasmas en lugar de tiros. Un error fatal.

Fue el rápido *¡pa, pa, pa!* de una automática (resultó ser una Glock de 19 milímetros). Mattie gritó; un grito agudo y penetrante que me heló la sangre. Oí un grito de dolor de John y luego la voz de George Kennedy:

–¡Al suelo, al suelo! ¡Por el amor de Dios, arrojadla al suelo!

Algo similar a granizo golpeó la caravana, una sucesión de estampidos que avanzaron de oeste a este. Algo estalló en el aire delante de mis ojos... lo oí. Fue un sonido casi musical, como el de la cuerda de una guitarra al romperse. En la mesa de la cocina, la ensaladera se hizo añicos.

Corrí hacia la puerta y salté por encima de los escalones. Vi que la barbacoa estaba volcada y que las brasas ya estaban encendiendo algunas matas de hierba. Vi a Rommie Bissonette sentado con las piernas extendidas, mirándose el tobillo ensangrentado con cara de perplejidad. Mattie estaba a cuatro patas junto a la barbacoa con el pelo colgándole sobre la cara; era como si quisiera apagar las brasas antes de que provocaran un incendio. John se tambaleó hacia mí, tendiéndome una mano. Más arriba, su brazo estaba empapado en sangre.

Y vi el coche que había visto antes, el sedán con la pegatina. Había subido por la Calle –los hombres que estaban en el interior habían pasado una primera vez para vigilarnos– y luego había dado la vuelta. El tirador todavía estaba asomado por la ventanilla del acompañante. Vi el arma humeante en sus manos. Sus facciones eran una mancha azul rota sólo por unas grandes órbitas: un pasamontañas de esquí.

El cielo rugió con un trueno largo y ensordecedor.

George Kennedy caminaba hacia el coche, sin prisa, apartando las brasas encendidas con el zapato y sin preocuparse por la mancha grande de sangre que se extendía por su muslo derecho; ni siquiera se dio prisa cuando el tirador volvió a meter la cabeza dentro del coche y gritó «¡Vamos, vamos, vamos!» al conductor que también llevaba un pasamontañas azul; no, George no se daba prisa, nada de prisa, e incluso antes de ver la pistola en su mano, supe por qué en ningún momento se había quitado la ridícula chaqueta del traje, por qué había jugado con el disco de playa con ella puesta.

El coche azul (resultó ser un Ford del 97, registrado a nombre de Sonia Belliveau, de Auburn, que había denunciado su robo el día anterior) había subido al borde del camino y en ningún momento se había detenido. Ahora aceleró, levantando una nube de polvo con las ruedas traseras culeando. Derribó el buzón de Mattie, que voló sobre el camino.

Pero George no se dio prisa. Juntó las manos, sujetando la pistola con la derecha y estabilizándola con la izquierda. Disparó cinco tiros. Los dos primeros en el maletero: vi cómo aparecían los agujeros. El tercero hizo estallar el parabrisas trasero del

Ford, y al mismo tiempo oí un grito de dolor. El cuarto no sé adónde fue. El quinto reventó el neumático trasero izquierdo. El Ford derrapó hacia ese lado, el conductor casi consiguió dominarlo, pero finalmente perdió el control. El coche se metió en la zanja a unos treinta metros de la caravana de Mattie y cayó de lado. Se oyó un estampido y las llamas envolvieron la parte trasera. Uno de los disparos de George debió de alcanzar el depósito de gasolina. El tirador trató de salir por la ventanilla del acompañante.

–Ki... llévate a Ki... –susurró una voz ronca.

Mattie avanzaba a gatas hacia mí. Una parte de su cabeza –la derecha– tenía el aspecto de siempre, pero la izquierda era una ruina. Un ojo azul me miraba con asombro a través de los mechones de pelo ensangrentados. Sobre su hombro bronceado había esquirlas de hueso que parecían fragmentos de loza. Cómo me gustaría deciros que no recuerdo nada de eso, cómo me gustaría que otra persona os dijera que Michael Noonan murió antes de ver eso, pero no puedo. «Ay» es la palabra que suele aparecer en los crucigramas, una palabra de sólo dos letras para expresar un gran dolor.

–Ki... Mike, llévate a Ki...

Me arrodillé y la rodeé con mis brazos, pero ella se resistió. Era joven y fuerte, e incluso con la materia gris de su cerebro asomando por su cráneo roto, se resistió, llorando por su hija, dispuesta a ir a buscarla para llevarla a un lugar seguro.

–Mattie, está bien –dije. En la iglesia bautista los lugareños cantaban *Blessed Assurance*, pero sus ojos estaban tan ausentes como el ojo que ahora me miraba a través del cabello sanguinolento–. Mattie, para, descansa, está bien.

–Ki... llévate a Ki... no dejes que...

–No le harán daño, Mattie, te lo prometo. –Se escabulló de mis brazos, resbaladiza como un pez, y gritó el nombre de su hija, tendiendo las manos ensangrentadas hacia la caravana.

Los pantalones rosas y la camiseta se habían teñido de un color rojo intenso. La sangre salpicaba la hierba mientras Mattie la aplastaba y tiraba de ella. Al pie de la colina se oyó la explosión gutural del depósito del Ford. El humo negro se elevó hacia el cielo negro. Se oyó otro trueno largo y ensordecedor, como si el cielo dijera: «¿Queréis ruido? Pues aquí lo tenéis.»

—¡Dime que Mattie está bien, Mike! —gritó John con voz temblorosa—. ¡Por el amor de Dios, dime que...!

Cayó de rodillas junto a mí con los ojos en blanco. Estiró un brazo, me cogió del hombro y prácticamente me desgarró la camisa cuando perdió su batalla para permanecer consciente y cayó de lado junto a Mattie. Un hilo de saliva se deslizó por una comisura de su boca. A unos cuatro metros de allí, junto a la barbacoa volcada, Rommie apretó los dientes con expresión de dolor e intentó ponerse en pie. George estaba en medio de Wasp Hill Road, recargando el arma con las municiones que aparentemente guardaba en el bolsillo de la chaqueta y mirando cómo el atacante trataba de salir del coche volcado antes de que lo devoraran las llamas. Ahora toda la pierna derecha de George estaba roja. Puede que viva, pensé, pero nunca volverá a usar ese traje.

Abracé a Mattie, puse mi cara junto a la suya y mi boca junto a la única oreja que le quedaba y susurré:

—Kyra está bien. Está dormida. Te prometo que no le pasará nada.

Mattie pareció entenderme, dejó de resistirse y cayó sobre la hierba, temblando de la cabeza a los pies.

—Ki... Ki...

Éstas fueron sus últimas palabras. Una mano cogió a tientas un puñado de hierba y lo arrancó.

—Aquí —oí que decía George—. Ven aquí, hijo de puta, no se te ocurra tratar de escapar.

—¿Cómo está? —preguntó Rommie mientras se acercaba cojeando. Su cara estaba blanca como el papel. Antes de que yo pudiera responder, dijo—: Oh, Jesús. Santa María, Madre de Dios, ruega por nosotros pecadores ahora y en la hora de nuestra muerte. Bendito sea el fruto de tu vientre, Jesús. Oh, María, sin pecado concebida, ruega por nosotros que hemos recurrido a ti. Ay, no, Mike, no.

Comenzó otra vez, en esta ocasión en el francés de Lewiston Street, lo que los viejos del lugar llaman la *parle*.

—Calla —dije y me obedeció, como si hubiera estado esperando que se lo dijera—. Entra en la caravana y mira cómo está Kyra, ¿podrás hacerlo?

–Sí. –Echó a andar hacia la caravana, cogiéndose la pierna herida.

Con cada paso soltaba un agudo grito de dolor, pero de algún modo consiguió seguir. Olí a hierba quemada. Percibí la proximidad de la tormenta eléctrica en el viento que arreciaba. Y bajo mis manos, sentí que los giros de la peonza se hacían cada vez más lentos a medida que Mattie se iba.

Le di la vuelta, la cogí entre mis brazos y la acuné.

En la iglesia bautista, el pastor leía ahora el salmo ciento treinta y nueve en memoria de Royce: «Yo digo que aunque la oscuridad me cubra, incluso la noche será luz.» El pastor leía y los marcianos escuchaban. Acuné a Mattie entre mis brazos bajo las nubes negras. Se suponía que esa noche me reuniría con ella, que usaría la llave que estaba debajo de la maceta y me reuniría con ella. Había bailado de puntillas sobre el disco de playa rojo, había bailado como una ola en el océano, y ahora moría entre mis brazos mientras matas dispersas de hierba se quemaban y el hombre que se había sentido tan atraído por ella como yo estaba tendido a su lado, inconsciente, con el brazo derecho teñido de sangre desde la manga de la camiseta con la inscripción SOMOS LOS CAMPEONES hasta su muñeca huesuda y cubierta de pecas.

–Mattie –dije–. Mattie, Mattie, Mattie. –La acuné y pasé mi mano por su frente, que en el lado derecho estaba milagrosamente limpia de sangre. El cabello cayó sobre el lado destrozado de su cara–. Mattie –dije–, Mattie, Mattie, ay, Mattie.

Destelló un relámpago, el primero que había visto, e iluminó el cielo en el oeste formando un brillante arco azul. Mattie tembló violentamente en mis brazos, desde el cuello a los dedos de los pies. Tenía los labios apretados, el entrecejo fruncido como si estuviera concentrada en algo. Su mano se elevó buscando mi cuello, como una persona que cae por un precipicio y busca a ciegas cualquier cosa donde aferrarse. Luego cayó y quedó inerte sobre la hierba, con la palma hacia arriba. Mattie tembló una vez más –todo su delicado peso tembló entre mis brazos– y luego se quedó inmóvil.

CAPITULO
26

Después, hasta que hice lo que hice, estuve la mayor parte del tiempo más allá de los límites de la realidad. Regresé varias veces –por ejemplo cuando el papel con la genealogía garabateada cayó de uno de mis blocs de notas–, pero fueron sólo interludios breves. En cierto sentido era como mi sueño con Mattie, Jo y Sara; era como la terrible fiebre que había estado a punto de matarme cuando era un niño. Yo estaba más allá de los límites de la realidad. Ojalá no hubiera sido así.

George llegó precedido del hombre del pasamontañas azul. George cojeaba ostensiblemente. Olí a aceite caliente, gasolina y neumáticos quemados.

–¿Mattie está muerta? –preguntó George.

–Sí.

–¿Y John?

–No lo sé –respondí, y en ese mismo momento John se movió y gimió. Estaba vivo, pero sangraba profusamente.

–Escucha, Mike –comenzó George, pero antes de que pudiera decir nada más, se oyeron unos pavorosos gritos procedentes del coche en llamas. Era el conductor, que se estaba quemando vivo. El tirador se giró hacia allí y George levantó la pistola–. Muévete y te mato.

–No puede dejar que muera así –protestó el tirador detrás del pasamontañas–. Ni un perro merece morir de esa manera.

–Ya está muerto –replicó George–. No podrías acercarte a más de tres metros del coche sin un traje de amianto. –Se tambaleó ligeramente. Su cara estaba blanca como la mancha de nata que yo le había quitado a Ki de la nariz. El atacante hizo ademán de lanzarse sobre él y George levantó aún más la pistola–. La próxima vez que te muevas, no te detengas. Porque yo no me detendré. Te lo garantizo. Ahora quítate el pasamontañas.

–No.

–Ya estoy harto de ti. Saluda a Dios de mi parte. –George amartilló la pistola.

–Por el amor de Dios –dijo el tirador y se quitó el pasamontañas.

Era George Footman, cosa que no me sorprendió. El conductor soltó otro grito estridente en la bola de fuego del Ford y luego calló. El humo se elevaba en nubes negras. Se oyeron más truenos.

–Mike, entra y busca algo para atarlo –dijo George Kennedy–. Puedo vigilarlo otro minuto, dos si es necesario, pero estoy sangrando como un cerdo empalado. Busca cinta adhesiva de embalar. Eso serviría para mantener atado a Houdini.

Footman se quedó donde estaba, mirando primero a Kennedy, luego a mí y por fin a Kennedy otra vez. Luego paseó la vista por la carretera 68, que estaba misteriosamente desierta. O tal vez no fuera un misterio, habida cuenta de que se habían pronosticado tormentas. Los turistas y los residentes de verano estarían a cubierto y los lugareños...

Los lugareños... estaban escuchando. O algo parecido. El pastor hablaba de Royce Merrill, que había tenido una vida larga y fructífera, que había servido a su país en la paz y en la guerra, pero los lugareños no le escuchaban a él. Nos escuchaban a *nosotros*, igual que en tiempos pasados se reunían junto al frasco de los encurtidos de la tienda Lakeview para oír los combates de boxeo por la radio.

Bill Dean cogía la muñeca de Yvette con tanta fuerza que sus uñas estaban blancas. Le hacía daño, pero ella no protestaba. Ella quería que la cogiera así. ¿Por qué?

–¡Mike! –La voz de George era claramente más débil–. Por favor, ayúdame. Este hombre es peligroso.

–Déjame marchar –dijo Footman–. Será mejor así, ¿no crees?

–Ni lo sueñes, hijo de puta –respondió George.

Me levanté, pasé junto a la planta de la maceta que ocultaba la llave y subí los peldaños de la entrada. Un relámpago iluminó el cielo y le siguió el rugido de un trueno.

En el interior, Rommie estaba sentado en una silla de la cocina. Tenía la cara aún más blanca que la de George.

–La niña está bien –dijo con un esfuerzo evidente–. Pero creo que se despertará de un momento a otro... No puedo andar. Mi tobillo está destrozado.

Fui hacia el teléfono.

–No te molestes –dijo Rommie con voz ronca y temblorosa–. Ya lo he intentado. Está muerto. La tormenta ya debe de haberse desatado en los pueblos vecinos y ha afectado a las líneas. Dios, no había sentido tanto dolor en mi vida.

Comencé a abrir todos los cajones de la cocina, buscando cinta de embalar, una cuerda para la ropa, cualquier cosa. Si George se desmayaba mientras yo estaba allí, el otro George lo mataría; y también mataría a John, que estaba inconsciente sobre la hierba humenate. Luego entraría en la caravana y nos dispararía a Rommie, a mí y por último a Kyra.

–No, a Kyra no –dije–. Le perdonará la vida.

Y eso podría ser mucho peor.

En el primer cajón había cubiertos. Bolsas para bocadillos, bolsas de basura y ordenadas pilas de cupones de descuento en el segundo. Manoplas para horno y posaplatos en el tercero...

–¿Dónde está Mattie, Mike?

Me volví, sintiéndome tan culpable como un hombre que ha sido sorprendido mirando fotografías pornográficas o mezclando drogas ilegales. Kyra estaba en el extremo del pasillo que daba al salón, con el cabello sobre las mejillas enrojecidas por el sueño y la diadema colgando de la muñeca como si fuera una pulsera. Tenía los ojos muy abiertos, llenos de miedo. No la habían despertado los disparos, ni siquiera los gritos de su madre. La había despertado yo. Mis pensamientos.

En el instante en que tomé conciencia de ello, traté de resguardarlos, pero ya era demasiado tarde. Así como antes me había sorprendido recordando a Devore y me había dicho que no pensara en cosas tristes, ahora leyó en mi mente lo que le había pasado a su madre antes de que yo tuviera tiempo de quitármela de la cabeza.

Se quedó boquiabierta, abrió los ojos como platos. Gritó como si acabara de pillarse la mano en una prensa y corrió hacia la puerta.

–¡No, Kyra, no!

Crucé la cocina corriendo, chocando con la silla de Rommie (que me miró con la expresión confundida de alguien que no está del todo consciente) y la cogí justo a tiempo. En ese mismo momento vi a Buddy Jellison, que salía de la iglesia bautista por una puerta lateral. Le acompañaban dos de los hombres que habían estado fumando con él. Ahora comprendí por qué Bill cogía con tanta fuerza a Yvette... y lo quise por ello, los quise a los dos. Alguien quería que fuera con Buddy y los demás, pero Bill se resistía.

Kyra luchó entre mis brazos, hizo varias intentonas de correr hacia la puerta y gritó:

–Déjame salir, quiero ver a mi mamá. Déjame salir, quiero ver a mi mamá...

Le grité con la única voz que sabía que escucharía, la voz que sólo podía usar con ella. Se relajó poco a poco entre mis brazos y me miró con los ojos enormes, confundidos y brillantes por las lágrimas. Me miró un poco más y por fin pareció comprender que no tenía que salir. La solté. Permaneció donde la dejé unos segundos y luego retrocedió hasta que se topó con el lavavajillas. Se deslizó por la pared blanca y lisa del aparato hasta quedar sentada en el suelo. Luego empezó a llorar, emitiendo los sonidos de tristeza más pavorosos que he oído en mi vida. Lo entendía todo, ¿sabéis? Tuve que revelarle lo suficiente para que no saliera, tuve que... y pude hacerlo porque estábamos juntos más allá de los límites de la realidad.

Buddy y sus amigos estaban en una furgoneta y se dirigían hacia la caravana. CONSTRUCCIONES BAMM se leía en un lateral.

–¡Mike! –gritó George. Parecía aterrorizado–. ¡Date prisa!

–¡Un momento! –grité–. ¡Un momento, George!

Mattie y los demás habían comenzado a apilar los platos sucios junto al fregadero, pero estoy casi seguro de que no había nada encima del mostrador de Formica que estaba sobre los cajones cuando yo había corrido tras Kyra. Pero ahora había algo. El azucarero amarillo se había volcado. En el azúcar derramada alguien había escrito lo siguiente:

vete ahora

–Y una mierda –murmuré y registré el resto de los cajones.

No había cinta de embalar ni soga. Ni siquiera unas puñeteras esposas; en cualquier cocina bien equipada, es posible encontrar por lo menos tres o cuatro pares. Entonces se me ocurrió una idea y miré en el armario de debajo del fregadero. Cuando salí, nuestro George se estaba desangrando en pie y Footman lo miraba con la concentración de un depredador.

–¿Has encontrado cinta de embalar? –preguntó George Kennedy.

–No, algo mejor –respondí–. Dime, Footman, ¿quién te ha pagado? ¿Devore o Whitmore? ¿O no lo sabes?

–Vete a la mierda –respondió.

Yo tenía la mano derecha a la espalda. Señalé hacia el pie de la colina con la izquierda, simulando sorpresa.

–¿Qué demonios hace Osgood? ¡Dile que se largue!

Footman miró en esa dirección –fue un acto reflejo– y le di un golpe en la cabeza con el martillo de orejas que yo había encontrado en la caja de herramientas, debajo del fregadero. El sonido fue horrible, el chorro de sangre que brotó del cuero cabelludo fue horrible, pero lo peor fue la sensación de que el cráneo cedía, se hundía como una esponja hasta el mango y hasta mis dedos. Footman se desplomó como un saco de patatas y yo arrojé el martillo al suelo.

–Vale –dijo George–. Un golpe desagradable, pero supongo que no podrías haber hecho nada mejor dadas las cir... dadas las cir...

No se desplomó como Footman –fue una caída más lenta y

controlada, casi elegante–, pero estaba igual de inconsciente. Cogí el revólver, lo miré y lo arrojé hacia el bosque, al otro lado del camino. En esos momentos no necesitaba un arma. Sólo me crearía más complicaciones.

Otra pareja de hombres había salido de la iglesia. También se alejaba de allí un coche lleno de mujeres vestidas de negro y con velo. Tenía que darme aún más prisa. Le desabroché el cinturón a George y le bajé los pantalones. La bala le había desgarrado el muslo, pero la sangre parecía estar coagulándose. El brazo de John era otra historia: la sangre seguía manando a borbotones. Le quité el cinturón y se lo até alrededor del brazo con tanta fuerza como pude. Luego le di unas palmadas en la cara. Abrió los ojos y me miró con expresión confundida, como si no me reconociera.

–¡Abre la boca, John! –Pero se limitó a mirarme fijamente. Me incliné sobre él, hasta que mi nariz prácticamente tocó la suya y grité–: ¡ABRE LA BOCA! ¡AHORA!

La abrió como un niño cuando la enfermera le dice que diga «aaaa». Le metí la punta del cinturón entre los dientes.

–¡Cierra! –La cerró–. Ahora aprieta los dientes –dije–. Sigue apretando aunque te desmayes.

No tenía tiempo para comprobar si me había prestado atención. Me puse en pie, miré hacia arriba y el mundo entero se volvió de un fulgurante color azul. Durante un instante, fue como estar dentro de un cartel de neón. Allí arriba había un río negro suspendido en el aire, ondulándose y enroscándose como un nido de víboras. Nunca había visto un cielo tan siniestro.

Corrí otra vez al interior de la caravana. Rommie había caído sobre la mesa, con la cabeza sobre los brazos doblados. Habría parecido un niño de párvulos tomándose un descanso, si no hubiera sido por la ensaladera rota y por los trozos de lechuga adheridos a su pelo.

Kyra todavía estaba sentada con la espalda apoyada en el lavavajillas, llorando histéricamente.

La cogí en brazos y me di cuenta de que se había hecho pis.

–Tenemos que irnos, Ki.

–¡Quiero ir con Mattie! ¡Quiero ir con mi mamá! ¡Quiero a

mi mamá, haz que deje de estar herida! ¡Haz que deje de estar muerta!

Corrí por la caravana. De camino a la puerta, pasé junto a la mesita auxiliar donde estaba la novela de Mary Higgins Clark. Otra vez me fijé en las cintas para el pelo, unas cintas que quizá Ki se había probado antes de la fiesta y descartado en favor de la diadema. Eran blancas con los bordes rojos. Bonitas. Las cogí sin detenerme, me las metí en un bolsillo del pantalón y luego cambié a Ki de brazo.

–¡Quiero ir con Mattie! ¡Quiero ir con mi mamá! ¡Haz que vuelva! –Me daba puñetazos en el pecho para que me detuviera, luego empezó a echarse atrás, a patalear en mis brazos y a golpearme la cabeza–. ¡Bájame! ¡Bájame!

–No, Kyra.

–¡Bájame! ¡Bájame! ¡Bájame!

La estaba perdiendo, pero de repente, en cuanto salimos de la caravana, dejó de luchar.

–¡Dame a *Stricken*! ¡Quiero a *Stricken*!

Al principio no sabía de qué hablaba, pero cuando miré hacia donde señalaba, la entendí. Tendido en el camino, no muy lejos de la maceta que ocultaba la llave, estaba el perrito de peluche de la Happy Meal de Ki. A juzgar por su aspecto, *Strickland* había soportado muchos juegos al aire libre –la piel gris clara se había vuelto gris oscura con el polvo–, pero había posibilidades de que el juguete la tranquilizara, sería mejor que se lo diera. No era el momento de preocuparse por la suciedad y los gérmenes.

–Te daré a *Strickland* si me prometes que cerrarás los ojos y no los abrirás hasta que yo te lo diga. ¿Me lo prometes?

–Te lo prometo –respondió.

Ki temblaba en mis brazos y grandes lágrimas como globos –de las que uno espera ver en las ilustraciones de los cuentos de hadas, pero no en la vida real– brotaron de sus ojos y se deslizaron por sus mejillas. Olí a hierba quemada y a bistecs chamuscados. Por un pavoroso instante pensé que iba a vomitar, pero conseguí dominarme.

Ki cerró los ojos. Otras dos lágrimas cayeron de ellos hasta mis brazos. Estaban calientes. Tendió una mano, buscando a tientas. Bajé por los peldaños, cogí al perrito y vacilé un momento. Primero las cintas, luego el perro. Tal vez no hubiera problemas con las cintas, pero no me convencía la idea de darle el perro y permitir que lo llevara con nosotros. No me convencía, pero...

«Es gris, irlandés –susurró la voz sobrenatural–. No debes preocuparte por él, porque es gris. El muñeco de peluche de tu sueño era negro.»

No acababa de entender de qué hablaba la voz, pero no tenía tiempo para preocuparme por eso. Puse el perro de peluche en la mano abierta de Kyra. Ella se lo llevó a la cara y besó la piel sucia sin abrir los ojos.

–*Stricken* podría hacer que mamá se pusiera mejor, Mike. *Stricken*, el perro mágico.

–Tú mantén los ojos cerrados. No los abras hasta que yo te lo diga.

Apoyó la cara contra mi cuello. Crucé el jardín y me dirigí al coche. Dejé a Ki en el asiento delantero, del lado del acompañante. Ella se recostó tapándose la cara con los brazos, con el sucio perro de peluche apretado en una mano gordezuela. Le dije que se quedara así, tendida en el asiento. Ki no hizo ninguna señal de que me hubiera oído, pero yo sabía que lo había hecho.

Teníamos que darnos prisa porque los viejos residentes se acercaban. Los viejos querían que este asunto acabara, querían que el río llegara al mar. Sólo podíamos ir a un lugar, sólo estaríamos seguros en un sitio: Sara Risa. Pero antes tenía que hacer algo.

En el maletero llevaba una manta, vieja pero limpia. La saqué, crucé el jardín y la arrojé sobre Mattie Devore. El bulto que quedaba debajo parecía tristemente insignificante. Eché un vistazo alrededor y vi que John me miraba. Tenía los ojos vidriosos, pero me pareció que estaba recuperando la conciencia. Todavía sujetaba el cinturón con los dientes y parecía un yonqui preparándose para inyectarse una dosis.

–O uede er –dijo.

«No puede ser»; yo sabía exactamente cómo se sentía.

–Llegará ayuda dentro de unos minutos. Aguanta. Tengo que irme.

–¿Ir ónde?

510

No le respondí. No tenía tiempo. Me detuve para tomar el pulso de George Kennedy. Lento, pero fuerte. A su lado, Footman estaba inconsciente, pero murmuraba algo incomprensible. No estaba muerto. No es fácil matar a un hombre. El viento caprichoso soplaba el humo del coche volcado en mi dirección y ahora además de a bistecs olía a carne humana quemada. Volví a sentir náuseas.

Corrí hacia el Chevrolet, me senté detrás del volante y retrocedí por el sendero. Eché un último vistazo al cuerpo cubierto con una manta, a los tres hombres inconscientes, a la caravana con una fila de agujeros de bala, inclinada hacia un costado y con la puerta abierta. John estaba encaramado sobre su codo sano, con la punta del cinturón todavía en la boca, mirándome con perplejidad. Hubo un relámpago tan brillante que hice ademán de protegerme la vista, pero cuando terminé de levantar la mano, el fogonazo había desaparecido y el día estaba tan oscuro que parecía de noche.

–Sigue tumbada, Ki –dije–. Tal como estás.

–No te oigo –dijo con una voz tan ronca y ahogada en lágrimas que apenas si le entendí–. Ki está durmiendo la siesta con *Stricken*.

–De acuerdo –dije–. Estupendo.

Pasamos junto al Ford en llamas, y cuando llegamos al pie de la colina, me detuve junto a la señal de *stop*, oxidada y agujereada por las balas. Miré a la derecha y vi la furgoneta aparcada en el arcén. Con la inscripción CONSTRUCCIONES BAMM en el lateral. Los tres hombres apretujados en la cabina me miraban. El que estaba junto a la ventanilla del acompañante era Buddy Jellison; lo reconocí por el sombrero. Muy despacio y deliberadamente, levanté la mano derecha con el dedo corazón extendido. Ninguno de ellos respondió y sus caras pétreas no cambiaron de expresión, pero la furgoneta comenzó a avanzar lentamente en mi dirección.

Torcí a la izquierda por la carretera 68 y me dirigí a Sara Risa bajo el cielo negro.

Tres kilómetros antes del punto en que el camino Cuarenta y dos corta la carretera y serpea hacia el oeste en dirección al lago, había un viejo granero abandonado en el que todavía era posible descifrar las letras descoloridas de LÁCTEOS DONCASTER. Cuando nos acercamos, toda la parte este del cielo se iluminó, convirtiéndose en una ampolla púrpura y blanca. Grité, y la bocina del Chevrolet sonó... sola; estoy casi seguro. Un rayo brotó de la parte inferior de la ampolla de luz y cayó sobre el granero. Por un instante, permaneció allí, resplandeciendo como material radiactivo, y luego se extendió en todas las direcciones. Nunca había visto nada parecido fuera de un cine. El trueno que siguió fue como una bomba. Kyra gritó y se deslizó al suelo, tapándose los oídos con las manos. Todavía tenía al perrito de peluche en una de ellas.

Un minuto después, llegué a lo alto de Sugar Ridge. El camino Cuarenta y dos tuerce a la izquierda desde la carretera, al pie de la ladera norte de esa colina. Desde arriba podía ver una amplia extensión de TR-90: bosque, campos, graneros y granjas e incluso la oscura superficie del lago. El cielo estaba tan negro como el carbón, destellando casi constantemente con relámpagos. El aire tenía un resplandor ocre claro. Cada vez que inspiraba, mi boca se llenaba de sabor a pólvora. Más allá de la colina, la topografía se veía con una claridad surrealista que no puedo olvidar. Una sensación misteriosa se apoderó de mi cabeza y de mi corazón; la sensación de que el mundo era una piel fina sobre desconocidos huesos y resquicios.

Miré por el retrovisor y vi que dos coches se habían sumado a la furgoneta, uno de ellos con una «V» en la matrícula, lo que significa que el vehículo estaba registrado a nombre de un veterano del ejército. Cuando yo aflojaba la marcha, ellos aflojaban la marcha. Cuando yo aceleraba, ellos aceleraban. Sin embargo, dudaba que nos siguieran cuando yo girara en el camino Cuarenta y dos.

–¿Ki, te encuentras bien?

–Estoy durmiendo –dijo desde el suelo.

–Vale –respondí y comencé a bajar por la colina.

Poco después de vislumbrar las luces de bicicleta que señalaban el camino Cuarenta y dos, comenzó a granizar. Grandes trozos de hielo blanco caían del cielo, tamborileaban en el techo como unos dedos pesados y rebotaban en el capó. Comenzaron a acumularse en la ranura de los limpiaparabrisas.

–¿Qué pasa? –gritó Kyra.

–Sólo es granizo –respondí–. No puede hacernos daño.

No había terminado de pronunciar estas palabras cuando una piedra de granizo del tamaño de un limón cayó sobre mi lado del parabrisas y rebotó, dejando una marca blanca de la que salieron varias grietas. ¿Seguirían John y George Kennedy tendidos en el suelo, indefensos bajo la granizada? Dirigí mi mente hacia allí, pero no percibí nada.

Cuando torcí a la izquierda para coger el camino Cuarenta y dos, granizaba tanto que era prácticamente imposible ver algo. Las rodadas estaban cubiertas de hielo, pero el manto blanco acababa bajo los árboles. Enfilé hacia allí, y en el camino encendí las luces altas, que cortaron brillantes conos en la lluvia de granizo.

Cuando llegamos bajo los árboles, esa ampolla púrpura y blanca volvió a resplandecer y el espejo retrovisor se puso demasiado brillante para mirarlo. Se oyó un ruido ensordecedor y Kyra gritó otra vez. Miré alrededor y vi un abeto grande y viejo tambaleándose lentamente sobre el camino, con el tronco en llamas. Había derribado los cables eléctricos al caer.

El camino está bloqueado, pensé. Bloqueado de este lado, y probablemente del otro también. Estamos aquí. Para bien o para mal, estamos aquí.

Los árboles que flanqueaban el camino Cuarenta y dos formaban una cúpula, excepto allí donde pasaba junto a Tidwell's Meadow. El granizo caía sobre el capó con un traqueteo pavoroso, como si algo se estuviera astillando. Claro que los árboles se estaban astillando; fue la granizada más devastadora que caería nunca en esa parte del mundo, y aunque duró sólo quince minutos, bastó para destruir los cultivos de toda la temporada.

Los rayos destellaban en lo alto. Alcé la vista y vi una bola de fuego grande, perseguida por otra más pequeña. Pasaron entre los árboles a nuestra izquierda, prendiendo fuego a las ramas más altas. Cuando llegamos al claro de Tidwel's Meadow, el granizo se convirtió en una lluvia torrencial. No habría podido seguir conduciendo si no hubiéramos vuelto a entrar en el bosque casi de inmediato, pero allí encontramos el cobijo suficiente para que yo pudiera avanzar muy despacio, encorvado sobre el volante y escrutando la cortina plateada del agua que caía dentro del triángulo proyectado por las luces altas. Los truenos no paraban de detonar y el viento que acababa de levantarse se precipitaba entre los árboles sonando como una voz desdeñosa. Más adelante, una rama pesada y llena de hojas cayó al suelo. Pasé por encima y la oí crujir y rodar bajo el Chevrolet.

Por favor, que no caiga nada más grande, pensé... aunque quizá estuviera rezando. Por favor, deja que lleguemos a la casa.

Cuando llegué al sendero de la casa, el viento aullaba, anunciando un huracán. Los árboles retorcidos y la lluvia furiosa hacían que el mundo pareciera a punto de convertirse en gachas blandas. La cuesta del sendero se había convertido en un río, pero bajé con el Chevrolet sin vacilar un instante: no podíamos quedarnos allí; si caía un árbol grande sobre el coche, nos aplastaría como a moscas.

Sabía que no debía usar los frenos, pues el coche podía derrapar y caer rodando por la cuesta hasta el lago. De modo que reduje a la primera, puse el freno de mano y dejé que el motor nos llevara cuesta abajo mientras la lluvia formaba una cortina sobre el parabrisas y convertía la casa de troncos en un fantasma. Aunque parezca increíble, algunas de las luces seguían encendidas y brillaban como las portillas de una batiesfera sumergida en tres metros de agua. Eso significaba que el generador seguía funcionando... al menos por el momento.

Un rayo cayó como una lanza en el lago y su fuego verde azulado iluminó un oscuro pozo de agua con crestas blancas en la superficie. La tormenta había derribado uno de los pinos centenarios que antes había estado a la izquierda de la escalinata que conducía al lago, y la mitad del árbol estaba sumergida en el agua. A nuestra espalda cayó otro árbol con estrépito y Kyra se tapó los oídos.

—Tranquila, cariño —dije—. Ya llegamos. Lo hemos conseguido.

Apagué el motor y las luces. Sin ellas apenas si veía algo; el día se había quedado sin luz. Quise abrir la puerta, pero no pude. Empujé con más fuerza y esta vez no sólo se abrió, sino que prácticamente fue como si la arrancaran de mis manos. A la luz deslumbrante de un relámpago vi que Kyra gateaba sobre el asiento en dirección a mí. Tenía la cara pálida y los ojos desorbitados, llenos de terror. La puerta quiso cerrarse a mi espalda y al hacerlo me golpeó con fuerza el trasero, pero no le di importancia. Cogí a Kyra en brazos y me volví. La lluvia fría nos empapó en un segundo. Sin embargo, no parecía lluvia; era como si estuviéramos bajo una catarata.

–¡Mi perrito! –gritó Ki. A pesar del volumen de su grito, no pude oírla. Pero le vi la cara y las manos vacías–. ¡*Stricken*! ¡Se me ha caído *Stricken*!

Miré alrededor y allí estaba: flotando junto al nogal del sendero, más allá del porche. Un poco más adelante, el agua se desviaba del pavimento y corría cuesta abajo. Si *Strickland* era empujado por la corriente, seguramente acabaría en algún lugar del bosque. O en el lago.

–¡*Stricken*! –sollozó Ki–. ¡Mi perrito!

De repente, a ninguno de los dos nos preocupó nada aparte de ese estúpido juguete. Corrí tras él con Ki en brazos, ajeno a la lluvia, el viento y los relámpagos. Pero el perro llegaría antes que yo a la cuesta, pues el agua que lo empujaba corría demasiado aprisa para que lo alcanzara.

Sin embargo, al final de la zona pavimentada lo detuvo un trío de girasoles que se sacudían violentamente en el viento. Parecían devotos extasiados en una ceremonia evangelista: «¡Sí, Jesucristo! ¡Gracias, Señor!» También me resultaron familiares. Por supuesto, era imposible que fueran los mismos tres girasoles que habían aparecido en mi sueño (y en las fotos de Bill Dean), pero lo eran; no me cabía la menor duda. Tres girasoles como las tres brujas de Macbeth, tres girasoles con caras como reflectores. Había regresado a Sara Risa; estaba más allá de los límites de la realidad, había regresado a mi sueño, que esta vez me había poseído.

–¡*Stricken*! –Ki se inclinó y serpeó en mis brazos. El terreno estaba demasiado resbaladizo para ser seguro–. ¡Por favor, Mike! ¡Por favor!

Un trueno explotó sobre nuestra cabeza como un tonel de nitroglicerina, y los dos gritamos. Flexioné una rodilla y cogí el perrito de peluche. Kyra lo abrazó y lo cubrió de besos. Me puse en pie al tiempo que sonaba otro trueno que restalló en el aire como un absurdo látigo líquido. Miré los girasoles y ellos parecieron devolverme la mirada: «Hola, irlandés. Ha pasado mucho tiempo, ¿qué tal te va?» Sujeté lo mejor posible a Ki y eché a andar hacia la casa. No fue fácil; el agua del sendero me llegaba a los tobillos y estaba llena de granizo. Una rama pasó volando a nuestro lado y aterrizó casi en el punto exacto donde yo me había arrodillado para coger a *Strickland*. Se oyó un estampido y una serie de batacazos cuando una rama más grande cayó en el techo y rodó por él.

Corrí hacia el porche trasero, esperando a medias que la Forma, la figura amortajada, saliera a recibirnos, agitando sus brazos incorpóreos, pero allí no había nada. Sólo la tormenta, y era más que suficiente.

Ki abrazaba al perro con fuerza y descubrí sin sorpresa que la lluvia, combinada con la mugre de tantas horas de juego al aire libre, habían teñido a *Stricken* de negro. En efecto, era el muñeco que yo había visto en mi sueño.

Pero ya era demasiado tarde. No había otro sitio donde ir, ningún otro lugar donde cobijarnos de la tormenta. Abrí la puerta y entré a Kyra Devore en Sara Risa.

La parte central de la casa —su corazón— tenía más de cien años y había visto muchas tormentas. La que se desató en la región de los lagos esa tarde de julio quizá fuera la peor, pero en cuanto entramos, los dos jadeando como alguien que ha estado a punto de ahogarse, supe casi con absoluta certeza que también resistiría a ésta. Las paredes de troncos eran tan gruesas que tuve la impresión de que entraba en una cámara subterránea. Los estallidos y detonaciones de la tormenta se convirtieron en un rugido monocorde, interrumpido intermitentemente por los truenos y el batacazo de una rama que caía sobre el techo. En algún lugar —supongo que en el sótano— una puerta se abría y se cerraba, sonando como la pistola de un novato. Un árbol pequeño había caído sobre la ventana de la cocina, rompiendo el cristal. Su copa puntiaguda se asomaba al interior, proyectando sombras en el mármol y en los quemadores. Pensé en cortarla, pero decidí que no. Por lo menos bloqueaba el agujero.

Llevé a Ki al salón y desde allí miramos el lago: agua negra adornada con surrealistas lunares luminosos bajo el cielo negro. Los relámpagos no dejaban de destellar, revelando un círculo de árboles que bailaban y se sacudían con frenesí alrededor del bosque. Por muy sólida que fuera la casa, protestaba con crujidos cuando el viento la golpeaba y trataba de empujarla cuesta abajo.

Se oyó un tintineo suave y regular. Kyra levantó la cabeza de mi hombro y miró alrededor.

–Tienes un alce –dijo.

–Sí, se llama *Bunter*.

–¿Muerde?

–No, cariño, no puede morder. Es como un... como un muñeco, supongo.

–¿Por qué suena la campanilla?

–Se alegra de que estemos aquí. Se alegra de que lo hayamos conseguido.

Ella también hizo un esfuerzo por alegrarse, pero enseguida recordó que Mattie no estaba allí para compartir su alegría. Vi que la idea de que Mattie nunca estaría a su lado para compartir su felicidad pasó fugazmente por su mente... y sentí cómo Ki la expulsaba. Algo enorme cayó sobre el techo, las luces parpadearon y Ki se echó a llorar otra vez.

–No, cariño –dije y comencé a pasearme con ella en brazos–. No, cariño, no. No, Ki, no.

–¡Quiero ir con mi mamá! ¡Quiero ir con Mattie!

La paseé como dicen que hay que pasear a los bebés que tienen cólicos. Entendía demasiadas cosas para tener tres años y, en consecuencia, su sufrimiento era mucho más terrible que el de cualquier otro niño de su edad. Así que la abracé y la paseé, con los pantalones cortos mojados de orina y agua de lluvia sobre mis manos, los brazos calientes como si tuviera fiebre alrededor de mi cuello, el pelo empapado, el aliento que le olía a acetona, su muñeco convertido en una retorcida masa negra que goteaba agua sucia sobre sus nudillos. La paseé. Caminamos de un extremo al otro del salón bajo la luz tenue de una bombilla y una lámpara. La luz del generador de emergencia nunca es constante: parece respirar y suspirar. Nos paseamos bajo el sonido de la tormenta. Creo que le canté algo y estoy seguro de que la toqué con la mente, de que los dos penetramos más y más profundamente en esa zona que está más allá de los límites de la realidad. Fuera, las nubes corrían y la lluvia arreciaba, extinguiendo los incendios que los rayos habían provocado en el bosque. La casa rugía y el aire se arremolinaba con las rachas que entraban a través del cristal roto, pero a pesar de todo experimentábamos una sensación de seguridad. La sensación de haber regresado a casa.

Por fin los sollozos de Ki comenzaron a remitir. Apoyó la pesada cabecita sobre mi hombro, y cuando pasábamos junto a las ventanas del lado del lago vi que sus ojos miraban la tormenta plateada sin pestañear. La llevaba un hombre alto, cuyo pelo empezaba a ralear. Noté que podía ver la mesa de la cocina atravesándonos. Nuestros reflejos ya son fantasmas, pensé.

–¿Ki? ¿Quieres comer algo?

–No tengo hambre.

–¿Quieres un vaso de leche?

–No; chocolate. Tengo frío.

–Sí, claro que tienes frío. Y yo tengo chocolate.

Traté de dejarla en el suelo, pero ella se cogió a mí con fuerza, abrazándome con sus muslos regordetes. La senté sobre mi cadera y ella aflojó los brazos.

–¿Quién está aquí? –preguntó y se echó a temblar–. ¿Quién está con nosotros?

–No lo sé.

–Hay un niño –dijo–. Lo he visto ahí. –Con la mano que sujetaba a *Strickland* señaló la puerta corredera de la terraza (fuera, todas las sillas habían sido derribadas y arrastradas a las esquinas; una había desaparecido, tal vez caído al otro lado de la barandilla)–. Era negro, igual que los de una serie divertida de la tele que veo con Mattie. Y hay más gente negra. Una mujer con un sombrero grande. Un hombre con pantalones azules. Los demás casi no se ven. Pero ellos nos vigilan. Nos vigilan. ¿No los ves?

—No pueden hacernos daño.

—¿Estás seguro? ¿Estás seguro?

No respondí.

Encontré una caja de cacao detrás de la lata de la harina, abrí uno de los sobres individuales y vacié el contenido en una taza. En ese momento se oyó un trueno. Ki se sobresaltó y soltó un grito largo y angustioso. Yo la abracé y la besé en la mejilla.

—No me bajes, Mike. Tengo miedo.

—No te bajaré. Tu eres mi niña buena.

—Tengo miedo del niño y del hombre de los pantalones azules y de la mujer. Creo que es la misma mujer que tenía puesto el vestido de Mattie. ¿Son fantasmas?

—Sí.

—¿Y son malos, como los hombres que nos seguían en la feria? ¿Son malos?

—No lo sé, Ki. De veras no lo sé.

—Pero lo descubriremos.

—¿Eh?

—Es lo que has pensado. Lo descubriremos.

—Sí —respondí—. Supongo que estaba pensando en eso. En algo así.

La llevé al dormitorio principal mientras se calentaba el agua, pensando que quizá encontrara alguna prenda de mi mujer que sirviera para Ki, pero todos los cajones de la cómoda de Jo estaban vacíos. También estaba vacío su lado del armario. Puse a Ki sobre la gran cama de matrimonio en la que ni siquiera había dormido la siesta desde mi regreso, la desnudé, la llevé al cuarto de baño y la envolví en una toalla. Ella se arrebujó, temblorosa y con los labios azules. Usé otra toalla para secarle el pelo lo máximo posible. Durante todo este tiempo, Kyra no soltó en ningún momento el perro de peluche, que había empezado a perder el relleno a través de una costura abierta.

Abrí el armarito del baño y encontré lo que buscaba en el

estante superior: el Benadryl que tomaba Jo para combatir su aler-
gia a la ambrosía. Pensé en comprobar la fecha de caducidad en
la base de la caja y casi solté una carcajada. ¿Qué más daba? Senté a Ki sobre la tapa del inodoro y dejé que siguiera cogida a mi
cuello mientras yo sacaba cuatro cápsulas rosadas y blancas. Enjuagué el vaso de los cepillos de dientes y lo llené de agua fría.
Mientras lo hacía, vi movimientos en el espejo del baño, que reflejaba la puerta y el dormitorio. Me dije que no eran más que las
sombras de los árboles sacudidos por el viento. Le ofrecí las cápsulas a Ki. Ella tendió la mano para cogerlas, pero en el último
momento vaciló.

–Tómalas –dije–. Es una medicina.

–¿Para qué? –preguntó con la manita todavía suspendida encima de las tabletas.

–Es una medicina para la tristeza –respondí–. ¿Puedes tragar
píldoras, Ki?

–Claro. Aprendí sola cuando tenía dos años.

Titubeó durante unos instantes más, mirándome y mirando
dentro de mí, supongo, para asegurarse de que de verdad creía en
lo que le decía. Lo que vio o sintió debió de satisfacerla, porque
cogió las cápsulas y se las puso en la boca una tras otra. Las tra-
gó con sorbitos de pájaro de agua y luego dijo:

–Todavía estoy triste, Mike.

–Tardarán un rato en hacer efecto.

Rebusqué en mis cajones y encontré una vieja camiseta Har-
ley-Davison que había encogido. Era enorme para Ki, pero le hice
un nudo en un costado y quedó convertida en una túnica que se
deslizaba constantemente por uno de sus hombros. Estaba bastante graciosa.

Siempre llevo un peine en el bolsillo trasero del pantalón. Lo
saqué y peiné a Kyra, retirándole el cabello de la frente y las sienes. Comenzaba a recuperar el aspecto de costumbre, pero le faltaba algo. Algo que en mi mente estaba conectado con Royce
Merrill. Era una locura, ¿no?

–¿Mike? ¿Qué bastón? ¿En qué bastón estás pensando?

Entonces lo entendí.

–En un bastón de caramelo –respondí–. De esos que tienen

rayas. Saqué del bolsillo las cintas blancas. Los bordes rojos parecían casi crudos a la luz mortecina–. Como éstas.

Le recogí el pelo en dos coletas. Ahora tenía sus cintas y su perro; los girasoles habían vuelto, unos pasos más al norte, pero habían vuelto. Todo estaba más o menos como debía estar.

Entonces se oyó un trueno ensordecedor, un árbol cayó cerca de allí y se fue la luz. Después de unos cinco segundos de sombras grises, la luz volvió. Llevé a Ki de vuelta a la cocina, y cuando pasamos junto a la puerta del sótano, alguien rió al otro lado. Yo lo oí, y Ki también. Lo noté en sus ojos.

–Cuídame –dijo–. Cuídame. Soy pequeña. Lo prometiste.

–Lo haré.

–Te quiero, Mike.

–Yo también te quiero, Ki.

La tetera estaba silbando. Serví agua hasta la mitad de la taza y añadí leche fría para enfriar el chocolate y hacerlo más nutritivo. Llevé a Kyra al sofá. Cuando pasamos junto a la mesa del comedor, eché un vistazo a la IBM y al manuscrito con la revista de crucigramas encima. Esos objetos tenían un aspecto estúpido y triste, como aparatos que nunca han funcionado demasiado bien y ahora no funcionan en absoluto.

Un relámpago iluminó el cielo entero, llenando el salón de una luz rojiza. En el resplandor, los árboles parecían personas gritando, y cuando la luz pasó por la puerta corredera de la terraza, vi el reflejo de una mujer que estaba de pie a nuestra espalda, junto a la cocina de leña. Llevaba un sombrero de paja con un ala del tamaño de una carretilla.

–¿Qué quieres decir con que el río casi ha llegado al mar? –preguntó Ki.

Me senté y le pasé la taza.

–Bebe.

–¿Por qué esos hombres hicieron daño a mi mamá? ¿No querían que se divirtiera?

–Supongo que no –dije y me eché a llorar. Senté a la niña sobre mi regazo y me enjugué las lágrimas con el dorso de la mano.

–Tú también deberías haber tomado píldoras para la tristeza.

–Me ofreció la taza de chocolate caliente. Y las cintas del pelo, que yo había atado en grandes lazos flojos, se sacudieron–. Ten. Bebe un poco.

Bebí un poco. Se oyó un estrépito procedente del ala norte de la casa. El zumbido grave del generador sonó entrecortado durante unos segundos y la casa quedó en penumbras otra vez. La carita de Ki se llenó de sombras.

–Tranquila –dije–. Procura no asustarte. Es posible que la luz vuelva enseguida.

Y así fue, aunque el generador comenzó a emitir un sonido ronco e irregular y el parpadeo de las luces se acentuó.

–Cuéntame un cuento –dijo Ki–. El de *Cenifienta*.

–Cenicienta.

–Sí, ése.

–De acuerdo, pero a los señores que cuentan cuentos se les paga. –Fruncí los labios e imité el ruido de sorber.

Ki me ofreció la taza. El chocolate estaba dulce y delicioso. La sensación de que nos vigilaban era desagradable y nada dulce, pero que lo hicieran. Que nos vigilaran mientras pudieran.

–Había una bonita joven llamada Cenicienta.

–¡Érase una vez! ¡Empieza así! ¡Así empiezan todos!

–De acuerdo, lo había olvidado. Érase una vez una bonita joven llamada Cenicienta, que tenía dos hermanastras muy malas. Se llamaban... ¿lo recuerdas?

–Tammi Fay y Vanna.

–Sí, las Reinas de la Laca. Y obligaban a Cenicienta a hacer un montón de cosas desagradables, como limpiar la chimenea y barrer las cacas del perro en el patio trasero. Un día iba a celebrarse una fiesta en el palacio, amenizada por el célebre grupo de rock Oasis, y aunque las tres estaban invitadas...

Cuando llegué a la parte en que el hada madrina cogía a los ratones y los convertía en una limusina Mercedes, el Benadryl por fin hizo su efecto. De verdad era una medicina para la tristeza; de repente miré a Ki y vi que se había quedado dormida en el hueco de mi codo, con la taza de chocolate escorando peligrosamente a estribor. Se la quité de la mano, la puse en la mesa auxiliar y retiré de la frente el pelo casi seco de la pequeña.

–¿Ki?

Nada. Estaba en el reino de los Párpados Cerrados. Probablemente había contribuido el hecho de que su siesta había terminado casi antes de empezar.

La levanté y la llevé al dormitorio del ala norte, con los pies balanceándose en el aire y el dobladillo de su vestido Harley agitándose sobre las rodillas. La metí en la cama y la tapé con el edredón hasta la barbilla. Los truenos parecían cañonazos, pero Ki ni se movió. El cansancio, la tristeza, el Benadryl la habían sumido en un sueño profundo, más allá de los fantasmas y del dolor. Y eso era bueno.

Me incliné y la besé en la mejilla, que ahora estaba más fresca.

–Te cuidaré –dije–. Te lo he prometido, y lo haré.

Como si me hubiera oído, Ki se volvió de lado, puso la mano que sujetaba a *Strickland* bajo la barbilla y dejó escapar un suave suspiro. Al mirarla, sentí que el amor se apoderaba de mí y me sacudía como sólo puede sacudirte una enfermedad.

«Cuídame, soy pequeña.»

–Lo haré, Ki –dije.

Entré en el cuarto de baño y empecé a llenar la bañera, como una vez había hecho en sueños. Si conseguía poner suficiente agua caliente antes de que el generador dejara de funcionar, ella no se enteraría de nada. Deseé haber tenido algún juguete para el baño por si se despertaba, algo parecido a la ballena *Wilhem*. Pero tendría su perrito y, además, era difícil que despertara. Kyra no tendría un bautismo helado bajo la bomba de agua. Yo no era cruel y no estaba loco.

En el armario del baño sólo había maquinillas de afeitar desechables; no eran la herramienta más adecuada para el trabajo que me proponía hacer. No serían eficaces. Pero alguno de los cuchillos de la cocina serviría. Si llenaba la bañera con agua muy caliente, era probable que yo no sintiera nada. Una «T» en cada brazo, con la línea horizontal en la parte de las muñecas...

Por un instante regresé de la zona donde me encontraba. Una voz –la mía combinada con la de Jo y la de Mattie– gritó: «¿Qué tramas? ¡Mike, por el amor de Dios! ¿Qué tramas?»

Entonces los truenos rugieron, las luces parpadearon y la lluvia arreció otra vez, empujada por el viento. Regresé al sitio donde todo estaba claro, donde nadie discutía mi camino. Que todo acabara de una vez, el sufrimiento, el dolor, el miedo. No quería pensar más en cómo Mattie había bailado con los pies sobre el disco de playa como si fuera un círculo iluminado por un foco. No quería estar allí cuando Kyra despertara, no quería ver cómo la angustia llenaba sus ojos. No quería pasar otra noche y el día que vendría después. Todos eran vagones del mismo tren fantasma. La vida era una enfermedad. Yo iba a darle un buen baño para curarla. Levanté los brazos. En el espejo del botiquín una figura borrosa –una Forma– levantó los suyos en una especie de saludo cómico. Era yo. Había sido yo todo el tiempo, y eso estaba bien. Estaba bien.

Me arrodillé y comprobé la temperatura del agua. Estaba caliente. Estupendo. Aunque ahora el generador dejara de funcionar, ya estaba bien. La bañera era antigua y profunda. Cuando iba a la cocina para coger el cuchillo, pensé en meterme dentro con ella después de cortarme las venas en el agua más caliente de la pila. Pero decidí que no. Ese gesto podía ser malinterpretado por la gente que llegara después, gente con mente sucia y sucios prejuicios. Los que llegarían cuando hubiera amainado la tormenta y hubieran retirado los árboles de la carretera. No; después del baño, yo la secaría y la acostaría en la cama con *Strickland* en la mano. Me sentaría en la mecedora que estaba junto a la ventana. Me pondría unas cuantas toallas en el regazo, para que absorbieran toda la sangre posible, y tarde o temprano yo también me dormiría.

La campanilla de *Bunter* seguía sonando, cada vez más alto. Me estaba poniendo nervioso, y si seguía así, acabaría despertando a la niña. Así que decidí bajarla y silenciarla para siempre. Crucé el salón y en ese momento una fuerte racha de aire pasó a mi lado. No procedía de la ventana rota de la cocina; otra vez era aire caliente, como el del metro. Hizo volar la revista de crucigramas, pero el pisapapeles impidió que las páginas del manuscrito la siguieran. Cuando miré en esa dirección, la campanilla de *Bunter* dejó de sonar.

Una voz susurró algo al otro lado de la estancia oscura, pero no conseguí descifrar las palabras. ¿Qué más daba? ¿Qué importancia podía tener una manifestación más, una nueva racha de aire caliente del más allá?

Sonó otro trueno y otra vez la voz. Esta vez, cuando el generador se detuvo y sumió la habitación en sombras grises, entendí una palabra: «Diecinueve.»

Me volví, trazando un círculo casi completo, y en la penumbra quedé mirando hacia donde estaba el manuscrito de *Mi amigo de la infancia*. De repente volvió la luz. Y con ella llegó una certeza.

La clave no estaba en la revista de crucigramas. Ni en la guía telefónica.

Estaba en mi libro. En mi manuscrito.

Fui hacia él, vagamente consciente de que el agua había dejado de correr en el baño del ala norte. Cuando el generador se había parado, la bomba también. Ningún problema; sin duda el agua ya tendría la profundidad suficiente. Y estaría lo bastante caliente. Le daría un baño a Kyra, pero antes tenía que bajar diecinueve y después probablemente noventa y dos. No habría inconveniente, pues había escrito ciento veinte páginas de novela. Cogí la linterna de pilas de encima del armario donde todavía conservaba varios centenares de discos de vinilo, la encendí y fui hacia la mesa. La linterna iluminó un círculo blanco sobre el manuscrito, que en la penumbra de la tarde, parecía tan brillante como la luz de un foco teatral.

En la página diecinueve de *Mi amigo de la infancia*, Tiffi Taylor –la prostituta que se había rebautizado con el nombre de Regina Whiting– estaba sentada en su estudio con Andy Drake y rememoraba el día en que John Sanford (el *alias* tras el cual se ocultaba John Shackleford) había salvado a su hija de tres años, Karen. Éste es el pasaje que leí mientras rugían los truenos y la lluvia restallaba sobre la puerta corredera de la terraza.

bueno, estaba segura –dijo ella–, pero fui a echar
un vistazo en el *jacuzzi*. –Encendió un cigarrillo–. Fue
horrible. Lo que vi me hizo gritar, Andy... Karen estaba
oculta bajo el agua. Lo único que había fuera era su mano...
sus uñas se estaban poniendo moradas. Después supongo que
bajé por la escalinata y me lancé al agua, pero estaba
alelada. A partir de ese momento todo fue como un sueño.
Juraría que todo fue un sueño, donde las imágenes son
oscuras y se mezclan. El jardinero, Sanborn, me apartó en
el acto y se zambulló. Me dio una patada en la garganta y
estuve una semana sin poder tragar. Tiró del brazo de Karen;
supongo que podría habérselo arrancado. Pero lo consiguió,
tiró de ella y la sacó.
Una lágrima rodó por su mejilla, y aunque estaba oscuro,
Drake la vio.
–Inmediatamente después, salió del agua con la niña.
Oh, Dios, en ese momento creí qu estaba muerta.

Lo supe de inmediato, pero de todos modos puse el bloc de
notas en el margen izquierdo del manuscrito para verlo mejor. Leyendo hacia abajo, como se leen las verticales de los crucigramas, la
primera letra de cada línea formaba un mensaje que había estado allí
prácticamente desde que había empezado a escribir mi novela:

búhos baJo el estud O

Y si hacía caso omiso de los guiones de parlamento de la pe-
núltima línea, obtenía:

búhos baJo el estudIO

*Bill Dean, el encargado de mantenimiento de la casa, está sen-
tado al volante de su furgoneta. Al venir a casa, ha cumplido con
sus dos objetivos: darme la bienvenida al TR y advertirme que
tenga cuidado con Mattie Devore. Ahora está preparado para irse.*

Me sonríe, enseñándome sus grandes dientes falsos. «Cuando tenga tiempo, debería buscar los búhos», me dice. Le pregunto para qué quería Jo dos búhos de plástico y me responde que para evitar que los cuervos caguen en la terraza. Lo acepto, tengo otras cosas en que pensar, pero de todos modos... «Fue como si hubiera venido especialmente a hacer ese recado», dice. En ese momento ni se me cruza por la cabeza que en la tradición india los búhos tienen otro propósito: dicen que ahuyentan a los espíritus malignos. Si Jo sabía que los búhos de plástico mantenían alejados a los cuervos, también sabría eso. Era la clase de información que recogía y memorizaba. Mi curiosa mujer. Mi brillante cabeza de chorlito.

Más truenos. Los rayos devoraban las nubes como si fueran brillantes salpicaduras de ácido. Permanecí junto a la mesa del comedor, con el manuscrito en las manos temblorosas.

–Dios, Jo –susurré–. ¿Qué descubriste?

¿Y por qué no me lo contaste?

Pero supongo que ya sabía la respuesta. No me lo había dicho porque en cierto modo yo era como Max Devore; su bisabuelo y el mío habían cagado en el mismo agujero. No tenía ningún sentido, pero ahí estaba. Y tampoco se lo había contado a su hermano. Eso me produjo una extraña sensación de alivio.

Comencé a hojear el manuscrito, como quien hace una búsqueda en el ordenador.

Antes de llegar a Florida, John Shackleford había vivido en Studio City, California. El primer encuentro de Drake con Regina Whiting había tenido lugar en su estudio. La última dirección conocida de Ray Garraty era un estudio en Cayo Largo.

«Búhos bajo el estudio.»

Estaba en todas partes, en todas las páginas, como los nombres con «K» en la guía telefónica. Una especie de monumento construido –yo estaba seguro– no por Sara Tidwell, sino por Johanna Arlen Noonan. Mi mujer me transmitía mensajes secretos, deseando con toda su alma que yo los viera y los comprendiera.

En la página noventa y dos, Shackleford hablaba con Drake en la sala de visitas de la prisión. Shackleford estaba sentado con las manos entre las rodillas y la cabeza gacha, con la vista fija en las cadenas que unían sus tobillos, negándose a mirar a Drake.

bien, no quiero seguir hablando del tema. Ya he dicho lo
único que tenía que decir. La vida es un juego y yo
he perdido. ¿Quiere que le diga que rescaté a la niña
o que le salvé la vida porque soy un santo o un héroe?
Sí; la rescaté, pero no por eso. Ella estaba con su madre,
bañándose, cuando sucedió. Pero después la mujer salió del
agua para atender el teléfono y...

No necesitaba seguir leyendo. El mensaje «búhos bajo el estudio» estaba escrito en vertical en el margen izquierdo, igual que
en la página diecinueve. Como probablemente ocurría en muchas
otras páginas. Recordé lo feliz que me había sentido al descubrir
que el bloqueo había desaparecido y que podía escribir otra vez.
Había desparecido, es cierto, pero no porque yo lo hubiera vencido o hubiera encontrado la manera de superarlo. Había sido
obra de Jo. Lo había vencido ella, pero no porque mi futuro como
escritor de novelas de suspense de segunda categoría le importa-
ra en lo más mínimo. Mientras estaba allí bajo la luz parpadeante de los relámpagos, sintiendo cómo mis huéspedes invisibles se
arremolinaban a mi alrededor, recordé a la señora Moran, mi
maestra de primero de primaria. Cuando tenías dificultades para
reproducir las curvas elegantes de las letras caligráficas escritas en
la pizarra, ella ponía su mano grande y competente sobre la tuya
y te ayudaba.

Igual que me había ayudado Jo.

Hojeé el manuscrito y vi las palabras clave por todas partes,
a veces dispuestas de tal manera que era posible leerlas en distintas líneas, una encima de la otra. Era obvio que se había esforzado mucho para transmitirme ese mensaje... y yo no tenía intención de hacer nada más hasta descubrir por qué.

Volví a dejar el manuscrito en la mesa, pero antes de que pudiera poner el pisapapeles encima, una furiosa racha de aire helado
pasó a mi lado, haciendo que las páginas volaran y se esparcieran
por el salón. Si esa fuerza hubiera podido rasgar el papel, estoy
seguro de que lo habría hecho.

«¡No! –gritó cuando cogí la linterna–. ¡Termina tu trabajo!»

Un viento frío sopló sobre mi cara; era como si alguien a quien no podía ver estuviera delante de mí, echándome el aliento en la cara, retrocediendo cuando yo avanzaba, soplando como el lobo feroz sobre la casita de los tres cerditos.

Me colgué la linterna al brazo, extendí las manos y batí las palmas con fuerza. Los bufidos fríos cesaron. Sólo quedaban las caprichosas rachas del aire que entraban por el agujero parcialmente taponado de la ventana de la cocina.

–Está dormida –dije a quien sabía que seguía allí, vigilándome en silencio–. Hay tiempo.

Salí por la puerta trasera y el viento me golpeó de inmediato; me tambaleé y estuve en un tris de caer al suelo. Entre los árboles temblorosos vi caras verdes, las caras de los muertos. Estaba la de Devore, la de Royce, la de Son Tidwell. Pero sobre todo vi la cara de Sara.

Sara por todas partes.

«¡No! ¡Vuelve! ¡No necesitas hacer trucos con búhos, cielo! ¡Regresa! ¡Termina tu trabajo! ¡Haz aquello para lo que has venido!»

–No sé para qué he venido –dije–. Y hasta que lo descubra no pienso hacer nada.

El viento aulló, como si estuviera ofendido, y una rama enorme se desprendió del pino que estaba junto a la casa. Cayó encima de mi Chevrolet, produciendo una pequeña cascada de agua, y abolló el techo antes de rodar hacia mí. Batir palmas ahí fuera me serviría de tanto como al rey Canuto ordenar a la marea que cambiara. Aquél era su mundo, no el mío... aunque sólo la frontera. Cada paso en dirección a la Calle y al lago me acercaría un poco más al corazón de ese mundo donde gobernaban los espíritus y el tiempo era frágil. Dios, ¿qué había provocado todo aquello?

El sendero que conducía al estudio de Jo se había convertido en un arroyo. Sólo había dado una docena de pasos cuando tropecé con una piedra y caí de lado. Los rayos dibujaban flechas en el cielo. Se oyó el crujido de otra rama e intuí que caería sobre mí. Levanté las manos para protegerme la cara y rodé hacia la derecha del sendero. La rama cayó a escasos centímetros de mi espalda y yo rodé por la cuesta resbaladiza cubierta de agujas de pinos. Por fin conseguí levantarme. La rama que estaba en el camino era aún más grande que la que había aterrizado sobre el techo del coche. Si me hubiera alcanzado, me habría aplastado el cráneo.

«¡Vuelve!» Un viento maligno entre los árboles.

«¡Termina!» La voz líquida y gutural del lago golpeaba las rocas y el terraplén, debajo de la Calle.

«¡Ocúpate de tus asuntos! –Ésta era la propia casa, rugiendo sobre sus cimientos–. ¡Ocúpate de tus asuntos y deja que yo me ocupe de los míos!»

Pero Kyra era asunto mío. Kyra era mi hija.

Recogí la linterna. La carcasa estaba agrietada, pero la bombilla producía un resplandor brillante y constante. Un tanto para el equipo local. Me incliné para avanzar en el viento, con la mano levantada para protegerme de las ramas que pudieran caer. Me tambaleé y fui dando patinazos cuesta abajo, hacia el estudio de mi esposa.

CAPITULO 27

Al principio no conseguí abrir la puerta. El pomo giraba bajo mi mano, así que no estaba cerrada con llave, pero la lluvia parecía haber hinchado la madera... ¿o habían puesto algo del otro lado? Retrocedí unos pasos para tomar carrerilla y golpeé la puerta con el hombro. Esta vez cedió ligeramente.

Era ella. Sara. Estaba al otro lado y empujaba la puerta en dirección contraria. ¿Cómo podía hacerlo? Por el amor de Dios, ¿cómo? ¡Era un maldito fantasma!

Pensé en la furgoneta de CONSTRUCCIONES BAMM... y como si el pensamiento fuera una invocación, la vi allí fuera, al final del camino Cuarenta y dos, aparcada junto a la carretera. Detrás estaba el sedán lleno de viejas y tres o cuatro coches más. Todos con los limpiaparabrisas en marcha y las luces cortando tenues conos de luz en la cortina de lluvia. Estaban en fila en el arcén, como en el aparcamiento de una tienda de coches de segunda mano. Pero allí no se vendían coches; eran los viejos residentes del pueblo sentados en silencio en el interior de sus vehículos. Viejos que estaban más allá de los límites de la realidad, igual que yo. Viejos que transmitían las vibraciones.

Sara se alimentaba de ellos, les robaba su fuerza. Había hecho lo mismo con Devore; y también conmigo, por supuesto. Con toda probabilidad, muchas de las manifestaciones que había experimentado desde mi regreso habían sido fruto de mi propia energía psíquica. Era gracioso.

O tal vez sería mejor decir aterrador.

–Ayúdame, Jo –dije a la lluvia. Los relámpagos destellaron, convirtiendo el torrente momentáneamente en plata brillante–. Si alguna vez me has querido, ayúdame.

Retrocedí y volví a golpear la puerta. Esta vez no hubo resistencia y me precipité al interior, me golpeé la espinilla con la jamba y caí de rodillas. Sin embargo, no solté la linterna.

Hubo un instante de silencio. En él sentí fuerzas y presencias preparándose. En ese momento nada se movía, pero a mi espalda, en el bosque que a Jo le encantaba recorrer –conmigo o sin mí– seguía lloviendo y el viento continuaba aullando; un implacable jardinero podando los árboles muertos o casi muertos, haciendo el trabajo de diez años más tranquilos en una sola hora turbulenta. Entonces la puerta se cerró con un portazo y empezó todo. Lo vi a la luz de la linterna, que había encendido sin darme cuenta, pero al principio no comprendí lo que veía. Aparte de la destrucción de los objetos más queridos de mi esposa a manos de los *poltergeists*.

El cuadrado de alfombra de estambre enmarcado cayó de la pared y voló de un extremo del estudio al otro. El marco de madera negra se rompió. Las cabezas de las muñecas se separaron de sus cuerpos, saltando de los *collages* infantiles como el corcho de una botella de champán en una fiesta. La lámpara del techo estalló, cubriéndome con una lluvia de cristales. Se desató viento –un viento frío– y de inmediato se unió a él uno más cálido, casi caliente. Ambos se arremolinaron formando un torbellino. Rodaron junto a mí como si imitaran la tormenta del exterior.

En la estantería, la maqueta de Sara Risa –que parecía construida con mondadientes y palitos de polos– explotó en una nube de astillas. El remo de kayak que estaba contra la pared se elevó en el aire, remó furiosamente en la nada y luego se arrojó contra mí como si fuera una lanza. Me tendí sobre la alfombra verde para eludirlo y sentí que los fragmentos de cristal de la lámpara se clavaban en las palmas de mis manos. Pero sentí algo más: un bulto debajo de la alfombra. El remo golpeó la pared con fuerza suficiente para partirse en dos.

Ahora el banjo que mi esposa nunca había llegado a dominar flotó en el aire, dio un par de vueltas y tocó una animada secuencia de notas que, a pesar de estar desafinadas, eran inconfundibles: «Ojalá estuviera en la tierra del algodón, nunca olvidaré mis tiempos allí.» La frase terminó con un rasguido estridente que rompió las cinco cuerdas. El banjo dio una tercera vuelta y sus brillantes piezas de metal reflejaron escamas de luz en las paredes del estudio. Luego comenzó a golpearse una y otra vez contra el suelo. La caja se rompió y las clavijas saltaron como dientes.

El sonido del aire que se movía comenzó a... –¿cómo lo explico?– a concentrarse, hasta que dejó de ser el sonido del aire para convertirse en el sonido de voces: voces jadeantes, sobrenaturales, llenas de furia. Si hubieran tenido cuerdas vocales, habrían gritado. El aire polvoriento se arremolinaba en el haz de luz de la linterna, formando eles que bailaban juntas y luego se separaban. Por un instante oí la voz ronca y desgarrada de Sara: «¡Sal, puta! ¡Vete de aquí! Esto no es asunto...» Luego un curioso, insustancial batacazo, como si el aire hubiera chocado con el aire. Siguió un aullido que parecía retumbar en un túnel y que yo reconocí: lo había oído a medianoche. Jo gritaba. Sara le hacía daño. Sara la castigaba por interferir, y Jo gritaba.

–¡No! –grité mientras me ponía en pie–. ¡Déjala en paz! ¡Déjala!

Me adentré en la habitación, balanceando la linterna delante de mi cara como si fuera posible ahuyentarla con ella. A mi alrededor volaban frascos: algunos contenían flores secas, otros setas cuidadosamente seccionadas, otros hierbas medicinales. Estallaron contra la pared de enfrente con el sonido cristalino de un xilófon. Ninguno de ellos me alcanzó; era como si una mano invisible los hubiera mantenido apartados de mí.

Entonces el escritorio de persiana de Jo se alzó en el aire. Teniendo en cuenta que los cajones estaban llenos de cosas, debía de pesar por lo menos doscientos kilos, pero flotó como una pluma, inclinándose primero hacia un lado y luego hacia el otro en las corrientes de aire antagónicas.

Jo volvió a gritar, esta vez de furia más que de dolor, y yo retrocedí tambaleándome hacia la puerta cerrada, con la sensación de que me habían vaciado. Al parecer, Sara no era la única que podía robar la energía de los vivos. Una sustancia blanca similar al semen –ectoplasma, supongo– brotó de los casilleros del escritorio formando una docena de riachuelos, y de repente el escritorio se lanzó hacia el otro extremo de la habitación. Volaba con tanta rapidez que era casi imposible seguirlo con la vista. Habría aplastado a cualquiera que hubiera estado en su camino. Se oyó un aullido desgarrador de protesta y dolor –esta vez era Sara, yo lo sabía– y entonces el escritorio dio contra la pared, rompiéndola y dejando entrar a la lluvia y el viento. La puerta de persiana se soltó de sus guías y colgó como una lengua. Todos los cajones salieron disparados. Bobinas de hilo, madejas de lana, pequeños libros sobre la fauna y la flora y guías del bosque, dedales, cuadernos, agujas de hacer punto, rotuladores secos: los *arrestos* de Jo, como habría dicho Kyra. Volaron por todas partes como huesos y mechones de pelo caídos de un ataúd desenterrado.

–¡Basta! –grité–. ¡Parad las dos! ¡Ya es suficiente!

Pero no había necesidad de decirlo. Aparte de las furiosas embestidas de la tormenta, estaba solo en el estudio de mi esposa. La batalla había terminado. Al menos por el momento.

Me arrodillé y doblé con cuidado la alfombra verde, recogiendo en ella la mayor cantidad posible de cristales. Abajo había una trampilla a través de la cual se accedía a un trastero triangular creado por la inclinación del terreno en el camino al lago. El pequeño relieve que había palpado era una de las bisagras de la trampilla. Sabía que existía el trastero y había pensado en buscar los búhos en él, pero luego las cosas se habían complicado y lo había olvidado.

En la trampilla había una hendidura. La cogí, esperando resistencia otra vez, pero no la hubo y se abrió con facilidad. El olor que salió del interior me dejó paralizado. No era olor a podrido o a humedad –al principio, al menos–, sino el perfume favorito de Jo. Flotó en el aire unos instantes y luego desapareció. Lo reemplazó un aroma a lluvia, raíces y tierra húmeda. No era agradable, pero yo había aspirado uno mucho peor en la orilla del lago, cerca del maldito abedul.

Iluminé con la linterna los tres escalones, y me pareció ver una figura en cuclillas que resultó ser un inodoro viejo (recordé vagamente que Bill y Kenny Auster lo habían puesto allí en 1990 o 1991). Había cajas de metal –de hecho, cajones de archivadores– envueltos en plástico y apilados sobre estructuras de madera. Discos y papeles viejos. Un magnetófono antiguo envuelto en una bolsa de plástico. A su lado, un aparato de vídeo. Y en un rincón...

Me senté con las piernas colgando en el agujero y sentí que algo me rozaba el tobillo que me había torcido en el lago. Me puse la linterna entre las rodillas, alumbré y por un momento me pareció ver a un niño negro. Pero no el que había muerto ahogado en el lago. Éste era mayor y bastante más corpulento. Debía de tener doce o catorce años, mientras que el niño ahogado no podía tener más de ocho.

Éste me enseñó los dientes y bufó como un gato. Sus ojos no tenían pupilas; al igual que los del niño del lago, eran completamente blancos, como los ojos de una estatua. Y negaba con la cabeza. «No bajes aquí, hombre blanco. Deja que los muertos descansen en paz.»

–Pero tú no estás en paz –dije y lo alumbré directamente con el haz de la linterna.

Tuve una visión fugaz pero pavorosa. Podía ver a través de él, pero también podía ver *dentro* de él: los restos podridos de su lengua en la boca, los ojos en sus órbitas, el cerebro en el cráneo. Luego desapareció y no quedó nada más que un remolino de polvo.

Entré en el trastero con la linterna en alto. Abajo, los nidos de sombras se movieron y parecieron elevarse.

En el suelo del trastero (no era más que un sitio minúsculo donde sólo se podía andar a gatas) habíamos puesto tarimas de madera con el fin de evitar que se humedecieran las cosas. Ahora el agua había formado un pequeño arroyo y se había erosionado la cantidad suficiente de tierra para obstaculizar el paso. El perfume había desaparecido por completo, reemplazado por el desagradable olor al lecho de un río y –aunque parezca increíble en esas condiciones, estaba allí– también un tenue aroma a cenizas y fuego.

Vi lo que había ido a buscar casi de inmediato. Los búhos que Jo había comprado por correo y que había ido a esperar personalmente en noviembre de 1993 estaban en el rincón noreste, donde había apenas sesenta centímetros entre las tarimas y el suelo del estudio. Tal como había dicho Bill, parecían de verdad. Sin embargo, eran siniestros: a la intensa luz de la linterna parecían pájaros primero fajados y luego asfixiados con plástico transparente. Sus ojos eran brillantes alianzas de oro alrededor de grandes pupilas negras. Las plumas de plástico estaban pintadas del verde oscuro de los pinos, y sus vientres, de un blanco sucio, con vetas anaranjadas. Gateé hacia ellos sobre las tarimas que se movían y crujían (el haz de la linterna bajaba y subía entre ellos), tratando de no pensar en si el niño negro estaría a mi espalda, persiguiéndome. Cuando llegué junto a los búhos, levanté la cabeza sin pensar y me golpeé contra el panel aislante que cubría la base del suelo del estudio. Un golpe para sí, dos golpes para no, imbécil, pensé.

Pasé los dedos por debajo de la envoltura de plástico y los atraje hacia mí. Tenía prisa por salir de allí. La sensación de que el agua corría pocos centímetros más abajo era extraña y desagradable. Otro tanto ocurría con el olor a fuego, que parecía más fuerte a pesar de la humedad. ¿Y si el estudio se estaba incendiando? ¿Y si Sara había conseguido prenderle fuego? Me asaría vivo ahí abajo mientras el barro de la tormenta me empapaba las piernas y la barriga.

Vi que uno de los búhos estaba pegado a una base de plástico –nada mejor para aguantarlo de pie en el porche o la terraza si quiere ahuyentar a los cuervos, señora–, pero la base del otro había desaparecido. Retrocedí hacia la trampilla con la linterna en una mano y el saco de plástico de los búhos en la otra, dando un respingo cada vez que un trueno rugía sobre mi cabeza. Había recorrido una corta distancia cuando la cinta adhesiva húmeda que sujetaba el búho a su base se despegó. El búho se inclinó hacia mí y sus ojos negros y dorados parecieron mirar los míos con fascinación.

Una racha de aire. Un leve, reconfortante aroma a perfume. Cogí el búho por las protuberancias parecidas a cuernos que le salían de la frente y lo puse boca abajo. Donde antes había estado la base ahora había dos clavijas con un hueco en el centro. En el interior del hueco había una cajita de lata que reconocí antes de llegar al vientre del búho para sacarla de allí. La iluminé con la linterna, sabiendo lo que vería: BARATIJAS DE JO, escrito con una elegante caligrafía antigua. Johanna la había encontrado en un mercadillo de antigüedades.

La miré con el corazón desbocado. Fuera se oyó otro trueno. La trampilla seguía abierta, pero yo había olvidado que quería subir. Me había olvidado de todo, excepto de la caja de metal que tenía en la mano y que era del tamaño de una caja de cigarros, aunque menos profunda. Abrí la tapa.

Dentro había unos papeles doblados encima de un par de libretas de resorte, de las que yo usaba para notas y listas de personajes. Estas dos estaban unidas con una goma. Arriba de todo había un brillante cuadrado negro. Hasta que lo cogí y lo alumbré con la linterna no me di cuenta de que era el negativo de una foto.

Espectral, invertida y ligeramente anaranjada, vi a Jo con su biquini gris. Estaba de pie sobre la plataforma flotante, con las manos detrás de la cabeza.

–Jo –dije y no pude decir nada más.

Las lágrimas me ahogaron. Sujeté el negativo durante unos instantes, reacio a perder contacto con él, luego volví a ponerlo en la caja con los papeles y las libretas. Para eso había ido Jo a Sara en julio de 1994: para coger estas cosas y esconderlas lo mejor posible. Había sacado los búhos a la terraza (Frank había oído la puerta) y los había llevado al trastero. Casi podía verla arrancando la base de un búho y metiendo la caja metálica en el interior de su vientre de plástico, envolviendo ambas cosas y guardándolas en el trastero. Entretanto, su hermano la esperaba sentado en el capó del coche, fumando Marlboros y sintiendo las vibraciones. Las malas vibraciones. Dudaba que alguna vez pudiera averiguar las razones por las cuales Jo había hecho eso o cuál había sido su estado de ánimo... pero sin duda estaba convencida de que yo tarde o temprano los encontraría allí. ¿Por qué si no había dejado el negativo?

Los papeles sueltos eran en su mayor parte fotocopias de recortes del *Castle Rock Call* y el *Weekly News*, el periódico que había precedido al *Call*. En todos ellos estaban apuntadas las fechas con la letra pulcra y firme de mi esposa. El recorte más antiguo era de 1865 y se titulaba OTRO SOLDADO REGRESA SANO Y SALVO. El soldado en cuestión era Jared Devore, de treinta y dos años. Entonces comprendí uno de los enigmas que más me había intrigado: el de las generaciones que no parecían cuadrar. Mientras alumbraba con la linterna los viejos caracteres gráficos del artículo, evoqué una canción de Sara Tidwell: «¡Los viejos lo hacen y los jóvenes también! ¡Y los viejos le enseñan a los jóvenes exactamente qué hacer!»

Cuando Sara y los Red-Tops habían llegado al condado de Castle y se habían establecido en el sitio que luego se conocería como Tidwel's Meadow, Jared Devore debía de tener setenta y siete o setenta y ocho años. Viejo, pero todavía vivo. Un veterano de la guerra de Secesión. La clase de anciano que los hombres más jóvenes admirarían. Y la canción de Sara decía la verdad: los viejos enseñan a los jóvenes lo que tienen que hacer.

¿Qué habían hecho, exactamente?

Los recortes sobre Sara y los Red-Tops no lo decían. Sólo los leí por encima, pero el tono me escandalizó. Yo lo describiría de cordialmente desdeñoso. Los Red-Tops eran «nuestros mirlos negros del Sur» y nuestros «morenos rítmicos», además de estar «llenos de jovialidad africana». A Sara se la describía como «la maravillosa figura de una negra con nariz gruesa, labios carnosos y frente noble» que «fascinaba a hombres y mujeres por igual con su vitalidad animal, su sonrisa radiante y su risa estridente».

Eran –que Dios nos salve y nos proteja– críticas. Buenas, si a uno no le molestaba que hablaran de su color.

Les eché un vistazo rápido, buscando algún dato sobre las circunstancias en que los «mirlos negros del Sur» se habían marchado, pero no encontré nada. En cambio encontré un recorte del *Call*, fechado el 19 de julio de 1933 (baja diecinueve, pensé), con

este titular: VETERANO DEL EJÉRCITO Y ACTUAL ENCARGADO DE MANTE-
NIMIENTO NO CONSIGUE SALVAR A SU HIJA. Según la historia, Fred
Dean estaba luchando junto con doscientos hombres más para
apagar los incendios forestales en el este del TR cuando el viento
había cambiado, amenazando la orilla norte del lago, que hasta entonces se consideraba segura. En esa época, muchos de los lugareños tenían una casita allí para alojarse durante la temporada de
caza o de pesca (eso ya lo sabía yo). La comunidad tenía un col-
mado y un nombre, Halo Bay. La mujer de Fred, Hilda, estaba
allí con los gemelos Dean, William y Carla, de tres años, mientras
su marido combatía el incendio. En Halo Bay había muchas otras
esposas con hijos.

Según el periódico, al cambiar el viento, el fuego había avanzado deprisa «como explosiones en cadena». Las mujeres habían
salido por el único cortafuegos que los hombres habían dejado y
se habían dirigido al extremo del lago. Al parecer, en Halo Bay no
había hombres para que tomaran el mando ni ninguna mujer con
capacidad de hacerlo. Se habían asustado y corrido a meter sus
posesiones y a los niños en los coches, bloqueando la única salida con sus vehículos. Finalmente uno de los coches se había parado y mientras el fuego se acercaba, prendiendo un bosque que
no había visto la lluvia desde finales de abril, las mujeres que estaban en los coches se habían quedado atrapadas.

Los bomberos voluntarios acudieron al rescate a tiempo, pero
cuando Fred llegó junto a su mujer (una de las integrantes del
grupo que trataba de sacar un cupé Ford averiado del camino)
hizo un terrible descubrimiento. Billy estaba tendido en el suelo
del asiento trasero del coche, profundamente dormido, pero Carla
no estaba. Hilda los había dejado a los dos en el coche, sentados
en el asiento trasero y cogidos de la mano, como de costumbre.
Sin embargo, en algún momento después de que su hermano se
quedara dormido en el suelo y mientras Hilda cargaba los últimos
trastos en el coche, Carla debió de recordar un juguete o una
muñeca olvidados y regresó a buscarlo. Entretanto, su madre
había vuelto a subir al viejo DeSoto y se había alejado de allí sin
mirar a los niños. Carla Dean debía de estar todavía en la casa o
caminando por la carretera. Sea como fuere, el fuego la alcanzó.

El camino era demasiado estrecho para volver a dar la vuelta y estaba demasiado atestado para conducir por otro que fuera en la dirección correcta. De modo que Fred Dean, que era todo un héroe, corrió hacia el horizonte cubierto de humo, donde ya empezaban a destellar brillantes cintas anaranjadas. El fuego empujado por el viento había salido a su encuentro, como un amante.

Yo estaba de rodillas sobre la tarima, leyendo esto a la luz de la linterna, cuando el olor a fuego y a quemado se intensificó. Tosí... y la tos se ahogó cuando el sabor a hierro del lago me llenó la boca y la garganta. Una vez más, ahora arrodillado en el trastero que había bajo el estudio de mi esposa, sentí que me ahogaba. Una vez más me incliné hacia adelante, tuve arcadas y escupí sólo saliva.

Me volví y vi el lago. Los somorgujos cantaban sobre su superficie brumosa, avanzando hacia mí en fila, rozando el agua con las alas. Habían tapado el azul del cielo. El aire olía a carbón y pólvora. La orilla este de Dark Score estaba en llamas y yo podía oír los estampidos amortiguados de los árboles huecos que estallaban. Sonaban como cargas de profundidad.

Miré hacia abajo, ansioso por librarme de esta visión, sabiendo que un par de segundos después no parecería algo tan distante como una visión, sino algo tan real como el viaje que Kyra y yo habíamos hecho a la Feria de Fryeburg. En lugar de un búho con anillos dorados alrededor de las pupilas, estaba mirando a una niña con brillantes ojos azules. Estaba sentada a una mesa de jardín, con los brazos rollizos extendidos, llorando. La vi con tanta claridad como veía mi cara en el espejo cada mañana cuando me afeitaba. Vi que tenía aproximadamente...

... la edad de Kyra, pero es más gordita y su cabello es moreno en lugar de rubio. Su cabello es del color que todavía conserva el de su hermano, que por fin comienza a encanecer ese verano distante de 1998, un año que ella nunca verá a menos que alguien la saque de este infierno. Lleva un vestido blanco y calcetines rojos hasta la rodilla y me tiende los brazos gritando «¡Papá, papá!».

Corro hacia ella y una oleada de calor concentrado me hace retroceder un instante... Me doy cuenta de que allí yo soy el fantasma y de que Fred Dean acaba de pasar a través de mí. «¡Papá!», grita, pero a él, no a mí. «¡Papá!», y lo abraza, sin preocuparse por si se mancha el vestido blanco de seda y su carita regordeta mientras él la besa. Comienza a caer más hollín y los somorgujos vuelan hacia la orilla; sus estridentes chillidos parecen un llanto desesperado.

–¡Papá, se acerca el fuego! –grita mientras él la coge en brazos.

–Lo sé, debes tener valor –dice él–. Estaremos bien, cariño, pero debes tener valor.

El fuego no se acerca; ya se ha acercado. Todo el este de Halo Bay está en llamas, y ahora avanza hacia aquí, devorando las casitas blancas donde a los hombres les gusta emborracharse en la temporada de caza y en la temporada de pesca. Detrás de la casa de Al LeRoux, la ropa que Marguerite tendió esta mañana está en llamas; pantalones, vestidos y ropa interior ardiendo en cuerdas que también son hilos de fuego. Caen hojas y trozos de corteza encendida; una chispa toca el cuello de Carla y la niña grita de dolor. Fred aparta la chispa y la lleva en brazos por la cuesta, en dirección al agua.

–¡No lo hagas! –grito. Sé que es imposible cambiar lo ocurrido, pero de todos modos grito, trato de cambiarlo. ¡Lucha! ¡Por el amor de Dios, lucha!

–¿Quién es ese hombre, papá? –pregunta Carla y me señala en el mismo momento que el techo de tejas verdes de la casa de los Dean se incendia.

Fred mira hacia donde señala la niña y en su cara veo un espasmo de culpa. Sabe lo que hace, y eso es lo más terrible... en el fondo sabe exactamente lo que hace aquí, en Halo Bay, donde termina la Calle. Sabe y tiene miedo de que alguien presencie su trabajo. Pero no ve a nadie.

¿O sí? Sus ojos se ensanchan con una duda fugaz cuando vislumbra algo, tal vez un remolino de aire. ¿O siente mi presencia? ¿Es eso? ¿Siente una súbita racha de aire frío en medio de tanto calor? ¿Una racha que percibe como unas manos que protestan, unas manos que lo detendrían si sólo tuvieran sustancia? Luego desvía la vista y entra andando en el agua junto al pequeño embarcadero de los Dean.

–¡Fred! –grito–. ¡Por el amor de Dios, hombre, mírala! ¿Crees que tu esposa le puso un vestido blanco de seda por casualidad? ¿Algo le pone eso a una niña para jugar?

—¿Por qué vamos al agua, papá? —pregunta ella.

—Para alejarnos del fuego, cariño.

—¡Papá, yo no sé nadar!

—No tendrás que hacerlo —responde él, ¡y qué escalofrío siento yo entonces! Porque es verdad; no tendrá que nadar ni ahora ni nunca. Y por lo menos el método de Fred parecerá más compasivo que el de Normal Auster cuando le llegue el momento a Normal... más compasivo que la bomba de agua, que los litros de agua helada.

El vestido blanco flota a su alrededor como un lirio. Los calcetines rojos brillan en el agua. Se abraza con fuerza al cuello de él y ahora están entre los somorgujos que huyen; los somorgujos golpean el agua con sus poderosas alas, formando rizos de espuma y mirando al hombre y a la niña con sus ojos desolados. El aire está cargado de humo y el cielo ha desaparecido. Camino tras ellos, tambaleándome... siento el frío del agua, aunque no salpico ni dejo estela. Ahora la orilla este y la norte están en llamas. Hay una media luna de fuego alrededor de nosotros mientras Fred Dean camina en aguas cada vez más profundas con su hija en brazos, como si se tratara de un rito de bautismo. Y sin embargo se dice a sí mismo que quiere salvarla, igual que durante toda su vida Hilda le dirá que la niña volvió atrás a buscar un juguete, que no la dejó allí adrede, que no la dejó allí con su vestido blanco y sus calcetines rojos para que la encontrara su padre, que una vez hizo algo inenarrable. Es el pasado, es la Tierra del Ayer, y aquí los pecados de los padres visitan a los hijos, incluso hasta la séptima generación, que no es ésta.

La lleva a una zona más profunda y la niña empieza a llorar. Sus gritos se funden con los gritos de los somorgujos, hasta que él ahoga el sonido dándole un beso en la aterrorizada boca. «Te quiero, papá quiere a su niñita», dice y la baja. Será un bautismo con una inmersión completa, aunque en la orilla no hay un coro cantando y nadie grita ¡aleluya! y él no le permitirá volver a subir. Ella lucha frenéticamente dentro del capullo blanco de su vestido de sacrificio, y después de un momento él no puede seguir mirándola; en cambio, mira hacia el otro lado del lago, hacia el oeste, donde el fuego aún no ha llegado (y nunca llegará), al oeste donde el cielo todavía está azul. La ceniza cae sobre él como una lluvia negra y las lágrimas brotan de sus ojos mientras la niña lucha furiosamente bajo sus manos, tratando de zafarse. Se dice a sí mismo: Es sólo un accidente. Un terrible accidente. La llevé al lago, porque era el único sitio adonde podía llevarla, el único sitio que quedaba, y ella se asustó, comenzó a luchar, estaba húmeda y resbaladiza, se me escurrió entre los brazos y entonces...

Olvido que soy un fantasma y grito «¡Kia! ¡Aguanta, Ki!» y me sumerjo. Llego junto a ella, veo su cara aterrorizada, sus desorbitados ojos azules, su boca parecida a una rosa que deja una estela de burbujas plateadas. Fred está sumergido con el agua hasta el cuello, empujándola mientras se repite a sí mismo una y otra vez que pretendía salvarla, que era la única manera. Yo intento cogerla, Kia, mi hija, mi hijo, mi Kia (todos son Kia, los niños y las niñas, todos mis hijos) y en cada ocasión mis brazos atraviesan su cuerpo. Peor –ay, peor aun– ella ahora me busca, sacude las manos rogando que la rescaten. Sus manos buscan a tientas y se funden con las mías. No podemos tocarnos porque el fantasma soy yo. Yo soy el fantasma y cuando sus esfuerzos se debilitan me doy cuenta de que no puedo no puedo no puedo ay no puedo respirar... me estaba ahogando.

Me doblé, abrí la boca y esta vez escupí un gran chorro de agua del lago, empapando al búho de plástico que estaba sobre la tarima, entre mis rodillas. Me abracé a la caja de BARATIJAS DE JO para evitar mojar su contenido, pero el movimiento provocó otra arcada. Esta vez el agua fría salió por la nariz, así como por la boca. Respiré hondo y tosí.

–Esto tiene que acabar –dije, pero naturalmente éste era el final, pasara lo que pasara. Porque Kyra era la última.

Subí los peldaños del trastero y me senté en el suelo sucio del estudio a recuperar el aliento. Fuera, los truenos y la lluvia continuaban, pero yo pensé que lo peor de la tormenta ya había pasado. O quizá fuera sólo una esperanza.

Descansé con las piernas colgando en el agujero –ahí ya no había fantasmas para tocar mis tobillos; no sé cómo, pero lo sé–

y quité las gomas elásticas a las dos libretas. Abrí la primera, la hojeé y vi que estaba casi llena de anotaciones manuscritas de Jo. También había unas cuantas hojas mecanografiadas a un espacio: la razón de las visitas clandestinas de Jo al TR durante 1993 y 1994. Eran en su mayor parte notas fragmentarias y transcripciones de cintas que con toda seguridad seguirían en el trastero. Ocultas junto al reproductor de vídeo o al viejo magnetófono, quizá. Pero yo ya no las necesitaba. Cuando llegara el momento –si llegaba– encontraría la mayor parte de la historia allí. Qué había ocurrido, quién lo había hecho, cómo lo habían encubierto. Pero ahora me daba igual. Ahora lo único que quería era asegurarme de que Kyra estaba a salvo y de que seguiría a salvo. Y sólo había una manera de conseguirlo.

Descansando en paz.

Quise volver a poner las gomas alrededor de las libretas, pero la que no había abierto se me cayó al suelo. Un trozo de papel verde salió del interior. Lo recogí y vi lo siguiente:

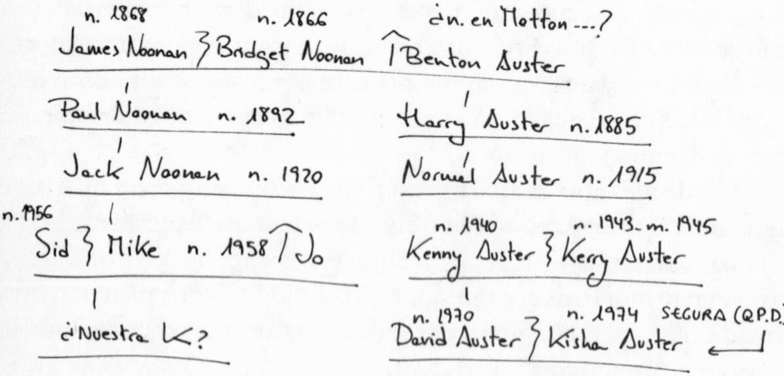

```
n. 1868          n. 1866         ¿n. en Motton ---?
James Noonan ⅗ Bridget Noonan   Benton Auster

Paul Noonan   n. 1892          Harry Auster   n. 1885

Jack Noonan   n. 1920          Normal Auster   n. 1915

n. 1956                        n. 1940     n. 1943- m. 1945
Sid ⅗ Mike   n. 1958 / Jo      Kenny Auster ⅗ Kerry Auster

                               n. 1970      n. 1974  SEGURA (Q.P.D.)
¿Nuestra K?                    David Auster ⅗ Kisha Auster ⟵
```

Por un instante salí del extraño estado de conciencia superior en el que había estado viviendo y el mundo recuperó sus dimensiones normales. Pero los colores eran demasiado intensos; los objetos estaban demasiado *presentes*. Me sentí como un soldado en un campo de batalla súbitamente iluminado por un resplandor blanco que permite verlo todo con absoluta claridad.

La familia de mi padre procedía de Neck's Prout. Yo no me

había equivocado en ese punto; según las notas, mi bisabuelo era James Noonan y nunca había cagado en el mismo agujero que Jared Devore. Max Devore se había equivocado... o mentía... o simplemente se había confundido, como le sucede a muchas personas al llegar a los ochenta. Ni siquiera un tipo como Devore, que había mantenido la lucidez hasta el final, estaba libre de desbarrar en algún momento. Pero Devore no había desbarrado tanto, porque según ese pequeño árbol genealógico, mi bisabuelo había tenido una hermana mayor, Bridget, que se había casado con... Benton Auster.

Mi dedo descendió una línea, hasta Harry Auster. Hijo de Benton y Bridget Noonan en 1885.

–Dios mío –murmuré–. El abuelo de Kenny Auster era mi tío abuelo. Y era uno de ellos. Hicieran lo que hicieran, Harry Auster era uno de ellos. Ésa es la conexión.

Pensé en Kyra y me asaltó un súbito terror. Llevaba casi una hora sola en la casa. ¿Cómo había sido tan estúpido? Cualquiera podría haber entrado en la casa mientras yo estaba en el estudio. Sara podría haber usado a cualquiera para...

Comprendí que no era así. Los asesinos y las víctimas infantiles habían estado unidas por lazos de sangre, pero ahora la sangre se había diluido, el río casi había llegado al mar. Estaba Bill Dean, pero él no se acercaría a Sara Risa. Estaba Kenny Auster, pero él se había ido con su familia a Massachusetts. Y los parientes más cercanos de Ki –su madre, su padre, su abuelo– habían muerto.

Sólo quedaba yo. Sólo yo era de su sangre. Sólo yo podía hacerlo. A menos que...

Corrí a la casa lo más rápidamente que pude, resbalando por el camino empapado, desesperado por comprobar que la niña seguía bien. No creía que Sara pudiera hacerle ningún daño personalmente, por mucha energía que hubiera chupado a los viejos residentes, pero... ¿y si me equivocaba?

¿Y si me equivocaba?

CAPITULO 28

Ki se había quedado dormida en el acto como yo la había dejado, recostada de lado y aferrando el mugriento perrito de peluche bajo la barbilla. Le había dejado una mancha en el cuello, pero no tuve corazón para quitárselo. Más allá de ella y a la izquierda, a través de la puerta abierta del baño, oí el monótono *plinc, plonc, plinc* del agua al caer del grifo a la bañera llena. Un viento frío me envolvió como la seda, acariciando mis mejillas y provocando un escalofrío nada desagradable que recorrió mi espalda de abajo arriba. En la sala, la campanilla de *Bunter* dio una débil sacudida. «El agua aún está caliente, cielo –susurró Sara–. Sé su amigo, sé su papaíto. Vamos, ahora. Haz lo que yo quiero. Haz lo que ambos queremos.»

Y yo *quería* hacerlo, lo cual debía de ser la razón de que Jo intentara al principio mantenerme alejado del TR y de Sara Risa. Y también de que hubiera mantenido en secreto su posible embarazo. Era como si yo hubiera descubierto un vampiro en mi interior, un ser al que no le interesaba lo que según él era una conciencia de programa televisivo o una moralidad propia de la página editorial de un periódico. Una parte que sólo quería llevarse a Ki al lavabo, sumergirla en aquella bañera de agua caliente y mantenerla allí hundida, contemplando cómo las cintas blancas con bordes rojos brillaban con un resplandor trémulo, igual que habían brillado el vestido blanco y los calcetines rojos de Carla Dean mientras el bosque ardía alrededor de ella y de su padre. Una parte de mí se habría alegrado mucho de pagar el último plazo de esa antigua factura.

—Dios mío —murmuré y me sequé la cara de un manotazo—. Sabe demasiados trucos. Y es tan puñeteramente fuerte...

La puerta del lavabo intentó cerrarse antes de que pudiera entrar, pero la empujé para abrirla sin encontrar apenas resistencia. La puerta del armarito se abrió de golpe y el espejo se hizo añicos contra la pared. El contenido salió volando en mi dirección, pero no era un ataque muy peligroso; esta vez, la mayoría de los proyectiles eran tubos de dentífrico, cepillos de dientes, botellas de plástico y unos cuantos inhaladores Vicks gastados. Débil, muy débilmente la oí gritar de frustración cuando tiré del tapón del fondo de la bañera y dejé que el agua empezara a marcharse. Por Dios, ya eran bastantes los ahogados del último siglo en el TR. Y aun así, por un momento sentí un impulso increíblemente fuerte de volver a poner el tapón mientras todavía quedara agua suficiente para realizar el trabajo. En su lugar, lo arranqué de su cadenita y lo lancé hacia el pasillo. La puerta del armarito volvió a cerrarse de golpe y el resto del espejo se desprendió.

—¿Cuántos han sido? —le pregunté—. ¿Cuántos, además de Carla Dean, Kerry Auster y nuestra Kia? ¿Dos? ¿Tres? ¿Cinco? ¿Cuántos necesitas para poder descansar?

«¡A todos!», fue la rápida respuesta. Y no era sólo la voz de Sara; también lo dijo la mía. Se había introducido en mí furtivamente, como un ladrón que se cuela por el sótano... y yo ya estaba pensando que aunque la bañera estuviera vacía y la bomba de agua temporalmente inservible, siempre quedaba el lago.

«¡A todos! —volvió a gritar la voz—. ¡A todos, cariño!»

Por supuesto; sólo se conformaría con todos. Hasta entonces no habría descanso para Sara Risa.

—Te ayudaré a descansar —dije—. Te lo prometo.

El resto del agua se fue en un remolino... pero siempre quedaba el lago, siempre quedaba el lago por si cambiaba de opinión.

Salí del lavabo y me asomé de nuevo a la habitación de Ki. No se había movido, la sensación de que Sara estaba conmigo había desaparecido, la campanilla de *Bunter* guardaba silencio... y sin embargo me sentía inquieto, no quería dejarla sola. Pero tenía que hacerlo si quería acabar el trabajo, y sería mejor que no me entretuviera. La policía del condado y del estado llegarían tarde o temprano, con tormenta o sin ella, con árboles caídos o sin ellos.

Sí, pero...

Salí al pasillo y miré alrededor con inquietud. Retumbó un trueno, pero había perdido parte de su intensidad. Igual que el viento. Lo que no se desvanecía era la sensación de que alguien me observaba, alguien que no era Sara. Me quedé inmóvil unos instantes más, intentando decirme que era sólo el chirrido de mis nervios recocidos, y luego me dirigí hacia la entrada por el pasillo.

Abría la puerta que daba al porche... luego miré bruscamente hacia atrás, como si esperara ver a alguien o algo acechando desde el fondo de la estantería. Una Forma, quizá. Un ser que todavía buscaba algo para protegerse del polvo. Pero yo era la única Forma que quedaba, por lo menos en esta parte del mundo, y el único movimiento que vi fueron las sombras onduladas que proyectaba la lluvia al resbalar por los cristales de las ventanas.

Seguía lloviendo con la fuerza suficiente para que volviera a empaparme mientras cruzaba el porche en dirección al sendero particular, pero yo no presté atención a ese detalle. Acababa de estar junto a una niña que se ahogaba, había estado condenadamente cerca de ahogarme yo mismo no hacía tanto tiempo, y la lluvia no iba a impedirme hacer lo que debía. Levanté la rama caída que había abollado el techo de mi coche, la arrojé a un lado y abrí la puerta trasera del Chevrolet.

Lo que había comprado en Slips'n Greens seguía en el asiento trasero, todavía metido en el saco de tela que Lila Proulx me había dado. El desplantador y la cuchilla de podar eran visibles, pero el tercer artículo estaba en una bolsa de plástico. «¿Quiere que ponga esto en una bolsa especial?», me había preguntado Lila. «Es mejor prevenir que curar.» Y más tarde, cuando me marchaba, me había hablado del perro de Kenny, *Arándano*, que perseguiría gaviotas hasta caerse muerto. Había terminado con una carcajada, pero sus ojos no reían. Tal vez ésa fuera la manera de distinguir a los marcianos de los terrícolas: los marcianos eran incapaces de reír con los ojos.

Vi el regalo de Rommie y George en el asiento delantero: la Stenomask que yo había confundido con la mascarilla de oxígeno de Devore. En ese momento, los muchachos del sótano alzaron la voz –como mínimo hasta un murmullo– y me incliné para coger la máscara por el elástico sin tener ni la menor idea de por qué lo hacía. La metí en el carrito de la compra, cerré la puerta del coche y luego empecé a bajar los escalones de traviesas hacia el lago. Por el camino me detuve para agacharme por debajo del muelle, donde guardaba algunas herramientas. No había ningún pico, pero cogí una pala que parecía apta para cavar tumbas. Después, creyendo que sería la última vez, seguí el curso de mi sueño hasta la Calle. No necesitaba que Jo me mostrase el lugar; la Dama Verde lo había estado señalando desde el principio. Pero aunque no lo hubiera hecho, y aunque Sara Tidwell no hubiera seguido clamando venganza, creo que lo habría sabido. Creo que me habría conducido hasta allí mi propio corazón embrujado.

Un hombre se interponía entre mí y el lugar donde la frente gris de roca vigilaba el camino, y cuando me detuve en la última traviesa de ferrocarril, me saludó con una voz ronca que yo conocía demasiado bien.

–Dime, chulo, ¿dónde está tu puta?

Estaba en plena Calle bajo la lluvia torrencial, pero su indumentaria de leñador –pantalones de franela verdes, camisa de lana a cuadros– y su gorra azul desteñido del ejército de la Unión estaba seca, porque la lluvia lo atravesaba en lugar de caer sobre él. Parecía sólido, pero no era más real que la misma Sara. Me lo recordé mientras bajaba al camino para enfrentarme a él, pero mi corazón siguió acelerándose, latiendo en mi pecho como un martillo cubierto de tela.

Llevaba las ropas de Jared Devore, pero éste no era Jared Devore. Era su bisnieto Max, el que había iniciado su carrera con el robo de un trineo y había acabado suicidándose... pero no antes de organizar el asesinato de su nuera, que había tenido la osadía de negarle lo que él tanto quería.

Avancé hacia él y se situó en el centro del camino para impedirme el paso. Sentí que el frío se cocía en él. He dicho exactamente lo que quería decir, expresando lo que recuerdo con toda la claridad de que soy capaz: sentí que el frío se cocía en él. Y sí, era sin duda Max Devore, pero acicalado como un leñador en una fiesta de disfraces y con el aspecto que debía de tener en la época en que había nacido su hijo Lance. Viejo pero robusto. La clase de hombre que otros más jóvenes respetan. Y ahora, como si el pensamiento los hubiera invocado, vi que los demás cobraban vida detrás de él, poniéndose en fila para cerrarme el paso. Eran los mismos hombres que habían estado con Jared en la Feria de Fryeburg, y yo ya reconocía a algunos de ellos. Fred Dean, naturalmente, que sólo tenía diecinueve años en 1901, treinta años antes de que ahogara a su hija. Y el que me había recordado a mí mismo era Harry Auster, el primogénito de la hermana de mi bisabuelo. Tendría unos dieciséis años, apenas la edad suficiente para afeitarse, pero sí para trabajar en los bosques con Jared. La edad suficiente para cagar en el mismo agujero que Jared. Para confundir el veneno de Jared con la sabiduría. Uno de los otros torció la cabeza y bizqueó al mismo tiempo; yo había visto antes ese tic. ¿Dónde? Entonces lo recordé: en la tienda Lakeview. Ese joven era el difunto padre de Royce Merrill. A los demás no los conocía. Ni me importaba.

—No te dejaremos pasar —dijo Devore, y levantó las manos—. Ni se te ocurra intentarlo. ¿Tengo razón, chicos?

Los demás mascullaron palabras roncas de asentimiento —supongo que semejantes a las que podrían pronunciar los miembros de cualquier banda actual de matones o gamberros—, pero sus voces eran distantes; en realidad, más tristes que amenazadoras. En las ropas de Jared Devore había cierta corporeidad, tal vez porque en vida poseía una enorme vitalidad, o tal vez porque había muerto en una fecha reciente, pero los otros eran poco más que imágenes proyectadas.

—¿Adónde crees que vas? —gritó.

–A dar un sano paseo –respondí–. No hay ninguna ley que lo prohíba. En la Calle los cachorros buenos y los perros malos pueden caminar lado a lado. Lo dijo usted mismo.

–No lo entiendes –dijo Max-Jared–. Nunca lo entenderás. No eres de ese mundo. Era nuestro mundo.

Me detuve y lo miré con curiosidad. Me quedaba poco tiempo, quería acabar de una vez... pero tenía que saberlo, y sospeché que Devore estaba dispuesto a decírmelo.

–Explíquemelo –dije –. Convénzame de que algún mundo era el suyo. –Lo miré y luego miré a las figuras traslúcidas y temblorosas que se erguían a sus espaldas, carne tenue como gasa amontonada sobre huesos relucientes–. Cuénteme lo que hicieron.

–Entonces todo era diferente –dijo Devore–. Ahora, cuando bajas hasta aquí, Noonan, puede que en los cuatro kilómetros que hay hasta Halo Bay veas a apenas media docena de personas en la Calle. Después del día del Trabajo, no verás a nadie en absoluto. En esta orilla del lago tendrás que sortear arbustos silvestres, árboles caídos (habrá aún más después de esta tormenta) e incluso una o dos trampas, porque hoy en día los lugareños no se organizan para mantener limpio el lugar. Pero en nuestra época... Los bosques eran mayores entonces, Noonan, las distancias eran más grandes y la vecindad significaba algo. La vida misma, muy a menudo. En aquellos tiempos, esto era realmente una calle. ¿No lo ves?

Lo veía. Si miraba a través de las figuras fantasmales de Fred Dean, Harry Auster y los demás, lo veía. No eran sólo fantasmas; eran como el reflejo de otra era en la luna de un escaparate. Vi una tarde de verano del año... ¿1988? ¿Tal vez 1902? No importa. Es un período en el que todas las épocas parecen la misma, como si el tiempo se hubiera detenido. Es un tiempo que los veteranos recuerdan como una especie de Edad de Oro. Es el Reino del Ayer, la Tierra de la Infancia. El sol lo baña todo con la hermosa luz dorada de finales de un julio interminable; el lago es tan azul como un sueño, surcado por millones y millones de chispas de luz. ¡Y la Calle! Está cubierta de una hierba fina como el césped y es ancha como una avenida. Veo que es una avenida, un lugar donde la comunidad se convierte en tal. Es la principal vía de comunicación, el principal cable eléctrico de una amplia red. Yo había advertido la existencia de esos cables desde el principio, incluso cuando Jo estaba viva, los percibía bajo la superficie, y éste es su origen. Los vecinos pasean por la Calle, recorriendo de arriba abajo la orilla oriental del lago Dark Score, pasean en pequeños grupos, riendo y conversando bajo un cielo estival cubierto de nubes, y ahí es donde empiezan todos los cables. Miro y me percato de lo equivocado que estaba al creer que eran marcianos, extraterrestres crueles y calculadores. Al este de su soleado paseo se cierne la oscuridad del bosque, claros umbrosos y oquedades donde podría acechar cualquier cosa siniestra, desde un pie cercenado en un accidente en el bosque hasta un parto malogrado y una joven madre muerta antes de que el médico consiga llegar desde Castle Rock en su coche de un caballo. Estas personas viven sin electricidad, ni teléfono, ni equipos de salvamento del condado, nadie en quien apoyarse, aparte de en los vecinos y un Dios del que varios de ellos han empezado a desconfiar. Viven en los bosques y en las sombras de los bosques, pero en las soleadas tardes de verano se acercan a la orilla del lago. Van a la Calle y se miran a la cara unos a otros, ríen juntos y entonces están verdaderamente en el TR, en lo que yo he acabado llamando mentalmente la zona. No son marcianos; son pequeñas vidas que moran al borde de la oscuridad, nada más.

Veo a los veraneantes que se alojan en Warrington's: hombres con traje de franela blanco y un par de mujeres con largos vestidos de tenis que aún llevan sus raquetas en la mano. Un tipo que monta en un triciclo con una rueda delantera inmensa pasa entre ellos y los saluda tambaleándose. El grupo de veraneantes se ha detenido a charlar con un grupo de jóvenes del pueblo; los forasteros quieren saber si pueden jugar en el partido de béisbol contra los locales, en Warrington's el martes por la noche. Ben Merrill, el futuro padre de Royce, dice: «Vale, pero no os trataremos mejor sólo porque seáis de Nueva York.» Los jóvenes ríen, igual que los tenistas.

Un poco más allá, dos chicos juegan con una pelota de béisbol casera. Detrás de ellos hay una reunión de jóvenes madres que hablan muy serias de sus hijos, todos a salvo en sus cochecillos y formando su propio grupo. Hombres con mono de trabajo hablan del tiempo y las cosechas, de política y las cosechas, de los impuestos y las cosechas. Un profesor del instituto local se ha sentado en la frente de piedra gris que conozco tan bien e instruye pacientemente a un malhumorado alumno que quiere estar en cualquier otra parte y hacer cualquier otra cosa. Creo que de mayor el chico será el padre de Buddy Jellison. La bocina no funciona. Permanezcan atentos al dedo, pienso.

A lo largo de toda la Calle hay gente pescando, y no les va nada mal; el lago está repleto de percas, truchas y lucios. Un pintor –otro veraneante, a juzgar por su bata corta y su boina– ha instalado su caballete y está pintado las montañas mientras dos señoras observan respetuosamente. Pasan unas niñas riendo, murmurando sobre los chicos, la ropa y el colegio. Aquí hay belleza y paz. Devore tiene razón al decir que es un mundo que nunca he conocido. Es...

–Hermoso –dije, haciendo un esfuerzo para regresar–. Sí, ya lo veo. Pero ¿adónde quiere ir a parar?

–¿Yo? –Devore pareció casi cómicamente sorprendido–. Ella se había creído que podía andar por aquí como todos, ¡ahí quiero ir a parar! ¡Se creía que podía pasearse como una blanca! Con sus grandes dientes, sus grandes tetas y su aspecto arrogante. Se creía algo especial, pero nosotros le enseñamos que ho lo era. Intentó pasar por encima de mí, y como no pudo, me puso sus asquerosas manos encima y me tiró al suelo. Pero no pasó nada; le enseñamos buenos modales. ¿Verdad, chicos?

Todos gruñeron en señal de asentimiento, pero me pareció que algunos –el joven Harry Auster, sin ir más lejos– estaban asqueados.

–Le enseñamos cuál era su lugar –dijo Devore–. Le enseñamos que no era más que una...

... negra. Ésa es la palabra que él utiliza una y otra vez cuando están en los bosques ese verano, el verano de 1901, el verano en que Sara y los Red-Tops se convierten en *el* espectáculo musical que hay que ver en esta parte del mundo. Ella, su hermano y toda su familia de negros han sido invitados a Warrington's para que toquen ante los veraneantes; les han dado champán y ostras...

o eso dice Jared Devore a su pequeña escuela de devotos seguidores mientras engullen su sencillo almuerzo de pan con carne y pepinos en salmuera que les han preparado sus respectivas madres (ninguno de los jóvenes está casado, aunque Oren Peebles está comprometido).

Sin embargo, no es su fama creciente lo que molesta a Jared Devore. No es que ella haya ido a Warrington's; no se le mueve un pelo al pensar que ella y ese hermano suyo se hayan sentado a comer con blancos, cogiendo el pan de la misma bandeja que ellos con sus dedos de negros. Al fin y al cabo, todos los que están en Warrington's son forasteros, y Devore cuenta a los atentos y silenciosos jóvenes que ha oído decir que en lugares como Nueva York y Chicago hay mujeres blancas que incluso *joden* con negros.

–¡No! –exclama Harry Auster, mirando alrededor con nerviosismo, como si esperara que varias mujeres blancas pasaran por el bosque de un lugar tan apartado como Bowie Ridge–. ¡Ninguna blanca jodería con un negro! Pásame un pepinillo.

Devore se limita a mirarlo como si dijera: Cuando tengas mi edad... Además, no le importa lo que ocurra en Nueva York o Chicago; ya vio todo lo que quería ver durante la guerra de Secesión... y siempre dice que no luchó en esa guerra para liberar a los malditos esclavos. Por él, en la tierra del algodón podían tener esclavos hasta el fin de la eternidad. No, el había luchado para enseñarles a los muertos de hambre blancos hijos de perra que vivían al sur de la frontera que uno no se retira de la partida sólo porque no le gustan algunas de las reglas de juego. Había bajado a rascar roña del hocico del viejo Johnny Reb. ¡Mira que intentar salirse de los Estados Unidos de América! ¡Santo Dios!

No, no le importan los esclavos, ni la tierra del algodón, ni los negros que cantan canciones obscenas y encima los invitan a champán y ostras en pago por sus porquerías. No le importa nada mientras se mantengan en su sitio y le dejen a él en el suyo.

Pero ella no. Aquella zorra advenediza no lo hace. Le han advertido que se mantenga alejada de la Calle, pero no quiere escuchar. Va a todas partes, caminando con su vestido blanco igual que si lo llevara una blanca, a veces con su hijo, que tiene un nombre negro africano y no tiene padre; su progenitor probablemente sólo pasó una noche con su madre en un pajar, en algún lugar de Alabama, y ahora ella va por ahí insolentemente con el fruto de esa unión. Camina por la Calle como si tuviera derecho a estar allí, aunque nadie quiera hablar con ella...

–Pero eso no es verdad, ¿no? –le pregunté a Devore–. En realidad hablaban con ella. Tenía algo especial; esa risa, quizá. Por eso los hombres hablaban con ella de las cosechas y las mujeres le enseñaban orgullosas a sus hijos. De hecho, le permitían tenerlos en brazos, y cuando ella reía para los pequeños, todos le devolvían la risa. Las chicas le pedían consejo sobre los chicos. Los chicos... se limitaban a mirar. Pero *cómo* miraban, ¿eh? Se les saltaban los ojos de las órbitas, y supongo que la mayoría pensaban en ella cuando salían al excusado para hacerse una paja.

Devore me miró colérico. Envejecía ante mis ojos, las arrugas de su cara eran cada vez más profundas; se estaba convirtiendo en el hombre que me había derribado en el lago porque no soportaba que le llevaran la contraria. Y a medida que envejecía, se iba desvaneciendo.

–Eso era lo que más molestaba a Jared, ¿verdad? Que no le volvieran la espalda, que no la despreciaran. Ella caminaba por la Calle y nadie la trataba como a una negra. La trataban como a una vecina.

Me encontraba más profundamente que nunca en la zona, al otro lado de los límites de la realidad, allí donde el inconsciente del pueblo fluía como un río subterráneo. Podía beber de ese agua mientras estuviera ahí, podía llenarme la boca, la garganta y la barriga con su frío sabor mineral.

Durante todo aquel verano, Devore les habló. Eran algo más que su cuadrilla de trabajo, eran sus muchachos: Fred, Harry, Ben, Oren, George Armbruster y Draper Finney, que se rompería el cuello y se ahogaría el verano siguiente intentando zambullirse en Eades Quarry estando borracho. Aunque fue la clase de accidente que parece deliberado. Draper Finney bebía mucho entre julio de 1901 y agosto de 1902 porque era el único modo de dormir. La única manera de expulsar la mano de su mente, la mano que sobresalía del agua, abriendo y cerrando el puño hasta que daban ganas de gritar: «¿Es que nunca va a dejar de hacer eso?»

Durante todo el verano, Jared Devore les llenó los oídos de «zorra negra» y «zorra advenediza». Durante todo el verano les habló de su responsabilidad como hombres, de su deber de mantener pura la comunidad y de que debían hacer lo que los demás eran incapaces de hacer.

Fue una tarde de domingo de agosto, a una hora en que la circulación por la Calle disminuía notablemente. Más tarde, hacia las cinco, la Calle volvería a animarse, y entre las seis y el ocaso el ancho camino que circundaba el lago estaría atestado. Pero a las tres de la tarde había marea baja. Los metodistas volvían a reunirse en Harlow para el servicio vespertino; en Warrington's, los veraneantes estaban sentados ante una copiosa merienda sabatina de pollo asado o jamón; en todo el vecindario, las familias preparaban su cena del domingo. Los que acababan de almorzar dormían la siesta para evitarse el calor del día, a ser posible en una hamaca. A Sara le gustaba esa hora tranquila. En realidad, la adoraba. Había pasado buena parte de su vida en ferias ambulantes y antros llenos de humo, cantando a voz en cuello para hacerse oír por encima de las voces de los revoltosos borrachos de cara rubicunda, y mientras una parte de ella amaba la emoción y la impredictibilidad de aquella vida, otra parte amaba también la serenidad de ésta. La paz de estas caminatas. Después de todo, nunca sería más joven que ahora; tenía un hijo que pronto dejaría atrás la infancia. Aquel domingo en particular debió pensar que la Calle estaba *demasiado* tranquila. Recorrió una milla al sur del prado sin ver ni un alma; incluso Kito se había ido para entonces, cansado de recoger moras. Era como si el pueblo entero estuviese desierto. Sabe que hay una cena en Kashwakamak, por supuesto, incluso ha contribuido con un pastel de setas, porque se ha hecho amiga de varias damas del Eastern Star. Todos estarán allí preparándose. Lo que no sabe es que hoy es también el día de la Dedicación para la Gran Iglesia Bautista, la primera iglesia de verdad construida en el TR. Un montón de lugareños han ido allí, tanto bautistas como paganos. Débilmente, desde la orilla opuesta del lago le llegan los cantos de los metodistas. El sonido es dulce, lejano y hermoso; la distancia y el eco han afinado todas las voces discordantes.

No advierte la presencia de los hombres –la mayoría muy jóvenes, de los que en circunstancias normales sólo se atreven a mirarla de reojo– hasta que el mayor de ellos habla:

–¿Qué os parece? ¡Una puta negra con un vestido blanco y un cinturón rojo! Que me condene si no es demasiado colorido para la orilla del lago. ¿Qué te pasa, puta? ¿No entiendes las indirectas?

Ella se vuelve, asustada pero sin demostrarlo. Ha vivido treinta y seis años en esta tierra, sabe lo que tiene un hombre y dónde quiere meterlo desde los once años, y también sabe que cuando los hombres se reúnen y se ponen ciegos de whisky barato (lo huele), dejan de pensar individualmente y se convierten en una manada de perros salvajes. Si les demuestras miedo, caerán sobre ti como perros y te despedazarán como perros.

Además, la estaban esperando. No puede haber otra explicación para su repentina aparición.

–¿De qué indirecta hablas, cariño? –pregunta plantándoles cara. ¿Dónde está todo el mundo? ¿Dónde pueden estar todos? ¡Maldita sea! En la otra orilla del lago, los metodistas han pasado a *Ten fe y obedece*, un tostón donde los haya.

–De que no eres nadie para pasearte por donde se pasean los blancos –dice Harry Auster. Su voz adolescente se quiebra en la última palabra en una especie de chillido ratonil y ella se echa a reír. Sabe que no es nada prudente, pero no puede evitarlo: nunca ha podido contener la risa, igual que no puede impedir el modo en que hombres como éstos le miran el pecho y el trasero. La culpa es de Dios.

–Vaya, paseo por donde quiero –dice ella–. Me han dicho que es la vía pública, nadie tiene derecho a echarme de aquí. Nadie. ¿Has visto a alguien intentarlo?

–Nos ves ahora a nosotros –dice George Armbruster, intentando hacerse el duro.

Sara lo mira con una especie de amable desprecio que hace que George se estremezca. Sus mejillas se tiñen de rubor.

–Hijo –dice ella–, sólo das la cara ahora porque la gente decente está en otra parte. ¿Por qué dejas que estos amigos te digan lo que tienes que hacer? Pórtate decentemente y deja pasar a una dama.

Lo veo todo. Mientras Devore se desvanece cada vez más, y

al final sólo quedan ojos bajo una gorra azul en la lluviosa tarde (a través de él veo los restos destrozados de la plataforma flotante), lo veo todo. Veo cómo ella va al encuentro de Devore. Si se queda aquí discutiendo con ellos, ocurrirá algo malo. Lo nota, y nunca ha dudado de su intuición. Y si avanza hacia cualquiera de los otros, el amo blanco le cerrará el paso desde un lado, arrastrando a los demás. El amo blanco de la gorra azul es el cabecilla y tiene que imponerse sobre él. Además, puede hacerlo. Él es fuerte, lo bastante fuerte para convertir a estos chicos en un solo ser, *su* ser, al menos por el momento, pero no tiene la misma fuerza que ella, su determinación, su energía. En cierto sentido, ella agradece ese enfrentamiento. Reg le ha advertido que vaya con cuidado, que no intente ir demasiado rápido ni hacer amigos de verdad hasta que los palurdos se muestren tal como son, pero ella sigue su propio camino, confiando en su intuición. Y allí están, sólo son siete y el único que cuenta es el de la gorra azul.

Soy más fuerte que tú, amo blanco, piensa mientras avanza hacia él. Clava la mirada en los ojos del hombre y no la baja en ningún momento; es él quien lo hace, él a quien le tiembla la comisura de la boca por la duda, su lengua la que humedece los labios, rápida como un lagarto, y todo eso es bueno... pero es aún mejor cuando da un paso atrás. Cuando lo hace, los demás se agrupan en dos bandos de tres hombres, y ahí está, el camino despejado para ella. Débil y dulcemente, la música de los metodistas les llega a través de la superficie inmóvil del lago. Un tostón de himno, sí, pero dulce a la distancia.

> *Cuando caminamos con el Señor*
> *en la luz de su palabra,*
> *qué gloria inspira a nuestro camino...*

«Soy más fuerte que tú, cariño –transmite mentalmente–, soy más mala que tú, tú serás el domador de toros, pero yo soy la abeja reina y si no quieres que te clave mi aguijón, será mejor que me dejes seguir mi camino.»

–¡Zorra! –exclama él, pero con voz débil; ya está pensado que hoy no es el día, hay algo en ella que no había visto hasta tenerla tan cerca, una magia de negros que no había notado hasta ahora, mejor esperar a otro día, mejor...

Entonces tropieza con una raíz o una piedra (quizá es la misma piedra detrás de la cual finalmente ella acabará descansando) y cae al suelo. La gorra sale despedida, dejando al descubierto la gran calva de su coronilla. Sus pantalones se desgarran en la costura. Y Sara comete un error crucial. Tal vez ha subestimado la considerable fuerza personal de Jared Devore, o quizá simplemente no puede contenerse: el sonido de sus calzones al rasgarse es como un fuerte pedo. En cualquier caso, ella se ríe con la risa estridente y quebrada que es su señal de identidad. Y su risa es su perdición.

Devore no piensa. Se limita a darle una patada desde donde está tendido, proyectando como pistones sus grandes pies calzados con botas claveteadas de leñador. La golpea donde es más fina y vulnerable: los tobillos. Ella suelta un alarido de dolor y sorpresa cuando el izquierdo se parte; se desploma rodando y el parasol de volantes se le escapa de la mano. Inspira profundamente para aullar de nuevo y Jared dice desde el suelo:

–¡No la dejéis! ¡No dejéis que grite!

Ben Merrill se lanza de cabeza sobre ella, con sus noventa kilos de peso. El aliento que la mujer había reunido para gritar se escapa silbando, en un suspiro casi silencioso. Ben, que nunca ha bailado siquiera con una mujer, y mucho menos se ha tumbado encima de una como ésta, se excita instantáneamente al notarla forcejeando debajo de él. Se frota contra ella, riendo, y apenas nota cuando ella le clava las uñas y le araña la mejilla. Se siente todo polla, y de un metro de largo. Cuando Sara intenta rodar para salir así de debajo, él rueda también, la deja quedar encima, se lleva una sorpresa mayúscula cuando ella baja bruscamente la cabeza y le da un golpe en la frente. Ve las estrellas, pero tiene dieciocho años, nunca será más fuerte que ahora, y no se queda sin conocimiento ni sin erección.

Oren Peebles le desgarra la espalda del vestido, riendo.

–¡Al montón! –articula en un susurro entrecortado, y se deja caer encima de ella. Ahora está a horcajadas sobre la mujer, meneando las caderas animadamente y Ben hace lo propio y con el mismo entusiasmo desde debajo; los dos se mueven como machos cabríos aunque les corra por ambos lados de la cara la sangre que brota de la brecha que Sara tiene en medio de la frente; y ella sabe que si no consigue lanzar el último alarido está perdida. Si logra gritar y Kito la oye, correrá a buscar ayuda, correrá a buscar a Reg...

—Pero antes de que pueda intentarlo otra vez, el amo blanco está en cuclillas a su lado y le muestra una navaja de larga hoja.

—Haz un solo ruido y te corto la nariz —dice y ahí es cuando ella se rinde. Al final la han vencido, en parte porque se rió en mal momento, pero sobre todo por pura mala suerte. Ahora nada los detendrá, y lo mejor será que Kito se mantenga alejado. Por favor, Dios mío, ayúdale a quedarse donde estaba, había un montón de moras, que deberían mantenerlo ocupado más de una hora. Le encanta recoger moras, y estos hombres no tardarán una hora. Harry Auster la coge por el pelo y echa su cabeza hacia atrás, le desgarra el vestido por el hombro y empieza a chupetearle el cuello.

El amo blanco es el único que no está encima de ella. El amo blanco se ha quedado atrás, mirando en ambas direcciones de la Calle, con los párpados entornados y expresión preocupada; el amo blanco parece un lobo sarnoso que acaba de comerse a una generación entera de pollos del gallinero sin ser atrapado o cazado ni una sola vez.

—Eh, irlandés, déjala un minuto —le dice a Harry y luego abre bien los ojos para mirar a los demás—. Echadla al lago, malditos idiotas. Hundidla hasta el fondo.

No lo hacen. No pueden. Están demasiado ansiosos de poseerla. La arrastran hasta la frente de roca gris y satisfacen esa necesidad. Ella no reza con facilidad, pero ahora lo hace. Reza para que la dejen vivir. Reza para que Kito no se acerque, para que siga llenando su cubo despacio, comiéndose uno de cada tres puñados de moras. Reza para que si se le ocurre alcanzarla, vea lo que está ocurriendo y corra en dirección contraria con todas sus fuerzas, que corra en silencio y busque a Reg.

—Abre la boca —dice entre jadeos George Armbruster—. Y no me muerdas, zorra.

La poseen por arriba y por abajo, por delante y por detrás, dos y tres al mismo tiempo. La poseen donde cualquiera que pase no pueda evitar verlos, y el amo blanco se separa un poco, mira primero a los jóvenes jadeantes amontonados a su alrededor, se arrodilla con los calzones bajados y los muslos arañados por las zarzas entre las que se han metido, y luego otea el camino arriba y abajo con ojos enloquecidos y preocupados. Increíblemente, uno de ellos –Fred Dean– dice:

–Perdone, señora –después de descargar hasta la última gota en ella. Como si le hubiera dado un puntapié en la espinilla sin querer mientras cruzaba las piernas.

Y no termina. Se corren en su garganta, en su culo, y el más joven le ha hecho sangre en el pecho izquierdo a mordiscos, y no termina. Son jóvenes, y para cuando el último ha acabado, el primero, ¡Dios mío!, el primero vuelve a estar en forma. En la otra orilla, los metodistas cantan ahora *Bendita confirmación, Jesús es mío,* y mientras ve acercarse al amo blanco, ella piensa: Casi ha terminado, mujer, éste es el último, aguanta, aguanta y pronto habrá acabado todo. El hombre mira al pelirrojo de la cara huesuda y al que no deja de bizquear mientras echa la cabeza hacia un lado, y les dice que vigilen el camino, que me toca a mí ahora que la habéis calentado.

Se desabrocha el cinturón, los pantalones, se baja los calzoncillos –negros en las rodillas y amarillos en la ingle– y cuando coloca una rodilla a cada lado de la mujer, ella ve que el pequeño amo del amo blanco está tan flácido como una serpiente con el cuello roto, y antes de poder impedirlo, aquella risa estridente brota inesperadamente otra vez: incluso tumbada allí y cubierta por el caliente jugo viscoso derramado por sus violadores, no puede evitar verle el lado cómico.

–¡Cállate! –ruge Devore y le asesta un puñetazo que le rompe la mandíbula y la nariz–. ¡Deja de gritar!

–Supongo que se te pondría tiesa si fuera uno de tus muchachos el que estuviera aquí tumbado con el culo en alto, ¿verdad, cariño? –pregunta ella y acto seguido, por última vez, se oye la risa de Sara.

Devore levanta la mano para volver a pegarle, con sus muslos desnudos contra los de la mujer, con el pene flácido entre ellos. Pero antes de que pueda descargar el golpe, una voz infantil grita:

–¡Mamá! ¿Qué te hacen, mamá? ¡Dejad a mi mamá, cerdos!

Ella logra incorporarse a pesar de lo que pesa Devore; su risa se apaga, sus ojos desorbitados buscan a Kito y lo encuentran, un niño esbelto de ocho años en medio de la Calle, vestido con un mono, un sombrero de paja y unos zapatos nuevos de lienzo, que lleva un pequeño cubo en la mano. Tiene los labios manchados de zumo azul. Los ojos se le salen de las órbitas de miedo y confusión.

–¡Corre, Kito! –grita ella–. ¡Corre a busc...!

Su cabeza estalla en una llamarada roja; se desploma de espaldas sobre los arbustos y oye al amo blanco desde una gran distancia:

–Cogedlo. No lo dejéis escapar, venga.

Después se precipita por una larga pendiente oscura, se pierde en el Túnel del Miedo que sólo parece conducir al fondo de sus propios intestinos convulsos. Durante la caída a las profundidades, lo oye, oye a su amado, está…

… gritando. Le oí gritar cuando me arrodillé junto a la roca gris con el carrito de la compra a mi lado y sin la menor idea de cómo había llegado hasta allí; no recordaba en absoluto haber ido andando. Lloraba por la impresión, el horror y la pena. ¿Ella se volvió loca? Bueno, no era de extrañar. Joder, no había nada de lo que extrañarse. La lluvia era insistente pero ya no apocalíptica. Me miré las manos, de un color blanco mate en contraste con la piedra gris, y luego miré alrededor. Devore y los demás habían desaparecido.

Un olor hediondo y dulzón llenó mis fosas nasales; fue como una agresión física. Rebusqué en el carrito, encontré la Stenomask que Rommie y George me habían dado bromeando y me la coloqué sobre la boca y la nariz con dedos ateridos y extrañamente ajenos. Procuré respirar con pequeñas y rápidas bocanadas. Mejor. No mucho, pero lo bastante para evitar que saliera huyendo, lo cual era indudablemente lo que ella quería.

–¡No! –gritó desde detrás de mí, pero empuñé la pala y empecé a cavar. Abrí un gran hoyo en el suelo de la primera palada, y las siguientes lo ensancharon y profundizaron. La tierra estaba suelta, cubierta con una red de intrincadas raicillas que se desprendían fácilmente ante la presión de la pala.

–¡No! ¡No te atrevas!

No quise mirar atrás, no quise darle la oportunidad de desviarme. Aquí abajo era más fuerte, quizá porque había sucedido aquí. ¿Era posible? No lo sabía y no me importaba. Lo único que me importaba era acabar con aquello. Donde las raíces eran más tupidas, me abrí paso con la cuchilla de podar.

–¡Déjame!

Ahora sí que me volví en redondo y eché un rápido vistazo, porque la voz había venido acompañada de unos chasquidos poco naturales... que ahora parecían *constituir* su voz. La Dama Verde había desaparecido. El abedul se había convertido de algún modo en Sara Tidwell: era el rostro de Sara lo que se iba formando con las ramas entrecruzadas y las hojas relucientes. Aquella cara desdibujada por la lluvia se distorsionó, se disolvió, se reconfiguró, se derritió y volvió a formarse. Por un momento se me reveló todo el misterio que había percibido allí abajo. Sus ojos relucientes y esquivos eran definitivamente humanos. Me miraban fijamente con odio y súplica.

–¡No está acabado! –gritó con voz cascada–. Él era el peor, ¿no lo entiendes? Era el peor y su sangre corre por las venas de la niña, ¡y no descansaré hasta que la vea *correr* toda!

Se produjo un crujido espeluznante. Ella se había introducido en el abedul, lo había convertido en un ente físico de alguna clase y pretendía desprenderlo del suelo. Si podía, me atraparía, me mataría encarnada en árbol. Me estrangularía con ramas como brazos. Me envolvería con sus hojas hasta que pareciese un adorno navideño.

–Por muy monstruoso que fuera, Sara, Kyra no tuvo nada que ver con lo que hizo él –dije–. Y no será tuya.

–¡Claro que sí! –aulló la Dama Verde. El crujido desgarrador era ahora más fuerte. Le siguió un silbido entrecortado. No volví a mirar atrás. No me atrevía a volver a mirar. En su lugar, cavé más deprisa–. ¡Sí, será mía! –gritó, y su voz sonó ahora más próxima. Venía a por mí pero me negué a verlo; en cuanto a árboles y arbustos que andan, me quedo con *Macbeth*, gracias–. ¡Será mía! ¡Él se llevó a mi hijo y yo me llevaré a su hija!

–Vete –dijo una nueva voz.

La pala casi se me cae de las manos. Me volví y vi a Jo en pie a mi derecha. Miraba a Sara, que se había materializado como la alucinación de un lunático, una criatura monstruosa de color negro verdoso que resbalaba a cada paso que intentaba dar por la Calle. Había dejado atrás el abedul pero se había quedado de algún modo con su vitalidad: el verdadero árbol estaba acurrucado a sus espaldas, negro, marchito y muerto. El ser nacido de él parecía una novia de Frankenstein esculpida por Picasso. En ella, el rostro de Sara aparecía y desaparecía, una y otra vez.

La Forma, pensé fríamente. Ya era real... y si siempre era yo, también era siempre ella.

Jo iba vestida con la camisa blanca y los pantalones amarillos que llevaba el día que murió. No pude ver a través de ella como veía a través de Devore y de sus jóvenes amigos; ella se había materializado por completo. Sentí una curiosa sensación en la nuca, como si me *vaciaran*, y creí entender cómo lo había conseguido.

–¡Fuera, zorra! –escupió la criatura en que se había convertido Sara.

Alzó los brazos en dirección a Jo como los había alzado ante mí en mis peores pesadillas.

–De eso nada. –La voz de Jo permanecía tranquila. Se volvió hacia mí–. Deprisa, Mike. Tienes que darte prisa. Eso ya no es ella. Ha dejado entrar a uno de los Intrusos y son muy peligrosos.

–Jo, te quiero.

–Yo también te quie...

Sara chilló y empezó a girar sobre sí misma. Las hojas y las ramas empezaron a desdibujarse y a perder cohesión; era como contemplar un alimento que se deshacía en una licuadora. La entidad que desde un principio sólo se parecía remotamente a una mujer dejó ahora completamente de lado la mascarada. Algo primitivo y grotescamente inhumano empezó a formarse del remolino. Saltó sobre mi mujer. El color y la solidez abandonaron a Jo en el preciso momento en que la criatura la abofeteó con su enorme mano. Se convirtió en un fantasma luchando con la criatura que bramaba, chillaba y le clavaba las garras.

–¡Deprisa, Mike! –gritó Jo–. ¡Deprisa!

Redoblé mis esfuerzos.

La pala chocó contra algo que no era tierra, ni piedra, ni madera. Aparté la tierra a su alrededor, dejando al descubierto un trozo de tela mugrienta y cubierta de moho. Ahora cavé como un poseso, intentando despejar la mayor cantidad del objeto que podía, intentando aumentar mis probabilidades de éxito todo lo posible. Detrás de mí, la Forma gritó con furia y mi esposa gritó de dolor. Sara había cedido parte de su ser incorpóreo para cumplir su venganza, había dejado entrar a algo que Jo había llamado Intruso. Yo no tenía ni idea de lo que podía ser y no *quería* saberlo. Sara era su conducto de entrada, al menos eso lo sabía. Y si podía ocuparme de ella a tiempo...

Metí la mano en el agujero encharcado, apartando tierra empapada del viejo lienzo. Cuando lo hice aparecieron unas letras estampadas medio borradas: ASERRADERO J. M. MCCURDIE'S. McCurdie's ardió en los incendios del treinta y tres, yo lo sabía. Había visto en alguna parte fotografías de él en llamas. Mientras tiraba del lienzo, las yemas de mis dedos lo perforaron y, dejando escapar una hedionda y tenue vaharada verde, oí gruñidos. Oí a Devore. Está tendido encima de ella y gruñe como un cerdo. Sara está medio inconsciente, mascullando ininteligiblemente entre los labios magullados y relucientes de sangre. Devore mira por encima de su hombro a Draper Finney y Fred Dean. Han salido corriendo detrás del niño y lo han traído de vuelta, no deja de gritar, grita tanto como para ensordecerme, tanto como para resucitar a los muertos, y si ellos pueden oír los cantos de los metodistas desde aquí, ellos también podrán oír al negrito aullando desde allí. Devore dice:

–Metedlo en el agua, hacedlo callar. –En el momento en que lo dice, como si las palabras fueran mágicas, su polla empieza a enderezarse.

–¿Qué quieres decir? –pregunta Ben Merrill.

–Lo sabes muy bien –dice Jared. Articula las palabras entre jadeos, sacudiendo violentamente las caderas mientras habla. Su culo apretado reluce bajo la luz de la tarde–. ¡Nos ha visto! ¿Quieres cortarle la garganta y mancharte con su sangre? Por mí, vale. Toma. Aquí tienes mi navaja.

566

–¡N... no, Jared! –grita Ben horrorizado, encogiéndose realmente al ver la navaja.

Finalmente está a punto. Sólo tarda un poco más, sólo eso, no es un chaval como los otros. ¡Pero ahora...! Da igual su lengua de víbora, da igual su insolente manera de reír, da igual todo el pueblo. Que vengan todos y miren, si quieren. Se la mete, lo que ella quería desde el principio, lo que quieren todas las de su calaña. Se la mete y la hunde hasta el fondo. Sigue dando órdenes incluso mientras la viola. Su culo sube y baja, arriba y abajo, como la cola de un gato.

–¡Que alguien se encargue de él! ¿O queréis pasar cuarenta años pudriéndoos en Shawshank por culpa del chivatazo de un negrito de mierda?

Ben agarra a Kito Tidwell por un brazo, Oren Peebles por el otro, pero para cuando han conseguido arrastrarlo hasta el terraplén han perdido el ímpetu. Una cosa es violar a una negra advenediza que había tenido la osadía de reírse de Jared cuando éste se había caído al suelo y se había rasgado los pantalones. Ahogar a un niño asustado como si fuera un gatito recién nacido en un charco cenagoso... es otra muy distinta.

Aflojan su presa, se miran el uno al otro a los ojos, como si estuvieran hechizados, y Kito se suelta.

–¡Corre, cielo! –grita Sara–. Corre y busca...

Jared le atenaza el cuello con las dos manos y empieza a apretar.

El niño tropieza con su cubo de moras y cae al suelo. Harry y Draper lo vuelven a apresar con facilidad.

–¿Qué vas a hacer? –pregunta Draper con un gemido desesperado, y Harry responde:

–Lo que debo.

Eso fue lo que respondió, y ahora yo iba a hacer lo que debía: a pesar del hedor, a pesar de Sara, a pesar de los alaridos de mi esposa muerta. Saqué a rastras del agujero el fardo de lona. Las cuerdas que lo mantenían cerrado por ambos extremos aguantaron, pero la lona se rajó por el centro con un horrendo eructo.

–¡Deprisa! –gritó Jo–. No aguantaré mucho más.

La criatura ladró, soltó un ladrido perruno. Se oyó un fuerte crujido de madera, como una puerta que se cerrara con la violencia suficiente para astillarse, y Jo gimió. Busqué la bolsa con el sello de Slips'n Greens impreso delante y la abrí de un manotazo mientras...

... Harry –los demás lo llaman irlandés por el color zanahoria de su cabello– sujeta al niño que lucha en una especie de torpe llave de lucha libre y se lanza con él al lago. El niño lucha con más ímpetu que nunca; se le cae el sombrero de paja y se aleja flotando por el agua.

–¡Coge eso! –exclama Harry. Fred Dean se arrodilla y pesca el sombrero chorreante. Fred tiene la vista nublada, tiene el aspecto de un boxeador a un asalto de besar la lona. Detrás de ellos, Sara Tidwell ha empezado a respirar entrecortadamente con unos sonidos guturales que, al igual que la visión de la mano del niño crispada en un puño, atormentarán a Draper Finney hasta su última zambullida en Eades Quarry. Jared hunde los dedos más profundamente, meneando las caderas y estrangulando a la mujer al mismo tiempo, empapado de sudor. Por mucho que lave las ropas que lleva, el olor de ese sudor no desaparecerá, y cuando empiece a pensar que es «sudor asesino», quemará las prendas para olvidarse de él.

Harry Auster quiere olvidarse de todo, olvidarse y no volver a ver nunca más a estos hombres, sobre todo a Jared Devore, de quien ahora piensa que debe ser el propio Satanás. Harry no puede volver a casa y mirar a su padre a menos que esta pesadilla termine y sea enterrada. ¡Y su madre! ¿Cómo podrá nunca mirar a su adorada madre, Bridget Auster, con su redonda cara irlandesa, su cabello canoso y su reconfortante pecho en el que apoyarse? Bridget, que siempre tiene una palabra amable o una mano tranquilizadora para él, Bridget Auster, que fue Salvada, Lavada en la Sangre del Cordero, Bridget Auster, que en este mismo momento sirve pasteles en la merienda que disfrutan en la nueva iglesia, Bridget Auster, que es mamá. ¿Cómo podrá nunca volver a mirarla –o ella a él– si tiene que ser juzgado por violar y maltratar a una mujer, aunque sea negra?

Por eso aparta al niño de su cuerpo bruscamente –Kito le araña una vez, apenas una muesca en un lado del cuello, y esa noche

Harry le dirá a su madre que fue una espina dé zarza que le pilló por sorpresa y dejará que ella bese la herida– y luego hunde al pequeño en el lago. Kito lo mira desde el agua, su rostro parece ondular, y Harry ve un pez nadando muy cerca. Una perca, piensa. Por un instante se pregunta qué debe ver el niño, mirando hacia arriba a través del escudo plateado de la superficie la cara del tipo que lo mantiene hundido, el tipo que lo está ahogando, y enseguida Harry aleja este pensamiento. Sólo es un negro –se recuerda a sí mismo desesperadamente–. Eso es lo que es, un negro y nada más. No es de los tuyos.

El brazo de Kito sale del agua, su brazo moreno y chorreante. Harry se echa hacia atrás, no quiere que lo arañe, pero la mano no lo busca a él, sólo sobresale en vertical. Los dedos se cierran formando un puño. Se abren. Se cierran en un puño. Se abren. Se cierran en un puño. Las sacudidas del niño empiezan a debilitarse, el pataleo se hace más lento, los ojos que miran directamente a los de Harry adoptan una curiosa expresión adormilada, y el brazo moreno sigue extendido hacia arriba, la mano sigue abriéndose y cerrándose, abriéndose y cerrándose. Draper Finney está en la orilla llorando, seguro de que *ahora* vendrá alguien, *ahora* verá alguien la terrible acción que han cometido, la terrible acción que aún están cometiendo. «Pagarás por tus pecados –dice la Biblia–. No lo dudes.» Abre la boca para decirle a Harry que lo deje, tal vez aún no sea demasiado tarde para echarse atrás, sacarlo del agua, dejarlo vivir, pero no sale ningún sonido. A sus espaldas, Sara agoniza. Frente a él, la mano del niño que se ahoga se abre y se cierra, se abre y se cierra, su reflejo ondula en el agua, y Draper piensa: ¿No dejará de hacer eso? ¿Nunca va a dejar de hacer eso? Y como si fuera una oración que ahora recibe una respuesta, el codo rígido del niño empieza a doblarse y su brazo empieza a hundirse; los dedos se cierran de nuevo formando un puño y se quedan quietos. Por un momento la mano se estremece y luego…

Me dio un golpe en la frente con la palma de la mano para alejar a los fantasmas. Detrás de mí oía un frenético crujir de ramas de arbusto mientras Jo y lo que quiera que estuviese conteniendo seguían luchando. Metí las manos por la raja de la lona como un médico que abre una herida. Di un tirón. Se oyó un sonido rasgado mientras el saco se rajaba de punta a punta.

En el interior estaban los restos de ambos: dos calaveras amarillentas, frente a frente, como si mantuvieran una conversación íntima; un cinturón de mujer de cuero rojo desteñido, un amasijo de ropa... y un montón de huesos. Dos cajas torácicas, una grande y otra pequeña. Dos pares de piernas, unas largas y otras cortas. Los restos de Sara y Kito Tidwell, enterrados a la orilla del lago durante casi cien años.

El mayor de los cráneos se volvió hacia mí y sus cuencas vacías me miraron fijamente. Sus dientes castañetearon como si fuera a morderme y los huesos que había debajo iniciaron una tenebrosa y agitada vibración. Algunos se rompieron inmediatamente; todos estaban blandos y llenos de agujeritos. El cinturón rojo vibró incesantemente y la oxidada hebilla se irguió como la cabeza de una serpiente.

–¡Mike! –exclamó Jo–. ¡Deprisa, deprisa!

Saqué la botella de plástico que llevaba en la bolsa: era la lejía que había comprado en Slips'n Greens. Se oyó un silbido como el que se produce al abrir una cerveza o un refresco embotellado. La hebilla del cinturón se fundió. Los huesos se blanquearon y desmigajaron como los productos de azúcar; tuve la pavorosa imagen de pesadilla de un grupo de niños mejicanos comiendo calaveras de caramelo clavadas en largos palitos el día de los Difuntos. Las cuencas oculares de la calavera de Sara se volvieron blancas cuando la lejía llenó el oscuro recipiente que una vez contuvo la mente de la mujer, su prodigioso talento y su alma risueña. Tenía una expresión que al principio parecía de sorpresa y luego de pena.

La mandíbula inferior se desprendió. Los dientes que quedaban se desprendieron con un silbido.

La parte superior del cráneo se hundió.

Las falanges de los dedos vibraron y luego se derritieron.

–Ahhhh...

El susurro pasó entre los árboles empapados como un viento cada vez más fuerte... sólo que el viento se había detenido y el aire húmedo recuperaba el aliento antes de la próxima acometida.

Era un sonido de dolor inenarrable, de añoranza y de rendición. No capté odio en él; el odio de Sara se había esfumado, corroído por el producto químico que yo había comprado en la tienda de Helen Auster. El ruido de la desintegración de Sara fue sustituido por el grito lastimero y casi humano de un pájaro, y me despertó del lugar donde había estado, me sacó finalmente y por completo de la zona. Me puse en pie tembloroso, me volví y miré la Calle.

Jo aún estaba allí, una tenue forma a través de la cual podía ver ahora el lago y las oscuras nubes del cercano chubasco que se aproximaba por encima de las montañas. Algo titilaba detrás de ella –el pájaro que salía de su refugio seguro para echar una ojeada al entorno remodelado, quizá–, pero apenas lo advertí. Era a Jo a quien quería ver, a Jo, que había venido desde Dios sabía dónde y sufrido Dios sabía cuánto para ayudarme. Pero lo otro –el Intruso– había desaparecido. Jo, en el centro de un círculo de hojas de abedul tan secas que parecían carbonizadas, se volvió hacia mí y me sonrió.

–¡Jo! Lo hemos conseguido.

Su boca se movió. Oí los sonidos, pero las palabras sonaban demasiado lejanas para entenderlas. Estaba allí mismo, pero podía haber estado gritando desde el otro lado de un ancho barranco. Aun así, la entendí. Leí sus labios, si preferís lo racional, o su mente, si preferís lo romántico. Yo prefiero lo segundo. El matrimonio también es una zona que está del otro lado de los límites de la realidad, ya se sabe.

–Entonces todo va bien, ¿no?

Bajé la vista hacia el saco de lona rasgado y no vi nada más que fragmentos y astillas que sobresalían de una pasta inquietante y malsana. Me llegó un vaho hediondo que a pesar de la Stenomask me hizo toser y retroceder. No era olor a podrido, sino a lejía. Cuando me volví para mirar de nuevo a Jo, ya casi había desaparecido.

–¡Jo! Espera.

–No puedo evitarlo. No puedo esperar.

Las palabras procedían de otro sistema estelar, apenas se distinguían en la boca translúcida. Ahora era poco más que ojos que flotaban en la oscura tarde, unos ojos que parecían hechos del agua del lago que tenían detrás.

–Deprisa...

Se esfumó. Me dirigí a trompicones hacia el lugar que había ocupado, haciendo crujir ramas secas de abedul bajo mis pies, y así la nada. Qué estúpido debía parecer, calado hasta los huesos, con una Stenomask torcida cubriendo la parte inferior de mi cara, tratando de abrazar el húmedo aire gris.

Capté un tenue aroma al perfume de Jo... y luego sólo tierra húmeda, agua del lago y el desagradable olor de la lejía impregnándolo todo. Al menos el olor a podrido había desaparecido; no había sido más real que...

¿Que qué? ¿Que *qué*? O todo era real o no lo era nada. Si nada de aquello era real, yo estaba loco y era candidato a huésped del sanatorio de Juniper Hill. Miré hacia la roca gris y vi el saco de huesos que había desenterrado del suelo húmedo como si fuera una muela cariada. Unos indolentes zarcillos de humo se elevaban aún del largo desgarrón. Al menos *eso* era real. Igual que la Dama Verde, que ahora era una Dama Negra como el carbón, tan muerta como la rama seca que había detrás, la que parecía señalar como un brazo.

«No puedo evitarlo... No puedo quedarme... Deprisa.»

¿No podía evitar qué? ¿Qué otra ayuda necesitaba yo? Ya había acabado, ¿no? Sara se había ido: el espíritu sigue a los huesos, buenas noches, queridas damas, Dios se encargará de que descanse en paz.

Y sin embargo, el aire parecía exudar una especie de horror apestoso, no muy distinto del hedor pútrido que antes brotaba del suelo; el nombre de Kyra empezó a resonar en mi cabeza («Ki-Ki, Ki-Ki, Ki-Ki») como el canto de una ave tropical exótica. Alcé la vista hacia los escalones de traviesas de ferrocarril para mirar la casa, y aunque estaba agotado, cuando llegué a la mitad de las escaleras ya estaba corriendo.

Subí hasta la terraza y entré por allí. La casa parecía intacta —excepto por el árbol caído que se asomaba por la ventana de la cocina, Sara Risa había soportado muy bien la tormenta—, pero algo iba mal. Había algo que casi podía oler... y quizá lo olí, acre y tenue. La locura quizá tenga su propio olor salvaje. Aunque no tengo ningún interés en comprobarlo.

Me detuve en el recibidor, mirando la pila de libros de bolsillo, obras de Elmore Leonard y Ed McBain esparcidos por el suelo. Como si una mano los hubiera tirado de la estantería al pasar. Tal vez un manotazo. También aquí reconocí mis pisadas, de ida y de vuelta. Ya habían empezado a secarse. Debían ser las únicas; yo llevaba a Ki en brazos cuando entramos. Debían ser las únicas, pero no lo eran. Las otras eran más pequeñas, pero no tanto como para confundirlas con las de una niña.

Corrí por el pasillo hasta el dormitorio norte gritando su nombre, y también podía haber gritado *Mattie*, *Jo* o *Sara*. Al salir de mi boca, el nombre de Kyra sonaba como el de un cadáver. El edredón estaba en el suelo. La cama estaba vacía, aunque el perro de peluche seguía allí, igual que en mi sueño. Y Ki había desaparecido.

CAPITULO 29

Busqué a Ki con la parte de mi mente que durante las últimas semanas había sabido cómo iba vestida, en qué habitación de la caravana estaba y qué hacía allí. Naturalmente, no encontré nada: ese vínculo también se había disuelto.

Llamé a Jo –creo que lo hice–, pero también había desaparecido. Estaba solo. Que Dios me ayudara. Que Dios nos ayudara a ambos. Sentí el pánico tratar de imponerse y lo repelí. Tenía que mantener la mente despejada. Si no podía pensar, echaría por la borda cualquier posibilidad de recuperar a Ki. Regresé de nuevo rápidamente por el pasillo hasta el vestíbulo, intentando no prestar oídos a la voz enloquecida del fondo de mi mente, la que decía que Ki ya estaba perdida, ya estaba muerta. Eso no lo sabía, no podía saberlo ahora que se había interrumpido la conexión entre nosotros.

Miré la pila de libros y luego la puerta. Las nuevas pisadas entraron y salieron por aquí. Un relámpago iluminó el cielo y estalló un trueno. El viento volvía a levantarse. Fui a la puerta, así el pomo y me detuve. Había algo encajado en la rendija de la puerta con el quicio, algo tan fino y móvil como una hebra de telaraña.

Un único cabello blanco.

Lo miré sin pizca de sorpresa. Tenía que haberlo sabido, por supuesto, y de no ser por la tensión a la que había estado sometido y a las sucesivas conmociones de aquel terrible día, lo habría sabido. Todo estaba en la cinta que John me había puesto esa mañana... un tiempo que ya parecía formar parte de la vida de otro hombre.

Para empezar, estaba la comprobación de la hora que marcaba el momento en que John le había colgado a la mujer. «Nueve horas, cuarenta minutos», había dicho la voz de robot, lo que significaba que Rogette había llamado a las siete menos veinte de la mañana... es decir, si realmente llamaba desde Palm Springs. No es que no fuera posible; si hubiera prestado atención a ese detalle extraño mientras íbamos en coche desde el aeropuerto a la caravana de Mattie, me habría dicho a mí mismo que sin duda había insomnes por toda California que concluían sus asuntos en la costa Este antes de que el sol se hubiera elevado del todo por encima del horizonte. Pero había algo más, algo que no tenía una explicación tan sencilla.

En cierto momento, John había sacado la cinta. Había dicho que lo hacía porque yo me había puesto pálido como un papel en lugar de reírme. Yo le había respondido que la dejara hasta el final, que sólo me había sorprendido volver a oír aquella voz. La calidad de esa voz. Había dicho que la reproducción era buena. Pero en realidad fueron los muchachos del sótano quienes reaccionaron a la cinta de John; mis cómplices del inconsciente. Y no había sido la voz lo que los había asustado. Había sido el zumbido del fondo. El característico zumbido que se oye en todas las llamadas del TR. Rogette Whitmore nunca había abandonado TR-90. Si el hecho de que yo no hubiera caído en la cuenta de ese detalle le costaba la vida a Ki Devore esa tarde, sería incapaz de perdonarme. Se lo dije a Dios una y otra vez mientras descendía precipitadamente una vez más los escalones de traviesas de ferrocarril, corriendo hacia el frente de una tormenta revitalizada.

Fue una suerte que no cayera cuesta abajo. La mitad de la plataforma flotante había encallado allí; de haber caído, me habría empalado vivo en sus tablas astilladas y habría muerto como un vampiro con una estaca en el pecho. Qué pensamiento tan agradable.

Correr no es bueno para alguien al borde del pánico; es como rascarse después de tocar ortigas. Cuando logré frenarme agarrándome a uno de los pinos que crecían al pie de los escalones, casi había perdido la razón. El nombre de Ki retumbaba de nuevo en mi cabeza, tan estruendoso que no quedaba sitio para mucho más.

De pronto, un rayo rasgó el cielo a mi derecha y se estrelló contra la base del tronco de un enorme abeto que probablemente ya estaba allí cuando vivían Sara y Kito. Si hubiera estado mirando directamente hacia allí, me habría cegado; incluso con la cabeza girada tres cuartas partes en dirección opuesta, el rayo dejó flotando ante mis ojos una enorme mancha azul semejante a los efectos de un gigantesco flash de cámara fotográfica. Con un prolongado crujido, sesenta metros de abeto plateado se precipitaron sobre el lago, levantando una larga cortina de rocío que pareció quedar suspendida entre el cielo gris y el agua gris. El tocón del árbol ardía bajo la lluvia y humeaba como el sombrero de una bruja.

Me produjo el mismo efecto que una bofetada, me despejó la mente y me proporcionó una última oportunidad para utilizar el cerebro. Respiré hondo y me obligué a hacer precisamente eso. ¿Por qué había bajado hasta aquí, para empezar? ¿Por qué había pensado que Rogette había llevado a Kyra hacia el lago, donde yo acababa de estar, en lugar de alejarla de mí por el camino Cuarenta y dos?

No seas estúpido. Ella vino aquí porque la Calle es el camino de regreso a Warrington's, y es en Warrington's donde ha estado, sola, desde el momento en que mandó el cadáver de su jefe a California en el jet privado.

Se había colado furtivamente en la casa mientras yo estaba bajo el estudio de Jo, estudiando el papel con un esbozo de árbol genealógico. Se habría llevado a Ki entonces, si yo le hubiera dado la oportunidad, pero no se la di. Volví corriendo, temiendo que algo iba mal, temiendo que alguien intentase apoderarse de la niña...

¿La había despertado Rogette? ¿La había visto Ki y había tratado de avisarme antes de volver a desmayarse? ¿Era eso lo que me había hecho volver tan apresuradamente? Tal vez. Entonces todavía estábamos en contacto. Era obvio que Rogette había estado en la casa a mi regreso. Quizá estaba incluso en el armario del dormitorio norte y me observaba a través de la rendija. Una parte de mí lo sabía. Una parte de mí la detectó, percibió algo que no era Sara.

Después había vuelto a salir. Había cogido la bolsa de Slips'n Green y bajado hasta el lago. Había girado a la derecha, hacia el norte. Hacia el abedul, la roca, el saco de huesos. Había hecho lo que debía, y mientras lo hacía, Rogette había cogido a Kyra, bajado los escalones de traviesas a mis espaldas y torcido a la izquierda al llegar a la Calle. Había girado hacia el sur, hacia Warrington's. Con una sensación de vacío en el estómago, comprendí que probablemente yo había oído a Ki... quizá incluso la había visto. El pájaro que piaba tímidamente durante mi ensoñación no había sido un pájaro. Ki estaba entonces despierta, Ki me vio –quizá vio también a Jo– y trató de llamarme. Sólo consiguió emitir aquel gritito antes de que Rogette le tapara la boca.

¿Cuánto tiempo habría pasado? Me parecía una eternidad, pero se me antojaba que no había sido mucho, quizá menos de cinco minutos. Pero no se tarda mucho en ahogar a una niña. La imagen del brazo desnudo de Kito sobresaliendo del agua intentó regresar –la mano del final abriéndose y cerrándose, abriéndose y cerrándose, como si intentase respirar por los pulmones que no podían hacerlo– y la aparté de mi mente. También reprimí el impulso de echar a correr en dirección a Warrington's. Si lo hacía me invadiría el pánico, estaba seguro.

En todos los años transcurridos desde la muerte de Jo, nunca la había echado de menos con tanta intensidad como en ese momento. Pero ya no estaba; ni siquiera quedaba un susurro suyo. Sin nadie con quien contar excepto conmigo mismo, me dirigí hacia el sur por la Calle sembrada de restos de árboles, sorteando las ramas y los troncos caídos, arrastrándome por debajo cuando se cruzaban de lado a lado del camino y pasando por encima, partiendo ramas ruidosamente, sólo como último recurso. Mientras avanzaba pronuncié todas las oraciones que supuse de rigor en una situación semejante, pero ninguna de ellas consiguió borrar la imagen del rostro de Rogette Whitmore imponiéndose en mi mente. Su rostro desalmado gritando.

Recuerdo que pensé: Ésta es la versión exterior del Túnel del Miedo. El bosque me parecía ciertamente encantado mientras avanzaba trabajosamente: los árboles que sólo se habían aflojado con la tormenta ahora caían por docenas con este remate consecutivo de viento y lluvia. El ruido se asemejaba al de unas pisadas gigantescas, y no necesitaba preocuparme por el ruido que hacían mis propios pies. Cuando pasé ante Batchelder's, una construcción circular prefabricada erigida sobre un promontorio de roca como un sombrero sobre un taburete, vi que el tejado entero había sido aplastado por un abeto.

A un kilómetro al sur de Sara vi una de las cintas de pelo blancas de Ki en el suelo. La recogí, pensando cuánto se parecía a la sangre el ribete rojo. La guardé en el bolsillo y seguí adelante.

Cinco minutos después llegué junto a un viejo pino recubierto de musgo que había caído de través en medio del camino; aún estaba conectado a la raíz por una alargado y curvo entramado de astillas, y chirriaba como una hilera de bisagras oxidadas cuando las olas levantaban y dejaban caer los veinte o treinta metros superiores que ahora flotaban en el lago. Había sitio para pasar arrastrándome por debajo, y al agacharme vi otras huellas de rodillas que apenas empezaban a llenarse de agua. Vi algo más: la segunda cinta de pelo. La guardé en el mismo bolsillo que la primera.

Estaba pasando por debajo del pino cuando oí caer otro árbol, éste mucho más cerca. Al ruido le siguió un grito, no de dolor o miedo, sino de cólera y sorpresa. A continuación, por encima incluso del silbido de la lluvia y el viento, oí la voz de Rogette:

—¡Vuelve! ¡No te metas ahí! ¡Es peligroso!

Me arrastré hasta el otro lado del árbol, sin notar apenas la astilla de una rama que me abrió una brecha en la espalda, me puse en pie y empecé a correr por el camino. Si los árboles caídos con que me tropezaba eran pequeños, los saltaba sin reducir el paso.

Si eran grandes, me encaramaba a ellos sin pensar dónde podían arañarme o clavárseme los puntiagudos restos de ramas. Resonó otro trueno. Descargó otro brillante relámpago, y bajo su resplandor vi una construcción de tablones grises entre los árboles. El día que había visto por primera vez a Rogette no había tenido ocasión de ver gran cosa del pabellón de Warrington's, pero ahora el bosque se había desgarrado como una prenda de ropa vieja; esta zona tardaría años en recuperarse. La mitad posterior de la casa se había desplomado bajo el peso de dos enormes árboles que parecían haber caído a la vez. Se habían cruzado como un cuchillo y un tenedor sobre un plato y yacían sobre las ruinas formando una burda «X».

La voz de Ki se elevó por encima de la tormenta sólo porque el terror la había vuelto estridente.

–¡Vete! ¡No te quiero! ¡Vete!

Era horrible oír el miedo en su voz, pero maravilloso oír al menos su voz.

A unos doce metros de donde el grito de Rogette me había dejado petrificado, otro árbol se cruzaba en el camino. Rogette en persona estaba al otro lado, tendiéndole una mano a Ki. La mano chorreaba sangre, pero casi ni me di cuenta. Me estaba fijando en Kyra.

El muelle que se extendía entre la Calle y el bar Sunset era muy largo, al menos veinte metros, quizá treinta. Lo bastante largo para pasear de la mano con la novia o la amante una hermosa tarde de verano y convertir la experiencia en un recuerdo memorable. La tormenta no lo había destrozado –todavía–, pero el viento lo había retorcido como una cinta. Recuerdo una secuencia de un noticiario cinematográfico que vi en alguna sesión matinal infantil del sábado, la filmación de un puente colgante bailando durante un huracán, y eso era lo que parecía el muelle que separaba Warrington's del bar Sunset. Daba violentas sacudidas de arriba abajo en las aguas agitadas, con todas sus junturas entabladas gimiendo como un acordeón de madera. Antes había una barandilla –presumiblemente para guiar sanos y salvos hasta la orilla a los que paseaban por la noche–, pero ya no estaba. Kyra estaba a medio camino de esta tira de madera bamboleante y medio hundida. Vi al menos tres rectángulos de oscuridad entre la orilla y el punto donde se encontraba ella, lugares donde las tablas habían sido arrancadas. Desde debajo del muelle llegaba el arrítmico martilleo de los bidones de metal vacíos que lo mantenían a flote. Varios de esos bidones se habían soltado de su anclaje y se alejaban flotando. Ki había abierto los brazos de par en par para mantener el equilibrio como un equilibrista en la cuerda floja. La camiseta aleteaba contra sus rodillas y sus hombros quemados por el sol.

–¡Vuelve! –gritó Rogette.

Su cabello lacio revoloteaba alrededor de su cara; la gabardina negra y reluciente que llevaba se hinchaba con el viento. Ahora tenía los brazos extendidos al frente, uno cubierto de sangre y otro no. Se me ocurrió que Ki podía haberla mordido.

–¡No! –Ki negó enérgicamente con la cabeza y sentí deseos de decirle que no lo hiciera, Ki, cielo, no sacudas así la cabeza, no es bueno. Se tambaleó, un brazo apuntó al cielo y el otro al suelo, de modo que por un momento pareció un avión realizando un viraje cerrado. Si el muelle hubiera elegido aquel momento para dar una fuerte sacudida bajo los pies de la niña, Ki habría salido despedida hacia un lado. Recuperó cierto equilibrio precario, aunque me pareció ver sus pies desnudos resbalar un poco en las lisas tablas–. ¡Vete! ¡Vete... ve a dormir una siesta, pareces cansada!

Ki no me vio; toda su atención estaba centrada en la «abuelita». Rogette tampoco me vio. Me dejé caer de bruces y me arrastré por debajo del árbol, clavando los dedos en la tierra y flexionando los brazos para avanzar. Un trueno rodó sobre el lago como una gigantesca bola de caoba, y el ruido retumbó en las montañas. Cuando volví a incorporarme de rodillas, vi que Rogette avanzaba lentamente por el muelle hacia la orilla. Por cada paso al frente que daba Kyra, retrocedía otro, tembloroso y arriesgado. Rogette le tendía la mano sana, aunque por un momento pensé que también ésta había empezado a sangrar. Sin embargo, la sustancia que resbalaba entre sus dedos unidos era demasiado oscura para ser sangre, y cuando empezó a hablar, con una horrenda voz zalamera que me puso la carne de gallina, me di cuenta de que era chocolate deshecho.

—Vamos a jugar, Ki —dijo con voz arrulladora—. ¿Quieres empezar tú?

Di un paso al frente. Ki lo compensó dando un paso atrás, trastabilleó, recuperó el equilibrio. Mi corazón se detuvo, luego siguió latiendo desbocado. Reduje la distancia que me separaba de la mujer con la mayor rapidez que pude, pero sin correr; no quería que se enterase de nada hasta que despertara. *Si* despertaba. No me importaba si lo hacía o no. Diablos, si había podido fracturarle el cráneo a George Footman con un martillo, sin duda podría hacerle daño a esa bruja vieja. Mientras avanzaba, entrelacé los dedos de ambas manos formando un gran puño.

—¿No? ¿No quieres empezar? ¿Te da vergüenza? —Rogette hablaba con una voz almibarada que me hacía rechinar los dientes—. De acuerdo, empezaré yo. ¡Fiesta! ¿Qué rima con fiesta, Ki? Resta... y siesta... Estabas durmiendo la siesta, ¿verdad?, cuando llegué y te desperté. Y cesta... ¿Quieres que abra la cesta de la merienda? Ven, nos daremos chocolate una a la otra, como hacíamos... Te contaré un nuevo chiste de: «Pom, pom, ¿quién es?»

Otro paso. Ya había llegado al borde del muelle. Si se le hubiera ocurrido, quizá se habría limitado a tirarle piedras a Kyra como había hecho conmigo; habría insistido hasta acertar con una y hacer caer a Ki al lago. Pero no creo que la idea se le hubiera cruzado por la cabeza. Cuando la locura llega a cierto punto, es como llegar a un peaje sin salidas laterales. Rogette tenía otros planes para Kyra.

—Vamos, Ki-Ki, juega con tu abuelita.

Volvió a tenderle el chocolate, un pringoso Hershey's Kisses que chorreaba entre el papel de plata arrugado. Los ojos de Kyra se desviaron de ella y por fin me vio. Negué con la cabeza, intentando indicarle que no dijera nada, pero fue inútil: una expresión de alivio y júbilo afloró a su rostro. Gritó mi nombre y vi que Rogette alzaba los hombros por la sorpresa.

Corrí los últimos cuatro metros, levantando las manos entrelazadas como una porra, pero resbalé un poco en el suelo húmedo en el momento crucial en que Rogette se encogía para esquivarme. En lugar de golpearle en la nuca como había planeado, mis manos unidas sólo le rozaron el hombro. Se tambaleó, clavó una rodilla en tierra y volvió a levantarse casi en el acto. Sus ojos eran como pequeños arcos voltaicos azules que escupían furia en lugar de electricidad.

—¡Tú! —exclamó, siseando la palabra por encima de la lengua, como si fuera una maldición antigua: «Ttvvuuuuu.»

Detrás de nosotros, Kyra gritó mi nombre, tambaleante, danzando sobre la madera húmeda y agitando los brazos para no caer al lago. Una ola remontó el muelle y cubrió sus pequeños pies desnudos.

—¡Aguanta, Ki! —le grité a mi vez.

Rogette vio que desviaba la vista y aprovechó la ocasión: giró sobre sí misma y corrió hacia el muelle. Corrí tras ella, la agarré por el pelo... y se me quedó en la mano. Todo. Me quedé al borde del lago embravecido con la mata de pelo blanco bamboleándose en mi mano como una cabellera arrancada.

Rogette miró por encima de su hombro, mascullando entre dientes, un ancestral gnomo calvo bajo la lluvia, y pensé: Es él, es Devore, nunca murió, de algún modo intercambió su identidad con la mujer, *ella* fue quien se suicidó, fue su cadáver el que volvió a California en el jet...

Pero en cuanto se volvió de nuevo y empezó a correr hacia Ki, cambié de idea. Era Rogette, sí, pero había adquirido aquel espantoso parecido sin querer. Lo que iba mal en su cabeza había hecho algo más que provocarle la caída del cabello; también la había envejecido. Setenta años, pensé, pero serían al menos diez años más de su edad real.

«Mucha gente les pone nombres parecidos a sus hijos —me había dicho la señora Meserve—. Les parece gracioso.» Max Devore debió de pensar lo mismo, y por eso había llamado Roger a su hijo y Rogette a su hija. Quizá ella hubiera adquirido el apellido Whitmore honradamente —podía haberse casado en su juventud—, pero sin la peluca, su ascendencia quedaba fuera de toda discusión. La mujer que avanzaba a trompicones por el muelle húmedo para rematar la faena era la tía de Kyra.

Ki empezó a retroceder rápidamente, sin esforzarse por ser precavida y vigilar dónde pisaba. Se iba a caer al agua; era imposible que se mantuviera en pie. Pero sin darle tiempo a caer, una ola azotó el muelle entre ambas, en un punto donde varios bidones se habían soltado y la pasarela de tablas se había hundido parcialmente. El agua turbulenta se alzó y empezó a retorcerse en uno de esos remolinos que yo ya había visto antes. Rogette se detuvo con el agua a la altura de los tobillos chapoteando sobre el muelle, y yo me detuve unos tres metros y medio más atrás.

La forma se volvió sólida, y antes incluso de que yo pudiera distinguir el rostro, reconocí los pantalones cortos holgados con el estampado chillón y la camiseta ceñida.

Era Mattie. Una Mattie gris sepulcral que miraba a Rogette con ojos de ultratumba. Rogette alzó las manos, trastabilleó, intentó recobrarse. En ese momento, una ola pasó por debajo del muelle, levantándolo y luego dejándolo caer como una vagoneta de montaña rusa de parque de atracciones. Rogette se fue hacia un lado. Detrás de ella, más allá de la figura de agua que se erguía bajo la lluvia, vi a Ki tumbada de bruces sobre la terraza del bar Sunset. La última sacudida la había arrojado provisionalmente hasta un lugar seguro, como si fuera el proyectil humano de un juego de tragabolas.

Mattie me miraba, sus labios se movían y tenía los ojos clavados en los míos. Antes había logrado entender lo que decía Jo, pero esta vez no tenía ni idea. Lo intenté con todas mis fuerzas, pero no lo conseguí.

–¡Mamá! ¡Mamá!

La figura se revolvió, más que simplemente volverse; no parecía estar realmente bajo los pantalones. Subió por el muelle hasta la barra, donde estaba ahora Ki, aún en pie, con los brazos extendidos.

Algo me agarró la pierna.

Miré hacia abajo y vi una aparición ahogándose en las tumultuosas aguas. Unos ojos oscuros me miraron desde debajo del cráneo calvo. Rogette tosía y escupía agua entre unos labios morados como ciruelas. Su mano libre se agitaba débilmente en mi dirección. Los dedos se abrían... y se cerraban. Se abrían... y se cerraban. Me arrodillé y le cogí una mano. Ella se aferró a la mía como una zarpa de acero y dio un fuerte tirón, intentando arrastrarme a mí también. Los labios morados se retiraron para dejar al descubierto unos dientes descarnados, como los de la calavera de Sara. Y sí, pensé que esta vez era Rogette quien reía.

Rodé sobre las caderas y tiré de ella hacia arriba, sin pensarlo, en un acto reflejo. Tres cuartas partes de su cuerpo salieron del agua como si fuera una gigantesca trucha rebelde. Gritó, proyectó la cabeza hacia adelante y enterró sus dientes en mi muñeca. El dolor fue inmediato y enorme. Alcé la mano precipitadamente y volví a bajarla, no pensando en hacerle daño, sólo deseando liberarme de aquella boca de comadreja. Otra ola sacudió el muelle medio sumergido mientras yo reaccionaba. Al subir, el borde astillado empaló el rostro de Rogette que descendía. Un ojo saltó de su órbita, una astilla amarilla y chorreante se enterró en su nariz como un puñal y la delgada piel de su frente se rajó, separándose del hueso como dos hojas de una ventana que se abriera de golpe. Después el lago se la llevó. Vi la topografía desgarrada de su rostro unos segundos más, vuelta hacia la lluvia torrencial, pálida y reluciente como la luz de un tubo fluorescente. Finalmente rodó sobre sí misma y su gabardina negra de plástico la envolvió como un sudario.

Lo que vi cuando me volví hacia el bar Sunset fue otro atisbo de lo que hay bajo la piel de este mundo, pero muy diferente del rostro de Sara, de la Dama Verde o de la horrorosa forma –apenas vislumbrada– del Intruso. Kyra estaba en la ancha terraza de madera que se extendía frente a la barra, en medio de un caos de muebles de mimbre volcados. Frente a ella se erguía un surtidor de agua en el que aún distinguí –muy débilmente– la silueta vaporosa de una mujer. Estaba de rodillas, con los brazos extendidos.

Intentando abrazar a su hija. Los brazos de Ki atravesaron a Mattie y salieron por el otro lado empapados.

–¡Mamá, no puedo tocarte!

La mujer de agua estaba hablando, vi cómo se movían sus labios. Ki la miró, extasiada. Durante un breve instante, Mattie se volvió hacia mí. Nuestras miradas se encontraron, y sus ojos eran parte del lago. Eran el Dark Score, que estaba allí mucho antes de que yo llegara y seguiría allí mucho después de que me fuera. Me llevé las manos a la boca, me besé las palmas y se las mostré. Unas manos relucientes se acercaron como si quisieran atrapar mis besos.

—¡Mamá, no te vayas! —gritó Kyra, y trató de abrazar a la figura.

Se quedó empapada inmediatamente y retrocedió con los ojos anegados y tosiendo. Ante ella ya no había una mujer; sólo había agua fluyendo entre las tablas y escurriéndose por las rendijas para reunirse con el lago, que brota de manantiales profundos, mucho más abajo, de las fisuras de la roca que sirve de base al TR y a toda esta parte de nuestro mundo.

Moviéndome cuidadosamente, realizando un número de equilibrismo, recorrí el muelle bamboleante hasta el bar Sunset. Cuando llegué allí rodeé a Kyra con mis brazos. Ella me abrazó con fuerza, temblando violentamente contra mí. Oí el débil castañeteo de sus dientes y olí el lago en su cabello.

—Mattie ha venido —dijo.

—Lo sé, la he visto.

—Mattie ha hecho que se vaya la abuelita.

—También lo he visto. Ahora quédate muy quieta, Ki. Vamos a volver a tierra firme, pero no puedes moverte mucho. Si te mueves, acabaremos en el agua.

Se portó como un ángel. Cuando volvimos a pisar la Calle y fui a dejarla en el suelo, se aferró a mi cuello con fiereza. Por mí no había ningún problema. Pensé en llevarla a Warrington's, pero no lo hice. Allí habría toallas, posiblemente también ropa seca, pero se me antojaba que quizá habría también una bañera llena de agua caliente esperando. Además, la lluvia volvía a amainar y esta vez el cielo parecía más despejado por el oeste.

—¿Qué te ha dicho Mattie, cariño? —pregunté mientras caminábamos hacia el norte por la Calle.

Ki me permitía depositarla en el suelo para que pudiéramos arrastrarnos por debajo de los árboles caídos que nos encontrábamos, pero levantaba los brazos para que volviera a cogerla en cuanto llegábamos al otro lado.

–Que sea buena y no esté triste. Pero yo estoy triste. Estoy *muy* triste.

Se echó a llorar y le acaricié el cabello mojado.

Cuando llegamos a los escalones de traviesas ya se le habían acabado las lágrimas... y por encima de las montañas, hacia el oeste, vi un pequeño pero luminoso jirón azul.

–Todo el bosque se ha caído –dijo Ki, mirando alrededor. Tenía los ojos muy abiertos.

–Bueno... no todo, pero una buena parte sí, supongo.

A mitad de las escaleras me detuve, jadeando y sin resuello. Pero no le pedí a Ki que se bajara. No *quería* soltarla. Sólo quería recuperar el aliento.

–¿Mike?

–¿Qué, preciosa?

–Mattie me dijo otra cosa.

–¿Qué?

–¿Puedo decírtelo al oído?

–Claro que sí, si tú quieres.

Ki se arrimó, apoyó sus labios en mi oreja y susurró.

La escuché. Cuando acabó, asentí, la besé en la mejilla, la trasladé a la otra cadera y la llevé así el resto del camino hasta la casa.

«No ha sido la tormenta del siglo, amigo, de eso nada. No, señor.»

Eso decían los viejos residentes sentados frente a la gran tienda de campaña del servicio sanitario del ejército, que sirvió de local a la tienda Lakeview a finales de aquel verano y otoño. Un enorme olmo había caído sobre la carretera 68 y aplastado la tienda. Para colmo, el árbol había arrastrado un puñado de cables eléctricos chisporroteantes en su caída. Éstos habían hecho estallar el propano de un depósito reventado y todo el edificio había saltado por los aires. Sin embargo, la tienda de campaña fue un sustituto aceptable durante el buen tiempo, y la gente del TR empezó a decir que bajaba a MASH por pan y cervezas... debido a la cruz roja desteñida pero aún visible a cada lado del techo de la tienda de campaña.

Los viejos residentes se sentaban en sillas plegables junto a una pared de lona y saludaban con la mano a otros viejos residentes que pasaban traqueteando en sus viejos coches oxidados (todos los viejos residentes acreditados tenían un Ford o un Chevrolet, así que en ese sentido yo voy por el buen camino), contemplando los inicios de la reconstrucción del pueblo a su alrededor. Y mientras observaban, hablaban de la tormenta de hielo del invierno anterior, la que había derribado faroles y arrancado un millón de árboles entre Kittery y Fort Kent; hablaban de los ciclones de agosto de 1985; hablaban del aguanieve de 1927. Ésas sí que fueron tormentas, decían.

Estoy seguro de que tienen parte de razón, y no discuto con ellos –casi nunca se gana una discusión con un auténtico yanqui, y nunca si es sobre el tiempo–, pero para mí la tormenta de julio de 1998 siempre será *la* tormenta. Y conozco a una niña que opina lo mismo. Durante esa tormenta, su madre la visitó vestida de lago.

El primer vehículo que vino por mi camino particular no llegó hasta casi las seis. Resultó ser, no un policía del condado de Castle, sino una grúa amarilla con luces amarillas parpadeantes en el techo de la cabina y un tipo con el mono de trabajo de la Compañía Eléctrica Central de Maine al volante. Pero el tipo del otro asiento sí era policía: de hecho era Norris Ridgewick, el mismísimo sheriff de condado. Y se acercó a mi puerta con el arma desenfundada.

El cambio de tiempo que el tipo de la tele había prometido ya se había producido, las tormentas y los núcleos tormentosos se dirigían hacia el este empujados por un gélido viento que casi alcanzaba la velocidad de una galerna. Siguieron cayendo árboles en el bosque encharcado durante por lo menos una hora después de que cesara la lluvia. Hacia las cinco preparé unos bocadillos de queso fundido y sopa de tomate... comida de consuelo, la habría llamado Jo. Kyra comió de mala gana, pero comió, y bebió mucha leche. La había arropado con otra de mis camisetas y ella misma se había recogido el pelo. Le ofrecí las cintas blancas, pero negó con un gesto de determinación y optó por una goma elástica en su lugar.

–Esas cintas ya no me gustan –dijo. Decidí que a mí tampoco y las tiré a la basura. Ki me miró y no puso reparos. Después crucé la sala en dirección a la estufa de leña.

–¿Qué vas a hacer?

Se terminó el segundo vaso de leche, se escurrió de la silla y vino hacia mí.

–Encender un fuego. Puede que todos estos días cálidos me hayan diluido la sangre. Al menos eso es lo que habría dicho mi madre.

Me observó en silencio mientras cogía un folio tras otro de la pila que había cogido de la mesa y amontonado encima de la estufa. Hice una bola con cada folio y los introduje por la portezuela. Cuando me pareció que estaba lo bastante llena, empecé a colocar ramitas encima.

–¿Qué hay escrito en esos papeles? –preguntó Ki.

–Nada importante.

–¿Es un cuento?

–En realidad no. Era más bien... bueno, no lo sé. Un crucigrama. O una carta.

–Qué carta más larga –dijo y luego apoyó la cabeza sobre mi pierna como si estuviera cansada.

–Sí –respondí–. Las cartas de amor suelen ser largas, pero no es buena idea conservarlas.

–¿Por qué?

–Porque... –Vuelven para torturarte, fue lo que surgió en mi mente, pero no lo dije–. Porque pueden avergonzarte más tarde en la vida.

–Ah.

–Además –proseguí–, estos papeles son como tus cintas, en cierto modo.

–Ya no te gustan.

–Exacto.

Entonces vio la caja, la cajita con BARATIJAS DE JO escrito en la tapa. Estaba sobre la barra que separaba el salón de la cocina, no muy lejos de la pared donde antes había estado colgado el gato-reloj. No recordaba haber subido la caja desde el estudio, pero supuse que quizá no había sido yo; era bastante raro. Además, creo que pudo llegar aquí... digamos que por sí sola. Ahora *creo* en esas cosas; tengo motivos.

Los ojos de Kyra se iluminaron como no lo hacían desde que había despertado de su breve siesta para enterarse de que su madre había muerto. Se puso de puntillas para coger la cajita y luego pasó sus deditos por las letras doradas. Pensé en lo importante que es para una niña tener una cajita metálica. Hay que guardar los propios secretos en algún sitio: el mejor juguete, el trozo de encaje más bonito, la primera joya. O una fotografía de la madre, tal vez.

–Es muy... *bonita* –dijo con voz queda e impresionada.

–Puedes quedártela, si no te importa que ponga BARATIJAS DE JO en lugar de BARATIJAS DE KI. Dentro hay unos papeles que quiero leer, pero puedo guardarlos en otro lado.

Me miró para asegurarse de que no iba en broma y vio que no.

–Me encantaría –dijo con la misma voz queda e impresionada.

Le quité la caja, saqué las libretas de muelles, las notas y los recortes de prensa, y luego se la devolví. Ki se ejercitó abriendo la tapa y volviéndola a colocar.

–Adivina qué guardaré aquí –dijo.

–¿Tesoros secretos?

–¡Sí! –exclamó, y por un momento sonrió con auténtica alegría–. ¿Quién era Jo, Mike? ¿La conozco? La conozco, ¿verdad? Era una de las personas del *figodífico*.

–Era...

Se me ocurrió una idea. Rebusqué entre los recortes de prensa amarillentos. Nada. Pensé que lo había perdido por el camino, y entonces vi una esquina de lo que buscaba asomando por el centro de una de las libretas de estenografía. Lo extraje y se lo tendí a Ki.

–¿Qué es?

–Una foto al revés. Sosténla ante la luz.

Así lo hizo y la estuvo mirando mucho tiempo, embelesada. Tenue como un sueño, pude ver a mi esposa en su mano, mi esposa en biquini sobre la plataforma flotante.

–Ésa es Jo –dije.

–Es muy guapa. Me alegro de tener su caja para guardar mis cosas.

–Yo también me alegro, Ki –dije y le besé la cabeza.

Cuando el sheriff Ridgewick aporreó la puerta, me pareció prudente abrir con los brazos en alto. Parecía histérico. Lo que suavizó la situación fue una pregunta simple y espontánea.

–¿Dónde está Alan Pangborn estos días, sheriff?

–Por New Hampshire –respondió Ridgewick, bajando un poco la pistola (un par de minutos después la enfundó sin que pareciera advertirlo)–. Les va muy bien, a él y a Polly. Excepto por la artritis de ella. Supongo que es desagradable, pero aún le queda mucha vida por delante. Una persona puede seguir tirando mucho tiempo si se divierte de vez en cuando, siempre lo digo. Señor Noonan, tengo muchas preguntas que hacerle. Lo sabe, ¿verdad?

–Sí.

–La primera y más importante: ¿tiene a la niña, Kyra Devore?

–Sí.

–¿Dónde está?

–Será un placer enseñárselo.

Recorrimos el pasillo del ala norte, llegamos a la puerta del dormitorio y nos asomamos. Kyra había subido el edredón hasta la barbilla y estaba profundamente dormida. Tenía el perro de peluche hecho un ovillo en una mano; veíamos la cola embarrada sobresaliendo por un lado de su puño y el hocico por el otro. Permanecimos allí un buen rato, sin decir nada ninguno de los dos, mirándola dormir a la luz de una tarde de verano. En el bosque, los árboles habían dejado de desplomarse, pero el viento seguía soplando y al rozar los aleros de Sara Risa sonaba a música antigua.

EPÍLOGO

En Navidades nevó: quince centímetros de un amable polvillo que hizo que los cantores de villancicos que recorrían las calles de Sanford pareciesen escapados de *Qué bello es vivir*. Cuando regresé de comprobar por tercera vez que Kyra estaba bien, era la una y cuarto de la madrugada del 26, y había dejado de nevar. Una luna tardía, rotunda pero pálida, asomaba entre el deshilachado edredón de nubes.

Eran otras Navidades con Frank, y fuimos los dos últimos en irnos a acostar. Los niños, Ki incluida, estaban fuera de circulación, descansando de la orgía anual de comida y regalos. Frank iba por el tercer whisky –supongo que era lo mínimo que exigía el relato, por lo menos aquél–, pero yo apenas había probado un sorbo del mío. Creo que me habría aficionado a la botella con gran facilidad de no haber sido por Ki. Los días que paso con ella no suelo beber más de un vaso de cerveza. Y estar con ella tres días seguidos... pero, mierda, *kemo sabe*, si no puedes pasar las Navidades con tu hija, ¿para qué diablos están las Navidades?

–¿Estás bien? –me preguntó Frank cuando volví a sentarme y bebí otro sorbito simbólico de mi vaso.

Le sonreí a modo de respuesta. No si *ella* está bien, sino si *tú* estás bien. Bueno, nadie ha dicho nunca que Frank fuera estúpido.

—Deberías haberme visto cuando el Departamento de Asistencia Social me dejó quedarme con ella durante un fin de semana entero en octubre. Creo que fui a comprobar si estaba bien una docena de veces antes de acostarme... y luego seguí comprobándolo. Levantándome para ir a verla, escuchando su respiración. No pegué ojo en toda la noche del viernes, y dormí como mucho tres horas la del sábado. Esto lo considero una gran mejoría. Pero si te vas de la lengua alguna vez sobre lo que te he contado, Frank (si alguien se entera de que llené la bañera antes de que la tormenta expulsara al espíritu), ya puedo despedirme de mis posibilidades de adoptarla. Probablemente tendré que rellenar un formulario por triplicado antes de que me permitan siquiera asistir a su fiesta de graduación del instituto.

No pretendía contarle a Frank la parte de la bañera, pero en cuanto empecé a hablar, lo solté todo. Supuse que tenía que desahogarme con alguien, si quería seguir adelante con mi vida. Había dado por sentado que John Storrow sería quien estuviera al otro lado del confesionario cuando llegase el momento, pero John no quería hablar de ninguno de aquellos sucesos, excepto cuando tenían relación con nuestros asuntos legales, que en la actualidad se refieren exclusivamente a Kyra Elizabeth Devore.

—Mantendré la boca cerrada, no te preocupes. ¿Cómo va la batalla por la adopción?

—Lenta. He acabado asqueado del sistema judicial del estado de Maine, y también del Departamento de Asistencia Social. Individualmente, los funcionarios de esos organismos burocráticos son excelentes personas, pero cuando se reúnen...

—Malo, ¿eh?

—A veces me siento como un personaje de *Casa desolada*. Donde Dickens dice que ante un tribunal nadie gana excepto los abogados. John me dice que tenga paciencia y me dé por satisfecho de momento, que hacemos progresos asombrosos, teniendo en cuenta que soy el menos fiable de los seres humanos, un varón blanco soltero de mediana edad, pero Ki ha vivido en dos hogares de acogida desde que murió Mattie y...

—¿La niña no tiene parientes en ninguno de los pueblos circundantes?

—La tía de Mattie. No quería saber nada de Ki cuando Mattie vivía y ahora tiene aún menos interés. Sobre todo desde que...

—... desde que sabe que Ki no va a ser rica.

—Eso.

—Esa mujer, Rogette Whitmore, mintió acerca del testamento de Devore.

—Desde luego. Devore se lo dejó todo a una fundación supuestamente consagrada a fomentar la educación informática a nivel planetario. Con el debido respeto a los desmenuzadores de cifras de todo el mundo, no me imagino una forma de caridad más fría.

—¿Cómo está John?

—Bastante mejor, pero nunca recuperará por completo el uso del brazo derecho. Casi se muere desangrado.

Frank había desviado el tema de los intrincados asuntos de la custodia de Ki bastante bien habida cuenta de que iba por el tercer whisky, y yo le seguí el juego de buena gana. Apenas podía soportar la idea de que Ki pasaba largos días y noches aún más largas en aquellos hogares donde el Departamento de Asistencia Social amontona a los niños como si fueran baratijas que nadie quiere. Ki no vivía en esos sitios, sólo existía en ellos, pálida e indiferente, como un conejo bien alimentado en una jaula. Cada vez que veía mi coche tomando la curva o deteniéndose, cobraba vida, me saludaba agitando los brazos y bailando con Snoopy en su caseta de perro. El fin de semana que habíamos pasado juntos en octubre había sido maravilloso (a pesar de mi obsesiva necesidad de ir a verla cada media hora más o menos desde que se durmió), y las vacaciones navideñas fueron aún mejores. Su deseo de estar conmigo me estaba ayudando ante el tribunal más que otra cosa... pero aun así las cosas de palacio seguían yendo despacio.

Tal vez en primavera, Mike, había dicho John. Era un nuevo John, últimamente, pálido y serio. El gallito jactancioso y ligeramente arrogante que no quería otra cosa que vérselas con el señor Maxwell Pasta Gansa Devore había desaparecido. John había aprendido algo sobre la mortalidad el 21 de julio, y también algo sobre la insensata crueldad del mundo. El hombre que se había entrenado para estrechar la mano izquierda en lugar de la derecha ya no estaba interesado en beber hasta vomitar. Salía con una chica de Filadelfia, la hija de uno de los amigos de su madre. Yo no tenía ni idea de si iban en serio o no: el «tito John» de Ki no suelta prenda respecto a esa parte de su vida, pero cuando un joven sale por voluntad propia con la hija de uno de los amigos de su madre, suele ir en serio.

«Quizá en primavera» era su mantra a finales de aquel otoño y principios del invierno.

–¿Qué estoy haciendo mal? –le pregunté una vez poco después del día de Acción de Gracias y de otro revés.

–Nada –respondió–. Las adopciones son muy lentas cuando las solicita una persona sola, y cuando el solicitante es un hombre, peor aún.

En ese punto de la conversación, John hizo un leve gesto poco educado, introduciendo el dedo índice de su mano derecha en el círculo que formó con el pulgar y el índice de la izquierda.

–Eso es discriminación flagrante, John.

–Sí, pero suele estar justificada. Échale la culpa a todos los gilipollas pervertidos que alguna vez decidieron que tenían derecho a bajarle los pantalones a un niño; échale la culpa a la burocracia, si quieres; diablos, échale la culpa a la *bossa nova*, el baile del amor. Es un proceso lento, pero tú acabarás ganando. No tienes antecedentes penales, tienes a Kyra que dice: «Quiero ir con Mike» a cada juez y asistente social que ve, tienes suficiente dinero para seguir dándoles la tabarra por mucho que te den largas y por muchos formularios que te pongan delante... y por encima de todo, colega, me tienes a mí.

Tenía algo más: lo que Ki me había susurrado al oído cuando me detuve para recuperar el aliento en los escalones. Nunca le hablé de eso a John, y era una de las pocas cosas que tampoco le conté a Frank.

–Mattie dice que ahora soy tu niña pequeña –había dicho–. Mattie dice que te ocuparás de mí.

Lo intentaba –todo lo que me permitían los parsimoniosos

cabrones del Departamento de Asistencia Social–, pero la espera resultaba insoportable.

Frank cogió la botella de whisky y la inclinó en mi dirección. Hice un gesto de negación. Ki se había empeñado en hacer un muñeco de nieve, y yo quería ser capaz de afrontar el sol de primera hora de la mañana sin dolor de cabeza.

–Frank, ¿cuánto de todo esto te crees realmente?

Se sirvió un vaso de whisky y se arrellanó en su asiento durante un buen rato, pensativo, con la vista fija en la mesa. Cuando volvió a levantar la cabeza, estaba sonriendo. Me recordó tanto a Jo que se me partió el corazón. Y cuando habló, le sacó todo el jugo a su normalmente disimulado acento bostoniano.

–Creo que soy un irlandés medio borracho al que acaban de contarle el cuento de fantasmas más descabellado del mundo –dijo–. Me lo creo todo, tonto.

Me eché a reír y él hizo lo mismo. Nos reímos principalmente por la nariz, como corresponde a los hombres cuando se quedan levantados hasta tarde, quizá algo bebidos, y no quieren despertar a toda la casa.

–Vamos, ¿cuánto, de verdad?

–Todo –repitió–. Porque Jo lo creía. Y por ella. –Señaló con la cabeza las escaleras para que yo supiera a quién se refería–. No es como ninguna otra niña que haya conocido. Es cariñosa, sí, pero hay algo en sus ojos. Al principio pensé que era por haber perdido a su madre de aquel modo, pero no es eso. Hay más, ¿verdad?

–Sí –respondí.

–Tú también lo tienes. Os afectó a ambos.

Me acordé de la criatura ululante que Jo había conseguido dominar mientras yo vertía la lejía en aquel saco de lona putrefacto. Un Intruso, lo había llamado ella. No conseguí verlo con claridad, y probablemente fuera una suerte. Sí, seguramente lo era.

–¿Mike? –Frank parecía preocupado–. Estás temblando.

–Estoy bien –dije–. De verdad.

–¿Qué tal se está ahora en la casa? –preguntó. Yo seguía viviendo en Sara Risa. Había esperado hasta noviembre, y luego había puesto en venta la casa de Derry.

–Tranquilo.

–¿Totalmente tranquilo?

Asentí, pero eso no era del todo cierto. En un par de ocasiones me había despertado con la sensación que Mattie había descrito una vez: de que había alguien en la cama conmigo. Pero esta vez no era una presencia peligrosa. En un par de ocasiones he olido (o he creído oler) el perfume de Jo. Y a veces, incluso cuando todo está perfectamente silencioso, la campanilla de *Bunter* tiembla y desgrana unas cuantas notas. Es como si alguien solitario quisiera saludar.

Frank miró el reloj y luego otra vez a mí, casi como disculpándose.

–Quiero hacerte varias preguntas más, ¿vale?

–Si no eres capaz de mantenerte despierto hasta la hora del pipí la víspera de Navidad –repliqué–, nunca lo serás. Dispara.

–¿Qué le contaste a la policía?

–No tuve que contarles gran cosa. Footman habló lo suficiente para dejarlos satisfechos; demasiado para satisfacer a Norris Ridgewick. Footman dijo que él y Osgood (era Osgood quien conducía el coche, el agente inmobiliario contratado por Devore) hicieron lo que hicieron porque Devore los había amenazado con lo que les ocurriría si no le obedecían. La policía del estado encontró además una copia de una transferencia bancaria entre los efectos de Devore en Warrington's. Dos millones de dólares a una cuenta de las islas Caimán. El nombre garabateado en la copia es Randolph Footman. Randolph es el segundo nombre de George. El señor Footman reside ahora en la prisión estatal de Shawshank.

–¿Y respecto a Rogette?

–Bueno, Whitmore era el apellido de soltera de su madre, pero no creo equivocarme si digo que Rogette había entregado su corazón a papaíto. Tenía leucemia, se la diagnosticaron en 1996. A su edad –sólo tenía cincuenta y siete años cuando murió, por cierto– es fatal en dos de cada tres casos, pero ella estaba sometiéndose a quimioterapia. De ahí que llevara peluca.

–¿Por qué intentó matar a Kyra? Eso no lo entiendo. Si cortaste el lazo de Sara Tidwell con este plano terrenal nuestro cuan-

do echaste lejía sobre sus huesos, la maldición tenía que haber...
¿Por qué me miras así?

–Lo entenderías si hubieras conocido a Devore –dije–. Es el hombre que incendió todo el TR a modo de despedida cuando se dirigió al Oeste, hacia la soleada California. Me acordé de él en cuanto me quedé con la peluca en la mano, pensé que de alguna manera habían intercambiado sus respectivas identidades. Después pensé: «No, es ella, sí, es Rogette, sólo que se ha quedado calva por alguna razón.»

–Y era verdad. La quimioterapia.

–También me equivoqué. Ahora sé más sobre fantasmas que entonces, Frank. Tal vez lo más importante es lo que ves primero, lo que piensas primero... eso suele ser verdad. Ese día, ella era él. Devore. Al final regresó. Estoy seguro. Al final, lo que quería no era ajustar cuentas con Sara, no. Al final, ni siquiera quería a Kyra. Sólo quería salirse con la suya, como cuando robó el trineo de Scooter Larribee.

El silencio reinó entre nosotros. Durante unos instantes fue tan profundo que realmente pude oír la casa respirando. Eso se puede oír. Escuchando de verdad. Es otra cosa que sé ahora.

–Dios mío –dijo por fin.

–No creo que Devore viniese desde California para matarla –dije–. No era el plan original.

–Entonces ¿cuál era? ¿Conocer a su nieta? ¿Reparar el mal causado?

–Dios mío, no. Todavía no comprendes qué era él.

–Pues dímelo tú.

–Un monstruo humano. Regresó para *comprarla*, pero Mattie no quiso venderla. Luego, cuando Sara se apoderó de él, empezó a planear la muerte de Ki. Sospecho que Sara no encontró un instrumento más dispuesto a realizar el trabajo.

–¿A cuántos asesinó, en total? –preguntó Frank.

–No lo sé con seguridad. Me parece que no quiero saberlo. Basándome en las notas y los recortes de prensa de Jo, diría que quizá hubo otros cuatro... asesinatos directos, por así llamarlos..., entre 1901 y 1998. Todos menores, todos con un nombre que empezaba por «K», todos estrechamente emparentados con los hombres que los asesinaron.

–Santo Dios.

–No creo que Dios tenga mucho que ver con esto..., pero ella les hizo pagar lo que hicieron, eso está claro.

–Sientes lástima por ella, ¿verdad?

–Sí. La habría hecho pedazos antes de permitir que pusiera un dedo sobre Ki, pero por supuesto que sí. Fue violada y asesinada. Ahogaron a su hijo mientras ella agonizaba. Santo Dios, ¿tú no sientes lástima por ella?

–Supongo que sí. Mike, ¿sabes quién era el otro chico? El que lloraba. ¿Era el que murió de septicemia?

–La mayoría de las notas de Jo se referían a esta parte; es ahí desde donde empezó. Royce Merrill conocía perfectamente la historia. El chico que lloraba era Reg Tidwell hijo. Tienes que saber que hacia septiembre de 1901, cuando los Red-Tops tocaron por última vez en el condado de Castle, casi todos los habitantes del TR sabían que Sara y su hijo habían sido asesinados, y casi todo el mundo se imaginaba bastante bien quién había sido.

»Reg Tidwell paso buena parte de aquel agosto acosando al sheriff del condado, Nehemiah Bannerman. Al principio era para encontrarlos con vida (Tidwell quería que se organizara una búsqueda), luego para hallar los cadáveres y finalmente para atrapar a los asesinos... porque en cuanto aceptó que estaban muertos, nunca dudó de que habían sido asesinados.

»Al principio, Bannerman se mostró comprensivo. *Todos* se mostraron comprensivos al principio. La banda de los Red-Tops fue tratada maravillosamente durante su estancia en el TR (eso era lo que más cabreaba a Jared) y creo que podrás perdonar a Son Tidwell que cometiese un error crucial.

–¿De qué error hablas?

Bueno, se le ocurrió que Marte era el paraíso, pensé. El TR debió parecerles el paraíso hasta que Sara y Kito fueron a dar un paseo, el niño con su cubo de moras, y nunca regresaron. Debió parecerles que finalmente habían encontrado un lugar donde podían ser negros sin que se les prohibiera respirar.

–Creer que los tratarían como a personas normales cuando las cosas se pusieron feas, sólo porque los habían tratado así cuando todo iba bien. Por el contrario, el TR hizo frente común contra

600

ellos. Nadie que se imaginara lo que Jared y sus protegidos habían hecho lo *disculparon*, exactamente, pero cuando algo ya no tiene remedio...

–Proteges a los tuyos y lavas la ropa sucia con la puerta cerrada –murmuró Frank, y apuró su bebida.

–Sí. Cuando los Red-Tops tocaron en la feria del condado de Castle, su pequeña comunidad de la orilla del lago había empezado a descomponerse; todo esto según las notas de Jo, entiéndeme. No se oye ni un susurro sobre esto en los chismorreos del pueblo.

»El día del Trabajo, el acoso activo ya había empezado, o eso le dijo Royce a Jo. Cada día era un poco más desagradable, un poco más inquietante, pero Son Tidwell simplemente no quería marcharse, no hasta que averiguara lo que le había ocurrido a su hermana y su sobrino. Al parecer, mantuvo a la familia cercana en el prado hasta mucho después de que los demás emigrasen a otras localidades.

»Entonces alguien tendió la trampa. Había un claro en el bosque, aproximadamente a un kilómetro y medio al este de lo que hoy se conoce como Tidwel's Meadow; en el centro había una gran cruz de madera de abedul. Jo tenía una foto en su estudio. Era allí donde la comunidad negra celebraba los servicios religiosos después de que las iglesias locales se cerraran para ellos. El chico, Junior, subía hasta allí a menudo para rezar o simplemente para sentarse a reflexionar. Había mucha gente en la ciudad que conocía ese hábito. Alguien colocó una trampa de cepo en el caminito que utilizaba el muchacho para atravesar el bosque. La cubrió de hojas y agujas de pino.

–Dios mío –dijo Frank. Parecía mareado.

–Probablemente no fue Jared Devore o uno de sus leñadores quien la preparó; no querían tener nada más que ver con la gente de Sara y Son después de los asesinatos, se mantuvieron alejados de ellos. A aquellas alturas ya no tenían muchos amigos. Pero eso no cambió el hecho de que la gente de la orilla del lago se estaba saliendo de su sitio, hurgando en asuntos que era mejor dejar en paz, negándose a aceptar un no por respuesta. Por eso alguien colocó la trampa. No creo que su intención fuera realmente matar al chico, pero ¿dejarlo tullido? ¿Tal vez verlo con un pie menos, condenado para siempre a usar muletas? Creo que es posible que llegaran tan lejos en sus fantasías.

»En cualquier caso, funcionó. El chico pisó la trampa... y durante un tiempo no lo encontraron. El dolor debió ser insoportable. Luego la septicemia. Murió. Son se rindió. Tenía otros hijos de los que ocuparse, por no hablar de las personas que habían permanecido a su lado. Empaquetaron su ropa y sus guitarras y se marcharon. Jo siguió el rastro de varios de ellos hasta Carolina del Norte, donde viven aún muchos de sus descendientes. Y durante los incendios de 1933, los que provocó el joven Max Devore, las cabañas ardieron hasta los cimientos.

—No entiendo por qué nunca se encontraron los cadáveres de Sara y su hijo —dijo Frank—. Entiendo que lo que tú oliste, la podredumbre, no era real, en un sentido físico. Pero seguro que en ese momento... si el sendero que tú llamas la Calle era tan popular...

—Devore y los demás *no* los enterraron donde yo los encontré, no al principio. Empezarían por arrastrarlos más hacia el interior del bosque, quizá hasta donde ahora se yergue el ala norte de Sara Risa. Los cubrieron de maleza y volvieron aquella noche. Tuvo que ser la misma noche; dejarlos allí más tiempo habría atraído a todos los carnívoros de los bosques. Los llevaron a algún otro lugar y los enterraron en ese saco de lona. Jo no sabía dónde, pero yo supongo que fue en Bowie Ridge, donde pasaron la mayor parte del verano talando árboles. Diablos, Bowie Ridge está muy aislado. Dejaron los cadáveres en algún lugar; bien pudo ser allí.

—Entonces ¿cómo...?, ¿por qué...?

—Draper Finney no era el único que sentía remordimientos por lo que habían hecho, Frank. Les ocurría a todos. Literalmente, estaban *poseídos*. Con la posible excepción de Jared Devore, supongo. Vivió otros diez años y aparentemente no se perdió ni una comida. Pero los muchachos tenían pesadillas, bebían demasiado, se peleaban demasiado, discutían... se encrespaban si alguien mencionaba siquiera a los Red-Tops...

—Ya, podían haber lucido carteles de DAME UNA PATADA, SOY CULPABLE —comentó Frank.

—Sí. Probablemente no fue una ayuda que la mayoría del TR

les hiciera el vacío. Después murió Finney en Eades Quarry –creo que se suicidó, de hecho– y a los leñadores de Jared se les ocurrió una idea. Los fue invadiendo como un resfriado. Sólo que se parecía más a una compulsión. Su idea era que si desenterraban los cadáveres y volvían a enterrarlos donde todo había ocurrido, las cosas volverían a la normalidad para ellos.

–¿Jared estuvo de acuerdo con esa idea?

–Según las notas de Jo, en esa época nunca se acercaban a él. Volvieron a enterrar el saco de huesos –sin la ayuda de Jared Devore– donde finalmente los encontré yo. Creo que a finales del otoño o principios del invierno de 1902.

–Ella *quería* volver, ¿verdad? Sara. Volver adonde pudiera hacerlos sufrir de verdad.

–Y a todo el pueblo. Sí. Jo también lo creía. Hasta el punto de que no quiso volver a Sara Risa desde que encontró parte de este material. Especialmente cuando se enteró de que estaba embarazada. Cuando empezamos a buscar un hijo y sugerí el nombre de Kia, ¡cómo debió asustarse! Y no me di cuenta.

–Sara pensó que podía usarte para matar a Kyra si Devore quedaba eliminado antes de acabar el trabajo; después de todo, era viejo y tenía mala salud. Jo apostó a que, por el contrario, tú la salvarías. Eso es lo que crees, ¿verdad?

–Sí.

–Y acertó.

–No podía haberlo conseguido solo. Desde la noche que soñé con Sara cantando, Jo estuvo a mi lado a cada paso del camino. Sara no logró obligarla a ceder.

–No, no era de las que se rinden –coincidió Frank, y se secó un ojo–. ¿Qué sabes de tu bisabuela? La que se casó con Auster.

–Bridget Noonan Auster –dije–. Bridey, para sus amigos. Le he preguntado a mi madre y me jura por todos los santos que no sabe nada, que Jo nunca le preguntó por Bridey, pero creo que quizá mienta. La joven era sin lugar a dudas la oveja negra de la familia; puedo asegurarlo por cómo suena la voz de mamá cuando se menciona su nombre. No tengo ni idea de cómo conoció a Benton Auster. Digamos que fue a la otra punta del mundo a visitar a unos amigos y empezó a coquetear con ella en una merienda popular. Eso es tan probable como cualquier otra cosa. Estaban en 1884. Ella tenía dieciocho años, él veintitrés. Se casaron, una de esas ceremonias apresuradas. Harry, el que ahogó personalmente a Kito Tidwell, le siguió seis meses después.

—Entonces acababa de cumplir los diecisiete años cuando ocurrió —me interrumpió Frank—. ¡Dios mío!

—Y en aquella época, su madre había conocido la religión. Su terror por lo que ella podría pensar si se enteraba fue una de las razones que la impulsaron a hacer lo que hizo. ¿Alguna pregunta más, Frank? Porque de verdad estoy empezando a desmayarme.

Durante unos segundos no dijo nada; empezaba a pensar que se había quedado dormido cuando respondió:

—Otras dos, ¿te molesta?

—Supongo que ya es demasiado tarde para echarme atrás. ¿Cuáles son?

—La Forma de la que hablabas. El Intruso. Eso me preocupa.

No respondí. A mí también me preocupaba.

—¿Crees que existe alguna posibilidad de que vuelva?

—Siempre vuelve —dije—. Aun a riesgo de parecer pedante, el Intruso siempre vuelve a por todos nosotros, ¿o no? Porque todos somos sacos de huesos. Y el Intruso... Frank, el Intruso quiere lo que hay en el saco.

Reflexionó sobre esto y luego apuró el resto del whisky de un solo trago.

—¿Tenías otra pregunta?

—Sí —respondió—. ¿Has empezado a escribir otra vez?

Subí a los dormitorios unos minutos más tarde, miré cómo estaba Ki, me cepillé los dientes, volví a mirar cómo estaba Ki y me metí en la cama. Desde donde me encontraba podía ver por la ventana la pálida luna que brillaba sobre la nieve.

¿Has empezado a escribir otra vez?

No. Aparte de una descripción bastante extensa sobre cómo pasé las vacaciones de verano que quizá enseñe a Kyra dentro de unos años, no he escrito nada. Sé que Harold está nervioso, y tarde o temprano supongo que tendré que llamarlo y decirle lo que ya adivina: la máquina que funcionó tan bien durante tanto tiempo se ha parado. Está estropeada; estas memorias salieron sin ansiedad, sin que el corazón perdiera un solo latido, pero la máquina se ha parado igualmente. Hay combustible en el depósito, las bujías echan chispas y la batería genera electricidad, pero la máquina de palabras permanece silenciosa en el centro de mi mente. Le he puesto un tapón. Se ha portado bien conmigo, veréis, y no quiero pensar que se cubriría de polvo.

En parte tiene que ver con la muerte de Mattie. En algún momento de este otoño se me ocurrió que he escrito sobre muertes similares en al menos dos de mis novelas, y la ficción popular está llena de otros ejemplos de lo mismo. ¿Has planteado un dilema moral que no sabes cómo resolver? ¿El protagonista se siente atraído sexualmente por una mujer demasiado joven para él, por así decirlo? ¿Necesita una dosis rápida? Lo más fácil del mundo. «Cuando la historia empieza a volverse amarga, llama al hombre de la pistola.» Eso lo dijo Raymond Chandler, o algo parecido; lo bastante cerca, para el trabajo del gobierno, *kemo sabe*.

El asesinato es la peor clase de pornografía, el asesinato es déjame hacer lo que quiero llevado al último extremo. Creo que incluso los asesinatos ficticios deberían tomarse muy en serio; quizá es otra idea que se me ocurrió el verano pasado. Quizá se me ocurrió mientras Mattie forcejeaba entre mis brazos, con la sangre manando de su cabeza aplastada y agonizando sin remedio, sin dejar de llorar por su hija mientras abandonaba este mundo. Pensar que yo podía describir una muerte tan infernalmente oportuna en un libro me produce náuseas.

O quizá sólo deseo que hubiera habido un poco más de tiempo.

Recuerdo que le dije a Ki que es mejor no dejar las cartas de amor por ahí; lo que pensé pero no le dije es que pueden volver para torturarte. De todos modos sufro mi martirio... pero no me torturaré yo mismo voluntariamente, y cuando cerré mi libro de sueños lo hice por voluntad propia. Creo que podía haber echado lejía también sobre esos sueños, pero en eso me contuve.

He visto cosas que jamás esperé ver y sentido cosas que jamás esperé sentir; la menor de ellas no es lo que sentí y aún siento por la niña que duerme a un pasillo de distancia de mí. Ahora es mi niña pequeña, yo soy su grandullón, y eso es lo importante. Nada más parece tener ni la mitad de importancia.

Thomas Hardy, quien supuestamente dijo que el personaje plasmado de la manera más brillante en una novela no es más que un saco de huesos, dejó de escribir novelas antes de terminar *Jude el oscuro* y mientras se encontraba en la cúspide de su talento narrativo. Siguió escribiendo poesía otros veinte años, y cuando alguien le preguntó por qué había abandonado la ficción, dijo que no comprendía por qué la había arrastrado consigo durante tanto tiempo, para empezar. En retrospectiva, le parecía tonto, dijo. Sin sentido. Sé exactamente a qué se refería. En el tiempo que transcurra entre ahora y el momento en que el Intruso se acuerde de mí y decida regresar, tiene que haber otras cosas que hacer, cosas que signifiquen más que esas sombras. Creo que podría volver a agitar cadenas detrás de la pared del Túnel del Miedo, pero no tengo interés en hacerlo. He perdido el gusto por los sustos. Me gusta imaginar que Mattie se acordaría de *Bartleby*, del relato de Melville.

He abandonado mi pluma de escribiente. Por el momento me va bien así.

Center Lowell, Maine:
25 de marzo de 1997 - 6 de febrero de 1998

ESTE LIBRO HA SIDO IMPRESO
EN LOS TALLERES DE
PRINTER INDUSTRIA GRÁFICA, S. A.
CARRETERA N-II, KM. 600. CUATRO CAMINOS, S/N
SANT VICENÇ DELS HORTS (BARCELONA)